Saving 6

Também de Chloe Walsh

SÉRIE OS GAROTOS DE TOMMEN

Vol. 1: *Binding 13*
Vol. 2: *Keeping 13*
Vol. 3: *Saving 6*

CHLOE WALSH

Saving 6

ELA É A LUZ NA ESCURIDÃO

Tradução

RAQUEL NAKASONE

Bloom Brasil

Publicado por Companhia das Letras em associação com Sourcebooks USA.

Grafia atualizada segundo o Acordo Ortográfico da Língua Portuguesa de 1990, que entrou em vigor no Brasil em 2009.

TÍTULO ORIGINAL Saving 6

CAPA Brittany Vibbert/Sourcebooks

ARTE DE CAPA Colormos/Getty Images, Evgeniia Siiankovskaia/Getty Images

ADAPTAÇÃO DE CAPA Danielle Fróes/BR75

PRODUÇÃO EDITORIAL BR75 texto | design | produção

Dados Internacionais de Catalogação na Publicação (CIP)
(Câmara Brasileira do Livro, SP, Brasil)

Walsh, Chloe
Saving 6: ela é a luz na escuridão / Chloe Walsh; tradução Raquel Nakasone. — 1ª ed. — São Paulo: Bloom Brasil, 2025. — (Os Garotos de Tommen; 3)

Título original: Saving 6.
ISBN 978-65-83127-03-7

1. Ficção irlandesa I. Título II. Série.

25-259552 CDD-Ir823

Índice para catálogo sistemático:
1. Ficção : Literatura irlandesa Ir823

Aline Graziele Benitez — Bibliotecária — CRB-1/3129

3ª reimpressão

EDITORA SCHWARCZ S.A.
Rua Bandeira Paulista, 702, cj. 32
04532-002 – São Paulo – SP
Telefone: (11) 3707-3500
facebook.com/editorabloombrasil
instagram.com/editorabloombrasil
tiktok.com/@editorabloombrasil
threads.net/editorabloombrasil

Para os meus filhos.
Na terra e no céu.

Nota da autora

Saving 6 é o terceiro volume da série Os Garotos de Tommen, e o primeiro livro de Joey Lynch e Aoife Molloy, que termina com um gancho para o próximo.

Algumas cenas aqui retratadas podem causar mal-estar em certas pessoas, portanto, sugiro que avalie a lista abaixo antes de seguir com sua leitura.

Em razão de cenas explícitas de conteúdo sexual, violência, temas adultos, gatilhos e linguagem chula, a leitura desta obra é recomendada para maiores de 16 anos.

Em vez de capítulos, a narrativa é conduzida por seções, anos escolares c datas.

A história se passa no sul da Irlanda, no período de 1999 a 2004, e contém gírias e expressões irlandesas.

Com amor,
Chloe xxx

Prefácio

Eu não sabia o que era desespero, até ele entrar no meu mundo e me mostrar um pouco do seu.

Não sabia o que eram demônios, até eu ficar ao lado dele e vê-lo enfrentando monstros muito mais assustadores do que minha imaginação poderia criar.

Não sabia o que era desilusão, até ele se destruir, partindo meu coração.

Não sabia o que era sofrimento, até ele ir embora.

Eu não sabia.

Eu não...

PRÓLOGO

30 de agosto de 1999

Amor à primeira vista

JOEY

— Tudo o que você precisa fazer é manter a cabeça no lugar e as emoções sob controle. Você é esperto. Vai conseguir. Só segura essa sua língua afiada dentro da boca e não reage a nenhuma besteira. Quer que eu entre com você?

— Eu, hein, porra!

— Não tem problema ficar nervoso, Joe.

— Não estou nervoso.

— Também não tem problema ter medo.

— E por acaso estou com medo? — rosnei, puto com o falatório incessante. — Não sou um bebezinho, Dar.

— Eu sei — meu irmão mais velho concordou, enquanto íamos para a Escola Comunitária de Ballylaggin, como ele fez todos os dias da semana nos últimos seis anos. Seu tempo na escola secundária tinha terminado, e o meu estava só começando. — Só *preciso* que tudo dê certo pra você.

— É — resmunguei. — Bem, nós dois sabemos que não vai dar certo.

— É um novo começo pra você, Joey. O que quer que tenha acontecido no ensino primário ficou pra trás. Não leva aqueles problemas com você.

— Não existe isso de novo começo. Os lugares podem ser diferentes, mas as merdas são as mesmas.

— Você é jovem demais pra ser cínico desse jeito.

— E você é inteligente demais pra perder seu tempo e seu fôlego com esse discursinho — rebati. — Não sou a Shannon, cara. Não preciso disso, nem que você segure minha mão.

— É tão errado eu querer te ver bem no seu primeiro dia na escola secundária?

— Você podia ter me falado tudo isso lá em casa. Não precisava vir comigo aqui. Não sou um bebezinho.

— Você é meu irmão mais novo.

— Nunca fui criança, Dar.

— Sempre autossuficiente. — Ele balançou a cabeça e me deu um sorriso triste. — Bem, talvez eu quisesse só passar mais um tempinho com você.

— A gente dorme no mesmo quarto — provoquei, colocando no outro ombro a mochila que parecia ter uma tonelada de tijolos. — A gente já passa bastante tempo junto.

— Te amo, Joe — ele disse, me surpreendendo. — Você sabe disso, né?

— Você me *ama*? — Mexendo os pés sem jeito, olhei para ele. — Que porra deu em você hoje?

— Nada — ele respondeu com uma voz carregada. — Eu só... queria que você soubesse.

— Por quê? — perguntei, irritado com a declaração repentina. Não tinha contexto para isso e achei estranho. — O que está acontecendo?

— Nada. — Sorrindo, ele esticou o braço e bagunçou meu cabelo. — Não está acontecendo nada, otário. Só queria te falar.

— Beleza... — Eu o observei com desconfiança, sem saber se acreditava totalmente nele. — Mas, se você estiver *pensando* em me abraçar na frente desse povo, vou te dar um chute no saco.

— A sua voz está mudando — ele disse, dando risada. — Meu irmãozinho está crescendo.

— Não preciso de voz grossa pra acabar com sua raça — devolvi, nervoso.

Ele revirou os olhos.

— Pode crer, esganiçado.

— Todas as garotas daqui usam sainhas curtas desse jeito? — Com os olhos arregalados, observei um grupo de garotas descer de um ônibus e seguir à nossa frente. — Retiro tudo o que disse, Dar. — De bem com a vida, sorri para o meu irmão. — Estou achando que vou gostar da escola secundária.

— Nem pense nisso — Darren disse, rindo e me dando uma cotovelada. — Essas garotas estão no sexto ano. Você é um bebezinho do primeiro ano pra elas.

— Já te falei que nunca fui um bebezinho — eu disse com uma piscadela antes de voltar a atenção para as gloriosas pernas e bundas.

— Você não é novo demais pra estar pensando em garotas?

— Tenho treze anos.

— Vai fazer treze só em dezembro.

— Aposto que já vi mais peitos que você.

— Os da mãe não conta.

Gargalhamos juntos, fazendo uma das garotas se virar para nós.

— Ah, meu Deus! Darren Lynch! — uma loirinha gritou, abrindo um sorriso caloroso para o meu irmão e indo até ele. — O que está fazendo aqui? Você não fez tipo mil pontos no seu leaving cert em junho? Não repetiu o sexto ano, né?

— Não, não repeti. Só estou acompanhando meu irmão no primeiro dia dele — Darren respondeu, aceitando o meio abraço que a garota deu. — E eu poderia te perguntar a mesma coisa. O que está fazendo com o uniforme da ECB, se você estuda no Tommen?

— Eu, hum... me transferi pra cá. Vou terminar o sexto ano aqui na ECB — ela falou com uma voz tensa. — É meio que melhor assim, considerando tudo, sabe?

— Pois é. — Meu irmão assentiu, e seus olhos se encheram de empatia, o que me deixou confuso pra caralho.

— E aí, como vão as coisas, Dar? — Ela foi rápida em deixar pra trás o que quer que tenha rolado para ele se olharem *daquele jeito*. Revirei os olhos e contive a vontade de vomitar. — Não te vejo desde aquele fim de semana.

— Vão indo — ele disse, coçando a nuca. — Estou levando, sabe?

— Pois é. Eles trocaram outro olhar intenso. — Sei.

— Eu não sei — resolvi intervir; afinal, por que não? — Que tal me contar de que merda vocês estão falando?

Meu irmão deu um suspiro de resignação antes de nos apresentar.

— Caoimhe, esse intrometido aí é meu irmão. — Ele se virou para mim e gesticulou para a garota. — Joe, esta é Caoimhe Young. Você provavelmente era novo demais pra lembrar dela na escola primária, mas a irmã mais nova dela é amiga da Shannon.

Ela voltou os olhos azuis para mim e sorriu.

— Então quer dizer que você é o próximo Lynch da linhagem?

— Parece que sim. — Dei de ombros de maneira evasiva e me virei para Darren. — Já terminou a viagem pelo túnel do tempo ou vamos ficar aqui pra sempre?

— Eita, Dar — ela falou, rindo. — Esse aí dá trabalho, hein?

— Nem me fale — meu irmão respondeu, suspirando. — Foi bom te ver, Caoimhe. — Ele segurou minha nuca e nos conduziu para a escola, desviando do grupo de garotas. — Se cuida.

— Você também, Dar — ela falou atrás de nós. — Não some.

— Não some? — Balancei a cabeça e me soltei. — Como assim?

— Vai entender — Darren murmurou, me guiando para os portões da escola. — Você sabe como as garotas são.

— Você transou com ela?

— O quê? — Ele parou de andar e me virou. — Não, eu não *transei* com ela. Por que está perguntando isso?

— Não precisa dar uma de machão pra cima de mim — eu disse, empurrando seu peito de brincadeira. — Sei que você já teve experiências com garotas antes.

Darren soltou um suspiro pesado.

— Não desse jeito.

— Bem, acho que ela gosta de você — falei, caminhando ao seu lado. — Ela estava te olhando de um jeito todo meloso.

— Meloso — Darren repetiu, gargalhando. — Você é um idiota.

— Mas ela *estava* — insisti, rindo. — Fiquei até surpreso por ela não ter desmaiado quando te viu. — Limpando a garganta, levei a mão à testa e cantarolei: — *Ah, Darren Lynch... É você mesmo? Meu coração até disparou!*

— Você é um otário mesmo — meu irmão falou, rindo.

— E você é um garanhão — retruquei com uma piscadela, dando uma cotovelada nele. — Tem mais alguma loirinha por aí te esperando pra cair aos seus pés? Porque vou adorar arrancar ela das suas mãos.

— Para com isso — ele disse, ainda rindo e balançando a cabeça de um jeito pesaroso. — Sinceramente, não é assim que as coisas funcionam. Ela só é uma boa amiga.

— Não se preocupa, Dar — comentei, dando risada. — Sei que você é gay. Só estou brincando...

— Meu Deus, Joey! — Darren sibilou, colocando a mão no meu ombro. Ele virou para os lados, de olhos arregalados e em pânico, antes de soltar o ar e murmurar: — Não fala isso em voz alta, pode ser?

— Por que você faz isso? — perguntei, abandonando o bom humor e afastando a mão dele, irritado. — Por que esconde quem você é?

Ele sacudiu a cabeça, com os olhos azuis cheios de sofrimento.

— Joey.

— Que merda, Dar — insisti, sem querer deixar aquilo passar. — Não tenho vergonha de você, e você também não devia ter.

— Não tenho vergonha de mim mesmo — ele falou, baixinho.

— Que bom. Porque você não tem nada do que se envergonhar.

— Bem, segundo meu pai, tenho.

— Bem, foda-se ele — cuspi. — É ele que devia ter vergonha, não você.

— Sabia que até seis anos atrás ser gay era crime neste país?

— É, assim como usar camisinha ou qualquer forma de contraceptivo — rosnei. — O que só prova que as leis são uma besteira.

— Joe...

— Este país é atrasado, Darren, você sabe disso. Sim, as coisas estão melhorando, mas nós dois sabemos que a base das nossas leis tem muito mais a ver com religião do que com bom senso.

— Não quero falar disso, Joe.

— Bem, eu não quero te ver andando por aí com o rabo entre as pernas quando você não tem motivo nenhum pra isso. Aquilo tudo é uma grande baboseira, Darren. Aquele homem só sabe falar bosta, então não deixa ele fazer você se sentir mal. Meu pai vive na idade das trevas. Não se atreva a permitir que ele te arraste pra lá.

— O que você sugere que eu faça, Joey? — ele perguntou, cansado. — Bata de frente com ele?

Sim.

— Você conseguiria derrubar ele.

— Não conseguiria, não. Além disso, nem todos os desentendimentos na vida precisam acabar em confronto físico.

— Na nossa vida, sim — eu o corrigi, nervoso. — Então é melhor se concentrar na briga e garantir que você se saia melhor.

— Que nem você, esganiçado?

— Não acho que sou bom de briga, não — admiti a contragosto. — Mas tenho dentes muito afiados.

— É como aquele ditado: não importa o tamanho do cachorro, mas a sua garra.

Assenti.

— Agora você está falando minha língua.

Darren me olhou de um jeito estranho.

— Então, na sua cabeça, a gente vive num mundo cão?

— Não é só na minha cabeça, Dar. É a realidade.

— Sabe — ele falou com um tom melancólico. — Não sei se esse jeito de pensar vai ser sua salvação ou sua desgraça.

— Tanto faz — falei, dando de ombros. — Não ligo a mínima.

— Não é verdade. Você liga, sim.

— Não ligo — falei, dando uma risada amarga. — Não ligo mesmo.

— Preciso que você comece a ligar, Joey.

— Eu ligo pra você e pra Shan, e pro Tadhg e pro Ols...

— Preciso que você comece a ligar pra *si*, Joe...

— Puta *merda*.

Meus pés pararam de repente no instante em que notei uma loira alta de rosto angelical sentada no muro da entrada da escola.

— O que foi? — Darren perguntou, olhando em volta. — Onde está o incêndio?

— Ali. — Perplexo diante dela e sem a menor vontade de continuar a discussão com meu irmão, apontei para a garota com o cabelo loiro esvoaçando com a brisa. — *Ela*.

— Não conheço. Deve estar no primeiro ano.

Meus olhos nunca tinham visto nada igual. Fiquei observando a garota chupar seu pirulito completamente desinteressada no cara tentando falar com ela, chutando o muro.

— Meu Deus. — Dei um suspiro. — Não ligo se você é gay ou não, cara. Você não pode negar que aquela garota é a coisa mais linda que seus olhos já viram.

Nesse momento, ela olhou para mim.

No segundo em que nossos olhares se encontraram, senti uma pontada de calor disparando no peito.

Puta merda.

Sustentei seu olhar, esperando que ela corasse e desviasse os olhos.

Ela não fez isso.

Ela inclinou a cabeça para o lado e me observou com um olhar parecido com o meu.

Depois, arqueou a sobrancelha e tirou o pirulito da boca devagar, me lançando um olhar cheio de expectativa.

Observei, intrigado, o cara de cabelo escuro ainda tentando chamar sua atenção antes de me concentrar de novo em seu rosto.

Ela ergueu o queixo de um jeito desafiador, como quem dissesse "Está esperando o quê?".

Puta merda.

O que eu *estava* esperando?

— Calma lá, maninho — Darren falou, dando risada, me levando à força para o prédio principal e para *longe* da loira. — Ela é gatinha, mas não precisa se jogar assim de uma vez. Garanto que tem mais umas cinquenta garotas tão gatinhas quanto ela no seu ano.

Improvável.

— Não quero mais cinquenta garotas — respondi, virando e constatando que ela ainda estava me olhando. — Eu quero *aquela.*

— Ah, o primeiro ano... — Rindo, Darren me arrastou até a garota sumir de vista. — Se eu não te ensinei nada nos últimos doze anos, lembra disto: controla as emoções, mantenha a cabeça nos livros, fica longe das ruas e de garotas como ela.

— Como ela?

— Está na cara que vai te fazer de trouxa.

— Então, traduzindo: passa os próximos seis anos da escola secundária como se fosse um padre — grunhi, me soltando dele quando chegamos no prédio. — Onde faço meus votos?

— Ei, foi isso que eu fiz — meu irmão comentou, rindo. — Funcionou bem pra mim.

— Porque você é um merda. Sério, Dar. Fico surpreso que a gente seja irmão.

— Bem, pois somos — ele falou antes de me puxar para um abraço. — Sempre vou ser seu irmão, não importa o que aconteça, entendeu? Não esquece disso.

— O que foi que eu te falei? — sibilei, me afastando antes que alguém me visse abraçando *meu irmão*, entre todas as pessoas. — Eu devia cumprir minha promessa e te dar um chute no saco por isso.

— Juízo, hein — ele falou com a voz carregada de emoção enquanto me observava fazendo careta. — Te amo.

— Meu Deus, chega de declarações — reclamei, me sentindo extremamente desconfortável. — Estou começando a escola secundária, idiota, não indo pra guerra.

Ele assentiu, todo sério.

— Eu sei.

Confuso, encarei-o com desconfiança antes de balançar a cabeça e seguir para a entrada.

Para.

Não vai.

Tem alguma coisa errada.

Volta.

Está tudo estranho.

— Dar? — Hesitante, me virei e vi que ele já estava indo embora. — Te vejo depois da aula, né?

Meu irmão não respondeu.

— Dar?

Ele não se virou para mim.

— Darren?

Em vez disso, colocou o capuz na cabeça e continuou caminhando.

— E aí, esse cara é seu pai ou você pode pensar por conta própria? — uma voz feminina perguntou.

Me deparei com ninguém menos que a loira do muro parada na minha frente. E, puta merda, ela era mais linda ainda de perto.

Esquecendo completamente a despedida esquisita de Darren, me concentrei na garota que me encarava. Maçãs do rosto altas, lábios rosados e carnudos, cabelos que pareciam de revista... Ela era, sem dúvida, a coisa mais bonita que meus olhos já tinham visto na vida.

— Claro que posso pensar por mim mesmo.

— Você me viu ali — ela afirmou, me observando com seus olhos verdes.

— Sim.

— E continuou andando.

Concordei feito um idiota.

— Sim.

— Não faça isso de novo.

Caralho.

— Não vou.

Ela me olhou mais uma vez antes de acenar a cabeça.

— Você é lindo.

Puta merda.

— Igualmente.

— Hum. — Ela contraiu os lábios. — E aí, você tem um nome, garoto-que-pensa-por-si-mesmo?

— Você quer mesmo saber? — perguntei, precisando recuperar o terreno que eu tinha perdido para aquela potência de garota. — Nós dois sabemos que, até o fim do dia, você vai estar me chamando de gato.

Ela lambeu os lábios para disfarçar o sorriso.

— Ah, é?

Me aproximei.

— Você que sabe, loirinha...

Então ela sorriu de verdade, e foi uma visão gloriosa.

— Certo, você é ligeiro.

Dei um sorrisinho.

— Valeu.

— Meu nome é Aoife — ela falou, rindo e esticando a mão para mim.

— Joey — respondi, pegando sua mãozinha.

— Joey. — Ela apertou minha mão, inclinando a cabeça para o lado, e me olhou sem nem um pingo de timidez. — Combina com você.

— Eu poderia dizer o mesmo. Seu nome significa esplendor e beleza, né?

Ela sorriu.

— Você manja de irlandês. — Sim, eu sabia um pouco de irlandês, mas não *tanto*.

Tinha uma garota da minha sala na escola primária que se chamava Aoife. Ela vivia se gabando por ter recebido o nome de uma rainha guerreira, que tinha uma beleza que diziam rivalizar com a de Helena de Troia. Mas eu não ia falar *isso* para aquela Aoife. Precisava ganhar um pouquinho de terreno.

— E aí, em que turma você está? — ela perguntou, pegando um cronograma dobrado no bolso da saia curta e plissada. — Estou no primeiro ano 3.

Até parece que eu sabia.

Desamassei a bola de papel que tinha virado o meu cronograma e fiquei maravilhado quando li as palavras *Primeiro ano 3* no topo da página.

— Eu também.

Ela estava na minha turma.

Talvez minha sorte estivesse mudando.

— Então você é um aluno tão medíocre quanto eu — ela comentou, dando risada. — Meu irmão ficou no primeiro ano 1. É a turma dos cabeçudos.

— Você tem um irmão gêmeo?

Ela fez que sim.

— É um saco.

— Então somos a terceira turma mais inteligente?

— Ou a terceira mais burra — ela observou, rindo. — Depende do seu ponto de vista.

— Por quê? Quantas turmas tem no nosso ano?

— Quatro.

— Nossa — falei, dando risada. — Isso não deixa a gente muito bem na fita, né?

— Não. — Ela sorriu para mim. — Nem um pouco. E aí, onde você fez a escola primária?

— No Sagrado Coração. E você?

— Na Santa Bernadete — ela falou, sorrindo. — É aquela...

— Escola só pra garotas, administrada por freiras que fica fora da cidade? — falei, comovido. — Que azar, hein?

— Pois é. Oito anos com as freiras. Está vendo minha auréola brilhando?

— Claro, está me ofuscando.

— Segundo a irmã Afonso, eu deveria continuar meus estudos em um ambiente só pra garotas — ela comentou com um sorrisinho diabólico. — Parece que tenho um lado selvagem com uma queda pela *forma masculina* que oração nenhuma pode tirar de mim. — Ela revirou os olhos. — Só porque falei que o cara que fazia Jesus em um filme que passaram pra gente era gato.

Ergui a sobrancelha.

— Gato?

— Qual o problcma? — cla pcrguntou, rindo. — Elc *cra* mcsmo.

— Bem, pra mim parece que você precisa passar menos tempo de joelhos rezando e mais tempo...

— Não termine — ela avisou, colocando a mão na minha boca.

— Com a *forma masculina* — completei, gargalhando e arrancando sua mão dos meus lábios.

— Então eu deveria passar mais tempo com a forma masculina no geral? — ela perguntou, rindo, e de alguma maneira nossos dedos se entrelaçaram. — Ou com você? Porque posso dizer que estou bastante impressionada com a forma masculina que está na minha frente.

— Esse é seu jeito de me dizer que não tem namorado?

— Não, esse é meu jeito de te dizer que eu *vou* ter namorado quando você me pedir em namoro.

— Nossa. — Meu coração acelerou. — Você é apressadinha, né?

Ela deu uma piscadela e tirou a mochila dos ombros.

— Senão qual seria a graça?

Perplexo com a garota, peguei a mochila que ela entregou para mim e coloquei em um dos meus ombros.

— Aí, sim — ela falou, acenando a cabeça em aprovação e admirando sua mochila rosa-choque em mim. — Isso vai dar o recado.

— Que recado?

— Pras garotas ficarem longe.

— Pras garotas ficarem longe? — Ergui as sobrancelhas. — Você está me *marcando* com a sua mochila?

— Com certeza — ela respondeu, abrindo um sorriso doce antes de se virar e sair caminhando na direção da escola. — Agora vamos, *baby*.

Dei risada, porque, com toda sinceridade, o que mais eu podia fazer?

Fiquei com a impressão de que eu viveria atrás daquela garota.

E meus pés se moveram por vontade própria.

PRIMEIRO ANO

30 de novembro de 1999

Os monstros debaixo da minha cama

JOEY

Com minha pulsação martelando nos ouvidos, mantive os olhos fixos no chão do quarto, me concentrando na respiração, nas rachaduras do rodapé, no furo recente da minha meia, em qualquer coisa que *não* fosse no babaca batendo na porta e exigindo que eu o deixasse entrar.

— *Abre a porta, moleque, e vou te ensinar a ter educação!*

— *Você é um merdinha inútil como o seu irmão.*

— *Está se achando grandinho agora, né? Seu pirralho!*

— *Vem aqui, seu imbecil, antes que eu quebre a porra dessa porta!*

Meu coração estava batendo violentamente dentro do peito. Cada centímetro do meu corpo tinha sido espancado e ferido, e, apesar da minha mãe estar indefesa lá fora, juro por Deus que eu não tinha mais forças para enfrentar o homem que ela chamava de marido depois de ele ter acabado comigo com tanta facilidade aquela noite.

Engoli o sangue que escorria pelo meu pescoço, virei a cabeça para o lado e avaliei minhas opções.

Lutar.

Morrer.

Fugir.

Morrer.

Falar.

Morrer.

Me esconder.

Morrer.

Morrer.

Depois de passar um tempo tendo pensamentos egoístas e considerando cortar os pulsos com uma faca, fechei os olhos e contraí todos os músculos do corpo até tremer de tensão.

Não faz isso, cara.

Não é a sua hora ainda.

Não dá pra ele o gostinho de desistir.

Pensa nos outros.

Desesperado para afastar aquela vontade, prendi o fôlego e me concentrei no motivo de não poder sair daquela casa. No motivo de ter que ficar ali.

Shannon. Tadhg. Ollie...

Shannon. Tadhg. Ollie...

Shannon. Tadhg. Ollie...

Devagar, enquanto me resignava ao fato de que eu não podia largar três crianças inocentes com os monstros que tinham nos criado, senti meus músculos destravando e me afundando ainda mais na depressão.

Me encurralando...

O ressentimento ganhou vida dentro de mim e meu pensamento se fixou em um único rosto.

Em um único nome.

No puto do Darren, que me abandonou sozinho no meio disso tudo.

Minha mãe estava chorando no quarto dela, com suas roupas — e sua dignidade — arrancadas à força por aquele cara, e eu não podia fazer merda nenhuma por ela.

Assim como da última vez, eu não podia salvá-la. E, assim como todas as vezes antes dessa, eu não podia impedi-lo.

A voz grave do meu pai ecoou pelas paredes do quarto enquanto as ameaças que ele vociferava para mim noite adentro lentamente se transformavam em grunhidos frustrados e insultos bêbados.

— Imbecil de merda — foi a última coisa que ele disse antes de eu ouvir seus passos pesados e desengonçados se afastando.

Alguns minutos depois, escutei sua voz de novo, mas na outra ponta do corredor, falando com a minha mãe de novo, o alvo do seu surto alcoólico. Com o coração martelando ferozmente no peito, peguei o despertador na mesinha de cabeceira e apertei os olhos, tentando distinguir as horas à luz diminuta do poste do lado de fora da janela.

2:34

Puta merda.

Coloquei o despertador no lugar, dei um suspiro frustrado, tamborilei os dedos no peito e tentei me acalmar. Não era nada fácil. *Não naquela noite.* Porque Darren tinha ido embora, e *ele* ainda estava lá.

A única pessoa com quem eu contava em momentos assim — em noites como essa — tinha me largado ali sem nem olhar para trás.

Eu deveria saber que isso aconteceria. Eu vi meu irmão ir embora.

Nosso pai nunca batia em Darren como batia em mim.

Ele era o primogênito, o menino de ouro. Eu era o resto.

Darren levava tapas. Eu ficava com os socos.

Darren era diplomático. Conseguia conversar com nosso pai melhor que qualquer um na casa e trazê-lo de volta à razão — bem, na maioria das vezes.

Olhando para a cama dele, no beliche de baixo, intocada desde sua partida, senti a familiar onda de amargura me arrastar, levando junto uma parte da minha infância.

Eu tinha acabado de começar o primeiro ano, pelo amor de Deus, e só faria treze anos no mês seguinte. Que chance tinha contra um homem com o dobro do meu tamanho? Nenhuma. Darren *sabia* disso, e mesmo assim me largou desprotegido.

Eu tinha doze anos e era um soldado da linha de frente na guerra que assolava a casa da minha família. O inimigo que eu tinha que enfrentar era maior e mais forte, e meu aliado tinha me abandonado quando eu mais precisava.

Nos primeiros dias após a partida do meu irmão mais velho, eu prendi a respiração e esperei por ele, rezando para que tudo explodisse e ele aparecesse na porta. Mas isso estava totalmente fora do meu controle.

Eu não *rezava*. Mas quando cheguei em casa na noite do meu primeiro dia na escola secundária e descobri que ele tinha ido embora, me vi sussurrando promessas e juramentos para o cara lá de cima, oferecendo tudo que eu conseguia pensar em troca do retorno do meu irmão.

O meu aliado.

Minhas orações não foram atendidas, e nas semanas seguintes eu já fiquei totalmente acuado.

Com nojo de mim por me esconder atrás de uma porta trancada, tentei negociar com meu orgulho, sabendo que voltar pra lá essa noite seria o mesmo que assinar minha sentença de morte.

Então ouvi fungadas altas e contive um rosnado, batendo a cabeça na porta contra a qual eu estava apoiado, segurando o hurley na mão.

— Não dá ouvidos pra ele — falei, sem fazer ideia para qual irmão exatamente, porque os três que ainda moravam naquela pocilga estavam se escondendo debaixo do meu edredom. — Ignora ele.

— É tão assustador, Joe — Tadhg choramingou, aparecendo debaixo da minha colcha no beliche de cima. — E se ele estiver batendo na mamãe de novo?

— Ele não está — falei, mentindo entredentes para o meu irmãozinho de seis anos. — Ela está ótima. Agora vai dormir.

— Não consigo.

— Você tem que dormir — minha irmã de dez anos sussurrou. — Você sabe o que vai acontecer se ele perceber que estamos acordados.

— Cala a boca, Shannon — Tadhg soltou. — Estou com medo...

— Eu sei, Tadhg — ela disse baixinho, surgindo das cobertas com nosso irmãozinho de três anos, Ollie, encolhido no colo. — É por isso que a gente tem que ficar em silêncio.

— Vocês todos precisam ir dormir, porra — ordenei, assumindo o papel protetor que tinha sido jogado no meu colo. — Vocês estão bem. A mãe está bem. Estamos todos bem. Está tudo bem.

— Mas e se ele estiver batendo nela de novo?

Eu não tinha dúvida nenhuma de que ele estava batendo nela de novo. O problema era que eu não podia fazer merda nenhuma a respeito disso.

Deus sabia que eu tinha tentado.

O nariz quebrado que eu tinha conseguido mais cedo provava que eu tinha pouco poder contra o animal que era o nosso pai.

Por sorte, Tadhg e Shannon não pareciam entender o que ele fazia com a nossa mãe. Eu, por outro lado, tinha dez anos quando descobri o significado da palavra *estupro*.

Não foi a primeira vez que eu o via por cima dela nem que ouvia a palavra sendo dita em alguma conversa, mas *foi* a primeira vez que fui capaz de conectar a palavra ao ato e entender o que estava acontecendo com a minha mãe.

Entender que aquele animal a obrigava a aceitá-lo em seu corpo relutante. Várias vezes.

Minha tentativa de intervir foi em vão e resultou na minha mãe — toda machucada, ferida e sangrando, pelada da cintura para baixo no chão da cozinha — me mandando embora. Com o olhar, ela me culpou por algo que não estava sob meu controle, e em seguida meu pai espancou meu corpo pré-adolescente algumas vezes.

Depois disso, minha decisão de manter a boca fechada sobre o que acontecia na nossa casa só se intensificou.

Eu sabia que Darren havia sido estuprado naqueles seis meses que passou em um lar adotivo durante a educação infantil. Eu já entendia o suficiente — já tinha sido culpado o suficiente — para saber que era algo tão terrível que eu devia manter o bico fechado, e que não devia sair comentando sobre os problemas particulares da nossa família.

— Lembre-se, Joey, que não importa quão ruim o pai fique, nunca vai ser pior que aquilo...

— Acha que isso é difícil? Você nem imagina a sorte que tem...

— Enquanto você ganhava sorvete e bolo da sua família adotiva, eu era destruído...

— Você não tem nada do que reclamar. Não se compara ao que eu passei. As coisas foram tranquilas pra você, então para de sentir pena de si mesmo...

— Você sabe o que acontece nesses lares adotivos? Quer que Tadhg acabe como eu? Quer que isso aconteça com Shannon? Fica de boca fechada. Nada é tão ruim assim nessa casa pra gente voltar pra lá. Nada...

Quando vi com meus próprios olhos, soube que eu jamais colocaria meus irmãos em uma situação como aquela. Eu preferiria morrer, e não estava sendo dramático. Era verdade.

Depois disso, passei anos sem conseguir dormir. Eu não ousava. Os barulhos — os malditos barulhos que ela fazia — estavam gravados na minha memória e se repetiam sem parar em um ciclo de destruição mental.

Mas, mesmo quando tudo acalmava, eu ficava à flor da pele. O silêncio me perturbava quase tanto quanto os gritos. Porque os gritos eram um sinal de que ela ainda estava respirando. Já o silêncio poderia indicar que estava morta.

Eu me lembro de ficar deitado no quarto com o corpo tenso, assim como hoje, atento a cada rangido do colchão, a cada grunhido e gemido nojento vindo da porta fechada na outra ponta do corredor.

Então o pânico me dominava e eu me levantava da cama para ficar de guarda do lado de fora do quarto da minha irmã, morrendo de medo de que o animal pudesse querer algo dela também.

Pelo menos com todos juntos debaixo do mesmo teto eu poderia protegê-la, poderia proteger todos, dividir um pouco do sofrimento e deixar que eles tivessem algo parecido com uma infância.

Se eu contasse para alguém, seríamos mandados para algum lar temporário. E então haveria uma boa chance de acabarmos separados. Se fôssemos separados, eu não poderia protegê-los dos predadores que Darren disse que havia por toda parte.

Só de pensar em algo assim acontecendo com Shannon, Ollie ou Tadhg, eu ficava arrepiado e de estômago embrulhado.

Podia aguentar a pressão. Podia suportar os ataques. Podia lidar com os surtos de bêbado. Eu aguentaria tudo, se isso significasse que *eles* não precisariam aguentar.

Como se fosse um juramento de sangue, repeti o que prometi a mim mesmo na noite seguinte à partida de Darren: eu protegeria meus irmãos com todas as minhas forças. Jamais permitiria que eles fossem espancados como eu, nem violentados como minha mãe, nem abusados como nosso irmão.

Eu os protegeria e os defenderia com tudo o que eu tinha dentro de mim. Eles nunca precisariam montar barricada atrás de uma porta com um hurley na mão. Eu estaria ali para fazer isso por eles.

Eu sabia como era ser abandonado por quem te protege, e *jamais* permitiria que isso acontecesse com eles. *Nem por cima do meu cadáver.* Foda-se o Darren por ter deixado nossos irmãos sozinhos com um monstro. Foda-se por me transformar no saco de pancadas número um do nosso pai.

Você sempre foi isso, cara...

Que a escola secundária se fodesse também, aliás. Olhei a mochila fechada, com um monte de lição de casa. Eu não tinha a menor intenção de fazer aquelas merdas que os professores mandavam. A opinião deles sobre mim não me preocupava nem um pouco.

Eu tinha certeza que a escola secundária era outra prisão.

Segundo meu novo diretor, o sr. Nyhan, eu tinha o *pavio curto* e apresentava *resistência a figuras de autoridade*. Se ele tivesse que lidar com metade das coisas que eu passava, aposto que também não seria muito cooperativo com figuras de autoridade.

Otário.

Eu adorava irritá-lo.

O motivo da minha aversão descarada era simples: ele tinha jogado hurling com meu pai no passado.

Hurling.

Senti um calafrio.

O esporte era tanto minha salvação quanto meu pesadelo.

Meu pai me obrigava a jogar desde que eu tinha quatro anos. Temendo que essa pressão fosse despejada nos ombros de Tadhg como aconteceu comigo quando Darren desistiu, eu me forcei a continuar. E eu era bom. Era melhor que meu pai ou Darren, e acho que isso fez meu pai me odiar ainda mais — afinal, eu não era totalmente inútil, como ele vivia me dizendo.

Babaca.

Foi por conta de pensamentos como esse e de noites bastante difíceis que, quando Shane Holland, um cara alguns anos mais velho da ECB, me ofereceu um baseado no quinto ano, aceitei. Ele me prometeu que o negócio acalmaria minha mente agitada e me ajudaria a dormir, então traguei aquela merda com tanta força para dentro dos meus pulmões que quase sufoquei.

E sabe o que aconteceu?

Funcionou.

Fui para casa aquela noite e dormi feito um bebê, alegremente alheio ao que quer que estivesse se passando do outro lado da porta do meu quarto.

Após aquela primeira noite de sono ininterrupto em anos, fui imediatamente convertido e decidi que a maconha era a minha praia. Depois de fumar, eu conseguia relaxar como nunca. Conseguia fechar os olhos à noite sem ouvir *ela* gritando na minha cabeça.

Eu me sentia em paz.

No sábado, por exemplo, passei algumas horas com Shane e uns outros caras mais velhos da escola. Já conhecia a maioria deles desde pequeno, do meu bairro. Eles eram inofensivos. Ou pelo menos quase todos.

Eu não era ingênuo de acreditar que Shane ou qualquer um daqueles escrotos eram *meus amigos* de verdade. Eles só me ofereciam um escape do maior escroto da minha vida.

Meu pai.

Além disso, a perspectiva de ficar chapado era muito mais atraente do que a de levar uma surra do meu velho por perder um 65 — o equivalente a um escanteio no hurling — durante a partida daquela manhã.

Então, aproveitei a oportunidade de escapar aquela noite.

De fazer tudo parar...

Na manhã seguinte, tudo virou o caos quando a minha aventura noturna foi descoberta, mas eu não me arrependi de nada. Não me lembrava de ter ido para casa. Eu estava grogue demais por conta de uma mistura fodida de maconha e comprimidos.

Não me importava.

Cara, eu faria tudo de novo se isso me poupasse da minha realidade — se me poupasse deles — por algumas horas.

Meu Deus, como eu queria poder fumar um naquele instante...

— Acho que ele está batendo nela de novo — Tadhg falou, me arrancando dos meus pensamentos, quando ouvimos os lamentos sofridos da nossa mãe, seguidos por grunhidos ferozes.

Ah, pode apostar que sim.

— Pela última vez, ele não está batendo nela.

— Tem certeza?

Não.

— Sim.

— Promete?

Não.

— Sim.

— Obrigado por nos deixar ficar com você, Joe.

— Sem problemas.

— Quer se espremer aqui com a gente?

E acabar sendo feito de penico durante a noite?

— Não, valeu.

— Tem certeza que não quer...

— Durmam. Agora.

Meus pensamentos foram ficando sombrios quando me concentrei em Darren. Me ajeitei na cama na companhia do meu ressentimento e do meu hurley.

Babaca.

14 de fevereiro de 2000

Qualquer uma menos ela

JOEY

— Daí é só reconectar os fios assim e pronto — Tony Molloy explicou na quinta-feira à noite depois da escola, enquanto me passava um alicate.

O motor do carro que ele estava consertando rugiu e ganhou vida. Sorri.

— Que doideira.

Ele arqueou a sobrancelha grisalha.

— Só estou te mostrando isso pro caso de acontecer alguma emergência, e não pra um passeio à meia-noite ou qualquer outra merda que vocês jovens fazem por aí.

— Obviamente.

— Aqui, me dá essa ferramenta.

Intrigado, fiz o que o homem me pediu, absorvendo tudo o que ele me ensinava e me sentindo extremamente grato por ele ter me dado uma chance no ano passado — mesmo que isso significasse assumir o papel de servo de Tony.

Mexer com gasolina no pátio ao lado da oficina não era exatamente algo emocionante, mas descobri que gostava de trabalhar com motores. E mais do que gostar, essa era *exatamente* a distração de que eu precisava.

O dinheiro não era muito — cinco euros a hora —, mas eu era novo para arranjar um emprego de verdade, sem falar que era estourado demais para manter qualquer outro trabalho mesmo se tivesse idade suficiente.

Eu não me aguentava. Tinha um sério problema em manter a cabeça no lugar. A raiva que eu sentia sempre que era confrontado ou que algum babaca queria discutir era incontrolável.

Havia algo dentro de mim que exigia que eu reagisse, mesmo que fosse uma discussão boa ou insignificante. Eu simplesmente não conseguia. Era como se um demônio vivesse embaixo da minha pele, como se ele tivesse levado chutes demais e se recusasse a aguentar mais um.

Enfim, o alívio que eu via no rosto da minha mãe quando eu lhe entregava meu pagamento toda sexta à noite fazia tudo valer a pena. Se eu pudesse tirar um décimo que fosse do peso que ela carregava naqueles ombros frágeis graças àquele imbecil inútil com quem ela se casou e que se recusava a procurar emprego, eu me esforçaria, ainda mais ganhando cinco contos por hora.

Aceitei todas as horas que me ofereceram e passei a trabalhar quase todas as noites depois da escola até umas nove ou dez, e o dia todo no sábado, a não ser que eu tivesse algum jogo.

— E aí, como vai a escola, cara? — Tony perguntou, se levantando. — Espero que esteja na miúda depois daquela suspensão da semana passada.

Eu não era muito fã da escola e meu chefe sabia. Em geral, eu odiava aquele lugar, mas quando considerava minhas opções, percebia que poderia até morar lá — ou na oficina — se isso significasse que eu não precisava ir para casa.

— Já te contei — eu disse, seguindo Tony para o escritório, que também funcionava como sala dos funcionários. — Aquele cuzão do Rice passou do limite.

— E você pelo visto estava mais do que a fim de cortar a onda dele — Tony provocou. Ele agitou a chaleira, apontando para meu olho roxo. — Se continuar aparecendo no trabalho desse jeito, vai acabar assustando todas as senhorinhas que vêm aqui buscar gasolina.

Dei de ombros.

— Sabe, Joe, você precisa aprender a se controlar — ele disse, servindo duas canecas de chá. — Seu pavio curto é perigoso, garoto. Vai atrapalhar a sua vida.

Ou vai me manter vivo tempo suficiente para eu crescer e dar o fora dessa cidade.

— Talvez — concordei, passando a língua no corte recém-cicatrizado na minha boca.

— Já está te atrapalhando — ele declarou, me oferecendo uma caneca antes de começar um dos seus sermões do tipo *você tem tanto potencial!*.

Me afundei em uma cadeira do outro lado na mesa, dei um gole no chá e desliguei a voz dele, acenando a cabeça nos momentos certos, depois de já ter ouvido cada uma daquelas palavras outras vezes. No fundo, eu sabia que Tony não era o inimigo.

Cada palavra era um eco do que já tinha sido dito para mim. Pela vovó Murphy. Pelo diretor da ECB. Pelos meus treinadores e professores.

Um blá-blá-blá do caralho...

— Oi, pai — uma voz feminina falou na porta do escritório, fazendo Tony parar no meio do sermão, e meu coração deu um solavanco no peito.

Meus olhos pousaram naquela loira familiar de pernas compridas parada ali, com o mesmo uniforme que eu estava usando de manhã, e contive um grunhido.

Puta merda...

Aquela garota. Aquela garota era um pé no saco.

— Aoife! — Os olhos de Tony se iluminaram. — O que está fazendo aqui?

— Eu estava estudando na biblioteca com Paul — ela respondeu com as bochechas coradas. Depois, colocou a mochila no chão e se aproximou do pai. — As provas intermediárias começam na semana que vem. Perdi a noção do tempo, e você disse que não era pra eu voltar a pé no escuro. — Ela abriu um sorriso angelical para o velho, piscou os grandes olhos verdes e perguntou: — Posso pegar uma carona pra casa?

— Perdeu a noção do tempo na biblioteca? — Tony ergueu a sobrancelha, incrédulo. — Às sete e meia da noite do Valentine's day? Estou com cara de quem nasceu ontem?

Dei risada, também achando a desculpa dela ridícula.

Seus olhos verdes se estreitaram para mim severamente, e dei de ombros. Como se eu me importasse com o que ela fazia.

Ela devia ter inventado uma desculpa melhor. Aquela era patética.

— Provas intermediárias? — Tony olhou para mim. — Joey, filho, você está no mesmo ano dos meus gêmeos. Ouviu alguma coisa sobre provas intermediárias?

— Não estou sabendo de nada — respondi, lembrando vagamente de alguém mencionando que as provas estavam chegando, mas curtindo demais ver o desconforto dela para oferecer a mão que ela claramente precisava para sair daquele buraco.

— Como se ele soubesse de alguma coisa — Molloy comentou com um grunhido. — Não acredita em uma palavra que ele diz, pai. Joey Lynch passa mais tempo na sala do diretor que na sala com...

— Você e *Paul*? — sugeri.

Tony ergueu as sobrancelhas.

— Paul, seu namorado?

— Está mais pra Paul, o idiota — zombei.

— Nossa, Joey. — Ela estreitou os olhos para mim de novo. — Que surpresa saber que você acordou pra vida e aprendeu o nome dos seus colegas.

—Somos do mesmo time de hurling.

Ela cruzou os braços.

— E daí?

— Só por isso sei o nome dele — falei, me recostando na cadeira. — Não preciso acordar pra vida pra saber disso. E Paul Rice *é* um idiota.

Tony deu risada e recuou depressa.

— Espera aí, você não levou uma suspensão na semana passada por ter brigado com esse cara?

— Esse mesmo — confirmei.

— Você bateu nele sem motivo nenhum — Molly grunhiu, defendendo o namorado.

— É o que você acha.

— Ai, tá bom — ela disse. — Vai me dar uma carona ou não, pai? Preciso ir pra casa. Tenho uma tonelada de lição pra fazer.

— Por que não fez na biblioteca? — provoquei, gostando de irritá-la um pouquinho mais do que deveria. — Enquanto estava *estudando* aquelas coisas importantes com Paul?

— Por que você não cala a boca? — ela retrucou, nervosa. — Cuida da sua vida.

— E tem mais: por que Paul não te levou pra casa? — Tony interveio com um tom sério. — Que tipo de cara larga a namorada no meio da noite?

— A mãe levou ele pro treino — ela explicou, encolhendo os ombros.

Tony olhou para mim.

— Treino?

Sacudi a cabeça.

— Não temos treino hoje.

— De tai chi — ela se corrigiu, inquieta. — Nem tudo é sobre hurling.

— Tai chi? — Tony franziu a testa. — Pensei que isso fosse coisa de decoração de casas.

— Isso é *feng shui*, pai.

Contive uma gargalhada.

Molloy me lançou um olhar severo.

— E por que a mãe dele não te deu uma carona?

Ela deu de ombros, agitada.

— Eu não pedi.

Seu pai a encarou.

— E ele não pediu por você?

— Está vendo? — eu disse, lançando a ele um olhar cúmplice. — Idiota.

— Pai — ela interveio, me ignorando de propósito. — Vai me dar uma carona ou não?

— Não.

— O quê? Pai, preciso ir pra casa. Te falei, tenho um monte de lição.

— Desculpa, querida, mas preciso fazer uma revisão completa num corolla antes de fechar. Vou levar umas horas ainda.

— Pai.

— Filha.

— Pai!

— Filha!

— Está bem. — Ela bufou dramaticamente e pegou a mochila. — Não precisa levar sua filha adolescente e indefesa pra casa. Vou arriscar ir a pé no meio da noite.

— Não vai, não — ele ordenou. — Senta aí. Pode fazer a lição aqui enquanto eu termino, e depois te levo pra casa.

— Não vou ficar aqui até você fechar — ela disse, ofendida. — São só alguns quilômetros a pé. Vou levar no máximo vinte minutos. Além disso, está frio aqui e é chato e eu preciso...

— Fazer a lição — seu pai completou. — É, acho que você já disse isso. Bem, você não vai voltar sozinha.

— Bem, eu não vou ficar aqui — ela falou em um tom desafiador, pegando a mochila no chão e seguindo para a porta com seu rabo de cavalo loiro balançando. — Vou ficar bem.

— Meu Deus — Tony grunhiu, balançando a cabeça. — Joey, filho, me faz um favor? Ajuda essa minha filha teimosa a chegar em casa inteira? Você está dispensado depois.

— Não preciso de guarda-costas — Molloy argumentou, horrorizada, mas o pai a interrompeu.

— Ou ele te leva pra casa ou você me espera terminar o trabalho aqui. Você que sabe.

Ela ficou hesitante, avaliando as opções, e depois fixou os olhos em mim.

— E aí, vai me levar pra casa ou não?

Puta merda...

Eu deveria estar aprendendo a trocar as velas de ignição do velho corolla de Danny Reilly, mas, em vez disso, estava levando uma adolescente furiosa pra casa contra a vontade dela. Como acabei envolvido nessa merda, eu jamais entenderia.

Se Tony me conhecesse, realmente me conhecesse, saberia que a filha estaria bem melhor sozinha do que comigo. Eu era péssimo, como minha própria mãe me disse várias vezes.

Com as mãos no bolso da frente do moletom, caminhei ao lado de Aoife Molloy, ouvindo-a tagarelar sobre como o mundo era machista, como ela recebia um tratamento diferente por ser mulher, como era irônico o pai dela não ter problema nenhum em me deixar andar sozinho por aí sendo da mesma idade que ela e mais uma montanha de outras baboseiras que ela ficou vomitando desde que saímos da oficina.

Com toda a sinceridade, era para aquele chilique dramático estar me deixando maluco. Mas eu estava achando um pouco de graça.

— É uma merda — ela sibilou, pisando duro com seus sapatinhos de boneca com salto, exibindo as coxas por baixo daquela faixa de tecido cinza que ela chamava de saia. — Ele está sendo totalmente irracional...

— Posso te interromper um pouco? — perguntei, erguendo a mão.

— Pode — ela disse, se virando para mim com um olhar cheio de expectativa. — Por quê?

— Por nada. Só queria que você parasse de falar.

— Sabe, Joey, você é um baita cuzão às vezes. — Frustrada, ela balançou a cabeça e seguiu na minha frente. — Um *puta* cuzão.

Tudo bem. Não apertei o passo e saí correndo atrás dela como eu suspeitava que os caras faziam. Quando se deu conta, ela se virou para mim.

— Você me jogou na fogueira hoje com aquela história de biblioteca — ela disse, mais nervosa do que era necessário. — Podia ter me defendido ou ficado quieto. Mas você instigou meu pai, fazendo ele se preocupar com a minha relação com Paul e insinuando que a gente não estava estudando coisa nenhuma.

— E você estava? — perguntei, apontando para a marca de chupão no pescoço dela.

Sem dúvida, cortesia dos lábios idiotas de Paul.

— Não é essa a questão — ela gritou, batendo o pé. — Você podia ter ficado quieto e me ignorado, como sempre faz. Em vez disso, tentou me ferrar.

Dei de ombros, sem discordar da sua afirmação.

— Você não quer estar comigo. Está claro. Sou a última pessoa que você queria acompanhar até em casa, então por que veio?

— Seu pai me pediu.

— Bem, estou te pedindo pra ir embora.

— Você não paga o meu salário.

— Aff. — Ela soltou outro suspiro frustrado. — Você é tão irritante.

— E você é uma princesinha — devolvi, sem pensar duas vezes. — Que fica aí reclamando puta da vida só porque seu pai se importa com você o suficiente pra querer que você chegue em casa segura. — Revirei os olhos. — Dá pra ver que está tendo um dia muito difícil mesmo, Molloy.

Ela parou abruptamente e se virou para me encarar.

— Por que você não gosta de mim?

— Que diferença faz?

Minhas palavras a surpreenderam, e ela balançou a cabeça de novo.

— A gente está na mesma turma... há quase um ano agora, e você ainda finge que eu não existo. Sou uma pessoa legal, sabe? Nunca te ofendi, mas você me evita como se eu fosse uma praga. Você nunca foi legal comigo e eu não entendo. — Ela soltou outro suspiro pesado. — O que mudou?

— Nada.

— Mentira. Você estava a fim de mim no primeiro dia, e de repente não estava mais. Então o que mudou?

Minha vida desmoronou e percebi que você era a filha do meu chefe.

— Nada.

— Você é um puta mentiroso! — ela disse, sem largar o osso, como eu queria que fizesse. — A gente se deu bem e você sabe disso.

— Não é crime mudar de ideia, Molloy — falei. — Só aceita e deixa pra lá, pode ser?

— Talvez eu conseguisse fazer isso se você não ficasse me evitando de propósito.

— Eu não fico te evitando.

— Você *vive* me evitando — ela me corrigiu. — Só fala comigo se for necessário, o que geralmente acontece quando meu pai está por perto, mas é sempre pra me provocar e debochar. Você fala com todas as outras garotas da turma, Joey. Com *todas*. Menos comigo. Comigo nunca.

Fica feliz, pensei.

— Você tem namorado — observei, e o pensamento azedou a minha mente. — Por que ia *querer* que eu falasse com você?

— Pra ser legal?

— Eu não sou legal.

— É, sim.

— Não sou, não.

— Diz algo legal pra mim.

— Molloy...

— Vamos — ela pediu. — Diga. Te desafio.

— Você tem pernas bonitas — falei, sem emoção. — Pronto, satisfeita agora?

— Você é legal com as meninas da sala, mas não comigo — ela insistiu.

— Molloy...

— Já vi você sendo legal com Danielle Long e com Rebecca Falvey... e com várias outras meninas do nosso ano.

Lancei um olhar sério para ela que dizia tudo o que eu precisava.

— Você ficou com *todas* elas? — ela perguntou e depois soltou um grunhido. — Que nojento.

— Não tanto quanto você deixando o Paul Rice enfiar a mão na sua calcinha na semana passada.

Seu rosto ficou vermelho feito um pimentão.

— Como?

— Você ouviu bem. — Sentindo uma mistura de emoções caóticas fervendo dentro de mim, não me aguentei e quis provocá-la. — Ouvi dizer que a calcinha era de renda rosa. Há quanto tempo está saindo com ele? Uma semana? Pelo visto ele encontrou o caminho pra sua calcinha rapidinho.

— Ele te *contou* isso?

— Ele contou pra todo mundo, Molloy.

— Quem? — Sua expressão murchou e eu me senti um merda. — Pra quem ele contou?

A tristeza em seus olhos me fez ter vontade de espancar aquele idiota de novo. A suspensão com certeza tinha valido a pena.

Quando ouvi aquele Rice contando pra metade dos caras da educação física que a filha de Tony era tão apertada que mal dava para enfiar o dedo, surtei no meio do vestiário.

Esmurrei aquele babaca pelo Tony, porque ele não estava lá. Pelo menos foi o que eu disse a mim mesmo.

— Ele é um canalha, Molloy. Canalhas falam esse tipo de coisa, então fica o aviso: nunca faça nada com alguém se não quer que todos os amigos dele fiquem sabendo depois.

— Você não é.

— O quê?

— Um canalha que sai contando pra todo mundo.

— Não sou um canalha. Sou um cuzão, lembra?

Passei por ela e atravessei a rua na direção da casa sem conferir se ela estava me seguindo. Mas dava para saber que estava pelo barulho do seu sapato no chão.

— Bom, já que você está sendo tão direto hoje, me diz por que não gosta mais de mim.

— É uma pergunta desesperada demais pra se fazer pra um cara.

— Pra um cuzão, né? E você entendeu o que eu quis dizer.

— Continua sendo desesperada.

— Me responde.

— Não.

— Por que não?

— Porque não.

— Por quê? Vai, Joey. Por favor.

— Não somos compatíveis — declarei, soltando um suspiro frustrado.

— Pra conversar?

— Pra termos qualquer coisa.

— Então você está basicamente me dizendo que é bom demais pra ser meu amigo? — Ela colocou as mãos nos quadris. — Pra andar ou ser visto comigo?

Era bem o oposto.

— Você me fez uma pergunta — eu disse, abrindo o portão da casa dela e gesticulando para que ela entrasse. — E eu te respondi. Entenda como quiser.

— Não foi o suficiente.

— Não ligo — falei, segurando o portão. — Agora que te trouxe em casa sã e salva, você tem tempo de sobra pra terminar sua preciosa tarefa. De nada.

Ela ficou parada debaixo do poste me encarando enquanto eu segurava o portão aberto.

— É por causa do meu pai, né? — ela insistiu, seu rabo de cavalo balançando com a brisa. — Foi por isso que você mudou de ideia? Por isso que você não quer nem ser meu amigo? Ele te falou alguma coisa?

— Entra, Molloy.

— Não me diga o que fazer, Joey.

— Beleza. Como quiser. — Balançando a cabeça, soltei o portão e me virei para ir embora. — Não me importo.

— Sabe de uma coisa? Acho que você se importa, *sim* — ela falou atrás de mim. — Na verdade, acho que você gosta de mim. Você gosta de mim e é por isso que age desse jeito. É por isso que ficou falando aquelas coisas sobre Paul pro meu pai. Não é? Você gosta de mim.

Claro que eu gostava dela, porra. Ela foi a primeira coisa que meus olhos notaram quando entrei na Escola Comunitária de Ballylaggin em setembro, e o único rosto que eu procurava desde então.

— Ela é uma boa garota essa nossa Aoife — Tony disse, me observando desconfiado com seus olhos escuros. Ele estava ficando cada vez mais agitado desde que cheguei no trabalho depois do primeiro dia na escola secundária e comentei que a sua filha e eu estávamos na mesma turma. — É um pouco rebelde, mas que adolescente não é hoje em dia? Ela não é nem um pouco tímida, mas no fundo é uma boa garota. E também é inocente...

— Entendi, Tony — falei depressa, precisando mais do trabalho do que de drama desnecessário. Além disso, eu tinha responsabilidades em casa, coisas que vinham na frente de todo o resto. Até de loiras gatinhas de pernas compridas. — Não tenho intenção nenhuma de me aproximar da sua filha.

— Você também é um bom rapaz — ele comentou, aliviado. — Não é que eu não goste de você, garoto. Você sabe que eu gosto. Só não quero que vocês dois se envolvam e compliquem as coisas aqui no trabalho. Especialmente porque ela é...

Boa demais para você.

— Não se preocupe — eu o interrompi. — Já entendi. Pode deixar. Não precisa esquentar a cabeça comigo.

Eu sabia que Tony tinha consideração por mim. Eu era um bom funcionário, só não era bom o suficiente para a filha dele...

— Bom garoto — ele falou, dando risada. — Mas, se puder ficar de olho nela por mim pra garantir que não estão se aproveitando ou que ela não está se distraindo, eu ficaria te devendo uma.

— Pode deixar...

— Você está delirando, Molloy.

— E você está em negação, Lynch. — Com as mãos ainda nos quadris, ela me lançou um olhar de pura frustração. — Eu te esperei, sabe?

Ergui a sobrancelha.

— Você me esperou?

— Uhum. — Ela acenou a cabeça e afastou uma mecha de cabelo do rosto. — Esperei *meses* pra você tomar coragem e me chamar pra sair. — Ela me olhou diretamente nos olhos e disse: — Paul não era minha primeira opção, sabe.

— O que está querendo dizer?

— Ah, me *desculpe* — ela falou sarcasticamente. — Não sabia que você precisava que eu desenhasse, cuzão.

Puta merda.

A verdade era que, se Tony não fosse o pai dela e eu não tivesse tanto trabalho, ela não teria que esperar merda nenhuma. Garanto que ela não estaria saindo com aquele babaca pretensioso do Paul Rice.

Mas eu tinha responsabilidades que ela jamais entenderia. Eu tinha uma irmã para proteger, irmãos para alimentar e uma mãe com que me preocupar até tarde da noite. Eu não podia me dar ao luxo de ficar de bobeira como Paul, nem tinha as credenciais ou a reputação que qualquer pai ia querer para alguém que andasse com a sua filha.

Eu não culpava Tony por me querer longe da sua princesinha. Também faria o mesmo.

— Bem, pelo visto você cansou de esperar — me ouvi dizendo, e depois me repreendi mentalmente por não ter encerrado a conversa e ido embora como eu *sabia* que devia fazer. — Você se arranjou com o filho de um policial que mora no bairro chique da cidade, então acho que posso dizer que se deu bem, Molloy.

— Pois é. — Ela soltou um suspiro frustrado. — Parece que sim, né?

Eu não sabia o que responder. O que dizer para ela.

Caralho.

— Vai pra casa terminar a lição como a boa garota que você é — finalmente falei, ignorando a estranha dor que senti no peito e me virando para ir embora. — Ah, e não se esqueça de se lavar pra tirar o cheiro do idiota do Paul de você.

— Rá. *Sabia.* — Ela esticou o braço e me puxou. — *Sabia* que você gostava de mim.

— Ei! — Afastei a mão dela e enfiei as minhas no bolso do moletom, todo agitado com o seu toque. — Não faça isso de novo.

Seus olhos se encheram de confusão.

— Isso o quê?

— Me tocar.

— Por que não?

— Porque não.

— Por quê?

— Porque eu não gosto de você.

— Mentiroso.

— Porque não sei por onde essas mãos andaram, que tal?

Ela apertou os olhos.

— Como?

Mandei mal. Retire o que disse. Retire o que disse, imbecil.

— Ei. — Dei de ombros, sem querer dar ouvidos à razão. — Pelo que eu sei, você pode ter brincado com o santinho do seu namorado com essas mãos.

— Você *não* falou isso.

Mas eu tinha falado, e o fato de ela estar parada ali me desafiando significava que eu não podia retirar o que disse.

Meu Deus, eu estava com sérios problemas.

Feito uma criança teimosa, Molloy me deu um tapa no peito e depois foi arrastando as mãos pelo meu pescoço até alcançar meu rosto.

— Aqui, cuzão, toma uns germes. — Ela abaixou meu capuz e bagunçou meu cabelo antes de levar as mãos ao meu peito de novo e enfiá-las no meu bolso. — Hummm — ela me provocou, entrelaçando os dedos nos meus. — É gostoso, né?

— Você é uma pentelha — murmurei, balançando a cabeça, reprimindo o desejo de me deleitar com a maravilhosa sensação da sua pele quente na minha.

— E você é um besta — ela retrucou, sem ceder um centímetro. — E aí, vai me acompanhar ou vou ter que contar pro meu pai que você me abandonou no meio da noite?

Fiquei de queixo caído.

— Eu te trouxe até o seu *portão.*

— O portão não é a minha porta. — Ela arqueou a sobrancelha desafiadoramente. — Pode acontecer alguma coisa comigo.

— *Claro* que pode. — Revirei os olhos. — Nos dez segundos que você vai levar pra entrar, né?

Como ela não se mexeu, bufei de frustração.

— Está bem. — Balançando a cabeça, eu a segui para o jardim. — Eu te acompanho até a porta.

— Que cavalheiro — ela me provocou, abrindo um sorriso vitorioso. — E *fofo*.

— Eu não sou fofo.

— E gentil.

— Também não sou. E solta minha mão.

Dando um sorrisinho malicioso, Molloy girou a maçaneta e abriu a porta.

— Vai entrar?

Será que ela era maluca?

— Não, Molloy — falei, perplexo. — Não vou entrar.

— Tem certeza? — Ela se recostou na porta erguendo as sobrancelhas e disse: — Tenho uma caixa inteira de cereal de chocolate na cozinha e estou disposta a dividir com você.

— Não vou entrar... — Parei de falar quando registrei o que ela havia acabado de dizer. — Cereal de chocolate?

Ela fez que sim.

— Daquele gostoso.

Puta merda.

Cocei a nuca e me ouvi perguntando:

— Você também tem leite?

— Sempre.

Meu estômago roncou alto diante da ideia de comer alguma coisa porque, vamos ser sinceros, as chances de encontrar comida na cozinha de casa em uma segunda à noite não eram muito grandes.

— Isso não significa que somos amigos — avisei, dando um passo hesitante para dentro. — Isso não muda nada, Molloy.

14 de fevereiro de 2000

Esses olhos verdes me destroem

AOIFE

Certo, convidar um garoto que *não* era meu mais novo namorado para a minha casa na noite do Valentine's day pode não ter sido minha melhor ideia, mas, em minha defesa, dividir uma caixa de cereal de chocolate com Joey Lynch não era exatamente o crime do século. Era só um gesto inofensivo, platônico e aleatório de bondade e gratidão com alguém que tinha me acompanhado até em casa à noite.

— Puxa uma cadeira — falei, entrando na cozinha na frente dele. — Vou pegar as tigelas.

Cauteloso e desconfiado, meu colega de turma foi até a mesa e se sentou devagar.

— Estou falando sério, Molloy. Isso não significa que somos amigos.

— Eu sei, eu sei — falei, achando graça da sua tentativa patética de se blindar do meu charme irresistível. — Como quiser, Joey Lynch.

Peguei as tigelas, as colheres e o leite na geladeira, e depois a caixa de cereal no armário, colocando tudo na mesa.

— Pode atacar.

Ele não se mexeu.

— Quer chá? — ofereci.

Joey olhou para mim como se eu tivesse duas cabeças.

— *Chá?*

— Chá — confirmei, resistindo à vontade de rir do seu desconforto. — É algo que nós, pessoas comuns, bebemos de vez em quando.

— Eu sei o que é chá — ele murmurou, balançando a cabeça. — E não, eu, hum... não estou com sede.

Percebendo que ele não pretendia tocar em nada do que eu tinha servido até que eu fizesse as honras, apesar de não parar de olhar para o cereal, larguei a chaleira e fui até a mesa, me sentando do lado oposto.

— Sério, Joe — insisti, servindo duas tigelas de cereal e enchendo-as de leite até o topo. — Vai nessa.

De cara emburrada, ele puxou a tigela transbordante e pegou uma colher.

— Valeu.

— De nada — respondi, dando uma colherada no cereal e sentindo uma pontada estranha na boca do estômago enquanto observava ele devorar a tigela como se não comesse nada há dias. — Minha mãe saiu com umas amigas hoje, e eu não sei cozinhar, então é o melhor que posso te oferecer.

— Você não sabe cozinhar?

— Não, e você?

Joey deu de ombros.

— Um pouco.

Ergui as sobrancelhas.

— O quê?

Ele deu de ombros de novo.

— Depende.

— Depende? — perguntei, enchendo sua tigela de mais cereal. — Do quê?

— Obrigado — ele respondeu, esperando que eu afastasse a caixa antes de voltar a comer. — Do que tiver na despensa.

— Bem, sei que você é bom em economia doméstica — comentei, pois estava na mesma turma que ele fazia meses. — Os pratos que você prepara são sempre os favoritos da professora.

— Só porque são comestíveis — ele zombou, mantendo a cabeça baixa. — Eu tenho bastante experiência.

— De cozinhar com a sua mãe? — perguntei, totalmente intrigada com aquele garoto, apoiando o cotovelo na mesa para observá-lo melhor. — Ela costumava cozinhar com você quando você era pequeno?

— Tipo isso — ele respondeu, pegando a caixa de cereal. — Você, hum... se importa se eu...

— Manda ver.

— E aí, onde está seu irmão?

— Conhecendo Kev, deve estar devorando livros no quarto.

— Ele é meio nerd, né?

— Um pouco — concordei com relutância, e fiz careta ao pensar no meu irmão gêmeo e em seu brilhantismo acadêmico, tão superior ao meu. — Ele é o menino de ouro da minha mãe.

— Hum. — Joey acenou a cabeça, compreensivo. — Conheço bem essa sensação.

— Que sensação? — provoquei. — Está querendo me dizer que não é o favorito da sua casa?

Ele ergueu a sobrancelha.

— Estou mais pro patinho feio.

Dei risada.

— Não acredito nisso, sr. Jogador de Hurling Prodígio.

Ele abriu um sorrisinho.

— Você não faz ideia, Molloy.

— Quantos irmãos você tem?

— Quatro — ele murmurou antes de se corrigir e responder: — Três.

— Quatro ou três? — Dei risada.

— Eu *tinha* quatro, agora *tenho* três — ele falou, sem emoção.

— Ah, meu Deus — soltei, sentindo uma onda de empatia me dominar. — Você perdeu um irmão?

— Bem, ele ainda está respirando. Mas está morto pra mim.

Que bosta...

— Entendi — comentei, observando-o com atenção. — Me conta dos outros então.

Joey deu de ombros.

— Dois irmãos, uma irmã.

— Quantos anos eles têm?

— Dez, seis, e o outro, quase quatro.

— Você é o mais velho?

— Agora, sim.

Beleza...

— Como é ter irmãos mais novos? — me ouvi perguntando. — Aqui somos só eu e Kev.

— É exaustivo.

— Posso imaginar.

Ele olhou para mim através dos cílios curvados.

— Você nem imagina.

— Qual é o seu favorito?

Joey me lançou um olhar duro.

— Não se escolhe favoritos, Molloy.

— Até parece — falei, rindo. — Todo mundo tem um favorito. Isso não significa que você ama mais ou menos qualquer um dos outros. Só significa que é mais compatível com um, que prefere a companhia dele.

Ele ficou pensando por um longo tempo antes de murmurar:

— Acho que sou mais próximo de Shannon.

— Sua irmã?

Ele assentiu.

— É ela que tem dez anos?

Assentiu mais uma vez.

— Vai fazer onze no mês que vem.

— Então é a segunda mais velha, né?

Concordou de novo.

— O irmão morto deve ser o mais velho.

Ele me encarou.

— Não força a barra.

— Ah, não precisa ser grosso.

— Para de fazer perguntas e não vou precisar ser.

— Está bem. — Sorri docemente para ele, sabendo que era mais fácil pegar moscas com mel do que com vinagre, e disse: — Seus olhos são bonitos.

— Bonitos...

— Uhum. — Peguei o cereal e enchi sua tigela primeiro, depois me servi de mais. — Você pediu pra eu parar de te fazer perguntas, então resolvi te elogiar.

— Por quê?

— Por que não?

— Mas por quê?

— Porque é legal ser legal, Joey.

— Você é muito estranha — ele grunhiu, desconfortável. Em seguida, acrescentou a contragosto: — As suas pernas são bonitas.

Sorri para ele.

— *Obrigada.*

Ele me encarou com uma expressão incrédula.

— De nada.

— E o resto da sua família?

— Que que tem?

— De quem você é mais próximo?

— De mim mesmo.

— Ah, fala sério. — Revirei os olhos. — Você não pode responder isso.

— Por que não? É verdade.

— Bem, você não tem nenhuma tia rica nem um primo descolado com quem adora encontrar nas festinhas de família?

— Não.

— Vamos, Joe. — Sorri. — Me entretenha. Tem que ter alguém.

Ele ficou me olhando por um longo tempo antes de soltar um suspiro.

— Tenho um bisavô.

— Ah, é?

Ele confirmou com cautela.

— Qual é o nome dele?

— Anthony.

— Que nem meu pai. — Sorri de novo. — Ele é pai da sua mãe ou do seu...

— Da minha mãe.

— Ele é legal?

Ele deu outro aceno lento.

— A gente, hum... não se vê mais tanto, mas eu passava bastante tempo com ele quando era pequeno.

— Por que vocês não se encontram mais?

— Aconteceram umas merdas na minha família. — Ele deu de ombros. — E fiquei ocupado com o trabalho, a escola e o hurling.

Essa era a conversa mais longa que eu tinha com Joey Lynch desde que nos conhecemos no começo do ano letivo, e eu estava disposta a fazer qualquer coisa para mantê-lo ali na minha cozinha falando comigo.

Dizer que eu me sentia atraída por ele seria um grande eufemismo.

Já tinha rolado naquele primeiro dia — um misto de identificação, desejo e amizade — quando nossos olhares se encontraram, e agora estava rolando de novo.

Esse garoto tinha algo impossível de ignorar, e eu sabia que ele sentia o mesmo. Joey podia negar até o fim e erguer os muros que quisesse, mas não ia conseguir me enganar com aquela indiferença blasé de merda.

O jeito frio com que ele me tratou no segundo dia — e todos os dias desde então — não tinha nada a ver com não gostar de mim, e tudo a ver com o fato de que ele trabalhava para o meu pai e não queria irritá-lo.

Ele não flertou comigo *nem uma vez* sequer, nem tentou nada depois daquele primeiro dia, e fiquei puta da vida com isso.

Irritada comigo mesma por desperdiçar quase seis meses esperando Joey tomar uma atitude e me chamar para sair, acabei aceitando o convite de outro cara.

E fiquei irritada de novo, desta vez projetando a raiva no meu julgamento de merda. Sempre recebi atenção dos garotos da ECB, mas concordei em sair com Paul porque me sentia à vontade com ele e pensei que ele era uma aposta relativamente segura.

Joey era mais esguio que Paul — e mais alto também. Vi seus músculos com meus próprios olhos depois da aula de educação física, mas ele era seriamente magro.

Parecia um corredor.

Ou alguém que passava fome...

Mas eu sabia que Paul não partiria meu coração. E meu coração de fato não estava partido, já meu orgulho... Saber que os amigos dele estavam a par do que tínhamos feito, saber que *Joey* também estava só tornou a humilhação muito mais difícil de engolir.

— Você está puta — Joey notou, me observando do outro lado da mesa com aqueles afiados olhos verdes.

— Estou.

— Posso ir embora.

— Não é com você — falei. — Estou puta com Paul por ter falado de mim.

— Ah. — Ele largou a colher na tigela vazia, se recostou na cadeira e me lançou um olhar severo. — Bem, se serve de consolo, ele não vai mais falar de você.

— Porque você deu o recado, né? — brinquei.

Joey não riu.

— Ah, meu Deus. — Então a ficha caiu. — Você deu o recado mesmo, né? — sussurrei, sentindo o coração acelerar ao lembrar da briga deles no outro dia. — Foi por isso que você bateu nele?

— Alguém tinha que fazer isso.

— E esse alguém tinha que ser você?

Ele deu de ombros.

Meu coração deu um pulo.

— Joe...

— Obrigado pela comida, Molloy. — Ele empurrou a cadeira para trás e se levantou. — Preciso ir.

— Não. — A frustração ganhou vida dentro de mim. — Você não precisa ir agora.

— Preciso, sim.

Ele pegou a tigela e a colher, foi até a pia e as lavou antes de colocá-las no escorredor.

Com cuidado, voltou para a mesa com um pano na mão e limpou a sujeira que tinha feito. Depois de terminar a limpeza, ele devolveu o pano à pia e seguiu para a porta.

— Mais uma vez, obrigado pelo lanche.

— Sem problemas — respondi, abrindo a porta para ele.

Ele ergueu o capuz, escondendo o rosto, e saiu noite afora.

— Nos vemos por aí, Molloy.

— Beleza, Joey Lynch. — Soltei um suspiro trêmulo. — Nos vemos.

25 de fevereiro de 2000

Você é igual a ele

JOEY

Minhas memórias mais antigas começam por volta do meu aniversário de três anos. Eu não sabia dizer se os eventos que ocorreram antes desse dia foram bons, porque eu parecia só me lembrar das coisas ruins. Nesse instante, às dez da noite de uma sexta-feira, depois de interromper outra guerra entre os meus pais, eu só me lembrava das coisas ruins. Sentindo dor em lugares que eu nem sabia que existiam, não consegui impedir que meu cérebro remoesse algumas das lembranças mais perturbadoras da minha infância...

— Pode chorar, Joey — minha mãe sussurrou, pressionando os dedos no meu bracinho fino. Seu toque era suave e quente, e a sensação fez algo se contorcer dentro do meu estômago. — Não tem problema, meu bem.

Não.

Ela estava errada.

De novo.

Furioso com ela e com a porra do mundo todo, engoli a dor, empurrei as emoções para o fundo da minha mente e me concentrei no meu trabalho — um trabalho que eu tinha quase certeza que nenhum menino da minha escola fazia para a mãe deles.

Ninando Ollie ainda bebê nos braços, segurei a mamadeira nos seus lábios, tomando cuidado com qualquer ventinho, como minha mãe me ensinou.

Ela mesma não conseguia fazer isso.

Claro que não.

Hemorragia pós-parto uma ova.

A coisa estava mais para agressão pós-parto.

Ele tinha batido nela outra noite porque o bebê não parava de chorar.

Era o mais perto que eu tinha chegado de vê-la morrer em muito tempo.

A imagem ainda estava gravada na minha mente.

O sangue.

O choro.

A desesperança.

— Onde estão as fraldas? — perguntei quando o bostinha resmungão finalmente terminou de secar a mamadeira que eu tinha preparado. — Ele está fedendo.

— Deixa comigo — ela disse, se sentando.

— Fica deitada — ordenei, estremecendo ao me lembrar do que tinha visto saindo dela alguns dias atrás. — Posso cuidar dele.

Olhando para o pacote de fraldas no canto do quarto dela, sacudi meu irmãozinho nos braços e a peguei.

— Vem, gordinho — murmurei, deitando o bebê na cama e tirando delicadamente o macacão do seu corpinho. — Vamos limpar isso.

Ele ficou me encarando com sua fofura e seus grandes olhos, e franzi a testa.

— Não me olha assim — falei. Como se eu pudesse te manter seguro. — E não mija em mim.

— Você vai ser um ótimo pai no futuro — minha mãe disse com a voz trêmula.

— Eu preferia morrer — foi tudo o que respondi...

— Joey...

Queria que ela parasse de falar comigo. Sua voz me fazia sofrer. Tudo aquilo me fazia sofrer.

— Joey, por favor.

Relutantemente, me obriguei a olhar para ela e senti o coração murchar e morrer quando a vi.

Ela estava destroçada.

De novo.

Ela costumava esconder bem, mas não dessa vez. Como se estivesse aplicando uma nova camada de tinta na parede, meu pai aplicou nela uma nova camada de hematomas verde-azulados.

Eu nunca tinha visto nada parecido, e isso não era um eufemismo. Ela parecia um cadáver. A culpa se agitou dentro de mim, e eu sinceramente tive vontade de morrer.

O que é que eu poderia falar? Como é que eu poderia dizer o quanto eu estava triste e bravo? Eu queria abraçá-la e sacudi-la ao mesmo tempo.

Enquanto meus pulmões expulsavam o ar que eu estava prendendo, deixei todas as emoções e os pensamentos nocivos dos eventos daquela noite se infiltrarem na minha cabeça, torcendo para que eles, de alguma forma, acendessem a chama da autopreservação dentro de mim. Torcendo para que alimentassem minha raiva e me ajudassem a virar a chave, a parar de me importar. Porque aquilo estava acabando comigo, e eu sinceramente não achava que poderia aguentar muito mais.

— O que você quer de mim, mãe? — perguntei com a voz rouca e o coração em pedaços.

Seus olhos azuis se arregalaram.

— C-como assim?

— O que você quer? — repeti, passando a mão pelo cabelo. — Você me tirou da cama pra que eu tirasse ele de cima de você? Eu fiz isso. Pra montar uma barricada na porta? Também já fiz isso. O que você quer de mim agora, mãe? O que quer que eu faça?

— Ele foi embora de vez — ela sussurrou. — Não vai voltar. Prometo.

— Nem você acredita nisso — falei, cansado demais para discutir. Tive que reunir todas as minhas forças para bater de frente com aquele escroto do marido dela mais cedo. Não tinha sobrado nada em mim, nem mesmo ódio. — Ele vai voltar ainda pior.

— Joey...

— Ele vai te *matar*, mãe. Você não está vendo? Por que não me ouve? Você vai morrer nesta casa. Se não se livrar dele, vai acabar morrendo aqui. Eu sei... — minha voz falhou, e contive um soluço, sem querer derramar lágrimas. — Você não se ama? Você não me ama?

— Claro que te amo — ela choramingou baixinho, esticando o braço sobre a mesa para colocar a mãozinha nos meus dedos machucados. — Eu amo muito os meus filhos.

Eu amo meus filhos, não "Eu te amo, Joey".

Típico.

Ela podia pensar que amava todos os filhos, mas com certeza não me amava, ou não podia me amar. Darren era seu primogênito e seu favorito, Ollie era seu doce e carinhoso bebê, Tadhg era seu pestinha travesso e Shannon era sua única filha.

E eu... era o resto.

Piscando para conter as lágrimas, olhei pra sua mão pequena enquanto ela tentava me confortar com aquele mínimo contato.

— Por quê?

— Por que o quê?

Por que você não me ama?

Inclinei a cabeça e apontei para a aliança na sua mão esquerda, depois perguntei:

— Por que você continua usando essa coisa?

Ela afastou a mão, a levou ao peito e sussurrou:

— Porque é o que eu devo fazer.

Perdendo a paciência, eu a encarei.

— E ele devia *parar* de te esmurrar, ou vocês não fizeram essa promessa nos votos de casamento?

— Não faz isso, Joey.

— Isso o quê? — desdenhei. — Te falar a verdade?

— Estou cansada demais pra brigar com você.

— E eu estou cansado demais pra ficar resolvendo seus problemas — sibilei. — Você nos mantém nessa maldita casa de sofrimento. É escolha sua, e você escolhe *ele* toda vez. Darren estava certo de dar o fora daqui.

Ela se encolheu como se eu tivesse batido nela e se levantou devagar da mesa, parecendo prestes a colapsar.

Fiquei de pé contra a minha vontade e fui na direção dela.

— Aqui — falei, segurando-a pelas costas com gentileza. — Vou te ajudar a subir as escadas...

— Não! — Ela se desvencilhou do meu toque como se eu a tivesse queimado e respirou fundo algumas vezes. — Por favor, não encosta em mim.

Perplexo, fiquei parado com as mãos erguidas, sem saber que porra eu tinha feito para causar essa reação na minha própria mãe.

— Mãe... — eu disse no tom mais suave que consegui. — Sou eu. Joey. Não vou te machucar. Você sabe disso.

— Sei exatamente quem você é — ela sussurrou, tremendo.

— Como assim? — Passei a mão pelo cabelo, sentindo o corpo todo vibrar em uma mistura fodida de desespero e mágoa. — Olha... — falei, tentando acalmá-la. — Sei que não sou tão diplomático quanto Darren, beleza. Sei que era com ele que você falava sobre essas merdas, e sinto muito por ter jogado a saída dele de casa na sua cara, mas eu...

— Para — ela soltou, enquanto as lágrimas escorriam livremente pelo rosto. — Não fala do Darren. Você não se parece *nem um pouco* com ele!

— Por que ainda estou *aqui*? — sibilei, conforme a mágoa se sobrepunha ao desespero. — Deixa eu te contar: seu precioso Darren foi embora, porra. O santo em pessoa desistiu. E nos abandonou. Mas eu ainda estou aqui, mãe. Estou bem *aqui*.

— Eu sei — ela gritou. — Berrando e dando ordens que nem... — Ela fechou a boca e balançou a cabeça. — Deixa pra lá.

— Que nem quem? — pressionei, confuso, observando-a se aproximar lentamente da porta da cozinha. — Que nem quem, mãe?

— Não importa.

— Importa, sim. Termina o que você ia dizer. Que nem quem, mãe? — Tremendo da cabeça aos pés, falei: — Ele? Era isso que você ia dizer? Eu pareço ele?

Por favor, diz que não.

Por favor, diz que não.

Por favor, diz que não.

— Sim — ela confirmou com uma expressão sofrida. — Você se parece com o seu pai. — Ela estremeceu e fechou os olhos enquanto uma lágrima escorria. — Eu sei que não é sua culpa, eu sei disso, está bem? Mas te acho parecido com ele. Cada dia mais.

— Em que sentido? — perguntei com o peito pesado. — Na aparência? Porque, se for isso, não é mesmo culpa minha. Não posso escolher quem eu puxei. Mas, fora isso, não sou como ele de jeito nenhum.

— É, sim — ela afirmou, saindo em seguida. — De todos os jeitos.

Com essas palavras, minha mãe me feriu de uma forma muito mais profunda e cruel do que meu pai jamais fizera.

Do que ele jamais poderia fazer.

E eu soube que aquele momento era o começo do fim para mim. O caldo que eu estava tentando não entornar nos últimos anos tinha finalmente entornado. E eu não sentia nada.

Com a mão tremendo, peguei o celular no bolso da calça.

Digitei o número que eu tanto tentava evitar e levei o telefone ao ouvido.

Ele atendeu no terceiro toque.

— Ora, ora, ora, se não é meu menino favorito.

— Não sou menino — falei com o peito pesado. — Preciso de uma coisa.

Shane deu risada do outro lado da linha.

— Pensei que você estava fazendo a coisa certa, garoto. Não foi isso o que você me disse da última vez?

Fechei os olhos, passei a mão pelo cabelo e suspirei.

— É, bem, mudei de ideia.

— Me encontra no parque da Casement Avenue em meia hora.

Relaxei de alívio.

— Estarei lá.

— Ah, e mais uma coisa — ele acrescentou em um tom sério. — Chega de brindes.

25 de fevereiro de 2000

Agora você sabe por quê

AOIFE

— Não entendo — Paul disse no telefone na sexta à noite, impaciente. — Já te falei que não vou fazer isso de novo. Por que não pode deixar pra lá e me encontrar?

— Porque da última vez que a gente se viu você saiu espalhando pras pessoas nossos assuntos pessoais — respondi, revirando os olhos diante do seu nível de estupidez. — Ainda estou puta com você. Você quebrou a minha confiança. E, se não posso confiar em você, não posso ficar com você...

— Pode, sim! Você *pode* confiar em mim — ele insistiu, rapidamente mudando o tom de severo para humilhante. — Me desculpa, gata. Mesmo. Não vai acontecer de novo.

— Não mesmo — concordei plenamente, agora só um pouco irritada, porque a verdade era que eu só me importava um pouco. — Não vai acontecer de novo porque a sua mão nunca mais vai chegar perto da minha calcinha, Paul Rice.

— Mas eu te amo.

— Ah, meu Deus. — Revirei os olhos com força. — Para de show. A gente só saiu umas semanas.

Houve uma longa pausa antes de uma risada suave encher meus ouvidos.

— Exagerei?

— Pois é — respondi, também rindo. — *Eu te amo* — zombei. — Seu idiota. E se eu fosse uma daquelas garotas que acreditam nas bostas que os caras dizem?

— Talvez eu estivesse mais perto de botar a mão na sua calcinha de novo? — ele perguntou, esperançoso.

— Seu dedinho vai ficar bem longe de mim.

Ele deu risada do outro lado da linha e falou:

— Escuta, vai rolar uma matinê no salão da Associação Atlética Gaélica amanhã à noite. Queria que você fosse comigo. Me deixa consertar as coisas.

— Quer dizer que você quer me compensar por ter sido um canalha comigo me levando pra uma matinê zoada, onde as garotas fazem fila nas paredes torcendo pros caras agarrarem elas? — Ergui a sobrancelha. — Nossa, que tentador, mas não, obrigada.

— Você vai realmente me fazer sofrer, né?

— Vou — concordei, sem hesitar. — Vou, sim.

— Você gostou daquele colar que eu te dei, não?

— Achei ok — falei, segurando a correntinha brilhante no meu pescoço. — Só que você não vai me comprar com presentes, Paul.

Ele soltou um suspiro.

— Aoife.

— Chega, estou ocupada.

— Com o quê?

— Observando as pessoas.

— Você não está em casa? — ele perguntou com um tom curioso e ciumento. — Com quem você está?

— Meu outro namorado — respondi, balançando as pernas em cima do muro do jardim. — Nunca falei dele pra você? Ele é *muito* confiável.

— Não tem graça.

— Foi só uma brincadeirinha.

— Com quem você está, Aoife?

— Com ninguém — falei, dando risada. — Boa noite, Paul.

— Não, espera, com quem você está?

Desliguei o telefone e o enfiei no bolso do roupão, soltando um suspiro quando senti a familiar e estranha frustração me dominar.

Já fazia quase duas semanas que Joey Lynch tinha me contado sobre a história da calcinha rosa, e eu não estava mais brava de verdade com Paul.

Eu não estava nem mais irritada com todo aquele desastre.

Claro, não estava nem um pouco feliz por ele ter falado de mim pros amigos, mas conhecia os garotos da minha idade e sabia que eles faziam isso.

Falavam um monte de merda.

Um monte mesmo.

Minha melhor amiga, Casey, achava que eu deveria estar furiosa e talvez tivesse razão, mas o fato é que eu não ligava tanto para isso — ou seja, para minha relação com Paul — para gastar energia com esse assunto.

Além disso, foi legal estar com Paul. Ele era gato e esperto, e a gente se divertiu a maior parte do tempo.

Mesmo assim, eu continuava inquieta.

E isso eu não conseguia entender.

Consegue, sim, sua mentirosa...

— O que está fazendo aí, Aoife? — Katie Wilmot, minha vizinha, perguntou, me tirando do devaneio.

Amigas desde a infância, nossos caminhos tinham se separado no ano passado, quando eu a deixei na escola primária e fui estudar na ECB. No próximo ano, ela iria para ainda mais longe e estudaria no Tommen, a escola particular que ficava fora de Ballylaggin, mas como éramos vizinhas, nossa amizade permaneceria intacta.

Ela subiu no muro ao meu lado, entrelaçando o braço no meu e apoiando a cabeça no meu ombro.

— Está congelando aqui fora.

— Eu sei. — Soltei um suspiro pesado e encostei a bochecha nos seus cachos ruivos. — Só estou vendo o povo passar.

— Você está vendo os *gatinhos* passarem — Katie me corrigiu com um sorrisinho.

Sem me incomodar em negar o que ambas sabíamos ser verdade, voltei a atenção para a comoção do outro lado das nossas casas.

Eram onze e meia da noite de uma sexta, e a Gardaí estava prendendo alguém — o que não era nenhuma novidade nessa parte da cidade. Eles andavam atrás de menores bebendo e já tinham angariado uma boa gangue de adolescentes.

Eu conhecia todos. Alguns eram da minha rua, outros da minha escola... até que eu *o* vi.

— Ei, não é aquele menino que trabalha com o seu pai? — ela perguntou, verbalizando meus pensamentos, enquanto observávamos um dos policiais prensar Joey Lynch na lateral da viatura.

Em vez de manter a boca fechada como os outros, ele dava risada e provocava o Garda, que o revistava grosseiramente. Ele estava com as mesmas roupas de sempre — um moletom largo azul-marinho com um capuz escondendo seu cabelo loiro — e não parava de zombar da polícia, incitando os homens a perderem o controle.

— Joey Lynch — falei com um suspiro pesado. — Sim. Ele mesmo.

O policial pegou o cigarro pendurado nos lábios de Joey e o atirou no chão antes de pisar nele. O que lhe rendeu uma série de ofensas proferidas pelo meu colega.

— Que idiota — grunhi, balançando a cabeça, decepcionada com o seu comportamento, pois eu achava que ele não era disso. Na verdade eu sabia que ele não era disso, caramba.

Pensei que dividir uma caixa de cereal com ele duas semanas antes de algum jeito pudesse ter derretido aqueles muros de gelo que ele tinha em volta de si, mas estava redondamente enganada. No dia seguinte, ele apareceu na escola mais fechado que nunca, ostentando um belo de um olho roxo e cara de poucos amigos.

Joey nunca mencionou o evento para os outros garotos, eu tinha certeza, porque Paul teria surtado se soubesse do *cereal* que dividi com o nosso colega.

— Ele é um alerta vermelho ambulante — Katie concordou, e depois acrescentou: — E não é novo demais pra andar com Shane Holland? Shane não tem, tipo, uns dezessete anos?

— Dezoito — eu a corrigi, encarando o maior traste de Ballylaggin.

Shane não era flor que se cheirasse, todo mundo sabia. Ele estava no último ano da ECB e era a pior companhia possível que alguém poderia escolher. Todo mundo da vizinhança sabia que ele era traficante, e podia até ser peixe pequeno, mas seus irmãos não. Parecia que os Holland estavam envolvidos com os traficantes barras-pesadas da cidade.

Joey só estava no primeiro ano. Se estava andando com Shane, é porque estava brincando com fogo. Era uma péssima jogada.

Realmente péssima.

Observei os policiais enfiarem três caras mais velhos na traseira da viatura e soltei um suspiro de alívio quando vi que *não* levaram Joey — sem dúvida, por conta da idade.

— Por que você acha que ele está fazendo isso? — falei, dando voz à pergunta que eu me fazia desde o dia em que botei os olhos nele.

Aquela não era a primeira vez que eu o via ser pego pelas autoridades. Acontecia com frequência.

— Por que será que ele faz isso consigo mesmo?

Autossabotagem. Era a única forma de descrever seu comportamento imprudente.

— Quem? — Katie perguntou. — Joey?

— É — respondi, com os olhos fixos na viatura passando pela minha casa.

— Porque ele é adolescente? — Katie sugeriu, dando de ombros.

— É, mas deve ter mais alguma coisa — falei, voltando a atenção para ele, que estava encarando a viatura com uma frustração estampada no rosto. — Você viu como ele reagiu à polícia, Katie. Era quase como se *quisesse* ser preso.

— O quê? — minha vizinha perguntou, rindo. — Que doideira. Ninguém quer ser preso.

— A maioria das pessoas não — sussurrei. *Mas ele queria.*

— Não sei, não, Aoife — ela disse, contraindo os lábios. — Ele me parece um clássico bad boy.

Sacudi a cabeça.

— Ele não é.

— Como você sabe?

Eu não fazia ideia.

— Eu só sei.

— Como?

— Beleza, é o seguinte — me ouvi dizendo. — Sei que ele é um desastre ambulante, está bem? Sei que usa drogas e se envolve em brigas, anda com as pessoas erradas e, às vezes, é um cuzão, como a gente acabou de ver.

— Mas? — Katie perguntou com um sorriso provocador.

— *Olha* só pra ele, Katie. — Soltando um suspiro pesado, ergui a mão e apontei. — Olha bem.

— Sim — ela concordou baixinho. — Ele é meio que gatinho.

— Põe gatinho nisso — eu a corrigi, estremecendo. — Mas é mais que isso. — Mordendo o lábio, tentei encontrar as palavras para explicar o que eu sentia. — Tem alguma coisa nele que me intriga. Não sei o que é, mas desde o primeiro dia que a gente se viu, eu fiquei meio que... curiosa.

— Claro que ficou — Katie falou, rindo. — É aquela velha história. Sempre tem um motivo pras meninas certinhas quererem o bad boy dependente químico.

Dei um sorrisinho.

— Engraçadinha.

— Bem, intrigante ou não, se envolver com um cara desses é a receita do desastre — ela concluiu. — Sério, Aoife, ele parece perigoso. Você devia ficar longe, se não quiser se magoar.

Naquela hora, a cabeça dele se virou na nossa direção e seus olhos verdes encontraram os meus.

E, como acontecia todas as vezes que seus olhos pousavam em mim, meu coração, esse maldito traidor, acelerou violentamente dentro do peito.

Ele não pareceu nem um pouco feliz de me ver. Como sempre. Ficou ali parado na esquina da minha rua sem se mexer e sem desviar o olhar. Bufando e me encarando destemidamente.

Com o que agora eu sabia que *não* era um cigarro pendendo dos lábios, ele inclinou a cabeça para o lado de olhos vidrados, mas ainda aguçados e desconfiados.

— Algum problema aqui, Molloy?

Certo, então pelo visto a hostilidade de antes estava de volta.

Ergui a sobrancelha.

— Só o seu comportamento.

Ele franziu a testa.

— Está curtindo o show?

— Está mais pra circo. Parece que você conseguiu um dos papéis principais, hein? Parabéns. Grande performance.

— O que você *está fazendo*, Aoife? — Katie sussurrou, me dando uma cotovelada. — Não *fala* com ele. Pensei que tivéssemos concordado que ele era péssimo... Eita, ele está vindo aqui.

Eu sabia que ele era encrenca, ou talvez apenas perturbado. Enfim, eu sabia que ele não era o príncipe encantado de ninguém.

Casey sempre brincava dizendo que Joey Lynch jamais completaria vinte e cinco anos. Suas últimas palhaçadas apenas aumentavam essa possibilidade. Deveria ser o suficiente para mim. Ainda assim, algo naquele garoto me fazia querer arriscar.

Com o estômago dando cambalhotas, vi Joey atravessando a rua e se aproximando. Seus lábios estavam inchados. Se eram naturais ou resultado das brigas constantes, eu não saberia dizer, mas a verdade é que aqueles lábios eram quase bonitos demais para pertencerem a um garoto.

E eram bastante tentadores também...

— Está tarde pra ficar na rua — ele disse, parando na minha frente.

Como eu estava sentada no muro, ele teve que olhar para cima, e quando fez isso, juro que senti o ar se esvair dos meus pulmões. Não porque ele era incrivelmente sexy — coisa que ele era —, mas porque o lado esquerdo do seu rosto estava roxo-escuro, e seu olho estava tão inchado que mal abria.

— Seu rosto... — Katie comentou, verbalizando meus pensamentos. — O que aconteceu com você? — Ela olhou para a mão dele. — Ah, meu Deus, você está fumando...

— Fiz perguntas demais — ele a interrompeu, lançando um olhar ameaçador e frio para a minha amiga. — Você também costuma fazer isso?

Senti Katie murchar ao meu lado.

— Não. É só que os guardas estão por aí e não quero ser vista com... drogas.

— Drogas? — Joey ficou encarando-a como se ela tivesse duas cabeças. — É só um baseado, não pó. Relaxa, tá bom?

— Ei. — Estreitei os olhos para ele. — Não seja babaca.

— Vou entrar — Katie sussurrou, claramente nervosa com a presença dele. Ela desceu e praticamente saiu correndo para a porta da sua casa. — Boa noite, Aoife.

— Precisava disso? — perguntei quando minha amiga foi embora. — Você assustou ela.

Ele deu de ombros, sem se afetar, e mudou de assunto.

— Belo casaco, vovó.

— Belo rosto, Rocky — devolvi, apertando a faixa do meu roupão.

Um sorriso fraco quase escapou dos seus lábios.

— Você não devia estar lá dentro assistindo novela?

— Não — respondi alegremente. — Nada poderia ser tão divertido quanto o showzinho que você deu.

— Fico feliz de saber.

— Então, o que você anda fazendo com Shane Holland e aqueles merdas?

— E o que você tem a ver com isso?

Dei de ombros.

— Estou curiosa.

— Você sabe o que aconteceu com o gatinho curioso... — ele respondeu friamente, caprichando na cara de "cuida da sua vida".

— Me poupe dessas estratégias de intimidação — falei, sentindo uma pontada de calor abaixo do umbigo. — Não vai funcionar comigo. Não me intimido facilmente.

— Bom pra você — Joey murmurou. Ele deu uma última tragada no baseado, soltou uma nuvem de fumaça, com um cheiro adocicado e enjoativo, e jogou a ponta fora. Depois, enfiou as mãos no bolso e recuou alguns passos. — Não conta pro seu pai sobre hoje.

— Está bem — concordei, descendo do muro, em parte porque minha bunda estava dormente do concreto gelado, mas principalmente porque eu queria impedi-lo de ir embora. — O que você vai me oferecer em troca?

Ele parou e se virou para mim.

— O que você quer?

A sua atenção, pensei me aproximando dele e parando bem na sua frente. Ele era bem mais alto do que eu, agora que eu estava no chão.

— Não sei ainda.

Inclinou a cabeça para o lado e ficou me encarando por um longo tempo. A desconfiança, a cautela e uma curiosidade relutante estavam evidentes no seu rosto quando ele perguntou:

— O que está fazendo, Molloy?

Eu não sabia direito.

Por um lado, eu tinha um namorado, que, apesar de ter o bico frouxo, me tratava até bem. Por outro, me sentia atraída demais por aquele garoto — perigosamente atraída.

— Minha amiga acha que você é encrenca — falei, sorrindo. — Ela acha que eu preciso manter distância de você. — Inclinando a cabeça para o lado, acrescentei: — Ela acha que, se eu andar com alguém como você, vou acabar me machucando.

— Sábia amiga — ele disse friamente. — Você devia ouvir o conselho dela.

— Esse é o meu problema, Joe. Não gosto quando me dizem o que fazer.

Fiquei vendo ele me observar, seus olhos percorrendo meu corpo. Quando ele me encarou, juro que vi algo mudando dentro dele.

— Então, acho que temos algo em comum, afinal.

— Pois é. — Soltei um suspiro trêmulo. — Parece que sim.

Com um olhar sombrio em seu rosto lindo e ferido, ele deu um passo na minha direção e eu tentei desesperadamente fingir indiferença, mas senti um arrepio me dominar.

— Mas isso não nos torna amigos.

— Eu sei — falei, com a respiração ofegante, sem parar de cutucar a fera. — É difícil ser amigo de alguém que você quer muito...

— Ah, é? — Ele abriu um sorrisinho safado e deu mais um passo para a frente. Fui recuando até estar com as costas no muro do jardim. Ele apoiou a mão ao meu lado e se inclinou. — Você acha que eu estou a fim de você, Molloy?

— Eu tenho certeza — falei, com o coração acelerando imprudentemente.

Ele abaixou a mão, colocou uma mecha de cabelo atrás da minha orelha e sussurrou:

— Você acha que eu te *quero*?

O ar escapou dos meus pulmões com um suspiro alto, e eu sabia que estava diante do perigo. Aquele garoto era exatamente do tipo que as mães mandavam as filhas ficarem longe.

Encrenca. Deveria ser seu nome do meio. Ele tinha todas as características ruins, erradas e deploráveis de um adolescente problemático reunidas em um pacote lindo e surrado.

Fisicamente, ele me superava em todos os sentidos.

Era mais alto.

Mais forte.

Mais sombrio.

Mais cruel...

E, ainda assim, eu queria que ele chegasse mais *perto*.

— Vai pra casa, Molloy — ele falou com um tom mais suave, enquanto seus olhos verdes encontravam nos meus algo que apagou seu incêndio. — Seu lugar não é aqui fora à noite com alguém como eu.

— É, sim — falei depressa, antes de acrescentar: — Eu moro nessa rua, esqueceu?

— Aoife! — a voz do meu pai ecoou da porta. — O que está fazendo aí fora a essa hora? Os guardas estão no bairro, filha.

— Nossa. — Joey se afastou como se eu o tivesse escaldado, enfiando as mãos nos bolsos e murmurando uma série de palavrões baixinho. Ele balançou a cabeça e soltou um suspiro entrecortado.

Meu pai olhou para Joey, confuso. Ele ficou piscando por um instante, e então uma expressão resignada tomou seu rosto.

— Joey — ele disse com um suspiro pesado. — Você não estava com aquele bando que vi os guardas levando, né? Você é um bom rapaz e sabe que gosto de você, mas esses caras não são boa companhia. Não fico confortável com alguém que anda com aquele pessoal conversando com a minha...

— Ele não estava com aqueles caras — falei antes que Joey dissesse algo. — Estava deixando Katie em casa — acrescentei depressa, sentindo a mentira sair com facilidade da minha boca. — Eles foram no cinema juntos, né, Joey?

— Hum, é. — Joey assentiu devagar, com os cautelosos olhos verdes fixos nos meus. — Isso.

— Você e Katie? — Meu pai franziu a testa. — Você não disse nada.

Joey deu de ombros.

— É, hum... cedo pra dizer.

— Ah, então promete. Bom rapaz — meu pai disse, sorrindo alegremente, e depois se virou para voltar para casa. — Aoife, não fica aí fora, hein? Só arruaceiro fica na rua a essa hora da noite.

— Está bem, pai. Já vou — respondi, relaxando de alívio quando a porta se fechou.

— Você mentiu por mim. — Seu tom era frio e guardava uma acusação velada. — Você me acobertou.

— Pois é. — Meu coração bateu tão forte que parecia estar tentando escapar do meu corpo para se juntar com o de Joey. — Sim.

— Por quê? — Seus olhos verdes estavam carregados com uma mistura de irritação, curiosidade e intensidade. — O que você quer de mim?

— Não sei ainda. — Meus olhos se fixaram na ferida recém-cicatrizada da sua boca. — Acho que você vai ficar me devendo uma por enquanto.

— Por enquanto? — Respirando com dificuldade, ele se aproximou mais, sem deixar nem um centímetro entre os nossos corpos. — Não gosto de ficar devendo pros outros.

— Bem, que pena — respondi, umedecendo os lábios com a língua. — Porque você não está no controle dessa situação.

Ele inclinou a cabeça para o lado, e o esboço de um sorriso brincou em seus lábios inchados.

— E você está?

— Respostas — falei, mal suportando a intensidade do seu olhar. — Quero respostas.

— Se quer respostas pras suas lições de casa, está procurando no lugar errado — ele falou devagar. — Caso você não tenha prestado atenção, Molloy, estou longe de ser estudioso.

— Mentira. — Nada em Joey Lynch me escapava, e eu sabia que ele era muito mais inteligente do que transparecia na escola.

— Você me acha um bom aluno?

— Acho que você é mais inteligente do que parece. — Ele tinha um péssimo comportamento e raramente fazia a lição de casa, ou fazia atrasado, mas tinha uma mente afiada.

— Como foi que você descobriu isso, Molloy?

— Você nunca responde nada errado na aula, só não entrega as tarefas — falei, sem hesitar. — Nunca tem dificuldade de fazer nenhum exercício em matéria nenhuma. Matemática, inglês, ciências, economia doméstica. Nada disso é problema pra você. Na sala de aula.

O que parecia lhe faltar não era cérebro. Mas tempo.

— Nossa — ele murmurou, esfregando o queixo. — Que stalker, hein?

— Que nada — respondi antes de acrescentar: — Só sou observadora. Então não, não quero copiar a sua lição. Já tenho o nerd do meu irmão pra isso. Mas sei o que quero.

— Que seria...?

— Quero saber por que você fica insistindo tanto que não gosta de mim quando nós dois sabemos que você gosta. Quero que você me diga por que sou a única garota do nosso ano com quem você *não* faz o menor esforço pra flertar. E, já que estamos falando disso, quero que admita o verdadeiro motivo de ter me dado um gelo em setembro.

— Meu Deus. — Esfregando a mão pelo rosto machucado, Joey murmurou uma série de palavrões. — Não quero falar dessa merda de novo.

Dei de ombros.

— Me diz por que você não gosta de mim ou admite que gosta.

— Eu só não estou mais a fim de você, ok?

— "Mais" indica que você estava.

— Para com isso! — Ele ergueu as mãos e deu alguns passos para trás. — Eu pensei que estava a fim, mas depois mudei de ideia. Não tenho o menor interesse em você. Zero interesse. E da última vez que verifiquei, isso não era crime. Então deixa quieto... e para de me observar. Nossa, você é minha stalker mesmo.

— E você é meu garoto-problema de estimação. — Diminuí o espaço entre nós de novo. — Então vamos esclarecer as coisas, que tal? Quero a verdade dessa vez. Por que você bateu no Paul se não está a fim de mim? — Levantei a sobrancelha. — Ele me disse que você ameaçou cortar os dedos dele e depois enfiar na bunda dele se ele falasse em botar as mãos dentro da minha calcinha de novo. — Arranquei essa confissão de Paul quando ele estava se humilhando e implorando meu perdão. — E aí, Joe? — Soltando um suspiro trêmulo, acrescentei: — Por que fez isso se tem zero interesse em mim? Por que fez questão de comprar minha briga, defender a minha honra, se não se importa?

— Fiz isso pelo seu pai — ele respondeu, estalando a mandíbula. — Porque ele é gente boa comigo.

— E porque ele te pediu pra não tentar nada comigo, né?

Joey balançou a cabeça, mas não disse nada.

— Estou certa, não estou? — insisti, sem querer parar. — É por isso que você nem me olha na escola. Por isso está tão determinado a fingir que eu não existo. Bem, não vou facilitar as coisas pra você.

Vi a fúria pairando em seus olhos enquanto ele se aproximava de mim pisando duro.

— Presta atenção — ele falou em um tom mortalmente frio, me fazendo recuar até minhas costas estarem contra o muro do jardim de novo. — Quando bati no seu namorado idiota, eu estava defendendo a honra do seu pai, não a sua. — Ele estreitou os olhos e se inclinou tão perto que seu nariz roçou o meu. Isso deixou meu corpo elétrico, principalmente nas partes abaixo do umbigo. — Eu pensei que seu pai é um cara legal, que não merece descobrir que a filha é tão...

— Termina essa frase pra você ver — avisei, soltando fogo pelas ventas, segurando seu moletom. — Quero só ver.

— Fácil — ele disse, me encarando. — Quer saber por que eu não gosto de você, Molloy? — Ele estreitou os olhos e completou: — Porque você é *fácil* demais. Eu poderia ter ficado com você *assim* no primeiro dia. — Ele estalou os dedos para dar ênfase. — Não sabe que isso é chato? Não sabe que isso te torna incrivelmente desinteressante?

Eu o empurrei e, então, minhas mãos se moveram por vontade própria, dando um tapa forte no seu rosto.

— Vai se foder, Joey.

Ele virou a cabeça com o impacto e, por um instante, prendi o fôlego, sem ousar me mexer um centímetro, esperando a sua retaliação.

Mas ele não fez nada.

Ele nem me tocou.

Em vez disso, assentiu bruscamente mais para si do que para mim, e sussurrou:

— Agora você entendeu. — Recuando devagar, ele fixou os olhos em mim e disse: — É por isso, Molloy.

— Isso o quê? — perguntei. — É por isso que você não gosta de mim?

— Não — ele falou por cima do ombro, se afastando. — É por isso que você não devia me querer.

E então ele se foi.

SEGUNDO ANO

10 de janeiro de 2001

Ela não é problema seu, cara

JOEY

Às nove e meia da noite de uma quarta, em meados de janeiro, eu poderia pensar em vários lugares melhores para estar que não ali, de camiseta e short, congelando as bolas e lutando por uma bolinha de couro contra quinze adversários que precisavam melhorar para ser medíocres.

Os holofotes em torno do campo da Associação Atlética Gaélica eram tão fortes que iluminavam a chuva caindo sobre nós, enquanto fechávamos os últimos minutos do jogo em grande vantagem.

Eu tinha perdido a conta do placar na primeira metade da partida, quando estávamos dezesseis pontos à frente. A essa altura, era até desconfortável continuar jogando para valer em meio à catástrofe deles. Ainda assim, fiquei arremessando a bola para os meus companheiros, sabendo que seria um insulto ainda maior dar o jogo por encerrado. Afinal, eles tinham orgulho.

— Lynchy, aqui, aqui! — Paul Rice falou, passando vergonha ao berrar pela bola como se estivéssemos na final irlandesa. — Estou livre, cara.

Que idiota.

Balançando a cabeça, contive a vontade de mandar ele se foder e atirei o sliotar, a bolinha de couro, para ele, disposto a ceder o controle apenas nesse caso.

Eu curtia jogos competitivos. E não a aniquilação e a humilhação de um time inferior.

Meu companheiro idiota pegou a bola no ar e disparou pelo campo, ultrapassando e superando o adversário, antes de afundá-la no fundo da rede e comemorar como se o mundo estivesse acabando.

Aff.

Reprimi um grunhido e abaixei a cabeça, sentindo uma enorme vergonha alheia pelo imbecil que vestia a mesma camisa que eu.

— O que rolou com ele, seis? — o cara que me marcava perguntou, me chamando pelo número da minha camisa, parecendo tão pouco impressionado com Rice quanto eu. — A gente já ganhou. Não precisamos esfregar na cara de ninguém.

Eu não podia lhe dar uma resposta sincera sem revelar a nossa rixa, então murmurei algo ininteligível e dei de ombros, deixando por isso mesmo, pelo bem do nosso time.

Assim que o apito anunciando o final do jogo ressoou alguns instantes depois, saí correndo para a lateral, sem querer participar das comemorações barulhentas no campo.

Tirei o capacete, atirei ele na grama com o hurley e peguei uma garrafa d'água. Felizmente, vários dos meus companheiros pensaram o mesmo e depois de alguns apertos de mão, seguiram para o vestiário.

— Bom espírito esportivo, seis — o treinador do outro time disse, se aproximando e dando um tapinha no meu ombro. — Sua performance foi fantástica, garoto.

— Obrigado. — Ignorando a vontade de arrancar a mão dele do meu ombro, me obriguei a acenar a cabeça e dei vários goles de água antes de acrescentar: — Agradeço muito.

— Você é filho do Teddy Lynch, né?

Depois dessa, afastei a mão dele.

— Isso.

— Seu pai era pura classe — o homem disse com um suspiro saudoso. — Uma verdadeira lenda. Joguei contra ele algumas vezes. Cork perdeu um dos seus melhores jogadores quando o joelho dele ficou ruim.

— Pois é — falei, sabendo muito bem que eram sua dependência de álcool e sua incapacidade de manter o pau dentro da calça os responsáveis pelo seu afastamento do hurling, e não a lesão no joelho.

— Dá pra ver que ele te treinou bem — continuou, me irritando. — Você é um jovem muito sortudo por ter um pai como ele.

— É — eu disse, sem emoção, dando as costas para ele para encerrar a conversa.

Sou sortudo pra caralho.

Ainda bem que ele entendeu a deixa e se mandou de volta para o próprio time, me deixando sozinho com meus ressentimentos.

Eu sabia que não tinha por que seguir meus colegas para fora do campo até que a tal da *lenda* conseguisse seu quinhão, e fiquei esperando sua cabeça feia na lateral.

Se o jogo fosse em uma quinta ou sexta-feira, eu não teria que aguentar sua presença. Ele recebia o benefício do governo toda quinta e estaria ocupado demais chapando o coco no bar de sempre para se incomodar comigo.

De um jeito doentio, eu preferia assim.

Porque com ele ali, sóbrio e perturbado, tendo apenas minha performance com que se preocupar até conseguir a próxima dose, tudo ficava dez vezes pior.

— Joey!

Aquela voz familiar perfurou meus ouvidos, e senti todos os músculos do meu corpo tensionarem de ansiedade e pânico. Me virei relutantemente para a multidão no gramado alto ao lado do campo e vi meu pai vindo até mim. Era difícil não ver, percebi a contragosto, quando todo mundo sabia quem ele era e parava para cumprimentá-lo.

— O que foi aquilo? — ele perguntou, abrindo o portão e entrando no campo atrás de mim.

— Aquilo o quê? — perguntei.

— Aquela bola era sua — ele grunhiu, se aproximando. — Aquele gol era seu, e você passou a bola para aquele idiota.

— Eu marquei três gols, pai — falei com um tom duro e amargo. — Doze pontos no total. — Dei de ombros e acrescentei: — Foi o suficiente.

— Suficiente? — Ele olhou para mim como se eu fosse louco. — *Suficiente?*

— Sim, suficiente — repeti. — Meu Deus, você estava vendo o jogo. Até o Tadhg e o sub-6 teriam dado mais trabalho.

— Presta atenção, garoto — meu pai berrou, colocando a mãozorra no meu ombro. — Não tem lugar pra consciência aqui. Quando você estiver no campo, só vai, entendeu? — Seus dedos se enterraram na minha pele enquanto ele falava. — Você sai correndo. E não para até seu corpo ceder. Até estar vomitando e sangrando e suas pernas não te sustentarem mais. — Ele estreitou os olhos e acrescentou: — E jamais demonstre *compaixão.*

Cerrei a mandíbula.

— O jogo já tinha *terminado.*

— O jogo só termina quando o apito soa. Se quer fazer seu nome nesse esporte, precisa me ouvir, garoto. Eu sei do que estou falando.

— Eu *não* sou você.

— E nunca vai ser, se não começar a ser mais cruel em campo.

— Então acho que nunca vou ser mesmo.

— Cadê seu instinto assassino, moleque?

Estou economizando para quando precisar usá-lo contra você.

Ele soltou meu ombro e me olhou mais uma vez antes de balançar a cabeça, decepcionado.

— Você não é grande o bastante.

— Sou o mais alto do time, porra — retruquei, me odiando por entrar na onda dele. — O que você quer de mim?

— Você é magro demais. Eu tinha o dobro do seu tamanho na sua idade. Você precisa ganhar corpo, garoto. Até sua irmã tem mais músculos que você.

Que ótimo!

— Seu irmão era bem mais pesado que você quando estava jogando no sub-16.

Claro que era.

— Darren seguia um regime de condicionamento sério naquela época.

Furioso, endireitei os ombros e fiquei ouvindo os insultos em silêncio.

— Darren não parecia alguém que poderia ser derrubado pelo vento a qualquer minuto, ao contrário de você.

Claro.

— Você pode ser alto e rápido, garoto, mas é leve demais.

Ignorei sua voz e me concentrei no que estava acontecendo, no gramado alto logo atrás dele. Daquele ponto, eu tinha uma visão perfeita de Molloy, tendo uma discussão acalorada com Rice.

Ela não parecia nada feliz.

Na verdade, ela parecia terrível.

Já Rice estava alheio ao mau humor da namorada, ou apenas não ligava, e ficava gesticulando para o carro cheio dos nossos colegas enquanto falava. Ele balançou a cabeça para algo que ela disse e avançou para lhe dar um beijo, mas foi recebido com um empurrão no peito e uma expressão furiosa. Ergueu as mãos, frustrado, e disse algo antes de disparar para o carro e entrar no banco de trás, deixando-a ali sozinha.

Ela cruzou os braços e ficou observando o carro se afastar. Sacudi a cabeça. Por que ela ainda estava com aquele babaca egoísta seis meses depois do que tinha acontecido estava além da minha compreensão. Ele não chegava nem perto de ser bom para ela e, certamente, também não era leal. Fiquei sabendo de que a sacaneou pelo menos duas vezes durante o verão. Aliás, Podge viu Rice com os próprios olhos ficando com uma novinha da escola secundária do convento.

Se Molloy não sabia, era burra.

Se *sabia* e mesmo assim ainda estava com ele, era patética.

— Está me ouvindo, garoto? — meu pai gritou, afastando minha atenção da loirinha e a trazendo de volta para si.

— Estou — falei, sem fazer ideia do que ele estava dizendo, encarando-o com relutância.

Eu detestava olhar para ele. *Desprezava* aqueles olhos. Eram mortos e frios e insensíveis, e só ganhavam vida quando ele estava fazendo mal a alguém.

— Pega suas merdas aí — ele ordenou. — Você pode tomar banho em casa. E a gente pode terminar essa conversa no carro.

Para você ficar sozinho comigo? Sai fora.

Entrar no carro com meu pai nesse humor seria o equivalente a seguir um estranho oferecendo doces. Eu sabia exatamente como ele gostava de terminar as conversas e eu *sempre* saía na pior. Eu que não ia me oferecer em sacrifício feito um cordeirinho entrando naquele carro sem ter ninguém para impedi-lo de fazer o que bem entendesse.

Ele podia ir para casa sozinho. Eu não era *tão* suicida assim.

— Não posso — me ouvi mentindo, dando a volta nele e indo para o portão. — Preciso passar no trabalho antes de ir pra casa.

— Por quê? — ele perguntou atrás de mim, impaciente. — Tem alguma grana pra receber ou algo assim? Posso te deixar lá.

Ah, você adoraria isso, não é?

— Não, deixei a mochila na oficina.

— Então pode ir andando pra lá — ele vociferou. — Não sou seu lacaio, garoto.

Eu o ignorei e continuei na direção do vestiário, precisando colocar um pouco de distância entre os seus punhos e o meu corpo.

— Ei, cuzão — Molloy falou quando passei por ela, deixando bem claro que eu ainda não tinha sido perdoado por tê-la chamado de fácil no primeiro ano.

Usei aquela palavra como uma proteção, uma distração, para fazê-la sair correndo.

Não funcionou.

Em vez de me evitar como eu queria, como qualquer garota normal faria, ela fez da minha vida um inferno. Com comentários sarcásticos e piadinhas desdenhosas, Molloy continuou me provocando, determinada a se vingar pela minha ofensa.

— Molloy — falei, acenando a cabeça de leve.

— Belo jogo.

— Belas pernas.

— Que tal ser cavalheiro e levar essas belas pernas pra casa?

— Por quê? — Com a mão na porta do vestiário, me virei para ela. — Ele não vai com você?

Ela fez que não com o rosto vermelho.

A fúria irrompeu dentro de mim.

— Ele só te *largou* aí?

Ela fez que sim.

— Que babaca.

Outro aceno envergonhado.

— Onde está seu pai?

— Saiu com a minha mãe. — Ela agitou o celular para mim. — Está desligado.

— Nossa. — Soltei um grunhido frustrado. — O que é que você está fazendo com um idiota como ele, Molloy?

— Vai me levar pra casa ou não?

Não.

Não, porra.

Ela não é problema seu, cara.

Só vai embora.

— Me dá dez minutos pra tomar um banho e me trocar — murmurei, sem perceber, para logo depois me repreender mentalmente.

Os olhos dela cintilaram de alívio.

— Obrigada, Joey.

— Hum — foi tudo o que eu disse antes de entrar no vestiário e seguir direto para o chuveiro. *De nada o caralho.*

10 de janeiro de 2001

Acompanhantes involuntários

AOIFE

Sentada no muro do pavilhão da AAG, fiquei esperando meu acompanhante involuntário sair do vestiário enquanto escrevia uma mensagem furiosa para o babaca que tinha me deixado ali sozinha à noite.

Aoife: Tomara que você esteja comemorando a vitória com seus amiguinhos, porque você não vai comemorar comigo nunca mais, seu imbecil.
Paul: Não fica brava, gata. Eu vou te recompensar, bjs.
Aoife: Recompensar? Você me LARGOU SOZINHA pra sair com seus colegas, Paul! Nem me ofereceu uma carona pra casa!
Paul: Não foi culpa minha não ter lugar no carro. Fala sério, Aoife. Não exagera. Não é como se você morasse na roça. Você conhece a cidade melhor que eu. Vai ficar ótima. Te vejo na escola amanhã, está bem? Vou pagar o seu almoço. Bjs.

— Aff! — Furiosa, desliguei o celular, sem querer lidar com ele nem por um segundo mais. Não queria que ele pagasse meu almoço nem nada. Queria que ele me *levasse para casa.*

Não era pedir muito, considerando que eu só tinha atravessado a cidade porque ele me atormentou para ir vê-lo jogar.

Da AAG até o meu bairro era uma caminhada de quarenta minutos, e apesar dos meus pais serem tranquilos, se eles soubessem que eu tinha voltado sozinha, ficaria de castigo por um mês. *No mínimo.* O caralho que eu ia perder minha liberdade por causa de um babaca.

Quando Joey finalmente saiu dos fundos do prédio, sua hostilidade era óbvia. Com uma bolsa pendurada no ombro, o capacete e o hurley na mão e um cigarro entre os lábios, ele inclinou a cabeça para onde eu estava e disse:

— Vamos.

Contendo a vontade de provocá-lo ou irritá-lo como eu normalmente fazia, desci do muro e me juntei a ele. Fazê-lo me acompanhar até em casa era o jeito mais seguro de me livrar do inferno que meu pai me causaria.

Ele adorava Joey.

Mais que isso: ele confiava em Joey.

Joey era um Paul melhorado, aos olhos do meu pai.

Parecendo totalmente indiferente à posição em que eu o havia colocado, meu colega saiu caminhando em silêncio ao meu lado, fumando seu cigarro.

— Você não é novo demais pra fumar desse jeito?

— E você não é intrometida demais pra ficar perguntando coisas que não são da sua conta?

— Sério? — Dei uma risada forçada. — Você está puto porque eu te pedi pra me acompanhar até em casa?

— Não, Molloy. Estou puto porque aquele babaca te colocou em uma posição de *ter* que me pedir pra te acompanhar até a sua casa.

Sua resposta era afiada e cortante, tocando bem na ferida.

— Bem, já estou constrangida o suficiente com isso — admiti. — Não precisa botar mais lenha na fogueira, Joe.

— Pois você devia *mesmo* estar constrangida — ele falou, jogando fora a bituca do cigarro. — Por dar ao babaca do Paul Rice a chance de te tratar como segunda opção.

— Que seja — grunhi. — Não vou discutir com você sobre isso.

— Porque você sabe que eu tenho razão.

— E o que você tem a ver com isso? — perguntei.

— Nada — ele sibilou com um tom venenoso. — Isso não significa *nada* pra mim, Molloy.

Significava, *sim*.

Significava *tudo* para ele, assim como significava *tudo* para mim, mas ele era cabeça-dura demais para falar.

— Bem, então fica quieto — eu disse, cruzando os braços de forma defensiva. — Que droga.

Joey ficou em silêncio por cerca de meio minuto, depois soltou um suspiro frustrado e falou:

— Só estou dizendo que, se eu visse um babaca tratando minha irmã como vi ele te tratando hoje, ele jamais teria outra chance de aprontar com ela de novo.

— Nossa! Continue assim, Joe, e vou começar a pensar que você tem sentimentos *de verdade*.

— Eu tenho — ele retrucou, sem hesitar. — Pelas pessoas com quem eu *realmente* me importo.

— Como a sua irmã.

— Como a minha irmã — ele confirmou, sem um pingo de vergonha, ao contrário da maioria dos caras da nossa idade. — Se bem que Shan não é burra pra cair na lábia de um escroto feito o Rice.

Estreitei os olhos para ele.

— Como se você fosse um santo com as garotas.

Ele deu de ombros, indiferente.

— Nunca larguei minha namorada sozinha em um bairro perigoso pra ficar de rolê com meus amigos.

— Porque você se recusa a ter namorada.

— O que é ótimo pro Ricey — ele falou. — Já que eu passo a maior parte do meu tempo cuidando da namorada *dele*.

— Ah, fala sério. — Revirei os olhos. — Você me levou em casa algumas vezes. Grande coisa.

— *Algumas*? É melhor contar de novo. — Ele me lançou um olhar duro. — Quantas vezes seu pai me pediu pra te levar embora da oficina?

Meia dúzia ou mais.

— Quantas vezes aquele imbecil te tratou feito lixo?

Minhas bochechas ficaram vermelhas.

— Ah, cala a boca.

— Só estou te falando pra pensar melhor sobre como ele te tratou hoje. Principalmente quando ele aparecer na escola amanhã com uma desculpa esfarrapada e uma pulseira espalhafatosa, ou sei lá que merda ele usa pra te conquistar.

— Não sou interesseira, Joey — eu disse, bastante irritada. — Não posso ser comprada com joias espalhafatosas.

— Não, você é uma bonequinha — foi a resposta feroz dele. — A bonequinha dele, que ele enche de joias e mantém ao seu lado, toda linda e *calada*.

Parei de caminhar.

Parei de respirar.

Suas palavras me rasgaram fundo.

— Bora, Molloy — ele grunhiu na frente, se virando para me olhar. — Não vou te esperar a noite toda. Tenho coisas pra fazer, sabe.

— Cuzão.

— *Eu*?

— Sim, você!

— Por que eu que sou o cuzão agora?

— Porque você me magoou.

— Não magoei.

— Magoou, sim, Joey!

— Está bem — ele falou. — Sou um cuzão. Agora vamos.

Sacudi a cabeça.

— Molloy.

— *Não* sou a bonequinha de ninguém!

— Está bem. — Joey balançou a cabeça. — Retiro o que disse. Você não é uma bonequinha.

— Isso foi bem cruel.

Ele ficou me encarando por um longo tempo antes de finalmente soltar um suspiro.

— Eu sei.

— Pede desculpa.

— Pelo quê?

— Por me chamar de bonequinha do Paul.

— *Acabei* de falar que você não é.

— Isso não é pedir desculpas.

— É, sim.

Olhei para ele perplexa.

— Não é, Joey.

— Como não?

— Você não usou a palavra *desculpa*, cuzão.

Parecendo completamente confuso — e completamente de saco cheio —, ele soltou um rosnado furioso.

— Vamos? É só mexer a pernas, Molloy. *Por favor.*

Cedi só porque ele pediu *por favor*, me aproximei dele e continuamos caminhando lado a lado.

— Você nunca pediu desculpas pra ninguém? — perguntei, sentindo uma curiosidade mórbida.

— Acabei de pedir.

— Ah, meu Deus. — Fiquei olhando para o seu perfil. — Não pediu.

De cara emburrada, Joey se concentrou na rua à frente e não falou nada.

Caminhamos em silêncio pelo resto do caminho e só quando viramos a esquina da minha casa o ouvi murmurar:

— Desculpa.

— Nossa! — Meu coração descompassou dentro do peito. — É a primeira vez que você fala isso pra alguém?

Ele deu de ombros, claramente desconfortável.

— Provavelmente.

— Bem, obrigada — respondi, lhe dando um empurrãozinho com o ombro quando chegamos no meu portão. — Está perdoado.

— Hum — ele grunhiu. — Que ótimo.

Um sorriso relutante se espalhou pelo meu rosto, e perguntei:

— Quer entrar?

— Não é uma boa ideia — ele respondeu, me acompanhando até a porta.

Aquele garoto podia ser mal-humorado, mas aprendia rápido, e não me largou no portão mais desde aquela noite que reclamei.

— Por que não? — perguntei, abrindo a porta e entrando no hall para acender a luz.

— Você sabe por quê.

— Não sei, não.

— Você tem namorado.

— E daí? Te perguntei se você queria entrar, não se queria se casar comigo. Eu ter namorado de repente quer dizer que não posso ter amigos?

— Não sou seu amigo, Molloy.

Soltando um suspiro frustrado, peguei sua mão e arrastei ele para dentro.

— Bem, pois eu sou sua amiga, seu cuzão. — Fechei a porta, então abaixei seu capuz. — Está vendo? Não foi tão difícil, né?

— Não.

— Além disso, você já veio aqui um milhão de vezes com meu pai.

Ele estalou a mandíbula.

— Isso é diferente.

— Porque ele é seu *amigo*? — provoquei. — Cala a boca e me alimenta.

— Alimentar você?

— Não sei cozinhar, lembra? — Levei-o até a cozinha, parei na frente da geladeira e sorri. — Mas você sabe.

Joey me olhou boquiaberto.

— Está achando que vou cozinhar pra você?

— Pra gente — eu o corrigi, abrindo meu sorriso mais doce.

— Não faz isso — ele avisou.

— Isso o quê?

— Apelar pra esse sorrisinho aí — ele rosnou, apontando o dedo para mim. — Não vai funcionar comigo, Molloy. Sou imune.

Claro que ia funcionar.

— Eu adoro um bifinho.

— Um bifinho?

Assenti.

— Aham.

— E você tem carne aí?

— Tenho duas peças.

Ele ficou me encarando por um tempo, claramente avaliando as opções, antes de soltar mais um suspiro frustrado.

— Pega a frigideira.

— Oba. — Batendo palmas de alegria, fiz uma dancinha antes de sair saltitando na direção do armário onde minha mãe guardava as panelas. — Gosto de carne bem-passada.

— Você vai aceitar a carne do jeito que eu fizer — Joey grunhiu, procurando na geladeira as coisas que precisava. — Isso não significa nada, Molloy — ele acrescentou. — Você não ganhou essa rodada.

Joguei a cabeça para trás e gargalhei.

— Eu sempre ganho, Joe.

18 de janeiro de 2001

Isto não é um encontro

JOEY

Não me pergunte como aconteceu, mas encerrei um dia de merda sentado no sofá do meu chefe diante de uma lareira acesa, de barriga cheia e um prato vazio no colo, com o ombro da filha dele encostado no meu.

E, além de eu ter cozinhado para a garota, ela de alguma forma me fez buscar carvão e acender a lareira.

A persuasão certamente era uma habilidade que Molloy dominava com perfeição. Sabendo que eu não deveria estar ali, mas sem querer comer e sair correndo feito um babaca, decidi que meia hora era um tempo razoável para ficar.

— Certo. — Depois de trinta minutos, coloquei o prato no braço do sofá e bati nas pernas. — Vou pra casa.

— Não vai, não — ela grunhiu, enlaçando o braço no meu.

— Molloy.

— Não. — Ela se aproximou, apoiou a bochecha no meu ombro e voltou a atenção ao filme na TV. — Não tem pressa.

— Não posso estar aqui quando seus pais chegarem — argumentei, tentando sem sucesso soltar meu braço do seu enlace bizarramente forte.

— Por que não?

— Porque seu pai vai surtar.

— Não vai — ela garantiu. — Você é meu amigo, Joe. Eu posso receber amigos quando quiser.

— Não sou seu amigo, Molloy. E para de encostar em mim.

— Amigos se encostam.

— Nada a ver.

— Eu vivo encostando na Casey.

— Bem, te garanto que eu nunca encostei no Podge.

— Então pode praticar comigo.

Ela chegou mais perto toda encolhida e enterrou a cabeça debaixo do meu braço.

— Está vendo? Você é quase profissional.

— Certo, onde isso é normal? — perguntei, olhando para o meu braço, que ela de algum jeito conseguiu encaixar sobre os seus ombros. — Você é bem ligeira, né?

— Relaxa, Joe — ela disse, apoiando a cabeça no meu peito e passando o braço na minha barriga. — Assiste o filme.

— Eu não assisto filmes.

— Assiste, sim.

— Não assisto, não.

— Bem, agora assiste.

— Está bem. — Soltei um suspiro frustrado. — Que filme é esse?

— É um filme macabro chamado *Pânico na floresta*, sobre um grupo de jovens de vinte e poucos anos que erram o caminho e acabam sendo perseguidos por canibais bem assustadores. É bem sanguinolento e nada sexy, mas até que é bom.

— Tipo eu, que desviei do meu caminho e acabei num pesadelo — falei com sarcasmo. — Não é tão macabro quanto o seu filme, mas quando meu chefe chegar em casa e me pegar agarrado na filha dele, tenho certeza que vai ser uma carnificina.

— Ouça uma coisa, Joey Lynch. — Ela se sentou ereta, segurou meu queixo e virou meu rosto para que eu a olhasse direto nos olhos. — Eu te vi primeiro. Você é *meu* amigo, não dele. Então para de se preocupar com o meu pai e começa a se preocupar comigo.

— Tecnicamente, seu pai me viu primeiro...

— Você é *meu*, entendeu?

— Não sou seu, mas tá bom. — Suspirei e tentei cruzar os braços, mas então Molloy limpou a garganta como se esperasse algo. — Estou aqui como você queria, estou assistindo a porra do filme como você queria, mas meu limite é você não ficar se *encostando* em mim.

— Mas eu quero ficar juntinho.

— Não.

— Pede desculpa.

— Não vai rolar, Molloy.

— Vem aqui, Joey.

— Eu falei que não.

— Vem aqui senão vou gritar.

— Puta merda, está bem — cedi, erguendo o braço para ela se aninhar em mim. — Pronto. Estamos *juntinhos*. Está feliz agora?

— Vou ficar — ela disse, se aproximando e colocando as pernas compridas no meu colo. — Depois que você fizer mais uma coisinha pra mim.

— Meu Deus, o que você quer agora?

— Diz que somos amigos.

— Molloy.

— Diz, Joey.

— Por quê?

— Porque é importante.

— Pra quem?

— Pra mim.

Meu Deus. Me mexi, desconfortável, relaxei os ombros e murmurei:

— Somos amigos.

— O que você disse?

— Somos *amigos.*

Ela deu risada.

— Eu estava esperando algo do tipo "Aoife, você é minha melhor, mais sexy e adorável amiga no mundo todinho".

— Não força.

— Mas sou sua favorita, né? — Ela falou em um tom provocativo. — A sua amiga favorita?

— Sim, está bem! Que seja. Meu Deus... — grunhi, revirando os olhos. — Você é minha amiga favorita, dona das minhas pernas favoritas.

— Bem, viu só? Não foi tão difícil assim, né? — Ela deu risada, esticando o braço para dar tapinhas na minha bochecha. — E só pra você saber, Joe... — Ela se inclinou e deu um beijo no meu rosto. — Você é o *meu* amigo favorito, e eu adoro tudo em você.

Puta merda.

11 de março de 2001

Calma, cara, não foi nada sério

JOEY

Sabe aquele ditado que diz que cabeça vazia é oficina do diabo? Bem, acho que talvez seja verdade.

Domingo era o único dia da semana que eu não tinha trabalho nem escola nem treino. Tirando alguns jogos ocasionais, eu era um ser livre. O problema era que, para mim, não era fácil ficar sem fazer nada. Eu me sentia *sem* controle quando estava à toa.

Com as mãos vazias e nada para ocupar a cabeça a milhão, fui procurar encrenca e encontrei: dividi algumas carreiras de pó com Shane e os caras.

A chapação temporária foi fantástica.

Me senti no topo do mundo.

Era como se eu pudesse correr uma maratona e ainda acabar em *primeiro.*

Como se não houvesse nada que eu não pudesse fazer.

O único problema desse domingo perfeito era que eu tinha esquecido do jogo. Várias horas depois, após apagar com força, estava me sentindo um merda.

Durante toda a partida, meu coração ficou disparado, batendo tão alto no peito, que eu podia senti-lo nos ouvidos. Distraído e nervoso, cometi vários erros em campo, atirando o sliotar longe demais ou ficando na posição errada para a defesa, e só consegui marcar dois míseros pontos em todos os sessenta minutos.

Tinha um avaliador do time de Cork na arquibancada, e eu estraguei tudo.

Saber que meu pai também estava ali em algum lugar, vendo meu desempenho ridículo e planejando meu castigo por decepcioná-lo, só me deixou dez vezes pior.

Completamente deprimido e estressado, tirei o capacete no instante em que o árbitro deu o apito final e saí correndo para o vestiário, ignorando os tapinhas que meus colegas me deram no ombro.

Deixei o hurley e o capacete em cima da bolsa, arranquei a camisa fora e silenciei as vozes ao meu redor. Com o pulmão queimando pra caralho por ter passado a última hora correndo pelo campo, soltei o fôlego e peguei a garrafa d'água.

— Jogo poderoso, gente — Eddie, o treinador do clube, declarou, batendo palmas e entrando no vestiário alguns minutos depois. — Foi uma bela vitória. Esses caras do St. Pats são durões. Eles nunca desistiriam sem brigar, então se orgulhem da vitória merecida.

Abri a garrafa, despejei a água no rosto e no pescoço e senti um alívio imediato quando ela começou a refrescar minha pele quente.

— Bom jogo — disse uma voz familiar. Virei a cabeça só o suficiente para ver ninguém mais, ninguém menos que o namorado da Molloy, Paul Rice. Ele estava se sentando ao meu lado no banco, recém-saído do banho, com uma toalha em volta da cintura. — Pensei que você fosse marcar um gol na segunda metade.

— Pois é — concordei, atirando a garrafa na bolsa e pegando uma toalha. — Eu também.

O gol que eu tinha perdido voltaria para me atormentar quando eu chegasse em casa, eu não tinha dúvida.

— Mas foi um bom jogo — Ricey continuou enquanto eu me vestia. — Bom lance no final. Achei que eles iam sair correndo com...

— Eu joguei bem mal — eu o interrompi. — Não precisa dourar a pílula.

— Qual é o seu problema? — ele perguntou, passando a mão pelo cabelo. — A gente ganhou, não?

— Você é o meu problema — falei de uma vez, agitado de tensão. — Pensei que tinha deixado isso *claro* no ano passado.

— Tá maluco, cara?

— Eu não gosto de você, cretino. Não gosto de como você fala e age e muito menos de como você trata a sua namorada. A gente pode estar no mesmo time e na mesma turma, mas é só isso — acrescentei. — Não interprete minha tolerância à sua presença como um convite pra falar comigo sobre qualquer outra coisa além de hurling.

— Sério? — Vi a ficha caindo pela cara dele. — Você ainda está encanado com aquela briga?

Claro que eu estava.

— Nossa, Lynchy. — Ele balançou a cabeça, frustrado. — Isso foi no ano passado, até a Aoife desencanou, por que você também não desencana?

— Ela é uma boba. Acho que não te conhece tão bem quanto eu.

Ele franziu a testa.

— O que você está querendo dizer com isso?

— Estou querendo dizer que sei que você é um canalha — respondi, desistindo do banho. Foda-se, eu podia tomar banho em casa. Enfiei minhas coisas na bolsa, peguei a calça e a vesti. — E um canalha nada discreto.

Seus olhos escuros se arregalaram conforme a ficha caía.

— Está falando da Danielle Long? Porque não rolou nada com ela, eu juro...

— Só porque ela não quis. — Coloquei uma camiseta limpa, tirei as chuteiras e joguei a bolsa no ombro. — Sim, seu escroto, eu vi as mensagens pervertidas que você mandou pra ela durante as provas de fevereiro. As várias e *várias* mensagens, aliás. — Passei o hurley por dentro dos buracos do capacete, segurei a haste no meio e lancei um olhar duro para ele. — Você está marcado comigo, seu merda.

— E o que você estava procurando no celular da Danielle?

— Ela me mostrou as mensagens. Na mesma época que me pediu pra te dar um recado. — Olhei para ele ameaçadoramente e falei: — Você precisa que eu te explique o recado em detalhes ou já captou a ideia?

— Eu só estava brincando — ele se defendeu, soltando uma risadinha forçada. — Estava tirando uma com os caras.

— Sei — falei. — Eu já te disse que o pai da Molloy é meu amigo. Se você sacanear ela, vou levar pro pessoal.

— Calma, cara. Não foi nada sério — Ricey bufou, na defensiva.

— E a Aoife sabe disso?

— Não fiz nada de errado — ele rosnou. — Só foram umas mensagens. Não comi a garota e, além disso, eu e a Aoife nem estávamos juntos.

— Pelas mensagens que você mandou pra amiga dela, acho que está bem claro que você e a Aoife não deveriam estar juntos mesmo.

— Ah, isso bem que viria a calhar pra você, né? Você ia adorar isso, né, Lynchy?

— E ela por acaso sabe das várias e *várias* outras garotas com quem você andou se divertindo?

Ele estreitou os olhos.

— Nada a ver.

— Tudo a ver — sibilei, apontando para ele. — Estou de olho em você, Ricey. Estou *bem* de olho em você, seu escroto.

— E eu em você — ele retrucou, se levantando. — Pelo menos tenha coragem de admitir por que está tão interessado na minha vida amorosa.

Nervoso, dei um passo na sua direção e tive que respirar fundo para me conter, para não partir para cima do babaca, o que não era nada fácil para mim.

— É óbvio pra caralho, cara. — Ele estreitou os olhos. — Você está com ciúmes porque estou com ela.

— Vai nessa — avisei, sentindo o peito subir e descer depressa e a irritação aumentar. — Quero só ver.

— Ei, ei, ei — Eddie disse, claramente notando a tensão e se colocando entre nós conforme vários colegas do time se juntavam a ele, incluindo Podge. — O que está acontecendo aqui, gente?

— Esse ódio que você sente por mim não tem nada a ver com a sua amizade com o pai dela — Ricey falou com um sorrisinho. — Você tem questões comigo porque estou com a garota que você sempre quis. Ela está comigo, e não com você, e isso te deixa maluco.

— Chega, gente. Estamos todos no mesmo time.

A fúria emanava de cada poro do meu corpo enquanto eu cerrava os punhos e tentava não reagir.

— Se eu quisesse a sua namorada, ela estaria comigo, seu babaca.

— Ela estaria com *você?* — Rice jogou a cabeça para trás e gargalhou, todo machão agora que o treinador e metade do time estavam ali para salvá-lo. — Você está viajando, Lynchy. A minha Aoife jamais daria chance pra alguém feito você. Ela é uma boa garota, boa até demais. Então não confunda a simpatia dela com outra coisa que não pena do filho patético e canalha de um bêbado fracassado. Como se já não bastassem as migalhas que o pai dela te oferece, como se você fosse um vira-lata esfomeado...

— Você está morto!

— Não faz isso — Podge interveio depressa, se colocando na minha frente e me empurrando para longe do imbecil com uma determinação mortal. — Ele não vale a sua energia, Joe.

Não mesmo, mas ela valia.

Puta merda, de onde veio esse pensamento?

— Vamos, cara — Eddie falou, segurando minha nuca com sua mão enorme e me levando para a porta. — Você precisa se acalmar.

— Não faz isso — rosnei, me soltando, arfando enquanto me livrava dele e da enxurrada de lembranças que vinham com um toque como aquele. — Nunca mais encosta em mim desse jeito! — avisei, tremendo e erguendo a mão até a nuca. — Nunca mais.

— Tudo bem, Lynch — Eddie falou calmamente, levantando as mãos na defensiva. — Só queria que você fosse lá fora pra tomar um ar, cara. Pro seu próprio bem. Só isso. Tem um olheiro querendo falar com você. E suas chances de ser convocado pros juniores não vão aumentar se ele te vir perdendo a cabeça assim.

— Como se eu ligasse pros juniores — sibilei, seguindo para a porta. Ergui a mão que ainda segurava o hurley e o apontei para Ricey. — Da próxima vez que a gente se encontrar, você não vai ter esse bando pra te proteger.

— Ui, estou tremendo de medo.

— Não precisa tremer, babaca. Só faça as pazes com Deus, porque eu vou te mandar pro cemitério.

Depois disso, dei as costas para ele e saí do vestiário pisando duro e batendo a porta.

Me virei para trás três vezes; duas delas pensando em voltar para matar Ricey e outra para falar com o tal olheiro, antes de enfim controlar minhas emoções.

Grunhindo de raiva, chutei o chão e me obriguei a ir embora. Eu não tinha paciência nem capacidade mental para lidar com nenhum tipo de conversa sobre o meu futuro. Além disso, o hurling era um esporte amador e, apesar de entender que era uma honra ser escolhido para jogar pelo condado, isso não pagaria conta nenhuma.

Mas, se eu tivesse nascido em berço de ouro, poderia jogar rúgbi que nem aqueles idiotas mimados do Colégio Tommen e ainda teria a oportunidade de ganhar um dinheiro decente colocando meu corpo pra jogo.

— Então pelo visto você sobreviveu ao jogo sem quebrar ninguém — uma voz familiar disse, me arrancando dos meus pensamentos. — E ainda conseguiu marcar pontos. Você é mesmo demais, hein?

Olhei para o lado só para me deparar com as fantásticas pernas de Molloy balançando do muro onde ela estava sentada.

Me protegendo do sol da tarde, estreitei os olhos para ela. Com um suéter branco bem grande e jeans justos, ela chupou seu picolé e sorriu para mim.

— Aliás, bela jogada.

— Belas pernas.

Ainda sorrindo, ela deu mais uma lambida no picolé e disse:

— Tem planos pro resto da noite?

— Por quê?

— Como assim por quê?

— Quero saber por quê, Molloy.

— Quer sair?

— Com você e *ele*? — desdenhei. — Não, obrigado.

— Vamos, Joe — ela falou em um tom brincalhão, com os olhos verdes dançando travessos. — Paul pode ficar de vela.

— Engraçadinha.

Ela revirou os olhos e gargalhou.

— Ah, não seja tão ranzinza.

— Joey! — um coro de vozinhas ecoou, e vi meus irmãos Ollie e Tadhg disparando para mim.

— Você arrasou, cara.

— É, você foi o melhor — Ollie concordou, abraçando minha cintura. — Bom trabalho, Joe.

— Valeu, carinhas. — Dei tapinhas nos ombros de Ollie e soltei o hurley para que Tadhg pudesse inspecioná-los, procurando rachaduras ou estragos, coisa que ele fazia depois de cada jogo.

— Quem são esses mini-Joeys? — Molloy perguntou, com os olhos verdes cheios de curiosidade cravados nos meus irmãos. — Não me diga que você escondeu uma esposa e uma família de mim.

Revirei os olhos.

— São meus irmãos, gênia.

— Meu nome é Ollie — ele interveio antes que eu pudesse apresentá-los. — E esse é o Tadhg — acrescentou, apontando para o menino mexendo no meu hurley. — Esse é o Joe. Nosso irmão mais velho. — Ele jogou a cabeça para trás e perguntou: — Quem é você?

— Sou a Aoife — ela falou com uma risadinha. — E, bem... eu já conheço o seu irmão. Ele é da minha turma na escola.

— É sua amiga, Joe? — Ollie perguntou, olhando para mim. — Ela é bonita.

— Pode apostar que sou amiga dele, Ollie. E você foi adorável por ter falado que sou bonita. — Ela desviou o olhar para mim e deu uma piscadela. — Joey também me acha bem bonita.

— Bem irritante, isso sim — murmurei baixinho.

— Porque é verdade — Ollie falou com um sorrisinho torto. — Nossa, ela é *muito* bonita mesmo, Joe.

— Calma lá, garanhão — grunhi, pegando uma nota de dez euros no bolso da mala que eu sempre tinha para emergências. — Aqui — falei, enfiando o dinheiro na mão dele para tentar comprar um minuto de paz. — Vai até a vendinha comprar chocolate pra você e pro Tadhg.

— Nossa, valeu, Joe. Ei, Tadhg! — Ollie rugiu, correndo na direção do irmão, que estava lançando um sliotar contra a parede. — Joey deu dez contos pra gente!

— Legal — Tadhg disse, se esquecendo do hurley e disparando para a vendinha do pavilhão.

— Vou querer o troco, hein? — falei atrás deles.

— Eles são uma graça — ela disse, chamando minha atenção de volta. — Mas eles não vieram sozinhos, né?

— Eles são ok — murmurei, observando a multidão se dispersando e percebendo aquela familiar sensação de desgraça iminente se instalando no fundo da barriga. — E eles vieram com o meu pai.

— É com ele que te vejo falando depois dos jogos de vez em quando?

— Isso.

— Amor? — ouvi Ricey chamando. Viramos ao mesmo tempo e nos deparamos com ele parado na frente do vestiário, ostentando uma expressão rebelde. — Você vem ou não?

— Sim, só um segundo — ela falou, descendo do muro e parando perto demais de mim.

— Tem certeza que não quer vir também?

— Tenho, Molloy.

— Eu queria você lá.

Eu também queria você...

— Não estou a fim.

— Está bem, Joe. — Soltando um suspiro pesado, ela deu tapinhas no meu ombro. — Te vejo amanhã na escola, beleza?

— É. Até depois.

Franzindo a testa, fiquei observando enquanto ela seguia na direção de onde eu tinha vindo.

Enquanto ela ia pros braços dele.

Que por acaso era de onde meu pai vinha com cara de puto da vida.

Fodeu.

15 de maio de 2001

Parabéns

JOEY

O tempo estava uma merda e eu queria morrer...

O céu estava cinza e eu estava puto...

Nada disso importa porque não vai botar comida na mesa...

Atirei o caderno de inglês pelo quarto e desisti da redação que estava tentando escrever. Fiquei olhando para o caderno como se ele fosse a encarnação do diabo e contive a vontade de gritar.

Que porra eu estava fazendo?

Sentado na minha cama fazendo a lição, entre todas as coisas, fiquei encarando a parede diante de mim e soltei um suspiro de derrota.

Quem é que eu estava tentando enganar?

Não adiantava terminar a redação. Eu não ia para a universidade, não ia para lugar algum, e os professores não podiam fazer merda nenhuma para que eu me sentisse pior do que já me sentia.

O som da minha barriga roncando em protesto me arrancou dos pensamentos depressivos, e fiquei de pé, sabendo que teria que enfrentá-lo mais cedo ou mais tarde.

Além disso, tinha que ir para o trabalho em uma hora.

Mais tarde, Joey.

Quanto mais tarde, melhor com ele.

— Foda-se — resmunguei sozinho. — Você já vai morrer cedo mesmo, foda-se se der uma acelerada.

Tirei o uniforme da escola e coloquei o do trabalho antes de sair do quarto. Ignorei o fedor de mijo e uísque e desci as escadas, tentando parecer o mais distante e indiferente que podia para encarar os meus pais.

Era a minha única redenção. O único jeito de me proteger do escroto que me concebeu.

Se você não ligar, nada que ele fizer pode te machucar.

No instante em que pisei fora do último degrau da escada, ouvi meus pais discutindo na cozinha. Surpreendentemente, eu não era o assunto da briga. Naquele dia, era a vez de Shannon.

— Ela não vai, Marie — meu pai berrou, amassando um monte de papéis e jogando-os na minha mãe do outro lado da mesa. — Está fora de cogitação.

— Mas ela é tão quietinha, Teddy! — ela tentou argumentar. — Tão tímida. Ela nunca vai conseguir. Ela já está sofrendo com a escola primária.

— Ela vai ter que superar — meu pai respondeu, sem nem pestanejar. — Não é melhor que os outros. Não vou deixar que ela estude em uma escola particular sendo que os meninos estão na escola pública.

— Posso pegar horas extras no trabalho — minha mãe falou depressa. — Não ligo. Eu mesma vou pagar...

— Eu falei que não — meu pai rugiu. — Não vai rolar. Tira isso da cabeça.

— O que está acontecendo? — perguntei, entrando na cozinha.

— Sua mãe acha que sua irmã precisa se transferir pra uma escola particular no ano que vem quando terminar a primária — meu pai, que por incrível que parecesse estava sóbrio, respondeu. — Ela acha que Shannon é sensível demais pra ECB.

Ela era mesmo.

Shannon tinha bastante dificuldade para se enturmar, e eu me perguntava o que aconteceria quando ela começasse a escola secundária. Para ser sincero, a ideia me aterrorizava profundamente, então eu tentava não pensar muito nisso.

Como a seguraram na creche por mais tempo, Shannon estava três anos abaixo de mim na escola, e no ano seguinte, quando nos separaríamos na ECB, com ela no primeiro ano, e eu, no quarto, ela não teria ninguém para protegê-la — algo que ela precisava muito.

As meninas da turma dela na escola primária eram venenosas e faziam da vida dela um inferno desde que eram novinhas. Agora, elas eram pré-adolescentes. E as adolescentes que ela enfrentaria quando começasse a escola secundária seriam outra história.

Minha irmã tinha algumas amigas — eu me lembrava de uma garota legal chamada Claire, que sem dúvida iria para o Tommen depois da escola primária para se juntar ao irmão jogador de rúgbi, Hughie.

Shannon, para seu azar, iria para a ECB comigo.

Eu não podia fazer muita coisa por ela além de ganhar uma suspensão por defender sua honra, o que certamente aconteceria. Qualquer dia desses, minha irmã teria que aprender a revidar.

— Quanto custa a mensalidade do Tommen? — perguntei, abrindo a geladeira em busca de um pacote de presunto.

— Milhares de euros por ano — minha mãe respondeu. — Mas parece uma escola fantástica. E tenho o ano todo pra economizar pra pagar a mensalidade. Ela está terminando o quinto ano agora, então vou ter tempo pra fazer dar certo. Eu realmente acho que seria bem melhor pra ela...

— Não tem nada de errado com a escola comunitária local — meu pai retrucou, bufando. — A escola é gratuita e nós dois estudamos lá, Marie. Olha só pro Joey. Ele está ótimo lá. Está voando no hurling. Já está treinando com o time júnior e não precisou de nenhuma educação chique de merda no Tommen pra chegar lá.

— Sim — minha mãe falou com cuidado. — Mas Shannon não é Joey.

— Graças a Deus — meu pai murmurou.

Fiquei tenso e desconfortável com o raro elogio. Terminei de preparar o sanduíche e peguei uma lata de coca na geladeira. Tentei manter a cabeça fria e calma, controlar os ânimos — o que nunca era algo fácil para mim e a cada segundo na presença dele ficava cada vez mais difícil.

Eu não gostava quando meu pai me elogiava ou falava feito um ser humano civilizado. Ainda que isso fosse confuso, eu preferia seus insultos bêbados e seus tapas raivosos. Pelo menos sabia lidar com eles.

Fazia três semanas que ele estava sóbrio e eu sabia que era só questão de tempo para que tivesse uma recaída.

Porque meu pai era alcoólatra. E o vício comandava a vida dele. Esse era o seu padrão, e eu o odiava por isso. Mas me odiava ainda mais por seguir os seus passos.

Eu vivia à base de uma tragada para dormir, uma carreirinha para acordar e qualquer coisa em que pudesse colocar as mãos para fugir. Esse era meu mantra fazia um bom tempo.

Eu sabia que era novo demais para seguir esse caminho, mas com toda a sinceridade, não tinha outras opções.

Na minha cabeça, era morrer ou chapar.

E eu tinha pessoas demais dependendo de mim para morrer.

Puta merda.

Afastando todos os pensamentos autodepreciativos antes de surtar e fazer algo imprudente, me virei para os meus pais e disse:

— Acho que a gente devia mandar ela pra lá.

— Pro Tommen? — minha mãe perguntou com um tom esperançoso.

— É. — Assenti, mastigando o sanduíche. — Vai ser bom pra ela. Você tem razão, mãe. Shannon vai ser engolida viva na ECB.

— E como você propõe que a gente pague esses milhares de euros por ano da mensalidade de uma escola particular? — meu pai questionou.

— Aff, sei lá — falei, apontando para o meu macacão manchado de óleo. — Talvez se você saísse do buraco e arranjasse um emprego como nós todos.

— Ah, Joey — minha mãe suspirou, abaixando a cabeça nas mãos, enquanto meu pai se levantava tão rápido que fez a cadeira se arrastar pelos ladrilhos da cozinha.

— O que foi que você falou, seu merdinha?

— Está precisando de aparelho auditivo agora? Eu falei pra você sair do buraco e arranjar um emprego. — Sem querer ou apenas sem conseguir ficar de boca fechada, continuei assinando minha certidão de óbito. —

Acredite ou não, tem um monte de trabalho por aí. Tudo bem, ainda não ouvi falar de nenhum que pague bem considerando as suas qualificações. Em sua defesa, acho que não vai ser muito fácil encontrar algum bar que te pague pra secar o estoque deles... já que você é especialista nisso.

Não me esquivei nem tentei evitar o soco que acertou em cheio meu queixo.

Minha cabeça foi jogada para trás e a dor do golpe arrancou o ar dos meus pulmões, mas não deixei que ele notasse. Eu preferia morrer a expor um grama de vulnerabilidade ao homem que eu infelizmente chamava de pai.

Respirando depressa e com dificuldade, passei a língua pelos dentes, avaliando o estrago, à medida que o familiar gosto de sangue enchia minha boca. Meu corpo era um mapa de feridas e hematomas, cicatrizes e deformações. Nada mudaria. Ninguém me perguntaria nada e eu não contaria nada — não podia contar. Me conformar era a norma por ali. Fora que, se eu aguentasse o mau humor dele, significaria que todos seriam poupados — que minha mãe seria poupada.

Meu pai era um homem enérgico e colocava bastante força naqueles socos que saía distribuindo sem cerimônia. Eles podiam me derrubar, mas não me calar.

— Só isso? — Dei risada na cara dele feito um suicida masoquista. — Você está ficando mole, velho.

— Teddy, chega — minha mãe implorou, correndo para segurar o braço do marido antes que ele revidasse de novo. — Ele é só um menino.

— Não preciso disso — desdenhei, odiando-a por me defender. Ela não me amava. Ela achava que eu era igual a ele. — Não preciso que você faça porra nenhuma por mim.

— Olha a boca, seu bostinha — meu pai rosnou, segurando minha camiseta com a mãozorra. — Não fala com a sua mãe assim. Não na condição dela.

— Assim como? Como você fala com ela? — Dei risada, empurrando-o para longe e recuando depressa quando entendi o que ele tinha falado. — Espera, como assim na condição dela? — Ergui a mão, de repente me sentindo sufocado pelas paredes ao redor. — Está de brincadeira. — Tonto, encarei os dois e, depois, olhei para a barriga dela. — Está de brincadeira! Puta que pariu!

Minha mãe colocou a mão na pequena protuberância na barriga, e tive vontade de morrer.

— Vamos ter outro filho, Joey.

Não.

— Vai nascer em novembro.

Não.

— Os médicos acham que é outro menino.

Por favor, Deus, não.

— Vai ser diferente dessa vez, Joey — minha mãe falou depressa, quase saltando longe quando meu pai passou os braços à sua volta. — Seu pai parou de beber. Pra valer. A gente está resolvendo tudo... — Sua voz falhou e ela limpou a garganta antes de sussurrar: — Este bebê é o nosso novo começo.

Mentirosa.

Mentirosa.

Mentirosa.

Bebês não deviam ser feitos para remendar rachaduras de casamentos, mas era isso o que esse bebê seria. Era isso o que cada um de nós éramos: rebocos temporários na parede esburacada do relacionamento disfuncional dos nossos pais.

Entorpecido, fiquei encarando minha mãe enquanto uma devastação tomava conta de mim.

— Você planejou isso?

Ela abriu a boca para responder, mas ele falou primeiro:

— Nós planejamos. E aí? Não vai falar nada?

— Parabéns — respondi em um tom morto, assim como eu me sentia naquele momento. Balançando a cabeça, passei por eles e fui até a porta, pegando minha bolsa de treino. — Vou trabalhar até as seis e depois temos jogo, então volto tarde.

— Vai ser diferente dessa vez, Joe — ela falou às minhas costas com a voz carregada de emoção. — Prometo.

— Sei — concordei, fechando a porta. Porque, desta vez, eu não tinha intenção de me lembrar de nada daquilo.

Nem por um segundo.

Enquanto caminhava para o trabalho, meu humor foi azedando a ponto de eu sinceramente achar que não conseguiria lidar com mais nenhuma merda.

Só que foi exatamente isso que recebi no instante em que entrei na oficina e me deparei com ninguém mais, ninguém menos que Molloy de mãos dadas com aquele capacho de namorado.

Maravilha.

Puta que pariu.

— Oi, Joe — ela falou com um sorriso radiante assim que entrei.

Acenei a cabeça rigidamente.

— Molloy.

— Joey, cara — Tony disse com um sorriso caloroso. — Como vai?

— Ótimo, Tony. Desculpe o atraso — murmurei, passando reto por eles para guardar o hurley, o capacete e a bolsa no escritório.

Eu não estava nem um pouco a fim de jogar aquela noite, mas às vezes aquelas partidas acabavam sendo as melhores. Eu certamente estava explodindo.

Molloy voltou a atenção para a conversa, rindo e falando com o pai, enquanto Paul, o babaca, estava parado ao lado dela feito um imbecil.

Ela estava de cabelo solto, caindo livremente até o meio das costas, e juro que nunca tinha visto algo assim antes. Parecia um anjo em sua forma mortal, piscando aqueles cílios longos para o pai, escondendo aquela língua afiada que eu sabia que ela tinha, encenando o papel de filha querida e boa menina.

Mas ela era esperta.

Eu também.

Ela me lembrava um daqueles lindos pássaros exóticos em gaiolas nas pet shops da rua — deslocados e ansiando por liberdade.

Eu duvidava que ela fosse conseguir isso andando de mãos dadas com um imbecil feito Paul Rice.

No começo, pensei que Molloy estava saindo com um cara do meu time de pirraça. Minha falta de atenção a deixou puta, e ela não era o tipo de garota que cedia aos caprichos de ninguém. Eu tinha certeza de esse relacionamento era o seu jeito de me provocar.

O problema era que quinze meses tinham se passado desde que ela aceitou sair com ele, e apesar de viverem terminando e ele a tratar feito merda, ela *sempre* voltava com ele.

Isso me tirava do sério.

Mexia comigo.

Eu sabia que não tinha direito algum de me sentir assim, o que não me impedia de *sentir*. Que porra ela estava fazendo com um cara como Paul Rice? Ele era chato demais para ela e tinha um gancho de direita de merda.

Mas eu não tinha escolha a não ser fingir que isso não me atingia. Então, feito um soldado, lidei com aquela sensação de facada nas costas que sentia toda vez que ela entrava na oficina exibindo seu namorado fantástico e fui fazer minhas coisas.

Vibrando de tensão, comecei a trabalhar rapidamente, separando uma pilha de pneus que precisavam ser testados. Ignorei o casal brincando de família feliz atrás de mim e deixei meus pensamentos vagarem para a minha mãe.

Outro bebê.

Que nasceria em novembro.

O que significava que ele só teria três anos quando eu fizesse dezoito.

Eu deixaria um bebê para trás se me mandasse daquela casa.

Meu Deus.

Um calafrio me percorreu, e cerrei a mandíbula com tanta força que meus dentes doeram.

Sabe, eu tinha feito um pacto comigo mesmo. Prometi que aguentaria até terminar a escola. Eu teria dezoito anos e meio. Ficaria naquela casa e cuidaria dos meus irmãos até então. Eu conseguiria. Poderia sobreviver até lá. Mas, depois do leaving cert, eu ia dar o fora dali.

Tinha bolado todo um plano.

Eu ia arranjar outro emprego em período integral e que pagasse bem e, assim, bancaria um apartamento barato, de um quarto só. Shannon iria comigo. Poderia ficar com o quarto, e eu, com o sofá. Seria apertado e bem básico, mas seria nosso.

Depois de alguns meses economizando uma grana, a gente se mudaria para um lugar maior, onde Ollie e Tadhg se juntariam a nós. Eles teriam onze e treze anos e seriam grandinhos o suficiente para se virarem sozinhos.

Em nenhum lugar no meu plano, imaginei ter que cuidar de outro irmão, muito menos de um bebê.

Isso não ia conseguir.

Teria que trabalhar durante o dia e provavelmente algumas noites também. Não poderia cuidar de bebê nenhum.

Mas também não poderia largar esse bebê com eles.

Puta merda.

TERCEIRO ANO

1º de setembro de 2001

Banheiros novos, erros antigos

AOIFE

— Onde você quer que eu deixe o velho?

Acordando ao som da voz familiar, me levantei da cama e estiquei o pescoço para ouvir melhor.

— Pode jogar no quintal. — Era a voz do meu pai. — Vou botar na van mais tarde e jogar fora.

— Tem certeza? — Arregalei os olhos de horror. — É uma banheira de ferro fundido. Será que vale alguma coisa se você levar pro Timmy Murphy em Glenmore? Ele tem vários esquemas com sucata.

— Ele tem uma filha no mesmo ano que você e os gêmeos, né?

— Neasa. Sim, ela é da minha turma. Bem, posso falar com ele se você quiser. Ele pode te dar uma graninha por ela.

— Ah, essa coisa está nas últimas. Está toda podre por baixo. Não valeria o preço do combustível que eu gastaria pra dirigir até lá.

Ah, meu Deus.

— Está bem.

Ele não fez isso!

— Meu bom Joey, você consegue carregar essa coisa pela escada sozinho?

Ele fez!

— Sim, Tony, pode deixar. Mas vou ter que sair umas três hoje. Tenho um jogo no pavilhão.

Meu pai o trouxe para casa.

— Nossa, filho, você é forte feito um touro. E tudo bem. Vamos ter terminado até essa hora.

De novo!

E eu estava parecendo que tinha sido atropelada.

Perfeito.

A ideia de encontrar Joey depois de passar o verão todo sem ver a cara dele toda manhã na aula me fez arrancar as cobertas e me levantar da cama num pulo e acabar de cara no chão num tombo épico, ainda por cima batendo o dedão no pé de metal.

— Jesus, Maria, José — resmunguei, emendando com uma sequência de palavrões variados. Fiquei deitada de costas e soltei um som estrangulado e agudo, segurando o pé e o levando ao peito. — Ai, ai, ai...

Nesse momento, a porta do meu quarto se abriu, revelando meu pai com cara de preocupação.

— O quê, em nome de Deus, você está fazendo, Aoife? — ele perguntou, levando a mão ao peito. — Pensei que tinha uma gata no cio no seu quarto com essa barulheira toda.

— Nenhuma gata no cio. Só eu... — murmurei, deixando a cabeça cair no tapete e sentindo meu orgulho (e meu dedão) ferido. — O que você está fazendo?

— Joey está me ajudando a tirar a banheira velha. Sua mãe quer substituir por um chuveiro elétrico.

— Parece caro — comentei, me perguntando como é que pagaríamos isso. — O que tem de errado com o chuveiro que já temos?

— Sabe como sua mãe é — meu pai disse, soltando um suspiro cansado.

Sim, eu sabia, e também sabia como ele era.

O que quer que ela quisesse, meu pai fazia sem hesitar, sem se importar se podíamos pagar ou não, geralmente como uma forma de compensá-la pelo seu último deslize.

Pelo visto, um banheiro novo era um pequeno preço a pagar por suas escapadas.

Eu não queria nem saber o nome do erro mais recente do meu pai. Já sabia nomes demais antes desse.

Franzindo a testa, ele disse:

— Ah, meu Deus, Aoife, bote umas roupas decentes, hein? — E apontou para as minhas pernas. — Seu irmão está lá embaixo com uns amigos e chamei aquele rapaz do trabalho.

— Eu estava dormindo — falei, na defensiva, puxando a barra da minha blusa de alcinha em uma tentativa vã de esconder as coxas. — E estou no meu quarto. Nunca saio por aí de calcinha, pai.

— Ainda assim — ele grunhiu, constrangido, se virando de costas e desaparecendo no banheiro rapidamente. — Já ouviu falar de pijama? São dez da manhã. Você não devia estar de pé fazendo algo produtivo, não?

E você, já ouviu falar de algo produtivo como manter seu pau dentro das calças?

— Caso você não tenha percebido, está fazendo vinte e três graus lá fora, o que é algo bem raro por essas bandas, por isso estou assim — retruquei. — E quanto à minha produtividade, saiba que tenho mais dois dias de férias antes das aulas voltarem na segunda e eu começar a revisão pro junior cert, meu querido pai, por isso pretendo aproveitar ao máximo esses dias.

— E daí? — ele falou do banheiro. — Isso não é desculpa pra ficar vagabundeando o fim de semana todo. Você devia arranjar algo produtivo pra fazer.

Que belo jeito de encerrar as férias, pensei, desanimada, atravessando o quarto para fechar a porta. *Seu pai está fazendo merda de novo, e em vez de lidar com a infidelidade dele, sua mãe está torrando as economias na porra de um banheiro novo.*

— Já está na van, Tony. Quer aproveitar pra arrancar o revestimento do chão? Assim, só fazemos uma viagem pro lixão... — Joey se calou, parado bem na frente do meu quarto e dessa que vos fala.

No instante em que seus olhos pousaram nas minhas pernas, senti uma onda de calor percorrendo a minha pele. Não tive vontade de me esconder, porque estava extasiada por ele finalmente ter me notado.

Além disso, eu não era nada tímida. Tinha um belo corpo e não estava disposta a negar, não quando o resto do mundo se mostrava mais do que empenhado em destroçar a autoestima das adolescentes.

— Está curtindo o show? — provoquei, colocando as mãos nos quadris enquanto Joey me engolia com os olhos.

Achei bastante poético o fato de estar devolvendo a mesma pergunta sarcástica que ele já tinha me feito antes.

De um jeito igualmente cínico, ele não se apressou para desviar os olhos para o meu rosto.

— Certamente é uma visão bem melhor que a bunda do seu pai.

Ergui a sobrancelha.

— Ah, é? — Vi uma espécie de divertimento dançando em seus olhos, uma rara mudança na expressão genérica de "foda-se tudo e todos" que ele costumava ostentar.

— Sim, você.

Não é como se a gente tivesse passado o verão todo sem se ver. Eu tinha ido à oficina várias vezes para atormentá-lo quando ele estava trabalhando com meu pai e fui à maioria dos jogos dele e de Paul, mas nessas ocasiões estávamos cercados por outras pessoas.

Por mais ridículo que parecesse, eu sentia falta dos nossos momentos a sós.

Com o coração batendo mais forte que o necessário, pois eram apenas os seus olhos que estavam em mim e não suas mãos, ergui o braço e passei o dedão no seu lábio inferior. Eu era viciada em provocá-lo.

— O que aconteceu com a sua boca, Joey? Está babando?

— Não faz isso. — Seus olhos verdes escureceram. — Não aqui.

— Isso o quê? — Com um tom carregado de sarcasmo, corri o polegar pelos seus lábios e sorri. — Isso?

— Ficar de joguinho com o seu pai do outro lado do corredor.

— Por que não? — perguntei, totalmente decidida a continuar. — Está com medo de ser pego olhando pra filha dele como se quisesse devorá-la?

— Me aproximei, esperando que ele fosse ceder primeiro e recuar. — É isso, Joe? Você quer me devorar?

Joey pegou meu pulso e, em vez de me afastar como pensei que faria, me puxou para si — e ficamos tão perto que meu corpo grudou no dele.

— Nem tente foder com a minha cabeça, Molloy. — Sua voz era baixa e acalorada, num tom de advertência. — Posso até permitir esses seus joguinhos, mas não abuse da sorte.

— Da sorte? — falei com o coração acelerado.

— Sua sorte — ele confirmou. — Eu tenho um limite, sabe?

Eu não podia fazer nada além de ficar olhando para o seu rosto, resistindo à vontade de bater nele — ou beijá-lo. Não sabia direito qual dos dois.

— Não sou Ricey. Não vou ficar de beijinho no rosto e mão dada — ele acrescentou, nervoso. — Você fica aí me incitando a te tocar, e é exatamente isso o que vou fazer. — Suas pupilas se dilataram e meu coração bateu loucamente no peito. — Você pode até se achar corajosa por ficar me provocando desse jeito, mas não se engane. — Ele chegou mais perto e pressionou os lábios na minha orelha, sussurrando: — Você não é o lobo dessa história, Molloy. — Senti seu hálito no meu rosto. — Você é o cordeirinho.

— O que foi, Joey? — meu pai falou, ajoelhado no banheiro, de costas para o corredor.

— Nada, Tony — ele respondeu sem mover um músculo, voltando a atenção para mim. — Você é um cordeirinho doce e inocente, que quer porque quer brincar com fogo — ele disse, me fazendo recuar até que minhas pernas acertaram a cama. — Então talvez seja melhor parar de me provocar, Molloy. — Suas mãos foram até os meus quadris e ele literalmente me jogou no colchão. — Porque senão... — Prensando os pulsos acima da minha cabeça, se colocou entre as minhas pernas e se inclinou para baixo, chegando tão perto que seu nariz roçou no meu. — Senão qualquer dia desses, eu é que vou te provocar.

Puta merda.

— Entendeu? — Ele soltou um pulso, colocou a mão no meu queixo e me obrigou a olhá-lo. — *Amiga?*

— Entendi. — Fiz que sim, sem fôlego e zonza. — *Amigo.*

— Boa garota.

Estreitei os olhos.

— Cuzão.

Ele abriu um sorriso vitorioso antes de me soltar e sair do quarto para se juntar ao meu pai no banheiro.

Com as pernas trêmulas, corri até a porta e a fechei com tudo. Depois, soltei um suspiro nervoso.

— Puta merda.

O que foi isso?

Algumas horas mais tarde, após muita reflexão e não muitas tarefas produtivas, eu estava esparramada em uma canga no gramado do jardim, aproveitando os últimos raios de sol daquela rara onda de calor, com nosso cachorro encolhido ao meu lado.

Só me restou ficar ruminando a interação com meu colega, já que meu pai me mandou descer e não atrapalhar. Ele tinha estourado comigo de manhã, pois fiquei pairando na porta do banheiro, fazendo comentários sarcásticos sobre o péssimo trabalho deles e atormentando seu precioso aprendiz.

Não era culpa minha.

O garoto chamava atenção demais para que eu o ignorasse e tinha uma língua afiada demais para que eu não quisesse provocá-lo. Mas meu pai não se importou com nada disso.

Expulsa do meu próprio quarto por atrapalhar meu pai e o "pobre rapaz", me retirei para o jardim com o cachorro.

Aff.

— O que você está achando disso, Batata? — Abaixei o braço para fazer carinho no seu pescoço. — Hein? Não sou um cordeirinho, né?

Batata, uma mistura de boxer com pelo menos outras três raças, soltou um choramingo de contentamento, se virou de costas e ficou chutando as patinhas loucamente enquanto eu coçava sua orelha.

— Pois é — falei. — Um cordeiro não poderia te fazer um carinho tão gostoso. Esse cara só fala bosta.

Pena que é tão gostoso.

— Com licença? — Uma sombra escura se projetou sobre mim. — Meus amigos estão aqui.

— E daí? — perguntei, chutando meu irmão para fora do caminho.

— E daí que estou tentando jogar videogame com eles — Kevin grunhiu, me chutando de volta. — Só que eles ficam descendo toda hora pra pegar algo pra beber.

— Não encosta esse pé cheio de micose em mim. E daí? O que eu tenho a ver com seus amiguinhos esquisitos?

— É pé de atleta — Kevin retrucou, na defensiva. — E eles não estão com sede, idiota. Eles ficam vindo te secar.

Tirei os óculos de sol, me apoiei nos cotovelos e encarei aquele merdinha magricelo.

— Não me chama de idiota, seu idiota.

— Fala sério, Aoife — ele disse, gesticulando para mim, estirada no chão. — Você não pode fazer isso lá dentro?

— Se eu não posso tomar sol lá dentro? Foi mal, Kevin, mas não vai rolar. É assim que se toma sol... — falei, ajeitando a alça do meu biquíni amarelo.

— Então se cubra um pouco.

— Também não vai rolar, Kev.

— Aoife — ele choramingou. — Por favor, você está me constrangendo. Só entra e bota umas roupas.

— Quantos dias de sol a gente tem na Irlanda, Kev? — perguntei para o meu irmão gêmeo.

A gente pode ter até dividido um útero por nove meses, mas isso era tudo o que tínhamos em comum. A verdade era que não poderíamos ser mais diferentes um do outro.

— A resposta é: não o suficiente — continuei. — Nem perto disso. E outra: o pai está lá em cima instalando um banheiro novo com Joey e eu fui expulsa.

— Pois é, eu vi — meu irmão grunhiu. — Ele podia ter pedido a minha ajuda.

— Até parece — comentei, rindo. — Como se você soubesse alguma coisa de trabalho manual.

— Ele poderia me ensinar — Kev devolveu, ainda na defensiva. — Eu aprendo mais rápido que aquele filho da puta.

— Não fala assim dele — avisei, irritada. — Ele é mais esperto do que você jamais vai ser.

Kev revirou os olhos.

— Ah, claro, porque é preciso ser um gênio pra saber onde arranjar drogas.

— E daí que ele fuma um de vez em quando? — me ouvi falando. — Grande coisa, Kev. Assim como várias outras pessoas do nosso ano. Ele não é ruim por causa disso.

— Também não é nada bom. Por que você está sempre defendendo ele?

— Porque ele é meu amigo, Kevin.

— Ah, é? Bem, então saiba que seu amigo faz muito mais que só fumar um.

— Como se você soubesse.

— Pois eu *sei* — ele declarou. — Sou do mesmo ano que ele, lembra? Sei muito bem o que está rolando, assim como você.

— Sei, na turma dos nerds, né? — zombei. — *Pode crer*, Kev. Você está andando com a artilharia pesada, né? É o próprio sr. Popular.

— Você acha que a sua aparência e a sua popularidade vão te levar longe na vida? — Ele deu risada. — Você é tão burra que chega a dar dó.

— Olha só pra você, todo irritado e nervosinho. — Sorri. — Não precisa ter pena de mim, maninho, porque estou me saindo muito bem.

— Não, Aoife, *eu* estou me saindo muito bem. *Eu* é que vou subir na vida. O único jeito de você dar o fora desse conjunto habitacional é se casando — ele zombou. — Porque não vai conseguir de outro jeito. Então talvez seja melhor se agarrar no Paul Rice, já que ele está te parecendo a única opção.

— Até parece, seu babaca.

— É verdade.

— Continua falando merda pra mim que eu tiro o biquíni pra dar um show bem especial pros seus amiguinhos.

Ele estreitou os olhos.

— Você não faria isso.

— Me provoca pra ver. — Estreitei os olhos de volta para ele, levei a mão à alça do biquíni no meu pescoço e disse: — Já me falaram que tenho os peitos durinhos.

— Você é uma vadia — ele gritou antes de voltar para casa.

— Só uma vadia reconhece outra, seu imbecil — falei atrás dele, suspirando de satisfação por ter levado a melhor. — Mandei bem, né? — comentei com Batata, fazendo carinho na barriga dele. — É, eu sei que você também acha ele um idiota. Eu não preciso de macho nenhum, né? Não, não preciso. Vou subir na vida sozinha.

— Aoife Christina Molloy! — minha mãe falou alguns minutos depois. Ela abriu a janela da cozinha, se inclinou para fora e agitou uma colher de madeira para mim. — Entra já e se veste antes que eu vá até aí e te arraste aqui pra dentro.

— Está falando sério? — grunhi, fazendo um último carinho na barriga do Batata e me levantando relutantemente. — Ele foi falar com *você*?

— Tem um monte de adolescentes nessa casa, Aoife — ela respondeu. — E você está toda esparramada aí no jardim como se fosse a maldita Pamela Anderson. Quer traumatizar esses garotos?

— Eu sei quantos anos eles têm, mãe. A maioria está no meu ano na escola. — Dei risada. — E você está com medo de eu traumatizar eles? Acho que eu vou é deixar eles com...

— Não ouse terminar essa frase — ela ameaçou, ainda agitando a colher de madeira feito uma dona de casa maluca.

— Bem, papai me mandou não atrapalhar. Então adivinha o que estou fazendo?

— Chega de responder, mocinha. Entra agora ou vai ficar de castigo por um mês. O que inclui não poder receber amigos. E nada de telefone. E nada...

— Meu Deus, está bem — bufei e segui para a porta. — Relaxa. Não é nada de mais.

— Obrigada — ela disse quando entrei na cozinha. — Agora vai lá em cima e bota roupas decentes de uma menina comportada antes que seu irmão tenha um treco.

— Será que posso beber alguma coisa antes de ser expulsa de casa por ter peitos? — perguntei, nervosa, abrindo a geladeira e pegando um suco de laranja. — Ou isso também é crime agora?

— Nossa, rainha do drama. — Minha mãe revirou os olhos, deu um sorrisinho e se virou para a tábua de passar. — Pega um suco pra mim também.

Peguei dois copos no armário, servi um e bebi rapidamente antes de enchê-lo de novo e servir o da minha mãe.

— Obrigada, querida.

— De nada, sua chata — brinquei, colocando o copo no balcão.

— Trish, acabamos no banheiro, amor. Vou levar a banheira velha no lixão antes que eles fechem — meu pai falou do corredor de entrada. — Não vou demorar.

— Até mais tarde, Trish. Obrigado pelo sanduíche.

— De nada, Joey, meu bem.

Contendo a vontade de sair correndo para dar uma última olhada em Joey Lynch antes que ele saísse com meu pai, me mantive firme e dei outro gole no suco.

— Leva o revestimento velho com você, Tony — minha mãe falou, sem se dar ao trabalho de erguer os olhos da tábua de passar. — Também tem uns sacos de lixo na lateral da casa pra você levar.

— Já peguei.

— Isso que é homem.

— Vocês podiam ter me avisado que Joey viria hoje — falei quando a porta se fechou.

— Ele é bonzinho, não é? Tão trabalhador! — ela comentou, sorrindo para a tábua. — Pensei que você fosse ficar feliz de ver ele. Vocês são bons amigos na escola, não?

— Ah, somos colegas — falei, suprimindo uma gargalhada. — Mas vocês podiam ter me avisado.

— Que pena que ele e seu irmão não parecem se dar bem — ela acrescentou com um suspiro.

— Não é culpa do Joey, mãe. Kev não se dá bem com ninguém — comentei, apoiando o quadril no balcão. — Ele é metido demais.

— Aoife.

— O quê? — Ergui a mão. — É verdade.

— Não faria mal pra ele sair da frente daquele computador e passar um tempo na oficina. Tenho certeza que, se eles tivessem uma oportunidade, encontrariam coisas em comum.

— Eles quem? Meu pai ou Joey? Porque, sem querer ofender, mãe, mas seu bebezinho querido acha que está acima dos dois. Kev não tem intenção nenhuma de sujar as mãos com trabalho. Ele se acha demais pra se misturar com a gentalha.

— Não é verdade — ela me repreendeu. — Não seja cruel.

— Mas e aí? Qual é a desse banheiro novo? — Decidi mudar de assunto, sem querer dar ao idiota do meu irmão mais um segundo da minha atenção.

— Como assim?

— Você sabe, mãe.

— Não foi nada, meu amor. — Minha mãe, que parecia uma versão de mim aos quarenta e poucos anos, abriu um sorriso radiante. *Radiante demais.* — Só estava na hora de mudar um pouco as coisas.

— Mãe — falei, suspirando e esticando a perna para cutucá-la com o pé. — Você está bem?

Eu sabia que ela não estava. Meu pai tinha partido o coração dela umas quatro vezes em vários anos — isso pelo que eu sabia.

— Vou ficar — ela respondeu com um tom falsamente alegre, colocando uma mecha loira de cabelo atrás da orelha. — Só preciso de um bom banho quente.

— Então, quem foi dessa vez? — perguntei, cutucando a onça. Eu não queria saber de verdade, ou pelo menos não devia querer saber, mas perguntei mesmo assim porque gostava de me punir. Peguei uma camiseta na pilha de roupas dobradas cuidadosamente na mesa da cozinha e a vesti. — Foi um caso isolado ou estava rolando fazia um tempo?

— Não quero falar disso, Aoife — ela respondeu baixinho. — E também não quero que você fique pensando mal dele. Ele é um bom homem no fundo, e um pai maravilhoso.

— Ele é um bom pai, sim — concordei, colocando o copo vazio na pia. — Mas é um marido de merda, mãe.

Ela, por outro lado, era uma ótima esposa e uma mãe incrível, o que não mudava o fato de sua constante tendência ao perdão me parecer um certo tipo de fraqueza.

— Ele comete muitos erros — minha mãe concordou, me entregando o short jeans que tinha acabado de passar.

— Erros demais — eu a corrigi, vestindo o short. — Vezes demais.

— Sei que você tem suas próprias opiniões sobre como eu devia reagir — ela falou, sem emoção. — Mas é muito mais fácil saber o que fazer quando se trata da vida de outra pessoa.

— As coisas parecem bem preto no branco pra mim.

— Só porque você é jovem. — Ela sorriu. — O mundo não é preto no branco assim, Aoife. Tem um monte de cinza no meio.

— Não entendo — admiti, soltando um suspiro frustrado. — Não sei como você consegue ficar com ele sendo que ele provou que não é confiável. — Balancei a cabeça e apontei para ela. — Você é um filé, mãe.

— Filé?

— Um filé-mignon. Linda, maravilhosa, gostosa...

— Entendi — ela falou, dando risada. — Obrigada pelo elogio, mas chega desse linguajar.

— Bem, é verdade. Você é uma deusa, mãe. Kev está achando que os amigos esquisitos dele ficam descendo pra me ver, sendo que metade do tempo estão é querendo te espiar.

— Aoife — ela me repreendeu, ainda rindo.

Suspirei e perguntei:

— Por que você aguenta isso, mãe?

— Eu amo ele. Já investi mais de vinte anos da minha vida nesse homem e tive filhos com ele. E, acredite ou não, ele também me ama.

— Então talvez ele precise aprender a te amar melhor. Porque as palavras e as ações dele não estão alinhadas, mãe.

— Não existe casamento perfeito.

— Não mesmo — concordei. — Mas nem todas as esposas são traídas.

— E o Paul? — minha mãe perguntou, mudando de assunto em um tom defensivo. — Você ama ele, né? Imagina passar a maior parte da vida criando uma família pra depois ter que...

— Não.

Ela piscou, surpresa.

— Não?

— Não — confirmei, balançando a cabeça. — Eu não amo o Paul e não pretendo mudar isso.

— Por que não?

— Porque não pretendo dar esse poder pra um garoto. Do meu ponto de vista, os homens sempre nos decepcionam... Nem os bons, como o papai, são confiáveis. Então, por que eu me exporia a esse tipo de dor? Seria suicídio emocional.

Minha mãe ficou boquiaberta e soltou uma risadinha.

— Aoife, se você não sente nada pelo pobre rapaz, por que, em nome de Deus, está saindo com ele há um ano e meio?

— Porque eu *escolhi*. Não porque eu *preciso* de macho.

— Mas e o Paul? Você já parou pra pensar nele?

— Eu nunca disse que não ligava pra ele, mãe. Claro que eu ligo. — Dando de ombros, acrescentei: — É óbvio que tenho carinho por ele. Só não sinto aquelas coisas loucas que confundem o bom senso.

Ela arqueou a sobrancelha.

— Carinho?

Dei de ombros.

— O que tem de errado com carinho?

— Só não é a palavra que as garotas costumam usar pra descrever o que sentem pelos seus namorados.

— Bem, é tudo o que eu sinto, mãe.

— Mas...

— E se você acha que Paul Rice está apaixonado por mim, está errada — acrescentei depressa. — Os sentimentos dele por mim são tão substituíveis quanto os meus por ele. Se a gente terminar, te garanto que ele não vai levar mais que uma semana, no máximo duas, pra ficar com outra pessoa.

— Aoife — ela me censurou.

— O quê? É verdade. — Dei risada e abanei a mão. — Garotos são volúveis assim... e não estou falando só de Paul. Todos são. Claro que ele ficaria com o ego ferido, mas tenho certeza que ia se esquecer de mim rapidinho.

— Mas...

— Ah, mãe, é como você disse: você está casada com o papai há vinte anos, mas isso não o impediu de te esquecer toda vez que pulou a cerca.

— Então você pensa assim por causa do nosso casamento?

— Talvez? — Dei de ombros. — Sei lá.

— Espero que não.

— Mas, se for, que bom, porque isso me preparou pro inevitável. Sem apego, sem mágoas. — Sorri. — Simples assim.

— Então você está me dizendo que nunca vai querer se apaixonar e se casar?

— Não é como se eu fosse um milhão por cento contra o casamento e a maternidade. Se o cara certo aparecesse e provasse que estou errada, claro que eu me casaria — confessei. — Mas nunca aguentaria as merdas que você aguenta. Eu jamais conseguiria, mãe. E com certeza não com a sua graça. Se eu amasse alguém, se eu amasse de verdade, profundamente, eu não suportaria saber que ele esteve com outra pessoa. Isso acabaria comigo. Eu ficaria maluca. Nunca conseguiria perdoar uma traição assim. Por isso, acho que casamento é uma coisa arriscada demais. Então, provavelmente, vou manter distância de qualquer tipo de compromisso pelos próximos quarenta anos ou mais.

— Então você não ligaria se, digamos, Paul saísse com outra garota? Já que não ama ele?

— Sinceramente, eu ficaria bem puta, mas acho que também aliviada.

Ela ficou perplexa.

— Aliviada?

— Sim — respondi. — Porque ele me provaria o que eu sempre soube: nenhum homem é confiável.

— Ah, não sei, Aoife, meu amor... — ela disse, contorcendo os lábios. — É um jeito bem cínico de pensar.

— É prático. — Dei uma piscadela. — É um jeito *prático* de pensar, e claramente é o jeito certo, considerando os boatos que andei ouvindo por aí.

Ela me lançou um olhar desconcertante.

— Que *tipo* de boatos?

Arqueei a sobrancelha e fiz uma expressão de "O que você acha?".

— Ele te *traiu*? — ela perguntou, captando minha mensagem imediatamente. — Então o que você está fazendo com ele?

— Ahá! — Cruzei os braços. — O sujo falando do mal lavado.

Ela soltou um suspiro pesado.

— Aoife, você não precisa se sujeitar a esse tipo de coisa.

— Eu sei que não — concordei. — E não se preocupe, já tirei satisfação de Paul sobre esses boatos.

— E aí?

Dei de ombros.

— Ele disse que é tudo mentira.

— E você não acredita nele, né?

— Você acreditaria?

Ela me lançou um olhar solidário.

— Eu não acredito em uma palavra sequer que saia da boca de um garoto — declarei.

Tecnicamente, não era verdade. Você acredita em um *garoto.*

— E há quanto tempo esses *boatos* estão circulando?

Mais tempo do que eu queria admitir.

— Há um tempinho.

— Você tem certeza que ele não te traiu?

— E dá pra ter certeza?

— Não, acho que não.

— Exatamente.

— Então por que você está com ele, Aoife?

— Por que você está com o papai?

— Não tem comparação — ela falou. — A gente é casado.

— Exatamente. Vocês são *casados*, têm um *compromisso*, *estão apaixonados*, deveriam se *dedicar* um ao outro, e *ainda assim* isso aconteceu. Ele continua te sacaneando *sem parar*. Então, se eu aprendi alguma coisa com você e o papai, é que homem nenhum, não importa quão perfeito pareça, é confiável.

— Você não deveria ter medo de amar um garoto, Aoife. — A tristeza emanava de sua voz. — Por favor, não deixe que os nossos erros te influenciem. Eu ficaria arrasada de saber que o nosso relacionamento te afetou a ponto de você não querer entregar seu coração pra alguém.

— Não tenho medo de amar — falei com sinceridade. — Só tenho medo de me perder.

— Odeio te falar isso, mas na maioria das vezes essas coisas andam de mãos dadas.

— Eu sei. — *É o que me assusta.*

— Aoife.

— Chega desse papo pesado. — Dando tapinhas nos ombros da minha mãe, abri um sorriso largo antes de seguir para a porta. — Estou suada e grudenta e precisando urgentemente de um banho.

— Não ouse entrar naquele chuveiro antes de mim — ela falou. — É sério, mocinha, eu que vou estrear aquela coisa.

— Entendido — eu disse, subindo às pressas com toda a intenção de fazer exatamente isso.

Arranquei a camiseta, peguei uma toalha e disparei para o banheiro, gargalhando sozinha.

— É sério, Aoife Molloy, nem pense nisso!

— Não vou fazer isso — falei, rindo e fechando a porta antes que minha mãe terminasse de me ameaçar.

Me sentindo espertinha, tirei o resto da roupa e esfreguei as mãos, tomada por uma alegre expectativa. Depois, entrei no boxe e liguei o chuveiro chique.

Ele fez barulho, mas não saiu nada. Nem um pingo de água.

— Que porra é essa? — rosnei, me virando e girando as torneiras à minha frente. — Vai, caralho.

De repente, alguém bateu na porta e soltei um suspiro frustrado. Peguei a toalha e me enrolei antes de abrir.

— Sei o que está parecendo, mas juro que não ia usar o chuveiro antes de você... — Parei de falar quando meus olhos pousaram em Joey. — Você voltou.

— Voltei.

— Que bom! — Segurei a toalha com mais força, agarrei a porta e tentei fingir indiferença. — Porque você fez um péssimo trabalho instalando esse chuveiro. Essa merda não funciona.

— Eu sei — ele disse, dando a volta em mim e entrando no banheiro. — É por isso que voltei. Ele se agachou na frente do vaso e esticou o braço atrás da cisterna. — Esqueci de ligar o registro.

— Registro? — Dei risada. — Que porra é essa?

Joey virou uma válvula, deu descarga no vaso sanitário e, em seguida, ficou esperando, observando a descarga funcionar. Satisfeito, ele se levantou e foi ligar o chuveiro. Dessa vez, fez barulho e soltou um jato constante de água.

— Tcharam!

— Oba! — Bati palmas de alegria. — Meu herói.

— É tão fácil te agradar, Molloy.

— Foi impressionante, Joe.

Ele bufou.

— Só liguei o registro.

— Eu não saberia fazer isso.

Ele deu de ombros e se direcionou para a pia. Abriu a torneira e lavou as mãos.

— Bem, aproveite seu banho.

— Ah, pode deixar. Obrigada de novo, Joe.

— Disponha.

Ele fechou a torneira e ficou olhando em volta, procurando uma toalha, e como não encontrou, se aproximou de mim e secou as mãos na parte de baixo da minha.

— Ei — resmunguei, batendo nas suas mãos. — Que folgado.

— Bela toalha — ele respondeu, dando uma piscadela atrevida antes de seguir para a porta. — Te vejo depois, Molloy.

— Espera. — Meu coração batia forte enquanto eu o acompanhava até a porta, dando a volta nele e pressionando as costas na madeira. *Para mantê-lo ali por mais um tempinho.* — Você vai pro jogo?

Ele não pareceu nada feliz quando disse:

— É o plano.

— Você não quer jogar?

Minha pergunta pareceu surpreendê-lo, porque ele franziu as sobrancelhas, confuso.

— Por que está falando isso?

— Porque você nunca parece feliz no campo — respondi, ajeitando a toalha. Encarei-o e dei um sorriso triste. — Você nunca parece feliz em lugar algum.

— E você sabe tudo de mim, né? — ele retrucou depressa, imediatamente na defensiva, erguendo muros ao seu redor. — Observando cada passo que eu dou feito uma maluca.

— Abaixa a guarda, Joe. — Conhecendo seus truques, mantive um tom neutro e disse: — Não sou o inimigo.

Joey ficou me encarando por um longo tempo antes que a hostilidade no seu olhar desse lugar à resignação.

— Eu sei. — Piscando, ele soltou o ar com força e balançou a cabeça. — Eu sei, Molloy.

— Eu sei que você sabe — falei, esticando o braço para fazer carinho no ombro do filho da puta. — Está tudo bem. Eu te perdoo.

Vi um calor cintilando em seus olhos escuros quando ele disse:

— Eu não pedi desculpas.

Pois é.

— Eu sei. — Estiquei o braço para bagunçar seu cabelo loiro e sorri. — Te perdoo mesmo assim.

Sem conseguir esconder o desconforto ou a agitação, ele passou a mão pelo cabelo e gesticulou para mim.

— Pode dar licença pra eu ir embora? Vou me atrasar pro jogo.

— Posso — respondi. — Se você prometer me esperar.

Ele franziu a testa.

— Te esperar?

— Pois é. — Sorri. — Eu vou com você.

— Você vai comigo? — Ele franziu a sobrancelha mais uma vez. — Pra onde?

— Você vai pro campo da AAG. Eu vou pro campo da AAG. A gente pode se fazer companhia.

— Não.

— Sim.

— Você não vai comigo.

— Vou, sim.

Joey ficou me encarando horrorizado, erguendo aqueles muros depressa.

— Em que universo paralelo eu te dei a impressão de que queria que você fosse comigo?

— Que tal no universo em que você desencana de fingir que minha simples presença te irrita e apenas admite que me adora?

Ele ficou boquiaberto.

— Nada a ver.

— Tudo a ver. — Sorrindo, dei tapinhas no ombro dele. — *Amigo.*

— Não sou seu...

— Nem pense em terminar essa frase.

Ele fechou a boca rapidamente e engoliu em seco. Ficou me observando por um longo tempo antes de rosnar:

— Você tem cinco minutos. Depois, vou embora.

Abri um sorriso vitorioso e dei um tapinha no seu peito antes de dar um passo para o lado e seguir para o chuveiro.

— Fico pronta em vinte minutos.

— Dez — ele falou, abrindo a porta do banheiro. — Ou vou sair sem você.

— Vinte — eu disse por cima do ombro, abaixando a toalha e entrando no chuveiro. — Pode esperar no meu quarto.

Quando fechei a porta, o ouvi dizendo:

— Quinze minutos e ponto-final.

— Vinte — insisti, gostando de vê-lo nervoso.

— Você é um pé no saco.

Dei risada.

1º de setembro de 2001

Perdendo a cabeça

JOEY

Eu estava mais que nervoso, e a pior parte era saber que tinha pouco a ver com as críticas que recebi na primeira metade da partida e tudo a ver com *ela*.

Minha irritação não era pelo fato de Molloy ter mais uma vez se inserido na minha vida ao resolver me acompanhar até o campo. Nem pelo relato detalhado que ela fez no caminho sobre o dia que passou com Casey no início do verão, quando elas foram para o Aqua Dome em Tralee.

Sim, pelo visto, Molloy me considerava um amigo bom o suficiente para me contar sobre sua desventura com um maldito absorvente. A maior parte da conversa girou em torno dos perigos das piscinas, de menstruações inesperadas e de biquínis minúsculos e brancos, o que fez eu me sentir levemente perturbado e bastante grato por ter um pau.

A força motriz por trás da minha agitação veio da cena que se seguiu assim que chegamos: Molloy permitiu que aquele merda do namorado dela a tratasse feito criança.

Quando nos aproximamos do campo da AAG, Ricey só falou bosta. Ele não a queria perto de mim de jeito nenhum. Eu não o culparia se ele a tratasse com o mínimo de respeito.

O que não era o caso.

O cara era um babaca moralista e, quando não estava discutindo com ela, estava sendo condescendente ou abandonando-a como se ela fosse uma mala que não cabia no carro e ele podia decidir que não era mais necessária.

Ricey olhou para Molloy e viu um rosto lindo e um corpo atraente.

E para ele isso era o suficiente.

Ele não ligava de ficar só no superficial.

Já eu a conhecia muito bem, incluindo sua personalidade. Ela era uma garota esperta, autoconfiante, de espírito livre e festeira, com um coração puro e uma queda por encrenca.

Sua natureza fácil e brincalhona permitia que ela não levasse a sério as zombarias dele, mas eu levava.

Eu levava aquelas piadinhas a sério *por* ela.

Vê-la tolerar a maneira nada exemplar como ele a tratava me irritava profundamente. Suscitava sentimentos no meu peito que não deviam nem estar lá, pra começo de conversa.

— Lynch! — Eddie falou, desviando minha atenção da tela do celular, pois eu estava tentando me distrair com um jogo da cobrinha para acalmar o forte desejo de atravessar o vestiário e esmurrar aquele babaca.

— Merda — grunhi quando morri no joguinho. Ergui a cabeça de uma vez e me deparei com meu treinador andando de um lado para o outro. — Sim?

— Guarda esse celular — ele exigiu. — Você está comigo agora. Pode falar com a sua namorada depois da partida.

— Namorada? — Balancei a cabeça em confusão. — Que namorada?

— Aquela loirinha com quem você vive andando — Eddie falou. — A que vive empoleirada na arquibancada me deixando louco de tanto gritar. Me faz um favor, cara, e deixa ela em casa da próxima vez. Ela é uma distração. Fica te escrevendo e te perturbando quando você precisa se concentrar. Você pode namorar ela o quanto quiser *depois* de ganhar esse jogo.

— Ah, merda — Alec falou, rindo e levando o punho à boca enquanto gesticulava para Ricey.

— Ele acha que ela é sua...

— Cala a boca — Ricey soltou, atirando o capacete em Alec antes de se levantar e sair do vestiário pisando duro.

Todos explodiram de rir. Mudando de humor de repente, ri comigo mesmo, satisfeito por Eddie ter provocado Paul sem querer, e achando mais graça ainda por ele pensar que ela era minha.

Ela é sua.

— Eu perdi alguma coisa? — Eddie perguntou, olhando para nós. — Qual o problema do Rice?

— Sabe a distração de que você está falando? — Alec interveio. — Pois é, é namorada dele. — Ele agitou as sobrancelhas antes de acrescentar: — Mas não se preocupe, Eddie, aposto que Lynchy vai roubar ela em breve.

— Meu Deus, Al — eu disse, rindo, enquanto o resto do time gargalhava e zoava à nossa volta. — Você não se aguenta, né?

— Está bem, está bem. Chega disso — Eddie grunhiu, constrangido. — Levantem a bunda daí e vão pro campo buscar esse troféu.

Dolorido e desconfortável, coloquei o capacete, peguei o hurley e saí do vestiário para entrar no campo.

— Nossa! Olha só a bunda do número seis! — uma voz familiar falou quando atravessei o portão de metal do alambrado que separava os torcedores do campo, me juntando ao resto do time.

Sentada no telhado do banco do nosso time, do lado de dentro da cerca, onde ela não devia estar, Molloy deu uma piscadela para mim.

— Bela ginga.

— Belas pernas — respondi, me sentindo bem mais satisfeito agora que dez minutos antes.

Ela abriu um sorriso radiante, balançando as pernas do telhado de aço.

— Não se envolva em confusão, hein?

Assenti lentamente.

— Vou me esforçar.

— Se esforce de verdade então — ela falou, rindo. — Porque eu estou me esforçando muito pra te salvar, seis.

Uma risada confusa me escapou.

— Como assim?

Ela deu outra piscadela.

— Foi isso mesmo que você ouviu, amigo. Agora vai lá jogar com essa sua vara e sua bola...

— Aoife — Ricey a interrompeu, se aproximando dela bem quando o árbitro apitou. — Que porra você está fazendo?

Relutantemente, recuei e assumi minha posição para o segundo tempo.

Só que não consegui me concentrar em merda nenhuma. Meu olhar ficava se desviando para Ricey, que tinha sido substituído e estava discutindo sem parar com Molloy.

— Corre, Joey! — Eddie gritou da lateral quando peguei uma bola no ar.

Geralmente, ele não precisava me mandar fazer nada. Sempre que eu estava com o sliotar na mão, me movia por instinto.

Mas não naquele dia.

Não quando aquele babaca pegou o braço de Molloy e a arrastou para fora do telhado.

Ela caiu de joelhos, e eu surtei.

Larguei o sliotar no chão e disparei até eles, arrancando o capacete no caminho e sentindo uma fúria quase desumana.

Ele estava com a mão em torno do braço dela, tentando puxá-la para o portão, gritando algo que não consegui ouvir porque estava longe.

— Joey! — Eddie berrou. — O que você está fazendo? Volta aqui! — Lynchy!

— Número seis, volta ao campo agora ou está fora.

Ignorei todos e segui em frente. Só parei quando estava diante daquele escroto. Jogando o hurley para o lado, agarrei sua camisa por trás e o afastei dela.

— O que você está... — ele começou a dizer, mas foi rapidamente silenciado pelo soco que dei na sua cara.

Ele deu uns passos para trás e colocou a mão no rosto, tentando se equilibrar.

— Qual é o seu problema, porra?

— Você — rugi, arfando. — Você segurando ela desse jeito.

— Meu Deus! — ele rugiu de volta para mim. — Quando é que você vai botar na sua cabeça que ela é *minha* namorada, e não sua, imbecil?

— Nunca mais encosta nela desse jeito, entendeu?

— Senão o quê?

— Senão você está morto.

— Ah, volta para aquela putinha que te pariu, seu escroto do caralho.

— Joey, não! — Molloy gritou, se colocando entre nós depressa, mas já era tarde demais.

Porque eu tinha perdido totalmente a cabeça.

3 de setembro de 2001

Amigos e namorados

AOIFE

— O que você fez? — Casey perguntou na segunda de manhã cedinho, se sentando na cadeira ao meu lado na sala de orientação. — A escola toda não para de falar nisso.

Era o primeiro dia de aula depois das férias de verão e nossa professora estava atrasada, ou seja, a sala estava um caos.

Todo mundo estava falando alto e eu estava encolhida na carteira.

— Ah, meu Deus. — Abaixei a cabeça na mesa e segurei a vontade de chorar. — Você está falando da briga, né?

— Claro que sim — ela respondeu de olhos arregalados. — Desembucha.

— Por onde começo? — gemi.

A briga entre Paul e Joey no fim de semana só poderia ser descrita como um desastre completo, e se eles não tivessem sido separados, certamente terminaria com alguém sendo levado por uma ambulância.

E eu *não* estava sendo dramática.

Eu nunca tinha testemunhado tanta violência de perto e de um jeito tão pessoal.

Ainda podia me lembrar do som de ossos se quebrando.

A camiseta branca que eu estava usando foi para o lixo, porque minha mãe não conseguiu limpar todo o sangue que respingou nela.

Não dava nem para saber de quem era aquele sangue, já que, quando os garotos foram separados, ambos estavam em um estado lamentável.

Duas carteiras para a esquerda estava Paul, gravemente ferido, e seis fileiras atrás, no fundo da sala, estava Joey, um pouco menos machucado.

Eles não estavam se olhando — e tampouco olhavam para mim.

— Não sei como a coisa escalonou daquele jeito, Case — comentei, depois de dar à minha melhor amiga um relato detalhado sobre os acontecimentos do fim de semana. — Mas parece que foi tudo culpa minha.

Ambos tinham sido expulsos do time de hurling, o que os deixou claramente furiosos, e a culpa tinha sido despejada em mim.

— Bem, meio que é verdade — ela falou, dando risada e demonstrando zero empatia.

— Nossa — resmunguei. — Valeu, hein, amiga.

— Ah, para com isso — ela disse, me silenciando. — Você sabe que eu tenho razão. Só estou verbalizando o que você já sabe.

— Aff — resmunguei, sabendo que ela estava certa. — Eu só...

— Não quer abrir mão do Joey, né? — ela me provocou.

— Ele é só meu amigo, Case.

— É, só seu amigo gato, que não consegue se dar bem com o seu namorado gato — ela me corrigiu, rindo. — Enquanto isso, sua amiga mais gata de todas, ou seja, eu, teve que passar o último fim de semana do verão ouvindo a cabeceira da mãe batendo na parede porque você estava ocupada demais correndo atrás desses garotos e não teve tempo pra ficar com ela.

Estremeci.

— Me desculpa.

— Tá bom, piranha. — Ela revirou os olhos de novo. — Só me leva da próxima vez. Eu teria pagado um bom dinheiro pra ver esses garotos brigando. — Ela sorriu e acrescentou: — Foi um tesão, não foi? Eles arrancaram a camisa um do outro? Deu pra ver o que tinha por baixo? O tanquinho? Me conta.

— Você é uma safada.

— E você é uma puta gulosa que quer ficar com tudo.

Encarei-a por um instante antes de soltar um suspiro.

— Deu pra ver um pouco, sim.

Seus olhos azuis se iluminaram de empolgação.

— De quem?

— Do Joey.

— *Isso.* — Ela mordeu o punho de brincadeira. — Conta mais.

— Os treinadores puxaram a camisa dele tentando separar os dois — sussurrei, me aproximando dela para não ser ouvida por nenhum fofoqueiro. — Eu nunca tinha visto nada assim antes, Case. Foi preciso literalmente três adultos pra tirar ele de lá.

— Ele é perigoso, Aoife — ela comentou. — Sexy, sim, mas também aterrorizante.

— Não é, não.

— É, sim — ela insistiu em um tom sério. — Você sabe que ele também mora no Elk Terrace. Eu cresci em frente à casa da família deles. Nossa, até era da mesma creche que ele. Na verdade, lembro que ele costumava ficar de castigo porque vivia brigando. Já vi ele em ação mais vezes que você, amiga, então acredite em mim quando digo que Joey Lynch é um garoto *muito* perigoso.

— Não pra mim — me ouvi sussurrando. — Pra mim, ele é só Joey.

— E Paul?

— Paul é... Paul.

— Você está brincando com fogo, Aoife — ela disse com uma expressão preocupada. — Precisa esfriar sua amizade com Joey ou terminar com Paul. Isso não pode continuar.

— Não vou fazer *nada* com Joey. Eu me importo com ele, sim. E está tudo bem *se importar* com as pessoas.

— Talvez você não esteja fazendo nada com ele fisicamente.

— Fisicamente é o limite. E eu não ultrapassei esse limite, Case.

— Justamente: é pra ser um limite — ela concordou em um tom hesitante.

— Como assim?

— Só estou querendo dizer que você é minha melhor amiga e não quero te ver mal. E esse Joey Lynch vai te fazer mal.

— Ele não vai...

— *Ainda* — ela me interrompeu. — Mas uma hora vai, se você não proteger o seu coração. — Ela soltou um suspiro pesado antes de sussurrar: — Só pra constar, não te culpo por se contentar com Paul. Ele não é exatamente um cavaleiro de armadura brilhante, mas pular do barco do Paul pro barco do Joey é o equivalente a pular da panela direto pro fogo. Eu sei que você se importa com ele, Aoife. Eu entendo, está bem? Mas garotos como ele não têm salvação. Não adianta oferecer amizade, amor ou o que quer que seja, porque eles não têm salvação.

— Não posso só dar as costas pra ele — confessei com a voz trêmula. — Não sei por que, mas não consigo.

— De quem você está falando? Do Paul? — Seu olhar se desviou para a carteira atrás de nós e ela estremeceu ao dizer: — Ou do Joey?

Seguindo seu olhar, me virei na cadeira bem a tempo de ver Neasa Murphy enfiar a mão debaixo da carteira que estava dividindo com Joey.

Ela se virou para o lado, se inclinou e cochichou algo no ouvido dele.

E o que ela disse fez Joey lhe lançar um olhar intenso. Neasa se levantou e saiu da sala. Sem hesitar, Joey também se levantou e a seguiu, me ignorando completamente ao passar pela minha carteira.

Meu coração murchou.

Ou melhor, ele se despedaçou dentro do meu peito.

Eu não precisava ser uma gênia para saber para onde os dois estavam indo ou o que planejavam fazer.

— Não consegue mesmo dar as costas pra ele, Aoife? — Case perguntou com tristeza. — Porque ele não parece estar passando pelo mesmo problema.

24 de setembro de 2001

Um pequeno desentendimento

JOEY

— Seu rosto estava do lado errado de qual punho dessa vez? — foram as primeiras palavras que Podge Kelly me disse quando me acomodei na carteira ao lado da dele no fundo da sala da orientação na segunda de manhã. — Parece que você lutou contra o Tyson.

Parecia mesmo.

Eu ainda me lembrava da sensação da bota pesada do meu pai acertando minhas costelas na sexta à noite. Também me lembrava do cheiro, da dor, de tudo. A cena ficou gravada na minha memória em cores muito vívidas.

— Isso, seu merdinha — ele falou, soltando uma risada cruel. — Se esconde atrás da porta feito a sua irmã! Eu tenho um filho ou duas garotinhas?

— Vai se foder! — rugi, me colocando de pé com a força de uma vida de espancamentos.

— Não, Joey... não! — Shannon choramingou, tentando sem sucesso me impedir. — Não vai lá.

Arrastei a cômoda para longe da porta, a destravei desajeitadamente e a abri, sabendo que eu não era grande o suficiente para levar a melhor, mas sem dar a mínima para isso.

Eu preferia passar a vida sendo espancado a deixar que ele pensasse que tinha vencido.

Me recusei a me encolher em posição fetal feito um animalzinho ferido, como minha mãe, e fiquei de quatro, me esforçando para me levantar a cada golpe da sua bota.

Com a mão sobre o peito dolorido, me refugiei na sensação das batidas frenéticas do meu coração nas minhas costelas, silenciosamente pensando no que fazer.

Me obriguei a engolir o fio de sangue que saía dos meus lábios e permaneci perfeitamente imóvel enquanto minha mente desesperada avaliava a situação.

Quando eu estava no chão, derrotado e surrado, o escroto cuspiu no meu rosto. Todo quebrado e mal respirando, fiquei jogado no chão do quarto feito uma criança, ouvindo os passos dele se afastando lentamente.

Você pode ir embora, uma voz sibilou no fundo da minha mente. *Você não precisa aguentar mais um segundo dessa merda. Faz as malas, dá uma de Darren e vaza daí!*

Recusando a ideia, balancei a cabeça e soltei um gemido de dor todo grogue, a cerca de três chutes de distância do meu túmulo. *Se você não sair dessa casa, vai acabar morrendo...*

Sim, meu fim de semana tinha sido fenomenal.

Dei de ombros, peguei a mochila no chão ao meu lado e abaixei o capuz do moletom, sabendo que, se eu não fizesse isso, acabaria na sala do diretor mais uma vez.

— Foi o jogo.

— Não teve jogo esse fim de semana.

— Então foi o treino.

— A gente também não treinou, cara.

— Quem é você? Minha mãe? — retruquei, nervoso. — Quer uma lista do meu paradeiro? Vai se foder e para com essas perguntas, idiota.

Ele se aproximou e segurou a gola da minha camisa.

— Meu Deus, Joe, seu pescoço está cheio de hematomas.

— Encosta em mim de novo e você vai acabar sem mão pra bater uma — avisei, afastando-o antes de ajeitar a gola do uniforme rapidamente.

Franzindo a testa, Podge passou a mão pelo cabelo ruivo e brilhante e murmurou baixinho:

— Relaxa, cara, eu só estava preocupado. Foi mal.

— Bem, não precisa se preocupar.

— O quê? Não preciso me preocupar com o meu amigo? Não posso perguntar nada quando meu amigo aparece na escola parecendo ter levado uma puta de uma surra?

— Exatamente — respondi, pegando o caderno de exercícios na mochila. — Não se preocupa nem liga pra mim.

— Beleza — ele falou.

Por um instante, fiquei me perguntando o que aconteceria se eu lhe contasse a verdade, mas hesitei quando as palavras de Darren reverberaram na minha mente.

— Vai em frente e conta pra sua professora. Veja o que vai acontecer. Veja o que vai acontecer com os outros. Eles vão nos levar embora e nos separar. Talvez você possa viver sabendo que eles tiveram a inocência roubada, mas eu com certeza não consigo.

Estou encurralado, pensei, sentindo a minha determinação se diluir nas minhas veias. *Estou sozinho.*

Estou preso.

Cercado por mentirosos e traidores, sem poder virar as costas por um mísero segundo.

Exausto de lutar em uma guerra que eu jamais venceria e dilacerado pela traição, me esforcei para controlar meus pensamentos conturbados.

Nada mais fazia sentido.

Parecia que todo mundo queria me pegar.

Eu não podia confiar em uma alma sequer, disso tinha certeza.

Não havia quem ajudasse pessoas como nós, famílias como a nossa. Nós éramos uns fodidos, fodidos de verdade, e eu estava destruído demais para manter aquelas crianças vivas por muito mais tempo.

Não quando eu queria morrer.

Foi nesse exato instante que meu celular vibrou, me avisando de uma mensagem nova. Eu o peguei do bolso e olhei rapidamente para a tela.

Holland: Quer fumar um no almoço?

Suspirei de alívio, digitei uma resposta apressada e a enviei.

Lynchy: Bora lá.

Balançando a cabeça, agitei os joelhos enquanto escrevia outra mensagem.

Lynchy: Tem mais alguma coisa aí?
Holland: Tipo?
Lynchy: Algo mais forte. Pra desligar meu cérebro.
Holland: É seu dia de sorte. Tenho um lote de oxicodona separado pra você.
Lynchy: Oxicodona? E isso vai me dar o que eu preciso?
Holland: Você não vai nem acreditar, amigo.
Lynchy: Então estou dentro.

Em algum lugar na minha cabeça, eu sabia que estava sendo autodestrutivo, causando uma dor desnecessária a mim mesmo, infligindo danos ao meu corpo e à minha mente, mas não conseguia evitar por conta da depressão que me devorava por dentro.

Eu estava no piloto automático. Só seguia o fluxo, tentando ir do ponto A para o ponto B a qualquer custo.

A erva costumava me ajudar, mas já não era suficiente. Eu sentia meu caso de amor pela cannabis perdendo força porque, quanto mais as surras do meu pai se intensificavam, mais eu perdia o controle, e minha necessidade desesperada de fugir assumia proporções épicas.

Eu precisava de algo mais forte.

Algo que fizesse tudo parar.

Algo que me ajudasse a sobreviver aos dias.

— Qual é o lance de vocês dois? — Podge me perguntou, claramente tentando amenizar as coisas, apontando para a sala. — Nem adianta me falar as mesmas coisas que você diz pra todo mundo.

— Quem? — perguntei sem emoção, enfiando o celular no bolso.

— Quem? — Podge me olhou com uma cara de quem dizia "não se faça de desentendido". — Aoife, seu idiota. Quem mais?

No minuto que ele disse o nome dela, me vi procurando pelo seu cabelo loiro, só para descobrir que ela já estava me encarando.

Encarei-a de volta com a sobrancelha erguida e balbuciei: *stalker*.

Provando mais uma vez que ela era diferente de todas as garotas do nosso ano, que corariam e desviariam o olhar, Molloy arqueou a sobrancelha e balbuciou: *vai se foder*.

Dei uma piscadela. *Belas pernas*.

Sorrindo, ela coçou o nariz com o dedo do meio. *Cuzão!*

Contendo a vontade de dar risada, balancei a cabeça e desviei o olhar, sabendo muito bem que Molloy seria uma distração. De vez em quando, ela passava a aula inteira fazendo brincadeirinhas e provocações.

Apesar de nunca termos esclarecido as coisas depois da briga que tive com seu precioso namorado babaca algumas semanas atrás, de alguma forma Molloy tinha reconquistado minhas boas graças. Algo que prometi que jamais aconteceria, depois de vê-la voltando para *ele* mais uma vez.

Minha tentativa de ignorá-la durou três dias, porque, com toda a sinceridade, manter distância de Aoife Molloy era quase tão difícil para mim quanto ter raiva dela.

Ela era filha do meu chefe e a gente dividia a sala de aula sete horas por dia. Algumas das aulas tinham lugares demarcados, em que eu não tinha escolha a não ser aguentar suas brincadeiras maliciosas durante quarenta minutos.

Às quartas, passávamos quatro aulas sentados juntos. Era um dia bem complicado de ignorá-la e, por isso, meu gelo só durou três dias.

Eu não sabia o que fazer com ela, honestamente. Ela era como um cheiro doce que não ia embora. Algo em mim estava morrendo de medo de ela continuar insistindo e de alguma forma conseguir quebrar meus muros, cada uma das minhas camadas podres, chegar às minhas entranhas e, depois, sair correndo. Outra parte maior se recusava a se importar com isso.

Por que eu deveria me importar?

Que diferença faria se ela saísse correndo ou não?

Eu não ia perder o sono por causa dela.

Eu me recusava.

Ela não significava nada para mim, e isso jamais mudaria.

— Não tem lance nenhum, Podge — falei, afastando os pensamentos. — Ela botou na cabeça que somos amigos.

— E vocês não são?

Não sei o que somos.

Pegando uma caneta do seu estojo, falsifiquei rapidamente uma semana de assinaturas da minha mãe no meu caderno, cheios de relatórios de mau comportamento em classe, assinando todas as notas de advertência que recebi dos professores e da coordenadora do meu ano, e depois fiquei admirando meu trabalho habilidoso.

Marie Lynch

Arqueei a sobrancelha e sorri para mim mesmo.

Nada mau.

— Você pegou ela?

— Quem? — perguntei, distraído, gravando minhas iniciais na carteira com o compasso dele.

— A Virgem Maria — Podge respondeu, brincando. — Quem você acha?

— Quem ele pegou? — Alec Dempsey perguntou, se virando na carteira para falar com a gente. Seu olhar curioso foi de Podge para mim. — Quem você pegou, Lynchy?

— Ninguém.

— Aoife Molloy.

— Ah, puta merda, cara. Pensei que você só estivesse de zoação. Então é verdade? — Alec arregalou os olhos. — Foi por isso que vocês brigaram?

— Não.

— Não?

— Não — repeti devagar. — Que parte da palavra "não" é difícil de compreender?

Meu olhar se desviou para Ricey, e ele voltou a atenção para a frente da classe depressa, evitando fazer contato visual.

Sorri, me satisfazendo com seu desconforto.

Aquele merda eu não tinha problema nenhum em ignorar, e com exceção de alguns comentários que eu ouvia quando jogávamos juntos, segui minha vida fingindo que ele não existia.

Naquele dia, eu lhe mostrei com meus punhos o que eu sentia por ele, e ele teve o bom senso de manter distância a partir daí.

— Claro que pegou — Podge comentou, piscando para Alec. — É por isso que ela está sempre encarando ele.

— Cara, ela é de longe a garota mais gata do nosso ano — ele grunhiu. — Talvez da escola toda.

Não tinha nada de talvez.

O direito de Molloy de receber esse título era incontestável.

— É por isso que Ricey é tão obcecado por ela. Ele tem que ter o melhor e ser o melhor em tudo. Ele mal perde a garota de vista — Alec acrescentou, e então seus olhos se esbugalharam. — Sério, gente, ele é obcecado pela Aoife e surtaria se ela sacaneasse ele... Puta merda, você pegou ela na oficina? Você trabalha com o pai dela, né?

— Ela costuma ir lá sem o Ricey — Podge sugeriu. — É uma boa oportunidade pra vocês ficarem sozinhos.

— Ah, meu Deus, cara, é perfeito — Alec concordou, assentindo com entusiasmo. — Foi assim que você comeu ela sem que ele soubesse, né?

Estreitei os olhos de repulsa.

— Estão vendo? É exatamente assim que os boatos começam.

— Só estou surpreso por você ter conseguido fazer ela abrir as pernas — Mike Maloney falou, dando risada, se juntando à conversa. — Pelo que ouvi, ela é mais apertada que...

— Termina essa frase — falei friamente. — Vai, termina pra ver o que acontece.

— E você é expert em abrir as pernas das garotas, né, Mike, o BV? — Podge falou, rindo, tentando desviar a conversa para águas mais tranquilas e seguras. — Se me disser que não ficou com ela, vou acreditar, Joe.

— Mas é verdade — declarei.

— Nossa, mas que ela é gostosa, ela é — Mike acrescentou, suspirando. — Ricey é um sortudo por ter conseguido convencer a garota a sair com ele.

— Pois é, cara — Alec concordou. — Juro que já sonhei com aquelas pernas.

— Tão compridas!

— E com aquela saia.

Engolindo uma onda de amargura, me obriguei a bloquear as vozes deles, porque do contrário as chances de eu surtar seriam altas.

Pela primeira vez, a sorte estava do meu lado.

— Joseph Lynch — a sra. Falvey, a coordenadora do nosso ano, me chamou assim que entrou na sala um instante depois. — Estão te esperando no escritório. — Ela estalou a língua com uma expressão de desaprovação estampada no rosto. — E leve o caderno vermelho com você.

— O que foi que você fez dessa vez? — Mike sussurrou, fofoqueiro como sempre.

— Sei lá, porra — murmurei, me levantando às pressas.

Aliviado por poder pular fora da conversa, peguei a mochila e segui para a porta.

— Estou muito decepcionada com você — a sra. Falvey disse quando passei pela sua mesa. — Pensei que tínhamos dado um jeito nos seus problemas de comportamento no ano passado. E, nesse semestre, eu estava disposta a te permitir começar do zero, mas apenas quatro semanas se passaram e eu descubro que você se meteu em briga de novo.

— Com *quem*? — perguntei, confuso, coçando a nuca.

— Marcus Shorten.

— Marcus *quem*?

— Ele é da escola comunitária de Kilcock — ela falou. — Te diz alguma coisa?

Fiquei encarando-a fixamente.

— Você *quebrou* o dedo dele, Joey — ela disse com um suspiro frustrado. — Com o seu hurley. De *propósito*.

— Quando?

— Na sexta passada — ela sibilou. — A mãe dele ligou pra escola hoje de manhã. Como pode imaginar, ela estava muito chateada com esse assunto. Ela quer levar a questão pro conselho.

— Ah, sim — falei, vagamente me lembrando do incidente no campo na sexta passada, quando nossas escolas disputaram uma partida do campeonato. — A mãe dele ligou pra escola?

— Ligou. Ela estava bem brava.

— Não foi uma briga — falei.

Que filhinho da mamãe de merda!

A professora estreitou os olhos.

— E como você chamaria o ocorrido?

O imbecil quase arrancou meus dedos com a fita de aço do hurley dele. Eu só retribuí o favor.

— Um pequeno desentendimento.

— Bem, esse pequeno desentendimento te garantiu a sua primeira suspensão do ano — ela declarou. — Parabéns. Ela bateu palmas com desdém e perguntou: — Tem alguma coisa a dizer?

— Sim. A gente ganhou o jogo de sexta — falei, dando de ombros. — E eu fui eleito o melhor jogador em campo.

18 de outubro de 2001

Mecânicas e salto alto

AOIFE

— Cinquenta euros, pai — tentei argumentar na quinta à noite, depois da escola. — É por uma boa causa.

— Desde quando sapatos novos são uma boa causa?

Dei de ombros.

— Você preferiria que eu mentisse e te dissesse que eu quero doar o dinheiro pros pobres?

— Aoife...

— Por favor, pai — implorei. — Nunca mais vou te pedir nada.

— Até você precisar de uma saia pra combinar com os sapatos. Assim como todas as outras vezes que você me pediu dinheiro.

— Tá, tudo bem — cedi, erguendo a mão. — Mas você não entende o quanto eu preciso desses sapatos, pai. Eles são perfeitos pra fantasia que estou planejando usar no Halloween.

— O que sua mãe disse?

Revirei os olhos.

— Você conhece a mamãe.

Ele franziu a testa.

— Se sua mãe não acha...

— Por favor, pai — repeti, tirando a última carta da manga. — Kev sempre ganha os joguinhos que ele pede pra você comprar e nunca precisa fazer nada. É como se vocês não me quisessem.

Uma risada irrompeu debaixo do carro em que eu estava recostada. Olhei para o culpado, esparramado em um carrinho, com apenas a metade inferior do corpo visível para que eu chutasse.

— Aoife — meu pai falou, suspirando. — Claro que a gente quer você.

— Só estou te pedindo um sapato, pai — choraminguei com uma vozinha frágil. — Por favor!

— Meu Deus... — ele murmurou, limpando as mãos em um pano velho. — Beleza. Vou pegar minha carteira. Está no escritório.

— Você é o *melhor*. Prometo que você vai morar comigo pra sempre e nunca vai ter que ir pra um asilo — falei, abraçando-o alegremente. — Mas, sim, pega sua carteira — acrescentei, empurrando-o na direção do escritório. — Porque eram os últimos pares da loja e eu vou *morrer* se a Danielle Long comprar primeiro.

Esperei meu pai desaparecer no escritório e voltei a atenção para Joey. Com seu corpo entre as minhas pernas, estiquei o braço, segurei seu macacão e o puxei com força, fazendo-o sair de baixo do carro com a ferramenta na mão.

— Com licença? — ele falou, olhando para mim com o boné virado para trás e as bochechas sujas de óleo. — Estou meio ocupado.

— Com licença *você* — retruquei com as mãos nos quadris, assomando sobre ele e encarando-o. — Você podia ter estragado tudo com as suas risadinhas.

— Você é uma bruxinha manipuladora, né? — Ele deu risada de novo. — Fazendo chantagem emocional no seu velho desse jeito.

— Só quando preciso — bufei, me recusando a me sentir mal por aquilo. — Você não viu *aqueles* sapatos.

— Sapatos — ele zombou, balançando a cabeça. — E você ainda se pergunta por que não somos compatíveis.

— Ah, sei, senhor *não tenho problema nenhum em desperdiçar minha grana em maconha* — retruquei. — Te juro que, se você me visse naqueles sapatos, você entenderia.

— Se você ficar tão bem quanto ficou com aquele biquíni amarelo, vou ter que concordar com você — ele respondeu, apontando para a visão perfeita que minha saia lhe oferecia e que eu não tinha percebido.

— Fecha os olhos.

— Fecha as pernas.

— Não. — Um calor se acendeu dentro de mim. — Não estou constrangida.

— Eu também não.

— Você está olhando pra minha saia.

— Você enfiou a buceta na minha cara.

— Ah, meu Deus — falei. — Você *não* disse isso.

Ele riu baixinho e voltou para baixo do carro.

— Espera. — Eu o impedi de desaparecer colocando o pé na sua barriga e o puxei para fora de novo, sem querer deixá-lo vencer essa rodada de provocações. — Então quer dizer que você gosta de amarelo?

— Ele se tornou minha cor favorita recentemente.

— Ah, é?

— É, Molloy.

— A minha cor favorita também é amarelo.

— Fica bem em você.

— Eu fico melhor ainda sem roupa. — Me sentindo atrevida, ronronei: — Você tem tanta certeza que somos incompatíveis, mas fico me perguntando se isso não mudaria se eu sentasse no seu colo... Hein? Será que a gente finalmente concordaria, Joe?

— Por que você não se senta e a gente descobre?

— O q-quê? — Desorientada pelo seu ataque sedutor, franzi a testa. — O que você está fazendo?

— O que *você* está fazendo?

— Você está flertando comigo.

— *Você* está flertando comigo.

— E daí? — bufei. — Eu sempre flerto com você.

Ele sorriu.

— Bem, talvez eu tenha decidido mudar de tática.

— Flertando comigo?

— Bem... — Ele deu de ombros. — Ser cuzão não parece estar funcionando, né?

— Mas você é *bom* em ser cuzão.

— Chega mais perto pra eu te mostrar como posso ser bom em outras coisas também.

— Certo, agora você está me assustando — falei, recuando. — Para com isso agora e me devolve o cuzão.

Rindo, Joey voltou para baixo do carro.

— Você perdeu essa, Molloy.

— Não perdi, não — bufei. — Você mudou as regras.

— Pois é — ele falou. — Vai lá comprar seu sapato, princesa.

31 de outubro de 2001

Minha fantasia é melhor que a dele

JOEY

— Mais uma rua, Joe — Ollie implorou com as mãos juntas, me encarando com aqueles enormes olhos castanhos que quase sempre me faziam ceder e lhe dar o que quer que ele quisesse.

Não aquela noite.

Haveria uma matinê no pavilhão da AAG para celebrar o Halloween, e assim que esses dois pirralhos fossem para a cama, eu tinha toda a intenção de ir — e encher a cara.

Isso era a única coisa que me mantinha de pé: saber que haveria uma vodca e um baseado me esperando do outro lado da cidade.

— Você tem uma mala cheia de doces, cara. — Me recostei no muro de algum desconhecido e joguei mais uma partida do jogo da cobrinha no celular, ignorando as hordas de crianças berrando "doces ou travessuras?" correndo pela rua. — Um monte de doces.

— Tadhg tem mais que eu — Ollie choramingou. — Ele tem um saco a mais que eu, está vendo, Joe? — Ele apontou para o nosso irmão, que estava carregando uma sacola de plástico transbordando de doces em um braço e uma fronha também transbordando de doces por cima do ombro. — Não é justo.

— Dá um tempo, seu chorão — Tadhg falou com desdém. — Quem sabe, se você parasse de tentar conversar com todo adulto que abre a porta, você conseguiria bater em mais casas?

— Eu só estava sendo legal — Ollie retrucou, magoado. — Estava sendo educado.

— E eu estava sendo esperto — Tadhg falou. — Então para de choramingar.

— Mas ele tem mais doces que eu — Ollie reclamou de novo. — Olha, Joe, olha...

— Isso só significa que o Tadhg vai ficar bem mais gordo que você — falei, distraído, soltando uma sequência de palavrões baixinho quando morri no joguinho.

— É, bem, minha fantasia é melhor que a dele — Ollie grunhiu, apontando para a capa improvisada e a máscara que Shannon tinha feito para ele. — Eu sou o Robin.

— Não fica se achando, Ols — Tadhg disse. — Você está com um saco de lixo preto em volta dos ombros. Parece que você saiu de uma lixeira.

— Tadhg... — eu o repreendi. — Chega. Ele é pequenininho.

— É, bem, estou bem melhor que você — Ollie bufou, cruzando os bracinhos em torno do peito magro. — Você é um Batman de merda.

— Talvez eu seja mesmo — Tadhg concordou. — Mas ganhei mais doces que você.

— Beleza — falei, enfiando o celular no bolso. — Chega, gente, faz quase duas horas que estamos na rua. Hora de ir pra casa. Eu tenho coisas pra fazer.

— Que coisas? — Tadhg perguntou, me olhando com desconfiança enquanto eu os conduzia pela rua. Segurei a mão de Ollie quando ele quase saiu correndo na frente de um carro.

Sorri e lhe dei uma piscadela.

— Um policial não me faria essa pergunta.

— Uhum — Ollie grunhiu, caminhando ao meu lado. — Está parecendo que você vai aprontar.

Você não faz ideia, garoto.

— Eu já sei aonde você está indo mesmo — Tadhg bufou. — Na matinê do pavilhão.

— Então por que está perguntando?

Ele deu de ombros.

— Sei lá.

— Você vai com roupa chique? — O rosto de Ollie se iluminou. — Vai fantasiando?

— É *fantasiado*, não *fantasiando* — Tadhg suspirou. — Aprende a falar, né?

— Tadhg — eu o censurei antes de responder Ollie: — Não sei, mano. Acho que as meninas vão caprichar nas roupas.

— Com fantasias assustadoras?

Na verdade, acho que elas vão preferir ir de anjas e demônias safadas.

— Algumas — respondi, distraído com as possibilidades.

Sem a permissão do meu cérebro, minha imaginação conjurou uma visão fantástica de Molloy com uma meia-arrastão vermelha cobrindo as pernas compridas e as tetas espremidas em um vestidinho minúsculo de enfermeira com um chapeuzinho enfeitando o topo do seu cabelo loiro.

Então minha imaginação deu uma de Judas, me mostrando Paul, o babaca, rodeando Molloy na pista de dança, e eu fisicamente me encolhi.

Totalmente enojado, afastei todos os pensamentos e me concentrei em levar os meninos para casa.

Quando chegamos, Shannon nos cumprimentou na porta, esperando pacientemente sua parte dos doces — um acordo que fizeram porque ela tinha costurado as fantasias.

Deixei-os discutindo e subi depressa para tomar um banho e trocar de roupa. Vinte minutos depois, entrei na cozinha e me deparei com minha mãe no lugar de sempre na mesa.

— Que cheiroso! — ela disse, bebendo uma xícara de chá. — Vai sair?

— Tem uma matinê no pavilhão. Vou encontrar Podge e uns caras da escola lá — respondi em um tom civilizado, algo que era sempre mais fácil quando o velho não estava em casa.

A explosão da semana passada tinha feito meu pai ficar fora temporariamente.

— Algum sinal dele? — perguntei, pegando uma lata de Coca na geladeira. — Ele te ligou?

Porque vamos encarar: todo mundo sabia que ele ia ligar. Assim que ele enjoasse do novo sabor escolhido para aquela semana, pensando que era melhor que a mãe dos seus filhos, voltaria rastejando.

Sempre fazia isso.

— Não. — Balançando a cabeça, ela soltou um pequeno suspiro. — Te falei na semana passada: ele foi embora...

— De vez... — terminei a frase para ela, recitando a mesma frase que ouvia pelo menos meia dúzia de vezes por ano desde que eu me entendo por gente. — Você vai ficar bem sozinha com as crianças? — Olhei para a sua barriga inchada, e me veio uma onda de preocupação. — Posso ficar em casa se você quiser.

— Não, pode sair — ela falou, se levantando. — Vou ficar bem.

— Mãe, se eu sair, vou voltar tarde. — *Em outras palavras, eu não poderia voltar se ela mudasse de ideia e percebesse que precisava de mim.* — Tem certeza que você vai ficar bem? — Franzi a testa, hesitante. — E o bebê?

— Só vai nascer daqui a três semanas — ela respondeu. — E tenho Shannon pra me fazer companhia. — Sorrindo, o que era algo raro ultimamente, ela acrescentou: — A gente pode pedir comida chinesa e assistir um filme quando os meninos forem dormir.

— Putz, acho que eles não vão dormir tão cedo — falei, pensando nas sacolas de doces que eles tinham coletado. — Aqui... — Fiz uma pausa para pegar uma nota de vinte euros no bolso do jeans. — Pra comida de vocês.

— Não, não, não — ela falou, balançando a cabeça. — Não precisa. Eu tenho.

Ela não tinha.

Eu sabia porque a vi gastando a última nota de dez euros para pagar a luz mais cedo.

— Está tudo bem. Recebi o salário ontem — eu disse, enfiando o dinheiro na mão dela. — Ainda tenho um pouco.

Ela ficou olhando para a nota por um longo tempo antes de enfiá-la no bolso do roupão com a mão tremendo.

— Obrigada, Joey.

— Está tudo bem, só garanta que Shannon coma algo, tá? — falei, pegando as chaves e seguindo para a porta. — Ela está só pele e osso. — *Vocês duas estão.*

— Pode deixar, prometo — ela respondeu, me acompanhando até a porta e se demorando sem jeito ali quando saí. — Boa noite.

— Pra você também, mãe.

— Joey... — ela falou quando eu estava no portão do jardim. Embrulhando o roupão em torno de si, ela veio até mim depressa.

Fiquei congelado no lugar sem mover um músculo quando ela esticou o braço e pressionou a mãozinha na minha bochecha. Com os olhos azuis cheios de lágrimas não derramadas, ela ficou na ponta dos pés e beijou meu rosto.

— Se cuida.

— Hum... — falei bruscamente, limpando a garganta, me sentindo culpado pelos pecados que ambos sabíamos que eu cometeria aquela noite. — Pode deixar, mãe.

31 de outubro de 2001

Dancinhas e álcool

AOIFE

O pavilhão estava abarrotado na noite de Halloween, e as pessoas se espremiam e suavam umas por cima das outras enquanto tentavam se divertir, inclusive eu.

Dançando ao som de "Shake Ya Shimmy", do Flip & Fill, com meus sapatos novos — cortesia do meu querido pai — com minha melhor amiga, eu me soltei e me entreguei ao momento.

Fomos com fantasias combinando: Casey de diaba safada e eu de anjinha safada. Com chifres e auréola angelical, formávamos uma dupla e tanto na pista, e curtimos a atenção que recebemos dos caras do nosso ano tanto quanto as músicas.

— Baixa a bola, Aoife — uma voz irritada rugiu na minha orelha enquanto um corpo grande me pressionava por trás e um par de mãozorras se plantava nos meus quadris. — Todo mundo está te olhando.

— E daí?

— Esse é o objetivo — Casey falou, dando risada.

— Eu não gosto disso — Paul disse. — Você está comigo, o que significa que você é minha, e não de todos os caras desse lugar. Chega de showzinho.

— Primeiro: você não é meu dono — falei, encostando o corpo no dele. — Segundo: só estou dançando.

— Sim, que nem uma puta.

— Está falando sério?

— Estou — ele gritou. — Você quer que todo mundo pense que estou saindo com uma vadia?

— Ah, meu Deus. — Balancei a cabeça e me virei para olhar para ele, furiosa. — Você *não* falou isso.

— Todo o time está te olhando — ele argumentou com as bochechas vermelhas. — É constrangedor ver minha namorada rebolando desse jeito.

Estreitei os olhos.

— Vai se foder, Paul.

— Não, amor, espera...

Me desvencilhei dele, peguei a mão de Casey e fiz uma dancinha sexy para ela, ignorando o estraga-prazeres atrás de mim.

— Qual é o problema dele? — Casey gritou por cima da música, gesticulando para Paul de cara feia.

— Pelo visto, estou constrangendo ele.

Ela estreitou os olhos, chupou o dedo do meio e o mostrou para ele.

— Cuzão.

Nessa hora, "The Whistle Song", do DJ Aligator Project, explodiu à nossa volta, atraindo todos os adolescentes num raio de dez quilômetros para a pista de dança.

— Foda-se ele — Casey declarou, me arrastando para o meio da multidão. — Vamos curtir nossa noite.

— Excelente plano.

Embriagadas de alegria — e de vodca correndo em nossas veias —, nos esfregamos uma na outra, rebolando como se estivéssemos em uma competição valendo um lugar no Destiny's Child.

Um cara da nossa turma estava de Marilyn Monroe — a mais engraçada que já vi na vida —, dançando na pista, e nos aproximamos dele.

— Pernas de anjo! Peitos de diaba! — Alec exclamou, jogando os braços nos nossos ombros quando chegamos perto.

Chapado de álcool, drogas e safadeza, ele dançava todo saidinho ao som da música não oficial do boquete, sem dar a mínima para quão ridículo estava naquele vestido barato à la *Pecado mora ao lado* e naquela peruca loira, exibindo as pernas peludas.

— Não aguento ele — Casey falou meio rindo, meio arrastado, apontando para o grande idiota esfregando a bunda em nós. — Não sei se quero dar um tapa nele ou beijar ele.

— Os dois — eu disse, me engasgando de tanto rir quando Al rasgou a parte de cima do vestido de um jeito dramático e beliscou os próprios mamilos, revirando os olhos teatralmente.

— Cobre esses peitos, Marilyn — Casey falou, gargalhando, esticando o braço para tapar os mamilos do nosso colega com as mãos.

Sem hesitar, as mãos de Alec dispararam para os seios mal escondidos de Casey.

— Você está me apalpando?

— Você que começou — ele retrucou, agitando as sobrancelhas para ela. — Pareceu justo.

— Você tem uns peitos e tanto, garoto.

— Estava prestes a te fazer o mesmo elogio.

— Essa é a parte que eles se pegam — uma voz familiar gritou sobre a música, e me virei para Podge achando graça da cena. — Te falei. — Dando uma piscadela, ele apontou para Casey e Alec quase arrancando os lábios um do outro. — Tão previsíveis.

Dando risada, me aproximei de um dos meus garotos favoritos do nosso ano e estendi a mão para ele.

— Que tal ajudar uma menina solitária, Podge?

— As coisas que eu faço pelas amigas... — ele comentou gargalhando, pegando minha mão e me puxando para dançar. — Nada de segundas intenções, hein?

— Vou me esforçar. — Sorrindo, envolvi seu pescoço com os braços e dancei ao som da música. — E aí, onde está seu amigo hoje?

— Que amigo seria, Aoife? — ele me provocou, sabendo muito bem de quem eu estava falando.

Revirei os olhos.

— Engraçadinho.

— Lynchy está aí em algum lugar.

— Ah, então ele sabe dançar?

— Não sei, mas ele com certeza sabe esconder vodca dos seguranças.

— Aoife! — Meu namorado me arrancou dos braços de Podge, me segurou pelo braço e me puxou de volta para si grosseiramente. — Vem aqui um segundo...

— Ei — falei, me afastando e me virando para ele. — Você me machucou. — Esfreguei a mão no braço. — Não faz isso.

— Não seja dramática — ele protestou, revirando os olhos. — Vamos lá fora. — Ele pegou meu braço de novo. — Quero conversar com você.

— Não. — Me desvencilhei mais uma vez e o encarei. — Você me chamou de vadia.

— Não foi o que eu quis dizer. — Ele me puxou para um abraço, se inclinou e deu um beijo na minha boca. — Vamos, amor, escapou. Não briga comigo por causa disso.

— Você disse que eu parecia uma vadia — sibilei, empurrando seu peito para fugir dele.

— Olha só pra você — ele gritou para mim, perdendo a calma. — Você está praticamente pelada, se esfregando em outro cara!

— Ei — Podge o interrompeu, me defendendo.

— Fica fora disso, Podge.

— Não segura ela assim, cara.

— Está tudo bem, Podge, estou ótima — eu disse, e então voltei a atenção para Paul. — Isto é uma fantasia de Halloween, e Podge é meu *amigo.* Eu posso ter amigos, Paul.

— Sua roupa está curta demais — ele continuou. — Dá pra ver a sua bunda debaixo dessa coisa que você chama de vestido. Você está parecendo uma puta. Você é melhor que isso.

— Puta? — Bêbada e furiosa, empurrei seu peito. — Seu babaca.

— Aoife...

— Eu só estava dançando com um amigo, me divertindo. Não estava fazendo nada de errado e você me ofendeu. — Encarei-o. — Duas vezes. É o meu limite, Paul.

— É, mas você estava bebendo.

— E daí?

— Não fico confortável com isso.

— Com o que exatamente? — perguntei com a voz arrastada. — Comigo bebendo ou dançando?

Paul abriu a boca para responder, mas eu logo o interrompi.

— Sabe de uma coisa? Não responde. Nem fala comigo. Na verdade, por que você não se considera livre de obrigações de namorado essa noite? Pelo menos desse jeito você não vai se sentir constrangido.

— Não faz isso, Aoife — ele falou, pegando minha mão. — Não aqui. Não assim.

— Você que começou, Paul. — Afastei a mão e agitei o dedo no seu rosto. — Você que me chamou de vadia, lembra? E puta. — Balançando a cabeça, dei dois passos para trás e trombei em um peito duro. — Opa.

— Como vai, Aoife? — Mack, um dos garotos da minha sala, perguntou, abrindo um sorriso simpático. — Você está ótima.

— Oi, Mack. — Sorri para ele antes de me voltar para o meu namorado. — Você vai engolir suas palavras, babaca.

Com isso, me virei para dançar com meu colega sorridente, que ficou bem feliz de dançar comigo.

— Isso aí, amiga — Casey comemorou para me apoiar enquanto ela e Alec dançaram até nós. — Você mostrou praquele imbecil quem é que manda.

— Meu Deus! — Paul rosnou, pegando meu braço e me puxando rudemente. — Você está bêbada pra caralho.

— E você é um mala do caralho. Agora me deixa em paz antes que estrague a minha noite.

— Solta ela, Ricey — Mack falou em um tom preocupado. — Ela só estava dançando comigo. Somos amigos, cara. Não tem nada de mais.

— É, seu babaca — Alec interveio, com o rosto todo sujo do batom de Casey. — Eu não encostaria nela se fosse você.

— Ela está passando vergonha — Paul comentou, furioso, antes de me arrastar para longe dos meus amigos. — E não acho que não seja nada de mais.

— Ei — Casey falou atrás de nós. — Solta o braço dela, Paul!

— Não — ele disse, tentando atravessar a multidão e me puxando. — Você vai ficar sóbria pra gente conversar sobre isso.

— Não quero conversar — reclamei, cravando os pés no chão. — Quero dançar.

— E me fazer passar ainda mais vergonha? — Ele balançou a cabeça e continuou me conduzindo para a saída. — Bem, isso não vai acontecer, amor.

— Para — pedi, tentando sem sucesso me soltar. — Você está amassando minhas asas... e minha auréola! Para! Derrubei a coroa no chão.

Em um minuto, eu estava tentando escapar de Paul com todas as minhas forças e, no minuto seguinte, eu estava de quatro, pois perdi o equilíbrio quando ele soltou meu braço de uma vez.

— Minha auréola! — comemorei com a voz arrastada, esticando a mão para pegá-la. — Seu maldito! — falei quando o pezão de alguém pisou nela e a partiu ao meio. — Você quebrou!

— Encosta nela desse jeito de novo e veja só o que vai acontecer — a pessoa de voz familiar ameaçou, envolvendo minha cintura com o braço e me levantando. — Ela não é uma boneca de pano, seu babaca.

Com os olhos embaçados, procurei o dono daquela voz e fiquei radiante quando seus olhos verdes encontraram os meus.

— Ora, ora, oi, Joe!

— Molloy — ele me cumprimentou com seu timbre grave. — Arranjando encrenca de novo?

— Sempre. — Abrindo um sorriso sedutor, segurei seu pescoço para me equilibrar, sentindo meu coração disparar só de vê-lo. — O que está fazendo aqui?

— Cuidando de você, pelo visto — Joey murmurou, mantendo o braço forte firmemente em torno de mim.

— Ela é minha, seu escroto. Vaza daqui! — Paul rosnou, passando a mão pelo cabelo. — Eu vou cuidar dela.

Joey ergueu a sobrancelha.

— Ao que parece você está fazendo um trabalho realmente fantástico.

— Ela está bêbada. E fica um saco quando está assim.

— Então essa é a sua desculpa pro fato de você quase ter arrancado o braço dela?

— Alguém quebrou a minha auréola, Joe — choraminguei, agitando a metade quebrada na frente do seu rosto. — Sou um anjo caído agora.

— Não se preocupa com isso — ele falou, dando de ombros. — Ninguém é santo aqui, Molloy.

— Aoife, vamos — Paul disse.

— E aí, você está fantasiado do quê? — perguntei, abanando a mão aleatoriamente enquanto meu olhar percorria a camiseta branca e justa e os jeans que ele estava usando. — Deixa eu adivinhar... — provoquei, esticando a mão para afofar seu cabelo perfeitamente penteado e depois abaixando-a para tocar a corrente de prata escondida debaixo da gola. — Você também é um anjo caído.

— Vamos, Aoife — Paul repetiu, segurando meu pulso e me puxando bruscamente contra si. — Vamos embora. Agora.

— Não — rosnei, bufando. — Não quero ir com você. Quero ficar aqui dançando com a Casey.

— Agora, Aoife!

— Parece que ela não quer ir a nenhum lugar com você — Joey interveio friamente, se colocando na nossa frente quando Paul tentou nos conduzir para a saída.

— Não quero mesmo — concordei, acenando a cabeça vigorosamente e me desvencilhando dele. — Eu quero ficar.

— Fica fora disso, Lynchy — Paul avisou, pegando meu braço de novo. — Ela é minha namorada, não sua. Vou cuidar dela.

— Então que tal começar perguntando pra ela o que ela quer? — Joey disse, se posicionando protetoramente à minha frente. — E não mandando ela fazer o que não quer? — Seus olhos verdes e penetrantes se cravaram nos meus e ele disse: — Molloy, você quer ir com ele?

— Não — respondi, e depois solucei alto. — Ele me chamou de vadia.

— Você chamou ela de vadia?

— Eu *não* chamei ela de vadia — Paul falou depressa, puxando meu braço. — Eu só falei que ela estava dançando que nem uma vadia.

— Mesma coisa — retruquei, arrancando meu braço de Paul, que me segurava com força, me apoiando pesadamente no corpo alto do meu protetor. — Não vou conversar com você hoje, então pode ir embora e me deixar em paz.

— Aoife.

— Para. Não vou com você, Paul.

— Você está bêbada e esse babaca está chapado vai saber do quê — Paul disse. — Se acha que vou te deixar sozinha com ele, está maluca.

— Não vou embora com você — berrei, perdendo a paciência. — Estou brava, esqueceu?

— E daí? — ele perguntou. — Você prefere ficar aqui? — Ele lançou um olhar revoltado para Joey. — Com *ele*?

— Por que não? — falei, dando tapinhas na sua bochecha áspera. — Ele é meu amigo.

— Seu *amigo*? — Paul perguntou. — Ele não é seu amigo, Aoife. Ele é um drogado que só quer tirar onda. *Eu* sou seu amigo. Eu me importo com você. Eu sou seu *namorado*. Você é minha, caramba!

— Não sou propriedade sua, Paul — gritei por cima da versão dançante de "I'll Tell Me Ma", do Micky Modelle, ressoando da cabine do DJ.

Seus olhos se arregalaram e ele pareceu prestes a surtar.

— Sim, você é sim, agora vamos — ele rugiu, impaciente. — Porque de jeito nenhum vou te deixar ficar aqui com ele.

— Me *deixar*? — sibilei, indignada. — Você não tem o direito de me *deixar* fazer nada, Paul. Quem você acha que é, porra? Eu sou dona de mim mesma. E eu crio as minhas próprias regras.

— Está bem — ele tentou ceder. — A gente pode conversar sobre isso lá fora. Ele esticou o braço para mim mais uma vez, só que dessa vez o garoto contra quem eu estava encostada afastou a mão dele de um jeito nada gentil.

— Você ouviu o que ela disse — Joey avisou em um tom perigosamente frio, erguendo a mão para tirar minha mão da sua bochecha. Eu não fazia ideia como tinha ido parar ali. — Vaza daqui.

— Ah, você está adorando isso, não é? — Paul estreitou os olhos.

— Você deve mesmo estar querendo morrer, seu imbecil — Joey falou, nervoso, dando um passo ameaçador na direção dele. — Vaza logo daqui antes de começar algo que vou adorar terminar.

— Experimenta — Paul retrucou. — Esqueceu quem é o meu pai?

— Vai me ameaçar com seu papai policial? — Joey inclinou a cabeça para trás e gargalhou. — Como se eu desse a mínima.

— Ele é muito mais que só um policial — Paul sibilou. — É melhor você se lembrar disso da próxima vez que pensar em me irritar.

— Ei, ei, ei — murmurei, balançando a cabeça e me espremendo entre eles. Senti o calor emanando dos dois ao afastar os dois com as mãos. — Nem pensem em começar uma briga aqui.

— Quem é que está querendo começar uma briga aqui, Aoife? — Paul falou em um tom acusatório. — Porque, pra mim, só estou tentando levar minha namorada bêbada pra casa. É você que está fazendo uma cena se enroscando nesse escroto da escola como se ele fosse seu salvador. Que classe, hein, Aoife? — Paul passou a mão no cabelo e olhou para Joey. — Se acha que me superou essa noite, Lynchy, está muito enganado. Porque esta aqui — fez uma pausa para gesticular para nós e continuou: — não conta. Ela não está pensando direito, e se você tiver um pingo de decência, não vai tirar vantagem da situação.

— Ei! — Joey ergueu as mãos e abriu um sorriso sombrio. — Só estou sendo um bom *amigo* pra minha *amiga* favorita.

— Ela não é nada sua.

— Sou, sim.

— Ouviu isso, Ricey? — Joey disse com um sorriso presunçoso no rosto. — Sua garota aqui *é* minha nada.

— Ei! — soltei, olhando para Joey. — Isso não foi legal. — Ele encolheu os ombros sem remorso.

— E é com ele que você quer ficar, em vez de me deixar te levar pra casa? — Paul perguntou, me olhando com tanto desgosto que me fez murchar. — Um ano e meio, Aoife. Um ano e meio juntos e você escolhe esse merda em vez de mim?

— Não, Paul, não estou escolhendo ele, estou *me* escolhendo — falei com a voz trêmula, sacudindo a cabeça e me afastando dos dois. — Acabou, Paul. Parabéns, você é um ser livre. Terminamos.

— Aoife! — Paul me chamou, mas não me virei.

Ele que se fodesse. Eles que se fodessem.

Abri caminho entre a multidão, tentando encontrar Casey e me arrependendo de ter ido quase tanto quanto eu me arrependia de ter enchido a cara.

Meu celular estava vibrando.

Estreitei os olhos, olhei para a tela e encerrei a ligação depressa quando vi o nome de Paul. Ele podia ir direto para a caixa postal junto com as outras dúzias de ligações perdidas que fez, sem contar as sete mensagens não lidas.

Completamente deprimida, me sentei no capô de um carro qualquer do lado de fora do pavilhão com um saco de batatinhas entre as coxas, balançando frouxamente as pernas vestidas com meia-arrastão. Congelada até aos ossos, mas bêbada demais para apreciar o ar frio da noite, fiquei resmungando sozinha feito uma maluca enquanto mastigava as batatinhas sabor vinagre.

Eu estava furiosa, podia até sentir a raiva na minha língua, e agitava as pernas tão ferozmente que um sapato escorregou para fora do meu pé.

— Merda! — falei, olhando desanimada para o meu salto novinho caindo em uma poça de água da chuva. — Bem, agora você pode ficar aí embaixo, seu puto traidor — sibilei, encarando a peça de couro falso. — Isso aí — eu disse. — É tudo culpa sua.

— Olha só se não é a anja disfarçada de gente — uma voz familiar falou, e resmunguei alto.

Ótimo.

Que ótimo!

Virei a cabeça e minha vista embaçada pousou em ninguém mais, ninguém menos que Joey Lynch com o celular na mão, caminhando na minha direção.

— Brigando com a sua sombra de novo, Molloy?

— Vou brigar é com você — grunhi, esticando os braços para trás para conferir se minhas asas estavam intactas. — E minhas asas estão bem, cuzão.

— Tem uma batatinha aí?

— Não pra você — rosnei, enfiando um punhado de batatinhas na boca de um jeito nada educado. — É tudo meu.

— O que está fazendo aí sozinha?

— O que parece que estou fazendo, imbecil? Não estou pra papo — bufei, ainda falando arrastando pelo tanto de álcool na minha barriga. — O que você está fazendo?

Dando de ombros, ele enfiou o celular no bolso do jeans.

— Esperando um amigo.

— Ah, então você *tem* amigos? — Revirei os olhos. — Pensei que você fosse contra essa ideia.

Com uma expressão divertida estampada no rosto terrivelmente lindo, Joey se aproximou de mim.

— Ah, isso não é totalmente verdade. — Ele deu uma piscadela, enfiou a mão no pacote e roubou uma batatinha. — Só sou contra você, Molloy.

Esse pequeno gesto rebelde provocou uma fúria irracional dentro de mim.

— Ah, olha só pra mim — falei, fazendo uma tentativa ridícula de imitar a sua voz. — Sou Joey Lynch. Sou tão durão, tão machão. Não tenho amigas, apesar de gostar de roubar batatinhas delas e arranjar briga com os namorados delas. — Franzi a testa, ergui a mão e me corrigi depressa. — Ex. Isso aí. Ele é meu *ex-namorado* agora, porque definitivamente não estou mais com ele. Escroto.

Dando risada de mim, Joey balançou a cabeça e disse:

— Você é uma bêbada encrenqueira, né?

— Não — respondi, afastando a mão dele das batatinhas quando ele quis pegar mais uma. — Sou uma mulher no limite.

— Que situação complicada, hein?

— Sim, quer saber por quê? — falei, arrancando uma batatinha que ele pegou sem que eu visse. — Fui publicamente chamada de vadia pelo meu ex-namorado. Pois é... — Fiz uma pausa dramática antes de continuar: — Meu *ex-namorado* que, pra sua informação, nunca nem teve o privilégio de fazer safadeza nenhuma comigo. — Soltando um suspiro, murmurei: — E não foi por falta de tentativa dele. — *Tentativas constantes.*

Joey arqueou as sobrancelhas, parado à minha frente.

— Você e Ricey não...

— Não, não dormimos juntos — confessei, estreitando os olhos. — Meu Deus, quem você acha que eu sou? — Estiquei o braço depressa para cobrir sua boca com a mão. — Quer saber? Não responde. Não preciso dos seus conselhos.

Revirando os olhos, ele retirou minha mão da boca.

— Nossa, Molloy — ele rosnou, passando a língua no lábio inferior. — Exagerou no vinagre nessas batatinhas, hein?

— Está perfeito — falei, enfiando um dedo na boca para experimentar o que ele sentiu quando coloquei a mão na boca dele. — Está bem — admiti, erguendo o dedo no ar. — Acho que posso ter dado uma exagerada...

— Você acha? — Seu tom estava cheio de sarcasmo.

— Ei, não me julga — me defendi, ofendida. — Já te falei que estou no limite. Não posso ser responsabilizada pela minha falta de juízo em se tratando de vinagre na batata. Depois de hoje, percebi que não tenho juízo pra muitas coisas.

— Bem, meu juízo está perfeito, Molloy, e posso te dizer que foi o seu namorado que vacilou. — Enfiando as mãos nos bolsos da frente do jeans, Joey acrescentou: — Se ele está te pressionando, dá o fora. Você tem todo o tempo do mundo pra viver essas merdas.

— Ex. — Meu rosto queimou. — Por merdas, você está se referindo a sexo?

— Você preferia que eu falasse foda? — ele sugeriu sem hesitar. — Olha, faz o que quiser, mas se quer um conselho, você não devia se entregar pra alguém como ele.

— Alguém como ele?

— Alguém que devia se importar com você, mas bota as mãos em você e te chama de vadia quando não consegue o que quer.

— Ao contrário do garoto que já me chamou de *fácil*.

— Tem uma grande diferença entre a gente — ele falou de um jeito de quem acha graça, se aproximando tanto que deu para sentir seu cheiro. — Olha, só estou dizendo que você consegue arranjar alguém melhor que Paul Rice.

— Ah, é? — Tentando desesperadamente manter a compostura e não revelar o quanto ele mexia comigo, mantive os olhos fixos nos dele quando ele falou: — Bem, já que você está tão falante hoje, se importa se me disser qual é essa *diferença*?

— Se você quiser.

— Eu quero.

— Beleza — ele disse. — Primeira: eu posso ter tido um lapso momentâneo no meu próprio julgamento quando te chamei de fácil. — Ele colocou as mãos em volta de mim enquanto falava. — É algo que, em várias ocasiões desde aquela noite, eu me arrependi bastante de ter dito.

— Nossa. Você está me oferecendo outra versão de um pedido de desculpas? — perguntei, sentindo meu corpo ser atraído para o dele. — Porque foi tão ruim quanto da última vez.

— Não é um pedido de desculpas — ele disse. — Está mais pra uma rara admissão.

— Certo — falei, com o coração martelando contra as minhas costelas, me apoiando nos cotovelos. — Se é uma rara admissão, deve ter doído falar.

— Você não faz ideia — ele concordou, me encarando com seus olhos escuros e semicerrados e as mãos em torno de mim. — Devo continuar?

Assenti.

— Sim.

— Segunda diferença — ele disse. — Não sou seu namorado, Molloy. Não *devo* me importar com você, lembra?

— Não, você não *deve* — falei, sentindo um arrepio com ele me prensando no capô do carro. Uma excitação ganhou vida dentro de mim. — Mas você se importa.

Um calor cintilou em seus olhos, mas ele não tentou negar.

O que diabos estava acontecendo comigo? Provocar esse garoto era a mesma coisa que botar a mão dentro da jaula da onça no zoológico.

Um movimento arriscado.

— Tem mais alguma coisa? — perguntei.

— Sim, tem mais uma diferença. Quer saber qual é?

— Quero.

— Tem certeza?

— Tenho.

— Terceira diferença — ele sussurrou, chegando tão perto que senti seu hálito de álcool no meu rosto. — Não estou insistindo pra você abrir as pernas pra mim. — Ele recuou e fez questão de olhar para o espaço entre nós. — Você faz isso sozinha.

Segui seu olhar e perdi o fôlego quando percebi que ele tinha habilmente se colocado entre as minhas pernas. E não só isso, mas elas tinham se agarrado em volta do seu quadril por vontade própria.

— Puta merda — sussurrei, respirando rápido e com dificuldade, observando-o me olhar. — Não faço ideia de como isso aconteceu.

— Pois é — ele disse, se aproximando mais uma vez e ficando a um fio de distância dos meus lábios. — Eu também não.

Ele vai te beijar.

Ah, meu Deus, Aoife, ele vai botar a boca na sua.

Fica calma, não surta.

O barulho de pneus cantando desviou sua atenção de mim, e tive vontade de chorar.

Não, Deus, *por quê?*

Fiquei vendo um honda civic turbinado tocando “Control”, do Puddle of Mudd, a todo volume rasgar a rua na nossa direção, espalhando poeira para todos os lados por conta da velocidade. O motorista buzinou e acendeu o farol alto, e meu coração se partiu de decepção no instante em que reconheci quem estava dirigindo.

Shane Holland.

— Merda — Joey falou, apoiando a cabeça no meu ombro. — É melhor eu ir — ele finalmente disse com uma voz estrangulada. — Ele veio me pegar.

— Espera... Não, Joey, não vai com ele! — pedi, horrorizada, pegando sua mão quando ele endireitou a postura e deu um passo para trás. — Por favor, não vai com ele — implorei, me levantando, entrelaçando nossos dedos e apertando sua mão. — Fica aqui comigo.

— Olha, Molloy, sobre nós... — ele começou a dizer e depois parou, como se estivesse refletindo sobre as palavras que diria a seguir. Todo o seu foco estava nas nossas mãos unidas enquanto seu dedão delicadamente esfregava os meus dedos.

— Nós? — perguntei, sentindo um arrepio com a sensação do seu dedão na minha pele.

— Você é minha amiga — ele enfim disse.

— E você resolveu admitir isso agora sem precisar ser coagido?

Ele fez que sim e soltou uma risadinha sem graça.

— Só demorei uns anos, né?

— Alguns.

— Pois é. — Ele limpou a garganta, olhou para o carro esperando e depois se voltou para mim. — Eu gosto de você.

— Uau! — soltei. — Mais uma confissão.

— A mais difícil está por vir.

— Aposto que sim.

— Eu sei o que você quer da gente — ele acrescentou com uma voz rouca. — Mas isso não pode acontecer.

— Joe...

— Não, me escuta — ele pediu, apertando minha mão de leve. — Posso ser seu amigo, está bem? Isso é possível. Mas você precisa saber que tenho genes ruins no meu sistema. Um DNA seriamente cagado.

— Ninguém é perfeito, Joe.

— Não estou falando de perfeição, Molloy. — Ele soltou minha mão, e fiquei observando-o se abaixar para pegar meu salto na lama. — É que sou perigoso — ele continuou, limpando o sapato na lateral do jeans antes de colocá-lo no meu pé. — É isso que eu sou, entendeu? Sou uma escolha ruim.

— Não é, não.

— Sou sim.

— Eu não ligo — falei.

— Pois devia ligar.

— Pois não ligo.

— Belos sapatos — ele disse com uma voz suave, dando tapinhas no meu pé. — Você tinha razão: valeu a pena encher o saco do seu pai.

— Está vendo? — Abri um sorriso forçado, quando na verdade tinha vontade de chorar. — Te falei.

— Não sou um bom amigo pra você — ele acrescentou baixinho, ainda agachado com a mão no meu pé. — Eu nem saberia por onde começar.

— Você é melhor do que pensa.

— Preciso do trabalho, Molloy.

Ali estava.

Finalmente.

— Então você está admitindo? — me ouvi sussurrando. — Você me deu um fora por causa do meu pai?

— É porque você pode arranjar alguém melhor que eu. — Ele soltou meu pé e se levantou devagar. — E melhor que ele também.

— Joe.

— Lynchy! — um dos caras chamou, abrindo a porta do carro. — Vamos logo.

— Já vou — ele falou por cima do ombro, provocando uma onda de pânico em mim.

— Ouça, a gente pode ficar só conversando — eu disse depressa. — Fazendo nada, qualquer coisa. Como amigos. Como amigos está ótimo. Só não vai com ele. Por favor, Joey.

Soltando um suspiro sofrido, ele se aproximou e beijou minha testa.

— Eu poderia ficar meio louco por você, Molloy. — Seus lábios roçaram minha sobrancelha quando ele disse: — Fica fora da minha cabeça, hein?

— Não vai, Joey — pedi, com a voz rouca de emoção, e fiquei vendo-o se afastar de mim. — Não vai com eles.

Ele se virou e seus olhos verdes se fixaram nos meus, e ficou claro que os muros tinham se erguido firmemente, me bloqueando junto com o resto do mundo.

— Te vejo depois, Molloy.

31 de outubro de 2001

O que você tomou?

JOEY

Molloy era uma distração para mim em um dia normal. Mas, vestida de anja sexy e com a cara cheia de goró, a garota era a receita do desastre.

Eu não devia me intrometer, afinal, não tinha nada a ver com o relacionamento deles, mas fisicamente não consegui me impedir de fazer justamente isso.

Então fiz o que sempre fazia: mergulhei de cabeça na situação e taquei um foda-se para as consequências.

E, como sempre, o tiro saiu pela culatra.

Porque cheguei bem *perto* de estragar tudo.

E, com toda sinceridade, se Shane e os caras não tivessem chegado naquela hora, eu não teria nem pensado duas vezes. Teria feito muito mais que beijar aqueles lábios vermelhos e carnudos dela. Eu teria lhe tomado algo que não tinha o direito de tomar.

No fim, foi até bom sermos interrompidos, porque quando voltei para o pavilhão depois de encontrar Shane, ela estava com *ele*.

Daí foi só ladeira a baixo.

Só o próprio Jesus Cristo saberia quão irracionalmente ciumento e impotente me senti no instante em que cheirei a oxicodona que peguei com Shane, mas ela me deu exatamente o que eu queria.

Um escape.

Mais chapado que nunca, fiquei me balançando de um lado para o outro enquanto minha mente apagava e voltava para a realidade. A sensação de que não havia nada reclamando minha consciência e me levando para um lugar do qual eu jamais queria sair era fantástica.

Será que eu estava respirando?

Eu não tinha como saber.

E não me importava. Não mesmo.

Eu só queria parar de sentir.

De me importar.

Só queria parar, e pronto.

— Você é tão lindo!

Com os olhos fechados, me recostei pesadamente no concreto gelado às minhas costas, com as mãos moles ao lado do corpo, enquanto a mão desconhecida cutucava meu corpo.

— Seu tanquinho é uma loucura.

Aquela noite, eu só queria flutuar para bem longe, desaparecer, sem ter ninguém dependendo de mim por algumas horas, mas então a voz ficou falando no meu ouvido e me trazendo de volta da inconsciência.

— Joey... você está comigo?

Não, eu não estava.

— Sabia que você estava nessa.

Eu estava flutuando para bem, bem longe.

— Joey.

Nada.

— Joey.

Só uma dormência.

— Joey.

Me deixe em paz.

— Joey, não é a sua mãe?

— Ah, meu Deus, o que é que a mãe dele está fazendo aqui?

— Ei... acorda, filho da puta.

Um forte barulho penetrou meus pensamentos, trazendo consigo uma queimação na lateral do meu rosto.

— O que ele tem?

— Nada, ele está ótimo.

— Ótimo? Olha só pra ele. Ele está fora de órbita... fica longe do meu filho.

— Se recompõe, Joe.

— Joe, cara, sua mãe está aqui.

— Joey, acorda, preciso de você.

Comprimindo os lábios, obriguei meus olhos a se abrirem e fiquei vendo um rosto familiar entrar e sair de foco.

— O que foi que você tomou? — ouvi minha mãe perguntar, segurando meu rosto entre suas mãos. — O que você tomou, Joey? — Soltando um grunhido sofrido, ela ficou respirando rápido e forte por um minuto ou dois antes de voltar a atenção para mim. — O que foi que você fez com você mesmo?

Eu não me lembrava, porra.

— Estou bem — falei devagar, me deleitando com a sensação maravilhosa que se espalhava pelo meu corpo. — Onde você... Mãe, você está aqui.

— Sim, estou aqui — ela falou, segurando minha mão como se eu fosse uma criancinha. Coisa que eu não era fazia muito, muito tempo. — Vim te buscar porque preciso ir pro hospital — ela disse, me puxando consigo. — Queria que você cuidasse dos seus irmãos pra Shannon poder ficar comigo, mas está claro que você não consegue nem cuidar de si mesmo.

Completamente mole, deixei que ela me levasse aonde quer que ela precisasse. Eu não me importava. Nada importava naquele momento.

— Você vai ter o bebê, mãe? — perguntei, comprimindo os lábios e tentando sem sucesso tirar o cabelo dos meus olhos. — Outro bebê?

— Sim, Joey. — Ouvi uma porta se abrindo e então fui empurrado para dentro de um carro, caindo com a cara no assento traseiro. — Você é uma desgraça.

— Eu sei — concordei sonolento, enquanto ela se acomodava ao meu lado. — Me desculpa, mãe...

— Não fala nada — ela ordenou, instruindo quem presumi ser um taxista a nos levar para o hospital.

— Para de chorar, mãe. — Consegui me sentar e me esforcei para colocar o cinto antes de desistir por completo e deixar que ela cuidasse da situação. — Eu, hum, está tudo bem...

— Você está destroçando o meu coração. — Sua voz rachou. — Você está se matando.

Os sentimentos que eu sabia que devia ter não estavam presentes no buraco do meu peito. Eu era um fodido. Não adiantava nada negar. Também não adiantava lutar contra isso. Nem minha mae tinha fé em mim.

— Você é igualzinho a ele. Igualzinho.

Para que eu lutaria contra o meu próprio DNA?

Era isso que eu era, e eu tinha um pressentimento horrível de que não poderia ser consertado. Eu não poderia começar a vida de novo. Estava paralisado, preso em um corpo que se parecia com a pessoa que eu mais desprezava no mundo.

Bem, quase.

Porque eu estava começando a me odiar um pouquinho mais a cada dia. Me matava saber que eu estava magoando minha mãe. Pensar que eu a fazia sentir o mesmo que ele fazia.

— Pois é. — Fechei os olhos, apoiei a cabeça no ombro dela e suspirei. — Está bem, mãe.

31 de outubro de 2001

Anja disfarçada de gente

AOIFE

— Sinto muito mesmo pelo que aconteceu ali. — Segurando minha mão, Paul me afastou da multidão enquanto tentava reconquistar a minha graça.

Com o canto do olho, vi um honda civic preto avançar até a entrada do pavilhão, fazendo meu coração martelar violentamente.

Ele estava de volta.

A porta do carro se abriu e um Joey risonho caiu com um cigarro pendurado na boca e uma lata de cerveja na mão. Desequilibrado, ele bateu no teto do carro para se despedir e depois acenou para os caras.

Rindo sozinho, deu uma tragada no cigarro e olhou em volta, até que seus olhos finalmente pousaram em mim.

Acenei para ele.

Ele ergueu a mão para retribuir o cumprimento, mas parou quando viu Paul.

Seu sorriso desapareceu.

— Você só estava dançando — Paul continuou, trazendo minha atenção de volta para si. — Agora entendi. Eu fui um idiota. Me desculpa, Aoife. Sério. — Soltando um suspiro frustrado, ele soltou minha mão para mexer no cabelo. — Sou um babaca ciumento, está bem? Não consigo evitar. Olha só pra você.

— Olha só pra mim? — Cruzei os braços e me recostei em um carro, olhando feio pra ele. — O que você quer dizer com isso?

— Que você é linda e eu fico louco com você.

— Você não vai sair dessa me comprando com elogios — avisei, virando a cabeça para descobrir que Joey tinha sumido. — Você me chamou de vadia *e* de puta.

— Aoife, por favor — ele implorou. — Você sabe que não foi pra valer. Eu não acho isso de você de verdade.

— Se você não acha, não devia dizer — falei, sem conseguir disfarçar a emoção na minha voz.

Porque *doeu.*

Saber que ele pensava isso de mim não foi nada legal. Nosso relacionamento era um desastre completo, mas machucava ouvi-lo dizer essas coisas porque, antes de ficarmos, a gente era amigo.

Sempre soube que Paul era materialista e fútil. Mas nunca me incomodei muito com isso porque eu mesma tinha muitos defeitos. Eu era exagerada e sincerona, capaz de discutir até com um monge — como meu pai fazia questão de me dizer —, e era especialmente lenta para permitir alguma intimidade.

Ele sempre tolerou meus defeitos e, por isso, eu tolerava os dele. Mas, ultimamente, eu estava começando a achar que ser capaz de nos tolerarmos não era um motivo bom o suficiente para ficar em um relacionamento. Principalmente quando esse relacionamento estava começando a pesar nos meus ombros.

— Olha, acho que está bem claro que a gente não está dando certo — enfim tive coragem de dizer. — Não estou feliz, você não está feliz, então não vejo por que a gente devia continuar...

— Não diz isso — ele pediu com os olhos tomados pelo pânico, segurando minhas mãos e me puxando para si. — A gente não vai terminar, Aoife. Não vai rolar, então tira isso da sua cabeça.

— Tirar isso da minha cabeça? — Afastei as mãos dele. — Não é você que toma as decisões aqui, Paul. Tenho direito de decidir se quero ou não estar nessa relação. Você não pode me obrigar.

— Você quer ficar com ele.

— Do que você está falando?

— Você sabe exatamente do que estou falando. — Ele estreitou os olhos de desgosto. — De *quem* estou falando.

Soltei um suspiro pesado.

— Isso não é sobre Joey.

— É sempre sobre ele, Aoife — ele praticamente rugiu, perdendo a paciência. — Sempre vai ser sobre ele porque você só quer saber dele. Não precisa negar. Está escrito na sua cara.

— Ele é meu *amigo*, Paul.

— Até parece.

— Não vou brigar com você por causa disso — declarei. — Joey é meu amigo e não vou abrir mão dessa amizade por causa de ninguém.

— Você quer dizer que não vai abrir mão *dele* — ele me corrigiu, dando depois uma risada forçada. — Meu Deus, você é cega? Aquele babaca não te quer. Quando é que você vai enfiar isso nessa sua cabeça dura? Ele não liga a mínima pra você, e é patético te ver de joelhos por ele desse jeito.

— Paul!

— Olha só aquilo! — ele falou, me virando para que eu pudesse ver a lateral do pavilhão. — Olha bem pra ele — Paul ordenou, segurando meu queixo e me forçando a ver Danielle Long prensar Joey contra a parede e enfiar a língua dentro da boca dele. E, apesar das suas mãos estarem pendendo moles, ele mexeu os quadris e a beijou de volta.

Ah, sim, ele definitivamente estava a fim.

Dela.

Fiquei sem fôlego e precisei reunir toda a minha força para me manter firme e *não* ter um colapso.

— Olha só aquilo — Paul repetiu, me obrigando a testemunhar tudo. — Ele não está pensando em você, Aoife. Não te dá a menor bola.

31 de outubro de 2001

Não vou embora

JOEY

— Às vezes você é um... merda, Joey — minha mãe gritou, ofegante de dor, agarrando a lateral da cama e soltando um urro agudo e feroz. — Você... é... igualzinho... a ele... às vezes.

— Já pedi desculpas — falei, sentindo a chapação ser substituída rapidamente por tremedeiras severas. — Para de me olhar desse jeito.

A realidade estava desabando ao meu redor em enormes ondas de tsunami conforme eu voltava para a terra.

Ainda assim, eu estava ali, não estava?

Segurando a mão dela.

E onde é que ele estava?

— Certo, Marie, na próxima contração, quero que você empurre com força — a parteira instruiu. Ela me afastou e se posicionou entre as pernas da minha mãe com vários instrumentos e equipamentos médicos que minha mente não conseguia compreender. — Você está quase lá, meu bem. Já posso ver a cabecinha. Mais um empurrão e pronto.

— Ah, hum... — Me sentindo zonzo, recuei da cama de hospital, precisando fazer alguma coisa, estar em algum outro lugar que não *ali*. — Já volto...

— Não... Joey, não vai embora! — minha mãe gritou, segurando minha mão com uma força mortal. — Por favor, não me deixa aqui sozinha.

— Mãe, eu não... — Balancei a cabeça tentando limpar minha visão e senti o aperto na minha mão. Me esforcei para absorver o meu entorno e não vomitar. — Eu só, hum... — Pisquei rapidamente, enxuguei a sobrancelha com a manga da blusa e me obriguei a me concentrar no seu rosto. — Por favor, não me faz ficar aqui.

— Preciso de você — ela falou, tremendo. — Não tenho mais ninguém.

No meio da névoa da crise de abstinência, vi o pavor em seus olhos azuis — o que me ajudou a ficar sóbrio.

— Por favor... Estou com medo.

— Certo. — Voltei para o seu lado e lhe dei minha mão, e não falei um A quando ela me apertou com tanta força que quase quebrou meus ossos. — Não vou te deixar.

— Ele está vindo! — ela berrou, com o rosto distorcido de dor. — Respira, Marie, só respira.

Meu Deus do céu...

Não adiantava pedir para ela respirar: eu é que estava prestes a desmaiar.

— Lá vem a cabecinha — a parteira anunciou. — Bom trabalho. Na próxima contração, ele vai nascer.

— Joey, não vai, por favor, não vai embora — minha mãe implorou, desesperada. — Estou sozinha. Preciso de você... por favor.

— Pois é. — Engoli em seco, firmando o que restava da minha determinação, e cuspi as palavras: — Está bem, mãe.

Menos de um minuto depois, o rosto dela se contorceu de dor. Ela assumiu um tom escuro de vermelho enquanto seu corpo todo tremia.

Até que ouvi.

Um choro agudo.

Perplexo, fiquei vendo a parteira tirar um bebezinho minúsculo coberto de sangue e muco do meio das pernas dela.

— Parabéns — ela falou, sorrindo. — É outro menino.

Observei-a cortando o cordão umbilical que o conectava à nossa mãe e me perguntei se o cordão que me ligava a ela tinha sido cortado de verdade. Ele era invisível, mas ainda me prendia à mulher que me deu à luz. Eu queria me desapegar de tudo. Abandonar a dor e a pressão que eu carregava nos meus ombros.

A parteira limpou o bebê chorão antes de enrolá-lo em uma toalha e colocá-lo no peito da minha mãe.

— Meu Deus! — eu disse com o corpo tremendo, encarando a criaturinha roxa nos braços dela. — Ele é tão pequeno...

— Ele está bem? Embalando o pacotinho nos braços, minha mãe ficou chorando e perguntando sem parar, pressionando a bochecha na cabecinha dele: — Ele está bem?

— Ele é perfeito, Marie — a parteira lhe garantiu. — É pequenino, mas ele se adiantou umas semanas. Ele vai compensar esse tempo com os pulmões fortes que tem.

— O que você está fazendo? — perguntei, vendo horrorizado uma das parteiras enfiar uma seringa na coxa da minha mãe enquanto a outra empurrava sua barriga com força. — Quer parar? Ela acabou de ter um bebê. Você vai machucar ela.

— Está tudo bem, Joey — minha mãe disse. — Isso é normal.

— Como assim?

— Prometo que sua mãe está muito bem — a parteira disse calmamente. — Tudo isso é normal. Estamos ajudando o útero dela a contrair, pra que ela possa expulsar a placenta do jeito mais rápido e fácil possível.

— A pla... quê? — Fiquei olhando para a enfermeira e depois voltei o olhar para a minha mãe. — Tem mais? — Balancei a cabeça, horrorizado. — Como é que pode ter *mais*, porra?

18 de dezembro de 2001

Ele me chamou de gorda

AOIFE

— Não é verdade.

— Foi o que você disse da última vez.

— Também não era verdade da última vez.

— Não acredito em você.

— Olha, só vai lá na minha casa depois da escola. Podemos conversar melhor.

— Pra você poder pensar em outra mentira de merda?

— Aoife, por favor. A gente devia trabalhar juntos nisso. Como é que vamos fazer isso se você não quer falar comigo?

— Por que você não tenta me arrastar pra sua casa? Você está ficando bem bom em forçar as coisas.

Paul soltou um suspiro de frustração quando me recusei a ceder e seguiu para a carteira do outro lado da sala.

Quase dois meses tinham se passado desde a festa de Halloween no pavilhão, e dizer que a gente tinha voltado aos eixos seria um exagero — se é que algum dia estivemos no eixo.

Eu queria terminar naquela noite, e Paul, não. Por fim, concordamos em dar um tempo, o que acabou nos ajudando, e após três semanas desisti e concordei em tentar de novo.

Depois disso, tudo voltou exatamente ao que era antes. Em questão de dias, eu já estava de saco cheio de tudo.

Eu sabia que Paul estava arrependido por ter sido grosseiro comigo aquela noite e ter me ofendido e estava se esforçando para fazer as coisas certas. O problema era que eu não conseguia reunir a energia necessária para me juntar a ele no conserto do nosso relacionamento.

Porque eu não sabia mais se ainda queria ter um relacionamento com ele.

Eu sentia falta de Paul, o meu amigo.

Queria estar presente na vida dele.

Mas não sentia falta de Paul, o meu namorado.

Queria fugir daquele babaca possessivo e tarado.

As únicas vezes que eu reconhecia aquela antiga versão de Paul era quando estávamos brigados. Só nessas ocasiões ele demonstrava afeto, se interessava pelo que eu falava e, principalmente, me tratava com respeito.

Quando ele assumia *aquela* versão, ele era ótimo. A questão era que esse cara desaparecia no instante em que ele colocava o rótulo de namorada na minha testa. Assim que eu lhe dava o que ele queria, o escroto controlador e egocêntrico reaparecia.

Furiosa comigo mesma por não conseguir me manter firme e por deixá-lo me convencer a voltar para um relacionamento meia-boca, eu não sabia lidar muito bem com o seu comportamento de merda. No fundo, eu precisava tomar coragem e terminar de vez, sem me importar com as consequências. Porque ficar naquele limbo, esperando as coisas mudarem, estava me deixando infeliz.

A última sacanagem dele, e o motivo de eu estar fervilhando de raiva, era o fato de que havia uma regra para mim no nosso relacionamento e outra totalmente diferente para ele. Ele surtava toda vez que eu sorria demais para algum garoto da sala, mas não tinha problema nenhum em fazer o mesmo com as garotas.

A hipocrisia e a política de dois pesos e duas medidas me deixavam puta da vida.

Aquela manhã, por exemplo, Casey ouviu de Mack, que ouviu de Dricko e Sam, que Paul tinha sido pego com uma garota do Colégio Tommen enquanto estávamos dando um tempo.

Quando o confrontei sobre isso, ele jurou que era tudo mentira, o que nos levou à nossa situação atual. Eu não sabia mais no que acreditar, mas se fosse verdade, eu o respeitaria mais se ele só fosse *honesto*.

Esse boato quase me pareceu o último prego no caixão do nosso relacionamento. Se Paul andava beijando garotas por aí e eu estava apegada só porque tinha medo de sentir falta de um relacionamento que nunca existiu e nunca existiria com Joey, estávamos ferrados.

No fundo do meu coração, eu sabia que a outra chance que dei para o nosso relacionamento tinha muito mais a ver com o escroto que deveria estar sentado ao meu lado do que com as desculpas esfarrapadas de Paul.

E por escroto eu me referia a Joey.

Depois de me deixar pra trás na festa aquela noite, ele se jogou completamente na competição de maior cafajeste da escola.

Não foi como antes, quando ele parecia ainda ter um pouco de classe e discrição sobre as suas conquistas. Desde aquela noite, ele não ligava a mínima se fosse visto por alguém.

Ou por mim.

Nas semanas que se seguiram depois do Halloween, retomamos a confortável rotina de provocações e brincadeiras. Joey nunca mencionou o que *quase* aconteceu e agia como se nada tivesse acontecido de um jeito tão convincente que às vezes eu até me perguntava se tinha imaginado tudo.

Mas eu sabia que não tinha.

A imagem dele beijando nossa colega ficou gravada na minha retina.

Segundo os boatos da escola, Joey e Danielle tinham dormido juntos naquela noite.

O que senti quando ouvi essa história pela primeira vez foi mais que amargura. Foi como se meu coração tivesse se partido.

E os terríveis e cruéis boatos que corriam pelos corredores da ECB diziam que eles continuavam se pegando. E eu ficava arrasada toda vez que ouvia algum comentário sobre o assunto. Eu ficava morrendo de ciúmes sempre que ela se enroscava nele durante a aula, e não tentava nem conter a fúria assassina que ganhava vida dentro do meu peito ao vê-los juntos.

Porque a verdade era que eu tinha sentimentos por ele.

Sentimentos que não devia ter e que certamente não eram bons para mim.

Mas era o que eu sentia.

Pelo menos ele ficava na dele. Ele podia até ser um escroto, mas não ficava se gabando, o que significava que o que quer que eles tivessem feito aquela noite nunca seria confirmado.

E ele a tratava como sempre a tratou. Era o mesmo cara levemente indiferente e sedutor e seriamente mal humorado.

E, apesar de nossa amizade ter permanecido razoavelmente intacta desde o Halloween, eu não conseguia esconder minha hesitação nem minha mágoa. Vê-lo beijando outra garota tinha tanto me destruído quanto me alertado para o fato de que eu precisava parar.

Parar de desejar.

De ter esperança.

De imaginar.

De querer.

Eu precisava só *parar* de pensar naquele garoto.

Determinada a superar minha estranha paixonite pelo meu colega, passei a evitar os lugares que eu sabia que poderia encontrá-lo e a ficar na minha quando estava na sua presença.

Foi fácil me reconciliar com Paul sentindo um sabor tão amargo na minha boca. Além disso, ele podia até falar a coisa errada de vez em quando, mas pelo menos eu não precisava me preocupar com ele desmantelando os próprios neurônios com todas as drogas conhecidas pela humanidade.

Então uma sombra pairou sobre mim, e um par de mãos perfeitamente bem cuidadas pousou na minha mesa.

— Onde está o Joey?

— Oi pra você também, Danielle.

— Me desculpa. — Ela ficou corada e me ofereceu um sorriso constrangido. — Eu quis dizer oi.

Nem me preocupei em cumprimentá-la e continuei desenhando no meu caderno de exercícios, fazendo teias de aranha bonitinhas, esperando nossa professora chegar.

— Você sabe onde ele está? — ela perguntou em um tom muito mais incisivo. — Ele senta com você na aula de história, né?

— É.

— Então onde ele está?

— Joey não está aqui agora, mas posso passar o recado quando ele chegar. — Revirei os olhos e apontei para o lugar vazio. — Fala sério, Danielle. Como é que eu posso saber? Não sou a mãe dele.

— Foi mal, só pensei que você pudesse saber, já que vocês são...

— Amigos — completei secamente. — Bem, pois eu não sei. — Mentira. — Não faço ideia de onde ele está. — Mais mentira.

— Ele não voltou pra aula depois do almoço.

Não me diga, Sherlock.

— Não sei o que te dizer.

Ela só precisava dar uma olhadinha nos fundos dos barracões para encontrar o garanhão. Não havia dúvida que era lá que ele estaria, junto com Rambo, Dricko, Alec e todos os outros maconheiros do nosso ano.

— Uma hora ele vai aparecer.

— Mas é a última aula de hoje.

Você não deixa passar nada, né?

— Eu sei tanto quanto você.

Em um timing perfeito, o homem do momento decidiu entrar na sala bem nessa hora, e não precisei nem olhar nos olhos dele para saber que ele estava chapado pra caralho. O cheiro de maconha emanando do seu uniforme era tão forte que até me deixou meio chapada.

Danielle abriu um sorriso radiante para ele.

— Oi, Joey.

— Dan — ele disse, colocando a mochila na carteira antes de passar por mim para se sentar.

Afundando na cadeira ao meu lado, ele apoiou o cotovelo nas costas do meu assento e deu um peteleco no meu rabo de cavalo para chamar minha atenção.

— Molloy.

— Joe — falei, mantendo o olhar fixo no caderno.

— Eu estava te procurando, Joe — Danielle disse. — Queria conversar com você.

— Sobre o quê?

— Está livre depois da aula?

— Nunca estou livre depois da aula.

Toma essa.

Segurei uma risadinha.

— Ah, tudo bem. — Seu tom alegre soou falso. — Talvez amanhã no almoço então.

— Talvez — ele respondeu antes de dar outro peteleco no meu cabelo. — Tem algum chocolatinho aí no seu estojo?

— Não sei por que você fica perguntando isso se já sabe a resposta.

Ele esticou o braço para pegar um e eu afastei sua mão depressa.

— Nem pense nisso.

— Aff — ele murmurou, recolhendo a mão. — Não pode me dar um?

— Eu até poderia — falei, me concentrando na teia que eu estava desenhando. — Mas não pra você.

— Não pra mim? — ele perguntou, pegando meu lápis. — Por que não pra mim?

— Porque você nem gosta de chocolate — falei, arrancando o lápis da mão dele. — Você só está com larica, e eu me recuso a alimentar ou a ser complacente com esse comportamento.

— Hum... te vejo mais tarde, Joe — Danielle murmurou antes de se retirar.

— Até. — Ele cutucou meu ombro. — Esse comportamento? — Sorrindo feito um lunático, algo que costumava acontecer quando ele voltava do almoço com os maconheiros, ele se inclinou e encostou o ombro no meu. — Vamos, Molloy, não deixa um amigo na mão.

— Devo ter uma bala na mochila. Pode pegar se quiser, mas fica longe do meu estojo.

— Bala? — Joey me lançou um olhar indignado. — Não, obrigado. Prefiro passar fome.

— Então pode passar, amigo.

— Eita, quem foi que pisou no seu calo?

Você, seu babaca.

— Foi mal, Joe. Apertei o botão errado? Eu só estava querendo te silenciar.

Ele ergueu as sobrancelhas e conteve a risada.

— Merda, essa foi boa.

— Eu sei. — Um sorriso relutante se espalhou pelo meu rosto. — Fiquei guardando essa o dia todo.

— Pra mim?

— Sabe de mais alguém que eu queira silenciar?

Outra risada.

— Nossa, você está com tudo, hein?

— E você está me irritando.

— Qual o problema, Molloy? Está de TPM ou algo assim?

— Ah, meu Deus. — Olhei feio para ele. — Você *não* falou isso.

Ele abriu um sorrisinho tímido.

— A gente não pode comentar essas coisas?

Decidindo fazê-lo sofrer, estreitei os olhos e disse:

— Claro, Joe. Estou menstruada. — Sorrindo docemente para ele, acrescentei: — Na verdade, estou tendo dificuldade pra tirar o absorvente, com todo o sangue e tal. Se importa em ajudar uma amiga, já que você é especialista nessa área?

— Eu poderia tentar.

Fiquei encarando seu rosto estúpido por um longo tempo antes de cair na gargalhada.

— Você é um pervertido.

— Foi você que propôs, não eu — ele falou, ainda rindo feito um doido.

— Eu só estava tentando te assustar, idiota.

— Você não vai conseguir me assustar, Molloy. Sou imune às suas provocações — ele retrucou, com os olhos brilhando de satisfação. — Mas você definitivamente mexeu com outra pessoa.

Virei a cabeça para onde Joey estava olhando e me deparei com um Paul furioso.

Ótimo.

Maravilha.

— Parece que Paul, o babaca, está prestes a ter um ataque ali.

— Peço desculpas pelo atraso — a sra. Falvey disse, entrando na sala com uma pilha de livros nos braços. — Eu estava em uma ligação com um pai.

Claro que estava.

Ela não fazia questão de chegar na hora.

— Peguem seus livros e abram na página 112. Hoje, vamos revisar a Revolta da Páscoa de 1916. Ela *vai* cair no junior cert de junho e vocês *vão* decorar toda a história da Proclamação da República da Irlanda.

Saquei meu livro e o coloquei na mesa entre nós, sabendo muito bem que Joey não tinha trazido o seu, como sempre. Ele raramente trazia os livros para a escola e vivia enchendo o saco dos professores para arranjarem cópias para ele ou pedindo para quem quer que estivesse ao seu lado para dividir o exemplar com ele.

Eu nunca ligava de compartilhar meu livro porque, por mais descuidado que Joey fosse com ele próprio, tinha uma letra bonita e fazia anotações muito mais úteis do que qualquer coisa que eu já tivesse roubado da mochila do meu irmão.

O fato de ser tão eficiente na aula com o cérebro em um estado claramente alterado me deixava até com inveja.

— Joe... — sussurrei, depois de passar vinte minutos revisando e tomando notas em silêncio.

— Hã?

— Se eu te perguntasse uma coisa, você me diria a verdade?

— Depende.

— É importante pra mim.

— Como eu disse, Molloy, depende — ele sussurrou de volta sem tirar os olhos do livro, escrevendo algo no papel e virando a página.

— Do quê?

— Sobre se você precisa ou não saber a verdade.

— Está bem — grunhi. — Esquece.

Joey suspirou pesadamente e se virou para mim.

— Pode perguntar.

— Você vai falar a verdade?

— Só faz a sua pergunta, Molloy.

— Você ouviu os boatos?

— Boatos?

— Sobre Paul. — Soltei um suspiro trêmulo e acrescentei: — Que ele pegou uma garota do Tommen.

Ele ficou tenso por um momento e então desviou o olhar para Paul. Um instante se passou até ele finalmente voltar a atenção para mim.

— Não.

Meu coração murchou.

Ele estava escondendo alguma coisa.

Eu *sabia.*

— Nunca pensei que você mentiria na minha cara, Joe — murmurei, me sentindo decepcionada com ele. — Dói mais do que imaginei.

— Eu não menti — ele falou depressa e com um tom duro. — Você me perguntou se eu tinha ouvido alguma coisa sobre Ricey pegando uma garota do Tommen e eu não ouvi nada sobre garota nenhuma do Tommen.

— Como assim?

— É o que você ouviu, Molloy.

Fiquei encarando-o por vários segundos antes de enfim pegar sua deixa.

— Você está sendo literal.

Ele se concentrou no livro aberto à nossa frente.

— Quer que eu faça anotações pra você?

— Quero que você seja sincero comigo — sussurrei. — Joe, se você sabe de alguma coisa que não está me contando, vou ficar chateada de verdade.

Ele soltou um suspiro frustrado, esfregou a nuca e pegou o lápis.

— Não é da minha conta.

Meu coração foi parar no traseiro.

— Bem, pois é da minha. — Estiquei a mão e segurei seu braço. — Me conta, Joe.

Com uma expressão impassível, ele disse:

— Não sou dedo-duro, Molloy.

— Mas você é meu *amigo*.

Ele abaixou o lápis, murmurou algo ininteligível e depois olhou para mim.

— Não sei nada sobre ninguém do Tommen e não vou falar de nada que não vi com meus próprios olhos, mas sei que ele trocou mensagens com uma das garotas daqui.

— Você viu essas mensagens? — soltei um suspiro de surpresa. — Com seus próprios olhos?

Ele fez que sim devagar.

— Quem?

— Molloy.

— Quem, Joe?

— Danielle.

Fiquei decepcionada. De todas as garotas do nosso ano, a que mais fazia eu me sentir ameaçada era ela. Saber que não só Joey mas também Paul sucumbiu ao seu charme era avassalador.

— O que rolou entre eles?

— Nada.

— Não mente pra mim, Joe.

— Não rolou nada — ele repetiu. — Eles trocaram umas mensagens um tempinho atrás, mas foi só isso.

— E você não me *contou*?

— O que eu devia fazer, porra?

— Que tal "Ei, Aoife, seu namorado está te traindo"?

— Como eu disse antes, não era da minha conta.

— Era, sim — falei. — Você é meu amigo, Joey. Você é mais *meu* amigo do que dela. Sua lealdade devia estar comigo.

— Não sei o que te dizer, Molloy.

— A verdade — insisti. — Mas pelo visto você não consegue fazer isso, então é melhor nem falar comigo.

— Não fui eu que ficou mandando mensagem pra outra pessoa escondido de você — ele sibilou, com os olhos ardendo. — Então abaixa essa cabeça e direciona essa raiva pra pessoa certa. Você não pode descontar em mim, Molloy. Eu te alertei sobre ele. Te falei que ele era um babaca, mas você quis voltar com ele mesmo assim, então nem começa.

Sim, ele tinha mesmo me alertado, mas isso não tornava as coisas mais fáceis.

Peguei o celular do bolso da saia, digitei uma mensagem rapidamente e fiquei olhando para o outro lado da sala até o escroto me responder.

Aoife: Danielle?
Paul: O que tem ela?
Aoife: Você trocou mensagens com ela.
Paul: Não troquei, não.
Aoife: Não nega. Já sei de tudo.
Paul: Aoife, juro por Deus que não encostei um dedo nela.
Aoife: Eu não falei que você encostou nela, seu babaca. Falei que vocês trocaram mensagens.

Paul olhou para mim e balançou a cabeça.
Estreitei os olhos, como se dissesse "não ouse mentir pra mim dessa vez".

Paul: Escuta, não rolou nada com ela. Aquelas mensagens eram só brincadeira. E foi há um tempão. Aquilo não significou nada, amor. Posso explicar tudo. Juro.

Fumegando de raiva, balancei a cabeça e guardei o celular no bolso, ignorando-o quando ele vibrou, indicando que eu tinha recebido mais uma mensagem.

— Você está bem? — Joey sussurrou ao meu lado.

— Não — respondi, me sentindo magoada, traída e um milhão de outras coisas. — Meu namorado é um puta mentiroso e meu melhor amigo é mais mentiroso ainda!

— Melhor amigo?

— É, seu idiota.

— Eu não menti pra você.

— Você também não me contou a verdade.

— Não era da minha...

— Se você disser que não era da sua conta mais uma vez, juro por Deus que vou gritar — falei, sentindo meus olhos lacrimejarem.

— Não ouse — Joey avisou, soltando um rosnado de frustração. — Nem pensa em dar uma de menininha e derramar lágrimas pra mim.

— Não se preocupa, cuzão, não vou desperdiçar minhas lágrimas — falei, fungando e enxugando uma lágrima traidora. — Estou planejando juntar elas pra te afogar.

— Você me pediu pra te falar a verdade e eu falei — ele sussurrou. — E agora você está brava comigo porque eu fiz o que você queria.

— Não, é porque você devia ter me contado quando aconteceu — retruquei, dando uma cotovelada nele. — E não ter me deixado no escuro feito uma trouxa.

— Você não precisa da minha ajuda pra isso — ele disse. — Já que você vive voltando pra aquele seu namorado babaca.

— Ah, vai chupar uma buceta!

— Vai se foder, Molloy.

— Vai se foder você.

Querendo vingança, ergui a mão e esperei a professora me notar.

— Sim, Aoife?

— Joey me chamou de gorda. — Fungando, enxuguei outra lágrima. — Estou muito chateada. Posso sair um minuto?

Ele ficou boquiaberto.

— Sua *filha da puta*.

— *Vai se foder* — murmurei para ele.

— Joey! — a sra. Falvey exclamou, horrorizada. — Sim, Aoife, pode sair pra tomar um ar.

— Eu não chamei ela de gorda — ele disse enquanto eu saía da sala. — Ela não tem problema nenhum com o peso dela. E sim com um desejo doentio de vingança.

Fiquei enrolando do lado de fora do banheiro feminino, matando os últimos minutos da aula até ouvir o sinal quando Joey apareceu no corredor, caminhando na minha direção com uma expressão azeda.

— Muito obrigado, Molloy — ele falou, estreitando os olhos verdes enquanto se aproximava. — Falvey me botou no caderno vermelho.

— Ah, fala sério. — Revirei os olhos. — Quando é que você não está encrencado?

— Você faz ideia do aborrecimento que é esse caderno? Ter que pegar uma assinatura no começo e no final de cada aula e ter que ver Nyhan no final de cada dia pra ouvir sermão?

— Não — respondi com um tom cheio de sarcasmo. — Porque, ao contrário de você, eu sei me comportar.

— Não — ele corrigiu, parando na minha frente. — Você só é dissimulada o suficiente pra não ser pega.

— Também.

— Aqui. — Ele colocou minha mochila aos meus pés. — Você esqueceu isso.

— Obrigada.

— Acabei com o seu estoque de chocolate.

Soltei um suspiro de surpresa.

— Seu cuzão.

— Ah, bem... não estou arrependido — ele falou, dando de ombros. — Você mereceu, por armar essa pra mim. — Soltando um grunhido frustrado, ele acrescentou: — Mas *estou* arrependido por não ter contado sobre aquele babaca antes.

Minha raiva se dissipou. Envergonhada, me inclinei e o cutuquei com o ombro.

— Foi mal por ter falado pra sra. Falvey que você me chamou de gorda.

— E o que mais? — ele insistiu.

— E por te botar no caderno vermelho.

— E...?

Dei um suspiro de irritação e murmurei:

— E por ameaçar te afogar.

— Hum — ele grunhiu, me cutucando de volta com o ombro. — Se fosse outra pessoa, Molloy... Se fosse outra pessoa...

— Mas sou eu.

— É você — ele confirmou. — E você é um pé no saco.

7 de janeiro de 2002

Você tem um bebê

AOIFE

Joey estava atrasado no primeiro dia de aula depois do recesso do Natal. Quando finalmente apareceu, quinze minutos após o início da terceira aula do dia, suas olheiras fizeram minha ansiedade disparar.

— Meu Deus — sussurrei assim que ele se jogou na cadeira ao meu lado. — Você está acabado.

— Valeu — ele grunhiu, apoiando os cotovelos na mesa e abaixando a cabeça nas mãos. — E você está deliciosa.

Ardi de calor com o elogio.

— Valeu.

— Não tem de quê.

— O que aconteceu com você? — Olhei em volta para garantir que a professora estava distraída, me inclinei e sussurrei: — Está chapado de novo?

— Não, Molloy — ele murmurou, jogado na carteira. — Nada disso. Só cansado.

— Por quê?

— Porque não preguei os olhos a noite toda.

— Por quê?

— Porque... — Ele parou para bocejar. — Está nascendo um dente no Sean.

— Sean? — Fiquei encarando-o. — Quem é Sean?

— É meu bebê...

— Seu *bebê*? — perguntei de olhos arregalados.

— Meu irmão mais novo. — Ele ergueu a cabeça para me olhar. — Quem você acha que eu sou?

— Me desculpa. — Estremeci. — Eu só... não sabia que sua mãe teve outro bebê.

— Sim.

— Quando?

— No Halloween.

— No *Halloween*? — Fiquei de queixo caído. — Joe, a gente se fala literalmente todos os dias e você nunca mencionou que sua mãe teve outro bebê.

— Por que eu faria isso? — ele perguntou, com a confusão estampada no rosto.

— Porque esse é o tipo de coisa que amigos contam um pro outro — expliquei. — Amigos compartilham detalhes da vida pessoal, sabe?

— Molloy, minha mãe teve outro bebê.

Revirei os olhos.

— E você me conta agora, dois meses depois?

Ele deu de ombros.

— E aí? Me conta do Sean — pedi, colocando o cotovelo na mesa e me virando para ele.

— Contar o quê? — Joey perguntou, imitando meus movimentos. — Ele é pequenininho e fofo, caga sem parar e bota a casa abaixo com os berros.

— E ele te manteve a noite toda acordado chorando?

— Como te disse, está nascendo um dente. Não é culpa dele — ele comentou, na defensiva.

— Eu sei — falei, tocando seu braço. — Não estava botando a culpa nele. Só estava pensando que as paredes da sua casa devem ser bem finas pra ele te manter acordado a noite toda.

Joey ficou me olhando por um longo tempo antes de balançar a cabeça.

— O quê? — perguntei. — Por que você está me olhando assim?

— Por nada.

— Mentiroso.

— Quem sabe não te conto daqui a dois meses?

Contive um sorriso.

— Parece que você precisa de um estimulante.

— Eu sei, mas só recebo na sexta.

— Eu estava falando de chocolate, Joe.

— Você tem?

— Eu sempre tenho.

23 de janeiro de 2002

De volta para ele

JOEY

— Você vai na festa no fim de semana? — Sam, uma das garotas do conjunto habitacional, me perguntou no almoço de quarta.

Ela se recostou no corrimão do ginásio e deu uma segunda tragada no baseado antes de passá-lo para mim.

— No pavilhão? — perguntei, dando uma longa tragada, me equilibrando no corrimão.

— É. — Ela exalou uma nuvem de fumaça. — Pelo que ouvi, a loirinha da sua turma tem grandes planos pra você.

— Quem? — Meu coração deu uma cambalhota no peito. — Aoife?

Sam bufou.

— Vai esperando.

Pois eu esperava. Sempre.

— Não, como é o nome dela mesmo? Danielle — Jason O'Driscoll, mais conhecido como Dricko, falou, pegando o baseado. — Ela está caidinha por você, Lynchy.

— Aff — murmurei, esfregando o queixo enquanto a familiar onda de bem-estar e leseira me acolhia feito um cobertor quentinho. — Então não, não vou pro pavilhão no fim de semana.

— Está bravo, cara? — Dricko perguntou, rindo. — A buceta daquela ali está de plantão pra você.

— Legal, hein, Jason — Sam bufou, cutucando o namorado com o cotovelo. — Muito legal.

— O que foi? — ele falou, abraçando-a e a puxando. — Ele é que está comendo ela. A minha garota está bem aqui.

— Eu não estou comendo ela — grunhi, me mexendo, desconfortável.

— *De novo essa* — Alec disse, pegando o baseado de Dricko. — Como se você já não tivesse feito isso, né, cara?

— É mesmo, Joe? — Sam falou, dando risada e entrando na onda. — Você transou com a Danielle?

— Não — respondi, mentindo baixinho. — Então deixem quieto, gente.

— Aposto que ninguém ficou quieto naquela noite — Dricko brincou. — Quando ele comeu ela nos fundos do pavilhão na festa de Halloween.

— Valeu, hein, seu filho da puta — resmunguei.

— Ah, meu Deus! Você não fez isso!

— Ele fez e não pode nem negar, porque metade da escola estava lá. — Alec morreu de rir ao meu lado, e eu me inclinei sobre o corrimão para bater na sua nuca. — Aff, pra que isso?

— Idiota.

— Ouvi dizer que sua mãe foi lá, cara — Dricko continuou. — Que azar, hein?

— Ah, não. É sério? — Sam falou, cobrindo o rosto com a mão. — Meu Deus, Joe, que droga.

— Bem, vou indo nessa. — Mais revoltado comigo mesmo do que com a conversa, desci do muro, coloquei a mochila no ombro e saí andando mostrando o dedo do meio para eles. — Vão se foder.

Ignorei as risadas e as provocações e voltei para a escola, fingindo que não vi Molloy sorrindo e Paul radiante ao passar.

Ver que ela, mais uma vez, tinha voltado com o babaca quase me fez explodir feito um maldito vulcão.

Eu não conseguia nem olhar.

Não suportava.

Vê-la com ele me fazia ter vontade de furar meus próprios olhos.

Me fazia sofrer.

— Ei. — Alguns minutos depois, Molloy se aproximou de mim no armário, ofegante. — Você não me viu lá atrás? — ela perguntou, segurando meu braço e se inclinando para recuperar o fôlego.

— Nossa, você precisa melhorar o seu condicionamento físico — comentei. — Você só correu da entrada até aqui.

— Você me *viu* ou não?

— Sim, eu te vi. — Peguei o que eu precisava no armário, fechei a porta e coloquei o cadeado no lugar. — Mas não ache que vou falar com você quando estiver com ele. — Fechei a mochila, a coloquei sobre o ombro e me virei para ela. — Me recuso a ser complacente com o seu comportamento.

Ela sorriu.

— Está me devolvendo minhas próprias falas, Joey Lynch?

— Com certeza — respondi. — Então você devia ouvir seu conselho.

— Joe. — Ela soltou outro suspiro pesado. — Sobre Paul...

— Não quero saber — eu a interrompi na mesma hora. — Você voltou com ele. Beleza, Molloy. Que bom pra você. Não vou dizer nem mais uma palavra pra te convencer do contrário, mas também não espere a minha aprovação. Não gosto dele e não vou fingir que gosto.

— E eu não gosto quando você fica pegando garotas como se fossem bombons em uma caixa e, mesmo assim, não dou as costas pra você.

— Quem disse que eu dei as costas pra você? Porque eu não fiz isso.

— Você me odeia.

— Não.

— Está bravo comigo.

— Sim.

— Você quer brigar comigo.

— Porque eu... — Parei antes de mandar tudo para os ares, soltei um rosnado furioso e tentei me recompor. — Não vou dar as costas pra você, Molloy.

— Então me prova.

— Como?

— Me dá um abraço.

— Molloy.

— Me dá um abraço, Joe.

Respirei fundo, passei o braço pelo seu ombro e a puxei para mim, pois não adiantava nada discutir com aquela garota quando ela batia o pé por alguma coisa. Ela sempre conseguia o que queria.

— Não me odeie por tentar seguir em frente — ela sussurrou, envolvendo os braços na minha cintura e enterrando o rosto no meu peito. — Estou fazendo o que preciso pra superar *isso.* — Ela deixou escapar um suspiro trêmulo. — Assim como você.

— É, Molloy. — Sentindo a raiva se dissolver, suspirei pesado e apoiei o queixo no seu cabelo. — Eu sei.

1º de fevereiro de 2002

Engole essa

AOIFE

— Ah, meu Deus, que nojo. — Tentando não vomitar, fiquei vendo horrorizada minha dupla na aula de economia doméstica dobrar o pulso de um jeito que o dorso dos seus dedos tocou seu antebraço. — O que é que tem de *errado* com a sua *mão*?

Joey riu baixinho e endireitou o pulso, provocando um som tão alto que me deu ânsia.

— Credo! — Segurei seu ombro, me esforçando para não vomitar. — Credo!

— O que foi, Molloy? — ele perguntou, pouco antes de dobrar o pulso *de novo*, fazendo-o produzir um barulho alto de ossos se quebrando. — Quer que eu faça mais uma vez?

— Para com isso, seu besta — choraminguei. — Para, eu... eca!

— Aoife! Joseph! — a sra. Adams berrou. Ela estava provando um *chili con carne* terrível na estação em frente à nossa na cozinha, enquanto Podge pairava sobre seu ombro exausto, esperando o veredito. — Não estou ouvindo vocês degustando a comida.

— Vamos, gente — Dricko falou ao lado de Podge, tão agitado quanto o parceiro e olhando para a tigela de gororoba deles.

— Ela está avaliando o nosso prato. Estamos praticando pro junior cert.

— O prato de vocês é uma merda. Eu não serviria isso nem pro meu cachorro. É zero pra apresentação e zero pelo esforço — Alec declarou, balançando a corda pendurada na ponta do seu avental rosa com babados. — E não, senhorita, esse é o som de alguém com pernas bonitas tendo ânsia de vômito. O que quer dizer que o Lynchy com certeza enfiou algo no fundo da garganta pra ela engolir...

— Engole essa você, panaca — Joe falou, rindo e atirando uma conchada caprichada do nosso *chili con carne* na direção do amigo.

Pimentões com carne voaram para todos os lados e o chão e as paredes ficaram sujas de molho vermelho.

— Joseph Lynch, venha aqui e limpe essa bagunça agora! — a sra. Adams gritou, atravessando a cozinha para confiscar a maldita concha. — Agora, rapazinho. Nunca mais faça isso na minha aula. E, pelo amor de Deus, para de fazer essa menina vomitar, sim? Isso não é nada cavalheiresco.

— Ahhhh! — Alec gritou desconsolado, se jogando em cima de Paul, que não estava nada impressionado, e uivou de tanto rir.

Meus olhos se fixaram em Paul, e fiz cara feia para ele, desafiando-o a abrir a boca para falar merda.

Em vez disso, ele engoliu a desaprovação e me ofereceu um meio-sorriso.

Acenei a cabeça em aprovação.

Depois da última briga, deixei bem claro para ele que não ia aceitar mais nenhuma ceninha. Que eu era amiga de Joey, e se ele não aceitasse isso, que terminasse. Também deixei perfeitamente claro que não tinha intenção nenhuma de prendê-lo se ele quisesse ficar com outras garotas, e tampouco o impediria de fazer isso. Tudo o que ele tinha que fazer era me deixar livre.

Paul surpreendentemente concordou com os meus termos e, desde então, seguiu minhas regras a maior parte do tempo. Os boatos tinham se acalmado junto com suas tendências controladoras, e ele não surtava mais toda vez que eu conversava com algum garoto.

Era um progresso.

Voltei a atenção para o meu colega, que tinha segurado a onda.

Só não foi mandado para a sala do diretor pela professora idosa porque ele era de longe seu melhor aluno.

Ridiculamente adorável em seu avental listrado, com o boné virado para trás, Joey foi até a nossa professora e pegou o pano de prato que ela lhe ofereceu.

— Bom garoto — ela disse em um tom de aprovação quando ele se agachou para limpar a bagunça.

Se tinha alguém na turma que poderia tirar um A na prova de economia doméstica do junior cert era o garoto taciturno ao meu lado, que voltou para a pia da nossa estação para enxaguar o pano sujo de chili.

Eu sabia que era uma péssima ideia, mas resolvi dar uma olhada na frente da sala, onde Danielle estava com Mack. Sim, ali estava ela, secando a pele dourada de Joey enquanto ele esticava o braço para limpar o chili da parede.

Muito mais que frustrada, peguei uma colher às pressas e me ocupei mexendo a panela de *chili*, pensando que no fim foi bom que a sra. Adams tivesse confiscado nossa concha. Senão eu poderia acabar atirando outra conchada naquela cabeça loira da Danielle.

Aff.

Então ouvi umas risadas e infelizmente me virei bem na hora que meu colega estava limpando o *chili* que tinha espirrado na perna dela.

— Bela mira, Joey — Danielle falou, rindo e se segurando nos ombros dele para se equilibrar, com ele agachado na frente dela, enxugando sua perna.

— Belas pernas.

Ah, ele não falou isso!

Falou, sim.

Falou, caralho.

Tive vontade de gritar.

De vomitar.

O ciúme que surgiu dentro de mim era tão intenso que eu podia até sentir a temperatura do meu corpo subindo. Aliás, se alguém medisse minha temperatura naquele instante, eu não ficaria surpresa de descobrir que eu estava fervendo de febre.

Mantém a calma, falei para mim mentalmente. *Não joga essa panela de* chili *neles. Não faz isso, Aoife. Você é princesinha demais para parar na cadeia. Pensa nas suas unhas. Continua mexendo essa panela.*

— E aí? — o safado falou ao voltar para a nossa estação. — Qual é o seu toque de mestre?

Decidindo que era mais seguro ficar quieta para não explodir na frente de todo mundo, me concentrei na panela de *chili con carne* que eu estava mexendo e soltei um:

— Hã?

— Seu toque de mestre — Joey repetiu, se colocando ao meu lado. — Não me diga é que vomitar, porque vou acabar me solidarizando com você.

Coloquei o cabelo atrás da orelha, me esforçando para manter a calma, e consegui responder de um jeito blasé:

— Não tenho toque de mestre nenhum.

Ele deu a volta em mim, pegou o sal e o adicionou na panela.

— Não acredito nem um pouco nisso. — Seu peito tocou minhas costas enquanto ele falava, e o cheiro de grama e desodorante me invadiu. Ele sempre estava tão cheiroso! Era *irritante* pra cacete. — Garotas como você sempre têm um truque na manga.

— Garotas como eu? — perguntei, séria, tentando manter minhas unhas recém-feitas *longe* do molho vermelho e as emoções sob controle.

— Para com isso. — Joey segurou meu pulso com uma mão, e com a outra pegou a minha colherinha e a substituiu por uma colher de madeira de cabo longo. — Usa isto.

Estreitei os olhos e fiquei encarando a colher de madeira.

— Por quê?

— Porque senão você vai fazer bagunça.

— Cuzão — grunhi, empurrando-o com o quadril.

Ele deu risada baixinho.

— Por que esse mau humor, Molloy?

— Não estou de mau humor.

— Não é o que a sua cara está me dizendo. — Ele me deu um empurrãozinho com o ombro. — Você estava toda sorridente um minuto atrás.

— *Não* estou de mau humor.

— Está bem. — Erguendo as mãos, ele balançou a cabeça e foi até a pia. — Se você diz.

— Estou dizendo.

— Está bem.

— Mas é.

— Que bom.

— Cuzão.

— Ranzinza.

— Idiota.

— Bruxa.

— Cala a boca — cuspi, furiosa. — Estou falando sério. Não fala mais comigo.

— Certo — ele disse, me molhando ao lavar a louça suja. — Não fala mais comigo também.

— Meu cabelo! — gritei, abandonando o chili para ajeitar o cabelo. — Você faz ideia do tempo que eu gasto lavando e secando esse cabelo?

— *Meu cabelo* — ele me imitou com uma vozinha aguda. — Relaxa. É só água. Você vai sobreviver.

Furiosa, vi as consequências dos meus atos se desenrolando diante de mim antes mesmo de tudo acontecer e decidi que alguns dias de detenção valeriam a pena para colocar aquele cuzão no devido lugar.

Desistindo de escaldá-lo com chili, fui até a pia e estiquei o braço em torno de Joey para pegar o frasco de detergente verde.

Sem dizer uma palavra, peguei o banco, me sentei atrás dele e subi sem fazer barulho. Me deleitando com a cena que eu estava prestes a causar, abri o frasco, segurei-o acima da sua cabeça e despejei o conteúdo todo nele.

No instante em que o líquido verde se derramou na sua cabeça, todo o seu corpo enrijeceu.

— Você está morta — ele rosnou, se virando lentamente enquanto o detergente se espalhava pelo seu cabelo, rosto e ombros.

— Pode vir, seu puto — falei, batendo no fundo do frasco para garantir que não ia sobrar nada ali dentro.

— Aoife! — a sra. Adams berrou. — O que diabos você...

— Me põe no chão! — gritei, agitando descontroladamente as mãos e as pernas quando Joey me colocou sobre o seu ombro e me virou para a pia. — Você não ouse... ahhh!

— Paul, vai buscar o sr. Nyhan agora!

— Mas ela está...

— Agora, Paul. Rápido.

— Quer jogar sujo? — Ele me botou de bunda na pia cheia de louça suja, colocou as mãos no próprio cabelo para pegar um pouco de detergente e o espalhou no meu pobre cabelo. — Então vamos jogar sujo, Molloy.

Gritos e gargalhadas explodiram ao nosso redor, mas eu estava enfurecida demais para notar qualquer outra coisa além da minha sede de vingança.

— *Joey* — sibilei com os dentes batendo, tentando sem sucesso me levantar da pia. — Você está morto.

— Estou bem aqui — ele me provocou, se esquivando quando estiquei o braço para agarrar seu peito. — Vem me pegar, bruxa.

— Parem com isso, vocês dois! Agora!

— Juro por tudo que é mais sagrado que, quando eu descer dessa pia, vou fazer você sofrer muito, Joey Lynch.

— Aoife Molloy!

— Parece que você está precisando esfriar a cabeça, Molloy — ele falou, abrindo a torneira no máximo e me encharcando inteira, atingindo os lugares que tinham sido poupados no ataque anterior. — Está melhor agora?

— Joseph Lynch!

—Ah, meu Deus! Me ajuda, seu maldito! — gritei, com a bunda entalada na pia e água espirrando para todos os lados. — Estou presa.

— Que bom — ele disse, tirando um monte de detergente do peito e do rosto. — Fica aí.

— Puta merda, J-Joey. — Ofegando e cuspindo, consegui desligar a torneira que estava derramando água gelada em mim. — Estou com f-frio.

— E eu com calor. — Ele atirou o detergente que retirava de si no chão, repetindo o movimento várias vezes, sem conseguir se livrar da gosma verde. — Você é um pé no saco, Molloy.

— Jo-Jo-Joey! — gritei, batendo os dentes violentamente. — Me a-ajuda!

— Está bem — ele cedeu, exasperado, e foi me buscar. — Mas estou te avisando... — Ele escorregou no chão e quase caiu, mas conseguiu recuperar o equilíbrio. — Meu Deus, esse chão virou uma armadilha.

— C-cala a boca e me s-salva, seu cuzão.

— Não fala comigo assim — ele avisou, apontando o dedo para mim, patinando na minha direção. — Estou te avisando, Molloy: se você vier com mais alguma gracinha, vai passar mais tempo ainda dentro da pia.

Ignorando nossos colegas, que estavam todos rindo do meu infortúnio, abracei o pescoço de Joey para que ele me tirasse dali.

— Merda — ele murmurou. — Você está mesmo entalada.

— Eu t-te f-falei — eu disse, me agarrando nele feito uma gatinha afogada. — M-me t-tira d-daqui!

— Estou *tentando* — ele falou. — É a sua bunda.

— Se d-disser que m-minha bunda é g-gorda, eu v-vou g-gritar.

— Sua bunda é perfeita. — Ele levou o braço até a cabeça para passar um pouco de detergente nas mãos e tentou me desentalar, mas sem sucesso. — O problema é essa pia de merda.

— Jo-Joe...

— Espera um segundo, tive uma ideia.

— O que diabos você está fazendo? — falei quando ele colocou a mão entre as minhas coxas e me segurou bem *ali*. — Joey!

— Foi mal. — Com uma expressão contrariada, ele escorregou a mão mais para baixo até agarrar uma banda da bunda. — Beleza, contrai.

— O q-quê?

— *Contrai* a bunda, Molloy. Eu vou te puxar. No três, está bem? Um, dois, três...

— Ui! — gritei, contraindo o traseiro com tanta força que o músculo deu um espasmo. Por sorte, deu certo. Eu desentalei e fui impulsionada direto para os seus braços.

— Ah... uau! — Nossos colegas comemoraram, batendo palmas.

— Estou l-livre. — Soltei um suspiro de alívio. — O-obrigada, Deus.

— É, pensei que isso poderia funcionar... — Joey perdeu o equilíbrio no chão, que tinha virado uma maldita pista de sabão e caiu, me levando consigo.

Naquele momento, eu só tinha três opções disponíveis: dar risada, chorar ou seguir brigando.

Escolhi a primeira e, para minha surpresa, meu fiel escudeiro também.

— Puta merda — ele sufocou uma gargalhada embaixo de mim. — Isso foi...

— Ridículo. — Me ergui sobre os cotovelos e sorri para ele. — Eu ganhei.

— Não, eu que ganhei.

— Quem é que saiu por cima?

— Você, Molloy. — Balançando a cabeça, ele ficou me encarando e depois soltou um suspiro, achando graça da situação. — Sempre você.

— Eles fizeram *o quê*? — Uma voz masculina estrondou pelo ar e segurei um gemido quando nosso diretor entrou na sala pisando duro e fumegando.

— E é assim que ficamos sabendo que vocês estão ferrados — Alec disse, dando risada.

— Por que é que não estou surpreso de ver vocês dois aprontando *de novo*? — o diretor falou com o rosto roxo de raiva, olhando para nós. — Na minha sala. *Já*!

— Ah, merda — resmunguei, abaixando a cabeça no peito dele. — Foi bom te conhecer, Joe.

— Pois é. — Joey suspirou pesadamente e deu tapinhas na minha cabeça. — Digo o mesmo, Molloy.

1º de fevereiro de 2002

Não somos nada!

JOEY

Usando conjuntos cinza de moletom — que eles tinham no escritório para alunos que cagavam nas calças — e parecendo que tínhamos acabado de sair da prisão de Cork, Molloy e eu nos sentamos na primeira fileira na sala de detenção sem mais nenhum outro aluno no recinto para desviar os holofotes de nós.

Com os braços cruzados e o cabelo comprido e molhado preso em uma trança bagunçada, ela ficou olhando para o quadro à nossa frente claramente brava comigo.

Ela tinha recebido uma semana de detenção na hora do almoço, enquanto eu teria que ver Nyhan todos os dias. Até o fim do terceiro ano.

Cheirando a chili e detergente barato, me inclinei para ela e dei uma fungada, sem saber qual de nós dois fedia mais.

— É você — ela falou, lendo minha mente. — Com certeza é você.

Fiquei um pouquinho arrependido ao ver seu cabelo loiro com mechas verdes, mas não o suficiente para pedir desculpas.

Ela que começou.

E me atacou sem motivo nenhum.

Apesar de eu estar mais achando graça que irritado, eu que não ia ceder.

Era a vez dela de se render.

Tamborilando os dedos na carteira, olhei em volta enquanto quebrava a cabeça, procurando o gatilho da nossa briga.

Eu não tinha feito nada de diferente.

Ela estava feliz, sorridente, *se divertindo.*

Estávamos rindo juntos, até que ela *surtou.*

O lado rebelde da minha personalidade exigia que eu não ligasse para as merdas dela.

Ela não é problema seu.

Se você ceder ao drama dela, só vai arrumar mais pano para a manga. O único problema de ignorá-la era que eu *não queria* fazer isso. Passei um tempão tentando afastá-la, e quando ela se afastou, *não* foi bom. Nem um pouco.

— Como estão seus quadris, Aoife? — a sra. Adams perguntou, se levantando da cadeira devagar na frente da sala. — Acho que aquilo não foi nada confortável pra você.

— Doloridos.

Me senti um idiota.

— Você se machucou? — perguntei.

Molloy me ignorou e se concentrou na nossa professora quando disse:

— Vou sobreviver.

— Na minha época, a gente dizia que ancas largas eram boas pra parir — a sra. Adams falou, me fazendo conter a risada e Molloy olhar feio para ela.

— Está me chamando de gorda, professora?

— Meu Deus, não — ela falou depressa. — Não quis dizer nada disso.

— Baixa a guarda, Molloy — eu disse, me sentindo mal pela pobre senhora. — Ela estava te elogiando.

— Como? — Molloy perguntou, séria. — Insinuando que tenho ancas largas e um traseiro maior ainda?

Sim, e você é extremamente gostosa por isso.

— Isso — a sra. Adams disse, abrindo um sorriso agradecido para mim. — Será que vocês podem se comportar por cinco minutos só pra eu ir ao banheiro?

— Sim, senhora — respondi, abanando a mão.

A professora me lançou um olhar preocupado.

— Joseph.

— Prometo. — Ergui as mãos. — Vou me comportar.

— Bom garoto — ela disse antes de sair da sala e nos deixar sozinhos.

— Puxa-saco — Molloy murmurou, ainda olhando para o quadro.

— Quer me dizer o que foi que eu fiz? — perguntei, me virando para ela. — Eu claramente te deixei puta.

— Não. — Suspirando de resignação, ela abaixou a cabeça nas mãos e gemeu. — Deixa pra lá. Eu só... Está tudo bem. Preciso desencanar.

— Qual o problema?

— É idiotice.

— Me diz.

— Você vai me achar doida.

— Eu já te acho doida, Molloy.

— Bem, mais doida que o normal então.

— Experimenta.

— Não.

— Molloy. — Estiquei o braço e coloquei a mão no seu ombro para que ela olhasse para mim. — *Experimenta.*

Seus grandes olhos azuis se fixaram nos meus e detestei ver solidão ali.

— Joe.

— Me diz.

Mordendo o lábio, Molloy ficou olhando para baixo por um longo tempo antes de suspirar e sussurrar:

— Você falou que ela tinha belas pernas.

Esperei um instante para ouvir o resto, mas ela ficou quieta e eu apenas a encarei, confuso.

— Hã?

— Você falou que ela tinha belas pernas — repetiu, ainda olhando para baixo. — Você *falou pra ela* que ela tinha *belas pernas*.

— Pra quem?

— Danielle.

— Falei?

— Sim, Joe, falou.

— Quando? — perguntei, completamente perdido.

— Na aula.

Ah, merda. Eu falei mesmo.

— E isso foi ruim porque...

— Esquece. — Ela retirou a minha mão do seu ombro e voltou a encarar o quadro. — Não importa. Já superei.

— *Superou*? — Balancei a cabeça, perdido.

Ela soltou um suspiro sofrido.

— Deixa quieto, Joe.

— Quer parar de bancar a garota magoada e ser direta comigo? — rosnei, frustrado com aquela versão reservada dela. — Fala sério, você não é assim. Você não faz joguinho, Molloy. Seja direta.

— Bancar a garota magoada? — Ela sacudiu a cabeça, indignada. — Nossa, você sabe mesmo conversar com garotas, né?

— Não, eu não faço ideia — respondi, nervoso. — Porque a única garota com quem eu converso é você.

— Mentiroso — ela vociferou. — Você conversa com a Danielle.

— Ah, dá um tempo, Molloy.

— Você disse que ela tem *belas pernas*, Joey — ela soltou, explodindo comigo. — *Belas pernas*. — Ela se voltou para mim. — Te diz alguma coisa?

— Então é *isso*? — Fiquei olhando para ela boquiaberto. — Você está puta comigo porque usei as palavras *belas pernas*?

— Com outra garota.

— São só palavras.

— Não, não são *só* palavras, Joey.

— Meu Deus, Molloy, que porra eu devia ter falado pra garota? — perguntei, erguendo as mãos. — Eu sujei as pernas dela de *chili*. Só estava tentando consertar as coisas. O que você queria que eu falasse? Belos tornozelos? Belos joelhos? Belas panturrilhas? O quê?

— Não *isso* — ela gritou. — Você não devia ter usado com ela a frase que você usa *comigo*.

— Mas não foi pra valer.

— Pior ainda.

— Por quê?

— Porque sim.

— Bem, eu sinceramente não disse pra valer.

— Você também não tocou as pernas dela pra valer?

— Não faz isso — pedi, balançando a cabeça. — Não começa.

— Bem na minha frente, Joey — ela continuou com a voz carregada.

— Bem na *sua* frente? — Contive uma risada forçada. — Será que estou ouvindo bem? Você tem a audácia de me dar um esporro do alto do seu pedestal por *conversar* com uma garota sendo que você esfrega aquele babaca na minha cara todos os dias desde o primeiro ano?

— Mas você não ficou só na *conversinha* com ela, né, Joey? Você ficou com ela!

— Enquanto você ficava com o seu *namorado*? E se eu tiver ficado?

— Ah, meu Deus — ela falou, colocando as mãos no rosto. — Você não entende. Você não entende *porra* nenhuma!

— Entender o quê? — rugi, perdendo a calma. — Sabe de uma coisa? Não sei nem por que estou ouvindo essa merda. — Balancei a cabeça e me virei, furioso comigo mesmo por deixá-la me afetar desse jeito. — Não somos um casal, Molloy. Não sou seu namorado. A gente *não* está junto. Sacou? Não somos *nada*.

— Tudo bem, Joe. A gente não está junto. Não somos nada — ela repetiu. — Então por que você não vai lá comer a Danielle, que tem belas pernas e cabelo loiro de mentira?

— O que faz você achar que eu *não* comi ela ainda? — O suspiro de susto que Molloy deu me comunicou que fui longe demais. — Escuta, não quis dizer isso — comecei, mas ela não ficou para ouvir.

Em vez disso, ela empurrou a cadeira para trás, se levantou e saiu da sala em silêncio.

E o fato de ela não ter nem batido a porta me comunicou que eu tinha feito uma merda colossal.

Abaixei a cabeça na mesa, segurei a nuca e gemi.

— Porra.

1º de fevereiro de 2002

Pelo menos isso

AOIFE

O sr. Nyhan poderia me dar uma suspensão por ir embora da detenção, se quisesse. Inferno, ele poderia até ameaçar me expulsar, e não faria a menor diferença, porque de jeito nenhum eu voltaria para aquela sala por vontade própria.

Cheguei ao estacionamento antes de colapsar. Soltando um gemido sofrido, me joguei no chão de concreto e abaixei a cabeça nas mãos. Chorei feio.

Eu odiava ele.

Eu queria odiá-lo.

Precisava odiá-lo.

Você precisa parar de amá-lo antes...

— Aoife — uma voz familiar disse e fiquei dura.

Não, não, não, agora não...

— Vai embora.

— O que houve?

— Eu falei pra você *ir embora*!

Paul fez o completo oposto do que eu queria e se sentou ao meu lado no chão.

— O que houve?

— Nada. — Tensa, enxuguei os olhos com o dorso da mão. — Estou bem.

— Ele te machucou?

— Não. — Enrijeci de novo. — Me machuquei sozinha.

— Como?

Eu entreguei meu coração para a pessoa errada.

— Não importa.

— Importa, sim.

— Só me deixa em paz, está bem?

— Fala comigo, Aoife.

— Não consigo.

— Consegue, sim.

— Você não vai querer ouvir, Paul.

— Experimenta.

— Eu gosto dele, está bem? — me ouvi dizendo. — Eu *gosto* dele. — Paul ficou tenso ao meu lado. — Joey.

Soltando um suspiro trêmulo, assenti uma vez e cobri o rosto com as mãos, sentindo uma onda de culpa e alívio me invadir.

— Sinto muito.

— Desde quando?

Desde sempre.

— Sei lá.

— Você ficou com ele? — ele perguntou baixinho.

Sacudi a cabeça.

— Não.

Ele me lançou um olhar desconfiado.

— Não?

— Não — confirmei, engolindo em seco. — *Não.*

Ficou me olhando por um longo tempo antes de respirar fundo, hesitante.

— Pelo menos isso.

— Pois é — falei. *Pelo menos isso.*

— Você ainda se importa comigo?

— Sim — eu disse com sinceridade.

— E com ele?

Eu não respondi.

Não aguentava.

Eu não era tão cruel.

— Você gosta dele mais que de mim?

— É diferente.

— Então o que está me dizendo, Aoife? — Seus olhos vasculharam os meus e eu fiquei muito impressionada pela calma que ele demonstrou. Na verdade, ele tornou tudo mais difícil, já que estava sendo o garoto doce que era quando o conheci, e eu me sentia a maior idiota de Ballylaggin. — Está me dizendo que quer ficar com ele?

— Não. — Sacudi a cabeça. — Isso não vai acontecer.

— Não entendo. — Ele franziu a testa. — Se você não ficou com ele e não planeja ficar, por quê?

— Eu só precisava te contar, está bem? — Limpei a bochecha e soltei um suspiro trêmulo. — Precisava tirar isso do meu peito.

Paul ficou em silêncio por bastante tempo antes de falar de novo.

— Preciso te contar uma coisa.

— Vai me deixar chateada?

— Acho que sim.

— É tão ruim quanto o que eu acabei de te falar?

— Talvez um pouco pior.

Ah, meu Deus.

— É sobre aqueles boatos?

— Meio que sim.

Respirei fundo e acenei a cabeça para que ele continuasse.

— Eu, hum... — Ele suspirou, olhou para baixo e disse: — Dormi com alguém.

Puta merda.

— Você perdeu sua virgindade? — Era pior do que eu esperava. — Com quem?

— Uma garota do Tommen.

— Então era verdade. — Arfei de surpresa e me obriguei a permanecer calma para lhe oferecer a mesma decência que ele tinha me oferecido. — Qual é o nome dela?

— Bella. — Ele colocou as mãos no rosto e grunhiu: — Bella Wilkinson.

— Quando?

— *Depois* que você terminou comigo no Halloween.

— Quanto tempo depois? — perguntei, me surpreendendo com meu tom neutro.

— Aoife.

— Quanto tempo, Paul?

— E importa?

— Eu te falei a verdade.

— Na mesma noite.

— Na festa?

Ele fez que sim.

— Nossa — soltei, curvando os ombros. Ora, se não era perfeito.

Joey estava fodendo com Danielle, Paul estava fodendo com Bella, e enquanto isso, eu estava me fodendo.

Perfeito.

— Me desculpa, Aoife — ele falou depressa. — Foi um grande erro. Não significou nada, e juro por Deus que me senti o pior merda do planeta depois.

— Ela é loira?

— Hã?

— Loira? — perguntei. — Ela era loira?

— Não — ele respondeu em um tom ríspido. — Ela tem cabelo preto.

— Pelo menos isso.

— Sinto muito, Aoife.

— Pois é. — Apoiei a cabeça no ombro dele e suspirei. — Eu também, Paul.

— Posso te fazer uma pergunta?

Assenti.

— Por que não?

— Por que não o quê?

— Você e ele. — Ele limpou a garganta. — A gente estava dando um tempo. Você teve a oportunidade perfeita pra ficar com ele e acabar logo com isso.

— Acabar logo com isso?

— Você entendeu o que eu quis dizer.

Me virei para ele, mas não sabia como responder.

— Não vai rolar — falei, fisicamente me retraindo ao lembrar daquelas malditas palavras saindo da boca de Joey, misturadas com a lembrança de vê-lo com ela aquela noite. — Preciso desencanar.

— Bem, eu não quero que a gente termine — ele disse, pegando minha mão. — Gosto muito de você, Aoife.

— Eu também — falei, meio entorpecida.

— Foi só um contratempo — ele continuou, entrelaçando nossos dedos. — A gente vai conseguir superar. A gente sempre consegue.

— Como? — sussurrei. — Como é que vamos fazer dar certo? E principalmente: por quê?

— Acho que falando a verdade um pro outro — ele sugeriu baixinho. — Hoje foi um bom começo.

— Não sei se tenho energia — admiti. — Minha cabeça está toda cagada, Paul.

— A gente vai dar um jeito — ele insistiu, colocando o braço no meu ombro. — Vai ficar tudo bem.

Não vai, não.

14 de fevereiro de 2002

Valentine's day

AOIFE

Com as mãos cheias e o celular tocando no bolso da saia, usei o cotovelo para abrir a porta e coloquei a mochila, a bolsa de educação física e uma pilha de correspondências no chão antes de pegar o telefone.

— Sim, Casey, estou em casa — falei, equilibrando meu confiável Nokia 3310 entre o ombro e a orelha, pulando por cima das coisas que eu tinha deixado no corredor, chutando os sapatos para fora e seguindo para a cozinha. — E não, antes que você me pergunte, ainda não abri os cartões de Valentine's day.

— Bem, abre logo então — ela disse do outro lado da linha. — Pelo menos me conta quem te deu aquele ursinho enorme abraçando um coração.

— Você já sabe quem.

— Tudo bem, você está abrindo?

— Não, vou fazer um sanduíche.

— Sanduíche? O que aconteceu com o ensopado de quinta da sua mãe?

— Meu pai levou ela pra passar a noite naquele hotel chique em Kilkenny, lembra?

— Pra transar lá?

— *Não*, pra testar o colchão — respondi sarcasticamente. — Claro que foi pra transar.

— E aquele nerd gostoso, por onde anda?

— Ele foi pra casa da minha avó pra dar um jeito na TV nova dela, e por favor, não chame meu irmão de gostoso. Eu posso vomitar.

— Ele é bem gatinho, Aoife, com aquele topete e óculos de aros pretos...

— Não é, não. — Senti uma ânsia. — Ele é irritante.

— Irritante e sexy — ela me provocou, e depois disse: — Tudo bem, agora vamos abrir os seus cartões. Já abri os meus e estou entediada.

— Quem te escreveu esse ano?

— Os mesmos de sempre — ela falou, suspirando. — Mack, Charlie, Dricko e Alec do nosso ano. O Pica Doce do sexto, alguns anônimos e um menino chamado Tim do primeiro ano.

— Oun, um bebezinho do primeiro ano. Que fofo! — brinquei. — E quanto a Richard Murphy...

— Pica Doce — ela me interrompeu.

— Chamar ele assim só faz as pessoas saberem que você pegou no pau dele, Case.

— Na pica doce dele.

— Doce de quê? Do seu gloss?

— Vadia.

— Rá — falei, rindo.

— Aliás, ele me convidou pro baile dele em julho.

— E você vai?

— Se eu vou no baile do Pica Doce com ele? *Claro* que sim.

Dei risada.

— Você pode usar meu vestido.

— Obrigada, amiga, porque não tenho nenhum vestido de festa. Agora abre os cartões.

— Está bem, está bem. — Voltei para o corredor, peguei a mochila e fui para a cozinha virá-la de cabeça para baixo.

— Quantos cartões você recebeu?

— Alguns.

— Quantos?

Examinei os cartões em cima da mesa, contando-os mentalmente, e respondi:

— Acho que uns catorze.

— Catorze!

— Não, mentira, contei um duas vezes. Treze.

— Certo, te odeio.

— Ah, por favor — eu disse, e ri de novo. — Você sabe que essa data é uma besteira.

— Tudo bem, então a gente sabe que um é do Paul — Casey falou, se transformando em detetive do outro lado da linha. — De quem são os outros? Começa a abrir.

Abri mais de uma dúzia de envelopes, organizei os cartões em uma pilha na minha frente e coloquei o celular de volta na orelha.

— Está pronta?

— Desde ontem.

— Finny O' Shea, Dermot Keane e Luke Twomey do sexto ano.

— Ei, Luke é amigo do Pica Doce.

— Danny Collins e Trev Mulcahy do quinto ano.

— Trev Mulcahy? — ela perguntou com uma voz aguda. — Nossa Senhora, ele é um gato.

— Certo... tem um do quarto ano.

— De quem?

— Liam O'Neill.

— Ah, eu já peguei ele — ela contou. — A língua dele parece uma máquina de lavar centrifugando bem rápido.

— Que bela imagem mental, Case!

— Fica feliz por ficar só com a imagem.

— Tudo bem, nada de bebês do primeiro ano pra mim... nada de segundo ano também, o que significa que os outros cartões são dos caras do nosso ano.

— Ahh — ela deu um gritinho. — Estou curiosa.

— Beleza, então eu tenho... Rich, Keith, Mike, Jack, Ruairi, Alec...

— Mas que merdinha safado — Casey comentou. — Ele também me deu um cartão.

O que ele disse no seu?

— "Para a garota com as pernas mais lindas da escola. Aqui está seu cartão de Valentine's day. Se está lendo isso, significa que você me abriu, então é justo que eu faça o mesmo. Alec." — Dei risada. — E o seu?

— "Para a garota com os peitos mais bonitos da escola. Por favor, usa a blusa branca na próxima aula de educação física. A visão dos seus peitos balançando me proporcionou horas intermináveis de alegria. Fica à vontade para mostrar um mamilo. Alec."

— É a cara de Alec — comentei, rindo. — Certo, então o último cartão é o maior.

— De Paul?

— Sim.

— O que ele disse?

Meu coração parou quando abri o cartão, e soltei um suspiro trêmulo.

— Aoife?

— Case, ele botou uma nota de cinquenta euros no cartão.

— Está falando sério?

Fiquei encarando o dinheiro na minha mão, sentindo uma onda de diferentes emoções.

— Por que é que alguém colocaria dinheiro em um cartão de Valentine's day?

— Porque ele acha que pode comprar uma noite na sua companhia? — ela sugeriu, dando risada, mas a piada me atingiu em um lugar sensível demais para que eu achasse graça.

— Não quero o dinheiro dele, Casey.

— Então me dá — ela falou sem hesitar. — Eu sou pobre. Preciso bastante e quero esse dinheiro.

— Estou puta.

Ela respirou fundo.

— Você recebeu vários cartões de garotos que te adoram. Não tem por que estar puta.

— Mas...

— Será que preciso ir aí enfiar um pouco de juízo na sua cabeça? Fala sério, Aoife. Ele só deve ter feito isso porque está desesperado.

— Desesperado?

— Sim, amiga. Vocês passaram meses naquele caos, e agora aquele pobre idiota deve estar surtando pensando que você vai mudar de ideia e fugir com o escroto da ECB.

— Não fala assim. — Estremeci. — Isso nunca vai acontecer.

— Você não falou mais com o Joey depois da briga?

— Não, e não estou com a menor vontade.

— Puta merda — ela falou baixinho. — Sabe, eu realmente pensei que ele fosse te mandar um cartão pra quebrar o gelo.

Pois é, eu também.

— Ele não é do tipo que manda cartões.

— Não mesmo — ela concordou. — Mas pensei que ele faria uma exceção pra você.

— Eu não quero cartão nenhum dele — falei em um tom firme. — Não quero nada dele.

— O que *rolou* entre vocês, Aoife?

— Nada.

— *Até parece.*

— Não rolou nada, Case — falei, séria. — E não vai rolar. Além disso, estou *quase* desencanando de garotos pra sempre.

Ela bufou do outro lado da linha.

— Só porque você não encontrou o seu Pica Doce ainda.

— Será que o seu tem irmãos?

— Ele tem vacas — ela comentou, rindo. — A família dele é de fazendeiros.

Joguei a cabeça para trás e gargalhei.

— Certo, chega. Vou tomar um banho e comer alguma coisa.

— Está precisando se acalmar depois dessa conversa sobre o Pica Doce, né? Justo, amiga. Só não se empolga muito no chuveiro. Senão vou ter que te chamar de...

— Tchau, Casey — falei, rindo e interrompendo-a antes que ela terminasse a frase e destruísse o que restava da minha inocência.

Deixei os cartões na mesa e fui para a escada já tirando o suéter do uniforme, a camiseta e a gravata. Joguei tudo no cesto de roupa suja que ficava no corredor de cima, estiquei o braço para trás, abri o zíper da saia e a empurrei pelas coxas antes de dar um passo para o lado.

Peguei uma toalha no armário aquecido e entrei no banheiro ainda rindo sozinha de Casey e Pica Doce.

Só que a risada morreu na minha garganta quando dei de cara com ninguém mais, ninguém menos que *Joey.*

Meu sangue ficou gelado ao vê-lo ajoelhado sobre o vaso, diante de uma carreira de pó branco na tampa e uma nota de cinco euros enrolada dentro do nariz. Em um piscar de olhos, o pó desapareceu pelo funil improvisado e para dentro da sua narina.

— Ah, meu *Deus* — falei quando finalmente encontrei minha voz. — O que você está *fazendo*?

Eu não tinha trocado uma palavra com ele desde a nossa briga duas semanas atrás. Magoada e ressentida demais para lidar com meus sentimentos, eu o evitei como se ele fosse uma praga, incapaz se retomar a nossa velha dinâmica depois do nocaute que ele deu no meu coração.

Joey apoiou os cotovelos na tampa do vaso, abaixou a cabeça nas mãos e murmurou:

— Merda.

— É sério isso? — sussurrei, olhando para a porta e de repente achando que as autoridades estavam prestes a invadir minha casa e levar nós dois. — Você está se *drogando* aqui?

— Não.

— Sim — falei. — Acabei de te pegar no *flagra*!

— Eu sei, eu sei. — Ele fungou, franziu o nariz e disse: — Não se preocupa.

Como se não fosse nada de mais eu tê-lo pegado cheirando no meu banheiro.

— Não se *preocupa*? — Olhei para ele perplexa. — Joey!

— O que foi?

— O que você está fazendo *aqui*? — Balancei a cabeça em confusão. — Que porra é essa? — Soltei um suspiro entrecortado, me aproximei e ergui seu queixo, obrigando-o a olhar para mim. — O que está fazendo na minha casa e por que trouxe *drogas* pra cá?

— Seu pai me pediu pra passar aqui — ele murmurou com os olhos desfocados. — Ele me deu a chave. Disse que o chuveiro não estava funcionando. — Deu de ombros. — Eu consertei.

— Consertou? — falei com um grunhido. — Você consertou? Não dou a mínima pro chuveiro, Joey. Por que você está usando drogas aqui?

— Não era pra você ver.

— Claro — sibilei, forçando-o a olhar para mim quando ele tentou se afastar. — Ficou maluco? Que porra você acha que está fazendo mexendo com essa merda?

— Sei lá.

— Era cocaína?

— Não.

— Mentiroso! Desde quando você usa cocaína?

— Não importa.

— Importa, sim. Pode ir falando, caralho!

— Por quê? — Ele se desvencilhou de mim, se levantou e recuou depressa. — O que é que você tem a ver com isso?

— Você trouxe *cocaína* pra minha casa, Joey — repeti as palavras de antes, torcendo para que dessa vez ele entendesse a gravidade do seu comportamento. — Pra casa do meu pai. — Empurrei seu peito, tentando provocar alguma reação nele. — Você se lembra quem é o meu pai, né? A pessoa que te ofereceu um trabalho na oficina dele. A pessoa que confiou em você...

— Não enche o meu saco, Molloy — grunhiu, tentando inutilmente se afastar de mim como se assim fosse fugir do meu interrogatório. — Eu sei que fiz merda, está bem?

— Encher o seu saco? Você tem sorte por eu não dar na sua cara, seu cuzão — vociferei, empurrando-o para trás até ele estar com as costas na parede do banheiro.

Mantive a mão no seu peito, sentindo um calor anormal emanando de baixo do seu uniforme.

— Que porra é essa? — murmurei, pressionando seu pescoço e depois sua bochecha. — Meu Deus, Joey, você está pegando fogo.

Desesperada, vi suas íris verdes desaparecerem bem na minha frente, substituídas por pupilas tão escuras e dilatadas que ele ficou parecendo uma pessoa completamente diferente.

— Estou bem.

— Você está bem? — Apavorada, fiquei encarando seu rosto ridiculamente bonito. — Joey, acabei de te pegar cheirando uma carreira. Acho que posso dizer que você não está *nada* bem.

— Foi um erro — ele falou depressa. — Eu não devia ter feito isso aqui.

— Não, você não devia ter feito isso e *ponto* — eu o corrigi enquanto a preocupação me dominava.

— Foi um erro. — Ele tremia. — Seu pai confia em mim. Eu não devia... decepcionar ele. — Quanto mais ele falava, mas rápido as palavras saíam de sua boca e mais arrastado se tornava seu tom. — Mas está tudo bem, Molloy. — Ele esticou o braço e pegou minha mão, que ainda segurava seu queixo. — Foi um erro. Eu, hum... vivo cometendo erros. É que às vezes eu fico tão cansado que eu, bem... isso me ajuda, sabe? Merda.

Ele balançou a cabeça de novo e não soltou minha mão.

— Joe?

— Não sei o que estou tentando dizer. — Seu corpo todo pulsava de energia quando ele virou para trás e olhou em volta, como se fosse a primeira vez que notava o ambiente. — Tenho um jogo na AAG em uma hora contra o St. Pats, e eles têm uma defesa muito boa, e não durmo há dias.

— Ele soltou um suspiro trêmulo. — Estou tão cansado que precisava de alguma coisa pra me ajudar... mas não vai acontecer de novo. Não vai acontecer de novo.

— Dias? — Sacudi a cabeça. — Por que você não dorme há dias?

— Mamá da madruga.

— Mamá da madruga? — Do que é que ele estava falando? Será que estava viajando? Seria efeito da cocaína? Eu não fazia ideia. — Joe, você está comigo?

Dava para notar os tremores dominando seu corpo.

Eu estava *apavorada*.

— Mais uma vez, eu, hum... me desculpa pelo que você viu. Não costumo fazer isso, sabe? — Joey deu de ombros e de repente soltou minha mão, como se eu o tivesse escaldado, e bagunçou o cabelo antes de seguir para a porta. — Mas não é nada de mais, então não se preocupa, tá? Eu não estou preocupado.

— Não está? — Nos últimos três minutos, o garoto falou mais que em três anos. Ele claramente tinha motivos para se preocupar. — E você vai pro jogo *agora*? Desse jeito?

— É, eu meio que tenho que ir. Não estou muito a fim de jogar, mas é, bem... não vale a pena tentar me livrar dessa. — Assentindo vigorosamente, ele abriu a porta com tudo. — Fala pro seu pai que eu, hum... consertei o chuveiro. Está funcionando perfeitamente de novo. — Ele olhou para trás e acenou a cabeça para mim. — Te vejo depois, Molloy.

Fiquei observando ele se afastar, levando um tempo para me recompor e mais um bocado para fazer minha cabeça parar de rodopiar, processando o que tinha acabado de testemunhar.

Isto ia muito além de dividir um baseado e uma cerveja com *os meninos* em uma sexta à noite.

Era cocaína.

Era sério.

Encrenca.

Sim, o garoto era encrenca com E maiúsculo.

— Ah, não! — Saí correndo do banheiro e peguei sua mão antes que ele chegasse à escada, puxando-o para o meu quarto.

— Você não vai a lugar algum — falei, fechando e trancando a porta atrás de nós. — Você vai ficar aqui comigo.

— Abre a porta.

— Não.

— Me deixa ir.

— Não.

Todo agitado e com as mãos tremendo, ele esticou o braço para a chave na porta.

— Me deixa sair da porra desse quarto, Molloy.

— Eu falei que *não*. — Peguei a chave, a enfiei no sutiã e o encarei. — Você vai ficar aqui comigo.

— Eu tenho jogo.

— Não ligo. Senta aí.

— Não posso me sentar! — ele falou, passando a mão pelo cabelo e andando de um lado para o outro. — Preciso me mexer.

— Então se mexe — concedi. — Aqui.

— Estou bem — ele disse, tremendo e se aproximando, me prensando na porta. — Me deixa sair.

Balancei a cabeça com o coração acelerado.

— Não.

— Para de brincar comigo — ele disse com o peito pesado pressionado contra o meu. O calor do seu corpo queimava minha pele.

Ele estava com o uniforme da escola, e eu estava de calcinha rosa e sutiã preto. E eles nem combinavam, caramba.

— Eu não estou brincando com você — rosnei. — Estou *tentando* te *ajudar*.

— Você não tem que fazer isso.

— Pelo visto, tenho sim.

— Estou bem — ele insistiu, agindo de um jeito descontrolado e irracional, colocando as mãos nos meus ombros. — Tudo bem. — Suas mãos estavam tremendo tanto que senti a vibração na ponta dos meus pés. — Shh — ele disse, depois explodindo em uma gargalhada. — Estamos ótimos, né?

Ele *deu risada* da minha cara.

Ah, sim, ele com certeza estava chapado.

— Merda. — Dando uma risada robótica, ele bateu a testa no batente da porta ao lado da minha cabeça. — Você está acabando com a minha onda, Molloy.

Ele esbarrou a cabeça no batente mais uma vez, deixando escapar mais uma gargalhada.

E fez isso de novo e de novo.

E de novo.

Pensei em ligar para Casey pedindo ajuda, mas depois desisti, sem querer arranjar mais problemas para ele. Além disso, eu não estava com medo. Eu não tinha medo de Joey. Eu tinha medo *por* ele.

— Agora me ouve, seu cuzão. — Ergui seu queixo para cima, obrigando-o a olhar para mim. — Você vai esperar isso passar aqui no meu quarto e vai fazer isso sem ficar batendo a cabeça na porta. Com as mãos nos seus ombros, conduzi Joey até a minha cama e o empurrei para baixo. — Você vai se sentar e respirar fundo.

— Não consigo me sentar.

— Consegue, sim — falei, empurrando-o para baixo quando ele tentou se levantar. — Preciso me mexer.

— Você precisa fazer o que estou te falando.

— Não consigo respirar.

— Consegue, sim.

— Tem alguma coisa errada — ele grunhiu, balançando a cabeça, levando a mão na nuca e arrancando o suéter. — Não consigo respirar.

— Joe.

— Não consigo respirar, porra — ele repetiu, arfando. Depois se levantou e tentou dar a volta em mim. — Me deixa sair.

— Consegue, sim. — Empurrei-o para a cama de novo, me coloquei entre os seus joelhos agitados e puxei seu peito contra a minha barriga. — Olha pra mim.

— Estou sufocando.

— Joey? — Segurando seu rosto entre as mãos, levantei seu queixo e fiz com que ele olhasse para mim. — Respira.

— Molloy...

— *Respira*, Joe — pedi, desesperada ao ver o desespero dele. — Só respira, está bem?

Soltando um suspiro frustrado, ele tentou respirar fundo, mas parou e disse:

— Não consigo. Não consigo. Preciso me mexer...

— Shhh. — Me abaixei, peguei suas mãos e as coloquei na minha cintura. — Só respira. Com os olhos fixos nos dele, inspirei fundo, segurei por um instante e então exalei devagar. — Assim.

Sem jamais tirar os olhos escuros dos meus, suas mãos apertaram meus quadris e ele me imitou, inspirando fundo e expirando o ar lentamente.

— Bom — eu disse, colocando as mãos nos seus ombros. — De novo.

Ainda tremendo, ele respirou fundo mais uma vez, segurou um instante e soltou o ar.

— Assim. — Passei os dedos pelo seu cabelo descolorido pelo sol, fiz carinho na sua bochecha com mais afeto do que era apropriado e continuei respirando com ele sem parar, sem desviar os olhos dele.

Quanto mais ele me olhava, mais duro ele ficava *lá embaixo*. Sentada no seu colo, dava para sentir todo o seu corpo tenso contra mim, e eu estaria mentindo se dissesse que isso não mexia comigo.

— Como está se sentindo?

— Como se eu quisesse tirar a roupa e transar.

Meu Deus.

— Bem, não vai rolar — sussurrei, sentindo meu corpo todo tremer. — Então para de pensar nisso.

— Eu sei que não. — Mais descuidado agora que estava dopado, ele me puxou para si, pressionando os dedos na parte carnuda dos meus quadris e rebolando contra mim. — Mas a gente vai.

Arfei de surpresa.

Ele acariciou meus seios com o nariz.

— Não hoje.

Soltei outro suspiro trêmulo.

— Mas a gente vai.

Ah, meu Deus!

— Shhh. Se concentra, Joe. Mantém a respiração regular — instruí, sendo que eu mesma *não* era capaz de fazer isso.

Ele respirou fundo, chegou mais perto e enterrou o rosto no meu peito.

— Estou tentando.

— Que bom! — falei, estremecendo. — Continua tentando.

Dolorosamente consciente de que o sutiã era a única coisa que separava seus lábios dos meus seios, reuni cada grama de autocontrole que eu tinha para me conter.

A voz de Joey estava abafada e seus lábios roçavam o tecido que escondia meu mamilo eriçado, e ele disse:

— Senti saudade de você.

Meu coração bateu violentamente no peito.

— Eu também.

— Me desculpa — ele sussurrou, tocando meu mamilo com o nariz. — Por falar que ela tinha belas pernas.

— Tudo bem. — Enfiei os dedos no seu cabelo, aninhei sua cabeça no meu peito e soltei o ar entrecortado. — Vai ficar tudo bem.

Vários minutos se passaram sem que nenhum de nós se movesse. Em vez disso, permaneci ali no seu colo, segurando sua cabeça *e* minha respiração enquanto Joey se concentrava na dele. Aos poucos, os tremores que dominavam suas mãos e seu corpo todo foram diminuindo, e senti uma avalanche de alívio inundar meu corpo. Contive um arrepio e coloquei a mão na sua testa úmida, e então aquele alívio temporário me abandonou.

— Joe, você está fervendo mais que antes.

— Hã?

— Você está quente demais. — Preocupada, passei as mãos pelo seu pescoço molhado e pela sua camiseta mais molhada ainda. — Puta merda, Joe, você está encharcado.

— Estou ótimo — ele murmurou, ainda concentrado na respiração. — Vai passar.

Eu não tinha tanta certeza.

— Espera aí. Vou abrir a janela.

Fui sair de cima do seu colo, mas ele envolveu os braços no meu corpo e me puxou de volta.

— Não se mexe.

— Joe, você está literalmente ardendo. — O pânico começou a me dominar quando vi uma gota de suor escorrendo pelo seu pescoço. — Eu poderia fritar um ovo em você. Sério. Preciso dar um jeito de te resfriar.

— Não ligo. — Ele enterrou o rosto de novo no meu peito e respirou fundo. Ao soltar o ar, sussurrou: — Não me deixa.

— Joe...

— Por favor, fica aqui. — Ele parou para respirar de novo e acrescentou: — Esta é a primeira vez que a coisa parou. Por favor, não estraga.

— Que coisa? — perguntei, com o coração trovejando descontroladamente dentro do meu peito. — Não estraga o quê?

— Minha cabeça — ele murmurou, e depois disse: — O silêncio.

Queria gritar "não entendo", mas permaneci firme e *calma*.

— Prometo que não vou te abandonar — falei, tirando delicadamente a gravata dele. — Vou ficar bem aqui. Mas preciso sair do seu colo porque meu corpo está esquentando o seu.

Como ele não fez nenhum gesto para me impedir, me inclinei para trás, fazendo sua cabeça cair, e estiquei as mãos para abrir os botões da camisa dele.

— Tem alguma coisa errada — ele gemeu com as mãos moles. — Não me sinto bem.

— Como é que você poderia estar se sentindo bem depois do que fez? — perguntei, desabotoando sua camisa e a deslizando pelos seus ombros, e sendo recebida pela visão de hematomas roxos espalhados por todo o lado esquerdo do seu peito, subindo até os ombros. Contive um suspiro de susto. — Meu Deus, o que aconteceu?

— Briga.

Joey tinha um peitoral lindo, forte e sarado, com mamilos claros e um abdômen tanquinho. Seus quadris eram estreitos e ostentavam aquela marca sexy em forma de V que os atletas costumavam ter. Uma trilha de pelos castanho-dourados descia do seu umbigo, desaparecendo debaixo das calças cinza da escola. E, apesar de sua pele bronzeada estar cheia de cicatrizes, eu tinha certeza que nunca tinha visto ninguém mais perfeito na vida.

— Briga? — Tremendo, pousei a mão com gentileza no hematoma que cobria seu coração. — Com quem?

— Um escroto aí. — Ele soltou um suspiro dolorido, cobriu minha mão com a sua e sussurrou: — Você devia me deixar ir embora.

— Eu sei. — Sentindo meu coração martelar com força, fechei os olhos depressa e o mandei *se acalmar*. — Mas não consigo.

— Tem alguma coisa errada — ele repetiu, se mexendo desconfortavelmente. — Com o meu pau.

— Esse é o seu jeito de me fazer dar uma olhada no seu pau?

— Não — ele grunhiu, enfiando a mão dentro da calça do uniforme. — Este sou eu te dizendo que tem alguma coisa *muito* errada com o meu pau.

— O que aconteceu?

— Sei lá. — Ele soltou um lamento dolorido e se jogou na minha cama, gemendo como se estivesse sentindo dor de verdade. — Merda.

— Você espremeu uma bola? — perguntei em um tom bem sério. — Porque Kev fez isso uma vez e é bem grave. Se não procurar um médico, você pode perder todo o seu testículo, Joe...

— Não — ele grunhiu, cobrindo o rosto com as mãos. — Merda, não aguento.

— Tudo bem, chega! — Ergui as mãos no ar, desesperada. — Tira a roupa e me mostra.

— Não é uma boa ideia.

— Ah, cala a boca e tira a roupa, caramba. — Preocupada, levei a mão ao botão da sua calça e a abri. — Levanta a bunda.

— Molloy.

— Levanta.

— Merda. — Ele se moveu para cima e soltou outro gemido de dor quando arrastei a calça para baixo dos seus quadris. — Ah, meu Deus, não mexe aí...

— Desculpa! — Me encolhi e puxei para cima sua cueca preta com cuidado e me deparei com o maior pau que já tinha visto na vida. — Que porra é *essa*?

Como um soldado da linha de frente, seu pênis totalmente ereto se projetou e parou a poucos centímetros do meu rosto.

— Por que é que ele está tão...

— Não sei! — ele exclamou, se apoiando nos cotovelos para olhar para ele como se fosse o inimigo. — Ele não quer descer. E só fica mais duro.

— Isso é normal?

— *Não.*

— Então por que...

— Não sei, Molloy!

— Certo, certo, por que é que a gente não se acalma? — gritei mais para mim do que para ele, parada ali no meio do quarto de calcinha e sutiã com o pau de Joey Lynch me encarando com raiva. — Meu Deus, que pau enorme da porra, Joe!

— Cala a boca, Molloy — ele disse. — Não fala assim. Só está piorando.

— Por que você não... bem, sabe? — Dei de ombros. — Dá uma mãozinha? Sabe, pra ver se ele abaixa?

— Ah, meu Deus — ele grunhiu, soltando um lamento sofrido. — Não vou bater uma aqui.

— Claro que não, você não precisa fazer isso comigo *aqui* — esclareci. — Posso descer e preparar um sanduíche pra gente ou algo assim.

— Um *sanduíche*? Sério, Molloy?

— Sei lá. Eu não como desde o almoço e você está... e eu estou... Olha, só estou tentando ajudar, está bem?

— Pega meu celular.

— Hã?

— Meu celular — ele repetiu. — Por favor. Me dá o celular.

— Onde ele está?

— No bolso.

Me esforcei para pegar o aparelho no bolso da calça dele sem fazer contato visual com aquele *negócio*.

— Pronto — falei, subindo na cama e me ajoelhando ao lado dele. — Aqui.

— Valeu.

— Não tem de quê.

14 de fevereiro de 2002

Disfunção erétil

JOEY

Eu não conseguia explicar o que me deu para que eu fizesse algo tão imprudente quanto cheirar uma carreira na casa do meu chefe. A única desculpa válida que eu tinha era que a exaustão tinha dominado meu corpo a ponto de acabar comigo.

Era lamentável admitir, mas fazia meses que eu não dormia. Quinze semanas, para ser mais exato. Desde que o mais recente rebento do meu pai foi inserido na minha vida.

No instante em que saiu do hospital, Sean ficou inconsolável. Sem exagero, ele passava vinte e quatro horas do dia, sete dias por semana, surtando, e nossa mãe surtava junto com ele.

Se não estava trabalhando ou deixando o bebê na casa da vovó, ela ficava escondida no quarto chorando no travesseiro e fazendo tudo o que fosse humanamente possível para evitar ter que lidar com ele.

Minha avó mencionou que o motivo de ela não estar se conectando com Sean era por causa de algo chamado depressão pós-parto.

Eu não entendia. Como é que eu poderia consertar a situação se não entendia nada daquilo? E o velho era um inútil do caralho.

Minha mãe se recusava a amamentá-lo. Não lhe dava mamadeira. Muito menos colo. Toda vez que ele chorava, ela parecia querer arrancar a própria pele.

Era horrível pra caralho.

Depois que minha mãe voltou para casa com o bebê, o velho passou algumas semanas por ali fazendo nada e se comportando até que bem. Mas claro que não durou muito.

Três semanas depois do parto, meu pai explodiu com minha mãe e a arrastou para fora da cama. Ele a largou no chão do lado do berço e ficou rugindo e gritando na cara dela até que eu não aguentasse mais. E tudo foi para os ares, resultando em uma das nossas piores brigas.

No fim das contas, o velho levou a melhor, mas pelo menos consegui acertar uns socos nele para fazê-lo pagar por ter machucado minha mãe, que ainda estava sangrando pelo parto, pelo amor de Deus.

Furioso por ela se recusar tão categoricamente a cuidar do bebê, ele agarrou o berço com Sean lá dentro e o levou para fora e para *dentro* do quarto da minha irmã de treze anos. Depois disso, ele parou de tentar, e claro que minha mãe botou a culpa toda em mim.

Incapaz ou simplesmente sem querer cuidar das próprias responsabilidades, meu pai voltou ao velho padrão de bebedeira e destruição, e era eu quem tinha que limpar a sua bagunça.

Com a escola, o trabalho, o hurling e Ollie e Tadhg para tomar conta, não me opus quando Shannon assumiu o papel de cuidadora de Sean.

Porque a verdade era que eu não queria fazer aquilo.

Eu não *queria* amar mais um menino.

Não se a sua idade e sua vulnerabilidade me mantivessem acorrentado àquela casa por mais tempo.

E, apesar da minha recusa a me apegar àquele merdinha cheio de cólicas, foi exatamente o que acabou acontecendo. Porque, por mais bem-disposta que minha irmã fosse, ela não sabia lidar com um recém-nascido e, depois de três noites de choradeira incessante, eu levei o berço para o meu quarto determinado a não deixar que o menino chorasse um minuto mais.

Três meses e meio tinham se passado desde então, e apesar de minha mãe estar se afeiçoando a Sean aos pouquinhos, trocando sua fralda e levando ele para passear nos seus dias de folga, o berço ainda estava no *meu* quarto.

Passei a dormir em pé com frequência e comecei a comprar um pouco de pó com Shane sempre que recebia o salário — eu precisava do estimulante para funcionar.

Aquela estava longe de ser a primeira vez que eu recorria ao pó, mas foi a primeira vez que senti que meu coração ia sair pela boca. A onda bateu toda errada e eu estava furioso com Shane por me vender aquilo, porque o que quer que eu tivesse inalado com certeza *não* era cocaína.

Minha cabeça estava toda cagada, meu corpo estava ardendo e tudo o que eu queria fazer era *transar*. O desejo de me aliviar era quase insuportável, me deixando com uma ereção violenta, o que era um problema porque a garota que tinha assumido o papel de minha protetora era a única que eu *não* poderia ter.

E como eu a queria.

Eu a queria tanto que até doía.

Conforme a névoa na minha mente se dissipava, a pressão no meu pau só parecia aumentar.

— Peguei — Molloy declarou, subindo na cama naquela calcinha rosa minúscula que não ajudava em nada. — Aqui — ela falou, colocando o celular na minha barriga.

— Valeu.

— Sem problemas. — Ela deu tapinhas no meu ombro, sem dúvida em um sinal de solidariedade e se aproximou de joelhos ao meu lado. — Pode contar comigo.

Considerando que ela não olhava na minha direção fazia semanas, eu deveria estar pulando de alegria por ouvir essas palavras saindo da sua boca. Mas, no meu estado, era difícil me concentrar em algo que não no visual glorioso do seu corpo seminu.

Se eu não estivesse tão preocupado com o meu pau, eu teria me deleitado com a cena.

Para de olhar, seu cuzão.

Olhar só piora as coisas.

Balançando a cabeça, desbloqueei o celular e digitei uma mensagem às pressas.

Lynchy: O que foi que você me deu?

Holland: ???

Lynchy: Que PORRA você fez comigo?

Holland: Nada, babaca, qual o seu problema?

Lynchy: Não consigo fazer meu pau descer!

Holland: Ah, merda. Confundi as paradas. Foi mal.

Lynchy: Foi mal? Como assim? O que foi que eu tomei?

Holland: Eu viajei aqui. Isso não era pra você. Tenho um cliente de uns 50 anos que pega a parada toda semana comigo.

Lynchy: Que. Porra. Que. Eu. Tomei?

Holland: Sildenafil.

Lynchy: Que é...

Holland: Uma versão mais barata de Viagra. Amassado e misturado com pó, explode sua cabeça. Literalmente.

Lynchy: Meu Deus, seu imbecil. Tenho jogo hoje!

Holland: Relaxa, você vai ficar bem em algumas horas. Aproveita a onda e curte a viagem, cara.

Holland: Mas talvez seja melhor pular o jogo.

Holland: E arranjar uma buceta molhadinha pra enfiar o pau.

— Ah, merda — falei, fechando os olhos enquanto meu cérebro frenético tentava absorver o que diabos estava acontecendo comigo.

— O quê? — Molloy perguntou de olhos arregalados. — O que aconteceu?

Sem conseguir verbalizar uma resposta, atirei o celular no colo dela e cobri o rosto com o braço.

— Você misturou remédio pra disfunção erétil com cocaína? — ela gritou. — Você está maluco?

— Eu não sabia, né?

— Não me admira que seu pau esteja tentando levitar pra fora da cama. Ele está prontinho pra ação, Joe! — Ela sacudiu a cabeça e releu as mensagens no meu celular antes de jogá-lo na cama. — Bem, pois quero deixar uma coisa bem clara: essa área *aqui* — ela parou para apontar para a própria buceta antes de acrescentar depressa: — está vetada pra esse seu *pênis* que mais parece uma torre!

— E eu por acaso te *pedi* pra fazer alguma coisa?

— *Não*, mas estou vendo que você está *querendo* — ela argumentou, apontando para a cabeça do meu pau. — É por isso que você está com dor, de ter que carregar essa coisa. Eu estou dolorida só de *pensar*.

— Molloy.

— Está bem, está bem. — Ela fez uma careta e ergueu as mãos. — Não estou ajudando. Entendi.

— Posso... — Soltando um suspiro sofrido e me sentindo completamente humilhado pelo que estava prestes a lhe pedir, forcei as palavras a saírem: — Usar o seu chuveiro?

Ela franziu a testa.

— Meu chuveiro?

Olhei para ela intensamente.

— Ah — ela respondeu, arregalando os olhos. — Meu *chuveiro*. Sim, claro. Sem problemas. — Ela acenou a cabeça, se levantou da cama e arrancou minha cueca e minhas calças. — Consegue ficar de pé?

— Consigo — falei. — Será que você pode não se ajoelhar na minha frente desse jeito, *por favor*?

— Ah, merda, foi mal.

Molloy se afastou de mim e foi até a cômoda para me dar um pouco de privacidade, mas ficou se virando para me olhar a cada três segundos.

— Me desculpa — murmurei, me levantando.

— Meh. — Ela deu de ombros, mexendo em uma pilha de CDs na cômoda. — Foi um Valentine's day interessante.

— Aposto que sim. — Totalmente pelado ali no seu quarto, segui para a porta, exibindo cada centímetro do meu corpo. — Molloy.

— Hum?

— A porta. — Apoiei a cabeça no batente e contive uma vontade de rugir. Falei: — Você está com a *chave*.

— Ah, merda. — Ela deu a volta em mim e pegou a chave dentro do sutiã. — Quer um sabonete? — ela perguntou com a bunda perto demais. — Ou uma revista?

— Só *abre* a porta.

— Está bem.

14 de fevereiro de 2002

Trégua

AOIFE

Cinquenta e oito minutos.

Foi o tempo que o aquecedor do chuveiro zumbiu acima de mim. O tempo que Joey levou para conseguir domar a fera. Mais dez minutos se passaram antes de ele finalmente emergir do banheiro.

De uniforme escolar, com o cabelo loiro espetado em quarenta direções diferentes e as bochechas visivelmente coradas, ele entrou na cozinha com a toalha na mão.

— Valeu.

— Está melhor agora? — perguntei, sem conseguir conter a risada enquanto virava uma rabanada na frigideira. — Mais *aliviado*?

— Engraçadinha — ele rosnou, mas o sorriso relutante no rosto me garantiu que ele não estava bravo.

— Ele desceu?

— Uma hora, sim — admitiu com um sorriso selvagem. — Mas teve um momento que pensei que teria que ir pro pronto-socorro.

— Imagine só — zombei, desligando o fogo e servindo a rabanada. — A gente ia ter que arrumar um carreto pra transportar o garanhão no meio das suas pernas.

— Você nunca mais vai me deixar em paz, né?

— Provavelmente, não — concordei, ainda dando risada. — Aqui. — Ofereci para ele o prato com a gostosura que eu tinha acabado de preparar. — Você precisa reabastecer sua força vital.

— Olha só, você fez isso sozinha? — Ele ergueu as sobrancelhas, surpreso. — Estou impressionado.

— Tenho um colega até que decente na aula de economia doméstica que me ensinou umas coisinhas — respondi, seguindo para a mesa com o meu próprio prato. — Ele é um cuzão, mas é bem bom na cozinha.

— E esse colega é seu amigo? — Joey perguntou, se juntando a mim na mesa.

Meu coração deu uma cambalhota.

— Era.

— Era?

Fiz que sim, me sentei e mordi a rabanada.

— Ele era meu melhor amigo.

— O que mudou?

— A gente brigou.

— Ah, é?

— Uhum. Ele partiu meu coração.

Vi os olhos de Joey cintilarem de dor.

— Molloy...

— Brincadeira.

O alívio tomou suas feições quando ele engoliu a minha mentira.

— Bem, ouvi dizer que esse seu parceiro ficou bem mal com a briga de vocês.

— Ah, é?

— Pois é. — Joey assentiu. — Ele está com saudade da amiga.

Meu coração acelerou.

— Pois devia mesmo. Ela é maravilhosa.

Joey deu um sorrisinho.

— Ele quer a amiga de volta.

— Ela nunca foi a lugar algum. — Engoli em seco. — Ela só precisava de um tempinho.

— Que bom. — Ele assentiu. — Porque, se ela for embora, ele não vai gostar.

— Não?

— Não. — Seus olhos verdes se fixaram nos meus do outro lado da mesa. — Nem um pouco.

Soltando um suspiro trêmulo, estiquei o braço na mesa e lhe ofereci a mão com a palma voltada para cima.

— Bela ginga.

Ele ficou olhando para a minha mão por um longo tempo antes de colocar a sua em cima.

— Belo tudo.

QUARTO ANO

2 de setembro de 2002

Vou ficar com você

JOEY

Prendi o fôlego debaixo da água e fiquei imóvel, segurando a pia, até meus pulmões arderem e meus pensamentos ficarem abafados. Mas o maldito instinto de sobrevivência, que nos obriga a buscar oxigênio, forçou meu rosto a irromper à superfície da água.

Entorpecido, respirei devagar pelo nariz, torturando meus pulmões de propósito, pois eles exigiam o máximo de ar que eu podia inspirar.

Que eles se fodessem.

Que o mundo todo fosse à merda.

As olheiras debaixo dos meus olhos estavam tão escuras que, quando acordei, parecia que eu tinha dois buracos pretos na cara. Um milhão de noites insones combinadas com um milhão de erros no verão tinham cobrado seu preço no meu corpo.

Ajeitei uma carreira com um cartão, me inclinei sobre o parapeito que apoiava o espelho e rapidamente inalei o pó que me faria aguentar as próximas seis horas.

Senti uma pontada de dor no meio do peito. A dor era terrível e eu não conseguia me livrar dela.

Eu estava enlouquecendo. Estava furioso. Tão furioso que podia até sentir algo queimando e sangrando em algum lugar tão profundo de mim que eu sabia que não havia conserto.

Eu estava um caco.

Meu Deus...

Estremecendo, fiquei inclinado sobre a pia por mais meia hora, esperando meu estômago se acalmar e meu cérebro cooperar antes de conseguir voltar para o quarto para vestir o uniforme.

O hurley e o capacete no canto me provocaram com exigências e expectativas que eu não sabia por quanto tempo mais conseguiria cumprir.

— Oi. — Shannon disse. Fiquei parado por um instante e depois me virei para ela.

— Oi. — Eu lhe ofereci o que imaginei ser um sorriso acolhedor. — Pronta pro primeiro dia?

— Não — ela sussurrou, mordendo o lábio.

Pois eu também não.

— Você vai ficar bem — falei em vez disso. — Vou estar com você.

* * *

— Estou bem, Joe? — ela perguntou baixinho, caminhando ao meu lado com seu uniforme da ECB.

— Você está ótima, Shan — eu lhe disse, mantendo os olhos fixos à frente. Se olhasse para ela, se visse o medo em seus olhos azuis, eu iria ter um troço.

Meu Deus, eu estava uma pilha de nervos. Sério, se algum estranho me visse nesse momento, juraria que era o *meu* primeiro dia na escola secundária, e não o da minha irmã mais nova.

Com as mãos suando e o coração batendo rápido, tive que obrigar minhas pernas a desacelerarem para que ela pudesse me acompanhar. Tentei controlar a ansiedade e conduzi Shannon até a ECB, discretamente olhando feio para qualquer filho da puta que ousasse virar a cabeça para ela.

Talvez aquele ano a melhor defesa fosse um ataque ofensivo para protegê-la.

Talvez desse jeito eu conseguisse fazê-la sobreviver ilesa.

— *Sempre vou ser seu irmão. Não importa o que aconteça.*

A voz de Darren se infiltrou na minha mente e eu hesitei, enterrando a lembrança da última vez que tinha feito aquele caminho com um irmão.

Enterrando Darren.

Ele foi embora.

Está morto.

Não existe mais.

— Você está bem, Joe? — minha irmã perguntou, esticando o braço para tocar meu ombro. — Você parece triste.

— Tudo bem. — Abri um sorriso amarelo. — Vai ficar tudo bem.

— É?

Assenti.

— É, Shan.

Porque nunca vou te abandonar.

21 de setembro de 2002

Jantar com os babacas

AOIFE

Eu não queria estar ali aquela noite, muito menos para ser exibida feito uma bonequinha de porcelana toda enfeitada, mas foi exatamente o que acabei fazendo no sábado, sentada com a família Rice no Spizzico, um dos restaurantes mais presunçosos de Ballylaggin.

— Só aguenta por mais uma horinha — Paul pediu, apertando minha mão debaixo da mesa, enquanto seu pai, o superintendente da Gardaí Jerry Rice, falava sobre seu próximo torneio de golfe em Kerry. — Você escolhe o que a gente vai fazer depois, combinado?

Estampei um sorriso no rosto para a mãe dele, mas na verdade estava gritando por dentro. Eu estava tentando. Realmente estava.

Quando decidimos tentar de novo, prometi para mim mesma que deixaria de lado o aprendiz do meu pai e me concentraria em fazer as coisas darem certo com o garoto que *realmente* queria estar comigo.

E, para ser justa, foi o que eu fiz durante meses.

Mantive uma relação amigável e leve com Joey nas aulas, e só.

Por meses, me dediquei ao relacionamento com Paul, oferecendo-lhe cento e cinquenta por cento do meu tempo, atenção e energia, só para me descobrir *vazia*. Porque não importava quanto eu evitava, me distraía ou negava, meus pensamentos *sempre* voltavam para onde não deviam.

Para a pessoa errada.

— Por favor, me tira daqui — sibilei com os dentes cerrados, sorrindo feito uma doida para o meu namorado. — Porque, se eu ouvir seu pai falando sobre aquela desvantagem impressionante ou o maldito campeonato de golfe por mais um segundo, juro que vou gritar.

— É um torneio — ele me corrigiu, me devolvendo um sorriso igualmente falso. — Não campeonato, amor.

— Não ligo — eu disse sem parar de sorrir. — Por favor.

— Deixa disso — Paul pediu. — Você vai comer de graça em um restaurante que a sua família jamais poderia frequentar e tudo o que tem que fazer é sorrir e acenar.

Fiquei de queixo caído.

— Você *não* falou isso.

— O que disse? — a sra. Rice perguntou, abaixando o garfo. — Aoife, querida, você falou alguma coisa?

— Sim — respondi. — Eu disse que estou...

— Cansada — Paul completou, dando tapinhas na minha mão como se eu fosse uma criancinha. — Ela acabou de falar que está cansada. Aoife começou a trabalhar no The Dinniman no verão — ele explicou. — E está com dificuldade de conciliar o trabalho *e* a escola.

— O quê?

Não estou, não.

— The Dinniman?

Paul fez que sim.

— É um restaurante do outro lado da cidade.

— É um pub que serve comida — eu o corrigi, ignorando o olhar de advertência de Paul. — Estou trabalhando de garçonete lá depois da escola e aos fins de semana.

— Que bom. — A sra. Rice sorriu calorosamente. — É ótimo ter seu próprio dinheiro.

Sorri de volta para ela.

— Sim, estou gostando. A maioria dos clientes é do meu bairro, então é ótimo.

— Eu vivo dizendo pro Paul que ele devia arranjar um trabalho aos sábados, agora que está no quarto ano — a sra. Rice disse. — Acho que é importante os jovens aprenderem o valor do dinheiro.

— E acho importante ele se concentrar nos estudos — o sr. Rice interveio. — Ele já tem todo o dinheiro que precisa, Rita. O diploma em direito que ele tanto quer vai ser conquistado com trabalho duro na escola, e não servindo mesas no The Dinniman. Sem ofensa, Aoife.

Pois fiquei ofendida.

— Certo. — Enfiei o cabelo atrás das orelhas. — O quarto ano não é tão pesado assim — me ouvi dizendo. — A maioria das pessoas da nossa turma está trabalhando.

— Talvez, mas com certeza não em pubs.

Dei de ombros.

— Em vários lugares diferentes.

O sr. Rice franziu a testa.

— E você não pensa em trabalhar em outro lugar?

— Onde o senhor sugere? — perguntei, irritada com o interrogatório.

— Algum lugar mais apropriado pra uma garota da sua idade — ele respondeu, abanando a mão. — Talvez como babá aos sábados.

— Eu gosto do The Dinniman — comentei, sentindo as bochechas queimarem do esforço que eu estava fazendo para me conter. — Eu ganho mais que se trabalhasse como babá.

— Pensei que as garçonetes não ganhavam tão bem.

Como se você soubesse, seu idiota metido a besta...

— Olhe só pra ela, pai — Paul interveio, dando risada. — Ela é um trunfo naquele lugar.

— Obrigada, Paul. — Sorri, sentindo o estômago dar uma cambalhota com o elogio. — Fico lisonjeada.

— Sem problemas, amor — ele disse, passando o braço no encosto da minha cadeira. — Além disso, basta uma olhadinha naquela camisa branca e naquela sainha preta pra garantir um bar lotado — ele continuou, estalando os dedos para dar ênfase. — Claro que eles pagam bem.

Retiro o que disse, Paul, seu imbecil.

Fervilhando por dentro, olhei para o seu lindo perfil. Engoli o desconforto, apenas sorri e acenei enquanto a conversa mudava para os planos para o futuro. Meu futuro parecia drasticamente diferente do de Paul. Sem dúvida, não haveria nenhum diploma em direito na Universidade de Limerick no mapa para mim.

Era muito mais provável que eu continuasse os estudos em alguma faculdade da cidade ou em uma escola técnica, onde eu me especializaria em cabelos ou beleza. Pelo menos, atuar como cabeleireira era a única coisa que despertava meu interesse no momento.

— Preciso dizer que meus dois filhos têm um excelente gosto pras companhias que escolhem — o sr. Rice comentou, segurando seu copo de uísque e gesticulando para mim e para a namorada de Billy, seu filho mais velho.

— Pois é. — Ergui meu copo d'água e contive a vontade de vomitar. — Concordo.

Enquanto isso, Zara sorria docemente para ele.

— Obrigada, sr. Rice.

Pobre garota inocente, pensei comigo mesma. *Uma hora ela vai perceber.* Ela era apenas mais uma em uma longa fila de beldades que Billy carregava por aí para se exibir.

O irmão de Paul tinha dezenove anos e tinha levado pelo menos sete garotas diferentes a esses jantares desde que comecei a sair com ele no primeiro ano.

— Rápido — sussurrei no ouvido de Paul. — Liga pro meu celular e me tira daqui. Não aguento mais um minuto.

— Espera, não. — Ele hesitou. — Espera só mais um pouquinho.

— Paul.

— Aoife.

Fiz questão de olhar para o relógio e fingi levar um susto.

— Ah, meu Deus, que horas são?

Patético.

Patético.

Patético.

— Paul. — Me virei para o meu namorado de olhos arregalados e fingidos. — Meu pai queria que eu voltasse pra casa uma hora atrás.

— Tem certeza? — ele perguntou, estreitando os olhos.

— Tenho — falei, encarando-o com cara de "entre na minha senão vou cortar o seu pau fora".

Me virei para a sua família com um sorriso de desculpas e me levantei.

— Me desculpem por isso. — Depois abri um sorriso radiante e acrescentei: — Mas a gente pode repetir em breve. — Por dentro, eu sabia que jamais me permitiria ser arrastada para mais um daqueles jantares em que eles competiam para ver qual pau era maior.

Eu, hein!

— Isso foi bem grosseiro, Aoife — Paul comentou enquanto eu saía às pressas do restaurante e ele tentava me acompanhar. — O que você estava pensando?

— Eu estava pensando que você me enganou *de novo* pra me fazer jantar com pessoas com quem eu não tenho nada em comum. *De novo.*

— Não são pessoas, são meus pais.

— Pais são pessoas, Paul.

— Não começa. Você sabe que eu detesto o seu sarcasmo — ele falou, passando a mão pelo cabelo escuro. — Você me envergonhou. Você tem dezesseis, não seis anos. Não acha que está na hora de agir de acordo com a sua idade?

— Sabe de uma coisa? Talvez seja melhor a gente encerrar a noite — eu disse, enfiando as mãos no bolso do casaco. — Já que minha personalidade claramente está te irritando tanto hoje.

— O quê? Não seja estúpida — ele rosnou, refazendo os passos que tinha dado.

— Não sou estúpida, Paul.

— Você me entendeu. — Ele passou um braço no meu ombro e disse: — Vamos, amor, é sábado. Não quero ficar sozinho.

E o que eu queria, não importava?

— E aí, aonde você quer ir? — ele perguntou, me puxando para o seu lado.

— Estou pensando em só ir pra casa.

— Não, que chato — ele comentou.

— Eu não estava te convidando.

— Não tem internet nem TV de tela plana nem nada decente pra assistir na sua casa — ele acrescentou, abanando a mão com desdém. — Sem ofensa, mas é meio apertado lá quando a sua família toda fica na sala com a gente.

— Nossa. — Sacudi a cabeça. — Nem todo mundo tem pai policial, sabe?

— A Amy Murphy vai dar uma festa na casa dela — ele sugeriu em seguida. — Falei pra ela que a gente daria uma passada lá.

— Amy? — Olhei para ele perplexa. — Ela está no sexto ano.

— E daí?

— Por que você falou pra ela que eu ia? — Fiquei encarando ele. — Eu mal conheço a garota, Paul, e não concordei em ir.

— Porque você está comigo — ele respondeu, como se só isso respondesse minha pergunta.

Mas não respondia.

— Não sei se gosto de como as coisas estão indo, Paul — eu disse, olhando para ele com cautela.

— Vamos lá, amor — ele insistiu, abrindo um sorriso de vários megawatt. — É só uma festa.

— É.

Não era disso que se tratava.

11 de abril de 2003

Os monstros na sua cabeça

JOEY

— Onde é que você estava, porra?

Eu esperava que Tony me fizesse essa pergunta quando cheguei ao trabalho vinte minutos atrasado, pois tinha ficado conversando com os olheiros depois do treino.

Mas não esperava que meu pai me fizesse essa pergunta.

Especialmente não ali.

— O que está acontecendo? — Olhei para Tony, encostado na gaveta de ferramentas com uma xícara de chá na mão e um olhar solidário no rosto.

Enrijeci no mesmo instante.

Só poderia haver um motivo para meu pai estar ali.

— Ela morreu? — Foi a primeira coisa que pensei, e surpreendentemente, consegui perguntar sem ter um troço. — A mãe está...

— Sua mãe está ótima — meu pai falou. — É o avô da sua mãe. Ele está batendo as botas.

Soltei um suspiro de susto.

— O vovô Murphy?

— Quantos bisavôs você tem, garoto?

Só um.

Não que eu o visse com frequência.

Puta merda.

Fui dominado pela culpa.

Eu andava tão ocupado com a minha vida que passei os últimos anos distante dos meus bisavôs.

Eu costumava ver minha avó quando ela devolvia os meninos, mas estaria mentindo se dissesse que tinha passado um tempo legal com eles depois do primeiro ano.

Depois que Darren foi embora. Eu só... coloquei ambos em segundo plano, pensando que eles sempre estariam lá.

Você é um babaca, Joey.

— O que ele tem? — O pânico roeu minhas entranhas. — Onde a vovó está? Ela está bem?

— Acabei de te falar, garoto. Além de burro, agora você também é surdo? Ele está morrendo, porra — meu pai falou. — O velho tem quase noventa anos. Não deveria ser surpresa pra você — ele continuou. — Sua mãe estava tentando te ligar. Se quiser ver ele, é melhor ir agora antes que ele bata as botas de vez.

Fiquei parado no lugar sem piscar, tentando digerir as palavras que saíam da sua boca. Aquele era o homem que tinha assumido a criação da minha mãe e da minha tia depois que a própria filha morreu, e então assumiu a criação dos filhos da neta para protegê-los da tempestade que era o pai.

Ele era o único homem cujo toque eu não temia.

O homem que me ensinou de andar de bicicleta.

Que me levou ao cinema pela primeira vez.

Ele não podia ir a lugar algum, precisávamos que ele ficasse bem ali!

— Onde ele está? — perguntei, sentindo o coração batendo tão forte no meu peito que pensei que ele fosse arrebentar. — Em casa?

— No hospital — meu pai respondeu. — Posso te dar uma carona pra lá agora se você me emprestar uns dez contos até eu receber o benefício.

Fiquei olhando para ele sem expressão.

— Meu bisavô está morrendo e você quer que eu te pague pra você me levar até ele? — Balancei a cabeça, indignado. — Prefiro cortar os pulsos que alimentar o seu vício, velho.

— Porque você está ocupado demais alimentando o seu próprio vício, né, garoto? — meu pai zombou. — O fruto não cai longe da árvore. Lembre-se disso. — Ele passou por mim, abriu a porta do carro e resmungou: — Fica com a porra do seu dinheiro. E pode ir pro hospital sozinho!

— Tudo certo aí, Joey? — Tony me perguntou quando meu pai foi embora. — Quer uma carona pro hospital?

— Eu, hum... — Sacudi a cabeça, passei a mão pelo cabelo e soltei um suspiro trêmulo. — Não, preciso trabalhar. — Olhei em volta, meio perdido. — Preciso trabalhar e já estou atrasado...

— Isso não importa agora — Tony falou, me conduzindo para a sua van. — Entra, vou te levar pra ver o seu bisavô.

— Beleza, Tony — murmurei, abalado, me acomodando no banco do passageiro da sua van branca. — Valeu.

— Que isso, meu filho. — Ele apertou meu ombro. — Disponha.

Mais tarde, no corredor do hospital, vovó Murphy me explicou que o vovô tinha pegado pneumonia.

Parece que ele ficou doente por algumas semanas, mas eles não contaram para a gente. Ela só continuou me ajudando com os meninos, apesar da saúde do marido estar muito debilitada e ela própria estar passando por maus bocados com a situação.

Minha mãe não estava no hospital por conta de uma desavença familiar causada pelo meu pai alguns anos atrás, mas sua irmã Alice estava e Shannon também.

Eu não queria entrar no quarto para ver meu bisavô morrendo.

— Vai lá, meu bem — a vovó me pediu, apertando minhas mãos. — Ele estava perguntando de você.

Senti um calafrio.

— Acho que não consigo, vó.

— Consegue, sim — ela me garantiu, esticando o braço para fazer carinho na minha bochecha. — Você consegue.

Puta merda...

Inspirei fundo, me obriguei a abrir a porta do quarto e entrei.

Ali deitado na cama, ele não parecia nem um pouco aquele homem formidável da minha infância, com tantos tubos e fios à sua volta. Parecia pequeno e frágil.

— Joey — tia Alice disse com um sorrisinho, se levantando devagar e me oferecendo a cadeira ao lado da cama. — Vou te deixar a sós com ele.

Não precisa sair, eu quis gritar, mas apenas assenti e agradeci.

— Como você está, vovô? — me ouvi perguntando com a voz embargada, quando finalmente reuni coragem e me aproximei. — Ouvi dizer que você não anda se sentindo bem.

— Joseph — ele falou baixinho, erguendo a mão cautelosamente. — Seu nome é Joseph.

— Sim, vovô — sussurrei, me sentando na beira da cama. — Sou eu. — Peguei sua mãozinha e a apertei de leve. — O Joey.

— Seu aniversário é no Natal — ele sussurrou, respirando com dificuldade. — Um dia sagrado.

— Isso — concordei. — Isso mesmo. — Piscando para ele, acrescentei: — Você acertou.

— Meu neto favorito — ele sibilou, abrindo um sorriso fraquinho. — Meu Joseph.

— Não deixa os outros ouvirem isso — falei, sorrindo, enquanto as lágrimas ardiam nos meus olhos. — Tadhg vai ficar puto.

Uma tosse feia lhe escapou e a culpa me consumiu por dentro.

— Me desculpa pela ausência, vovô. — Meu Deus, eu era um merda. — Eu devia ter ido te ver mais.

— Bobagem — ele falou. — Meu Joseph. Você não é Noel, Christian, Christopher, Klaus — ele continuou divagando e arfando. — Não, nem Casper nem Gabriel, nem nenhum desses nomes natalinos que eles tinham em mente.

— Casper? Klaus? — Enxuguei as lágrimas com o dorso da mão livre. — Ainda bem.

— Porque você é Joseph — ele falou com a voz rouca, cobrindo nossas mãos com a outra. — Você é o meu Joseph.

— Está se sentindo bem, vovô? — Franzi a testa e toquei sua testa úmida. — Você está viajando.

— Legal, gentil, compreensivo, destemido, cuidador, protetor. — Ele sorriu para mim. — Joseph agiu... Assumiu a responsabilidade... Era o pai dos perdidos.

Franzi a sobrancelha, confuso.

— Vovô, sou *eu*. Joey.

— Eu que escolhi seu nome — ele falou, engolindo em seco. — Sabia?

— Não. — Sacudi a cabeça. — Não sabia. Como foi isso?

— Seu pai queria te batizar com o nome dele, Theodor — ele disse com dificuldade. — Ele disse que você seria igualzinho a ele. — Vovô parou para tossir. — Mas você não tinha cara de Teddy. Você era *Joseph*. — Ele tossiu de novo. — Então dei uma nota de dez pra ele e te dei o nome que eu queria. — Ele sorriu para mim. — Meu Joseph. Meu menino corajoso. De fardos terríveis. Que carrega uma cruz. Mas está sempre se erguendo das cinzas. Sempre se levantando. Sempre sendo o protetor.

— Pois é. — Desesperado, olhei em volta do quarto, perdido. — Vovô, eu vou chamar a enfermeira pro senhor, está bem?

— Não escuta eles — ele falou, segurando minha mão com uma força surpreendente. — Promete que você nunca... vai ouvir eles.

— Eles quem, vovô? — perguntei.

Com o peito chiando e clamando por ar, ele fixou os olhos verdes nos meus e sussurrou:

— Os monstros que seu pai enfiou na sua cabeça.

14 de abril de 2003

Te vejo depois, Molloy

AOIFE

O bisavô do Joey morreu na sexta, e na segunda seguinte eu estava sentada com o meu pai em um dos bancos dos fundos da igreja de St. Patrick, enquanto ele e a família se preparavam para a despedida.

Meu pai foi para demonstrar apoio para o aprendiz de quem ele tanto gostava. E eu fui pelo mesmo motivo.

Mantendo distância, observamos Joey colocar os irmãos em um banco atrás da bisavó deles. A mãe e o pai não estavam presentes, então as crianças estavam sozinhas.

Joey estava sentado na ponta do banco na segunda fileira da frente com um bebê no colo e a irmã chorosa ao lado. Os dois meninos mais novos estavam ao lado de Shannon, e passaram a cerimônia toda se provocando e cutucando as costelas um do outro, e só pararam quando o irmão mais velho virou para trás e os ameaçou, furioso.

Depois, ele conduziu os meninos até o túmulo com uma habilidade que nem um adulto teria. Era impressionante e comovente e sexy, tudo de uma só vez.

Esperei na fila atrás do meu pai para prestar condolências à família, apertando as mãos deles e dizendo a clássica frase enraizada em todas as pessoas desde tempos imemoriais: "Sinto muito pela sua perda".

— Aoife! — Ollie gritou quando me aproximei dele. — Obrigado por vir.

— Sem problemas — falei, abrindo um sorriso caloroso e o cumprimentando. — Sinto muito pelo seu avô, Ollie.

— Eu também — ele disse, acenando a cabeça solenemente. — É triste, né? — O coitadinho do vovô pegou pneudemônia.

— Pneumonia — Tadhg o corrigiu, dando uma cotovelada no irmão antes de sacudir minha mão relutantemente. — Quando é que você vai aprender a falar, seu burro?

— Não xinga ele, Tadhg — Shannon sussurrou, balançando Sean no colo e pegando minha mão timidamente. — Obrigada por vir.

— Sinto muito pela sua perda — falei, apertando sua mãozinha de leve. — Sinto muito, carinha — acrescentei para o menino, sem conseguir resistir à vontade de bagunçar seu cabelo loiro e seguindo para o próximo da fila, que por acaso era o motivo de eu estar ali.

— Sinto muito pela sua perda, meu jovem — meu pai disse, segurando o ombro de Joey e se afastando.

— Obrigado, Tony — Joey falou, desviando depois os olhos surpresos para mim. — Molloy.

— Joey.

— Você veio.

— Vim.

Ele ficou me olhando intensamente por um longo tempo antes de soltar um suspiro trêmulo e murmurar:

— Obrigado.

— Claro. — Coloquei as mãos entre as suas, as apertei e fiquei na ponta dos pés para lhe dar um beijo na bochecha. — Sinto muito mesmo, Joe.

Ele acenou a cabeça rigidamente, apertou minha mão de volta e recuou, olhando para o meu pai, claramente para verificar se ele nos observava.

— Bem, então tchau — sussurrei, partindo para o próximo da fila quando tudo o que eu queria fazer era ficar bem ali com ele.

— Te vejo depois — ele respondeu, dando uma piscadela só para mim.

— Até. — Meu coração disparou em resposta e me virei depressa, voltando para ele e só parando quando meus braços estavam em torno da sua cintura e meu rosto estava enterrado no seu pescoço. — Até depois.

Joey ficou rígido por um tempo antes de me abraçar e me puxar com força para si.

Segurei as costas da sua camisa, soltei um suspiro trêmulo e dei outro beijo na sua bochecha antes de me afastar com relutância.

— Estou te falando, Trish, o pai desse jovem é doente — ouvi meu pai dizendo quando entrei na cozinha mais tarde aquela noite. — Um bêbado inútil. Você devia ver o jeito como ele contou pro pobrezinho que o bisavô dele estava morrendo. Totalmente sem coração. Ele é um desalmado — ele disse sem notar a minha presença bisbilhoteira ali, parada na frente da geladeira, fingindo estar arrumando a bandeja de ovos. — Você devia ver a cara dele.

— Pobre Joey — minha mãe falou, suspirando.

Meu coração acelerou ao ouvir o nome dele.

— O coitado tem razão — meu pai disse. — E depois o diabo ainda tentou arrancar uma grana do rapaz pra gastar com cachaça.

— Está brincando?!

— Não estou. Ele pediu dinheiro pra ele na cara dura.

— Meu Deus, que horror, Tony.

— Não pode ser — soltei, e então contive um lamento ao perceber que tinha falado em voz alta. *Ah, merda.*

— O que está fazendo aí, mocinha? — minha mãe perguntou. — Já passou das onze. Você não tem aula amanhã cedo?

— Acabei de chegar do trabalho — expliquei, gesticulando para o uniforme. — Não posso comer uma coisinha antes de ir pra cama?

— Tem uma panela de ensopado no fogão — minha mãe disse enquanto passava as camisas de Kev. Pois é, a mulher não parava nunca.

— Como você está, meu bem? — Meu pai abriu um sorriso caloroso para mim, sentado na mesa. — O pub estava movimentado hoje?

— Até que estava pra uma segunda à noite — respondi, chutando os sapatos e tirando a camisa branca de dentro da minissaia lápis preta. — Mãe, preciso de meias-calças novas — falei, apontando para o buraco na que eu estava usando e pegando uma cumbuca no armário, me servindo do ensopado. — Rasguei essa no canto de uma mesa do pub e um velho ficou de gracinha comigo por causa disso.

Meu pai estreitou os olhos.

— Tomara que você tenha cortado as gracinhas dele.

— Não precisei — falei entre bocados do ensopado. — A mulher dele fez isso por mim.

— A cara de pau desses velhos... — minha mãe comentou. — Tenho uma meia-calça nova no armário. Depois eu pego pra você, querida.

— Obrigada, mãe. — Voltei a atenção para o meu pai e perguntei: — Então você conheceu o pai do Joey?

— Se eu conheci? — Meu pai balançou a cabeça. — Eu estudei com esse sujeito.

Arregalei os olhos de curiosidade e engoli às pressas o que restava na cumbuca.

— Eu não sabia!

— Ah, ele estava no mesmo ano que eu e sua mãe — meu pai explicou. — Não estávamos no mesmo círculo de amigos, mas eu conhecia bem o cara. — Ele franziu a testa e acrescentou: — Tenho certeza que ele jogou hurling com o seu diretor... como é mesmo o nome dele?

— Eddie Nyhan — minha mãe falou.

— Esse mesmo — meu pai concordou, acenando a cabeça. — Eles jogavam juntos.

— Parece que você conhece bem esse homem — comentei, tentando fingir indiferença, quando eu estava desesperada para alimentar meu vício em Joey Lynch com detalhes suculentos. — Você conhece a mãe dele também?

— Marie Murphy?

Assenti.

— Ela é Marie Lynch agora, mas sim.

— Ela era uns anos mais nova que a gente — minha mãe contou, virando para o meu pai. — Você se lembra, Tony? Lembra que ele engravidou a coitada quando a gente estava no sexto ano? Foi horrível!

— Se eu lembro? — meu pai resmungou, esfregando o queixo. — Ela era praticamente uma bebê. — Ele me olhou e disse: — Ela era um pouco mais nova que você quando teve o primeiro filho, Aoife.

— Sério?

— Ela estava só no segundo ano — minha mãe interveio. — Lembra do escândalo, Tony? Foi desesperador.

— Se eu lembro? — meu pai disse em um tom sombrio. — Foi terrível.

— Por quê? — perguntei. — Quantos anos Teddy tinha?

— Ele era velho demais pra ficar com uma garota de catorze anos, isso com certeza — minha mãe murmurou, irritada. — Sem falar que ele fez ela se casar depois disso... deviam ter colocado ele atrás das grades por engravidar uma criança.

Fiquei de queixo caído.

— A mãe do Joey só tinha catorze anos quando teve ele?

— Não, não, não — meu pai disse. — Não Joey. Foi do outro menino. Como é o nome dele?

— Darek? — minha mãe disse. — Daniel?

— *Darren* — meu pai falou, batendo a mão no joelho. — É isso. Darren. Joey veio depois.

Darren.

O irmão que Joey considerava morto.

Interessante.

— E pra onde ele foi? — perguntei.

— Pro Reino Unido, pelo que eu soube — meu pai respondeu. — Ele deu o fora assim que fez dezoito anos.

— Bem, se eu tivesse que viver com Teddy Lynch, também faria isso — minha mãe declarou. — Ele é um péssimo homem. O pai e o irmão dele também. Esses Lynch são podres.

— Joey não é — me ouvi falando antes que pudesse me segurar. — Ele é o oposto disso — continuei, ignorando a queimação nas bochechas. — Na verdade, ele é bem decente.

— Exatamente — meu pai concordou, se virando para a minha mãe. — Sei que ele é um pouco cabeça-quente, mas ele tem bastante potencial e poderia ir longe se o pai tivesse interesse em mostrar ao rapaz o caminho certo.

— Sim, mas você já não está fazendo isso com ele na oficina, Tony? — minha mãe perguntou. — Você é muito bom pra ele.

— Eu já vi ele jogando algumas vezes, sabe, Trish, e nunca vi nada igual. É só botar um hurley e um sliotar na frente dele pra ver algo especial.

— Verdade — me ouvi dizendo. — Ele joga no mesmo time do Paul. Ele é incrível.

— O pai dele também era, nessa idade — minha mãe comentou. — Você lembra do Teddy Lynch naquela época, né, amor? Ele era bem talentoso.

— Teddy podia até ser bom, mas não chegava aos pés do garoto — meu pai disse. — Se fosse meu filho, eu estaria me gabando. E pode apostar que eu não deixaria o garoto sair dos trilhos.

— Mas você já não faz isso, amor? — minha mãe falou, sorrindo. — Nosso Kevin fica doido de ouvir você elogiando o Joey sem parar.

— Ah, não faço por mal — meu pai acrescentou depressa. — Nosso filho é ótimo, mas não se interessa por carros nem esportes. Ele só quer saber de computador e livros, Trish. O que está ótimo pra mim. Mas metade do tempo eu não faço ideia do que ele está falando, com todas aquelas palavras empoladas.

Ela deu risada.

— Pai? — Curiosa, me servi de água na torneira e perguntei: — Por que os pais do Joey não estavam no funeral hoje? — Me virei para os meus pais e apoiei o quadril na pia. — Tipo, achei ruim ver aquelas crianças sozinhas ali sem os pais.

— Pelo que eu sei, rolou alguma confusão entre os Murphy e os Lynch.

— Os Murphy?

— A família da Marie — meu pai explicou, suspirando. — Acho que Teddy não seria bem-vindo no enterro de um Murphy, e Marie não iria sem ele.

— É realmente triste quando as famílias brigam desse jeito — minha mãe comentou.

— Eu tenho pena das crianças.

— Pois é — sussurrei, pensando em Joey. — Eu também.

QUINTO ANO

16 de agosto de 2003

Não se bate em garotas

AOIFE

Meus pais começaram a ter problemas no casamento de novo, e eu não precisava ser um gênio para saber por que, especialmente considerando que ele andava gastando dinheiro.

A compensação pelo seu último deslize acabou se transformando em algo que beneficiou todo mundo.

Armários embutidos.

Oba!

— Meu Deus, Molloy — o trabalhador contratado pelo meu pai rosnou, atirando mais uma pilha de roupas do armário velho na minha cama antes de arrastar o novo para o meio do quarto. — Aonde você vai com todas essas roupas?

— Regra número um — eu disse, sentada na cama e mexendo na montanha de roupas e sapatos. — Não se deve julgar o tamanho do guarda--roupa de uma garota.

— Não estou julgando — Joey respondeu, balançando a cabeça em resignação. — Só estou confuso.

Pois é, Joe, eu também, pensei, observando-o descaradamente, reparando em todos os músculos definidos por baixo da camiseta e na pele que apareceu quando ele se esticou. Seu corpo era um verdadeiro espetáculo, e quando o verão terminou, ele tinha acumulado quase tantas tatuagens quanto cicatrizes.

Voltaríamos para a escola em algumas semanas para o quinto ano e, por melhor que ele ficasse de uniforme, e Nossa Senhora, como ele ficava bem de uniforme, eu estava apreciando contemplá-lo com roupas de trabalho.

— Está planejando me dar uma mãozinha qualquer hora dessas? — ele perguntou, me arrancando dos devaneios e depositando outra pilha de roupas no meu colo. — Ou pretende passar a noite toda aí estirada na cama?

— Na cama — falei, suspirando preguiçosamente e me atirando nos travesseiros. — Definitivamente na cama.

— Você sempre tem uma resposta na ponta da língua, né? — ele resmungou, mais brincalhão do que irritado.

— Qual foi? Não gosta da minha língua afiada? — provoquei. — Mas valeu, Joey. Tenho muito orgulho dela.

— Você devia ter orgulho é das suas pernas, Molloy — ele falou por cima do ombro, e o elogio me deixou nas nuvens.

Meu coração disparou.

— Aposto que você adora minha língua afiada.

— Nem tanto — ele respondeu sem hesitar. — Deixa eu te mostrar do que ela é capaz.

— Engraçadinha.

Ele olhou por cima do ombro e me deu um sorrisinho safado.

— Mas valeu a tentativa.

Puta merda.

— Você ficaria surpreso — continuei, atirando um rolinho de meias na cabeça dele.

Ele o pegou no ar.

— Não tão surpreso quanto você ficaria com a minha — ele devolveu.

Fiquei de queixo caído, e ele deu uma piscadela.

— Agora deixa esse seu orgulho de lado e me mostra onde você quer que fique a penteadeira.

— Beleza. Ah, espera! Oba, esqueci que tinha isso — praticamente cantarolei de alegria quando meus olhos pousaram em um short supercurto. — Mal posso esperar pra usar isso de novo.

— Usar *isso*? — Joey ergueu a sobrancelha. — Está me dizendo que *isso* é um short?

— Com certeza — confirmei, descendo da cama para colocá-lo na cintura. — Merda — falei, desanimada. — Talvez esteja apertado agora.

— Já devia estar apertado quando você tinha uns dez anos — meu irmão zombou da porta, segurando uma pilha de roupas. — Até parece que vai te servir agora que você tem essa bunda gorda.

— Está falando *dessa* bunda? — perguntei, batendo no meu traseiro. — A bundinha que seus amigos tarados vivem tentando espiar?

— Não vivem, não — Kev falou. — Eles nem gostam de você.

— Aham. — Revirei os olhos. — *Claro* que não.

— Meus amigos têm bom gosto pra garotas — Kev retrucou, fazendo Joey dar risada. Meu irmão se virou para ele e perguntou: — O que é tão engraçado?

— Nada, cara. — Joey balançou a cabeça e continuou medindo a altura do chão ao teto com uma trena e fazendo marcações na parede com um lápis. — Nada mesmo.

— Ele está rindo porque você é hilário — continuei provocando meu irmão. — Porque ele sabe que seus amiguinhos adoram secar essa belezinha aqui. — Bati na minha bunda de novo e segurei a risada quando meu irmão atirou a pilha de roupas em mim.

— Você é a versão feminina do Shrek — ele sibilou. — Você nem...

— Sem falar nesses bebês aqui — acrescentei, balançando meus seios sem sutiã. — Não é, Joe?

— Ele não concorda — Kev falou, se virando para Joey e perguntando: — Né?

— Sua irmã tem razão, Kev — Joey disse soltando um suspiro. — Acredita em mim, cara. Você pode estar no mesmo ano que ela, mas eu estou na mesma sala, e o pessoal repara.

Abri um sorriso vitorioso.

— Está vendo?

— Só porque ela é uma safada — Kev disse, entrando no meu quarto e arrancando o short da minha mão. — Não sei como é que Paul te aguenta.

— Ei, me devolve isso — falei, perseguindo meu irmão pelo quarto. — Ah, você não ousaria — sussurrei quando ele abriu a janela e segurou meu short por cima do parapeito. — Me devolve logo isso, seu bosta.

— Me obriga, sua gorda.

— Ah, você está morto — avisei, mergulhando no colchão e chegando um segundo tarde demais. — Nãooo! — gritei, empurrando meu irmão para fora do caminho bem a tempo de ver meu short recém-descoberto caindo primeiro no telhado do galpão do jardim e depois no destino final: um montinho de cocô do Batata.

— Que tal vestir o short agora com ele todo coberto de merda? — ele perguntou presunçosamente.

— Ah, está achando que ganhou? — arqueei a sobrancelha, aceitando o desafio. — Então espera só pra ver, maninho. Estou animadaça pra desfilar na sua festinha estranha de gente esquisita usando o menor biquíni que eu tiver.

— Você não faria isso. — Ele arregalou os olhos. — E não me venha com essa de maninho. Você só é três minutos mais velha que eu, idiota. Além disso, não é uma festinha estranha de gente esquisita — ele disse, se voltando para Joey. — A gente vai assistir TV.

— Assistir pornô — intervi, bufando.

— Ei. — Joey ergueu as mãos. — Não quero saber, cara.

— Luta livre — Kev me corrigiu com o rosto roxo. — A gente vai assistir *luta livre.* É um esporte, caso você não saiba, Aoife.

— Até parece que você entende alguma coisa de luta livre — zombei. — Você só se interessa por videogame.

— E você, que é a campeã olímpica de ficar deitada com a bunda pra cima feito uma piranha?

Pegou pesado.

— Ei — Joey avisou, olhando feio para o meu irmão. — Deixa disso, Kev. Não fala assim com a sua irmã.

— O que foi? — Kev ergueu as mãos. — Você não estava ouvindo? Ela é uma...

— Virgem, seu babaca! — gritei, porque ele tinha passado do limite.

— Até parece — Kev falou, balançando a cabeça. — Se você é virgem, eu sou o Papel Noel.

— Chega — eu disse, optando pela violência e avançando para ele. — Faz as pazes com Deus, seu imbecil, porque estou prestes a me tornar a filha única que eu deveria ser antes do seu óvulo de bosta invadir o útero da minha mãe!

Então nos jogamos um no outro feito dois gladiadores prontos para a batalha.

Preparado para o ataque, Kev pegou um cabide do chão e o atirou em mim.

— Pode vir pra cima, sua gorda.

— Você vai ter que fazer melhor que isso, sr. Punheteiro — zombei, me esquivando no estilo *Matrix* para evitar uma cabidada no rosto.

— Tipo assim? — ele sibilou, me derrubando no chão com um barulho. — O que acha disso?

— Você... não... vai... me... derrotar — falei, tentando usar os quadris para tirá-lo de cima do meu peito. — E... você... me... chamou... de... gorda. — Em um minuto, meu irmão estava sentado no meu peito, fazendo eu me contorcer e, no minuto seguinte, estava prensado na parede do quarto.

— Que porra você está fazendo? — Kev esganiçou enquanto Joey pressionava o braço na sua garganta. — Lynchy, para com isso, não consigo... respirar.

— Você acha que pode tocar nela desse jeito? — ele rosnou, completamente furioso. — Acha que vou ficar aqui vendo isso sem fazer nada? Eu acho que não, seu babaca...

— Ei, ei, ei, Joey, pare! — Me levantei depressa e me aproximei deles. — Solta ele — pedi, segurando seu braço. — Joey, pode soltar. Está tudo bem. Ele não estava me machucando.

— Ele botou as mãos em você, Molloy — ele rugiu fora de si, ainda pressionando a traqueia do meu irmão. — Eu vi com meus próprios olhos, porra.

— A gente só estava brincando — tentei explicar, me colocando entre os garotos e o obrigando a soltar o pescoço do meu irmão. — É assim que as coisas são com a gente, Joe. É uma brincadeira.

— Mas ele botou as *mãos* em você. — Os olhos de Joey estavam arregalados. — Eu vi.

— Eu estava brincando com ela — Kev falou. — Eu não ia machucar de verdade minha irmã, seu maluco.

— Cala a boca, Kev — sibilei, empurrando-o para longe e voltando a atenção para o meu colega. — Joey... calma, olha pra mim, Joe. — Levantei o braço para segurar seu rosto entre as mãos. — *Olha* pra mim.

Ele me obedeceu relutantemente, e soltei um suspiro de susto. Seus olhos estavam selvagens e ferozes. Ele estava tremendo visivelmente com uma raiva malcontida, cerrando tanto os punhos que os nós dos seus dedos estavam brancos.

— Ele. Te. Machucou.

— Não, ele não me machucou.

— Eu *vi*.

— Estou bem — me ouvi dizendo, tentando acamá-lo e passando os dedos pela sua barba áspera. — Você está bem. Está tudo bem. Todo mundo está bem.

— Eu não estou! — Kev gritou, segurando o pescoço e seguindo para a porta. — Eu não estou bem, Aoife.

— Kev, espera, não conta nada pro meu pai — pedi, correndo atrás do meu irmão. — Ele não queria...

— Ele podia ter me matado, Aoife — Kev disse, disparando para o próprio quarto com a mão na garganta. — Esse psicopata quase me matou.

— Mas não matou — argumentei sem muita convicção, sendo recebida com uma porta na cara. — Merda.

Sacudi as mãos trêmulas, respirei fundo e voltei para o quarto.

— Hum, então, Kev está bem puto. — Bati a porta e olhei para o meu protetor. — Por que você fez isso, Joe? Ele vai contar pros meus pais e você vai acabar encrencado.

— Deixa ele — foi tudo o que Joey disse enquanto guardava as ferramentas. — Não importa.

— Importa, sim — retruquei, me aproximando do idiota. — Você adora trabalhar na oficina.

— Não importa — ele repetiu, mantendo a cabeça baixa e fechando a bolsa. — Me desculpa se te causei problemas — ele acrescentou. Então se levantou e colocou a bolsa no ombro. — Te vejo depois, Molloy.

— Não, não, você não vai sair daqui — falei, me colocando na frente da porta para mantê-lo ali comigo. — A gente pode dar um jeito nisso.

— Que jeito, Molloy? — ele perguntou sem emoção. — Eu agredi o filho do meu chefe. Acho que está bem claro que estou ferrado.

— Não está, não. Você não está nem perto disso. Então acalma os ânimos e me deixa pensar — ordenei, empurrando o peito dele e sentindo uma excitação quando ele cedeu. Porque, vamos encarar a verdade, depois do que ele mostrou, estava bem claro que ninguém poderia obrigar o garoto a fazer nada que ele não quisesse.

Levei Joey até a cama, pressionei seus ombros e fiquei observando-o se afundar no colchão.

— Por que você fez isso, Joe? — perguntei, parada na sua frente. Eu estava tremendo da cabeça aos pés conforme a adrenalina se dissipava.

— Porque ele te machucou — ele respondeu, olhando para mim com a expressão mais triste que eu já tinha visto. Naquele momento, Joey Lynch era a visão perfeita do garoto perdido. — Porque ele botou as mãos em você.

— Mas ele é meu irmão, Joe — falei baixinho. — A gente só estava brincando de lutinha.

Ele olhou para mim como se eu estivesse falando outra língua, e aquela vulnerabilidade inédita me fez fazer algo incrivelmente imprudente.

— Eu não... — Ele deu um suspiro pesado. — Eu fiz merda.

Abri as pernas dele e cheguei mais perto.

— Meio que fez, Joe. — Estiquei o braço e baguncei seu cabelo, e então não consegui mais me aguentar e segurei seu rosto entre as mãos, encarando-o fixamente. — Você resolveu comprar briga com o meu irmão, entre todas as pessoas — falei suavemente, passando o dedão pelas suas bochechas. — Nem o Batata se atreve.

— Pensei que ele estava... — Joey balançou a cabeça e depois a apoiou na minha barriga. — Eu te vi no chão, e ele estava... e eu só... — Era um gesto terrivelmente íntimo, e prendi o fôlego com o contato. — Merda.

— Estou bem — insisti, incapaz ou simplesmente sem querer recuar. Segurei seu rosto na minha barriga com as mãos tremendo, e sussurrei: — Você está bem.

Ele não falou nada, mas também não se afastou, então fiquei ali no quarto, com a bochecha dele pressionada na minha barriga, fazendo carinho no seu cabelo.

Depois do que pareceu um século, enfim senti a tensão abandonar seus ombros devagar, e então seus braços envolveram minha cintura.

— Ele te machucou. Não se bate em garotas.

1º de setembro de 2003

Ano letivo novo, mesmo eu de sempre

JOEY

De bruços sobre um colchão que fedia a mijo e lágrimas recém-derramadas, permaneci completamente rígido enquanto a consciência me arrancava da doce fuga do sono. Com o cérebro confuso e lento, me obriguei a repassar os acontecimentos da noite anterior, tentando relacionar o ambiente em que me encontrava com a realidade, mas foi em vão.

— Papai — uma vozinha familiar disse, e eu logo entendi onde estava.

Como se pudesse estar em qualquer outro lugar.

Alguém de mãozinha pegajosa pegou minha bochecha.

— Papai.

Contendo a vontade de estremecer e berrar, estiquei os músculos devagar, me virei de barriga para cima e abri o olho inchado bem quando meu irmão subiu em mim.

E me encarou com seus grandes olhos castanhos.

— Papai.

— Meu Deus — resmunguei, fazendo uma careta de resignação ao sentir seu pijama molhado na minha barriga. — Fez xixi nas calças de novo, Seanzinho?

Sean fez que sim solenemente, se inclinou e pressionou a mão gordinha na minha bochecha.

— Ops, papai. — Seus tristes olhos azuis observaram meu rosto. — Ops.

— Não, Sean — outra voz disse. Com um tom carregado de veneno e fúria, Tadhg se sentou da cama improvisada no chão do meu quarto e sibilou: — Pela última vez, ele é o Joey, não seu pai. Joey! Seu pai de verdade arrancou o couro do seu pai de mentira ontem à noite.

— Tadhg, deixa ele em paz. Ele é muito novo e eu já estive pior — rosnei, estreitando os olhos ameaçadoramente, me sentando com cuidado e dando uma olhada nos corpos adormecidos espalhados pelo meu quarto.

Além do bebê encharcado de xixi no meu colo e do pré-adolescente bocudo no chão ao lado da cama, havia outro irmão enrolado nas minhas pernas feito um cachorrinho dorminhoco e uma irmã encolhida no canto, com um edredom de florezinhas em volta do ombro.

A cômoda encostada na porta era uma dura lembrança dos acontecimentos da noite passada, e de repente congelei.

Não tem lugar melhor que o nosso lar.

Que baboseira.

— Você está bem? — Shannon perguntou, com cara de quem não tinha pregado um olho. Ela estava superpálida, com os olhos azuis fixos nos meus. — Joe?

— Estou ótimo, Shan. — Repeti a frase da minha vida, sendo que a verdade era que eu não estava bem desde o dia em que nasci. Então ergui Sean, desci da cama e vesti minhas calças.

Era segunda-feira, o primeiro dia de aula depois das férias de verão. Não importava se estávamos mal: ficar naquela casa em vez de ir para a escola não era uma opção.

Foda-se.

Sentindo dor em partes do meu corpo que eu nem sabia que existiam, empurrei a cômoda para o lado e destravei a maçaneta. Respirei fundo e abri a porta antes que as crianças me convencessem a ficar escondido debaixo do cobertor como elas.

Se mexe, seu idiota, falei para mim mesmo mentalmente, saindo para o corredor pronto para encarar tanto o desconhecido quanto o inevitável.

O corredor vazio não aliviou nem um pouco minha ansiedade, porque eu sabia que ele ainda estava lá. Naquela casa. Feito uma nuvem preta pairando sobre nós. Mas pior.

Muito pior.

Um ronco alto ecoou de trás da porta fechada do quarto deles, acompanhado de um choro abafado, e meu sangue esfriou.

Congelei no lugar e reprimi a vontade de correr até ela. De irromper por aquela porta e abraçá-la. Eu queria protegê-la dele quase tanto quanto queria *me* proteger *dela*.

— E aí? — Olhei para trás e me deparei com quatro olhos arregalados me observando da porta do meu quarto. — Ele foi embora?

Sentindo a adrenalina e a lava quente correndo pelas minhas veias, ignorei a onda de emoções que ameaçava me derrubar, me tornar fraco como ela.

— Não, ele ainda está aqui.

— Está?

— Sim, na cama dela.

As expressões deles murcharam, assim como meu coração, mas ignorei tudo mais uma vez. Eu precisava tirar todos nós daquela casa rápido, e não ficar remoendo a situação.

— Beleza, galera, voltem pros seus quartos e vão se arrumar. Botem o uniforme. Aprontei o almoço ontem e deixei na geladeira, então não esqueçam de pegar — falei, sabendo que, se eu não fizesse isso, nada naquela casa se resolveria. — A vovó vai vir pegar o Sean e deixar vocês na escola, e Shan, a gente vai andando.

— Está bem, Joe.

— Ah, e é pra limpar a orelha e escovar os dentes, hein, meninos — eu disse antes de entrar no banheiro para tomar uma ducha fria.

Fechei a porta atrás de mim e fiquei parado na frente do espelho com as mãos na borda da pia, permitindo que meus olhos avaliassem os estragos. Fiz careta ao ver meu rosto inchado, mas me obriguei a dar uma boa olhada na minha cara.

Olho roxo.

Bochechas feridas.

Lábio rachado.

Eu não conseguia decidir o que era pior: não poder esconder os hematomas ou não poder impedi-lo de fazer aquilo comigo.

Peguei a latinha que eu deixava escondida atrás da pia, abri a tampa, ajeitei uma carreira de pó e cheirei depressa. Senti uma espécie de controle voltando ao meu corpo quando minha cabeça recomeçou a funcionar e meu coração acelerou. Passei a mão pelo rosto, soltei um suspiro de alívio e tirei as roupas para entrar no chuveiro, esperando que a água levasse meus pecados.

Levasse a dor embora.

— Não quero ir, Joe — Shannon murmurou, enquanto eu praticamente me arrastava para a escola. — Por favor. Vai ser a mesma coisa esse ano.

— Não vai, não — menti com os dentes cerrados. — Você está no segundo ano agora. Este ano vai ser melhor.

— Eu acho que não consigo.

— Bem, pois eu sei que você consegue.

— Sabe?

— Sei. Você consegue.

Ela ficou me encarando com seus grandes olhos azuis.

— Promete? — Ela tinha os olhos da nossa mãe, o que tornava difícil olhar para ela de vez em quando.

— Prometo, Shan.

Ela sorriu e ficou visivelmente aliviada. A palavra parecia acalmar algo dentro da minha irmã, mesmo que nós dois soubéssemos que não era verdade. Ela precisava ouvi-la, e eu estava mais que disposto a dizê-la, se isso significasse que ela sairia da casa e ficaria longe do nosso pai.

— Ainda não consigo acreditar que você deixou alguém fazer isso com a sua pele — ela comentou, esticando o braço para tocar a tinta preta cobrindo meu antebraço. — É tão permanente...

Dei de ombros e resisti à vontade de lhe contar que os intrincados traços e curvas gravados de forma tão permanente no meu braço ajudavam a esconder a enorme cicatriz que nosso pai tinha colocado ali ao atirar uma garrafa quebrada em nós no Natal, depois de encher a cara de uísque na mesa de jantar.

Não fazia sentido ficar lembrando Shannon de algo que ela se lembrava muito bem. Principalmente porque foi ela que passou a viagem inteira até o hospital fazendo pressão no meu braço para estancar o sangramento. Só fiquei contente ter sido meu braço e *não* o rosto dela que ele feriu — eu tinha a sensação de que era esse o alvo original.

— Você não curte tatuagem?

Ela franziu o nariz.

— Nem um pouco. Acho que elas são horríveis. Mas admito que o crucifixo celta que você tem nas costas não é tão ruim assim.

— Isso é um elogio? — provoquei, dando uma cotovelada de brincadeira. — Vamos, pode falar "Joey, meu irmão favorito, o mais maravilhoso e gato de todos, eu adoro a sua tattoo".

— Está bem, essa até que é legalzinha. — Ela deu risada, me empurrou e depois apertou o passo para me alcançar com suas pernas. — Pronto, falei. Está feliz agora?

— Hum, acho que não ouvi direito. — Passei o braço no seu ombro e baguncei seu cabelo delicadamente. — Pode falar.

— Está bem — Shannon soltou entre as gargalhadas. — Joey, meu irmão favorito, o mais maravilhoso...

— Não se esqueça: o "mais gato de todos". Essa é a melhor parte.

— O irmão mais *vaidoso* e *apaixonado por si mesmo* — ela me corrigiu, rindo. — E eu adoro a sua tatuagem, apesar dela cobrir metade das suas costas.

— Foi bom — concedi, soltando-a.

— Você é tão idiota! — ela disse, me cutucando de novo com o cotovelo.

Eu não me importava com o que ela dissesse sobre mim, contanto que não ficasse pensando no medo que sentia de ir para a escola.

Seu sorriso era algo raro e eu tinha orgulho de colocá-lo ali, especialmente depois da noite infernal que tivemos.

— Vai ficar tudo bem, né, Joe? — ela me perguntou quando nos aproximamos da escola. — Quando tudo isso tiver passado. — Ela respirou fundo antes de sussurrar: — Quando a gente for adulto e estiver longe dessa cidade, vamos ter nosso final feliz, né?

— Claro, Shan — respondi, ajeitando a mochila no ombro. — Você vai ter um final feliz bem sensacional.

— Você também, Joe — ela falou baixinho. — Eu sei.

Nesse momento, meus olhos pousaram na loira de pernas compridas na entrada da escola. Um gorro cobria seu cabelo megalongo, e ela estava com um pirulito na boca.

— Pode crer, Shan. — Eu não estava tão convencido assim sobre o meu final feliz, mas quando Molloy fixou os olhos em mim e sorriu, eu acreditei na existência de um dia feliz.

— Bem-vindos de volta, quinto ano — o sr. Nyhan nos cumprimentou no pódio montado no refeitório. — É incrível ver o rostinho sorridente de vocês embarcando nesse novo ano letivo. Como todos sabem, o quarto ano foi um ano de transição. Foi uma bela oportunidade de mergulhar os pés em novas águas e experimentar novos hobbies e interesses. Mas isso ficou para trás agora. O quinto ano vai abrir para vocês um novo caminho de trabalho e uma carga de estudos mais pesada do que imaginam. Em outras palavras, os próximos dois anos da jornada acadêmica vão ser os mais difíceis que já enfrentaram.

— O que esse cara tomou? — Podge perguntou, me dando um empurrãozinho com o ombro. — Ele está totalmente maluco se está achando que esse discurso de merda vai encorajar alguém a vir pra escola.

— Vai saber... — murmurei com os braços cruzados, me recostando no armário e ouvindo Nyhan continuar o discurso de merda sobre a volta às aulas.

— Noite difícil? — Podge perguntou.

— O quê? — Estreitei os olhos. — Por quê?

— Juro, gente, a única coisa em que eu quero mergulhar é na buceta apertada da Aoife Molloy — Alec declarou, nos interrompendo e acenando a cabeça para onde Molloy estava sentada, do outro lado do refeitório.

No instante em que olhei para ela, senti uma onda de calor subindo direto para o meu pau. Nossa, ela estava linda! Eu não falava com ela desde aquele fim de semana em que arrumei seu guarda-roupa.

Normalmente, ela me procurava logo cedo antes da aula para o nosso ritual matutino, que consistia em um pequeno bate-boca. Só que aquela manhã sua ausência se deu por conta de uma infeliz série de acontecimentos que quase me levaram a decapitar seu irmão.

Vasculhei a multidão de novo e localizei o pobre magricelo, encolhido no canto com o resto dos nerds da tecnologia do nosso ano, que iriam para a faculdade e teriam empregos bem-remunerados. Esses caras eram tão inteligentes que ficavam separados de nós, meros mortais medíocres — como eu, Podge e Alec, que provavelmente faríamos algum estágio e teríamos algum trabalho mais braçal — e tinham turmas só para eles.

Eu nunca encanava muito nas consequências dos meus punhos nervosos, mas me senti mal por ter descido a mão em Kevin Molloy. Principalmente porque ele não disse um A sobre o que tinha acontecido para os pais, o que significava que eu ainda trabalhava na oficina. Eu tinha a sensação de que Molloy tinha algo a ver com isso, já que seu irmão nunca foi meu fã.

— Eita, ela ficou ainda mais alta no verão? — Alec sibilou com um tom reverente, mordendo o punho. — Ah, merda. As pernas dela parecem mais compridas que o normal.

— São aqueles sapatos — Podge falou. — Quanto maior o salto, mais comprida a perna.

— O quê? — soltei, me virando para ele. — Onde você ouviu isso?

— Não, ele tem razão, eu também já ouvi isso — Alec disse. — Acho que li em alguma revista.

— Na clínica? — Podge perguntou.

— Isso — Alec respondeu, juntando as mãos. — Foi lá mesmo.

— Clínica? — Sacudi a cabeça. — O que foi que vocês dois fizeram no verão?

— O mesmo que você, Lynchy — Alec retrucou com um sorrisinho safado. — Pegamos geral.

Improvável.

Desviei os olhos de volta para Molloy e a vi me encarando, como sempre. Só que, em vez da provocação de sempre, ela acenou para mim.

Pisquei em resposta e tive que disfarçar o sorriso quando as bochechas dela ficaram vermelhas feito um pimentão. Mas não era vergonha. Era outra coisa. Era quase como se ela estivesse empolgada. De *me* ver.

Nossa, como era bom olhar para ela.

— Não acredito que ela ainda está com aquele babaca — Alec grunhiu, gesticulando para Ricey, plantado na cadeira ao seu lado e grudado no quadril da garota. — Quanto tempo faz que eles estão juntos agora, uns três anos?

— Três anos e meio — me ouvi dizendo. — Entre idas e vindas.

— Puta merda. — Alec soltou um suspiro desanimado. — Ele está comendo ela agora, né?

Meu Deus, eu torcia para que não.

23 de dezembro de 2003

Desejos de Natal e passeios de carro

AOIFE

— Sabe, não precisa me dar presente esse ano, amor — Paul falou, sentado na minha frente no Dinniman, depois da correria do almoço. Faltavam dois dias para o Natal e passamos a manhã toda nos matando de trabalhar. — Tudo o que eu quero de Natal é...

— Nem comece — avisei, esticando o braço sobre a mesa para botar a mão na sua boca. — Sério, Paul. Tenho menos de dois minutos de intervalo antes de voltar pro trabalho. E não pretendo usar esse tempo brigando com você.

Ele ergueu as mãos.

— E quem é que está brigando?

— A gente — falei, abaixando o braço. — Ou a gente vai começar a brigar, se você vier com aquele papo de sexo no lugar de presente de novo.

— Aoife. — Ele ficou me encarando com os olhos castanhos cheios de frustração malcontida. — Vamos lá, amor. Faz um tempão que a gente está junto.

— Três anos não é um tempão — falei, bebendo meu café. — É uma gota no oceano considerando o todo.

— Em fevereiro vai fazer quatro anos que a gente está junto — ele argumentou.

— Mas você está excluindo o tempo que a gente não estava junto durante esses quatro anos — observei. — Tirando esse tempo, é mais correto dizer que estamos juntos há dois anos.

— Aoife! — ele falou, pegando minha mão. — Fala sério, eu tenho sido paciente. Cansei de esperar.

— Você aprontou, lembra? — retruquei, para lembrá-lo de que ele tinha aproveitado bastante o tempo que demos no terceiro ano.

— Por que está falando disso? — Ele soltou um suspiro frustrado. — Isso foi *dois* anos atrás. A gente estava dando um tempo. Você disse que estava tudo bem. Eu *não* te traí.

— Não, você não me traiu. Você teve a consideração de esperar algumas horas depois que a gente terminou pra botar o seu pau dentro daquela piranha de cabelo preto do Tommen — falei, jogando na cara dele. — Como era mesmo o nome dela? Ella alguma coisa?

— Bella — ele murmurou, e teve a decência de abaixar a cabeça. — Bella Wilkinson. Mas você sabe que ela não significou nada. Eu estava bêbado e deprimido. Você tinha acabado de terminar comigo.

— Que eu saiba, precisar de espaço porque o seu namorado te chamou de vadia na frente de todo mundo não constitui uma razão boa o suficiente pra alguém ficar bêbado e enfiar o pau na primeira mulher que passar. Mas, ei, o que é que eu sei sobre o funcionamento da mente de um adolescente?

— Juro que aquilo não significou nada — ele insistiu. — Não foi nada mesmo, Aoife. Sério. Foi só sexo.

— Tudo bem, Paul. Acredito em você. Mas só pra gente ficar na mesma página, você devia saber que sexo não é *só sexo* pra mim.

— Não — ele disse. — Porque sexo é uma palavra mística no mundo de Aoife Molloy. Oral é perfeitamente aceitável, mas Deus proíbe que você deixe um pau entrar!

Revirei os olhos.

— Esse seu pitizinho não está ajudando em nada, seu escroto.

— O que é que preciso fazer pra você dar pra mim? — ele murmurou com um tom carregado de sarcasmo. — A porra de um anel?

Abri a boca para falar exatamente o que eu pensava quando Garry, meu chefe, me chamou, apontando para o relógio.

— Preciso voltar pro trabalho, mas essa conversa está encerrada — declarei, me levantando da cadeira e prendendo o avental na cintura. — Não vou mais falar disso até estar pronta. E, quando eu estiver, você vai ser o primeiro a saber.

— É ele? — Ele segurou meu pulso e me puxou de volta para si. — Ainda é sobre *ele*? — Ele estreitou os olhos de desgosto. — Porque ele não te quer, Aoife, porra. Está ocupado demais enfiando o pau em metade da...

— Não. É sobre *mim*, Paul. Sobre eu não estar pronta — falei, afastando a mão. — Preciso voltar pro trabalho.

— Que seja — Paul grunhiu, me dispensando. — Aproveita os tiozinhos te secando.

— Oi, Gar — falei, ignorando o idiota emburrado atrás de mim enquanto eu seguia até o bar. — Foi mal. Perdi a noção do tempo.

— Sem problemas, querida — o velho me disse. — O salão dos fundos está começando a encher de novo, tem bastante mesa pra atender. Mas pode só pegar os pedidos e retirar os copos. Só não anote nenhum pedido de bebida, entendeu? — Ele olhou para onde meu namorado estava e murmurou: — Pra evitar que um passarinho saia correndo pra casa pra contar pro papai que a namorada de dezessete anos estava servindo álcool pros outros.

— Não se preocupa, Gar. Sempre sou discreta. — Dei um tapinha no seu ombro seguido de uma piscadela. — E o que os olhos não veem, o coração não sente.

— Isso aí, Aoife — ele disse, abrindo um sorriso de alívio no rosto enrugado. — Você está certa.

Com o bloquinho e a caneta em mãos, segui para o salão dos fundos. Na mesma hora, fui bombardeada por vários clientes famintos e sedentos.

Sorri para mim mesma, endireitei os ombros, estufei o peito e fui em direção a uma mesa cheia de homens barulhentos.

— Olá, senhores, como posso ajudar?

Ah, se eu não ia fazer uma fortuna em gorjetas.

Acabei fazendo algumas horas extras no trabalho para ajudar o pessoal com a interminável onda de gente comemorando o Natal na cidade. Em vez de sair às seis, como previsto, saí do pub só depois das nove, na esperança de conseguir uma carona para casa com o meu pai.

Mas, quando cheguei na oficina, estava tudo escuro.

— Merda — murmurei, chutando a porta de metal. — Perfeito. — Resmungando alto, apoiei a testa no metal frio enquanto avaliava minhas opções.

Ir andando com salto de dez centímetros depois de ter trabalhado onze horas? Sem chance.

Ligar para o meu pai só para ouvi-lo falar que era para eu voltar sozinha? Não.

Meus dedos tocaram a chave do carro no bolso do casaco e rejeitei a ideia na hora, sentindo o medo me dominando.

Eu odiava dirigir. Odiava mesmo. Detestava tanto e tinha tanto medo de dirigir que aquela lata-velha, um opal corsa que meu pai tinha arrumado e me dado em setembro como presente de dezessete anos, permanecia estacionado na oficina.

Ao contrário de vários lugares, a lei na Irlanda era bem pouco exigente com quem estava aprendendo a dirigir. Basicamente, era só fazer uma prova teórica, pegar a carteira com o pessoal da administração fiscal e pronto. Não era preciso fazer uma tonelada de aulas de direção ou decorar um milhão de leis, como meus primos tiveram que fazer em Londres. Que inferno, fazia vinte anos que minha mãe estava dirigindo com uma carteira provisória. E os guardas faziam vista grossa. Não era nada de mais.

O único motivo de eu ter providenciado a carteira definitiva era para ter um documento com foto para poder beber quando fizesse dezoito no ano seguinte.

Eu não queria *dirigir*, mas foi exatamente isso que meu pai pensou que eu faria.

— Detesto ter que te falar o óbvio, Molloy, mas quando você encontra um estabelecimento com portas abaixadas e luzes apagadas significa que o lugar está fechado.

Ouvi a familiar voz de Joey e me virei depressa para vê-lo vindo da lateral do prédio.

— Meu Deus! — sussurrei, me assustando com ele ali na escuridão. — O que está fazendo aí?

— Fechando a oficina — ele falou secamente. — Se está procurando seu velho, não deu sorte — ele acrescentou, usando um molho de chaves para trancar o portão lateral atrás de si. — Ele foi beber com os caras na hora do almoço.

Fingi tristeza.

— E eles não te levaram?

— Infelizmente, não.

— Acho que você precisa ter dezoito anos pra aproveitar todas as vantagens desse trabalho, né?

Ele abriu um sorrisinho.

— Preciso fazer dezessete anos antes.

— Seu aniversário está chegando, né? Não era perto do Natal?

— Isso — ele disse, enfiando as chaves no bolso.

— É no Natal.

— Que droga, hein? — comentei, sentindo empatia por ele. — Aposto que você deixou de ganhar muitos presentes ao longo dos anos com aquela conversa de "um presente vale por dois".

— Não posso dizer que percebi, Molloy — ele falou. — Não sou do tipo que fica reparando em presentes.

— Bem, então você é uma pessoa melhor que eu, Joey Lynch, porque eu me rebelaria se tivesse que dividir meu aniversário com Jesus.

Ele deu risada, uma risada genuína, e se aproximou.

— E aí, você vai me perguntar ou a gente vai ficar parado aqui a noite toda?

Meu coração deu uma cambalhota.

— Te perguntar o quê?

— Se eu posso te acompanhar até em casa.

— Certo. — Soltei um suspiro trêmulo. — Me leva pra casa, Joey Lynch.

— Isso não foi uma pergunta — ele me provocou, se apoiando na porta e sorrindo, me encarando com olhos verde-escuros e intensos. — Você tem que pedir com jeitinho.

Meu Deus, aquele garoto era uma coisa sorrindo.

Ele ficava tão lindo...

— Tenho uma ideia melhor — me ouvi dizendo, e então fiz algo incrivelmente imprudente. Enfiei a mão no bolso do casaco, peguei a chave do carro e a agitei na frente do seu rosto. — Que tal se você dirigir?

Apesar de ser mestre em esconder as emoções, Joey não conseguiu disfarçar a empolgação que cintilou em seus olhos.

— Só faço dezessete anos em dois dias. Só posso dirigir tratores até lá.

— Verdade — concordei, observando-o desviar os olhos do meu rosto para a chave e depois de volta para mim. — Então parece que a gente vai ter que infringir a lei, não é? — provoquei, balançando a chave. — Mas me diz uma coisa: quando foi que isso te impediu de fazer alguma coisa?

Joey ficou me encarando por um longo tempo antes de soltar uma risada baixa.

— Me dá essa chave, Molloy.

Soltei um gritinho de empolgação, fechei os olhos e contive uma risada quando dobramos a esquina do mercadinho, depois de termos feito o pneu cantar no estacionamento vazio meia dúzia de vezes.

— Ah, meu Deus, cuidado com a calçada!

— Relaxa, Molloy, eu sei dirigir.

E ele sabia mesmo.

Ele podia não ter carteira definitiva ainda, mas certamente sabia lidar com carros. Devia ser por conta dos anos mexendo em motores na oficina do meu pai.

Com "03 Bonnie & Clyde", de Jay-Z e Beyoncé, ressoando das caixas de som, uma música bastante adequada para as circunstâncias, me segurei desesperadamente no painel enquanto o garoto selvagem e inconsequente no banco do motorista me surpreendia. Sentada ali ao lado dele, me senti poderosa. Como se a gente pudesse dominar o mundo naquele exato instante.

Era emocionante.

— Feliz aniversário pra mim, porra — Joey falou, rindo, claramente encantado com a vida, colocando a quinta marcha e deixando as luzes de Ballylaggin para trás. — E aí, pra onde você quer ir, Molloy?

Para qualquer lugar com você.

— Não ligo. Só não me mata, está bem? — falei, logo em seguida soltando um berro e uma risada quando passamos voando por uma lombada.

Joey me olhou de lado e sorriu.

— Não posso prometer nada.

Vários quilômetros depois, estávamos em uma estradinha perto da praia comigo no banco do motorista e Joey gargalhando do meu desconforto.

— Não consigo! — O carro tinha morrido pela terceira vez em questão de minutos. — Não adianta. Eu nunca vou entender.

— Bem, é melhor continuar tentando — ele disse, nem um pouco empático com a minha causa, com os meus saltos no colo. — Porque ouvi seu pai falando pro Danny Reilly que, se você não se mexer e começar a dirigir logo em vez de só admirar o sistema de som do carro, ele vai vender essa coisa.

— Por mim tudo bem. — Nervosa e descalça, coloquei a chave na ignição e tentei fazer o treco andar. — Sou a pessoa totalmente errada pra estar atrás do volante de uma potencial máquina da morte.

— Ah, porque você vai causar sérios estragos na primeira marcha — Joey brincou. — Vamos lá, Molloy, você sabe o que fazer. Pisa na embreagem e coloca na segunda.

— Não consigo.

— Você não consegue.

— Não mesmo.

— Para de agir como uma princesa e só faz o que tem que fazer.

Profundamente concentrada, tentei fazer o que ele pediu, mas o câmbio não me obedeceu.

— Esse carro me odeia — choraminguei, puxando o câmbio e estremecendo quando o motor rugiu em protesto.

— Meu Deus, vem aqui. Certo, pisa na embreagem. — Joey esticou o braço e cobriu minha mão com a sua, engatando a segunda habilmente. — Agora, coloca um pouco de pressão no acelerador — ele me instruiu enquanto eu reprimia um arrepio ao sentir sua enorme mão na minha. — Isso, agora embreagem de novo — acrescentou, engatando a terceira. — Está vendo? Você está conseguindo dirigir sem deixar o carro morrer. Não é tão ruim quanto parece na sua cabeça.

— É, mas isso é uma armadilha — falei, erguendo as mãos para o volante. — Pés nos pedais, mãos no volante e no câmbio, olhos na estrada... — Soltei um suspiro de frustração. — É o que eu falo para o meu pai toda vez que ele me obriga a me sentar atrás desse volante. É coisa demais pra fazer ao mesmo tempo.

— Pensei que as mulheres fossem multitarefas por natureza.

— Não essa mulher aqui — declarei, virando o volante para desviar de um atoleiro na estrada. — Ah, meu Deus, Joey. Eu odeio esse carro idiota.

— Você não odeia o carro — ele disse. — Você odeia a sensação de não estar no controle. É tudo novo e assustador. Entendo, Molloy. Você ainda está entendendo como funciona.

— Como é que você ficou tão bom nisso? — Fiquei olhando para ele sentado ao meu lado. — Como é que você pode ser três meses mais novo que eu e me deixar no chinelo assim?

— Isso não é uma competição, Molloy — ele falou, dando risada e balançando a cabeça. — E seu pai me ensinou muito nesses anos todos.

— Bem, que bom pra você. Porque ele praticamente não me ensinou nada até me dar a chave dessa coisa e me mandar dirigir.

— Espera uns meses. Você vai se lembrar dessa noite e dar risada.

— Duvido — murmurei, com os olhos fixos na noite escura adiante.

— Duvido muito.

24 de dezembro de 2003

Não quero ir para casa

JOEY

Lidar com pressão era o que eu mais fazia na vida. Geralmente, eu não ligava, pois havia passado a maior parte da vida sentindo o peso das mãos do meu pai em torno do meu pescoço, tentando me sufocar, mas tudo isso era nada se comparado à habilidade infinita de Molloy de me deixar sem fôlego.

Eram duas da manhã da véspera de Natal. Em vez de estar em casa, como eu sabia que precisava, considerando que havia uma garrafa inteira de uísque à disposição do meu pai, eu estava passeando com Molloy.

Eu me sentia um criminoso. Não podia ter entrado no carro daquela garota. Aliás, eu já tinha trabalhado um monte naquele carro. Definitivamente, não deveria ter pegado naquele volante, mas quando ela sacudiu a chave na minha frente, a tentação foi forte demais.

Eu também não entendia os motivos para ela querer estar ali comigo. Para ela continuar me procurando. Mas eu não estava a fim de discutir com ela aquela noite, pois assim eu não teria que ir para casa lidar com as merdas do meu pai.

Ela me irritava mais que quase todas as outras pessoas e às vezes me deixava louco, mas não havia mais ninguém com quem eu quisesse infringir a lei. Mesmo parados nos fundos da oficina dividindo um pacote de batatinhas, eu estava achando difícil encontrar uma motivação para deixá-la.

O negócio era que ficar ali naquele carro com a única pessoa cujo toque não fazia eu me encolher parecia uma boa ideia.

— Essa é a minha favorita — ela disse, aumentando o volume do rádio quando “Fairytale of New York”, do The Pogue’s, ressoou das caixas de som. — É a melhor música de Natal de todas. — Ela enfiou uma batatinha na boca e sorriu para mim. — Qual é a sua?

— Sei lá. — Dei de ombros e peguei uma batatinha. — Nunca pensei nisso.

— Ah, fala sério, Joe — ela insistiu. — Todo mundo tem uma música de Natal favorita.

Não eu.

Eu preferia o silêncio.

Dei de ombros.

— Essa, acho.

— Que bom. — Ela assentiu em aprovação. — Ela me lembra de você.

— Nossa — falei, surpreso. — Que parte?

— Tudo — ela disse, atirando uma batatinha no meu rosto. — Daqui pra frente, essa vai ser a nossa música.

Estreitei os olhos para ela.

— Ah, sim, porque a gente precisa ter uma música.

— Bem, é *véspera* de Natal, *baby* — ela brincou, e então começou uma péssima interpretação do primeiro verso da música antes de conter uma risada. — Está vendo? É perfeita pra gente.

— Só tem um probleminha com a música que você escolheu — falei secamente. — Não sou seu *amor*, Molloy.

— E de quem é a culpa? — ela retrucou na mesma hora, sem desviar o olhar nem hesitar. — Hum. De quem será?

Nossa, ela era tão atrevida.

Era realmente impressionante.

E gostosa pra caralho.

Eu absorvi tudo nela: cada sarda, cada curva, o tom de verde dos seus olhos, as mechas claras do seu cabelo loiro.

— Bem... — Sorri, balancei a cabeça e voltei o olhar para a frente. — Se você está falando isso por causa do passeio de hoje, deveria me agradecer.

— É o que você acha — foi tudo o que ela disse, vasculhando uma pilha de CDs. — Certo, você claramente não ficou empolgado com a última música, então o que acha dessa aqui? — ela perguntou, trocando o CD e escolhendo a faixa três do álbum. Então Goo Goo Dolls explodiu nas caixas de som.

— "Iris"? — Levantei a sobrancelha. — Boa tentativa, Molloy, mas tenho que confessar que não estou sentindo uma vibe muito festiva nessa música.

— Não, idiota, não estamos escolhendo uma música de Natal — ela disse, aumentando o volume. — Mas a *nossa* música.

Abri a boca para responder, mas ela esticou o braço e tapou meus lábios com a mão.

— Shhh. Só me dê uma chance e ouve. Que tal?

Concordei com relutância e assenti uma vez, mantendo os olhos fixos nos dela enquanto a letra da música bagunçava minha cabeça.

— E aí? — ela enfim perguntou quando a música terminou. — Não é perfeita?

— É, Molloy. — Minha voz estava carregada, pois eu lutava contra um milhão de emoções complicadas pra cacete. — É, sim.

24 de dezembro de 2003

Eu me importo demais

AOIFE

Se Joey queria passar metade da noite sentado no carro nos fundos da oficina, eu ficaria ali com ele feliz. O fato de estar fazendo -2 graus lá fora e eu estar quase congelando com o uniforme do trabalho não importava. Pelo menos ele estava comigo, o que significava que não estava aprontando.

Não estava se drogando.

O tempo passava muito mais rápido quando eu estava com ele, e não notei as horas passando enquanto o entretinha com causos da minha vida. Sabe, Kevin podia até ter levado a melhor no quesito inteligência acadêmica, mas eu tinha a capacidade de falar mais que um papagaio.

Sério. Eu tinha sido abençoada com a habilidade de conseguir gerar conversas a partir do nada, e foi assim que mantive a atenção daquele garoto tão inacessível durante a maior parte da noite.

— Daí ele disse "Ah, amorzinho, a minha cama está com o seu cheiro, mas está saindo rápido, então você precisa vir rápido" — falei, fingindo vomitar ao lembrar do papinho ridículo de Paul outro dia no telefone. — Tipo, sério? — Contive uma gargalhada, arregaçando as mangas do moletom que Joey tinha me emprestado. — Se controla, homem.

— Ah, meu Deus, que vergonha — Joey resmungou, cobrindo o rosto com as mãos. — Estou envergonhado de verdade por esse babaca.

— Pois é — concordei, abanando a mão. — Também fiquei.

— E o que você respondeu?

Abri um sorriso diabólico.

— Falei pra ele espirrar perfume nos lençóis, apagar as luzes e se familiarizar de novo com a própria mão.

Joey inclinou a cabeça para trás e gargalhou.

— Que maldade.

— Bem, ele mereceu — eu disse, rindo. — Fala sério! O que ele achou que eu ia fazer? Correr pra casa dele pra me esfregar no lençol que nem uma gatinha marcando território? Aff, que idiota.

— Provavelmente — Joey falou, ainda dando risada. — Caso você não tenha percebido, ele é meio que obcecado por você.

— Não, Paul é obcecado por *isto* — retruquei, gesticulando para o meu corpo. — Ele tem zero interesse *nisto*. — Bati o dedo na têmpora. — Ele nem me conhece, Joey. Não de verdade. Ele nunca se deu ao trabalho. Sempre só se preocupou com as aparências. Sinceramente, duvido que ele ligaria se eu não dissesse uma palavra, contanto que eu sorrisse e estivesse linda.

— Então o que você está fazendo, Molloy? — ele perguntou sem rodeios, com os olhos verdes bem claros, para variar, fixos em mim. — Você ama ele?

— Eu sinto amor por ele.

— Não foi o que eu perguntei.

Eu sabia.

— O que você quer que eu diga, Joe?

— Só quero entender.

— Entender o quê?

— Você e ele.

— Ah, meu Deus. — Dei risada. — Quanto tempo você tem?

— A noite toda.

Soltei um suspiro trêmulo e fiquei pensando por um tempo, tentando encontrar um jeito diplomático de dizer "Porque, pra superar você, preciso estar com alguém que seja o completo oposto" antes de ficar com:

— Acho que eu sempre soube como as coisas seriam com Paul. — *Algo que eu nunca soube com você.*

— Como as coisas seriam?

— Pois é. — Assenti lentamente. — Tipo, não me entenda mal. Sei que não é perfeito. Está longe, *bem* longe do perfeito, mas pelo menos estou levando a relação com a cabeça limpa e os olhos abertos. — *E o mais importante: não vou me machucar.* — Eu conheço o jogo dele, e ele não vai conseguir me sacanear.

— Credo, parece horrível.

— É seguro. — *Mais seguro que você.*

— Então ele é tipo um escudo.

— Escudo?

— Que te protege de se ferrar. — Joey franziu as sobrancelhas. — Por que vocês estão juntos há tanto tempo?

— Sei lá. — Dei de ombros, perdida. — Provavelmente, porque é tudo o que eu conheço desde o primeiro ano. Estar com ele é confortável. Não tenho trabalho nenhum, e ele quer ficar comigo. — *E você não.*

Joey ficou me encarando por um tempão antes de balançar a cabeça.

— Não vai durar muito.

— Não? — *Ah, meu Deus, eu torcia para que não mesmo.* — Você acha?

— Não. — Ele balançou a cabeça de novo. — Se você está em uma relação só porque é confortável, não vale a pena.

Bufei.

— Bem, pois acredite em alguém que entenda bem desse tipo de coisa: às vezes algo confortável é o melhor que se pode conseguir.

— Para com isso. Não é, não — Joey falou, estreitando os olhos. — Você não devia se contentar com algo *confortável*, Molloy. Você não devia se contentar com nada menos que uma paixão louca. A única pessoa com quem você devia se contentar é alguém que realmente te deixa *contente*. Alguém que te leva à beira da loucura porque te faz sentir tanto que você não consegue nem respirar sem essa pessoa. E o pior é que você não vai nem querer outra coisa. Não vai querer respirar nem sentir nada sem ela. É assim que você vai saber que o relacionamento é de verdade, Molloy. Você devia se *contentar* só quando estiver se sentindo mais desconfortável que nunca. Porque é assim que você vai saber que está apaixonada, o que, pra mim, me parece um jeito muito melhor de se viver do que se contentando com alguém que não tem nada em comum com você, só porque é *confortável*.

Nossa.

Perdi o fôlego e meu coração começou a golpear meu peito.

— Você realmente acredita nisso?

— Pra você? — Ele fez que sim e não demonstrou um pingo de incerteza. — Totalmente.

— Mas e pra você?

— O que tem eu, Molloy?

— É isso que você está esperando? — sussurrei, com o coração acelerado. — Um amor fenomenal?

— Não — ele falou sem emoção.

Fiquei decepcionada.

— Por que não?

— Porque é preciso se importar com alguém pra se apaixonar. — Ele me lançou um olhar duro. — E eu não me importo com ninguém, lembra?

— Agora é a minha vez de dizer: bobagem. — Me virei de lado no assento e devolvi o olhar duro para ele. — Você se importa comigo, Joe.

— Você é minha amiga — ele disse.

— Sim, e você se importa com a sua amiga.

— Molloy...

— Não tem problema se importar comigo, Joe.

Ele me encarou.

— Eu não me importo.

Estreitei os olhos.

— Se *importa, sim.*

— Escuta, a única coisa com a qual sempre pude contar foi com a minha própria sombra, e é assim que eu gosto — ele disse, passando a mão pelo cabelo. — Não me importo com as pessoas porque não posso. Não tenho tempo nem espaço dentro da minha cabeça pra me permitir me importar com qualquer um além da minha família. Eu sou assim, está bem? Esse sou eu. Não posso *me dar ao luxo* de ser de outro jeito, Molloy.

— Bem, que merda, então — falei, me sentindo magoada e frustrada e um milhão de outras coisas mais. — Eu me importo com você, Joey. Sempre me importei.

E nunca foi minha ideia mais brilhante.

Pena que eu era teimosa e imprudente com o meu coração.

Pena que eu estava determinada a continuar me importando com ele mesmo assim.

— Não fala assim — ele grunhiu, abaixando a cabeça entre as mãos. — Meu Deus, Molloy, por que você sempre tem que forçar a barra? Por que não consegue guardar essas merdas pra você mesma? *Por favor*!

— Que nem você? — perguntei sem vacilar. — Sabe, Joe, qualquer dia desses você vai ter que parar de mentir pra si mesmo e admitir como se sente.

— Não tenho nada pra admitir.

— Tem sim e você sabe.

— Você que não sabe de nada.

— Você só tem medo de admitir — insisti, erguendo o dedo. — Porque isso significaria ter que reconhecer o fato de que tem uma garota sentada na sua frente que se importa com você por nenhum outro motivo além de que ela se importa com você! Que não espera que você faça nada além de ser amigo dela! Que sabe que você pode ser um cuzão, mas se importa com você mesmo assim. Porque é verdade, Joe. Eu me importo com você pra caralho, apesar das suas merdas. Que inferno! Talvez até *por causa* delas. — Ergui as mãos em resignação. — Quem é que vai saber?

— Se você pelo menos *tentasse* entender o que eu estou fazendo — ele disse, soltando um suspiro frustrado. — Se você soubesse do que estou tentando te poupar, você não seria tão insistente.

— Com o quê? — perguntei, com o coração martelando violentamente no meu peito. — A nossa amizade?

— Com qualquer coisa comigo — ele rugiu. — Puta merda!

Com os olhos arregalados de raiva, avancei para ele e o empurrei. *Literalmente.* Com as duas mãos.

— Que tal essa, seu covarde?

— Não começa — ele avisou, levantando o braço para me afastar. — Nem pensa em seguir nessa linha comigo. Isso não vai acabar bem.

— Tarde demais. — Eu o empurrei de novo e de novo, só para garantir. — Vamos lá, machão, pelo menos agora estou falando a única língua que você parece entender!

— Molloy.

Eu o empurrei mais uma vez.

— Estou te avisando.

E outra vez.

— Porra, Molloy. — Ele me virou, prendeu minhas mãos e se inclinou para perto. — Você cheira a desespero, e isso é brochante.

Suas palavras podiam ser cruéis, mas seus olhos me contavam uma história completamente diferente enquanto ele ficava sobre mim, com o peito pressionado contra o meu e o corpo vibrando de tensão.

— Por que é que eu me importaria com uma garota que fica se oferecendo assim tão facilmente pra quem quiser pegar? — Ele estreitou os olhos e chegou ainda mais perto, e então disse: — Você tem namorado e mesmo assim está aqui, se oferecendo toda pra mim feito uma *vadia*.

— Me solta! — eu praticamente rosnei, conforme suas palavras me atingiam fundo. — Me solta já, seu cuzão!

— Sem problemas — ele disse, igualmente furioso, recuando.

— Você sabe ser babaca, hein? — gritei, abrindo a porta e descendo do carro. — O cara mais babaca que já conheci!

— E você sabe ser uma puta — ele rosnou depressa, descendo do carro atrás de mim. — Espera! Aonde você está indo?

— Pra longe de você!

— O carro é seu, Molloy.

Merda.

— Não ligo.

— Você está descalça.

Merda ao quadrado.

— Não ligo!

— Molloy, se liga. — Seu tom era duro e carregado de frustração. — Você não vai voltar pra casa no escuro sozinha.

— Por que não? Tem medo de que eu acabe com alguém, já que sou uma vadia e tal?

— Quer parar quieta um seg...

— Não, vaza daqui. E nem pense em vir atrás de mim!

— Não vire as costas pra mim, Molloy.

— Não me diga o que fazer, cuzão.

Apertei o passo, disparei até a esquina e atravessei a rua. Como era quase Natal, as pessoas não paravam de sair dos pubs e dos bares.

— Espera, espera, espera... — Joey me envolveu em seus braços fortes e me puxou contra o peito. — Espera. Pode ser?

— Me solta — falei. Estremeci quando suas mãos me seguraram firmemente nos quadris, mantendo minhas costas contra o seu peito. — Agora.

— Falei merda — ele disse depressa. Senti seu hálito no meu rosto. — Me desculpa.

— Não. — Meu coração batia descontroladamente. — Você me magoou.

— Volta a ser minha amiga de novo, Molloy.

— Não. — Balancei a cabeça e me virei para ele. — Você falou aquilo *de propósito* pra me machucar. Se eu te desculpar, você só vai fazer de novo.

— Provavelmente. — Seus tristes olhos verdes ardiam de arrependimento. — Mas não vai ser de propósito. — Ele bufou. — Não vou mais te magoar de propósito.

De propósito ou não, dava no mesmo.

— Não consigo. — Soltei um suspiro trêmulo e dei um passo para trás. — Você me magoou *de verdade.*

— Eu me importo. — Ele esticou a mão e segurou o moletom que eu estava vestido, o moletom *dele*, e me puxou para perto até nossos corpos ficarem colados. — Eu me importo. Eu me importo. Eu me importo — ele ficou repetindo com os olhos fixos nos meus, enquanto sua mão soltava o moletom e para me segurar pela nuca. — Eu me importo demais.

— Está vendo? — Soltei um suspiro trêmulo e me inclinei para a frente, apoiando a cabeça no seu peito. — Era só isso que eu queria ouvir.

— Eu sei, Molloy. — Ele apoiou o queixo na minha cabeça e suspirou pesado. — Eu sei.

31 de dezembro de 2003

Como vai a sua auréola, meu anjo?

JOEY

A minha vida era uma sequência de desastres.

Crescer em um lar como o nosso me tornava disfuncional. E não estava me referindo a trabalho, pois sempre arrumei um monte de empregos desde a infância. Era a minha cabeça que não funcionava direito. Pelo menos, não era como a cabeça das pessoas da minha idade.

Tinha uma série de coisas erradas comigo. Coisas que eu tinha medo demais de descobrir, então não gastava energia com isso.

A verdade era que meu cérebro era um lugar assustador, e na maioria das vezes eu não queria entrar em contato comigo mesmo.

Eu era ou não era um desastre?

O estado miserável da minha vida era resultado direto das minhas péssimas escolhas.

Escolhas que eu mesmo fiz.

Escolhas feitas por mim por pessoas que deviam me amar mas não tinham essa capacidade ou simplesmente não me amavam.

Eu sabia que estava longe de ser um santo e não culpava ninguém pelos meus erros, a não ser eu mesmo. Mas, puta merda, as coisas poderiam ter sido bem diferentes se eu tivesse tido um outro começo — como o babaca parado na minha frente, por exemplo.

Sim, com uma família estável, uma casa legal e uns trocados no banco, Paul Rice teve um começo bem diferente na vida.

Um começo bem melhor que o meu.

Devia ser bom poder dormir à noite sem temer ser arrastado para fora das cobertas para ser espancado até quase morrer.

Devia ser bom não se distrair com os berros dos seus irmãos famintos ou com sua mãe, chorando baixinho, machucada e espancada, para não dizer brutalmente estuprada, diariamente.

Babaca!

— Amor, deixa a vodca de lado hoje, sim? — ele disse para Molloy enquanto eles entravam na cozinha da Danielle Long, na festa de Ano-novo que bombava e não tinha nenhum adulto por perto.

Tinham passado a maior parte do tempo na sala. Eu sabia, porque tinha ido até lá só para ficar longe deles.

Eu estava determinado a começar bem o ano — ano novo, vida nova e tal —, mas se eu tivesse que ficar vendo aquele imbecil enfiar a língua na boca da Molloy por mais um segundo, eu surtaria antes mesmo de o ano começar.

— Eu me importo. Demais.

— Está vendo? Era só isso que eu queria ouvir...

Pisquei para afastar a lembrança antes que ela me dominasse e me arrastasse para baixo e me concentrei no babaca na minha frente falando com ela como se a Molloy fosse uma criancinha.

Sério, eu tratava Sean com muito mais respeito, e olha que eu limpava a bunda dele todos os dias.

— Você sabe que fica agressiva depois de beber — ele continuou falando. Agindo como se fosse dono do lugar, abriu a geladeira e pegou o que devia ser sua sétima lata de cerveja, não oferecendo nada para a namorada. — Não suporto quando você enche a cara.

Me recostei na porta e vi as bochechas de Molloy ficando vermelhas feito um pimentão, mas, em vez de colocar aquele babaca no lugar dele como ela normalmente faria, ela passou um pano.

E deixou pra lá.

Molloy permitiu que o namorado falasse com ela como ela fosse seu dono.

A cena não me caiu nada bem.

Mas que se fodessem. Eu que não ia me envolver mais naquele drama. Da última vez que tentei defendê-la, perdi a cabeça tão feio que quase matei o irmão dela.

Você também falou bosta para ela, seu cuzão, uma vozinha me lembrou, e me crispei pela forma como eu a tinha tratado antes do Natal. A minha incapacidade de formular uma frase decente para explicar a Molloy que eu me importava com ela acabou comigo, destilando veneno e fazendo-a chorar.

Desviei os olhos deles, dei uma grande tragada no baseado e segurei a fumaça por bastante tempo, me deleitando com a queimação, a tontura e o alívio temporário que a erva me proporcionava.

Mas não era o suficiente. Nunca era.

O saquinho de calmantes que eu tinha no bolso traseiro do jeans era prova disso. Misturados com vodca e Vicodin, eu chegaria a algum lugar.

Eu poderia esquecer a voz *dela* por um tempo.

— E aí, andou roubando mais carros? — a voz familiar de Molloy penetrou meus pensamentos, me trazendo de volta ao presente. E, puta merda, meu coração deu uma cambalhota dentro do peito quando ela se colocou ao meu lado e me deu um empurrãozinho com o ombro. — Belo capuz.

— Nah, o de sempre — eu disse, devolvendo o empurrãozinho. — E belas pernas.

— Estou de jeans hoje.

— Não na minha cabeça.

— Engraçadinho. — Ela sorriu para mim e não pude evitar sorrir de volta. — E aí, o que está fumando?

Seu tom de desaprovação era evidente.

— Como vai a sua auréola, meu anjo?

— Considerando o cheiro, melhor que a sua. — Parada ao meu lado, ela se inclinou para perto e deu uma fungada na fumaça. — Uhum — ela falou, cheia de sarcasmo. — Cheiro de depravação.

Ergui a sobrancelha.

— Você está acabando com a minha onda, Molloy.

— É mesmo? — Ela abriu um sorriso radiante. — É a melhor notícia que recebi nessa noite de merda.

— Não está na vibe festiva, né?

— Eu preferiria estar em qualquer outro lugar que aqui, Joe, e não é exagero — ela falou, suspirando. — Preferiria até estar naquele congelador que vocês chamam de oficina. *Mesmo* com a bunda peluda do meu pai me encarando. — Ela soltou um suspiro frustrado. — Ele tem, tipo, uns dez cintos. Era de se esperar que ele usasse algum.

Um sorriso relutante se espalhou pelo meu rosto.

— Talvez você devesse beber alguma coisa, já que é Ano-novo e tal. — Peguei a garrafa de vodca que eu tinha escondido atrás do micro-ondas e a agitei para ela. — Além disso, ouvi falar que faz bem pros nervos.

— Eu já tomei três cervejas — ela respondeu, afastando a garrafa.

— E daí?

— E Paul sempre me enche o saco quando eu bebo demais.

— E daí?

— E... — Ela olhou para a porta da cozinha e depois balançou a cabeça. — E ele que se foda.

Essa é a minha garota.

— Esse é o espírito.

Ela sorriu para mim e perguntou:

— Tem coca?

— Levantei a sobrancelha.

A garota arregalou os olhos.

— A bebida, seu idiota.

Dei uma piscadela para ela.

— Pega um copo.

— Não, não, não — Molloy falou algumas horas depois, rindo, derramando a bebida que tinha na mão e cambaleando na minha direção. — Sem chance de você continuar.

— Posso continuar a noite toda, Molloy — eu disse, me sentindo muito mais relaxado com meia garrafa de vodca nas ideias.

Estávamos do lado de fora da casa de Danielle fazia mais de uma hora num jogo que Molloy chamava de *jogo de uma palavra só*.

E o que começou como uma brincadeira de acrescentar uma palavra por vez para formar uma frase acabou se transformando em uma história bizarra.

Eu nunca tinha jogado aquilo antes, mas quanto mais vodca bebia, mais a história ficava inventiva.

Ela enrolou os dedos no meu moletom, me puxou para perto e sorriu.

— Me dá essa garrafa.

— Não sei, não, Molloy — falei, abrindo a tampa e bebendo direto do gargalo. — Se continuar com essa *depravação*, suas asas não vão te levar pro céu.

— Quer dizer que vou ter que ficar no inferno com você, né? — ela retrucou, arrancando a garrafa da minha mão e dando um grande gole.

Não era uma bêbada agressiva.

Era engraçada pra caralho.

Estava claro que ela só não estava andando com a companhia certa.

— Você é meu melhor amigo — falou de repente. — Mas não conta pra Casey, porque ela vai arrancar os seus olhos fora.

— Que honra.

— Sinta-se honrado mesmo.

— Você também é — falei, rindo. — Mas não conta pro Podge, porque... ah, acho que ele nem vai ligar.

— Então somos melhores amigos? — ela perguntou, erguendo o dedinho para mim.

— Que se foda! — Dei de ombros e entrelacei o dedinho no dela. — Por que não?

— *Oba*. Legal! — Ela deu risada e se sentou na beira do trampolim com a garrafa na mão. — Onde a gente estava mesmo?

— Ele colocou a mão no meio das pernas dela — falei, me sentando ao seu lado.

— Ah, é — ela disse, encantada. Em seguida, se deitou de costas, fazendo o trampolim balançar.

— Não estraga a história dessa vez — avisei, pegando a garrafa dela para dar um gole. — E quando chegar na parte boa, vê se não engasga.

— Eu não engasguei — ela falou, se apoiando nos cotovelos. — Tudo bem, então ele botou a mão no meio das pernas dela... — Ela franziu a testa, ficou pensando por um tempo e acrescentou: — Quando...

Revirei os olhos.

— De.

— Repente.

Molloy arregalou os olhos.

— Ele.

— Parou.

Ela abriu um sorrisinho.

— Para.

Ergui a sobrancelha.

— Deslizar.

— A.

— Calcinha.

— Dela.

— Pelas.

— Pernas.

— Ponto-final.

— Daí.

— A.

As bochechas dela ficaram vermelhas quando eu disse:

— Boca.

— Dele.

— Estava.

— Ali.

— *Ali*? — Ergui a sobrancelha. — Que porra é essa, Molloy? Onde é ali?

— Está bem, está bem — ela falou, dando uma risadinha. — A boca dele estava *nela*.

Sorri e gesticulei para que ela continuasse.

— Não, não consigo — ela falou, gargalhando, voltando a se deitar no trampolim. — Para de me obrigar.

— Consegue, sim — insisti, dando risada. — Pode falar.

— Não consigo.

— Fala!

— Buceta! — ela gritou com todas as forças. — A boca dele estava na buceta dela! Pronto, falei. — Contendo as gargalhadas, ela disse: — Vou fazer xixi nas calças.

— É só pular na piscina — falei, me virando de lado para vê-la rolando e segurando a barriga. — Se você mijar nesse trampolim comigo aqui, vou ter que anular nosso status de amizade, Molloy, e arranjar outra pessoa pra continuar o jogo de uma palavra só.

— Você não faria isso. Ela ficou de quatro e rastejou de volta para mim, suspirando de contentamento. — Sou insubstituível.

Era mesmo.

— Joey? — Uma voz familiar me chamou da porta dos fundos. — Você vai entrar? — Danielle perguntou, parada ali perto. — Estava querendo dançar um pouco.

— Eu não sei dançar.

— Ah... Eu queria muito.

— Mas eu não sei dançar.

— Bem, entra logo, pode ser? Quero passar a virada com você.

— Beleza, Dan, já vou.

Quando a porta se fechou, Molloy me deu uma cotovelada e soltou uma risada zombeteira.

— Está parecendo que ela não quer só passar a virada com você.

Sorri, balancei a cabeça e olhei para ela.

— Você acha?

— Acho. — Ela deu um monte de risadinhas e acrescentou: — Está parecendo que ela quer a sua boca na buceta dela.

Ergui as sobrancelhas.

— Que palavras ousadas vindas da garota que era supertímida pra falar buceta dois minutos atrás, não?

— Buceta, buceta, miau, miau — ela ronronou. — Quem é tímida agora?

— Retiro o que disse — falei. — Você é selvagem.

— E você é o oposto de tímido — ela disse, abrindo um sorriso encorajador.

— Nossa, valeu.

— *De nada.* — Sorrindo, ela esticou o braço para dar tapinhas na minha bochecha. — Tira isso — ela pediu, abaixando o meu capuz. — Quero ver seu rosto lindo.

— Lindo — bufei. — Nossa, continua me elogiando, Molloy. Vou ficar com o ego lá em cima.

— Mas é verdade — ela falou, suspirando e passando a mão da minha bochecha para a minha nuca. — Se eu tivesse um chocolate agora, eu te daria até meu último pedaço.

— Ah, é? — Sorri, provocando-a. — Bem, se eu tivesse um chocolate agora, Molloy, eu te daria tudo.

— É mesmo? — Os olhos dela se arregalaram e ela me encarou como se eu tivesse acabado de lhe oferecer a própria lua. — É a melhor coisa que alguém já me disse.

Balancei a cabeça e dei risada.

— Você é fácil de agradar.

Ela sorriu.

— Beleza, que tal essa palavra pra nossa história? — Ela pressionou os dedos nas têmporas e cantarolou antes de dizer: — Ela.

— Abriu.

— As.

— Pernas.

— Mais.

— Para.

— Ele.

— Provar.

— Seu.

— Clitóris.

— Pulsante.

Ela soltou um suspiro trêmulo e se inclinou para perto.

— Ela.

— Usou

— As.

Molloy se aproximou mais.

— Mãos.

— Pra.

— Tirar.

— A.

— Cueca.

— Dele.

Soltou outro suspiro e sussurrou:

— Então.

— Ele.

Sua mão pressionou minha nuca.

— Enterrou.

— O.

— Pau.

Ela ficou ofegante quando eu sussurrei:

— Duro.

Segurava meu pescoço com tanta força que suas unhas se cravaram na minha pele.

— No.

Meu coração estava martelando com tanta força, tão alto e violentamente, que fiquei surpreso por ainda estar respirando. Resisti ao impulso de encostar a testa na dela.

Em vez disso, me mantive firme e fiquei observando-a me observar.

Era demais — ela, o momento, meus sentimentos, como meu coração batia. Era demais para mim.

Ainda assim, permaneci completamente imóvel, encarando-a.

— Fundo.

Senti seus lábios perigosamente perto dos meus.

— Da.

— Namorada — Paul falou com frieza, nos assustando. — O que está rolando aqui?

— Oi, Paul, a gente estava no meio de um jogo de palavras — Molloy falou alegremente, alheia à expressão assassina no rosto do namorado. — Quer jogar?

— Não — ele falou sem emoção. — O que eu *quero* é passar um tempo a sós com a minha namorada, mas passei a última hora e meia procurando ela.

— Porque ela estava aqui fora brincando com o Joe, bobinho — ela falou, contente.

— Bem, se importa de entrar pra passar a virada do ano comigo? — ele perguntou. — Isto é, se não for muito incômodo pra você ficar longe do Lynchy.

— Claro, Paul. — Ela sorriu para mim e tocou meu nariz com o dedo. — E *você*... te vejo depois.

— Até depois — respondi, secando sua bunda maravilhosa enquanto ela seguia para a casa.

— Não vai, não — Paul disse quando Molloy entrou. — Você não vai ver ela nem ficar de joguinhos com ela nem nada disso, porra.

Dei risada.

— Você tem sérios problemas com controle, cara.

— Sério, Lynchy — ele falou. — Fica longe dela.

— É ela que fica me procurando, cara — eu disse, secando a garrafa de vodca. — O que você acha disso?

— Acho que está entediada e você é só um coitado que ela tem pena.

— Sério? — Dei de ombros. — Engraçado, porque eu acho que você que deixa ela entediada e eu ofereço exatamente o que você não consegue.

— E o que seria isso? — ele perguntou com desdém. — Uma tatuagem no cóccix e uma ficha criminal quilométrica?

— Ainda não. — Dei um sorrisinho. — Mas amanhã é outro dia.

— Escuta aqui, seu babaca, só vou te falar isso mais uma vez: deixa a minha namorada em paz. Fica longe dela e da vida dela.

— Que seja — falei, sem vontade de discutir com ele.

Não quando eu estava tão de bom humor.

— Ah, só mais uma coisa. — Ele se virou para me olhar e acrescentou: — Valeu por deixar ela bêbada pra mim.

Estreitei os olhos e ele deu um sorriso sombrio.

— É sempre mais fácil fazer ela tirar a calcinha quando ela está caindo de bêbada.

Em seguida, ele deu as costas e desapareceu dentro da casa. Me levantei para ir atrás dele, mas o que eu poderia fazer?

O que eu poderia responder? Eu mal poderia impedi-los de fazer qualquer coisa.

Ela *escolheu* estar com ele.
Várias vezes.
Ele era o namorado dela.
Já eu era... nada.
Eu não era nada.
Puta que pariu.

1º de janeiro de 2004

Batendo na porta da Danielle

AOIFE

— Ah, isso, amor, isso — Paul gemeu, me pressionando mais no colchão no quarto de hóspedes para o qual ele me arrastou.

Em vez de estar lá embaixo me divertindo na festa como antes, eu estava estirada seminua debaixo do meu namorado bebaço, suando vodca e tramando uma rota de fuga.

— Você é tão gostosa... — Paul continuou ronronando, apalpando e apertando meus seios como se fossem seus brinquedinhos pessoais. — Puta merda, mal posso esperar pra enfiar meu pau dentro de você — ele acrescentou, correndo a língua pelo meu pescoço. — Vou te comer tanto que você não vai conseguir andar por uma semana todinha.

Nossa.

Eram as palavras que toda virgem gostaria de ouvir.

As mãos dele passaram para a barra da minha calcinha e eu me fechei.

— Espera.

— Não — ele grunhiu, enterrando o rosto entre os meus seios. — Não, não, não, não me manda esperar.

— Espera — repeti com o peito pesado, afastando a mão da minha calcinha. — Espera.

— São três anos e meio, Aoife — ele choramingou, dando beijos molhados e desajeitados no meu pescoço. — Vai fazer quatro em fevereiro. Ainda não mereço tirar a sua virgindade?

Se ele merecia?

— Não. — Sacudi a cabeça. — Não quero fazer isso aqui.

— Shhh, está tudo bem, aqui está perfeito. É Ano-novo. Bem romântico.

— Não vai rolar, Paul — falei, empurrando seu peito em uma tentativa de tirar aquele grande babaca de cima de mim. — Levanta.

— Pelo amor de Deus, Aoife — ele insistiu, rolando para o lado e se deitando de costas. — Que merda. Como é que eu sou o único cara do nosso ano que tem namorada e continuo sendo o único que não está transando?

— Não estou pronta ainda — expliquei, deslizando para a beirada da cama. — Não estou pronta pra transar com você e não vou ser convencida a transar em uma festinha de merda de Ano-novo — falei, pegando meu sutiã no chão do quarto.

— Então pelo menos me chupa.

Olhei para ele com as mãos no pau.

— Se você botar essa coisa perto da minha cara, vou te morder.

— Você não faria isso.

— Experimenta pra ver.

— Você é uma vadia.

— Se você não sabe ser paciente e esperar até eu estar pronta, é problema seu, não meu.

— E se eu não quiser esperar? — Ele se sentou e ficou me encarando. — E se eu estiver cansado de esperar você abrir essas pernas de Virgem Maria?

Estreitei os olhos para ele.

— Então a gente não tem mais nada pra falar um pro outro.

— Beleza, então vaza daqui e arranja algum outro imbecil pra te acompanhar até em casa hoje — ele falou, afastando as cobertas e se levantando. — Porque eu não quero nem olhar pra você agora.

— Olha, me desculpa, está bem? — eu disse, me sentindo estranhamente emotiva com a frieza da sua rejeição. — Te falei que só não estou pronta pra transar.

— E eu te falei que não quero olhar pra você — ele disse, tirando a cueca. — Então você pode dar pra mim ou vazar.

As palavras mal tinham saído da sua boca quando a porta do quarto se abriu de repente.

— Aqui não — Danielle ronronou, puxando a fivela do cinto de Joey, que já estava sem camisa. — Vamos pro meu quarto.

Dor.

Que me atingiu feito um punhal.

Claramente chapado do que quer que tenha tomado depois que o deixei, Joey cambaleou contra ela com os olhos desfocados e turvos, enquanto segurava sua cintura e a puxava para si.

— Aqui está ótimo.

Ai.

Doeu.

Doeu tanto que tive que respirar fundo para recuperar o fôlego.

— Ah, foi mal, gente — Danielle soltou ao notar a nossa presença. — A gente só estava... — Ela parou de falar e suas bochechas coraram. — Bem, hum, vocês sabem...

— Tudo bem. — Engoli o gosto amargo e me virei de costas para a porta para vestir o sutiã e a calça depressa. — A gente já estava indo.

— Está vendo? Os dois vão transar e aposto que ele não teve que esperar três anos pra convencer ela — Paul falou, atirando minha camiseta para mim. — Vamos, Aoife, é isso que os caras da minha idade deveriam estar fazendo.

— Então vai se foder, Paul, tanto figurativamente quanto literalmente — sibilei, colocando a camiseta e sentindo as lágrimas ardendo nos meus olhos.

— Vai se foder — ele disse. — Aproveita a caminhada sozinha no escuro. Tomara que não tenha nenhum tarado à espreita no mato.

— Pode ficar com o quarto, Danielle. Eu estava de saída — falei com o rosto queimando, calçando a sapatilha e seguindo para a porta, que por acaso estava bloqueada por Joey, recostado contra o batente.

Ótimo.

Realmente fantástico.

Seus olhos pousaram no meu rosto e juro que vi uma centelha de reconhecimento ali antes que ele sacudisse a cabeça e se afastasse.

— Ele está bem? — perguntei quando ele passou por mim.

— Está — Danielle respondeu, acomodando o braço dele no ombro dela e o conduzindo para o corredor. — Feliz Ano-novo!

O que quer que tenha acontecido entre Joey e Danielle no quarto foi exatamente o que ela queria, porque, quando desceu algum tempo depois, estava tão satisfeita que praticamente flutuava.

Desgostosa comigo mesma pelo nível anormal de inveja que senti por uma garota que nunca tinha feito nada para mim, tentei me livrar daquela vibe sombria, mas a verdade era que eu não conseguia.

Fiquei sentada no sofá dela completamente sóbria e alheia ao meu redor, vendo a multidão se dissipar, até restarem poucas pessoas.

Eu devia ter ido para casa horas antes, mas não parecia capaz de fazer meus pés atravessarem a porta. Não quando ele ainda estava lá em cima, completamente chapado. Eu sabia que deveria estar pensando em Paul, sozinho no quarto onde eu o tinha abandonado, mas não era nele que eu pensava.

Era em Joey.

Eu adorava o fato de ele ser meio problemático.

Eu gostava dele mesmo que ele tivesse acabado de dar à minha colega tudo o que Paul tentou me dar.

O que isso dizia sobre mim?

Eu gostava dele, porra.

Tanto que até doía.

Meu Deus.

Sem conseguir aguentar a sensação de não saber, fiquei de pé e disparei para a escada. No caminho, vi Danielle na porta da cozinha.

Não se mexe.

Não se mexe.

Não se mexe.

Contornei o corrimão e passei pelo quarto onde estivera com Paul algumas horas antes e fui direto para a porta no fim do corredor.

Ela estava aberta, então entrei sem fazer barulho.

— Joey? — sussurrei na escuridão, seguindo às cegas para a cama. Encontrei uma lâmpada e a acendi, iluminando o quarto com um tom suave de amarelo. — Joe?

— Molloy — ele soltou, enfiando o rosto no colchão. Meu coração rachou e disparou ao ouvir a sua voz.

Porque, mesmo naquele estado, ele reconhecia minha voz.

Porque ele estava pelado no quarto de outra garota, e havia uma camisinha usada no chão.

— Você está bem? — perguntei com o coração disparado, olhando-o todo esparramado e pelado debaixo do edredom cor-de-rosa e florido de Danielle.

Ele estava coberto da cintura para baixo, deixando o resto do corpo exposto e revelando uma enorme tatuagem de crucifixo nas costas.

— Não — ele grunhiu, mantendo o rosto enterrado no lençol. — Merda.

Joey soltou um suspiro trêmulo e eu me sentei cautelosamente na borda da cama ao seu lado.

— O que foi que você tomou?

— Fiz merda, Molloy — ele falou, virando a cabeça de um lado para o outro. — De novo.

— Sim, você fez. — Respirei fundo, coloquei a mão no seu ombro e vi os músculos das suas costas se tensionarem com o meu toque. — O que é que eu vou fazer com você, hein?

Fiquei sem fôlego quando notei uma cicatriz de cerca de doze centímetros atravessando suas costas na diagonal. Ela estava escondida pela tatuagem, mas, se você olhasse com atenção, dava para ver.

— Isso é marca de cinto? — sussurrei sem perceber, sem nem tentar me conter para não passar o dedo pelas outras cicatrizes espalhadas na sua pele. A maioria parecia antiga, como se tivessem sido gravadas ali fazia muito tempo, mas algumas eram mais recentes. — E essa aqui?

— Provavelmente — ele murmurou, sonolento. — Não olha.

— O que aconteceu com as suas costas, Joe? — Com o coração na boca, continuei passando o dedo pela sua pele marcada, enquanto a dor no peito se espalhava pelo meu corpo. — De onde vieram essas cicatrizes todas? Não diga que foi de tanto arrumar briga.

— Das brigas — ele falou mesmo assim, antes de se virar de barriga para cima. — Meu Deus, minha cabeça está girando.

— Sei — comentei, fazendo carinho no seu cabelo loiro. — Aposto que sim.

— Você está aqui. — Ele abriu um olho e deu uma espiada em mim. — Pensei que estivesse sonhando. — Então ele me olhou completamente fora de si, com manchas de batom na boca e na bochecha. — Oi.

— Oi. — Meu estômago deu uma cambalhota ao vê-lo. — Você não devia se entregar pra alguém como ela — sussurrei, devolvendo as palavras que ele tinha me falado um tempo atrás.

Uma centelha de reconhecimento fez seus olhos brilharem e suas narinas se dilatarem.

— Molloy.

— Dói — confessei, baixinho, esticando a mão para limpar uma mancha de batom. — Isso me machuca.

— Eu nunca te machucaria, Molloy — ele falou. Suas palavras eram como a sua vida: uma bagunça. — Eu preferiria morrer a te machucar.

— Não fala assim.

— É verdade. — Soltando um suspiro sofrido, ele disse: — A única coisa certa que fiz na vida foi te deixar em paz.

Meus olhos se encheram de lágrimas, e eu pisquei para contê-las, deixando escapar uma, que escorreu pela minha bochecha e caiu no seu peito.

— Você está chorando. — Uma espécie de ansiedade tomou suas feições enquanto ele se erguia sobre os cotovelos devagar. — Por quê? O que foi que eu fiz?

— Estou bem. — Balancei a cabeça, enfiei uma mecha de cabelo atrás da orelha e senti seu hálito na minha bochecha. — Estou bem.

Ele olhou em volta, notando o quarto desconhecido, conforme era tomado pela confusão.

— Eu... — Ele pousou os olhos selvagens e desesperados em mim e se sentou. — A gente...

— Não. — Sacudi a cabeça e me obriguei a falar a amarga verdade: — A gente não.

— Merda. — Seu corpo relaxou visivelmente. — Molloy.

— Não fica aqui. — Soltei um suspiro de choque e olhei para o colchão, com o ar ainda cheirando a sexo. — Nessa cama. — Respirei fundo, detestando a súplica que saiu da minha boca: — Com ela.

Joey levantou meu queixo e me forçou a olhar para ele, me encarando tão fixamente que suas íris escurecidas viraram carvão.

— Está bem — ele finalmente disse, passando o dedão pela minha boca enquanto eu recostava a bochecha na sua mão enorme. — Não vou ficar.

* * *

Pouco depois, eu estava percorrendo a familiar rota para a minha casa.

Com o capuz para baixo e as mãos enfiadas nos bolsos do moletom, Joey era o mesmo de sempre quando me acompanhava para casa. Um pouco puto e muito gostoso.

Mas dessa vez eu não tinha energia para fazer provocações, muito menos para falar. Então caminhamos em silêncio, com uma nuvem pairando sobre nossas cabeças.

— Obrigada — falei quando chegamos no meu portão. — Hum, por me trazer em casa e, bem... você sabe.

— Tudo bem. — Ele manteve as mãos nos bolsos e ficou me olhando fechar o portão. — Te vejo na escola semana que vem.

— Sim. — Assenti e fiquei ali mais um tempinho, observando-o me olhar. — Acho que sim.

Ele acenou a cabeça rigidamente, mas não se mexeu. Eu também não.

— Pensei que tinha te machucado — ele finalmente disse, quebrando o silêncio pesado entre nós. — Quando acordei e te vi ali. Pensei que tinha feito algo irreparável. Fiquei tão aliviado quando você disse que não. — Soltou um suspiro pesado e acrescentou: — Mas o jeito como você está me olhando agora faz eu querer que sim. — Ele balançou a cabeça e se virou para ir embora. — Pelo menos assim eu entenderia essa sua cara de decepção.

— Joe. — Respirei fundo enquanto ele se afastava. — Joey, espera, eu...

— Te vejo depois, Molloy — ele falou por cima do ombro, e então se foi.

7 de janeiro de 2004

Sempre vou ficar do seu lado

JOEY

— Ei, Joe, você viu sua irmã?

Eram seis palavras que eu aprendi a temer, principalmente se fossem ditas na escola.

Meus ombros enrijeceram tanto que tremeram. Parei de enrolar o bastão do hurley e olhei para a Danielle.

— Por quê? — perguntei com um tom duro, agachado na grama com a camisa do time, short, meias e chuteiras. Eu estava indo para o treino com o resto dos caras. — O que aconteceu?

— Ela está se acabando de chorar no banheiro.

De novo?

— Por quê? — perguntei, me levantando e me aproximando da loirinha de olhos azuis à minha frente.

Danielle mordeu os lábios e apontou para o prédio da escola.

— Não sei direito o que aconteceu, mas ouvi que ela e Ciara Maloney trocaram umas palavrinhas.

— Umas palavrinhas? — Soltei o capacete e o arranquei da cabeça. — Alguma chance de essas palavrinhas terem virado uns tapas?

Danielle deu de ombros, nervosa.

— Escuta, não quero me envolver, sabe? Não quero ficar do lado de ninguém. Só estou te contando porque você é meu amigo.

Amigo?

Era forçar a barra.

Amigos se preocupavam uns com os outros.

Eu podia contar os meus amigos nos dedos.

Minha irmã.

Podge.

Alec, por mais idiota que fosse.

Tony Molloy, por motivos óbvios.

Além da minha irmã, só havia mais uma garota com lugar cativo entre os meus afetos, no mais alto nível de amizade que meu coração poderia oferecer, e com certeza não era a garota com quem perdi minha virgindade no terceiro ano, a mesma com quem cometi o erro de ficar várias vezes.

Danielle era uma colega, não minha *amiga*, e eu não pretendia repetir o erro que tinha cometido no Ano-novo.

As mensagens melosas que ela me mandou depois foram mais que suficientes para eu saber que aquele lance já era.

Eu não me lembrava de nada daquela noite — estava chapado demais para perceber qualquer outra coisa que não aquela sensação incrível de estar flutuando.

A única parte da noite que eu me lembrava era da camisinha que eu tinha colocado de qualquer jeito no meu pau e do cabelo dela.

Era comprido e loiro e cheirava a coco.

Fiquei sentindo aquele cheiro por dias.

O problema era que eu não tinha como saber se esse cheiro era do cabelo de Danielle ou de Molloy.

Molloy estava comigo quando voltei a mim, me olhando como se eu fosse o responsável por ter aberto o seu peito e arrancado o seu coração fora, e depois de acompanhá-la até em casa, ela nunca mais olhou na minha cara.

O olhar dela aquela noite complicou tudo para mim, porque me deixou ciente de que eu tinha a capacidade de magoá-la, quer eu estivesse perto ou não.

Era um pensamento preocupante, mas não tão preocupante quanto a cena que me recebeu quando cheguei em casa depois de tê-la deixado. A carnificina absoluta com a qual tive que lidar rapidamente dizimou qualquer ideia que eu tinha sobre garotas e vida social.

Minha mãe tinha caído da escada enquanto eu estava fora e acabou quebrando o braço.

Que conveniente.

Tive que passar vinte e quatro horas sozinho em casa cuidando das crianças, chafurdando na culpa, enquanto minha mãe ficava no pronto-socorro com *ele*.

— Ciara bateu na Shannon? — perguntei, trazendo os pensamentos de volta para o presente. — Foi feio? Vamos, Dan, me conta.

— Foi feio, Joe — ela sussurrou, esfregando meu braço. — Teve bastante gritaria. E parece que cortaram o cabelo dela também.

Meu sangue congelou.

— Você está brincando.

— Sua mãe está lá — ela acrescentou, se crispando. — Ligaram pra ela. Ela está falando com o diretor.

— Meu Deus do céu. — Com o peito arfando, pulei o muro de um metro e meio que cercava o campo com um movimento rápido antes de sair correndo para o prédio da escola, pisando duro no concreto enquanto avançava.

— Não perde a cabeça, Joey — ouvi Danielle falando atrás de mim, mas já era tarde demais para isso.

Minha cabeça já tinha ido para o espaço e estava completamente perdida no instante em que ouvi que alguém tinha cortado o cabelo da minha irmã.

Disparei pelo pátio da escola feito um touro e bati as mãos na porta de vidro com tanta força que fiquei até surpreso por ele não quebrar.

— Onde é o incêndio? — Alec perguntou quando passei por ele e o restante do time saindo para o treino.

— Lynchy, o campo é do outro lado.

— Vão se foder! — rugi, perdendo o que me restava de autocontrole e seguindo para o banheiro feminino.

— Você não pode entrar aí, Joseph — a srta. Lane, uma das professoras, me avisou ao me ver indo para lá.

— Ah, é? — falei, abrindo a porta. — Tenta me impedir.

— O que disse? — ela perguntou, chocada. — Você vai receber uma suspensão por falar comigo assim.

— Pode me suspender então — retorqui, voltando a atenção para um grupo de garotas amontoadas na pia. — Saiam daqui!

— Vou chamar o diretor — a srta. Lane falou com a voz trêmula, conduzindo as meninas para fora do banheiro.

— Faz isso — eu disse com desdém, batendo a porta na cara dela.

Fervendo de raiva, percorri cerca de uma dúzia de cabines, abrindo uma porta por vez, até chegar na última.

Estava trancada.

— Sou eu — foi tudo o que disse. Esperei com o coração disparado, me preparando para o que eu veria do outro lado da porta.

Vários minutos se passaram antes que eu ouvisse alguém destrancando a fechadura, e então a porta se abriu devagar.

Sentada na tampa do vaso com os joelhos encolhidos no peito e os olhos vermelhos de tanto chorar, minha irmã ergueu o rosto para mim.

— Oi, Joe.

Meu coração se abriu dentro do peito ao vê-la daquele jeito. Não importava que ela tivesse catorze anos. Para mim, ela ainda era a garotinha de tranças que passou a maior parte da nossa infância atrás de mim.

O mundo era sombrio e decepcionante. Isso não era nenhuma novidade. Eu estava bastante familiarizado com as merdas da vida. Tinha aprendido essa lição muito tempo atrás, mas, meu Deus, ninguém se ferrava tanto quanto a minha irmã.

Tremendo, me obriguei a controlar as emoções, algo que eu fazia surpreendentemente bem quando se tratava da minha irmã, e me agachei na frente dela.

— Oi, Shan.

Sua boca estava cortada, e seu uniforme, coberto do que, a julgar pelo fedor, só podia ser leite azedo. Ela segurava o rabo de cavalo na mão. Só que esse rabo de cavalo não estava mais preso à sua cabeça.

Eu ia matar aquelas garotas.

Eu ia matar *todas* elas.

— N-não me pergunta o q-que aconteceu — ela sussurrou entre soluços em um tom suplicante. — N-não q-quero f-falar disso.

— Tudo bem. — Contra todos os instintos do meu corpo, assenti lentamente, tomando cuidado para não fazer nenhum movimento repentino que pudesse assustá-la e fazê-la perder o juízo. — Não vou perguntar.

Eu sabia o que era medo, tinha passado a maior parte da vida afogado em pavor, até que enfim parei de ligar.

Porque ligar significava sentir. Se eu não ligasse para o que acontecia comigo, não teria nada a temer.

Eu poderia sobreviver assim.

Eu poderia sobreviver àquela vida.

Shannon ficou me encarando por um longo tempo com seus grandes olhos azuis cheios de lágrimas não derramadas e então se inclinou para a frente feito um animal acuado, chorando histericamente.

— Não q-quero mais e-estar aqui, J-Joe.

— Eu sei, Shan. — Amparei seu corpinho enquanto ela se jogava em mim e a abracei o mais forte que consegui, querendo protegê-la de algo que já tinha acontecido. — Eu sei.

— Eu q-quero m-morrer — ela continuou choramingando e se afogando nas próprias lágrimas. — N-não q-quero mais e-estar aqui.

— Você não pode morrer — falei, enquanto o pânico se espalhava pelas minhas veias. — O que eu faria sem você, hein?

— Mas eu p-pioro tudo p-pra você — ela disse. — Você v-vive se envolvendo em b-brigas, tentando me p-proteger, me d-defender. N-não é justo... sempre t-ter que me s-salvar.

— Esse é o meu trabalho, Shan — falei, pegando a mecha de cabelo da sua mãozinha. — Sou seu irmão mais velho. *Sempre* vou te defender.

— T-te amo, J-Joe.

— Também te amo — sussurrei, envolvendo-a nos meus braços. — Vou resolver isso, está bem? Vou consertar as coisas. Prometo.

— Shannon! — ouvi o grito agudo da minha mãe entrando no banheiro às pressas, com o diretor no seu encalço. — Ah, Shannon, minha menina.

— Shannon — o sr. Nyhan disse em um tom gentil. — Joseph — ele me cumprimentou com um tom muito menos caloroso.

— O que o senhor vai fazer a respeito disso? — perguntei, me levantando e erguendo Shannon comigo. — Está vendo isso? — Agitei o cabelo preso no rabo de cavalo na frente da minha irmã e sibilei: — O que é que o senhor vai fazer a respeito disso, porra?

— Joey! — minha mãe disse, nervosa, arrancando Shannon dos meus braços e a aninhando nos seus. Pálida feito um fantasma, ela apontou o dedo para mim. — Não fala assim com o seu diretor.

— Não se preocupe, sra. Lynch — o sr. Nyhan falou de um jeito arrogante. — Podemos conversar sobre o comportamento do seu filho em outro momento. A srta. Lane vai entrar em contato oportunamente para discutir a questão.

— Ah, vai ser a mesma merda de sempre — eu disse, balançando a cabeça. — O senhor está preocupado com o meu comportamento, sendo que não sou eu que saio por aí cortando o cabelo das pessoas.

— Joey! — minha mãe interveio. — Chega, por favor.

— Vou lidar com as alunas envolvidas conforme eu achar melhor — o sr. Nyhan respondeu. — Não como você quer, Joseph.

— Ou seja, o senhor não vai fazer porra nenhuma — disse com a voz carregada de asco.

— Vai em frente, Joseph — o diretor falou. — Porque, se continuar com essa atitude, está prestes a seguir direto para a expulsão.

— Por favor — minha mãe implorou. — Por favor, tenta entender... ele está passando por muita coisa...

— Não precisa me *defender* — eu disse, detestando a emoção que deixava escapar ao encarar minha mãe. — Se ele quer me expulsar, pode me expulsar.

— Está tudo bem, Joe — Shannon disse, fungando. — Estou bem.

— Não está nada bem, Shan. — Sacudi a cabeça. — Nada disso está certo, e você não está bem. — Balancei a cabeça de novo e segui para a porta, sentindo a necessidade de me afastar daquelas pessoas o máximo que eu conseguia. — Vou consertar as coisas, Shannon. Pode deixar.

— Joey? — minha mãe falou.

— Joseph — foi a vez do sr. Nyhan. — Aonde você acha que está indo?

Sem me dignar a responder nenhum dos dois, abri a porta do banheiro e saí. Examinei o bando de estudantes no corredor e dei um tapa na cabeça ruiva de Podge.

— Ei, onde é que eu encontro o irmão da Ciara Maloney? — perguntei.

— Mike? — Podge ergueu as sobrancelhas. — Acho que ele está fumando um atrás do ginásio.

Assenti rigidamente e segui para a porta.

— Por quê? — ele perguntou atrás de mim, mas não parei para explicar.

Com um humor tão sombrio que não tinha mais volta, contornei o ginásio e só parei até estar agarrando o suéter de Mike Maloney com uma mão e enterrando a outra em seu rosto.

Uma comoção explodiu à nossa volta e vários alunos começaram a gritar “Briga, briga, briga!”.

— Que porra é essa, Joe? — Mike perguntou, cambaleando para trás.

Avancei para o babaca feito um tubarão que sentiu o gosto de sangue na água e movi os punhos mais rápido do que eu pensava ser possível. Arrastei-o pelo chão, coloquei o braço em torno da sua garganta e apertei.

— Está com medo, é? — perguntei, colocando tanta pressão que ele ficou roxo. — Como é ser atacado sem motivo?

— Joey — Podge me chamou, tentando sem sucesso me afastar dele. — Qual é, cara, você está estrangulando ele.

— Que bom — rugi, cuspindo de raiva. — Quem sabe assim a puta da irmã dele entende o recado.

— Joey! — o sr. Ryan, nosso treinador de hurling, gritou, se juntando a Podge para me tirar de cima do nosso colega. — Chega. Solta ele! Agora!

— Passa o recado pra sua irmã, ouviu? — rosnei. — Se ela encostar na minha irmã de novo, eu vou te *matar*. — Arfando, apontei para o cara vertendo sangue no concreto enquanto o sr. Ryan e vários caras do time me seguravam. — Entendeu? Eu vou te *matar*!

7 de janeiro de 2004

Não finge que não notou

AOIFE

Fiquei sabendo da briga na quarta depois do almoço.

As pessoas só falavam disso, e a escola explodia de fofocas e boatos.

Parece que Ciara Maloney tinha orquestrado um ataque cruel à irmã de Joey Lynch, a Shannon, e, em retaliação, Joey espancou tanto o irmão da Ciara que o rosto do Mike ficou irreconhecível.

Tanto Mike quanto Shannon foram levados ao médico por suas respectivas mães, enquanto Ciara cumpria a detenção e Joey permanecia desaparecido.

— Ele deve estar por um fio — Paul comentou, sentado à minha esquerda, parecendo bastante contente com aquela situação horrível.

— Lynch já teve chances demais — ele continuou, tamborilando os dedos na carteira. — Da próxima vez, Nyhan com certeza vai expulsar ele.

E você meio que já teve chances demais comigo, pensei, ainda chateada pela forma como ele me pressionou para fazer algo que eu não queria no Ano-novo.

— Não sei, Paul — Casey falou, sentada à minha direita, me arrancando dos meus pensamentos. — Se ele expulsar o Joey, vai ter que expulsar a Ciara também pelo que ela fez com a irmã dele, e não consigo imaginar isso acontecendo.

— Mesmo depois que ele quase botou o Mike no *hospital*? — Paul se inclinou para a frente no assento, falando por cima de mim e dando à minha melhor amiga sua atenção total. — Você não estava lá, Case. Não viu a cara do Mike. Ele ficou *deformado*. Lynchy teve que ser arrastado pra longe do cara — ele disse. — Não importa que ele seja bom no hurling: esse cara é um perigo. Um completo maluco.

— Ei, não estou falando nada sobre o cara — Casey falou. — Joey Lynch pode ser um gato, mas está por um triz de acabar na prisão.

— Pois é, na prisão ou num manicômio — Paul comentou baixinho. — E ele já ficou com tantas garotas que é tipo uma IST ambulante.

— Bem, ele bem que poderia me passar uma IST quando quisesse — Casey disse, erguendo as sobrancelhas.

— Isso não tem a menor graça.

— Ah, quer dar um tempo? Só estou brincando — Casey falou, rindo. — Bem, pelo menos sobre a parte da IST. Se fosse um brinquedo de parque de diversão, Joey Lynch seria uma montanha-russa. — Os olhos cintilaram travessos enquanto ela dava uma piscadela e acrescentava: — Não se pode culpar ninguém por querer dar uma voltinha.

E não era mesmo verdade?

— Bela analogia — Paul grunhiu, completamente enojado.

— Ah, não se preocupe, Paulzinho — Casey provocou, esticando o braço para dar tapinhas na mão dele. — Você também é um brinquedo.

— Sou? — Ele abriu um sorriso maroto. — Qual?

— A xícara — ela zombou.

— Parem com isso, vocês dois — falei, irritada com toda aquela situação. — Vocês falam como se ele fosse horrível, sendo que não é. Ele só... estava defendendo a irmã, que foi totalmente *aterrorizada*.

— Sim, Aoife, mas não foi culpa do Mike — Casey comentou. — Ele foi só um espectador inocente.

— Ah, inocente que nem a Shannon, né? O que não impediu Ciara Maloney de cortar o cabelo da garota.

— Calma, Aoife — Paul interveio. — Tem uma grande diferença em cortar o cabelo de alguém e espancar uma pessoa.

— *Espera...* — hesitei. — Será que ouvi direito? Eu não estou defendendo o que Joey fez com o Mike, porque aquilo foi uma loucura. Mas estou te falando que, se alguém tentasse cortar o meu cabelo com uma tesoura enferrujada, eu surtaria.

— Verdade — Casey concordou com relutância. — Eu também surtaria.

— Exatamente. Te garanto que seria a última vez que essa pessoa usaria uma tesoura. E por acaso a vítima era a irmã mais nova do Joey — acrescentei. — Você já viu a Shannon Lynch andando pelos corredores entre as aulas. Ela é tipo um ratinho. Jamais conseguiria se defender.

— E daí? Só porque a irmã dele não consegue se defender isso dá a ele o direito de esmurrar alguém? — Paul arqueou a sobrancelha, nada surpreso por eu ter uma opinião contrária à dele. — Ele não passa de um bandido. Um encrenqueiro cabeça-quente. De quem você devia manter distância.

— Fala isso na cara dele então — rebati, nervosa.

— Não — Paul falou com um tom sarcástico. — Porque ele tentaria deformar o meu rosto também, como aliás já tentou várias vezes, Aoife. Que é *exatamente* o que estou tentando mostrar sobre esse escroto. — Ele balançou a cabeça e murmurou: — Pra ser sincero, não sei como seu pai aguenta ele na oficina. Tony deve ser um santo pra suportar aquele inútil por tanto tempo.

— Ele é um *bom* funcionário — falei depressa. — Meu pai vive elogiando o Joey, dizendo que ele é confiável, pontual e trabalhador, então talvez você não o conheça tanto quanto acha.

— Que porra é essa? — Paul grunhiu. — O clubinho das fãs de Joey?

— Bem, é melhor do que o clubinho-de-quem-fala-mal-do-Joey-até-deixar-todo-mundo-entediado que você fundou — retruquei, sem querer ceder.

— Por que você está *sempre* defendendo ele, hein? — Paul perguntou, irritado.

— Porque você está *sempre* falando merda dele. Ele é meu amigo, Paul. Lide com isso.

— Aff. — Paul estreitou os olhos. — Se você ainda gosta tanto dele, o que está fazendo comigo?

— Boa pergunta — falei. — Ando me questionando a mesma coisa ultimamente.

Paul recuou como se eu o tivesse golpeado.

— Está falando sério?

— Calma, gente — Casey interveio. — Não vamos brigar por causa disso.

— E quem é que está brigando? — falei, na defensiva.

— Que seja — Paul resmungou. — Aquele babaca não merece o nosso tempo. Quanto mais cedo ele for expulso, melhor vai ser pra todo mundo.

— É fácil pra vocês ficarem sentados aí julgando ele — Podge explodiu, empurrando a cadeira para trás e se levantando. — Quando *ninguém* sabe com o que é que ele tem que lidar. Vocês não fazem a menor ideia.

— A gente também tem nossas merdas pra lidar, Podge — Paul argumentou sem o menor pingo de remorso. — O que não nos dá o direito de andar por aí como se fosse uma bomba-relógio. Então ele também não tem esse direito. Ele não tem passe livre pra chutar a cabeça de alguém toda vez que der um piti.

— Você acabou de confirmar o que eu disse — Podge retrucou. — Você *não* faz a menor ideia. — Ele virou o olhar decepcionado para mim. — Pensei que *você*, entre todas as pessoas, não o julgaria.

— O quê? — Olhei para ele perplexa. — Eu, entre todas as pessoas?

— Não finge que não sabe, Aoife.

— Mas eu não sei — falei, confusa. — Não faço *ideia*.

— Até parece — Podge insistiu. — Você se faz de amiga, mas é só isso, fingimento, porque no instante em que a coisa aperta, você fala merda dele que nem os outros.

— Ei, menos — Casey avisou, me defendendo sem hesitar. — Não desconta nela só porque o seu amigo fez merda. Ela não é a líder de torcida dele.

— Querem saber? — Podge rosnou, balançando a cabeça. — Não tenho tempo pra essa merda.

Assim, ele colocou a mochila dele e a de Joey nos ombros e saiu da sala pisando duro.

Foi como se eu tivesse recebido um soco no estômago. Peguei minhas coisas depressa e disparei atrás dele, ignorando os protestos de Paul, Casey e a pobre professora substituta tentando controlar a sala.

— Podge, espera — falei quando meu colega ruivo seguiu para a saída da escola. — Espera um pouco.

— Não estou a fim de papo, Aoife — foi tudo o que ele respondeu. Sem nem olhar para trás, ele empurrou a porta de vidro e avançou sob a última tempestade de janeiro. — Não mesmo.

— O que você quis dizer? — perguntei, caminhando ao seu lado enquanto ele se afastava às pressas da escola. — Sobre as merdas que o Joey tem que lidar? — Soltei um suspiro frustrado. — Que merdas são essas?

— Como se você não soubesse a essa altura — Podge murmurou. — Você não é cega, Aoife, e está longe de ser burra.

— Me conta — implorei. — Vamos, Podge. Me explica o que você quis dizer.

— Você já reparou no estado em que ele chega na escola — ele disse, perdendo a paciência. — Não finge que você não notou os hematomas, Aoife. Eles são tão visíveis que o Joey não consegue mais esconder. Vamos, garota, você não precisa ser uma gênia pra descobrir que, quando ele não está na escola, está levando uma surra.

Ali estava.

Eu definitivamente não esperava que ele dissesse isso, mas de um jeito estranho e perturbador, eu meio que esperava.

Me lembrei das cicatrizes que ele carregava por baixo das roupas e depois de uma cena que testemunhei há alguns anos. Depois de perder a final do campeonato para uma cidade vizinha, Joey acabou aos socos com quem imaginei ser seu pai nos fundos do estacionamento do pavilhão da AAG.

Naquela época, achei que fosse por conta da sua cabeça-quente e pelo fato de Ballylaggin ter sido massacrada no jogo. Mas agora, pensando na maneira como o homem o empurrou e o socou e depois botou a mão na sua nuca para forçar Joey a entrar no banco de trás do carro, tudo foi ficando claro.

— Ah, meu Deus — sussurrei, cobrindo a boca com a mão.

— Não finge surpresa — Podge disse. — Ele trabalha com o seu pai. Como se você não soubesse o que estava acontecendo.

— Eu não sabia! Espera... Joey te contou isso? — perguntei, agarrando o seu suéter. — Ele te contou que o pai bate nele?

Podge parou no meio do caminho, se virou e me olhou com uma cara que dizia "Ficou doida"?

— Claro que *não* — ele cuspiu, indignado. — Caso você não tenha percebido ainda, ele é meio fechado. Joey não conta pra ninguém o que acontece naquela casa. Só que ouvi os boatos e vi ele chegando na escola de olho roxo tantas vezes que entendi que ele tem uma vida muito mais complicada que você ou aquele imbecil moralista que você chama de namorado.

— Ei, isso não é justo — falei, corando. — Eu estava tentando defender ele.

— Ah, com certeza estava — ele desdenhou antes de sair andando.

— Estava, sim — argumentei, correndo atrás dele de novo. — Não penso igual ao Paul. Não *mesmo*. Tenho minhas próprias opiniões, Podge.

— Bem, então você devia se impor mais, talvez falar um pouco mais alto pra apoiar o cara, principalmente porque ele já fez isso por você algumas vezes.

— O quê? — Estreitei os olhos. — Como assim?

— Nada — Podge falou, aumentando o passo para se livrar de mim. — Deixa pra lá.

— Aonde você vai com a mochila dele? — perguntei, afastando o cabelo molhado dos olhos enquanto a chuva caía sobre nós.

— Vou levar pra ele! — gritou por cima do ombro. — Aonde quer que ele tenha se enfiado.

— Deixa comigo — me ouvi dizendo, correndo atrás dele na chuva. — Eu posso entregar pra ele — insisti, tirando a mochila do ombro dele e a colocando no meu. — Deixa comigo.

Ele me encarou desconfiado.

— Por quê?

— Porque eu quero.

— Mas por quê?

— Porque eu quero, está bem?

— Está bem. — Ele me encarou com desconfiança. — Você não vai contar pro Joe o que eu te disse sobre... hum, o pai dele, né? Porque ele vai...

— Não vou contar — prometi, interrompendo-o. Eu pretendia fazer com que ele próprio me contasse.

Joey não estava na oficina com o meu pai, não estava na AAG e não estava em nenhum outro lugar que eu soubesse que ele frequentava.

Então só me restava um palpite.

A casa dele.

O bairro em que eu morava não tinha a melhor das reputações, mas poderia ser considerado a Disney se comparado ao bairro dele.

Com várias casas cobertas com tábuas e muitas outras pichadas, era seguro dizer que o Elk's Terrace tinha um ar de miséria.

Havia um carro queimado no outro extremo do decadente gramado perto da casa dele, onde três cavalos pequenos vagavam livremente, pastando na grama alta.

Meu Deus.

Respirei fundo para me acalmar, dei a volta no muro do jardim todo pichado, me aproximei da porta e bati com força.

Vários minutos se passaram antes de eu ouvir uma chave girando. Alguns segundos depois, abriram apenas uma fresta.

— Sim?

— Oi — falei, sorrindo para a garotinha espiando. *Shannon*, reconheci rapidamente. — Joey está aí? Preciso falar com ele.

Ela olhou para trás e fez que não.

— Ele ainda não voltou. — Fungando e com os olhos vermelhos, encarou desconfiada a mochila que eu estava carregando e, então, abriu mais a porta. — É dele?

— É. Ele deixou lá na escola. Vim devolver.

Vozes se ergueram de algum lugar atrás dela, e Shannon pegou a mochila depressa.

— Obrigada por trazer aqui. Vou entregar pra ele.

— Sem problemas — eu disse, dando um passo para trás, segurando a alça da mochila com firmeza e ajeitando-a no ombro. — Posso esperar.

Havia algo errado.

Senti no instante em que ela abriu a porta para mim.

Me lembrei das palavras de Podge e estremeci antes de tomar uma decisão.

— Como eu disse, preciso falar com o seu irmão — acrescentei, oferecendo-lhe o que torci para ser um sorriso caloroso. — Aliás, meu nome é Aoife. Aoife Molloy. Joey trabalha com o meu pai.

— Ah — ela sussurrou, mantendo a cabeça baixa e segurando a porta como se fosse a única coisa impedindo-a de colapsar. — Sei quem é você. Você estava no enterro do vovô Murphy.

— Estava. E você é a Shannon, né? — Eu sabia exatamente quem ela era. — A irmã mais nova do Joey? — Eu já tinha visto Shannon na escola várias vezes desde que ela entrou na ECB, mas ela era na dela e nunca fazia contato visual com ninguém tempo o suficiente para ser notada.

Prestando atenção, ela não parecia ter mais que onze anos. Era só uns anos mais nova que eu, mas tinha o corpo de uma criança.

— Sim. — Ela acenou, mantendo o queixo para baixo, e sussurrou: — Sou a Shannon.

— Fiquei sabendo o que aconteceu na escola hoje — acrescentei baixinho, me crispando ao reparar no seu cabelo todo retalhado na altura da orelha. — Sinto muito.

— Tudo bem — falou. Suas mãos estavam tremendo. Na verdade, ela parecia prestes a cair dura no chão.

— Ei, você está bem? — perguntei, inclinando a cabeça para o lado em uma tentativa de fazê-la olhar para mim.

— Sim.

— Você não parece bem. — A preocupação tomou conta de mim. — Você está pálida feito um fantasma.

Mais gritos encheram o ar, e fiquei observando-a se encolher.

— Você precisa ir — ela falou com uma vozinha suplicante. — Agora. Por favor.

Então a porta se escancarou e um menininho loiro sorriu para mim.

— A amiga do Joey — ele falou, encantado. — A garota bonita.

— Oi, Ollie — eu disse, sorrindo para ele. — Faz tempo que não te vejo. Como você está?

— Bem — ele respondeu com um tom alegre, parecendo alheio à discussão acalorada acontecendo a portas fechadas no final do corredor da casa deles. — Você veio brincar com o Joey? — perguntou, todo inocente e sorridente.

— Ollie — Shannon falou com uma voz trêmula. — Volta lá pra dentro.

— Está bem — ele falou depressa.

— Ele está aí?

— Uhum — Ollie disse, assentindo a cabeça e fazendo Shannon bufar. — Mas está encrencado. Quer entrar e esperar?

Foi a expressão do mais puro pavor nos olhos da irmã dele que me fez responder que sim, e dei um passo para dentro.

— Joe se encrencou de novo — Ollie explicou, gesticulando a mãozinha para que eu o seguisse até a sala. — Bem feio dessa vez.

Shannon passou por mim, entrou na sala e pegou uma coisa que a princípio pensei ser um cobertor branco. Até que o cobertor branco começou a gritar e uma cabecinha loira emergiu.

— Mas que bebezinho fofo o seu — falei, com os olhos fixos no neném agitado nos braços dela. Eu me lembrava dele do enterro.

— Não, não, não — ela falou, ninando-o em seus braços magrinhos. — Ele não é *meu* bebê.

— É o Sean — Ollie explicou, subindo no velho sofá e dando tapinhas ao seu lado. — É o caçula.

— Ele é nosso irmão — Shannon acrescentou, tentando acalmar o bebê meio roxo, que se recusava a aceitar a mamadeira que ela lhe oferecia.

— Qual a idade dele? — perguntei, me afundando na almofada desgastada.

— Quem? Sean? — Balançando-o nos braços, ela enfiou uma mecha loira atrás da orelhinha e disse: — Ele acabou de fazer dois.

— Sério? — Achei incrivelmente difícil acreditar que aquele bebezinho nos braços dela já tinha dois anos. Era pequeno e parecia mais um bebê de um ano.

— Tenho quatro irmãos — Ollie disse.

Meus olhos se arregalaram.

— Quatro?

— Isso, e uma irmã — Ollie acrescentou, orgulhoso. — Darren é o mais velho, depois vem Joey, Shannon, Tadhg, eu e Sean.

— Caso você não tenha adivinhado, ele não consegue ficar de boca fechada — Tadhg interveio da poltrona à nossa frente. Com o controle remoto na mão, ele percorreu alguns canais na TV antes de me olhar de soslaio e depois se voltar para a irmã. — Ele vai surtar.

— Quem? — perguntei.

— O papai — Ollie disse.

Na mesma hora, Tadhg falou:

— Joey.

E Shannon:

— Ninguém.

— Agindo feito um machão na escola — rugiu uma voz masculina, fazendo com que todas as crianças ao meu redor se encolhessem. — Você tem sorte por eles não levarem esse caso pra polícia. Você seria expulso do time pra sempre. Isso mesmo: te expulsariam do time também.

— E você acha que eu ligo se for expulso do time de hurling? — Ouvi a risada tensa de Joey. — Vai se foder, seu velho. Esse é o seu sonho, não o meu.

— Ah, você ainda está nervosinho? Não se preocupe, vou te ajudar a esquecer essa irritação.

— Qual é o problema de vocês, pelo amor de Deus? Por que vocês sempre têm que resolver tudo no soco? Por que não param com isso? — uma mulher gritou. — Por que vocês sempre têm que recorrer à violência sem nem pensar?

Olhei para as crianças, desconfortável, e estavam todas ignorando a gritaria vindo do quarto.

— Chega, Joey. Não consigo mais lidar com você.

— Lidar comigo? Você não precisa lidar comigo. Não precisa fazer merda nenhuma por mim. Não que você faça, aliás. Estou ótimo. Eu só estava tentando proteger a minha irmã, se quer saber. Ela vai acabar se matando se vocês não tirarem ela daquela escola. Não aguenta mais.

— E eu não aguento mais o seu comportamento!

— Então me expulsa de casa.

— Não me tenta, garoto.

— Sai de cima dele, Teddy!

— E onde é que está a sua irmã? Ela tem parte nessa história.

Alguns instantes depois, abriram a porta e um homem alto e impressionante saiu.

O pai deles, falei mentalmente, reconhecendo a semelhança que ele tinha com as crianças espalhadas pela sala. Também o reconheci como um dos bêbados mais cruéis e vulgares que frequentavam o pub quando eu trabalhava no turno da tarde durante a semana. Ele nunca pedia comida, então nunca tive que servi-lo, mas eu sempre captava uma vibe bizarra nele.

— Quem é essa? — ele perguntou, hesitando ao me ver sentada no sofá.

— Aoife — Ollie falou com orgulho, dando tapinhas no meu ombro. — Ela é minha amiga.

— Teddy, espera — a mulher, que se parecia muito com Shannon, falou, entrando na sala atrás do marido. — Por favor, espera... — Ela parou quando me notou ali, e juro que a vi relaxar de alívio. — Ah, olá.

— Olá — respondi, me levantando depressa. — Sou a Aoife.

— Aoife — ela repetiu, acenando a cabeça de leve. Abaixou a manga do cardigã em uma tentativa de esconder o gesso do braço, abriu um sorrisinho forçado e perguntou: — Você é amiga da Shannon?

O marido dela bufou como se fosse a coisa mais ridícula que ele já ouvira.

— Olha só pra ela, Marie. — Seus olhos escuros percorreram meu corpo de um jeito que me deixou bastante desconfortável. — Ela não está aqui pela garota.

— Então quem... — Ela parou de falar e depois assentiu quando a ficha caiu. — Ah, você veio aqui atrás do...

— De mim — uma voz dolorosamente familiar disse. — Ela veio por minha causa.

— Joey — eu disse, encarando meu amigo furioso parado na porta da sala.

— O que está fazendo aqui, Molloy? — Seu tom era duro, seus olhos ardiam de frustração malcontida, e um fio de sangue escorria de um corte acima da sua sobrancelha. — Na minha casa?

— Você esqueceu a mochila na escola. — Ergui a mochila e meu olhar se concentrou no seu cabelo desgrenhado e na gola da sua camiseta toda arregaçada e deformada. — Pensei que você fosse precisar dela.

— Pode jogar essa porra fora — seu pai sibilou. O cheiro de uísque tão nítido quanto o aroma de pão assando em uma padaria. — Não vai servir pra nada agora.

— Foi muita gentileza sua — a mãe dele interveio rapidamente, pegando a mochila com a mão boa. — Não foi, Teddy?

Indiferente, o marido grunhiu alguma coisa antes de arrancar o controle remoto da TV da mão de Tadhg.

— Sai do meu lugar, seu merdinha — ele ordenou, estalando os dedos. — E traz meu cigarro.

Vi aquela criança fazer uma careta para o pai de um jeito que me lembrou do seu irmão mais velho, mas ele desceu da poltrona quase na mesma hora.

— Vamos, Ols — ele falou, saindo da sala. — Me ajuda a procurar o cinzeiro.

— Foi bom te ver — Ollie disse para mim, me olhando com seus inocentes olhos castanhos antes de se levantar do sofá e sair atrás do irmão.

— Sim — respondi, com o coração batendo forte enquanto observava o menino. — Igualmente.

Shannon, que parecia ter virado pedra, piscou devagar antes de disparar para a porta murmurando algo sobre Sean.

— Posso te oferecer uma xícara de chá? — a mãe deles perguntou para mim, puxando a manga do cardigã e parecendo tão insegura quanto a filha.

Quase assustada.

— Ou você prefere café?

— Não, ela não vai ficar — Joey respondeu, inclinando a cabeça para a porta da frente sem tirar os olhos de mim. — Uma palavrinha.

— Eu, hum, é melhor... — Parei de falar enquanto olhava Joey abrir a porta e sair. — Eu ir — terminei, dando um sorrisinho para a mulher antes de passar por ela e seguir para a porta.

— Obrigada por trazer a mochila dele — ela falou atrás de mim. — Foi um gesto muito bondoso.

— Sem problemas. — Acenei com a mão rapidamente e fui atrás do filho dela. — Tchau.

No instante em que coloquei os pés fora da casa e fechei a porta, Joey veio para cima de mim.

— Quem você pensa que é, porra? — ele perguntou baixinho, claramente lívido, andando de um lado para o outro feito um maluco. — Aparecendo na minha casa desse jeito? — Seus olhos verdes cintilaram com raiva, mas notei o mais puro pânico por baixo deles, pois sua atenção ficava se desviando para a porta. — O que você estava *pensando* pra vir aqui?

— Estava pensando que você esqueceu sua mochila e talvez precisasse dela — respondi antes de erguer a mão para tocar seu rosto. — Ele que fez isso com o seu olho?

— Fica fora disso — ele rosnou, afastando minha mão antes que eu o tocasse. — Sério, Molloy. Novamente disfarçando o medo com a raiva, ele me olhou com uma expressão furiosa. — Não encosta em mim e não se mete na porra da minha vida!

— Me escuta. — Me aproximei e peguei sua mão, torcendo para que ele se abrisse. — Eu sei, está bem? Já saquei o que está acontecendo aqui. Seu pai é um bêbado, né? — Apontei o dedão para a porta. — Ele fica meio violento quando exagera no uísque? — Estendi o braço para colocar a mão no seu ombro. — As cicatrizes nas suas costas...

— Você precisa ir embora, Molloy — Joey me interrompeu, ofegante, dando um passo para trás. — Agora. Não estou de brincadeira aqui. — Ele olhou para a casa de novo e percebi a ansiedade em seus olhos. — Você precisa ir — ele repetiu, seguindo para o portão. — Precisa dar o fora agora, Molloy — ele acrescentou ao chegar no muro do jardim. — Só vai embora. *Por favor.*

— Não vou a lugar algum até você falar comigo — eu disse, sem ceder um centímetro, me aproximando dele mais uma vez e anulando o espaço que ele tinha colocado entre a gente.

A chuva caía sobre nós, mas eu não iria embora assim facilmente.

Não agora que eu sabia.

Nem nunca.

Eu tinha uma vida decente e um lar relativamente estável. Claro, meu pai era mulherengo, o que significava que o relacionamento dos meus pais tinha mais problemas que outra coisa, mas pelo menos eles não eram abusivos um com o outro, nem comigo ou com Kev.

Não tínhamos muito dinheiro e dependíamos de moradias sociais, como a maioria das famílias do nosso bairro, mas não nos faltava nada, e definitivamente não nos faltava amor. Ele nos era oferecido incondicionalmente e a fonte era ilimitada.

E, principalmente, eles não nos batiam nem nos deixavam passar fome, e não acordávamos na calada da noite ao som de copos se quebrando ou de alguém sendo esmurrado.

Não tínhamos medo de dar nossa opinião ou falar alguma coisa que nos rendesse retaliação física, como a mãe ou os irmãos de Joey claramente tinham.

— Está tudo bem, Joe — falei, implorando que ele me ouvisse, afastando o cabelo molhado do rosto. — Agora eu entendo.

E entendia mesmo.

De repente, toda a sua grosseria e mudanças de humor repentinas começaram a fazer sentido.

As drogas.

As brigas.

A perversidade do ataque a Paul e Kevin quando ele pensou que eu estava em perigo. Foi como se uma nuvem carregada tivesse se erguido diante dos meus olhos.

Ele não era violento por natureza. Mas sim porque não conheceu outra coisa que não a violência na própria casa.

— Entendo o que está acontecendo e estou do *seu* lado.

— Você não entende porra nenhuma do que está acontecendo aqui — Joey falou, dando mais um passo para trás quando estiquei a mão para a marca escura no seu rosto. — Não encosta em mim.

— Por que não? — Me aproximei de novo, prensando-o no muro do jardim. Ergui a mão e passei o dedo pelo corte acima da sua sobrancelha. — Está com medo de que eu vá te machucar?

— Não — ele admitiu, tremendo da cabeça aos pés enquanto afastava o corpo do meu. — Estou com medo de *te machucar*.

Suas palavras nos deixaram chocados.

— *Me* machucar? — perguntei, balançando a cabeça. — Tudo o que você sempre fez foi me proteger, Joey Lynch. Você nunca me machucaria.

— Eu poderia te machucar — ele argumentou, passando a mão pelo cabelo ensopado. — Talvez eu te machuque.

Com os olhos arregalados e arfando, ele ficou me encarando cautelosamente, esperando minha reação.

Esperando minha rejeição, logo percebi.

— Isso não vai acontecer. — Me obriguei a não recuar e fixei os olhos nos dele, com o coração batendo violentamente. Me obriguei a não virar as costas ao ver seu rosto ferido e suas olheiras e sussurrei: — Porque você não é ele.

Joey enrijeceu.

— Você não sabe, Molloy. Você não *me* conhece. Eu sempre estrago tudo. É o que eu faço. Ferro tudo.

Meu coração descompassou completamente.

— Tudo bem se importar comigo, Joe — sussurrei, sabendo que eu estava pisando em um terreno bastante perigoso, mas sem ter o menor autocontrole para recuar e procurar um ambiente mais seguro.

Não quando o único lugar onde eu queria estar parecia ser bem no meio do tornado dele.

— Não faz isso — ele falou com uma voz rouca e os olhos verdes emanando um calor ameaçador. — Não me olha como se eu fosse *aquele* cara, Molloy. Não procura significados ocultos nas coisas que eu digo. Não sou o cara certo pra você. — Ele balançou a cabeça e soltou um suspiro sofrido. — Eu vou estragar... — Fez uma pausa para gesticular para nós antes de acrescentar: — O que quer que seja isso, essa amizade torta que a gente construiu ao longo dos anos. Eu vou fazer merda.

— De propósito? — insisti, me recusando a ceder. — Essa parte é importante.

— Não. — Ele estreitou os olhos para mim, me estudando com uma intensidade ao mesmo tempo enervante e estimulante. — Claro que não vai ser de propósito, mas vai acontecer mesmo assim...

Ele parou de falar quando o beijei.

Isso mesmo. Perdi a cabeça ali, no meio da rua dele, jogando a cautela para o espaço, e colei meus lábios nos dele.

Joey congelou completamente por um longo tempo, todo duro, e me perguntei se eu tinha cometido um erro terrível. Então ele estava me beijando de volta e trocando de posição comigo, de modo que agora era eu que estava com as costas prensadas no muro enquanto Joey mexia os lábios contra os meus com tanta habilidade que era realmente chocante.

Minha respiração estava acelerada, me deixando quase zonza, e fiquei ofegante contra o seu corpo alto.

Ele não era muito grande nem musculoso, mas de tanto vê-lo brigando por aí, eu sabia que era bem forte.

Era esbelto e tinha músculos definidos por baixo da pele bronzeada e firme.

Envolvi seu pescoço com os braços, me agarrando àquele garoto como se minha vida dependesse disso, beijando-o com tudo o que eu tinha dentro de mim. Era nosso primeiro beijo, e não foi o momento do tipo "cometa caindo na terra" que eu tinha imaginado dos anos maratonando comédias adolescentes insalubres.

Não foi nada parecido com o que acontecia nos filmes.

Foi muito *mais.*

Foi real e brutal e corajoso e tão carregado de emoções guardadas que minhas pernas ficaram trêmulas.

Seus braços envolveram meu corpo, e ele manteve a mão no meu quadril e a outra no meu cabelo, me beijando com uma intensidade que fez ondas de prazer percorrerem meu âmago toda vez que sua língua roçava a minha.

Me afoguei nas sensações e na chuva caindo forte sobre nós, e me deixei levar completamente pelo momento, por ele.

Nada mais importava naquele instante.

Tudo o que eu podia ver, sentir, saborear, tocar era *ele.*

Ele era tudo.

E me consumia por completo.

Eu tinha três anos de experiência beijando Paul e alguns outros caras antes dele para me preparar para aquilo, mas nada poderia ter me preparado para as sensações que esse garoto específico causava dentro de mim.

Ele poderia tomar tudo de mim bem ali na chuva, e eu não teria erguido um dedo para protestar. Os perigosos sentimentos que eu tinha desenvolvido por ele eram extremamente profundos.

Joey me beijou como se estivesse faminto, como se nenhum outro lábio pudesse saciar a fome que o assolava. Eu conhecia bem essa sensação, e retribuí o beijo incondicionalmente, com uma fome também insaciável.

Sem nunca afastar os lábios dos meus, ele me ergueu com facilidade e me colocou no muro do jardim. E então suas mãos estavam nas minhas pernas nuas e seus dedos experientes deslizavam pela pele macia das minhas coxas enquanto ele as afastava e se colocava entre elas.

Suas mãos estavam no meu cabelo, sua língua, na minha boca, seu corpo, colado ao meu, e eu sentia todos os seus contornos duros sondando os meus contornos suaves, e mesmo sabendo que eu era uma escrota por não terminar com Paul antes de beijar outra pessoa, só conseguia pensar em como era fabuloso e *certo* estar com Joey.

Então percebi que esse beijo teria consequências.

Consequências enormes, de fazer parar o coração e despertar sentimentos.

7 de janeiro de 2004

Talvez o perigo seja você

JOEY

Levei uma surra das reviravoltas malucas desse dia.

Ele começou com uma briga com meu pai, seguiu com uma montanha de problemas na escola e terminou com um beijo.

Sentir os lábios de Molloy enquanto ela gemia na minha boca e pressionava o corpo no meu foi demais para mim naquele momento.

Fiquei chocado e completamente abalado pela garota que estava com as mãos nos meus cabelos. Seu cheiro fresco e viciante invadiu meus pulmões e me derrubou mais forte que qualquer soco que já levei do meu pai.

É esse cheiro que você se lembra, meu cérebro reconheceu rapidamente. *É esse cabelo.*

Com o coração batendo mais rápido do que quando eu me drogava, eu a segurei em meus braços, lutando contra o pânico que subia pela minha garganta, e *enfim* me permiti parar de lutar com os sentimentos que me dominavam. Que me afogavam havia cinco anos.

Quando a vi na sala da minha casa, com aquele escroto olhando pra ela como se fosse carne fresca, perdi a cabeça. Se eu tivesse mais anos nessa terra, não seria tempo suficiente para descrever a profundidade do medo que senti ao ver aquele canalha prestando atenção nela.

Nunca vou entender como consegui me controlar, mas a vontade de protegê-la foi tão forte que a necessidade de afastá-la do meu pai fez todo o resto desaparecer.

Molloy tinha poder sobre mim, e nós dois sabíamos disso. Por muito tempo, tentei fazer a coisa certa, ficar longe, ser uma boa pessoa — pela primeira vez na vida. Só que ela me pegou em um momento de fraqueza, e minha determinação foi se dissolvendo a cada golpe da sua língua.

Eu não conseguia mais pensar direito.

Deu um branco na minha mente e meu corpo assumiu o comando.

Eu não conseguia nem mais lembrar da discussão que tive com meus pais ou da suspensão que eu levaria na escola. Muito menos do bullying da minha irmã ou do trabalho, para o qual eu estava atrasado.

Eu não conseguia pensar em mais nada além *dela*.

Aoife Molloy me consumia a ponto de eu achar que não havia mais nada de errado no mundo.

Excitação e medo vibravam em meu corpo. Me permiti sentir algo além de desesperança e curti a sensação de habitar o meu próprio corpo, minha própria cabeça, sem precisar me "automedicar" pela primeira vez.

Boca perigosa do caralho, falei para mim mesmo. *Não vai se emocionar.*

Completamente encharcado da chuva caindo sobre nós, senti um calafrio me percorrer e me forcei a recuar com relutância.

— Você está...

— Nem pensa em parar — falou, afobada, enlaçando os dedos na minha calça e me puxando de volta para si. — Não estou tremendo por causa do frio — ela disse, envolvendo as pernas na minha cintura. — Estou tremendo porque você está me deixando com tesão, então para de falar e continua me beijando.

— Cacete — murmurei, achando sua franqueza ainda mais excitante que o normal. — Talvez o perigo seja você.

— Talvez sim — ela concordou, enfiando a mão dentro da minha camiseta. — Nossa, você é duro — ela gemeu contra os meus lábios, passando a mão pela minha barriga.

— Meu pau é um pouco mais pra baixo, Molloy — brinquei.

— Engraçadinho. Eu estava falando da sua barriga, não da fera. — Então ela levantou minha camiseta alguns centímetros, dando uma boa olhada no que eu tinha para oferecer. — Sim, eu definitivamente estava falando desse tanquinho.

— Está gostando do que vê?

— O quê? — Ela abriu um sorriso descarado. — Eu sempre dou uma conferida no produto antes de levar.

— E aí?

Ela soltou um suspiro trêmulo e assentiu.

— Ah, já faz tempo que você me ganhou, Joey Lynch.

Suas palavras mexeram comigo, penetrando fundo na minha cabeça, e quando ela me puxou para si e pressionou os lábios nos meus, eu não consegui enxergar mais nada além dela.

Vai com calma, o músculo pulsante dentro do meu peito falou. *Porque, se você a deixar entrar, se você se permitir se apaixonar por essa garota, nunca mais vai se recuperar.*

Esquece. Ela já entrou.

Não deixa ela sair.

— Ah, meu Deus, acho que ele acabou de engravidar ela — uma voz feminina anunciou de algum lugar atrás de nós. — O que você esperava? Te falei que ele não namora. Ah, meu Deus, espera aí! É a Aoife Molloy?

Ela se afastou de repente como se meus lábios a tivessem queimado e olhou para além do meu ombro, de onde vinham as vozes irritantes das garotas.

— Ah, merda — ela falou, fechando as coxas nos meus quadris. — Fomos pegos.

Puta merda.

Ela limpou a garganta e disse:

— Hum, oi, Rebecca. Oi, Danielle.

Olhei para a minha casa e, pela primeira vez na vida, realmente *quis* entrar.

Meu Deus.

Contive um lamento e apoiei a cabeça no ombro dela por um instante, enquanto me preparava para o show de horrores que eu sabia que estava prestes a se desenrolar.

7 de janeiro de 2004

É tudo culpa sua

AOIFE

— É mesmo a Aoife Molloy que estou vendo, com Joey Lynch entre as pernas dela? — Rebecca perguntou em um tom exagerado de incredulidade, parada debaixo de um guarda-chuva cor-de-rosa com a amiga a reboque. — Traindo o namorado, ainda por cima. — Ela me olhou com uma expressão esnobe e cantarolou baixinho: — No muro da casa do Joey. Uau, que classe, hein, Aoife? Que classe.

— Ah, vai se lascar, Rebecca — rosnei, sem querer me diminuir diante do seu julgamento. — A gente só estava se beijando, e não transando, então menos. Não foi nada de mais.

— Joey? — Danielle falou. Vi horrorizada seus olhos se encherem de lágrimas. — O que está fazendo com ela?

— Pelo amor de Deus — Joey murmurou. Ele respirou fundo, deu um passo para trás e se virou para as nossas colegas. — Meninas — ele disse acenando a cabeça de leve, com as bochechas coradas e os lábios inchados do nosso beijo, parado na minha frente. — O que vocês estão fazendo aqui?

— Danielle estava te procurando — Rebecca respondeu, apontando para a amiga chorosa. — Ela queria ver se você estava bem depois do que aconteceu na escola. Que besta, né?

— Hum, estou bem.

— Ah, sim — Danielle disse com a voz rouca. — Estamos vendo que você está muito *bem* mesmo.

— Não começa — Joey falou baixinho. — Não te prometi nada.

— Você *transou* comigo menos de uma semana atrás! — ela praticamente gritou. — E agora você está... você está... — Ela balançou os cabelos loiros e olhou para mim. — Que porra é essa, Aoife? Pensei que você fosse minha amiga! O que você está fazendo aqui?

Eu, *amiga dela?*

Achei que estávamos mais para colegas e conhecidas do que para amigas inseparáveis.

— Ei. — Desci do muro e ergui as mãos. — Eu não sabia que você tinha algo sério com ele.

— A gente não tem — Joey interveio rapidamente. — Não tem nada rolando entre a gente. Nada sério nem casual.

— E eu só estava... — Dei de ombros. — Vendo se ele estava bem.

— Mentirosa — Danielle berrou, enquanto seu rosto assumia um tom nada lisonjeiro de roxo. — Você viu a gente junto naquela noite. Você sabia exatamente o que estava rolando.

— Sabia? — Joey gritou. — Bem, pelo menos alguém sabia então.

— Vai ver se o seu namorado está bem — Rebecca sibilou em um tom acusatório, entrando na discussão e apontando o dedo para mim. — Você se lembra do Paul, né?

— Ah, para com isso, Becks — Joey falou. — Ele está longe de ser perfeito.

— Será que o Paul sabe o que vocês andam fazendo? — Danielle perguntou, colocando as mãos nos quadris cheios de curvas.

— Ainda não — respondi com calma, sentindo o oposto disso e reprimindo a vontade de enfiar a mão no bolso para pegar o celular. — Mas tenho certeza que você vai adorar contar pra ele.

— Ah, pode apostar que sim. — Ela ficou me encarando. — Ele vai surtar.

— Problema seu se você acha que eu ligo — retorqui, me lamentando internamente por não ficar de bico calado e acabar atirando no meu próprio pé.

Cala a boca, Aoife. Você fez merda. Caladinha.

Rebecca estreitou os olhos, plantou as mãos nos quadris e ficou me encarando.

— Que pena que você não tem o menor respeito pelo seu relacionamento, mas podia ter tido um pouquinho de consideração pela Danielle!

— Que relacionamento? — Joey perguntou, erguendo as mãos. — Porque ela definitivamente não tem relacionamento nenhum comigo!

— Ah, Joey — Danielle choramingou, levando a mão ao peito. — Como você pôde fazer isso?

— Não, não, não, não vem com essa. Não me vem com essa merda de "Ah, Joey, como você pôde fazer isso comigo?" — ele vociferou, sacudindo a cabeça. — E te avisei, Danielle, eu te *avisei* que não estava interessado em nada sério. Te falei que era só aquela vez, e você disse que tudo bem!

— Só aquela vez? — Ela ficou olhando para Joey. — E você por acaso se esqueceu das outras várias vezes?

Ai.

— Não me vem com essa — Joey foi rápido no contra-ataque. — Joguei limpo com você. Falei que não estava interessado em nada além de uma noite e você concordou.

— Bem, eu menti — ela gritou.

— Mas eu não! — Visivelmente frustrado, Joey passou a mão pelo cabelo encharcado e sibilou: — Você que chegou em *mim*, lembra? Você *me* fez uma proposta e eu deixei minhas intenções bem claras. Você sabia que eu estava chapado aquela noite. Sabia que eu não estava disponível. Fui sincero pra caralho com você, Dan, então essas lágrimas que você está derramando não têm nada a ver comigo.

— Cadê o seu coração, Joey? — Rebecca interveio quando a amiga começou a chorar mais. — A garota gosta de você.

— Então fala pra ela deixar de gostar! — Bufando de frustração, ele apontou para Danielle e sibilou: — Você me *prometeu* que não faria isso.

— Eu sei, mas...

— Nada de mas — ele disse. — E nada de promessas também. Sou um ser livre.

— Pode ser — Danielle cuspiu, apontando o dedo para mim. — Mas ela não é.

— Não é da conta de nenhuma de vocês o que ela é ou não — Joey rugiu ameaçadoramente. — Então por que vocês não dão o fora daqui antes que isso fique mais caótico do que já está?

— Pra quem você está ligando? — perguntei, voltando a atenção para Rebecca, que estava com o celular na orelha e uma expressão presunçosa.

— Oi, Paul. Sim, sou eu, Becks. — Meus olhos se arregalaram. — Então, estou no Elk's Terrace e pensei que você devia saber que acabei de ver a sua namorada, Aoife, com Joey Lynch.

Ah, meu Deus.

— Uhum, isso mesmo. Sim, eu acabei de ver eles dando uns amassos.

— Meu Deus — Joey resmungou baixinho.

Fiquei de queixo caído.

— Que escrota.

— Sim, eu juro — Rebecca disse, sorrindo maliciosamente. — Não estou mentindo. Ela estava agarrada nele feito uma trepadeira.

— Aff. — Coloquei as mãos no rosto e urrei. Fiquei ali só ouvindo, impotente, sentindo que meu estômago tinha afundado até minha bunda.

O que eu poderia fazer?

Negar, com certeza, não.

Eu tinha sido pega no flagra.

Eu pretendia abrir o jogo com Paul de qualquer forma, mas teria sido bem melhor se ele ouvisse a notícia de mim, e não dela.

Sim, porque no instante em que Joey Lynch se mostrou recíproco ao meu beijo, aos meus sentimentos, eu soube que não teria mais como fingir.

— Ah, meu Deus, Joe — grunhi, gritando por dentro enquanto a ficha do que eu tinha feito caía. — Eu sou o meu pai.

— Do que você está falando, Molloy?

— Meu pai. Eu sou ele. — Encarei Joey. — Ele é um traidor, e eu sou uma traidora! — Ergui as mãos, desesperada. — O fruto não cai longe da árvore... Aff... — murmurei, angustiada. — Não sou melhor que ele.

— Relaxa — Joey disse com uma voz rouca, tentando me confortar. — Foi só um beijo, não um caso, Molloy. Você não é o seu pai.

— Caso? — Fiquei olhando para ele sem piscar. — Como assim um *caso*?

Ele deu de ombros, claramente desconfortável.

— Ah, meu Deus! Você sabe, né? — Arquejei enquanto meu cérebro rodopiava. — Sobre a outra? O que ele anda aprontando? Você sabe dos casos do meu pai?

Joey não respondeu, mas também não negou.

— Você sabia? — Sacudi a cabeça. — Você sempre soube? E não pensou em me contar?

— Não é da minha conta — ele enfim disse, com a mandíbula cerrada da tensão que estava emanando. Segurou meu braço e me conduziu para longe das garotas antes de continuar: — Eu trabalho com o homem. Não sou tutor dele e também não sou nenhum espião. Não me envolvo em assuntos que não me dizem respeito.

A chuva caía sobre nós, fazendo seu cabelo loiro grudar na testa enquanto a água escorria da sobrancelha para o nariz e então para os seus lábios. Ainda assim, ele estava totalmente rígido, com os olhos fixos em mim.

— Não transforme isso em algo maior do que é, Molloy — falou em um tom acalorado. — Foi só uma omissão, não uma traição.

— Bem, pra mim parece uma traição — falei, olhando para ele. — Me sinto traída.

Um lampejo de emoção cintilou em seus olhos antes que ele se controlasse.

— Tony me deu um trabalho, me deu uma chance quando ninguém mais queria saber de mim. Sempre fui leal ao seu pai, não à sua mãe.

— E quanto a mim? — insisti.

Ele estalou a mandíbula.

— Isso não é justo.

— E eu, Joe?

— Molloy...

— Ah, meu Deus, vocês estão tendo a primeira briga? — Rebecca nos interrompeu, dando risada. — Nossa. Não demorou muito, né?

Bem nessa hora, um familiar toyoka starlet azul veio descendo a rua na nossa direção. O freio fez um barulho alto e a porta do passageiro se abriu. Então Paul desceu do carro do irmão, Billy.

Que ótimo.

Incrível mesmo.

— É verdade? — rugiu furioso e com rosto vermelho, marchando até nós. — Você comeu ela?

— O quê? — Fiquei boquiaberta e balancei a cabeça. — Não, eu não dormi com ninguém, calma. — Fui até ele depressa para impedir que algo ruim acontecesse e coloquei a mão no seu peito. — Paul, por favor, me dá um segundo pra explicar...

Parei de falar quando ele literalmente me empurrou para o lado em sua tentativa de alcançar meu parceiro neste crime em particular com apenas uma intenção: resolver as coisas na violência.

— Você não podia deixar ela em paz, né? — Paul rosnou, com o peito encostado no peito do inimigo. — Você tinha que ficar com ela. Você *tinha* que adicionar ela na sua lista.

— Lista? — Joey deu uma risada amarga e enfrentou o adversário de cabeça erguida, empurrando-o de volta com o peito. — Que porra você está falando?

— Você não tinha o direito de tocar nela. — Paul deu um soco na cara de Joey. — Você não tinha o direito, porra.

A cabeça de Joey foi lançada para o lado, e prendi o fôlego, quase com medo do que ele faria em retaliação.

Não precisei segurar o fôlego por muito tempo, porque, em um piscar de olhos, Joey já tinha jogado Paul na rua.

— Pois tenho uma notícia pra você, seu babaca: foi a sua namorada que me beijou — Joey disse, avançando sobre Paul como um leão avançaria em uma gazela, descendo o punho no rosto dele.

— Cala a boca, Joey — grunhi, levando as mãos à cabeça. — Meu Deus.

— A verdade dói, Molloy — Joey falou, sem parar de golpear Paul. — É isso mesmo, otário. A sua garota que deu o primeiro passo.

— E deixa eu adivinhar: você não estava interessado, né? — Paul vociferou.

— Você já *olhou* pra ela? — Joey perguntou. — Claro que eu estava interessado. Na verdade, eu estava bastante interessado. Ainda estou.

— Joey, para de provocar ele. Billy, não ouse! — avisei, para logo em seguida xingar quando o irmão de Paul me ignorou completamente e entrou na briga.

— Sai de cima do meu irmão, seu drogado de merda! — Billy segurou a camiseta de Joey por trás e o arrastou para longe de Paul antes de atirá-lo no chão e chutar a barriga de Joey.

Várias vezes.

Sem parar.

Meu Deus.

— Ah, meu Deus, parem com isso! — Danielle gritou, cobrindo o rosto.

— Está feliz agora? — perguntei, olhando para as duas amigas, que observavam a cena horrorizadas. — Olha só o que vocês fizeram!

— O que *você* fez — Rebecca gritou com a voz trêmula. — É tudo culpa sua, Aoife. É tudo culpa sua.

— Exatamente — Danielle concordou, choramingando. — Olha só o que *você* fez!

Pois é, pensei, me aproximando dos garotos para acabar com aquela briga. *Eu sei.*

— É isso mesmo, seu escroto — Billy continuou, prendendo os braços de Joey nas costas para imobilizá-lo enquanto Paul o surrava com vontade. — Cadê o valentão agora?

— Vai se foder — Joey falou, meio cuspindo e meio rindo, grunhindo e arfando toda vez que a bota de Paul o acertava.

Sangue escorria da boca, mas ele não pareceu ligar ou notar e continuou provocando Paul.

— Não é de admirar que você esteja puto, cara. Você deixou uma garota como ela escapar...

— Eu vou te matar!

Joey deu risada.

— Até parece. Você é um frangote, seu babaca!

— Parem com isso! — pedi, puxando os ombros largos de Billy, que mais pareciam uma muralha, em uma tentativa de fazer o cara soltar Joey. — Solta ele.

— Não posso dizer que me arrependo de ter retribuído o beijo, sabe? — Joey cuspiu um bocado de sangue e sorriu. — Eu adoraria sentir a boca da Molloy na minha de novo.

— Ah, meu Deus, para de provocar ele! — praticamente implorei. Recuei quando Paul me empurrou para fora do caminho. — Paul, vamos, me desculpa, por favor! Eu não queria te magoar... Por favor, para com isso.

— Vai se foder, Aoife — Paul berrou, socando a barriga de Joey, mais furioso que nunca. — Você ficou bancando a rainha do gelo comigo, esfregando a sua virgindade na minha cara como se fosse um tesouro, mas no instante em que esse merda te chama, sua calcinha magicamente some. É isso?

— Ah, meu Deus! Não rolou *nada* disso! — berrei. — Foi só um beijo, está bem? Só um beijo.

— Não tem essa de só um beijo com ele — Paul falou, batendo em Joey de novo. — Tomara que você tenha gostado, porque quando eu acabar, ele não vai mais ter cara pra beijar ninguém.

— Ei! — Nesse momento, um menino loiro saiu correndo da casa dos Lynch e deu a volta no muro do jardim com uma vassoura na mão. — Solta o meu irmão!

— Tadhg — Joey disse, com o peito pesado e olhos selvagens, se contorcendo para tentar se soltar. Ver seu irmão mais novo ali pareceu despertar seu instinto protetor. — Volta lá pra dentro.

— Eu falei pra você soltar o meu irmão! — Tadhg gritou, ignorando Joey, acertando a vassoura na panturrilha de Paul.

— Ei, não encosta nele! — berrei quando Paul empurrou Tadhg para longe. — Ele é só uma criança.

— Seu irmão é um canalha com sérios problemas de aprendizagem, rapazinho — Billy falou para o pequeno Lynch. — Meu irmão e eu viemos ensinar uma lição pra ele.

— Que tal se eu te ensinar uma lição? — Tadhg disse, mirando em Billy dessa vez. — Já ouviu falar de luta justa? — Depois disso, o menininho bateu o cabo da vassoura no rosto de Billy. — E como não ser o capacho do irmão?

O nariz de Billy verteu sangue, e ele soltou os braços de Joey depressa.

— Meu Deus — ele rugiu, segurando o nariz com as duas mãos. — Você é maluco.

Joey e Paul caíram no chão de novo, distribuindo socos e mais socos.

— Gostou disso, é? Bem, tem mais de onde veio esse! — Balançando a vassoura no chão como se fosse o Mestre Splinter das Tartarugas Ninja, Tadhg o acertou de novo, dessa vez no pau.

Billy caiu de joelhos no chão feito um saco de batata, colocou as mãos no saco e grunhiu, enquanto o menininho avançava com sangue nos olhos, dando vassouradas na sua cabeça.

A voz de Paul ameaçando machucar seu rival chamou minha atenção. Ele prensava Joey no chão, montado no seu peito.

— Você não podia simplesmente deixar pra lá — Paul rosnou. — Podia pegar a garota que quisesse... Aliás, o que é que estou falando? Você sempre *pegou* todas as garotas que quis, mas não foi o suficiente, né? Você tinha que arruinar ela!

— Dá tudo de si, cara — Joey continuou provocando-o enquanto sua cabeça era jogada para o lado com o impacto dos socos de Paul, claramente exausto da surra que tinha acabado de levar. — Essa é a única vez que vou deixar passar.

Então ouvimos sirenes, e luzes azuis surgiram.

— Ah, meu Deus, a Gardaí! — ouvi Rebecca gritar. As duas saíram fora antes da viatura se aproximar.

— Ah, merda — falei, notando o carro vindo na nossa direção. — Parem com isso. Parem com isso, vocês dois!

Cheguei perto para segurar o braço de Paul só para cambalear para trás logo em seguida. Levei uma cotovelada no rosto e vi estrelas.

— Ai! — exclamei, perdendo o equilíbrio com o impacto e caindo de bunda na rua. A dor foi se espalhando pela minha bochecha enquanto a sensação pungente das lágrimas dominava meu pobre e ferido globo ocular.

— Olha só o que você fez, seu idiota! — ouvi Joey rugir. — Olha só pra ela.

— Meu Deus, Aoife! — Paul gritou, se virando para mim. — Você está bem?

— Estou bem, estou bem — falei, levando a mão ao olho enquanto uma dor terrível martelava minha cabeça. — Só parem de brigar.

— O que é que está acontecendo aqui? — a Garda perguntou, se aproximando com mais dois logo atrás.

Que timing, pensei com amargura. *Logo agora que a briga acabou.*

Billy e Paul começaram a ofensiva sem demora, dando aos guardas a sua versão dos eventos, ou seja, atirando Joey na fogueira.

— Não foi nada disso que aconteceu — falei para ela, que estava fazendo anotações em um caderninho preto. — Foi tudo um grande mal-entendido.

— Daí ele deu o primeiro soco — Paul continuou, mentindo entredentes enquanto Joey permanecia sentado na rua, calado, sem nem se dar ao trabalho de se defender.

— E não é a primeira vez — Billy interveio. — Ele já atacou meu irmão antes.

— Isso mesmo — Paul concordou, acenando a cabeça. — E ele acabou de ser suspenso da escola por quebrar o nariz de um amigo no almoço de hoje.

— Mentirosos — Tadhg cuspiu, com o rosto da cor de beterraba. — *Ele* estava segurando Joey, enquanto *ele*... — o menino fez uma pausa para apontar um dedo acusatório para Paul — chutava o rosto do Joey.

— Eu só estava tentando proteger meu irmão — Billy falou para o policial. — Paul nunca teve problemas com a lei antes, senhor. Nenhum de nós dois teve. Pode perguntar pro nosso pai, o superintendente da Gardaí Jerry Rice.

Estreitei os olhos.

— Precisava disso, Billy? — falei.

— Esse cara não deixa meu irmão em paz.

— O quê? — perguntei, incrédula. — Corta essa, Billy.

— É verdade. Meu irmão tem sido vítima de uma cruel campanha de difamação. Fiquei preocupado com a sua segurança — Billy continuou com uma voz convincente. — Ele é perigoso, senhor. Não quero nem pensar o que poderia ter acontecido com o meu irmão se eu não tivesse protegido ele desse maluco.

Depois de tomar um monte de notas, fazer algumas ligações e discutir com os colegas por alguns minutos, outro policial nos encarou um por um antes de enfim fixar os olhos severos e firmes em Joey.

Ah, merda.

— Arranjando confusão na porta de casa, Lynch? — ele perguntou, apontando o dedão para a propriedade da família. — Preciso dizer que essa é novidade.

— É, bem, o que é que posso dizer? Eu curto deixar as coisas interessantes. — Joey se deitou de costas no chão, ofegante, e ergueu os pulsos. — Vamos acabar logo com isso.

Observei horrorizada o policial se aproximar de Joey e o levantar grosseiramente.

— Joseph Lynch, você está preso de acordo com a Seção 4 da Lei de Direito Penal por suspeita de agressão.

— O quê? — Tadhg rugiu com os olhos arregalados, erguendo as mãos no ar de indignação. — Está falando sério? *Eles* estavam atacando *ele* juntos!

— Você tem o direito de permanecer em silêncio se quiser, mas o que quer que diga vai ser anotado e pode ser usado contra você...

— Mãe! — Tadhg gritou, disparando para a casa. — Vem aqui, rápido! Estão prendendo Joey de novo.

— Espera, espera, espera — falei, me aproximando. Os policiais estavam colocando algemas no meu colega. — Tudo isso foi só um mal-entendido.

— O que está acontecendo aqui? — o pai de Joey perguntou, parado na porta da casa com uma latinha de cerveja na mão e o controle remoto da TV na outra e um cigarro pendurado na boca. Ele estreitou os olhos e perguntou para Tadhg: — Quem é esse?

— É Joey — Tadhg berrou com a voz rouca, ainda segurando a vassoura, olhando para o pai com uma expressão suplicante. — Por favor, pai, faz alguma coisa!

— Seu filho está preso, Teddy — o policial lhe informou. — De acordo com...

— Sim, sim, sim — Teddy Lynch o interrompeu, abanando a mão para o guarda. — Não precisa se dar ao trabalho. Do que ele está sendo acusado?

— Agressão — o homem respondeu, parecendo um pouco desconfortável.

— Agressão, é? — Ele se virou para Joey. — Você agrediu alguém, garoto?

— Com certeza, *papai* — Joey falou com desdém, exalando tensão do corpo.

— Então façam o que quiserem com esse merdinha — o pai falou para o policial. — Vamos deixar a justiça lidar com ele. Só não esperem que eu vá até a delegacia pra buscar ele, como da última vez. — Ele se voltou para o filho e falou: — Entendeu, seu bosta? Não vá ligar pra sua mamãe pedindo pra ela te salvar. Dessa vez, você pode tratar dos seus problemas sozinho.

Fiquei observando de queixo caído seu pai levar o choroso Tadhg de volta para casa e fechar a porta.

Eu não era a única perplexa com a reação do homem, porque o guarda que estava conduzindo Joey até a viatura balançou a cabeça e murmurou algo ininteligível.

— Esperem — falei, finalmente entrando em ação e correndo até eles. — Senhor, por favor, foi um mal-entendido. Não foi ele que começou a briga.

— Poupa o seu fôlego, Molloy — Joey me interrompeu, caminhando obedientemente até o carro. — Não importa.

— Claro que importa — argumentei, impotente, vendo-o ser colocado no banco de trás. — Joe...

A porta do carro se fechou na minha cara e fiquei ali só observando a cena, enquanto seus resignados olhos verdes me encaravam de volta.

— Joe... — sussurrei, colocando a mão na janela.

Ele respirou fundo antes de desviar o olhar com a mandíbula cerrada, e então o outro guarda se acomodou no banco ao seu lado. Depois, os outros dois policiais foram para o banco da frente e logo eles estavam se afastando, levando Joey consigo.

Dessa vez, as lágrimas nos meus olhos não foram provocadas pela dor de uma porrada.

Me virei para Paul, que estava seguindo para o carro com o irmão, e gritei:

— Está orgulhoso?

— Não ouse falar comigo — ele disse, girando para apontar o dedo para mim. — Foi tudo culpa sua, Aoife. Nada disso teria acontecido se você não estivesse fazendo merda.

Furiosa, me aproximei dele e empurrei seu peito.

— Escuta aqui, seu idiota, eu posso estar errada por ter beijado ele, e sinto muito por ter te magoado, mas o que eu fiz não é nada perto do que você acabou de fazer.

— Você me traiu! — ele rugiu na minha cara.

— Foi só um beijo!

— Talvez fisicamente, mas faz anos que você tem um caso emocional com ele!

— Paul.

— Ele recebeu o que merecia. — Com uma expressão de desprezo total estampado no rosto, seus olhos percorreram meu corpo e seus lábios se curvaram de desgosto. — E você também, sua piranha.

— Piranha? — Soltei uma risada amarga. — Ah, *meu Deus*. Que bom que não perdi minha virgindade com você!

— Nah — ele soltou, perdendo a calma. — Porque você estava se guardando pra ele, né? Você não deixou o cara com quem você passou quatro anos nem chegar perto, mas estava mais que disposta a virar a puta de um drogado!

— Não seja ridículo, Paul.

— Ele vai te botar de quatro e enfiar o pau em você antes da semana acabar — ele avisou, com o rosto vermelho e os olhos esbugalhados de nervoso. — E depois vai enjoar. Assim como enjoou da Danielle e das outras. Vai te dar um pé na bunda quando estiver de saco cheio de você, e quando esse dia chegar, porque *vai* chegar, nem pense em voltar rastejando pra mim.

— Prefiro entrar num convento a deixar você me tocar de novo, seu otário — falei.

— Só lamento! — ele disse por cima do ombro, indo para o carro do irmão. — Porque, quando Joey Lynch te arruinar, nem as freiras vão te querer.

28 de janeiro de 2004

Garotas teimosas e pouca determinação

JOEY

A punição que recebi pela briga com Mike Maloney na escola começou com uma semana de suspensão, mas rapidamente escalonou e acabou virando um mês quando o diretor ficou sabendo da minha prisão.

Advertido pelos guardas e repreendido pela briga que tive com Rice do lado de fora da minha casa, fui *dispensado* da escola até depois das provas de fevereiro. Me falaram para voltar com um novo comportamento, senão eu nem precisava voltar.

Eles que se fodessem.

Podiam ficar com a escola deles.

Eu não queria voltar para lá mesmo.

Aquele lugar era cheio de traidores e mentirosos.

Meu único arrependimento era não estar na escola para proteger minha irmã quando ela precisasse de mim. E, a julgar pelo número de vezes que Shannon chegou em casa aos prantos desde a minha suspensão, era seguro dizer que ela precisava de *bastante* proteção.

Depois de todo aquele drama e lágrimas com a Danielle, decidi dar ao meu pau uma semiaposentadoria — afinal, eu precisava de uma garota no meu pé tanto quanto um buraco na minha cabeça.

Mas isso não me impediu de pensar em Molloy.

Não. Ela fez morada na minha mente sem nem pagar aluguel.

Novidade.

A consternação que vi no seu rosto quando os guardas me levaram aquele dia foi demais. Ela se importava comigo muito mais do que era bom para qualquer um de nós, e eu não conseguia lidar com isso.

O que ela viu aquele dia era só uma pequena amostra de como seria estar comigo. De quão ruim um cara como eu seria para uma garota como ela.

Seria uma catástrofe.

Indignado comigo mesmo por ter ultrapassado um limite que jurei nunca ultrapassar, me obriguei a tirá-la da cabeça — algo muito mais difícil de fazer agora que eu tinha saboreado sua boca na minha.

Ao som de "Free Fallin", do Tom Petty, tocando no rádio do trabalho, sacudi a cabeça para me livrar dos pensamentos deprimentes. Limpei o óleo das mãos já manchadas com um pano e peguei a chave soquete que estava usando para substituir as velas de ignição de um Golf 97. Então a devolvi no suporte junto com as outras ferramentas, tranquei o carro e joguei as chaves no escritório antes de pegar uma vassoura.

Depois de limpar tudo sozinho — meu castigo por ter tido problemas com a lei mais uma vez —, arrumei as coisas rapidamente antes de apagar as luzes e sair pela porta dos fundos da oficina. Até que ouvi uma voz familiar atrás de mim.

— Então é aqui que você anda se escondendo.

Congelei com a chave na fechadura antes de obrigar meu corpo a relaxar.

— Não estou me escondendo, Molloy.

— Bem, não é o que parece — ela falou no tom sarcástico com o qual eu já estava acostumado dos nossos embates.

— Seu pai não está aqui.

— Eu sei. — Me virei e me deparei com ela encostada na lateral do prédio, com os braços cruzados. — Não vim aqui ver meu pai.

— Então veio pra quê?

— Pra te ver.

— Qual o problema, Molloy? — perguntei, sabendo muito bem a resposta. A coisa sensata a se fazer seria me afastar dela, mas eu nunca parecia ter juízo quando ela estava por perto.

De jeans escuros, jaqueta branca, cachecol cinza e gorro da mesma cor, ela estava a cara da boa garota que eu sabia que ela não era.

— Está com saudade de mim ou algo assim?

— Algo assim — ela respondeu, sem ceder um centímetro.

— E aí, por que você está me evitando, Joe? Já faz três semanas.

Meu olhar se fixou no pequeno hematoma debaixo do seu olho esquerdo ainda evidente, e uma pontada de culpa atingiu minhas entranhas. Mas logo a disfarcei com indiferença.

— E por que eu te evitaria?

— De novo com essa merda? — Ela revirou os olhos, sem comprar a baboseira que eu estava tentando lhe vender. — Me responde.

Dei de ombros.

— Não tenho tempo.

— Ah, sim — ela falou. — Porque você anda ocupado *demais* esses dias com a suspensão da escola *e* do hurling.

— Eu claramente tenho menos tempo que você, que vive passeando pela cidade no escuro. — Gesticulei ao redor. — Como você chegou aqui, Molloy?

— Usei uma invenção formidável chamada pés.

— Engraçado — falei. — E como pretende voltar pra casa?

— Acredite ou não, essa mesma invenção pode ser usada em duas direções.

Até parece que eu ia deixar.

— Vamos. — Balancei a cabeça e me aproximei. — Vou te levar pra casa.

— Não preciso de favor nenhum — foi sua resposta presunçosa, mas ela começou a caminhar ao meu lado.

— Não estou te fazendo um favor. É pelo seu pai.

Ouvi quando ela grunhiu baixinho a palavra "idiota" e tive que conter um sorriso.

— Mexe essa bunda, Molloy. Tenho mais o que fazer da vida.

— Ah, está falando da bunda que você adorou apalpar na frente da sua casa aquele dia?

— Aquilo foi um deslize.

— Sei. Um deslize da *sua* língua na *minha* boca.

— Não estou sendo literal — eu disse, abaixando o capuz para esconder que eu estava curtindo aquilo.

— Pois você foi bem literal aquele dia — ela bufou, e depois: — E aí, quando é que você vai voltar pra escola?

— Só depois da prova do mês que vem — respondi, enfiando as mãos no bolso da frente do moletom. — Como vão as coisas?

— Ah, você sabe — ela respondeu alegremente, acenando com a mão. — Pária número um, te apresento o pária número dois.

— Está tão ruim assim?

— Ah, as coisas vão se acalmar quando a poeira baixar — ela falou com um suspiro de resignação. — Só estão me enchendo o saco.

Franzi a testa.

— Paul?

— E a encantadora Danielle, que se apegou ao rancor com todas as forças. — Ela abriu um sorrisinho e me olhou de soslaio. — Você causou sérios estragos no orgulho dela com o seu pau, Joe.

— É, bem... — Dei de ombros, sem fazer ideia de como responder. — O que é que eu posso dizer?

— Você poderia começar explicando o que estava pensando — ela sugeriu, e percebi a cutucada. — De todas as garotas que você podia ter pegado aquela noite, você tinha que escolher a mais grudenta de todas.

— Bem, ela não era minha primeira opção aquela noite — admiti. — Se me lembro bem, minha primeira opção não estava disponível.

Ela parou de andar e se virou para me olhar.

— Pois agora ela está disponível.

— Está falando sério? — Meus olhos se arregalaram. — Rebecca está solteira agora?

Molloy estreitou os olhos.

— Seu cuzão.

— Relaxa — falei, rindo, evitando por pouco um tapão. — Só estou brincando.

— Não achei graça.

— Então você finalmente terminou com Paul, o babaca?

— Sim.

— De vez?

— Com certeza.

— Que bom, ele era um babaca.

— Sim, você já disse isso umas vinte vezes. — Ela voltou a caminhar ao meu lado, me deu uma cotovelada e perguntou: — E aí, o que está rolando aqui, Joey?

Eu a cutuquei de volta e respondi:

— Me diz você, Molloy.

Ela soltou um suspiro trêmulo, exalando uma nuvem de ar gelado como se fosse fumaça.

— Você não vai facilitar as coisas pra gente, né?

— Não. — Sacudi a cabeça. — Não vou mesmo.

— Beleza. Que saber? Eu gosto de você — ela declarou sem rodeios, e puta que me pariu se meu coração não disparou em resposta. — E, antes de você começar com as suas baboseiras, eu *sei* que você também gosta de mim — acrescentou depressa. — Me parece lógico que, se gostamos um do outro... o que é *verdade*... — Fez uma pausa para estreitar os olhos e apontar o dedo na minha cara. — Será que a gente não devia, sabe, continuar se gostando em um regime de exclusividade?

Diminuí o passo até parar, inclinei a cabeça para o lado e fiquei olhando para ela.

— Está me pedindo em namoro, Molloy?

Ela soltou outro suspiro trêmulo e se aproximou.

— Depende.

— Do quê? — perguntei com uma voz baixa e rouca, e quando senti sua mão se entrelaçando na minha, não consegui evitar o arrepio que percorreu meu corpo.

— Do que você vai fazer — ela sussurrou, ficando na ponta dos pés para dar um beijo suave no meu queixo.

Puta merda.

Essa garota...

Ela recuou um pouco e fixou os olhos verdes em mim.

— Você não saiu correndo. — Ela se inclinou para pressionar outro beijo na minha bochecha, dessa vez um pouco mais demorado. — É sempre um bom sinal.

Meu Deus.

— Molloy... — soltei um meio grunhido, meio gemido, enquanto ela seguia explodindo meu mundo com leves beijos na minha bochecha, se aproximando cada vez mais. — É uma péssima ideia.

— Não se preocupe — ela falou delicadamente, erguendo a mão e passando o dedão no meu rosto. — Ela vai ficar segura comigo, Joe.

— Ela quem?

— A sua confiança.

Meu instinto de sobrevivência entrou em ação, exigindo que eu botasse aquela garota para correr, porque ela estava chegando perto demais do meu ponto fraco.

— Você acha que eu confio em você?

— Talvez ainda não. — Molloy segurou meu rosto entre as mãos, me forçando a olhar para ela, e, meu Deus, ela arrancou o ar dos meus pulmões com esse gesto. — Mas um dia você vai.

Me obriguei a respirar direito, e não arfar feito um bobo, e absorvi cada sensação percorrendo meu corpo, sabendo muito bem que ninguém jamais tinha me afetado tanto quanto aquela garota.

— Estou te vendo, Joey Lynch — ela continuou, roçando o nariz no meu.

— Sim — falei com a voz rouca. — Eu também estou te vendo, Molloy.

— Não. — Ela balançou a cabeça e se aproximou ainda mais, pressionando o corpo no meu. — Eu realmente te *vejo*.

Meu coração martelou descontroladamente dentro do peito, mas do lado de fora não movi um músculo.

— Se realmente estivesse me vendo, *de verdade*, você estaria correndo.

Um sorriso triste se espalhou pelos seus lábios.

— Você acredita mesmo nisso, né?

Não respondi.

Não precisava.

Ela já sabia que tinha acertado na mosca.

— Você está cansado de ficar sozinho — ela sussurrou nos meus lábios. — Está cansado de se decepcionar. — Ela me beijou de novo. — De se magoar.

— Para — avisei, tenso. — Não tenta me analisar. Não faz esses joguinhos comigo, Molloy. Não gosto disso — falei, sentindo meus muros se erguerem rapidamente. — Você não sabe merda nenhuma sobre mim, então fica na sua.

— Acho que sei, sim — ela argumentou, sem se afastar, sem querer me dar o espaço que eu tanto precisava para respirar. — Acho que finalmente entendi tudo.

— Até parece. — Passei a mão pelo cabelo, frustrado, e recuei, me sentindo completamente nu diante daquela garota. — Você viu minha família uma vez e acha que sabe de tudo? Você viu umas cicatrizes nas minhas costas. Grande coisa! Você não sabe de nada, Molloy. De porra nenhuma. Então para! — falei de novo, erguendo a mão e dando um passo para trás. — Não me olha assim!

— Assim como, Joe? — Sua voz era suave, seus olhos, ternos, e ela se aproximou novamente. — Hein? — Colocou a mão na minha nuca. — Como se você fosse importante? — Me puxou com força e deu outro beijo quente nos meus lábios. — Porque você é importante. — Molloy me beijou de novo, dessa vez com mais intensidade. — Você é importante pra mim, Joey Lynch.

— Mas não devia — soltei, obrigando meu corpo a permanecer rígido e não se entregar a ela, como grande parte de mim queria fazer.

— Mas você é — ela sussurrou, enfiando os dedos no meu cabelo. — E sei que também sou importante pra você. — Ela sorriu. — E você está morrendo de medo disso.

— Você não significa nada pra mim — tentei convencer nós dois, desesperado, arfando. — Não ligo pra você, Molloy. Nunca liguei e nunca vou ligar.

— Você é um péssimo mentiroso — foi tudo o que ela disse antes de esmagar os lábios nos meus.

Minhas palavras foram engolidas quando ela me beijou, e dessa vez nem tentei resistir. Eu não poderia resistir nem se quisesse.

Ela passou as mãos pelo meu cabelo e eu soube que estava completamente ferrado. Molloy segurou meus quadris com gentileza, me puxando para perto enquanto sua língua deslizava pela minha boca.

Ela era gostosa pra caralho.

Minhas mãos se moveram por vontade própria, segurando suas bochechas coradas. Eu a beijei de volta com uma ternura que não sabia que tinha.

Ninguém nunca tinha me tocado com tanto carinho antes.

Dava para sentir o quanto ela gostava de mim: seu sentimento emanava de seus lábios, e isso me fazia querer ser melhor, resolver minhas merdas e ser o cara que ela merecia.

— Você precisa fugir.

Ela balançou a cabeça.

— Eu não fujo.

— Fuja — insisti. — Fuja, Molloy.

— Vou ficar bem aqui — ela sussurrou. — Com você.

— Molloy...

— Eu sei quem é você — ela falou nos meus lábios, tomando a iniciativa, já que eu não era capaz.

Eu não estava enxergando direito, não estava pensando direito, e só Deus sabia o que corria nas minhas veias, e ainda assim lá estava ela, bem na minha frente, fazendo o resto da névoa, do mundo inteiro, simplesmente desaparecer.

— O verdadeiro garoto perdido. — Seus lábios roçaram os meus. — Não se preocupe, Peter Pan, vou ser sua Wendy.

Então eu a beijei.

Eu não devia ter feito isso, pois sabia que era uma péssima ideia, mas não consegui evitar. O fato de eu ser amaldiçoado também não foi capaz de me fazer mudar de ideia.

Eu era fraco demais para resistir a essa garota um segundo a mais.

Tremendo contra a minha vontade, eu a deixei me controlar e lhe dei o poder de me machucar muito mais do que minha família. Quando ela me beijou daquele jeito, não suportei a minha própria vulnerabilidade. Como uma ovelha expondo o pescoço para um lobo, entreguei tudo a ela, sabendo que ela poderia me ferir de um jeito irrecuperável.

Ah, meu Deus.

Aquilo era péssimo.

Perigoso.

Eu era a pior pessoa com quem uma garota como ela poderia se envolver, e ainda assim Molloy se agarrou a mim como se eu estivesse carregando a lua.

Eu precisava parar.

Eu ia parar.

Assim que reunisse coragem de interromper o beijo.

Talvez demore um pouquinho, o músculo pulsante no meu peito falou.

20 de fevereiro de 2004

O jogo de uma palavra só

AOIFE

— Então.

— Ele.

— Brincou.

Segurei o travesseiro debaixo da minha cabeça e sussurrei:

— Com.

— O.

— Clitóris.

— Dela.

Minhas pernas tremeram violentamente.

— Com.

— A.

— Ah, meu Deus.

— Língua, Molloy. — A cabeça de Joey emergiu debaixo do edredom. — Ele brincou com o clitóris dela com a *língua*.

— Ah, meu Deus, você não pode parar assim do nada! — grunhi, colocando a mão entre as pernas para segurar seu cabelo. — Continua, caramba. — Ele riu baixinho e então meus olhos foram para o céu quando senti seus lábios ali, me saboreando e provocando sensações que eu jamais imaginei que uma língua poderia ser capaz de fazer com uma garota.

— Eu, hum... — Meus quadris se sacudiram com força e senti os dedos do meu pé se contorcendo tanto que até doeram, enquanto ondas de calor pulsavam pelo meu corpo. — Ah, Joe...

— Aproveita, Molloy — ele falou, usando os dedos e a língua para me tocar de um jeito que me fazia arder e minhas costas se arquearem no colchão. — Rebola na minha língua, baby.

Baby...

Ah, meu Deus...

Fechei os olhos e fiz exatamente isso.

— Você é um gostoso, Joey Lynch — brinquei pouco depois, observando-o descer da minha cama e colocar a calça cinza do uniforme. — Alguém já te falou isso?

— Com certeza essa é minha primeira vez.

Pois a minha também.

— Você está me encarando — ele comentou com uma voz rouca, colocando a camisa amassada. — Qual o problema?

Ergui a sobrancelha.

— Eu sempre te encaro.

— Mais que o normal — ele respondeu, se concentrando no botão da camisa e me poupando da gloriosa imagem que era seu peito nu. — Desembucha.

Sacudi a cabeça.

— Só estou pensando.

Ele fixou o olhar em mim.

— Parece perigoso.

Você que é o perigo.

— Nada. — Deitei na cama e suspirei. — Não é nada.

Ele soltou um grunhido baixo e se aproximou.

— Quando uma garota diz que não é nada, nunca é nada. — Ele se sentou na beirada da cama, apoiou as mãos no colchão e se inclinou. — Então vou perguntar de novo: qual o problema, Molloy?

— Só estou pensando em Paul — admiti, soltando um suspiro.

— Legal — ele comentou. — Como vão as coisas?

— Não é nada disso — falei, batendo no braço dele. — Só estou pensando numa coisa que ele disse.

— O que ele disse?

— Ele me avisou que você estaria com o pau dentro de mim em uma semana. — Me ergui sobre um cotovelo e apontei para o meu corpo nu debaixo das cobertas. — Hum, que tal?

Joey sorriu.

— Não é engraçado, Joe — falei. — Ele disse que você me daria um fora quando estivesse de saco cheio, e nem as freiras do convento me aceitariam depois.

Ele jogou a cabeça para trás e gargalhou.

— Nossa, valeu pelo consolo — resmunguei, me jogando na cama. — Estou me sentindo muito melhor agora, pelada aqui em uma poça de porra.

— As freiras do convento não te aceitariam mesmo se eu não existisse — Joey falou, ainda rindo, afastando minhas mãos do meu rosto quente. — Lembre-se de que Jesus está sempre nos observando, Molloy. Ele vê o que você faz com os seus dedinhos quando está sozinha à noite.

— Ah, vai se foder, seu traíra — grunhi. — Isso era *segredo.*

— Que bom que você me contou. Essa imagem me faz companhia quando estou sozinho com as *minhas* mãos à noite.

— Tá, isso meio que me deixou com tesão — admiti, abrindo um sorriso safado para ele.

— Escuta, você precisa relaxar e tirar essas baboseiras que aquele babaca te disse da cabeça — ele disse. — Porque é isso o que elas são: baboseiras.

— É? — Dei um suspiro. — Sério?

— Sério — ele confirmou, se inclinando para dar um beijo caprichado na minha boca. — Além disso, levei três semanas pra conseguir tirar a sua roupa, não uma como ele previu. — Ele deu uma piscadela e acrescentou: — E só botei meus dedos e a língua dentro de você, não meu pau, então aquele imbecil não sabe de nada.

Estreitei os olhos.

— Joey.

— É melhor eu ir — ele disse, dando risada, claramente nada empático com a minha causa. — Antes que seu pai desconfie e comece a se perguntar por que é que ando atrasando todo dia essa semana.

Sorri docemente para ele.

— Pode falar pra ele que você prefere dar um trato na filha dele que nos carros da oficina.

— Beleza, isso vai cair muito bem. — Ele franziu a testa e acrescentou: — Nunca fiz isso antes, sabia? Matar o trabalho ou me atrasar por causa de uma garota. Você está se tornando um péssimo hábito, Molloy, e uma péssima influência.

— Falou o cara que sabe escalar uma casa de dois andares melhor que um gato — eu disse, observando-o atirar o hurley, o capacete e a mochila pela janela do meu quarto, caindo no telhado do galpão lá de baixo.

— Não vai se inscrever em um convento agora, hein? — Joey disse, passando uma perna para fora do parapeito. — Ao contrário das previsões do seu ex, ainda não estou pronto pra te dar um fora.

— Rá-rá-rá... Engraçadinho.

— Te vejo depois, Molloy — ele disse com uma piscadela atrevida.

E então ele se foi.

23 de fevereiro de 2004

Honra restaurada

AOIFE

Na segunda à noite, quando me cansei das tarefas da escola, decidi mudar de ares e desci para perturbar meus pais. Infelizmente, os membros da minha família também estavam meio de saco cheio.

— Olha só quem resolveu aparecer — minha mãe disse no instante em que entrei na sala, abaixando o volume da TV e me oferecendo sua atenção. — O que houve, Aoife, meu bem? Seu colchão finalmente decidiu te botar pra fora?

— Rá-rá. — Revirei os olhos. — Muito engraçado, mas não, não aconteceu nada tão dramático. Eu só estava estudando.

— Com livros? — Kev perguntou do sofá.

— Sim, Kev, com livros de verdade — respondi, me afundando ao seu lado. — Não precisa ficar tão surpreso. Eu sei abrir um livro, sabe.

— Ah, mas sabe ler o que tem dentro?

— Não fala assim com a minha filhinha — meu pai interveio do outro lado da sala, sentado com a minha mãe cada um na sua poltrona. — Como você está, Aoife, querida?

— Princesinha do papai — Kev falou, fingindo tossir.

— Estou bem, pai — respondi com um sorriso presunçoso. — Como vai o trabalho?

— Bem, filha — ele respondeu, apoiando os pés na mesinha de centro. — Joey estava com tudo hoje.

Aposto que estava.

Sorri.

— Que bom.

— Ficou sabendo que nossa Aoife aqui e Paul terminaram? — Kev perguntou, me dando um chute na coxa.

— O que eu te falei sobre me tocar com essas patas? — falei, afastando seu pé com uma almofada.

— Fiquei sabendo, sim — minha mãe respondeu, sem dúvida tendo ouvido da mãe de Katie, a vizinha. — Já tem umas semanas, né, Aoife?

— Sim.

— Sério? — Meu pai arregalou os olhos. — Você não me contou nada, Aoife.

— Ah, hum... pois é — eu disse, bufando. — Bem, eu não tinha muito o que dizer. Já era.

— Por enquanto — Kev interveio.

— Pra sempre — eu o corrigi, batendo a almofada na cabeça dele. — Idiota.

— Ah, não se preocupe, meu bem — minha mãe falou, abaixando o tricô. — Tenho certeza que ele já está planejando um jeito de te reconquistar.

— Então ele está dando murro em ponta de faca — respondi, evitando por pouco uma almofada que meu irmão tinha mirado na minha cabeça. — Já era mesmo, mãe.

— Tenho certeza que eles vão voltar rapidinho — meu pai disse, se virando para a minha mãe em busca de ajuda. — Eles vivem terminando e voltando, esses dois.

— Não dessa vez, pelo visto — Kev disse. — E está me parecendo que a sua preciosa Aoife não está tão chateada assim com o término. — Ele deu uma piscadela como quem sabia das coisas, se levantou e saiu da sala. — Não é, Aoife?

— É, Kevin — respondi, olhando para as costas dele. — Por mim, Paul pode ir pra casa do cara...

— Carvalho — minha mãe interveio rapidamente. — Casa do carvalho, Aoife.

— Isso aí — falei, dando um sorrisinho. — Ele pode ir pra casa do carvalho.

— Então está bem — meu pai falou, acenando a cabeça para me apoiar. — Ele era meio idiota, não era, Trish?

Minha mãe deu risada.

— Um pouco, Tony.

— Um idiota bem metido a besta.

— Exatamente o que se esperaria do filho de um superintendente da Gardaí, né?

— Verdade, amor. Pra ser sincero, eu costumava ficar de cabelo em pé quando você o trazia aqui — meu pai admitiu com uma expressão pesarosa. — Eu ficava morrendo de medo de que você levasse ele pro galpão e me entregasse.

— Ah, Tony... — Minha mãe deu uma gargalhada. — Duvido que a Gardaí bateria na porta de alguém por causa de algumas garrafas de poitín caseiro.

— Nunca se sabe, amor — meu pai murmurou. — Nunca se sabe.

— E aí, está de olho em alguém, querida irmã? — Kev perguntou, voltando alguns instantes depois com uma tigela de cereal. — Algum aspirante a mecânico de pavio curto, por exemplo?

— Como assim? — minha mãe perguntou, curiosa. — Você já está saindo com alguém?

— Está — Kev respondeu. — Com certeza, mãe.

— Não estou, não — falei, reprimindo o impulso homicida de estrangular meu irmão. — Kev só está sendo fofoqueiro.

— Ah, fala sério — ele disse, rindo. — Está na cara.

— O quê?

— Nada — eu disse.

— Aoife e Joey.

— Kevin! — sibilei com o rosto vermelho. Joey e eu estávamos tentando ser discretos, e até então, achei que estávamos arrasando. Mas, pelo visto, meu irmão não deixava escapar nada.

Idiota enxerido.

— Joey? — Meu pai arregalou os olhos. — O meu Joey?

— Acho que ele é mais da Aoife que seu, pai — meu irmão zombou. — Pelo menos foi o que ouvi na escola.

Ah, você é um homem morto.

— São só boatos — falei, mentindo com os dentes cerrados. — E você, maninho, nao deveria dar ouvidos a eles.

— Que boatos? — meus pais perguntaram ao mesmo tempo.

— Teve uma briga — confessei do nada.

— Briga? — Meu pai e meu irmão franziram a sobrancelha. — Que briga?

Olhei para Kev em busca de ajuda, mas ele só deu de ombros. Tanto se falava sobre gêmeos serem capazes de ler a mente um do outro. Só que o meu irmão era um fracasso.

No improviso, pensei em uma versão genérica e amenizada da verdade.

— Aconteceu um tempinho atrás. Lembram daquele olho roxo que ganhei depois do Natal? Bem, não foi porque caí dos patins da Casey, como falei pra vocês.

Minha mãe revirou os olhos.

— Obviamente.

— O que aconteceu com você? — meu pai perguntou depressa. — Alguém te bateu? — Ele estreitou os olhos. — Joey...

— Não, não, meu Deus, claro que não, pai — falei logo. — Joey nunca encostou um dedo em mim. — *Bem, a não ser quando eu implorei.* — Basicamente, Paul andava falando umas merdas de mim por aí. — *Que eu era uma vadia. Uma puta. Manipuladora.* — E quando o Joey ficou sabendo, foi pra cima dele. — Dei de ombros e acrescentei: — Por você, parece. Sabe, já que sou sua filha e você o acolheu na oficina há tanto tempo... Foi por isso que Joey foi preso no começo do ano. Lembra?

Meu pai fez que sim.

— Lembro.

— Pois é. — Soltei um suspiro trêmulo. — Enfim, ganhei o olho roxo de Paul quando tentei acabar com a briga. Em sua defesa, foi um *acidente* — admiti a contragosto. — Mas quando as pessoas ficaram sabendo que Joey brigou pra me defender, começaram a espalhar fofocas, achando que dois mais dois dá cinco. — Dei um suspiro. — Resumidamente, foi isso.

Kev bufou e disfarçou o barulho com uma tosse quando eu o olhei com uma expressão feroz.

— Hum, faz sentido.

Meu pai ficou me encarando por um longo tempo antes de dar um suspiro.

— Bem, espero que Joey tenha dado uma boa lição naquele idiota.

— O que ele andou falando de você, querida? — minha mãe perguntou, com uma expressão preocupada. — Se você quiser que eu ligue pra mãe dele, posso fazer isso. Posso falar umas coisinhas pra ela...

— Não, mãe, está tudo bem — falei depressa. — Paul só estava irritado porque eu, bem... — Dei de ombros. — Porque eu não...

— Transou com ele — Kev completou secamente. — Ele ficou puto porque a Aoife não transou com ele depois de quatro anos enrolando e tratando ele como segunda opção.

— Eu não enrolei ele — retorqui. — E foram três anos e meio, não quatro.

Kev arqueou a sobrancelha.

— *Claro* que não.

— Está bem — admiti com relutância. — Talvez tenha um fundinho de verdade nisso, o que não significa que eu tenha que...

— Se deitar e abrir as pernas pra ele? — Kev balançou a cabeça. — Porque é o que Paul acha que você está fazendo com Lynchy.

— Eu não estou — declarei, olhando feio para o meu irmão.

— Kevin — meu pai o censurou. — Não diga essas coisas na frente da sua irmã.

— Que coisas?

— Você sabe — meu pai murmurou, nervoso. — Coisas sexuais. Ela é nova demais pra esse tipo de conversa.

— Ela tem a mesma idade que eu.

— Mesmo assim — meu pai bufou, parecendo incrivelmente desconfortável. — Não está certo, filho.

— Foi isso, Aoife? — minha mãe me perguntou. — Paul estava inventando histórias de você?

Dei de ombros.

— Basicamente, sim.

— E os boatos sobre Joey não são verdadeiros?

— Não — menti.

— Bem... — Meu pai olhou para a minha mãe e balançou a cabeça. — O jovem Joey mandou bem ao me defender desse jeito.

— Pode crer — Kev falou com sarcasmo. — Vamos fazer um brinde ao honorável Joey Lynch.

— Que bom rapaz! — Meu pai sorriu para a minha mãe. — Defendendo a honra da minha filha.

Kev bufou de novo e, dessa vez, nem se deu ao trabalho de disfarçar.

— Vou dormir.

— É — falei, lembrando da cabeça de Joey no meio das minhas pernas. — Minha honra foi restaurada.

4 de março de 2004

Olhos azuis e tesão reprimido

JOEY

Acabei me atrasando quase meia hora para o trabalho na terça à noite, sendo a quarta vez que eu me atrasava nas últimas cinco semanas, porque eu era fraco demais para resistir a mais vinte minutos debaixo das cobertas com Molloy.

Claro que eu não podia falar isso para o pai dela, então, quando ele me perguntou o que tinha acontecido, inventei alguma merda sobre o hurling.

Tony nem piscou ao ouvir as desculpas que eu tinha ensaiado durante todo o caminho da cama da filha dele até a oficina.

Eu tinha dado uma desculpa parecida da última vez, e da vez antes dessa. E antes dessa também.

Tony nunca me questionava porque *confiava* em mim.

E eu era um bosta por mentir para ele e desobedecê-lo ao mexer com a filha dele.

Já fazia cinco semanas.

Nossa, eu era mesmo um bosta.

Durante o resto da jornada, trabalhamos juntos em um silêncio confortável. Eu não tinha coragem de ficar fingindo. Porque mentir para aquele homem jamais seria fácil para mim.

— Você está bem, Joey, meu filho? — Tony finalmente quebrou o silêncio ao me encontrar lá fora fumando depois que terminei o trabalho.

— Estou, Tony — murmurei, chutando as pedrinhas no chão com a bota, parado na chuva.

Seus olhos notaram a bituca na minha mão e uma expressão de resignação e decepção tomou suas feições.

— Espero que isso seja tabaco, rapaz, e não algo mais forte.

— É sim — menti, soltando fumaça.

— Como é que você pode jogar hurling se fica se envenenando com essas coisas?

A pergunta não era se eu podia jogar hurling, mas como eu poderia sobreviver se não jogasse.

— Ah, você me conhece, Tony. — Apaguei o baseado rapidamente e o guardei no bolso da calça de trabalho antes que meu chefe perdesse a cabeça comigo. — Vaso ruim não quebra.

Ele ficou me olhando por um longo tempo e depois sacudiu a cabeça.

— Bem, já são quase nove horas. É melhor você ir pra casa, cara, antes que a sua mãe acione a Gardaí. Você tem aula de manhã.

Não importava o horário que eu saísse do trabalho.

Ninguém iria me procurar.

— Tony?

— Sim, Joey?

— Eu só... — Respirei fundo, lutando com a minha consciência e o tsunami de culpa dentro de mim. Porque eu sabia exatamente para onde iria, e não era para a minha casa. Não, eu iria direto para a filha dele. — Eu só queria te agradecer.

Ele sorriu.

— Pelo quê?

Por tudo.

Dei de ombros.

— Só obrigado.

— De nada, garoto — ele respondeu, abanando a mão.

Tirei o celular do bolso e abri um sorrisinho ao reler a mensagem que Molloy tinha me mandado.

Molloy: Vejo você e a sua mão (e seus dedinhos maravilhosos e sua língua habilidosa) depois do trabalho. Saio às 9. Até logo, safado.

Sorrindo feito um besta, comecei a digitar uma mensagem para avisar que estava a caminho quando meu celular tocou.

Meu estômago foi parar na minha boca no instante em que vi o nome de Shannon na tela. Eu não queria atender, porque já sabia do que ela precisava, e não queria que ela precisasse de mim aquela noite.

Me crispei e me obriguei a atender à ligação e levar o telefone ao ouvido.

— Joe — ela choramingou do outro lado da linha. — Pode voltar pra casa? Precisamos de você. — Soltando um suspiro cansado, fechei os olhos e abaixei a cabeça.

— Estou indo.

Eu estava dobrando a esquina no pé do morro da nossa rua quando a vi. No minuto em que meus olhos pousaram no seu rosto, minha pele se arrepiou e meu sangue ficou frio.

— O que aconteceu?

— Oi, Joe. — Ela deu um pequeno aceno, parada debaixo do poste sob a chuva. — C-como você está?

— Estou ótimo, Shan. — Em alerta máximo e preparado para o perigo, cheguei mais perto e ergui seu queixo. — Meu Deus.

Seu olho esquerdo estava fechado de tão inchado e escurecia a cada segundo que passava.

— Estou b-bem — ela falou, tremendo do que supus ser uma mistura de medo e frio. Seus dentes batiam violentamente enquanto eu inspecionava seu rosto com uma expressão horrorizada. — N-não é tão r-ruim quanto p-parece.

— É, sim, Shan — falei, sentindo a sua dor.

Porque, apesar de ser Shannon que carregava os hematomas dessa vez, eu carregava a vergonha, junto com a mais pura culpa por não ter estado lá para impedir que aquilo acontecesse com ela.

De novo.

— Sei que eu não devia estar na rua a essa hora — ela falou, me abraçando. — Mas, se eu n-não saísse, ele i-ia me m-matar.

— Você fez a coisa certa — eu disse com o corpo rígido, tentando sem sucesso confortá-la. — Você fez a coisa certa. Se ele colocar as mãos em você e eu não estiver em casa, você tem que fugir, Shannon. Você tem que fugir, entendeu?

Ela deu uma fungada, olhou para mim e assentiu.

— Entendi, Joe.

— Onde ele está? — perguntei, passando por ela louco para confrontar o escroto que tínhamos a infelicidade de chamar de *pai*.

— N-não, Joe — Shannon gritou, correndo atrás de mim. — N-não vale a pena se m-machucar por minha c-causa.

— Claro que vale — rugi, abrindo a porta de casa. — Claro que vale a pena, Shannon. Você vale muito mais que aquele bosta, e nunca deixe ele te fazer se sentir inferior!

— Joey, espera! — Minha mãe tentou me interceptar na porta. — Ele não queria machucar ela...

— Sai — rosnei, dando a volta nela e entrando em casa soltando fogo pelas ventas. — Vem aqui, coroa. Vem bater em alguém do seu tamanho!

— Joey — Tadhg gritou, escondido atrás do corrimão. Ao seu lado, estavam Ollie e Sean. — Ele surtou.

Ah, é? Pois eu também ia surtar.

— Onde está o incêndio? — meu pai berrou, saindo da lavanderia, onde ficava o banheiro. Ele se atrapalhou com o zíper do jeans e depois sibilou bruscamente. — Meu Deus, garoto, quer parar com essa gritaria? Eu quase cortei meu pau.

— Que pena que não cortou! — rugi, lívido, avançando para ele enquanto o sangue corria para as minhas mãos, que se cerraram em punhos por vontade própria. Se minha mente não estava preparada para aquele homem, meu corpo certamente estava. — Você machucou a minha irmã — falei, só parando quando estava cara a cara com ele. — Isso fez você se sentir mais homem? — Empurrei seu peito com toda a força que eu tinha e fiquei observando-o cambalear para trás.

— Seu maldito! — meu pai vociferou com o rosto vermelho de raiva. Quando ele disparou para a frente com um gancho direito oscilante, eu estava pronto.

Me esquivei para o lado, evitando por pouco quebrar o nariz de novo.

— Joey, por favor — minha mãe choramingou.

— Você está ficando lento, coroa — zombei, dando um soco no seu queixo. — Ou eu que acabei decorando todos os seus movimentos.

— Teddy, por favor...

— Então você acha que pode me derrubar? — Ele deu um passo à frente, agitando os punhos que pareceram blocos de concreto ao fazerem contato com a minha pele. — Eu vou acabar com você, garoto.

— Ah, meu Deus! Parem, vocês dois!

— Não se eu acabar com você primeiro — rosnei, prensando seu enorme corpo nos ladrilhos da cozinha. O que não era nada fácil de se fazer, pois o homem pesava cerca de trinta quilos a mais que eu. — Escroto!

— Isso, Joe, mata ele!

— Cala a boca, Tadhg!

— N-não faz isso, Joe. Ele não v-vale o esforço!

— Cala a boca, Shannon!

— Tadhg, vá pro seu quarto agora!

— Mamãe... faz parar!

— Papai ow-ow.

— Está ouvindo eles? — Apertei a garganta dele com toda a força que eu tinha dentro de mim. — É a sua família, seu canalha. E eles estão morrendo de medo de você.

— Seu merdinha! — O maldito agarrou meu cabelo e me arrastou para longe. — Acha que está grandinho?

— Joey!

Então foi a minha vez de ser estrangulado pelas mãozorras do meu pai envolvendo minha garganta.

Nem precisava das duas mãos.

Eram enormes.

Ele me deu um soco tão forte no olho que senti a vibração nos dedos dos pés.

— Que tal experimentar o seu próprio veneno, garoto?

— Teddy, para, por favor! — minha mãe gritou. — Ele é seu filho.

— Você pode ter vindo de mim, mas não é meu filho, garoto — ele falou com desdém. Depois, piorou ainda mais a situação ao cuspir uma bola de catarro bem na minha cara. — Você sempre foi o filhinho da mamãe!

— Teddy, por favor!

— Cala a boca, sua puta! — ele berrou. — Você é a próxima.

— Vai se foder! — tentei gritar, mas só consegui soltar um sussurro estrangulado.

Sentado no meu peito, pressionando meus pulmões já vazios com todo o seu peso, meu pai continuou me provocando.

— Vamos, durão, revide.

Me contorci violentamente debaixo dele, tentando derrubá-lo, mas no fundo eu sabia que jamais conseguiria. Então senti uma tontura me engolindo, se somando à queimação nos meus pulmões, enquanto meus músculos eram acometidos por espasmos irregulares.

Percebi que estava perdendo a consciência e, nessa hora, de repente, a dor se dissipou. A pressão nos meus olhos e a ardência na minha garganta evaporaram.

Solta, uma vozinha na minha cabeça disse. *Tudo vai acabar se você soltar.*

Deixei os braços moles e fiz exatamente isso.

— Joe?

Pouco depois, quando voltei a mim, me deparei com o rosto da minha irmã levantando minhas pálpebras.

— Sou eu, Shan!

Outro dedo no meu olho.

— Está me ouvindo?

Senti meu pulmão se rasgando. Segurei o pescoço, tossindo e me engasgando violentamente. Em seguida, inspirei fundo e me sentei depressa, me recostando na geladeira.

— Ah, graças a Deus! — Ajoelhada ao meu lado, Shannon se inclinou e pressionou um pano de prato no meu olho esquerdo. — Você está bem?

Ainda tossindo e me engasgando, ergui a mão para afastá-la, me concentrando em puxar o ar para dentro dos meus pulmões.

— Onde... ele...

— Ele foi pra cama — ela sussurrou, chegando mais perto, de modo que seus joelhos tocaram minha coxa. — Sinto muito.

— Não... foi... culpa... sua.

— Ah, Joe... — Fungando, ela se aproximou e envolveu as mãozinhas no meu pescoço. — Te amo tanto. Sinto muito por ele ter feito isso com você de novo.

Não devolvi o seu abraço.

Eu não poderia nem se quisesse.

Completamente exausto, respirando com dificuldade, demorei para recuperar o fôlego. Então perguntei:

— Onde está a mãe?

Shannon olhou para o chão.

— Shan?

— Lá em cima — ela respondeu, puxando um fio solto na minha calça. — Ela teve que convencer ele a sair de cima de você.

Com sexo.

Pois é, eu precisava dar o fora dali.

Eu não podia ficar em casa aquela noite.

Se tivesse que aguentar os gemidos e grunhidos dele atrás da porta fechada, eu ia surtar.

— Joe, não vai — Shannon implorou, correndo atrás de mim quando me levantei e segui para a porta. — Por favor, não vai.

— Vou ficar bem, Shan — eu disse, sem olhar para trás, saindo às pressas. — Você vai ficar bem.

Agora que ele conseguiu o que queria.

5 de março de 2004

Você quer morrer?

AOIFE

Eu estava péssima quando cheguei em casa do trabalho na quinta-feira à noite.

Além do fato de meus dedos estarem destruídos depois de seis horas esmagados dentro daqueles saltos que mereciam ser jogados na fogueira mais próxima, eu estava completamente ensopada.

Mas nada disso teria me incomodado se ele tivesse aparecido, admiti com relutância.

Joey tinha prometido me acompanhar até em casa depois do trabalho. Fiquei esperando na frente do pub por mais de uma hora, até que o frio me venceu. No final, ele nunca apareceu, e acabei tendo que caminhar até em casa debaixo da maior chuva — o que não teria sido tão ruim se eu tivesse companhia.

Desde a ocasião, mandei várias mensagens, mas nada de ele responder. Eu estava lidando com Joey, não com Paul, ou seja, estava navegando em águas desconhecidas. Quando Paul não me respondia nem me atendia, eu apenas deixava para lá. Já quando Joey me ignorava, eu queria deitar em posição fetal e morrer.

Por mais patético que fosse, eu estava ridiculamente apegada àquele garoto que se recusava a rotular o que quer que estivesse rolando entre a gente.

Eu não o pressionava, porque, pela primeira vez na vida, estava com medo de perder alguém. A vantagem nesse relacionamento estava com ele — ele tinha meu coração nas suas mãos.

Se Joey fosse embora, se me largasse, eu ficaria arrasada. Ou melhor, *devastada*. O que era bastante preocupante.

Eu tinha dado poder demais para um garoto que se recusava a me chamar de namorada. Não, em vez disso, eu era a amiga com quem ele ficava num regime de exclusividade, só que ninguém podia saber.

Puta que pariu.

Pela primeira vez na vida, decidi me dedicar aos estudos e consegui adiantar a lição de casa e fazer os trabalhos da escola, até enfim deixar os livros de lado e me entregar a Seth Cohen.

Pelo menos eu mataria a vontade de vê-lo na televisão.

Encolhida na cama com um pacote de chocolate no colo, vi *The OC* pela centésima vez.

Apaguei pouco depois das onze, mas o sono foi agitado, e passei a maior parte da noite virando de um lado para o outro, até que fui acordada por volta de uma da madrugada com alguém batendo na janela.

Fiquei totalmente imóvel ali na escuridão, ouvindo as batidas incessantes ficando cada vez mais altas, diminuindo, e então recomeçando.

Fiquei brava, sabendo que havia apenas uma pessoa capaz de escalar uma casa de dois andares. Atirei as cobertas para o lado e fui até a janela pisando duro. Abri o vidro, me inclinei sobre o parapeito e olhei para o filho da puta se equilibrando no telhado do galpão do nosso jardim como se fosse o próprio Houdini.

— O que foi?

No instante em que percebeu que eu estava acordada olhando para ele, ele logo jogou fora o que estava fumando, que torci para ser um cigarro, mas que, no fundo, eu sabia que *não* era.

— Molloy. — Um sorriso lento se espalhou pelo seu rosto. — Molo-molo-loy.

— Você está... — Estreitei os olhos, desconfiada. — Ah, meu Deus. Você está chapado.

— Nada a ver.

— Uhum. — Revirei os olhos. — O que foi que você tomou?

— Hã?

— Drogas, Joey — falei, sentindo a respiração presa na garganta. — Sei que você tomou alguma coisa.

Ele balançou a cabeça.

— Não tomei, não.

— Eu te conheço desde que a gente tinha doze anos, seu gênio. Acho que sei reconhecer quando você está chapado — sussurrei. — O que foi que você tomou?

— Belas pernas.

Dessa vez essa não ia colar, espertinho.

— Certo, se não quer mandar a real, pode vazar.

— Eu não quero vazar, Molloy.

— Então o que você quer?

— O que *eu* quero? — Ele se balançou um pouco, ergueu as mãos e deu de ombros. — Como se eu soubesse, Molloy.

— Bem, enquanto você fica aí não sabendo o que quer, eu vou dormir então — falei sem emoção.

— Ei, ei, ei, aonde você vai?

— Pra cama, Joey.

— Por quê?

— Por quê? — Olhei feio para ele. — Porque estamos no meio da madrugada e geralmente é o que as pessoas normais fazem a essa hora.

— Ah, certo. — Ele franziu a testa. — Pois é.

— E porque a gente tem aula de manhã — eu disse. — Ou você se esqueceu da existência desse lugar chamado escola?

— Obviamente. — Vi suas sobrancelhas se franzindo em uma expressão confusa conforme ele se balançava. — Estou de castigo?

Com certeza.

— Você que sabe. — Ele ficou me encarando. — Esqueceu de alguma coisa hoje?

Ele continuou me encarando.

— Boa noite, Joey — falei, suspirando de resignação e enfiando a cabeça para dentro do quarto, até que o maluco desgraçado se mexeu.

Ele deu um pulo, escalou a lateral da casa feito um gato e só parou quando estava se segurando no parapeito da minha janela.

— Por que estou de castigo, Molloy?

— Você quer morrer? — falei de olhos arregalados, enquanto ele tremia. — Ah, meu Deus. Entra logo, seu doido. — Segurei seus braços e o ajudei a passar pela janela. — Isso foi idiota pra caralho — rosnei quando ele estava com o traseiro no tapete do meu quarto. — Nunca mais faz isso nesse estado.

Ele deu um joinha e permaneceu perfeitamente rígido, deitado de costas no chão do meu quarto.

— Eu vou só... dar uma esticadinha aqui um pouco.

— Vai em frente, seu cuzão — grunhi, subindo na cama. — Daqui pra frente, considere o chão do meu quarto como o seu castigo.

— Hum — Joey falou. — Se me deixar sair do castigo, eu te deixo gozar na minha cara.

— Nesse estado? Rá. Eu jamais te deixaria encostar um dedo em mim — declarei, puxando o edredom até o meu pescoço. — Agora fecha os olhos e dorme.

— Molloy?

— Shhh.

— Molloy?

— Estou dormindo.

— Molloy?

— O quê?

— Eu menti. — Ele soltou um suspiro pesado. — Estou chapado.

— É, Joe, eu sei — eu disse, fechando os olhos e sentindo a dor no meu peito se espalhar por todo o corpo.

Houve um longo silêncio antes de ele falar:

— Molloy?

— O que foi?

— Você me odeia?

Não, eu te amo.

— Vai dormir, Joey.

Sem conseguir pregar o olho, vi as horas passando no relógio, deitada rigidamente na cama, tendo apenas o suave ronco do garoto no chão do meu quarto como companhia.

Meu coração não desacelerou desde que ele apareceu na minha janela. Eu estava bem brava por ele fazer isso consigo mesmo, mas a raiva empalidecia em comparação à preocupação que eu sentia.

Isso era grave.

Ele poderia morrer.

Essa era sempre uma possibilidade quando se brincava com fogo, como eu sabia que ele fazia. Eu não fazia ideia do que ele tinha tomado e meio que tinha medo de descobrir.

Enfim, por volta das 5h30 da manhã, caí num sono agitado.

Quando acordei, percebi que, de alguma forma, tinha perdido a hora. Já era mais de nove e meia e a aula já tinha começado, então fiquei onde estava.

Completamente sem energia, continuei encolhida sob as cobertas, observando distraidamente a tela do meu celular enquanto o tempo passava.

Até que ouvi alguém limpando a garganta e soltei um grunhido.

— Mãe, antes de você começar, estou doente. Estou menstruada — falei rapidamente, mentindo com os dentes cerrados, enquanto eu pensava na pior e mais horrenda doença temporária que poderia me acometer. — Sangrei a noite toda. Foi uma verdadeira carnificina. Juro por Deus, mãe, não existe absorvente noturno grande o suficiente pra conter esse fluxo.

— Ei, sou eu. Sua mãe saiu há um tempinho.

Me sentei e afastei as cobertas para ver Joey sentado na cadeira ao lado da janela, com o capuz erguido e as mãos nos bolsos da frente do moletom como sempre.

Não consegui evitar um suspiro trêmulo de alívio se esvaindo dos meus pulmões.

— O que você ainda está fazendo aqui? — Também não consegui esconder a raiva ou a mágoa na minha voz. — Eu te dei um chão pra dormir. Não precisava ficar tanto tempo.

Ele não se intimidou com as minhas palavras.

Em vez disso, só ficou me encarando.

— Eu devia ter te encontrado depois do trabalho ontem. Devia ter te acompanhado até em casa e não apareci. Eu me lembrei.

— Que bom. — Gesticulei para a janela e olhei feio para ele. — Tchau.

— Me desculpa.

— Você não está arrependido. — Encarei-o severamente. — Você nunca pede desculpas porque nunca se arrepende de nada, né?

Seus olhos verdes permaneceram fixos nos meus, sem piscar.

— Dessa vez, estou arrependido.

— Bem, dessa vez estou brava demais pra aceitar suas desculpas — falei, engolindo uma onda de emoções. — Quando você não apareceu ontem nem atendeu ao telefone, pensei que tivesse se machucado ou que tivesse acontecido algo até pior. — Minha voz falhou e tentei me acalmar antes de acrescentar: — Mas você não estava machucado. Você só tinha algo melhor pra fazer.

Ele engoliu o veneno nas minhas palavras e não tentou negar ou discutir comigo.

Eu não sabia se isso fazia eu me sentir melhor ou pior.

Mas ele não se moveu para ir embora, então balancei a cabeça, perdida.

— Sei que isso é novidade pra você — gesticulei para nós —, o que quer que seja isso, mas essa é parte em que você me explica por que sair pra chapar era mais importante do que me mandar a porra de uma mensagem, ou você só vai embora.

Ele não se mexeu.

Também não abriu a boca para se defender.

— Você está absolutamente certa, Molloy. — Observei Joey se levantar com movimentos duros e lentos. — Eu devia ir — foi tudo o que ele disse, sacudindo a cabeça. — Estou indo.

— O quê? — Joguei as cobertas para o lado, desci da cama e me aproximei dele. — Eu não estava falando sério, seu idiota! Estava fazendo drama. Você não vai a lugar algum até a gente conversar sobre o que aconteceu.

— Eu realmente não estou a fim de conversar.

— Bem, eu também não estava a fim de ser acordada no meio da madrugada por você chapado pulando pela minha janela, mas aí está você. — Coloquei as mãos nos quadris e olhei para ele bem séria. — E aí?

— E aí o quê? — ele perguntou de cabeça baixa. — Acho que está bem claro que fiz merda.

Ele virou as costas para mim e seguiu para a janela.

— Ah, mas que porra. — Avancei para ele, me coloquei na frente da janela e bloqueei sua rota de fuga. — Você não vai embora — avisei. — Você não pode simplesmente sair fora sem se explicar.

— Eu fiquei chapado! — ele falou. — É isso que você quer ouvir? Hein? Eu saí ontem à noite e perdi a porra da minha cabeça com uma garrafa de vodca e uma tonelada de comprimidos.

— *Por quê?* — perguntei, enquanto suas palavras me atingiam feito balas.

— Por quê? — ele sibilou. — *Por quê?* Porque é isso que eu faço, Molloy! Por isso.

— Joey....

— Eu sei que fiz merda, está bem? Sei que te decepcionei — ele cuspiu. — Mas eu sou assim, entendeu? — Ele passou as mãos pelos cabelos, fazendo o capuz cair para trás, e sibilou: — Eu sou quem eu sou, Molloy, e essa pessoa *não* é boa pra você!

Foi quando eu vi.

Seu maldito olho.

Sua boca estourada.

A bochecha esquerda toda roxa e inchada.

Seu lindo rosto estava completamente destroçado.

— Meu Deus... — Subitamente sem ar, soltei um suspiro de susto e disse: — O que aconteceu com o seu rosto?

— Não me pergunta — Joey falou, erguendo a mão e se afastando devagar. Ele não desviou os penetrantes olhos verdes de mim enquanto se mexia, colocando espaço entre nossos corpos e nossos corações. Ele estava vibrando de tensão, tremendo visivelmente de fúria malcontida. — Não se você já sabe.

— Joey, não vai embora — falei depressa, tentando contê-lo ali e impedir que ele saísse pela porta dessa vez. — Fica aqui. Fica aqui e fala comigo.

— Não *consigo* falar com você — ele cuspiu, tensionando o braço quando eu o segurei. — Esse é o problema. Não posso falar, entendeu? Tem pessoas demais dependendo de mim. Não posso falar. — Ele soltou um suspiro trêmulo. — Não quero te magoar com as minhas merdas, mas sei que é o que vai acontecer.

Sacudi a cabeça.

— Joe...

— Você devia me querer longe daqui, Molloy. Não devia estar aí bloqueando a porta. Você devia estar fazendo o oposto disso.

— Pois não vou fazer — declarei com a voz embargada. — Isso nunca vai acontecer, então tira isso da cabeça.

— Eu sou um caos, caso você não tenha percebido ainda.

— É, eu percebi — falei, pressionando seu pulso com os dedos e o puxando para mim. — Você está me vendo fugir, por acaso?

— Não, e obrigado por isso, porque, ao contrário do que às vezes pode parecer, *não* quero que você fuja — ele admitiu com a voz rouca e o peito pesado. — Quero ficar com você, Molloy. Quero mesmo. Quero ser bom pra você. Mas tenho meus muros e limites e barreiras, e a única forma de ficar com você, de me aproximar de você, é se você respeitar isso!

Abri a boca para responder, mas ele foi mais rápido.

— Às vezes eu vou ficar assim e não vou conseguir te dar uma explicação. Não posso te falar as coisas, Molloy, porque essas coisas vão custar muito pra outras pessoas. — Ele soltou um suspiro trêmulo e encolheu os ombros de um jeito impotente, com os braços moles. — Então você precisa decidir se pode lidar com isso. Porque essa é a minha vida. Eu sou assim e não posso mudar.

Com a mente a mil, absorvi suas palavras, ouvi sua súplica, senti seu remorso e me afoguei em sua dor.

— Estou disposta a fazer isso por você se você estiver disposto a fazer algo por mim em troca.

Ele me encarou com desconfiança.

Agia como se nada o incomodasse, quando na verdade estava sendo devorado pela dor e pela insegurança da sua vida familiar.

— As drogas, Joey. — Com o coração acelerado, ergui a mão e a pressionei no seu peito. — Uma vez você me disse que não me machucaria de propósito, mas te ver completamente chapado ontem à noite me *machucou*.

— Não sou um santo, Molloy — ele falou. — Você sempre soube disso. Nunca tentei esconder isso de você. Nunca fui um...

— Não estou te pedindo pra ser um santo, Joey — falei depressa. — Você tem razão, eu sempre soube quem você é e estou dentro, entendeu? Estou dentro. Tudo o que estou te pedindo é pra tentar ficar limpo.

— Tentar.

— Sim, tentar. — Assenti lentamente. — Só tente, Joe. Por mim. É só o que estou te pedindo.

Ele ficou em silêncio por tanto tempo que pensei que não ia me responder. Então soltou um suspiro trêmulo e me puxou para os seus braços.

— Está bem, Molloy — ele sussurrou, me envolvendo em um abraço. — Vou tentar.

2 de abril de 2004

Te encontrar no escuro

JOEY

Um suor frio escorria pela minha testa enquanto esperava sentado no canto do salão do Biddies na sexta-feira à noite depois da escola. Eu estava com o celular na mão e um copo de vodca com energético na outra.

Ao contrário da maioria dos pubs da cidade, o Biddies costumava atender menores de idade. Contanto que você fosse discreto, mantivesse o bico fechado, com a bebida fora de vista, ficasse nos fundos do salão e não causasse problemas, seria bem-vindo ali.

O que significava que meu pai não era.

Resistindo ao forte desejo que crescia dentro de mim e exigia que eu tomasse algo mais potente do que vodca para aliviar a mente acelerada, me obriguei a guardar o celular no bolso da calça e fiquei ali parado, desconfortável. Sentindo os terríveis efeitos da abstinência.

Fazia semanas que eu não fumava nem tomava nada além de uns calmantes, e estava difícil. Eu estava *tentando* me comportar, *tentando* manter a calma e me controlar, mas não estava sendo nada fácil.

Cada vez mais agitado, tamborilei os dedos na mesa à minha frente e olhei em volta do bar, desesperado para encontrar algo que me distraísse ao menos temporariamente daquela sensação horrível de queimação na garganta.

Deveríamos estar comemorando minha convocação para os juniores. Os caras estavam felizes por mim, só que meu pai também estava, o que significava que eu estava longe de compartilhar dessa felicidade.

— Babacas metidos a besta — Podge murmurou, gesticulando para a mesa dos caras do Colégio Tommen sentados do outro lado do salão. — Aposto que nenhum desses merdinhas do rúgbi enfrentou uma dificuldade na vida ou um dia de trabalho.

— Eu realmente não ligo a mínima pro que esses caras passaram ou não — comentei, indiferente ao uniforme chique deles ou à mesa repleta de bebidas caras.

— É aquele garoto, não é? Daquela academia fodona de rúgbi — Podge continuou, inclinando a cabeça para um cara alto, de cabelo escuro, que parecia ter a nossa cidade, apoiado no bar, conversando com o dono do Biddies. — Como era mesmo o nome dele?

— Johnny Kavanagh — respondi, pois o tinha reconhecido no instante em que ele entrou no bar com o exército de playboys a reboque.

— Ele mesmo — Podge disse, acenando com a cabeça. — Soube que ele vai se profissionalizar em breve.

— Filho da puta sortudo — Alec grunhiu.

— Não tem nada de sorte ali — comentei, com os olhos fixos nas costas daquele cara que mais parecia uma muralha. — Olha só o tamanho dele. Ele não ficou assim só com sorte, gente.

— Bem, bota ele pra jogar hurling qualquer dia desses em vez dessa merda de rúgbi de playboy — Alec bufou. — Esse grandão desgraçado pode até ser capaz de jogar a bola pros amiguinhos ricos dele, com seus blazers e jaquetas de grife, mas você deixaria ele comendo poeira em um campo da AAG, Lynchy.

— Ah, com certeza, Al — concordei. — Mas pelo menos ele estaria comendo.

Alec franziu a testa.

— Não saquei, Joe.

— Esse cara vai terminar a escola e ganhar uma fortuna fazendo algo que ele ama — expliquei, me virando para os meus colegas. — O que é que eu vou ganhar com um esporte amador? Um tapinha nas costas e uns sanduíches de presunto depois do jogo?

— Você não está feliz de ter sido convocado pra jogar por Cork?

— Sim, claro que sim. É só que... — Soltei um suspiro frustrado e acrescentei: — Que se foda. Não importa.

— Eu seria capaz de matar pra estar na sua posição, Joe. — Alec me encarou como se eu tivesse duas cabeças. — Pra ter a sua habilidade e o seu ritmo. É inacreditável o quanto você é talentoso, cara. Qualquer um do nosso time trocaria de lugar com você alegremente em um piscar de olhos.

Não se eles realmente soubessem como era a minha vida.

Ou como era viver dentro da minha cabeça.

— Hurling não é o meu futuro — tentei explicar. — Não vai pagar as minhas contas que nem o rúgbi vai pagar pra esse tal de Kavanagh. Só estou falando que o hurling não é a única coisa que existe no mundo pra mim.

— Falando em mundos... — Podge me interrompeu, rindo e me dando um cutucão nas costelas quando um grupinho de garotas desfilou pelo salão. — Parece que o seu está prestes a sofrer um terremoto.

— Uma loira, uma morena e uma ruiva entram em um bar. Parece o começo de uma piada suja — Alec comentou, secando a bebida. — Nem sei qual delas eu quero mais.

— Lindas pernas, loirinha. Como faço pra elas se abrirem? — um dos caras da mesa do rúgbi falou.

— Só depois da sua hora de dormir, mocinho.

Na mesma hora, reconheci aquelas pernas como as que quase prenderam a minha circulação, enroladas no meu pescoço na outra noite.

Puta merda...

Endireitei a coluna imediatamente, e grande parte de mim ficou com vontade de ir até lá para mostrar para aqueles babacas que ela estava comigo. Só que o que quer que estivesse rolando entre a gente não era de conhecimento público. Principalmente porque Tony cortaria meu pau se descobrisse que eu estava mexendo com o fruto proibido que era sua filha. E eu pareceria ainda mais maluco que o normal se me aproximasse e começasse a brigar com um playboy do nada.

Além disso, Molloy era mais do que capaz de lidar com qualquer um.

Incluindo eu.

A mesa do rúgbi explodiu com "Ohhh" e "Toma essa, cara", enquanto outro garoto falava:

— Você parece um sonho.

— Então volta a dormir — Molloy respondeu, esperando o barman preparar as bebidas dela e das amigas.

— Por que é que você não vem aqui sentar na minha cara, gatinha? — um outro arriscou.

— Por quê? — Molloy perguntou docemente, pegando a bebida e vindo na direção da nossa mesa. — Porque o seu nariz é maior que o seu pau?

A mesa de rúgbi explodiu em gargalhadas, e não pude conter uma onda de calor se espalhando pelo meu peito quando ela olhou para mim e sorriu.

Ela era realmente especial, aquela garota.

Sorriu para mim como se eu fosse alguém digno de lhe provocar felicidade.

Eu não era.

Seu sorriso despertou uma dor bastante incômoda dentro de mim.

Observei a ruiva se despedir de Molloy e Casey antes de se juntar à mesa do Tommen e se aproximar de um cara que se parecia muito com o irmão da amiga de Shannon.

— Boa noite, meninos — Casey falou alegremente, se sentando ao lado de Alec. — Podemos nos juntar a vocês? Katie foi lá com o carinha do Tommen, mas a gente prefere ficar com vocês.

— Fiquem à vontade.

— Você está bonito hoje, Al.

Alec ficou vermelho feito um pimentão.

— Ela — ele sussurrou para Podge. — Ela é a minha favorita.

Podge deu um sorrisinho.

— Claro que é.

— Fiquei sabendo que a gente te deve os parabéns, Joe. Mack contou que você foi convocado.

— Valeu, Case — respondi, sem desviar os olhos de Molloy, que estava tirando o casaco e, puta merda, se meu coração já estava disparado, ele quase saiu pulando para fora do peito quando vi seu vestidinho vermelho.

Aquela garota tinha um corpo surreal.

Sério, ela era de outro mundo.

Alta e loira, com curvas nos lugares certos, uma bunda linda e enorme e fabulosos peitões... Eu não tirava a razão dos caras da outra mesa por tentarem a sorte com ela.

Ela tinha um rosto angelical e uma língua demoníaca.

— Oi, meninos — Molloy falou, se sentando delicadamente no banco ao meu lado. — Ela olhou para mim. — Joey.

Minha boca se contorceu.

— Molloy.

— Bela camisa.

— Belas pernas.

— E aí, meninas? Vieram só beber um pouco ou curtir a noite? — Podge perguntou, puxando papo.

— Bem, como é meu aniversário, tenho toda a intenção de curtir a noite — Casey respondeu, dando risada. — Isso se o cara certo me perguntar com jeitinho.

— Feliz aniversário — nós três dissemos em uníssono. Casey sorriu.

— Valeu, gente.

— E você, Aoife? — Podge perguntou. — Fiquei sabendo que você e Ricey finalmente terminaram. Tenho que te dizer que acho que você mandou bem, garota.

— Pois é — Casey concordou. — Principalmente porque ele começou a mandar mensagem pra Danielle uma hora depois que você terminou com ele.

Fiquei observando o rosto de Molloy para ver se ela ainda se afetava com Paul.

Ela nem piscou.

— Ah, é, fiquei sabendo do término. — Alec agitou as sobrancelhas para mim. — Ouvi dizer que o Ricey pegou vocês dois quase arrancando a língua um do outro.

Revirei os olhos.

— Mentira.

— É — Molloy disse. Ela abriu um sorriso malicioso e usou o canudinho para bebericar sua smirnoff ice, então discretamente deslizou a mão por baixo da mesa e só parou quando ela estava entre as minhas pernas. — Mentira.

Meu Deus.

Um enorme arrepio se espalhou pelo meu corpo. Ela me deixava vulnerável, essa garota. Era loucura, mas me esquecia de tudo quando estava com ela. Coisas como o tempo, a escola, o hurling, minha casa. Ela até fazia eu me esquecer *dele*.

— E você, Molloy? — perguntei, colocando a mão debaixo da mesa rapidamente para impedi-la de continuar apalpando meu pau, que já estava ficando duro. — Veio caçar hoje?

— Quer saber, Joe? — ela falou em um tom provocador. — Acho que sim.

— Bem, então toma cuidado — eu disse com um sorrisinho. — Porque ouvi dizer que tem um monte de tarado por aí.

— Que bom saber — ela ronronou. — Estou mesmo querendo encontrar um desses pra me levar pra casa mais tarde. Fiquei sabendo que eles conhecem bem um certo *lugar*.

— Se você ficar sozinha no escuro com um desses, ele vai te mostrar bem mais que um certo lugar — falei em um tom baixo. — É perigoso, hein? Você devia pedir pro seu pai te buscar.

— Pois estou justamente procurando perigo — ela sussurrou, de novo escorregando a mao debaixo da mesa para me tocar, só que dessa vez eu estava preparado.

— Vai nessa, Molloy. — Peguei a mão dela, me inclinei para perto, roçando os lábios no seu ouvido, e disse: — Parece que tem um tarado todo animado pra te encontrar no escuro mais tarde.

— Vou deixar a janela aberta pra ele — ela sussurrou, respirando com dificuldade.

— Você devia deixar as pernas abertas também — sussurrei de volta, resistindo à vontade de beijar aqueles lábios vermelhos e carnudos. — Fiquei sabendo que ele adora chupar buceta.

Um profundo arrepio a tomou e sorri quando a vi apertar as coxas antes de respirar fundo e se levantar.

— Já volto — ela disse, passando o dedo pelo meu braço. — Preciso de ar fresco.

— Preciso de um cigarro — falei, sem nem me dar ao trabalho de contar até três antes de me levantar também.

— Mentira, hein? — Alec sorriu, me observando sair atrás daquela loira maravilhosa. — Sei, cara. Acredito em você.

2 de abril de 2004

Interrompidos por um asa

AOIFE

Minhas costas acertaram a parede no corredor vazio do banheiro antes do corpo de Joey colidir com o meu.

— Você não entende, Molloy — ele grunhiu, reivindicando meus lábios e segurando meus quadris, puxando-os bruscamente contra os seus. — Minha cabeça está com defeito. Não funciono direito. Estou viciado. Estou tão viciado que, se continuarmos assim, não vou conseguir parar. Não vou.

Se ele queria me assustar, falhou miseravelmente. Porque suas palavras tiveram o efeito contrário.

— Que bom — falei. — Porque não quero que você pare.

— Porra, Molloy.

Pressionei a boca na dele e enfiei a mão por baixo da sua camisa, sabendo que meu comportamento era bastante imprudente, mas desesperada para sentir sua pele.

Ele estava se esforçando muito para permanecer limpo, e eu tinha toda a intenção de recompensá-lo.

Deslizei as mãos pela sua barriga e me deliciei com o gemido agudo que escapou de seus lábios quando minhas mãos geladas tocaram sua pele quente.

— Eita, você está congelando.

— Então me esquenta — falei contra os seus lábios, esticando o braço e guiando suas mãos até a minha bunda. — Porque eu quero você.

— Continua fazendo isso — ele avisou, me apertando com força. — Que você vai conseguir.

Isso era empolgante.

— Que bom.

Ele rebolou contra mim.

— Você me quer?

— Uhum.

Colocou o joelho entre as minhas pernas e as abriu.

— Quanto?

Arrastei as unhas pela sua barriga.

— *Muito.*

Então sua mão estava debaixo do meu vestido, empurrando minha calcinha para o lado, e ele enfiou dois dedos dentro de mim.

— E isso, você quer?

Soltei um suspiro de surpresa.

— Joe...

Daí ele fez algo maravilhoso com os dedos que enviou um tremor para todo o meu corpo.

— Abre as pernas.

Tremendo, apoiei a cabeça na parede e abri as pernas.

— Mais.

— Joe, eu...

Ele brincou com meu clitóris e grunhiu:

— Mais.

Sem pensar, ergui uma perna, apoiando o calcanhar da outra na parede às minhas costas e me abri completamente para ele.

— Boa garota.

— Cuzão. — Um arrepio imoral me percorreu. — Ei, Joe?

— Sim?

— Não me machuca, hein?

Sua mão ficou imóvel dentro de mim e ele franziu a testa.

— Estou te machucando agora?

— Não. Está maravilhoso. — Sem fôlego, balancei a cabeça e o encorajei, rebolando o quadril para que ele continuasse. — Só não me machuca como o meu pai faz com a minha mãe, está bem?

Ele ficou imóvel de novo.

— Molloy.

— Não para — grunhi, me mexendo de acordo com o seu toque. — Eu te quero.

— Não vou fazer isso com você. — Ele beijou meus lábios. — Prometo.

— Que bom. — Soltando um suspiro trêmulo contra a sua boca, ergui os quadris e sorri. — Agora, cala a boca e me faz gozar.

— Rebola no meu dedo — ele pediu, lambendo meu lábio antes de tomar a minha boca. — Me ajuda a comer essa bucetinha.

— Ah, meu Deus.

— Você é tão linda.

— Me come, Joe.

— Como.

— Agora.

— Como, Molloy.

— Sim.

— Mas não hoje.

— Joe.

— Você não está pronta.

— Estou, sim.

Balançando a cabeça, ele se inclinou para perto e beijou meus lábios.

— Temos todo o tempo do mundo.

— Então não para — pedi, sem fôlego, empurrando seus dedos mais fundo. — Não para nunca.

— E aí, pombinhos? Não liguem pra mim. Só estou indo mandar o salmão de volta pro rio.

— Ah, meu Deus! — falei, puxando meu vestido para baixo enquanto Joey relutantemente afastava a mão.

Furioso, ele se virou para olhar para o loiro grandalhão do Tommen sorrindo para nós.

— Quer uma pipoca, babaca? Dá o fora daqui.

— Não, não, já tenho tudo o que preciso — ele respondeu, ainda sorrindo maliciosamente para nós. — Mas posso dar uma ajudinha pra vocês. — Ele enfiou a mão no bolso, sacou uma camisinha e a ofereceu para Joey. — Porque sexo é divertido e tal, mas é mais seguro com...

— Está falando sério? — eu disse, rindo, achando graça daquele garoto. — A gente não está transando.

— Ainda não — o loirinho retrucou, também rindo e dando uma piscadela.

— Escuta aqui, seu babaca — Joey rosnou, nervoso. — Não sei como é que as coisas são naquela sua escola metida a besta, mas, de onde eu venho, a gente dá um chute na bunda de quem banca o engraçadinho desse jeito. Então, se você não deixar eu e minha garota em paz, vou arrancar a sua cabeça e a enfiar no seu rabo.

— Gibs! — um cara ainda mais alto, de cabelo escuro, falou da porta, felizmente nos interrompendo. — Deixa eles em paz, seu tarado. Eles não precisam dos seus comentários sacanas.

— Ei, Cap — o tal Gibs falou em um tom animado. — Eu só estava fornecendo itens de segurança pra eles.

O garoto de cabelo escuro olhou para a camisinha que o amigo estava segurando e soltou um gemido alto.

— Meu Deus!

Balançando a cabeça, ele veio caminhando pelo corredor e enlaçou o braço no amigo.

— Desculpem pelo meu asa — ele falou para nós, conduzindo o cara de volta para o salão. — Ele é tipo um labrador. Completamente inofensivo, com zero consciência de convivência social e etiqueta.

— Eu só estava sendo simpático — ele argumentou enquanto o amigo o levava para longe. — É legal ser legal, Johnny.

— Sei que você é legal, Gibs, mas você não conhece essas pessoas, e o que combinamos?

— Que não era pra eu falar com estranhos?

— Exatamente.

A porta do salão se fechou e Joey se virou para mim.

— Isso acabou de acontecer mesmo?

Contive uma gargalhada e dei de ombros.

— Acho que sim.

12 de abril de 2004

Sexo casual sem sexo

JOEY

Eu estava perdido.

O que começou com um beijo acabou virando vários meses de beijos e um monte de amassos pesados no meio. Basicamente, o que estava rolando entre Molloy e eu era sexo casual — só que sem o sexo e com muitos sentimentos.

Pois é, eu me distraí e acabei me envolvendo.

Eu era um gênio mesmo.

Nunca quis estar em um relacionamento.

Nunca quis que alguém contasse com algo que eu não poderia oferecer, e era aí que as coisas ficavam confusas, porque, de alguma forma, Molloy tinha se tornado exatamente essa pessoa.

Ouvir todo mundo na escola falando que a gente não duraria mais que uma semana ou que eu mudaria de ideia só me deixava mais determinado a honrar minha decisão de ficar com ela. A falta de fé deles em mim só fortalecia minha motivação de *não* fazer merda, fosse o que fosse aquilo.

Eu já tinha ficado com várias garotas antes de Molloy, mas não era o galinha que as garotas da escola me pintavam.

Que ela pensava que eu era.

Não era como se eu tivesse comido toda a população feminina da escola.

Só algumas.

Além disso, não era isso que estava rolando entre a gente.

Quando estávamos juntos, não era porque eu estava chapado, querendo fugir. Com ela, eu *queria* estar com a cabeça limpa, porque *queria* me lembrar de tudo.

Queria estar no momento *presente*, e não fugindo.

Porque era Molloy.

Minha amiga.

Talvez até minha melhor amiga.

— E você não vai fazer alguma coisa a respeito? — Podge perguntou, me arrancando dos devaneios, agitando uma colher entre nós e gesticulando para Molloy, que estava tendo uma discussão acalorada com Ricey.

— Não sou o guarda-costas dela, cara — respondi, me recostando na cadeira e observando o refeitório cheio. Molloy estava parada na fila da lanchonete, com Ricey respirando no seu pescoço. — Ela pode lidar com ele sozinha.

— Você é muito melhor que ele — Podge falou. — Porque, se fosse o contrário e você estivesse falando com ela desse jeito, ele surtaria.

— Esse foi o erro dele — eu disse, com os olhos cravados naquela bunda maravilhosa, malcontida pela sainha curta. — Ele pensou que poderia botar ela em uma jaula e colocar uma placa em cima dizendo "Só olha, não toca". — Sacudi a cabeça. — Aquela garota é dona de si, cara. Acredita em mim. Ninguém nunca vai conseguir enjaular ela.

— A não ser você — ele disse, rindo.

— Não, cara — falei, sentindo meu coração disparar quando ela sorriu para mim do outro lado do recinto. — Eu não.

23 de abril de 2004

A porta vai estar sempre aberta

JOEY

Encrencado. Eu estava encrencado pra caralho e ainda por cima passando por grandes mudanças na minha vida.

Desde que fiz dezessete anos, tudo tinha piorado em casa.

Meu pai estava bebendo mais que o normal, o que só significava uma coisa.

Minha mãe estava tomando mais Valium do que devia, algo que percebi na noite em que invadi seu estoque buscando uma dose para mim e o encontrei praticamente vazio.

Shannon continuava sofrendo bullying na escola.

Os meninos estavam à flor da pele.

E eu estava mais que agitado.

Desde que me lembrava por gente, meu mecanismo de defesa para quando a merda atingia o ventilador em casa sempre foi o mesmo que o da minha mãe. A única diferença era que eu não tinha receita de médicos para o que eu precisava.

E eu estava *precisando muito.*

Mas tinha Molloy.

Era isso.

Ela era o único motivo de eu *não* surtar.

Porque tinha prometido a ela que tentaria.

E estava tentando, caramba.

Estava tentando com todas as minhas forças.

Para ser sincero, a única razão de eu ter conseguido ficar limpo por tanto tempo era pensar na cara que ela faria se descobrisse.

Ela era uma linda distração para uma vida de merda. Mas nem ela poderia aliviar o que eu sentia naquela noite.

Não depois que aguentei quase tudo o que pude das mãos do escroto do meu pai.

Meu corpo estava doendo de uma forma que eu nunca imaginei ser possível, e só uma coisa poderia me ajudar.

Eu me odiava por ser fraco e precisar tanto disso.

— Ora, ora, se não é o otário pródigo — Shane falou quando entrei na sua sala na sexta à noite. — Por onde você andou se escondendo, Lynchy?

Pensei que teria que quebrar as suas pernas pelo dinheiro que você está me devendo.

Uma nuvem de fumaça pairava, e o fedor de álcool misturado com sexo, mijo, maconha e cachorro era intenso.

Meu Deus.

— Andei ocupado — falei, enfiando um bolo de notas no seu colo e inclinando a cabeça para três homens mais velhos no canto. — E você sabe que sou de confiança.

— Verdade. — Ele mandou embora um dos três cães de guarda no sofá e gesticulou para que eu me acomodasse.

Eu não era burro — nem suicida — de dizer não, então me sentei enquanto ele contava as notas e guardava o dinheiro no bolso do jeans.

— E aí, o que está rolando, cara? — ele perguntou. — Por que é que não te vejo mais? Resolveu ficar careta, é?

— Tipo isso — respondi, aceitando o baseado que ele me ofereceu. — Estou mais na minha.

— Saquei, cara — falou, assentindo como se entendesse. — Fiquei sabendo que sua irmã foi atacada outro dia. Que triste... Fiquei surpreso por você não ter me ligado pra te arranjar um remedinho.

— Como eu disse... — Levei a cabeça para trás e lentamente soltei a fumaça dos meus pulmões. — Estou mais na minha.

— Mas você voltou.

Dei um suspiro de resignação.

— Pois é.

Voltei.

— Pois é, cara — ele disse, claramente chapado, pegando uma latinha debaixo do sofá e abrindo. — E aí, quais as novidades? Como vai a família?

— Do mesmo jeito — respondi, dando outra longa tragada e observando-o mexer nos comprimidos.

— Tá a fim de algo mais forte que a oxicodona? — ele perguntou, me oferecendo um pacote de pó marrom. Heroína. — Certeza que vai explodir a sua mente.

— Não. — Sacudi a cabeça. — Só oxi mesmo.

— Bem, você sabe onde me encontrar quando precisar de algo mais forte. — Ele cantarolou alegremente enquanto separava os comprimidos em um saquinho. — E aí? Um dos caras comentou que você arranjou uma buceta fixa agora.

Enrijeci e resisti à vontade de mandá-lo se foder.

Como eu disse, não era suicida.

— Que nem todo mundo, cara.

Shane deu risada.

— Não seja tímido, filho da puta. Ouvi dizer que você está querendo sossegar com aquela garçonete do Dinniman. Aquela loira pernuda.

— E daí? — Fiquei tenso, não gostando nem um pouco do rumo da conversa. O fato de ele saber sobre Molloy me perturbava, porque significava que estava de olho em mim. — O que você tem a ver com isso?

— Será que ela não está interessada em fazer uma graninha extra? Um par de peitos que nem os dela poderia vir a calhar...

— Deixa a garota fora dos seus planos — avisei, me levantando. — Esquece ela, ponto-final. Ela não tem nada a ver com esse lance.

— Claramente tem — me provocou, rindo. — Só pergunta pra ela — tentou me convencer. — Pergunta e vê se ela está a fim de fazer uma graninha fácil levando uns...

— Não — falei com firmeza. — Não vai rolar. Ela não é como você.

— Você quer dizer que ela não é como *a gente*? — ele zombou.

— Não sou traficante, Shane — eu disse baixinho, dando outra longa tragada antes de devolver o baseado. — Nunca fui e nunca vou ser.

— Famosas últimas palavras — comentou, dando risada e me observando seguir para a porta. — Relaxa, cara, não vou ficar atrás da sua garota.

— Não mexe com ela. Se você olhar pra ela, não sei o que pode acontecer, entendeu?

— Beleza, beleza, certo — ele disse, gargalhando e balançando o saquinho na mão. — Não esqueceu nada?

Soltando um suspiro frustrado, peguei o saquinho e o enfiei no bolso depressa.

— Valeu.

— Só se lembre que sempre vou estar aqui pra você — ele falou atrás de mim enquanto eu ia embora. — Minha porta sempre vai estar aberta.

— Eu sei.

Esse era o problema.

24 de abril de 2004

Sonhos estranhos e mãos bobas

AOIFE

— Então, tive um sonho bem estranho ontem.

— Ah, é, Aoife? — meu pai disse.

— É. — Apoiei o quadril no carro suspenso pelo macaco em que meu pai estava trabalhado e dei um suspiro dramático. — E, quando acordei de manhã, estava completamente encharcada.

Ouvi uma chave-inglesa caindo no chão e as palavras "Jesus Cristo".

Abri um sorriso vitorioso.

— Tudo bem aí, Joey? — meu pai perguntou, mexendo embaixo do capô do carro com uma vareta. — Tudo certo com o carro, filho?

Joey, que tinha a parte superior do corpo escondida debaixo do carro, praguejou alguma coisa antes de dizer:

— Sim, Tony, estou quase acabando.

— Boa, garoto — meu pai disse, voltando a atenção para mim. — Sabe, Aoife, meu bem, se está suando tanto assim durante a noite, é sinal de que você pegou alguma coisa.

— Bem, eu com certeza senti alguma coisa...

Ouvi outro barulho vindo debaixo do carro de Joey.

— Merda.

— Pensei que estava mesmo pegando alguma coisa. — Sorri docemente para o meu pai. — Mas estou bem agora, pai.

— Boa garota. — Ele também sorriu e então se virou para o telefone tocando no escritório. — É melhor eu atender.

— Vai lá, pai.

— Já volto — ele murmurou, saindo apressado.

— Sem pressa, pai — falei quando ele fechou a porta do escritório. — Por favor.

— Me provocando na frente do seu pai? — Joey deslizou para fora e me olhou do carrinho. — Que jogo sujo, Molloy.

— Que tal se eu só te provocar então? — perguntei, me sentando lentamente no seu colo. — Hein, Joe?

— Por favor — ele grunhiu, passando as mãos até os meus quadris para me impedir de montar no seu pau. — Não faz isso comigo.

— Você não me quer?

— Molloy.

— A gente podia se divertir tanto nessa coisa — ronronei, rebolando e fazendo o carrinho oscilar para a frente e para trás. — Não quer brincar comigo, Joe?

— Por favor — ele implorou, mantendo-se firme. — Vou brincar com você mais tarde.

— Está bem. — Dei um suspiro, saí de cima dele e me recostei de novo no carro. — É verdade que sonhei com você ontem.

— Ah, é?

— Uhum. Foi sensacional. — Dei um chutinho na sua coxa, coberta pelo macacão azul de trabalho, e abri um sorriso. — E realmente acordei molhada.

— Certo. — Ele se levantou rapidamente, pegou um pano e limpou as mãos sujas de óleo. — Não consigo ficar ouvindo isso quando tenho que passar as próximas quatro horas trabalhando com o seu pai.

— Casey e eu conseguimos entrar em uma boate pra maiores de dezoito anos na cidade — continuei, sem ouvir uma palavra do que ele falou. — Ela me largou no fumódromo pra ficar com um cara, e quando eu estava sozinha na pista, você apareceu.

— Só isso? — Ele cruzou os braços. — Esse foi seu sonho sensacional?

— Tem mais — sussurrei, me aproximando e rindo quando ele deu dois passos para trás para colocar alguma distância entre nós. — Você estava flertando comigo e me comprou uma cerveja.

— Uau. Que gentileza, hein?

— Você não foi nada gentil quando me levou pro banheiro e me comeu na pia.

— Na pia? — Eu finalmente tinha despertado o seu interesse. — E como foi?

— Sensacional. — Sorri. — Só que não foi nossa primeira vez. No sonho, fazia meses que a gente estava transando.

— Hum — ele disse, rindo. — No meu também.

— Engraçadinho. — Dei outro passo para a frente. — Você voltou pra casa comigo depois. Você estava tão... triste.

— Triste? — Ele franziu a testa. — Eu tinha acabado de te comer no banheiro de uma boate, Molloy. Por que estaria sentindo algo diferente de satisfação?

— Você não quis me contar — falei, chegando mais perto. — Estava decidido a não voltar pra casa. Então dormiu comigo e passamos a noite toda juntos. — Soltei um suspiro trêmulo. — Está vendo? Sensacional.

— Hum. Parece o sonho que tive ontem — ele falou com uma expressão pensativa. — Mas você estava por cima e eu não estava nem um pouco *triste*...

— Joe, era Mary Dineen — meu pai falou da porta do escritório, fazendo Joey praticamente pular para longe. — Ela só conseguiu chegar na rotatória.

— Ele falou pra ela da junta do cabeçote — Joey sussurrou, dando um sorrisinho. — Mas ela te ouviu?

— Falei pra mulher que a junta do cabeçote não rodaria nem vinte quilômetros, mas ela me ouviu? — meu pai resmungou.

Joey deu uma piscadela; era um pouco inquietante quão bem ele conhecia meu pai.

— Bem, agora ela vai ter que desembolsar bem mais grana. — Meu pai sacudiu a cabeça de frustração e pegou a chave do reboque. — Aquela velha muquirana.

— Quer que eu vá com você?

— Não, cara, fica aí. Termina de trocar o óleo do rover e depois pode ir pra casa. Vou levar metade do dia resolvendo isso.

— Está bem.

— Valeu, filho. Não se esqueça de trancar tudo quando sair. — Meu pai entrou no reboque. — Aoife, quer uma carona pra casa, meu bem?

— Não, pai, estou bem — respondi, abanando a mão enquanto ele dava partida. — Estou com meu carro — acrescentei, sabendo que ele ficaria contente com isso.

— Minha garota.

Ele buzinou duas vezes antes de sair da oficina.

— Então... — Me virei para aquele garoto supergostoso de macacão e parti para o ataque. — Onde a gente estava mesmo?

— *Eu* estava terminando de trocar o óleo desse carro — ele disse, dando um passo para o lado. — Se você se comportar, pode me fazer companhia até eu terminar.

— E qual a graça disso?

— Molloy.

— O quê? É sábado. Minha folga.

— Então fica à vontade pra fazer outra coisa — ele disse, voltando ao trabalho rapidamente feito o bom funcionário que era. — Porque eu trabalho sábado.

— Joe.

Ele balançou a cabeça.

— Não.

Abri o primeiro botão da blusa.

— Aposto que posso te fazer mudar de ideia.

— Sai. — Ele fechou o capô do carro. — Pode saindo.

— Está bem, está bem — cedi. — Vou me comportar, prometo.

* * *

Fazer companhia para Joey enquanto ele trabalhava acabou sendo uma experiência nada chata. Ele entendia de carros quase tanto quanto meu pai, o que não era pouca coisa.

Passei a maior parte da tarde em cima do carrinho, me balançando para a frente e para trás, falando besteiras e provocando Joey.

Enquanto o observava trabalhar, percebi que ele era extremamente organizado. Arrumava tudo direitinho, colocando cada porca, parafuso e ferramenta de volta em seu lugar depois de usar.

— E aí, qual o plano? — perguntei da mesa do meu pai. Balançando as pernas, enfiei a mão no enorme pote de pirulitos e peguei um vermelho. — O que quer fazer essa noite?

— Eu provavelmente devia ir pra casa dar uma olhada na situação — ele falou de costas para mim, lavando as mãos na pia. — Cheguei cedo hoje e...

— Não — protestei, abrindo a embalagem do pirulito e o colocando na boca. — Você não pode ir pra sua casa.

Ele soltou um suspiro pesado.

— Molloy.

— É sábado à noite — resmunguei. — E passei o dia todo te esperando.

— Eu sei, entendo, mas tenho responsabilidades em casa. — Ele se virou para mim. — Vou te levar primeiro.

— Eu trouxe o carro.

Ele sorriu.

— Como vão as coisas?

— Chocantes — confessei. — Não consigo passar da terceira marcha.

Ele deu risada de novo.

— Escuta. — Fiquei de pé e fui até ele, usando todo o meu charme, tentando ser o mais atraente possível. — Que tal se a gente só...

— Eu *tenho* que ir pra casa — ele insistiu, abraçando minha cintura quando me joguei em seu peito. — Não é uma questão de querer, mas de precisar, entendeu?

— Entendi. — Apoiei a cabeça no seu peito e murmurei uns palavrões baixinho. — Ou... — acrescentei depressa quando tive uma ideia. — Já que você está saindo do trabalho uma hora mais cedo que o normal, você podia ir lá pra casa passar esse tempinho comigo, e depois eu te levo em casa.

— Você vai me *levar* em casa?

— Vai ser bom praticar. E você vai chegar na hora de fazer o que quer que precise fazer.

— Não sei, Molloy.

— Minha mãe não está em casa — falei depressa. — E Kev vai dormir na casa de um daqueles amigos pervertidos dele.

Vi um lampejo de tentação em seus olhos.

— Ah, é?

— É. Vamos ter a casa só pra gente. — Então dei o golpe final: — Casa vazia, cama grande e zero distração...

Senti seu entusiasmo crescer contra a minha barriga.

— Você sabe exatamente o que está fazendo, né?

Sorri, peguei sua mão e o puxei comigo.

— Bora.

Minhas costas se acomodaram no colchão segundos antes de Joey se jogar em cima de mim.

Rindo nos seus lábios, me ergui sobre os cotovelos e o observei se ajoelhando entre as minhas pernas e tirando a camiseta rapidamente antes de arrancar a minha blusa.

Não me deixei abalar por ele conseguir abrir os botões de uma blusa e desabotoar um sutiã mais rápido que uma estrela pornô. Eu não podia ficar brava por ele ter um passado. Além disso, ele tinha a decência de nunca mencionar suas experiências prévias, enquanto eu estava mais que satisfeita de poder aproveitar suas habilidades.

Todos saíam ganhando ali.

Quando estávamos sem blusa, ele segurou meus quadris e me puxou para baixo na cama, para onde estava ajoelhado.

— Uma hora — ele avisou, reivindicando meus lábios no beijo mais viciante que se poderia imaginar. — E depois eu vou.

— Está bem, está bem, Joe — sussurrei, gemendo alto quando ele colocou a mão entre as minhas coxas cobertas pelo jeans e apertou com força, provocando uma onda de prazer diretamente no meu clitóris. — Ah, meu Deus.

— Nada de Deus, só Joey.

— Shhh. — Com as mãos no seu cabelo e as pernas em torno da sua cintura, beijei a boca do garoto em cima de mim, desejando-o mais que o humanamente possível. — Ah, Joe...

Ele fez uma careta que parecia expressar uma combinação de raiva e dor, segurou a minha nuca com sua mão calejada e desceu a outra para desabotoar minha calça jeans habilmente.

Em seguida, abriu meu zíper e, então, como num passe de mágica, deslizou o tecido pelas minhas pernas, movendo os lábios até meu peito, passando a língua rapidamente pelo meu mamilo duro, lambendo e chupando.

Depois de tirar minha calça, deixou uma trilha de beijos pelo meu corpo até encontrar os meus lábios.

Gemendo na minha boca, passou um braço nas minhas costas e nos virou, então fiquei por cima.

Ele fez isso de um jeito tão fácil e *sexy*.

— Você é habilidoso, hein? — Soltei um suspiro trêmulo e observei em volta. — Até tirou minha calça sem que eu percebesse. É realmente impressionante.

Ele deu um sorrisinho debaixo de mim, erguendo as mãos até o cós da minha calcinha.

— Você que é impressionante.

— Estou tão molhada — confessei, apertando seu peito nu e rebolando contra a sua ereção escondida por baixo da cueca. — Você tá me deixando louca.

— Eu sei. — Ele ergueu os quadris. — Posso te sentir.

Suas palavras fizeram eu me *contrair*.

— Então... — Passei o dedo pelo seu peito e parei quando cheguei na boxer. — O que quer fazer agora?

— Você que manda, Molloy. — Ele segurou meus quadris e me apertou de um jeito reconfortante. — Você está no comando aqui.

— Estou?

— Está. — Ele se apoiou sobre os cotovelos e deu um beijo dolorosamente suave no meu pescoço. — Você dita o ritmo e eu entro na onda.

Caralho.

Soltei um suspiro trêmulo antes de perguntar:

— E se eu dissesse que quero transar?

— Eu diria que tenho uma camisinha na carteira.

— E se eu dissesse que só quero ficar sentada em você te olhando?

— Eu te diria pra ficar à vontade.

Meu coração disparou.

— Joe?

— Molloy.

— Pega sua carteira.

Seus olhos arderam.

— Esse é o ritmo que você quer estabelecer, Molloy?

Fiz que sim devagar e sussurrei:

— Pega a camisinha.

Saí de cima dele e me sentei na cama.

Sem dizer uma palavra, Joey me obedeceu. Enfiou a mão no bolso da calça cinza de moletom para pegar a carteira e sacou uma camisinha.

Sem fôlego e tremendo, me deitei e segurei a calcinha.

— Só não me machuca, está bem? — falei, observando-o proteger o pau impressionantemente grande.

Ah, meu Deus.

— Sério — insisti, olhando para ele quando se aproximou e subiu em mim. — Hum, seja gentil comigo. — Ele assentiu devagar e me beijou de um jeito tão carinhoso que derreti no colchão.

Mole e excitada, abri as pernas para recebê-lo dentro de mim.

Acomodando-se entre as minhas coxas, ele me beijou profundamente enquanto ajeitava a cabeça grossa do pau contra mim.

Então aconteceu.

— Não, espera! — Seguindo um hábito de uma vida inteira, travei no momento crucial e soltei as palavras: — Desculpa... Mudei de ideia.

Senti seu corpo ficar tenso acima de mim, ouvi seu gemido quando ele enterrou o rosto no meu pescoço e mentalmente me preparei para a retaliação que eu sabia que viria.

Mas não veio.

No entanto, algo muito mais estranho aconteceu.

Em vez de gritar comigo e me xingar, como ouvi tantas vezes Paul fazer em situações similares, Joey beijou meu pescoço e se afastou. Depois, perguntou:

— Quer que eu te faça gozar?

Meus olhos se arregalaram.

— Hã?

— Gozar, Molloy — ele repetiu, se inclinando para me beijar de novo. — Quer que eu te faça gozar?

— Você não está bravo?

Ele franziu a testa.

— Por que eu estaria?

— Porque dei pra trás.

Ele franziu a testa mais ainda.

— E daí?

Dei de ombros.

— E você criou expectativas.

— Nossa. — Rindo baixinho, ele deu outro beijo inebriante em meus lábios antes de se ajoelhar com o pau totalmente ereto se balançando orgulhosamente. — Você parece achar que sou um pervertido maníaco por sexo, incapaz de passar meu tempo com você a menos que seja entre as suas pernas.

— E você não é?

— Assim você me magoa.

— Você quer ficar entre as minhas pernas, não minta.

— Com certeza quero — ele admitiu com sinceridade. — Mas não vim aqui só pra isso.

— Então por que veio aqui?

— Pela sua companhia.

— Engraçadinho.

— Pela sua companhia — ele repetiu com firmeza.

— Sério?

— Não vim aqui na expectativa de transar. Não é por isso que eu venho e continuo voltando.

— Mas você *quer*, né?

— Claro que quero. — Ele gesticulou para o próprio pau. — Mas não vou te obrigar a fazer algo que você admitiu com sinceridade que não está pronta pra fazer. — Ele suspirou e deu de ombros. — É melhor você falar agora do que se arrepender depois.

— Nossa.

Ele ouviu um não, entendeu e aceitou sem reclamar ou me confrontar.

Era reconfortante.

E me deixou com tanto tesão que quase mudei de ideia de novo.

— Eu nunca me arrependeria de ficar com você, Joe — falei, me sentando e pressionando o peito no dele. — Eu não conseguiria. Jamais. Gosto muito de você.

— Eu sei. — Seus olhos ardiam. — E não sou bom com as palavras que você precisa ouvir.

— Eu sei — sussurrei, compreensiva. — Tudo bem.

— Mas nunca pense que não tenho sentimentos — ele disse, beijando minha boca. — Porque o único momento em que me permito sentir alguma coisa é quando estou com você.

7 de maio de 2004

Está na hora de mostrar as cartas

AOIFE

Joey: Então.
Aoife: Ela.
Joey: Tocou.
Aoife: A.
Joey: Cabeça.
Aoife: Do.
Joey: Pau.
Aoife: Grosso.
Joey: Dele.
Aoife: Com.
Joey: A.
Aoife: Língua.

— Alô? Planeta Terra chamando? — Estalando os dedos na frente do meu rosto, Casey arrancou o celular da minha mão e soltou um grunhido alto. — Ops. Pensando bem, deixa pra lá. — Ela abriu um sorriso diabólico e me devolveu o celular. — Vai em frente e chupa o pau dele, amiga. Mas ele não tem aula de marcenaria agora? Não é meio arriscado mandar esse tipo de mensagem pro garoto quando está cercado por serras e outras ferramentas perigosas?

Dei um sorrisinho, guardei o celular no estojo e ofereci minha atenção total a ela.

— E aí, o que está rolando?

— E aí? — Casey deu risada. — A gente vai mesmo entrar nessa?

— Não faço ideia do que você está falando.

— Ah, fala sério. — Ela revirou os olhos. — Já faz meses. Todo mundo sabe que vocês estão juntos. Está bem óbvio. Os boatos estão voando pela escola, e mesmo se não estivessem, as suas secadas e os olhares dele com cara de quem quer *arrancar as suas roupas* quando vocês estão na mesma aula deixam na cara. Então vamos lá. Quanto tempo mais vocês planejam agir como se não estivessem trepando feito dois coelhinhos safados a portas fechadas?

— Nossa, Case. Por que não fala mais alto? — sibilei, dando uma cotovelada nela. — Acho que o sr. Ryan não te ouviu lá na frente.

— Na verdade, ouvi, sim — nosso professor de biologia e educação física disse, levantando os óculos. — Por favor, evitem discutir a produtividade sexual dos coelhos até a aula acabar. O intervalo do almoço é em dez minutos. Paciência é uma virtude, meninas.

— Desculpa, professor — falamos ao mesmo tempo, disfarçando a risada atrás do livro.

— Então você admite? — ela sussurrou. — Está transando com Joey Lynch, *a montanha-russa*?

— Não estou transando com ninguém — falei em meio às risadas. — *Montanha-russa*?

— Você sabe. Todo mundo quer experimentar... — Agitando as sobrancelhas, ela acrescentou: — Mas, pelas mensagens que vocês estão trocando, está claro que você é a primeira da fila.

— Ah, não ficou sabendo da novidade? Depois que entrei na fila, cancelaram o atrativo.

— Boa, amiga — Casey falou, derrubando um microfone imaginário. — É assim que se faz.

— Valeu — eu disse, rindo. — Mas pra responder sua pergunta de antes: meu pai ainda não sabe. E não vejo isso mudando no futuro próximo. Eles ainda trabalham juntos, então é melhor se a gente, sabe...?

— Trepar escondido do papai? — ela sugeriu com um sorriso pesaroso.

— Não vou trepar com ele, Case.

Ela arregalou os olhos.

— Como assim?

— Sabe, Case, na verdade é bem fácil — falei com sarcasmo. — Tudo o que você tem que fazer é *não* deixar o garoto enfiar o pênis na sua vagina.

— Muito engraçado, vadia. — Ela balançou a cabeça e se aproximou para cochichar: — Mas, sério, vocês estão ficando já tem uns três meses, né? — Ela arregalou os olhos. — E como é que você ainda *não* ficou pelada com ele?

— Eu nunca disse que não fiquei pelada com ele.

— *Detalhes.*

— Uma dama não sai por aí contando essas coisas.

— Ainda bem que a gente sabe que você não é nada disso. — Ela chegou mais perto. — Tá, então você ainda não está transando, mas estão rolando uns amassos fortes, né? Um beijinho aqui, um dedinho ali, uma descascada na banana lá embaixo?

— Casey!

— Ah, não precisa bancar a tímida comigo — ela falou, rindo. — A gente se conhece desde os cinco anos, lembra? Sabemos tudo da vida uma da outra, *lembra*? Incluindo aquela vez que você me arrastou pro médico no terceiro ano porque cismou que poderia estar grávida. Tudo porque Paul tinha batido uma antes de tentar enfiar o dedo...

— Ah, meu Deus, eu era novinha e não sabia de nada! — sibilei, tapando sua boca. — E você *jurou* que nunca mais falaria nisso.

— É, mas essa história vai ficar na *minha* ficha médica pra sempre — ela devolveu, gargalhando. — Você deu pra recepcionista o *meu* nome e os meus dados, lembra?

— Porque você estava com a sua carteirinha e a minha estava na bolsa da minha mãe — respondi, me crispando ao lembrar de quão ingênua eu era. — Meu Deus, eu era uma besta naquela época.

— Naquela época?

— Engraçadinha.

— Certo, então, de volta ao assunto... — Case disse, batendo a mão na mesa para chamar minha atenção. — Me conta os detalhes sórdidos, Molloy. Amassos pesados?

Sorri.

— Talvez.

Seus olhos se arregalaram.

— Oral?

Dei de ombros, mas não respondi, e meu rosto ficou todo vermelho.

— Ah, fala sério. — Ela pegou meu braço e me apertou. — Quem está fazendo em quem?

Franzi o nariz antes de confessar:

— Os dois.

— Ah, meu Deus! — Minha melhor amiga bateu palma de um jeito ridiculamente entusiasmado pela minha vida sexual e continuou: — Tudo bem, tudo bem, tudo bem, então se fôssemos comparar Paul e Joey, sabe?

— Aff, Joey, sem dúvida. — Olhei para ela com uma cara de "Por favor, amiga". — Qual é, Case? Não tem comparação.

— Nossa. Então é verdade o que dizem sobre os garotos do meu bairro. — Casey suspirou, impressionada. — Eles trepam igual brigam: com entrega e cem por cento de esforço.

— Casey! — Dei risada, afastando seu braço.

— Discordo — Danielle sibilou da carteira atrás de nós, e nos viramos para ela. — Pelo menos Paul tem um cérebro funcional quando está com uma garota.

— É. Um cérebro que funciona em apenas uma frequência: *eu, eu, eu* — Casey respondeu depressa.

Tentei conter o riso, mas acabei ficando com cara de baiacu.

Danielle me lançou um olhar severo.

— Como vai a vida na periferia, Aoife?

Sorri em resposta.

— Ótima, Danielle, obrigada por perguntar.

— Periferia? — Casey bufou. — Menos, garota. Todo mundo sabe que você estaria feliz andando na *periferia* se Joe não tivesse te trocado pela minha melhor amiga aqui.

— Não estaria, não — ela disse. — E quer saber por quê?

— Não, mas tenho certeza que você vai falar mesmo assim — eu disse.

— Porque Joey Lynch pode ser gato, carismático e ter um milhão de outras qualidades que as garotas acham atraente, mas é cagado da cabeça. Ele pode até estar curtindo a vida agora com o status de bad boy na escola e a habilidade de dominar o hurley e o sliotar, mas não vai muito longe, não — ela declarou. — Ele já está no auge.

Estreitei os olhos para ela.

— Você não sabe do que está falando.

— Sei que você cometeu um grande erro quando dispensou um garoto com um futuro brilhante por um sem futuro nenhum.

— Vai se foder, Danielle.

— Eu mandaria você se foder também, mas você já fez isso sozinha — ela disse, soltando um suspiro frustrado. — Escuta, Aoife, eu não sou cabeça-dura nem rancorosa o suficiente pra negar que você é inteligente, engraçada e bonita. Você podia ter escolhido qualquer cara da escola, mas tomou uma sábia decisão quando escolheu o Paul. Ele vai ser *advogado*, Aoife. Vai chegar longe e, se você tivesse tido um pouco de juízo, te levaria junto. Ele te adorava, Aoife, e teria te dado uma vida boa, uma casa boa e uma conta bancária estável. Nós duas sabemos que esse tipo de futuro não é comum pra garotas que vêm de onde a gente vem. — Ela balançou a cabeça e acrescentou: — Mas você não resistiu ao bad boy da escola e agora está ferrada. — Ela cruzou os braços, arqueou a sobrancelha e disse: — Porque garotos como Joey Lynch nunca chegam a lugar algum, e garotas como você também não, se vão na onda eles. É só olhar pros pais dele.

— Ah, me poupe, Danielle — Casey interveio depressa. — Não é tão sério assim.

— Não é? — Danielle me olhou bem nos olhos e disse: — Espero que curta ser a mulher dele, Aoife. Duvido que chegue na formatura do sexto ano sem um bebê na barriga.

— Escuta aqui, sua piranha, Aoife não é como você — Casey sibilou, vindo em minha defesa. Fiquei grata por isso, porque eu estava sem palavras. — Ela não abaixa a calcinha no segundo que o cara pede. E não precisa de Paul Rice nem nenhum outro cara pra chegar em algum lugar na vida. Ela vai conquistar tudo sozinha.

— Enquanto se inscreve no subsídio do governo pra mães solo. Enquanto o drogado do pai do bebê dela espera no xilindró por finalmente ter se fodido com a lei — Danielle retrucou secamente.

— Ah, você está falando do mesmo *drogado* de quem você vive correndo atrás desde o primeiro ano? — Casey falou. — Dá um tempo, Danielle. Você está fedendo a ciúme, garota.

— Sim, eu *estava* com ciúme — ela disse. — Fiquei magoada quando vi eles juntos aquele dia. — Ela falou diretamente para mim. — Mas, em vez de ficar brava com você, eu deveria te agradecer.

— Pelo quê?

— Por trocar de futuro comigo. Você está com o meu ex e eu estou com o seu. — Sorrindo, ela me mostrou uma pulseira brilhante de ouro no pulso. — E, ao contrário de você, vou aproveitar o upgrade.

— Ah, é? Bem, espero que você também aproveite a sensação de ser tratada feito uma bonequinha enfeitada. — Me virei para trás e me inclinei sobre a sua carteira. — Esses jantares chiques e presentes extravagantes podem parecer tentadores agora, Danielle, mas o brilho vai sumir logo, logo. E, quando isso acontecer, você vai ficar com a impressão de que não passa de um rostinho bonito e um lindo par de tetas para ele. — Encarei-a severamente e acrescentei: — E vai ser isso mesmo. Paul *nunca* vai se importar com o que tem dentro da sua cabeça nem dar importância para os seus sentimentos. Ele vai se colocar em primeiro lugar em tudo e, se isso é o suficiente pra você, que bom, fico feliz de verdade, mas não era o suficiente pra mim.

Então o sinal tocou e eu não esperei para ouvir a resposta espertinha de Danielle. Guardei os livros e saí da sala às pressas com apenas um destino em mente: a fila da lanchonete, para pegar a minha dose diária de chocolate.

Porque eu não estava nem um pouco a fim de ser esmagada pelas hordas de garotos e acabar sem nada. Além disso, eu precisava de açúcar para acalmar minhas mãos trêmulas.

Danielle estava enganada sobre Joey.

Estava *redondamente* enganada.

— Espero que você não tenha deixado aquela cabeça-oca com tetas no lugar do cérebro entrar na sua cabeça — Casey avisou pouco tempo depois, quando estávamos sentadas no refeitório. — Danielle é uma idiota, Aoife. Ela só está puta porque ainda não se conformou com o Joey preferindo ficar com você.

— Eles nem estavam em um relacionamento, pra começo de conversa. Só dormiram juntos algumas vezes.

— Exatamente o que eu quero dizer — minha melhor amiga concordou. — Danielle fica louca por você conseguir prender a atenção dele sem o menor esforço, sendo que ela passou os últimos cinco anos tentando justamente isso.

— Ele perdeu a virgindade com ela, sabe?

— Shhh. — Ela abanou a mão. — Isso não significa nada. Perder a virgindade não tem o mesmo significado pros garotos e pras garotas.

— Que ideia mais machista, Case — falei, dando risada. — Como é que você sabe?

— Ah, minha linda, querida e amada amiga — ela cantarolou, dando tapinhas na minha mão —, assim que nascem pelos nas bolas dos meninos, eles ficam desesperados pra meter na primeira garota que topar.

— Você é terrível. — Ri mais ainda.

— Terrivelmente sábia. É verdade, Aoife. Eu sei. Os garotos querem se livrar logo da virgindade, e não se agarrar a ela como se fosse uma questão de vida e morte, como é pra gente.

— Você não é mais virgem desde o terceiro ano — comentei.

— Tudo bem... — ela disse, revirando os olhos. — Se agarrar a ela como se fosse uma questão de vida e morte, como é pra *você*. — Ela abanou a mão. — Que nem o Paul, que foi um burro por perder a virgindade com aquela garota do Tommen, Joey também foi burro quando enfiou o bilau virgem na nossa colega.

— Meninas — Mack nos interrompeu com um sorrisinho simpático, se acomodando no assento ao lado de Casey. — Como vão?

— Falando no diabo — eu disse, dando uma piscadela para Casey, só para o caso dela ter se esquecido com quem perdeu a virgindade. — Oi, Mack.

— Ei, Mack — Casey falou, me olhando com a infame expressão que dizia "Se você falar disso, está morta". — E aí?

— Ninguém é tão adorável quanto você, Case — ele respondeu, cutucando o ombro da minha amiga com seu ombro enorme. — Estava fumando com Podge e os caras, mas aquele seu amigo do Elk's Terrace apareceu, então eu dei o fora.

— Elk's Terrace? — Prestei atenção na conversa. — Quem?

— Aquele tal de Holland — Mack respondeu, e meu coração foi parar na boca.

Shane Holland.

— Ele é podre, meninas — Mack continuou, abrindo o embrulho do sanduíche de frango. — Zanzando no estacionamento da escola sendo que já se formou há anos.

— Ele estava junto?

Mack me olhou confuso.

— Quem?

— Joey?

— Quem?

— Joey!

— Ah, Lynchy? — Ele deu risada. — Eu fiquei tipo "quem é Joey"? Estou tão acostumado a chamar ele de...

— Foco, Mack. Aff! — praticamente gritei, esticando o braço por cima da mesa para bater a garrafinha vazia na sua testa. — Você viu Joey com Shane Holland?

— Vi, sim, eu, hein — Mack grunhiu, esfregando a testa. — Ele está lá fora com ele agora.

Empurrei a cadeira para trás e fiquei de pé num instante. Deixei a mochila, o almoço e meus amigos para trás e saí do refeitório pisando duro.

— Aoife, espera, eu vou com você.

— Não! Não me segue — falei para Casey, atravessando o corredor e seguindo para a saída.

Eu ia estourar a junta do cabeçote.

Joey estava indo tão bem.

De jeito nenhum eu ia deixar aquele merda ferrar com a vida dele.

— Ei! — berrei quando identifiquei o familiar honda civic preto parado do outro lado do estacionamento da escola. — Ei!

Abri caminho por um grupo de maconheiros da turma acima da minha, peguei meu celular, que nem tinha câmera, e fingi tirar uma foto do carro de Shane.

— Sai do carro, cuzão!

O meu sei-lá-o-quê, que estava sentado no banco do passageiro de um carro cheio de caras muito mais velhos, se virou para a janela com cara de quem não estava entendendo nada.

Só que, no instante em que seus olhos pousaram em mim, sua confusão logo se transformou em reconhecimento e então em raiva.

Ah, fica com raiva mesmo, infeliz, porque estou espumando.

— Eu mandei sair do carro, cuzão — ordenei, batendo as mãos no capô, sem me importar com a cena que eu estava fazendo. — Agora!

— Que porra você acha que está fazendo? — Joey rosnou, abrindo a porta e descendo do carro. — Meu Deus, Molloy! — Ele deu a volta no capô e se colocou entre mim e o carro. — O que está *pensando*?

— O que *eu* estou pensando? — gritei, arfando, buscando em seus olhos qualquer sinal de que ele estivesse chapado. — O que *você* está pensando? — Perdi a calma e o empurrei para o lado, e então resolvi chutar a placa do carro de Shane.

— Ei! — Shane rugiu, abaixando o vidro escuro. — Vê se controla a sua putinha aí, Lynchy, senão eu mesmo vou ter que fazer isso.

— Tenta pra você ver, babaca — retruquei, apontando o celular para o para-brisa dele só para garantir. — Não tenho medo de você!

— Molloy...

— Não! — Empurrei Joey de novo quando ele tentou me afastar, voltei para o carro e o chutei de novo. — Ele não está mais interessado no que você tem pra oferecer. Sacou? Ele não está interessado. Então vaza!

— Molloy!

— Você disse que ia tentar, Joe! — Meus olhos se encheram de lágrimas enquanto eu empurrava seus enormes ombros bruscamente. — Você me *prometeu* que não ia...

— E eu cumpri! — ele falou, segurando meus braços agitados e me puxando com força. — Você quer morrer? — Seus olhos verdes transbordavam de fúria. — Não se brinca com caras como ele, Molloy. — Ainda imobilizando meus braços, ele sibilou: — E pior ainda é fazer essa cena em público, chutando o carro dos outros.

— Não ligo — gritei, e não ligava mesmo. — Não ligo pras ameaças de merda dele. Só ligo pro que você estava fazendo dentro daquele carro, Joey!

— Não tenho que te responder, Molloy! Não te devo explicações! — ele falou depressa, com os olhos cintilando de frustração. — Não estou te sacaneando com outras garotas. Pode ter certeza disso. Estou com você e só com você. Mas o que eu faço ou com quem eu ando quando não estamos juntos não é da sua conta.

— Você é da minha conta, cuzão! — berrei.

Furiosa e impulsiva, me soltei dos seus braços, agarrei o seu suéter e puxei a sua boca para a minha, beijando-o com força e brutalidade. Então recuei e sibilei:

— E se você ligasse a mínima pra mim, entenderia por que precisa ficar longe desse carro.

— Molloy.

— Agora, Joey — pedi, nervosa. — Não é uma questão de orgulho. É uma questão de colocar as cartas na mesa e me provar que você gosta de mim tanto quanto eu de você.

Ele ficou me encarando por um longo tempo, bufando.

Até que ele *felizmente* deu um aceno rígido.

Senti a fúria emanando enquanto ele murmurava algo para Shane na janela do carro. Depois, me seguiu até onde eu tinha deixado o meu, que eu corajosamente tinha dirigido e estacionado.

— Não fala comigo — Joey avisou quando entreguei a chave e me acomodei no banco do passageiro.

Ele ter se sentado no banco do motorista ao meu lado não era uma vitória que eu poderia comemorar, não quando eu sentia a guerra se formando entre nós.

— Nem uma palavra.

7 de maio de 2004

Pulando do fundo do poço

JOEY

Fúria.

A fúria nunca me pareceu tão amarga.

Incapaz de olhar para Molloy por medo do que eu poderia dizer, continuei dirigindo para longe da escola e de Ballylaggin, esperando que a distância ajudasse a me acalmar.

— A gente precisa conversar.

Ela estava certa, precisávamos mesmo, mas eu não estava pronto. Não conseguia ouvi-la. Não conseguia entender o raciocínio que a levou a fazer o que fez.

Conversar naquele estado não faria bem a nenhum de nós. Eu perderia a cabeça e cuspiria veneno nos sentimentos dela. Não importava se as palavras que saíssem da minha boca fossem verdadeiras ou não; elas disparariam dos meus lábios feito balas num alvo. Nasci já programado com uma tática de autopreservação.

Naquele momento, minha cabeça me dizia que o alvo da minha fúria era a garota sentada ao meu lado, o que era um contraste gritante com o que o meu coração falava. Ele me pedia para abaixar as armas e *não* disparar.

— Tem certeza que o seguro que meu pai te paga cobre você dirigindo isso?

Ela estava tentando me dobrar com conversa fiada.

Não ia funcionar.

— Ainda não acredito que você pegou a carteira definitiva antes de mim.

Só ela não acreditava. A julgar pela forma como ela dirigia — feito alguém de noventa anos com problemas de visão e atenção —, eu tinha a sensação de que até Sean passaria no teste de direção antes dela.

— Eu também estou brava com você, sabe?

Pois é, ela tinha deixado isso bem claro quando surtou e atacou o carro do Shane.

Estacionei na praia, desliguei o motor e respirei fundo antes de me virar para ela.

Ela já estava me encarando com os braços cruzados e uma expressão severa. Seu cabelo estava solto e caía sobre os ombros. Parecia um anjo preparado para entrar em guerra comigo, o que era angustiante pra caralho.

— Você não pode fazer isso, Molloy — eu finalmente disse quando tive certeza que conseguiria controlar minhas palavras. — Você não pode bater os pés e fazer uma cena na escola quando eu estiver falando com alguém que você não aprova.

Ela ficou me olhando com cara de brava, com as costas apoiadas na porta, e não respondeu.

Estava supergostosa fazendo beicinho com aqueles lábios carnudos, e eu não sabia se queria brigar ou devorá-la.

— Estou falando sério — eu disse. — Se alguma outra garota desse um show daquele comigo, eu não estaria sentado no carro com ela tentando conversar. Teria mandado ela ir pastar.

— Mas eu não sou outra garota — ela falou com raiva. — Essa é exatamente a questão.

Tão confiante...

— Você não devia ter feito aquilo.

— Não, *você* não devia ter feito aquilo.

— Ele não é alguém com quem podemos mexer, Molloy. Você pensou nisso antes de chutar o carro dele?

— Eu também não. *Você* pensou nisso antes de entrar naquele carro?

— Posso falar com quem eu quiser.

— Não com alguém que te vende drogas.

— Te falei que não tomei nada.

— O que não significa que você não quis.

— Você não pode me dizer o que fazer, Molloy.

— Mesmo quando for pro seu próprio bem?

— Mesmo assim. Você não é minha dona.

— Sou, sim.

— Não, Molloy. — Soltei um suspiro frustrado. — Você não é.

Ela ficou me encarando.

— Você está aqui, não está?

— Porque você surtou.

— E você veio correndo.

Estreitei os olhos.

— Molloy.

Ela estreitou os olhos de volta para mim.

— Joey.

Meu Deus, eu não sabia lidar com aquela garota.

Balancei a cabeça, perdido.

— Bem, se as pessoas da escola não sabiam da gente, agora com certeza sabem.

— Que bom. — Mais encaradas feias. — Não tenho nada do que me envergonhar, e você?

Encarei-a de volta.

— *Não*.

— Que bom — ela falou. — Fico feliz que a gente tenha esclarecido isso.

— Não sei o que estou fazendo aqui. — Ergui as mãos. — Realmente não sei.

— Você está aqui pelo mesmo motivo que eu, cuzão — ela falou, me batendo no peito. — Porque você está apaixonado pela pessoa na sua frente, assim como eu.

— Eu *não* estou apaixonado por você — falei com a voz trêmula. — Não estou, Molloy. Eu não te amo.

— Não mente pra uma mentirosa, Joey. — Ela teve a audácia de revirar os olhos e falar: — Você me ama tanto que até passa mal.

— Você é tão cheia de si — eu disse, perplexo com aquela loira, que estava se arrastando pelo painel do carro para se sentar no meu colo. — Você não tem como saber o que se passa na minha cabeça, Molloy.

— Eu estou na sua cabeça. — Ela montou nos meus quadris, segurou seu suéter e o arrancou rapidamente. — Eu estava antes, estou agora e vou sempre estar.

— Não começa — me ouvi dizendo quando minha mão já estava tirando meu suéter também.

Suas mãos passaram para os botões da camisa do uniforme, e eu nem disfarcei e fiquei secando enquanto ela abria um por um com destreza, revelando um sutiã cor-de-rosa muito sexy comprimido seus seios fartos.

— Meu Deus — soltei, ficando duro a ponto de sentir dor debaixo dela.

— Me diz. — Ela tirou a camisa e levou os braços para trás para tirar o sutiã, abrindo um sorriso provocante ao mudar de ideia e pousar a mão no meu peito. — Me diz o que quero ouvir.

— Não vai rolar — respondi, enlaçando sua cintura e puxando-a para mim. Então levei a mão às suas costas para eu mesmo abrir o fecho. — Porque não é verdade.

— Porque você tem medo — ela me corrigiu, dando um leve beijo no canto da minha boca enquanto tirava as alças do sutiã e o jogava no chão. — Porque você é... — Ela fez uma pausa, se aproximou, contornou meu lábio com a ponta da língua e depois sussurrou: — Um covarde.

7 de maio de 2004

Fazendo as pazes e sacanagem

AOIFE

Sabe aquele ditado: não cutuque a onça com vara curta?

Pois é, eu cutuquei.

Furioso com a minha provocação, Joey decidiu que a melhor maneira de provar que não era um covarde seria chupando a minha buceta.

O banco do passageiro do meu carro todo embaçado estava totalmente reclinado, de modo que meu cabelo se derramava no banco de trás. Rebolei na sua cara enquanto agarrava seus cabelos.

— Não para! — Não dei a mínima para o fato de estar como vim ao mundo em plena luz do dia, pois ele me levava à beira da loucura com seus dedos e sua língua. — Não para, Joe!

— Cuidado com as pernas, Molloy — ele grunhiu. Olhei para baixo e vi minhas coxas apertando com força seu pescoço. — Você está me sufocando.

— Desculpa, desculpa — falei, relaxando as pernas só para contraí-las de novo em seguida, quando sua língua roçou meu clitóris. — Eu não... — Eu não...

— Você pode gozar ou me matar — ele me avisou, abrindo minhas pernas. — Não dá pra fazer os dois.

— O primeiro — falei depressa, ofegante. — Posso deixar o segundo pra depois.

Joey deu risada.

— Essa é a minha garota.

Meu Deus.

Meus olhos se reviraram até o céu por vontade própria e me afoguei nas sensações e na inimaginável e viciante pulsação de prazer que ele provocou nas minhas entranhas.

— Me come — me ouvi dizendo enquanto gozava com força e tremia com ondas de calor me dominando. — Me come, Joe.

Não foi minha súplica que me surpreendeu, mas a resposta.

Ele deu risada.

Isso mesmo. Em vez de tirar vantagem da oportunidade que eu nunca tinha oferecido para ninguém antes, o desgraçado deu risada.

— Nossa. Valeu por achar engraçado — falei, vendo-o se recostar no assento do motorista e passar a mão pelo cabelo todo bagunçado. — Me sinto tão especial.

— Pois devia mesmo — ele disse de um jeito divertido, enfiando a mão dentro da cueca para ajeitar o pau duro. — Acabei de passar a última meia hora com a cabeça entre as suas pernas, Molloy.

— Bem, como você deve ter percebido pelos meus gritos, estou bem grata por isso. Mas acabei de te oferecer a minha virgindade em uma maldita bandeja e você deu risada.

Ele deu risada de novo. Dessa vez mais alto.

— O que é tão engraçado?

— Nada, nada — ele falou, tentando ficar sério mas sem conseguir parar de rir. — É só que... você disse... maldita bandeja...

— Ah, se controla! — Fiquei vermelha feito um pimentão. — Você me entendeu.

— Entendi — ele disse. — É que essa me pegou.

— E aí? — insisti. — Por que você riu?

— Porque você estava chapada e não estava pensando direito.

Fiquei de queixo caído.

— Mas eu não uso drogas. Não sou você, cuzão!

— Você ainda quer me dar a sua virgindade? — ele perguntou, acenando para nós. — Ou já passou a onda da *gozada* pra se lembrar que não esperou tudo isso pra transar comigo em um carro?

— Ah.

— Pois é. — Ele deu risada de novo. — Ah.

— Bem... — Meu rosto ardeu quando concordei com a lógica dele. — Acho que eu devia te agradecer então — murmurei, vestindo o uniforme amassado. — Por ser tão cavalheiro e protetor com a minha virgindade.

— De nada — ele respondeu, abotoando a camisa. — Ao contrário da crença popular, não sou canalha, Molloy.

— Não. — Soltei um suspiro trêmulo, joguei o cabelo para o lado e coloquei o cinto de segurança. — Sei que você não é, Joe.

— Mas também não sou um santo — ele acrescentou, completamente vestido, virando a chave na ignição. Ele me olhou de um jeito intenso e disse: — Da próxima vez que você me implorar pra te comer, não vou dizer não.

— Pois é. — Dei uma risadinha nervosa. — Vou me lembrar disso.

Ele deu uma piscadela.

— Bom mesmo.

Ai, ai...

8 de junho de 2004

Telefonemas

JOEY

— Daí ela derramou a jarra de água na cabeça dele e mandou ele se foder. — Molloy deu risada do outro lado da linha. — Acredita na cara de pau desse homem? Ele pensou que poderia se aproveitar e Julie simplesmente aceitaria?

— Julie? — perguntei, tentando equilibrar o telefone entre a orelha e o ombro enquanto rolava um pneu pela oficina.

— Você sabe quem é.

Eu não fazia ideia.

— É a bartender de quem eu vivo falando.

Nada ainda.

— Ah, me lembrei agora. — Como se eu me importasse com essa Julie e seu cliente sem-vergonha. — Que bom pra ela — acrescentei, demonstrando interesse em prol de uma vida tranquila. — Espera... ele não encostou em você, né?

— Não, calma. O único que toca em mim é você.

— Que bom. — Fiz uma pausa para apoiar o pneu na parede e pegar o próximo. — Escuta, eu adoraria conversar mais, mas ainda estou trabalhando. — *Assim como você.*

— É, eu também — ela respondeu, suspirando. — Estou na minha folga.

— Bem, eu não — falei, frustrado com a distração. Essa era uma sensação desconhecida para mim, porque, quando eu estava no trabalho, eu estava no *trabalho*. Não ficava enrolando. Eu abaixava a cabeça e fazia o que tinha que fazer. Ao contrário da garota do outro lado da linha. — Então é melhor eu desligar.

— Não, não, não, não desliga — Molloy choramingou. — Fica aí me fazendo companhia.

— Pede pra Casey te fazer companhia — retruquei. — Tenho muito serviço ainda antes de terminar.

— Joe...

— Quer me encontrar às cinco? — falei. — Porque isso não vai acontecer se você não me deixar terminar o trabalho, Molloy.

— Está bem. — Ela bufou. — Vou ligar pra Casey.

— Faz isso. Tchau.

— Te amo.

— Te vejo às cinco.

— Diz.

— Meu Deus, só volta pro trabalho, caramba.

— Diz e eu vou.

— Não. — Soltei um grunhido frustrado. — Para de me pressionar.

— Você adora que eu te pressione — ela me provocou, e então sua voz assumiu um ronronar sedutor quando ela acrescentou: — Você adora quando eu pressiono meu corpo no seu.

— Onde foi que me enfiei?

— No melhor relacionamento da sua vida.

Ela não estava errada.

— Te vejo às cinco.

6 de julho de 2004

Desfralde e discursos motivacionais

JOEY

Eu não queria estar ali. Naquela casa, naquela família. Infelizmente, Deus não permitia que as crianças escolhessem os pais. Do contrário, talvez existissem menos crianças infelizes no mundo. E eu certamente não estaria nem perto daquelas pessoas.

De jeito nenhum.

— Beleza, garoto, vamos nessa. — Balançando a cabeça para afastar a irritação, me concentrei na tarefa que eu tinha em mãos e fiz dois joinhas para o meu irmão. — Dá o seu melhor.

Ele ficou me encarando com seus grandes olhos castanhos, sentado no penico.

— Cocô não, papai.

Até parece. Acabei de te pegar agachado atrás do sofá.

— Só tenta — falei, abrindo a mensagem de Molloy. — E bom trabalho, garoto. Isso foi quase uma frase inteira.

Molloy: É sábado. Está sol. Estamos nas férias de verão. Então me explica por que estou tomando sol no jardim com o Batata lambendo as bolas perto do meu rosto em vez de estar deitada em uma praia com as suas bolas perto do meu rosto?

Sorri, me recostei na parede do banheiro e digitei uma resposta rapidamente.

Joey: Eu tinha coisas pra fazer em casa. Mas não se preocupe, vou aí mais tarde e você vai poder esfregar minhas bolas na sua cara o quanto quiser. Vou até lavar tudo bem direitinho.

Molloy: Nossa. Que gentileza! Aposto que você faz isso com todas as garotas.

Joey: Só com quem faz um oral maravilhoso.

Molloy: É ótimo agradar um fã.

Molloy: Então... o que você acha de passar uma noite fora este fim de semana? Vai rolar uma rave em Karry e eu queria muito ir.

Joey: Não posso.

Molloy: Ah, não... Por quê??? Não precisamos passar o fim de semana todo fora. Só uma noite.
Joey: Queria poder. Mas tenho responsabilidades em casa.

— Ele não é seu pai, Sean — Ollie falou, desviando minha atenção do celular para a sua cabecinha espiando através da cortina do chuveiro, quando ele deveria estar tomando banho. — É o Joey, lembra? Nosso irmão mais velho.

— O-ee — Sean falou devagar, franzindo a testa para mim por um longo tempo. — O-ee, papai.

— Não — Ollie o corrigiu, irritado. — Para de falar isso, Sean.

— Papai.

— Para, Sean!

— Calma, Ols — bufei, cansado, enfiando o celular no bolso. — Não é nada.

— É estranho, Joe.

Não me diga.

— Uma hora ele vai entender — falei.

— Você está desperdiçando seu tempo com esse aí, Ols — Tadhg grunhiu da porta. — Esse bebê está coisado da cabeça. Ele vai fazer três anos em outubro e ainda não consegue nem falar.

Sim, porque bateram na cabeça dele tantas vezes que até perdemos a conta.

— E você vai ficar coisado da cabeça se continuar falando dele desse jeito. Além disso, você só aprendeu a limpar a própria bunda com quase quatro anos, então não venha se achando pra cima de mim.

— Nada a ver, caralho! — Tadhg bufou, indignado.

— Olha a boca, seu imbecil — avisei. — E, sim, você tinha quase quatro anos.

— O quê? — Tadhg ficou perplexo. — Mas você acabou de me chamar de imbe...

— Sou mais velho que você. — Dei um sorrisinho. — Posso falar o que quiser.

— Aprendi a usar o banheiro com dois anos — Ollie declarou, orgulhoso. — E você não pode falar palavão, Tadhg.

— Ah, olha só — Tadhg desdenhou com sarcasmo, revirando os olhos. — Outro irmão que não sabe falar direito.

— Sei, sim.

— Fala supostamente.

— Suposamente.

— Está vendo?

— Parem com isso — avisei, atirando um rolo de papel higiênico em Tadhg. — E você — acrescentei para Ollie. — Se lava direito dessa vez. Sua orelha estava tão cheia de craca que daria pra sair distribuindo pros insetos comedores de craca.

— Sério? — Seus olhos se iluminaram de alegria. — Sério?

Meu Deus.

— Não, não é sério, seu burro — Tadhg disse, verbalizando meus pensamentos. — Meu Deus, de onde é que ele saiu?

— Das entranhas da mamãe — Ollie respondeu, dando de ombros. — Que nem vocês.

— Entranhas? — Tadhg falou, boquiaberto com o irmão. — Quem é que fala isso?

— Bem, o nome verdadeiro é regina — Ollie acrescentou, contente. — Shannon também tem uma, sabe? Minha professora que falou. E a gente tem que usar as palavras certas.

— Ei, ei, ei. Espera um pouco. — Arqueei a sobrancelha e fiquei encarando meu irmão. — A professora te falou isso?

— Uhum.

Fiquei chocado.

— Mas você só tem nove anos.

— Sim. — Ele assentiu. — Antes das férias, ela nos ensinou sobre as reginas. E os pênis. Elas são aves, as meninas. Os meninos são abelhas, porque picam, sabe.

— É vagina, não regina, seu esquisito — Tadhg grunhiu, segurando a barriga. — Sai da frente, Joe, preciso vomitar.

— Cocô Sean — uma vozinha gritou de satisfação, felizmente desviando minha atenção da criança mais esquisita que já conheci. — Cocô Sean, papai!

— Ele não é seu papai! — Ollie e Tadhg disseram ao mesmo tempo. — Ele é seu irmão.

— Por favor, diz que deu certo — sussurrei com vontade, pegando o bebê e o erguendo do penico para inspecionar melhor a situação. — Ah, meu Deus, gente. Ele conseguiu. — Sorri, sentindo uma mistura de orgulho e encantamento. — Hoje é um bom dia, meninos.

— Nossa. — Tadhg balançou a cabeça. — Se o cocô do Sean te faz feliz desse jeito, acho que você precisa começar a sair mais, Joe. Imagina o que vai acontecer quando vir um par de...

— Pode parando — avisei, pegando o papel higiênico. — Bom menino, Seanzinho. A próxima coisa que você vai aprender é a limpar a sua própria bunda.

Tadhg deu risada.

— Boa sorte com isso.

— Se chama trás-eiro — Ollie interveio. — Foi o que a professora disse.

— Meu Deus — resmunguei, sacudindo a cabeça.

Tadhg tinha razão.

Eu precisava sair um pouco.

Meu celular fez um barulhinho no meu bolso e eu não precisei nem ler a mensagem de Molloy para me convencer de nada. Digitei uma resposta apressada e a enviei logo em seguida.

Joey: Sobre o festival do fim de semana... Estou dentro.

11 de julho de 2004

Amor de verão: fiz uma tatuagem

AOIFE

Joey *jamais* devia ter me deixado convencê-lo a ir naquele maldito festival de techno em Tralee na sexta à noite.

Se isso tivesse acontecido, a gente não estaria ali. Dois dias depois, em uma pousadinha de merda na beira da estrada, no meio do nada em Kerry. Sem um puto no bolso e morrendo lentamente de consumo excessivo de álcool, provavelmente com o fígado amarelo.

Éramos uma vergonha, e meu único consolo era que a culpa era toda do Joey por ter concordado com minha ideia. Meu Deus, às vezes ele era tão influenciável.

— Acho que estou sangrando vodca pelo pau — ele anunciou quando saiu do banheiro do nosso quarto na manhã de domingo. — Sério. — Só de cueca, Joey ficou esfregando as mãos pelos braços enquanto voltava para a cama. — Acabei de mijar durante dois minutos sem parar e o negócio estava cheirando *exatamente* o que a gente bebeu ontem.

— Que sexy — falei, me virando para aninhá-lo nos meus braços quando ele se jogou no colchão. — Espera. — Me ergui na cama e fiquei olhando boquiaberta para a palavra de cinco letras tatuada no seu peito. — Que porra é essa?

— O quê?

— Isso. — Cutuquei a pele que cobria o seu coração.

Em uma letra inclinada no lado esquerdo do seu peito estava escrito *Aoife*.

— O quê? — ele perguntou preguiçosamente.

— Você se olhou no espelho quando estava registrando seu tempo nas Olimpíadas do mijo?

— Hã?

— *Olha* — sussurrei, mordendo o punho de ansiedade e nervosismo.

Joey se ergueu sobre os cotovelos e olhou para o peito, confuso. Ele soltou um grunhido de frustração e então se jogou nos travesseiros.

— Bem, se lembro de alguma coisa dos últimos dois dias é que *isso* foi ideia *sua*, gênia.

— O quê? — Sacudi a cabeça, ainda bêbada e confusa. — Não foi, não.

— Aquela maldita barraca dos hippies — ele resmungou. — Você me arrastou pra lá ontem à noite exigindo ser marcada.

— *Eu?*

— Sim, você.

— Bem, está parecendo que você que foi marcado, cadelinha — falei, dando risada e batendo no seu peito macio. — Que azar.

— É o que você acha — ele disse, me afastando e cobrindo o rosto com o braço. — Dê uma olhadinha na sua bunda.

— Hã?

— Sua bunda — ele murmurou com uma voz rouca. — Eu estou lá.

— Não está, não.

— Estou, sim — ele insistiu, bocejando. — Se você está no meu coração, eu estou na sua bunda.

— Ah, fala sério — eu disse, estreitando os olhos. — Não tem graça.

— *Você é minha agora, Molloy* — ele me imitou. — *Que azar.*

Desci da cama, cambaleei até o espelho atrás da porta do quarto e tirei a calcinha sem a menor cerimônia.

— Ah, meu Deus! — gritei, com os olhos fixos no coração vermelho na banda direita da minha bunda exibindo o nome *Joey* gravado em tinta preta. — Seu nome está na minha bunda!

— Como eu disse — ele falou, bocejando de novo. — Está parecendo que você é a *minha* cadelinha.

— Estou menstruada, seu idiota!

— E por que isso é culpa minha? — sua voz ressoou abafada debaixo do travesseiro que ele tinha colocado sobre o rosto. — Não sou a mãe natureza, Molloy.

— É culpa *sua* porque *você* deveria ter me impedido — falei, completamente horrorizada diante do reflexo da minha nádega vermelha e inchada. — Meu Deus, não sei o que é pior — choraminguei, arrancando o plástico-filme cobrindo a tatuagem. — Ter feito uma tatuagem na bunda com o nome do meu namorado que nem uma piranha ou ter feito isso com a cordinha do *absorvente* balançando no meio das minhas pernas!

— Você tem analgésico aí? — foi sua resposta amorosa e solidária. — Minha cabeça está em frangalhos.

— Foda-se a sua dor de cabeça! — gritei, agitando os braços. — Como você deixou isso acontecer comigo? — Balancei a cabeça e segurei o choro. — Joe, meu pai vai me matar.

— Por quê? — ele perguntou, nem um pouco abalado com aquilo, todo esparramado na cama. — Tony costuma olhar a sua bunda, Molloy?

11 de julho de 2004

Viagem de volta

JOEY

— Você errou o caminho.

— Não errei, não.

— Errou, sim.

— Quer dirigir?

— Não.

— Então *cala a boca*!

Ela soltou um suspiro alto.

— Não fala assim comigo!

Dei de ombros.

— Pede desculpas.

— Não.

Ela cruzou os braços e bufou.

— Pede desculpas.

Dei risada.

— Não.

— Quero que você peça desculpas.

— E eu quero um milhão de euros — eu disse, rindo. — Quer saber? Vou te pedir desculpas quando conseguir a grana.

Ela ficou me encarando de perfil por um instante antes de suavizar a expressão.

— Ei, Joe, você me acha dramática?

— Só quando você está acordada.

Sua cara emburrada reapareceu.

— Agora quero dois pedidos de desculpas.

Então seu celular começou a tocar e ela o atendeu depressa.

— Oi, pai, é a sua filha favorita.

Revirei os olhos, concentrado na estrada à nossa frente enquanto ela tagarelava com o pai.

— Sim, a gente se divertiu — ela disse, desembrulhando um pirulito e o enfiando na boca. — Sim, Casey também aproveitou muito o festival. — Fez uma pausa para dar uma piscadinha para mim antes de continuar a conversa: — Sim, estou segura, pai. Estou pegando o jeito na direção.

Estava mesmo.

— Está bem, pai, te vejo hoje à noite. Sim, sim. Beleza, te amo. Tchau.

Ela desligou o telefone, o largou no colo e se virou para mim.

— Então, eu me diverti muito esse fim de semana, namorado.

— Não sou seu namorado, Molloy.

— Ah, é, esqueci — ela falou com um sorrisinho. — Você é minha *cadelinha.*

22 de agosto de 2004

Esse é meu pai, quero dizer, seu chefe

AOIFE

Na manhã de domingo, Joey saiu pela porta da frente de cara feia e veio em minha direção, que estava sentada no muro do jardim.

— Falei que te encontraria na rua — ele disse, me pegando e me colocando sobre o ombro. — Não quero você perto dessa casa, Molloy.

Eu já estava esperando seu mau humor e não deixei isso me perturbar. Em vez disso, dei risada da cena ridícula que formávamos com ele caminhando comigo no ombro e minha bunda virada para cima.

— Estou de saia — falei, rindo, o que me rendeu uma série de palavrões enquanto ele me colocava no chão e abaixava a minha saia. — Não é bonita? Me aproximei, peguei sua mão e a coloquei sobre o tecido. — É couro falso, mas me sinto uma gostosa.

— Você está uma gostosa — ele murmurou, esfregando o queixo e me engolindo com os olhos. — Meu Deus, você foi à missa assim?

— Com certeza. — Pisquei e sorri para ele. — Mas não se preocupe, pretendo me confessar na semana que vem pra expiar meus pecados.

— Expiar. — Ele abriu um sorrisinho safado e passou o braço pelo meu ombro enquanto caminhávamos. — Você nem sabe o que significa essa palavra.

— E você sabe? — Levei a mão às suas costas e a enfiei no bolso de trás, meu lugar favorito. — Eu não te vi na fila da eucaristia.

— Justo.

— Então... — Pensei com cuidado em como formular minha próxima pergunta e disse: — A gente se divertiu esse verão, né, Joe?

— É — ele respondeu devagar. — A gente se divertiu, sim.

— É, né? — Soltei um suspiro e acrescentei: — A gente passou bastante tempo juntos, se divertiu um monte e fez um montão de *coisas*.

— Essa é a parte em que você me diz que você se divertiu bastante e sempre vai guardar com carinho nossos momentos juntos, mas é hora de eu dar o fora?

— O quê? — Olhei para ele perplexa. — *Não*. Por que você está falando isso?

— Sei lá — ele respondeu com um tom estranho, esfregando o queixo. — Essas malditas séries que você me faz assistir estão me deixando meio mole.

— Bem, eu diria que sou eu que te deixo mole, mas a gente bem sabe que isso nunca acontece quando você está comigo.

— Boa.

— Valeu. Então, escuta, não pretendo terminar nada — falei depressa. — Mas eu *estava* querendo falar uma coisa com você.

— Parece perigoso.

— Só um pouquinho. — Dei uma risadinha nervosa e o encarei. — Como você se sentiria indo jantar lá em casa?

— Hã? — Joey ficou me olhando como se não tivesse entendido a pergunta.

— Jantar — repeti, engolindo em seco. — Quero que você vá jantar lá em casa.

— Com *você*?

— É — respondi, acenando a cabeça entusiasmadamente. — E o resto da minha família.

— Não — ele disse sem hesitar, afastando a mão do meu ombro como se minha pele o tivesse queimado. — Não vai rolar.

Revirei os olhos.

— Joey.

— Não estou interessado — ele declarou, passando a mão pelo cabelo. — Se você queria um cara pra jantar com a sua família, devia ter ficado com o Ricey. Eu claramente não sou esse cara, Molloy. Não sou o tipo que as mães querem ver com a filha.

— Ah, por favor — falei. — Minha mãe te adora.

— Só porque ela não sabe o que eu faço com a filha dela quando eles vão dormir.

Fiquei de queixo caído.

— Joe, vamos.

— Não, não, não. Não me olha assim com esses olhos grandes, Molloy — avisei. — Não vai rolar. Você sabe que eu não quero que o seu pai saiba da gente. Eu posso perder o emprego. Como diabos vou aparecer na mesa de jantar com a filhinha dele a tiracolo?

Dei de ombros.

— A gente pode só contar pra eles.

Agora era a vez dele de ficar de queixo caído.

— Diga que é brincadeira.

— Por quê? — perguntei. — Seria tão terrível assim se nossos pais soubessem da gente?

— Seria — ele respondeu. — Seria terrível. Eu poderia perder meu emprego.

— Ele não vai te demitir por ser meu namorado.

— Não sou seu namorado, Molloy — ele negou rapidamente. — Sou só seu...

— É, sim, seu idiota — retruquei, irritada. — Estamos juntos há sete meses. Você é meu namorado, eu sou sua namorada, e a gente se ama muito.

— Nada a ver!

— A gente se ama tanto que adora tirar as roupas e botar a boca...

— Meu Deus. — Ele soltou um suspiro sofrido. — Você está determinada a me ver assassinado, né?

— Vai ficar tudo bem — insisti, enlaçando o braço no dele enquanto eu praticamente o arrastava pela rua. — Eles nem ficaram surpresos quando eu falei.

— O quê? — Ele me olhou boquiaberto. — O que você fez?

— Nada.

— Molloy.

— Nada, juro.

— Molloy.

— Está bem. — Ergui as mãos. — Eu já contei pros meus pais que te convidei pra jantar.

— *Não.* — Joey parou de andar de novo, e dessa vez, acho que parou de respirar também. — Diz que você não fez isso.

— E eu já falei pra eles que você ia — admiti, cobrindo os olhos com a mão e espiando entre os dedos.

Ele arregalou os olhos.

— *E*?

— E eles falaram que o jantar vai ficar pronto em uma hora. — Enfiei a faca e torci ao dizer: — Vamos comer rosbife. Por favor, não fica bravo.

— Rosbife? — Ele passou a mão pelo cabelo e sibilou: — Aoife, eu é que vou virar *rosbife* quando seu pai botar as mãos em mim.

— Nossa. Você me chamou de Aoife. Você nunca me chama de Aoife.

— Bem, acho que é melhor eu começar a praticar. Sabe, pra quando eu conhecer os seus *pais*.

Sorri.

— Como meu namorado.

— Não sou seu namorado — ele murmurou, soltando outro suspiro sofrido. — Ah, meu Deus, acabei de perceber uma coisa.

— O quê?

— A filha do meu chefe é minha *namorada*.

Soltei uma gargalhada e dei um tapinha no seu ombro.

— Pois é.

22 de agosto de 2004

Jantar com Tony

JOEY

Molloy armou para mim com um jantar em família do qual eu não poderia me livrar. Eu já tinha estado na sua casa inúmeras vezes ao longo dos anos, mas nunca como convidado para jantar.

Nervoso e completamente despreparado para o que eu estava prestes a enfrentar, me mantive um pouco atrás dela durante todo o caminho, com as mãos enfiadas nos bolsos do jeans.

Não encosta nela, falei mentalmente para mim mesmo enquanto ela abria a porta e entrava. *E nada de brigas.*

— Está tudo bem — ela falou com um sorrisinho presunçoso, gesticulando para que eu a seguisse para dentro da cova do leão.

Sim, podia estar tudo bem para ela, pensei amargamente, mas era eu quem tinha tudo em jogo.

A minha capacidade de sustentar minha família.

Minha capacidade de procriar com um par de testículos funcionais.

Sim, eu tinha a impressão de que minhas bolas e eu estávamos em risco. Tudo aquilo era território novo para mim.

Em um minuto, eu tinha doze anos e cruzei o olhar com ela nos portões da escola e, no minuto seguinte, estava com dezessete anos, parado diante da casa dela, prestes a falar para o pai dela que ela era minha.

Meu Deus.

Eu não fazia ideia de como fazer aquilo dar certo sem estragar tudo. Porque, convenhamos, eu tinha o talento de sempre estragar tudo.

Murmurei uma sequência de palavrões e a segui para dentro da casa, sentindo o coração disparar a cada passo que eu dava na direção da cozinha — uma cozinha que eu conhecia muito bem, considerando que eu ajudara Tony a montá-la três verões atrás.

— Aoife, é você, meu amor? — Com as costas para a porta, Trish Molloy abriu o forno e pegou o rosbife mais cheiroso que eu já tinha visto. — Sabe a que horas o Joey chega? A carne já está pronta e quero servir ela quente.

— Sim, mãe — Molloy respondeu, me dando um empurrãozinho reconfortante com o ombro. — Estamos aqui.

Então era isso.

— Joey, meu bem. — Trish colocou a travessa no balcão, tirou as luvas e se aproximou. — Como vai? — Ela abriu um sorriso caloroso, segurou meus braços e me deu um beijo na bochecha. — Que bom te ver aqui.

Contive a vontade de me afastar e abri um sorriso amarelo para a loira baixinha diante de mim.

— Que bom te ver, Trish. — Me sentindo completamente perdido, dei de ombros e acrescentei: — Obrigado por me receber. — De novo. — O cheiro está delicioso.

— Ah, a essa altura você já sabe que é sempre bem-vindo nesta casa — ela falou, e então franziu a testa. — Mas o que eu já te falei sobre esse capuz escondendo seu lindo rosto? — Ela ergueu a mão e abaixou meu capuz. — Então... — Abriu um sorriso e deu um tapinha na minha bochecha. — Bem melhor.

Nossa.

— Isso, Joey. — Molloy dei risada e foi atrás da mãe para ajudá-la a colocar a mesa. — Você precisa parar de se cobrir com esse capuz o tempo todo.

— Força do hábito, acho — falei, olhando para a sua nuca. — Posso ajudar?

— Não, querido — Trish disse, me conduzindo até a mesa. — Sente-se e relaxe. Você é nosso convidado. Vamos cuidar de você, pra variar um pouquinho.

Então ouvi alguém limpando a garganta e não precisei me virar para saber que Tony tinha entrado na cozinha.

— Joey — ele falou, fungando e se aproximando do rosbife. — Como vai?

— Tony. — Me obriguei a permanecer calmo e acenei com a cabeça. — Estou bem. Obrigado, hum, por me receber.

— Foi ideia da Aoife. — Ele abriu a gaveta e pegou a faca mais afiada que eu já tive o azar de ver. — Ela disse que vocês dois tinham algo pra contar pra gente.

É assim que ele vai fazer, pensei comigo mesmo enquanto fazia as pazes com Deus. *É isso que ele vai usar pra cortar minhas bolas.*

— Pai — Molloy rosnou em um tom de aviso. — Você prometeu.

Tony ergueu as mãos.

— Eu falei alguma coisa ruim pro rapaz?

— Não precisou — ela retrucou. — Só de você olhar pra ele segurando uma faca já diz tudo.

Meu Deus.

— Escuta, Tony. — Sabendo que eu teria que acabar com isso mais cedo ou mais tarde, empurrei a cadeira e me levantei. — Podemos conversar lá fora?

— Você quer conversar?

— Quero sim. — Olhei cautelosamente para o objeto de aço brilhante em sua mão. — De preferência sem a faca.

— Tudo bem, garoto. Então vamos conversar.

Meu chefe abaixou a faca, assentiu rigidamente e abriu a porta dos fundos antes de sair.

— Aoife, fica aqui — Trish falou quando ela tentou me seguir.

— Mas...

— Nada de mais, mocinha — a mãe dela disse. — Seja uma boa garota e amasse essas batatas pra sua pobre mãe. Minha artrite está atacada.

Molloy contraiu os lábios e encolheu os ombros para mim enquanto eu ia de encontro ao meu destino.

Se eu morrer hoje, é por sua conta, falei para ela mentalmente, saindo da casa e fechando a porta.

Me virei para o pai dela, que me encarava como se eu o tivesse traído — vamos admitir que era verdade — e ergui as mãos.

— Antes que você diga alguma coisa, saiba que eu não tive intenção de te desrespeitar de nenhuma forma.

Ele deu um suspiro pesado.

— Joey.

— Sei que você sempre foi bom pra mim — acrescentei depressa. — E isso provavelmente está parecendo uma traição, considerando que você me pediu pra ficar longe dela, mas eu gosto da sua filha, Tony.

Ele balançou a cabeça.

— Joey...

— Eu gosto mesmo — eu disse. — Eu gosto dela de verdade, está bem? Isso não é nada passageiro. A gente não ficou só por um capricho. Eu pensei bastante nisso — falei, soltando um suspiro. — Ela é minha amiga, Tony. Minha melhor amiga... já faz bastante tempo. Não vou mentir pra você e dizer que não esperava, mas posso te falar com sinceridade que fiz tudo o que eu podia pra impedir que isso acontecesse...

— Joey! — Tony berrou, e fechei a boca rapidamente. — Só tenho duas perguntas pra você.

Ah, meu Deus.

— Pode responder sem pressa — ele acrescentou. — Porque só quero a verdade, cara.

Assenti.

— Tudo bem.

— Primeira. — Ele me olhou com atenção e perguntou: — Você ama minha filha?

Com o coração batendo violentamente dentro do peito, fiz que sim.

— Totalmente. — E então me vi admitindo: — Há uns cinco anos.

Puta merda...

— Segunda — ele disse devagar. — Você vê um futuro com ela?

— Não — confessei, detestando minhas palavras, mas precisando lhe dizer a verdade, porque, se havia alguém que merecia minha honestidade, era aquele homem. — Não vejo futuro pra gente, mas não é porque não quero. É porque não vejo futuro pra mim mesmo.

A expressão severa em seu rosto suavizou.

— Ah, cara.

Dispensei sua empatia.

Eu não a queria e não precisava dela.

— Sei que te decepcionei — continuei, soltando outro suspiro. — Então não vou ficar chateado se você precisar me dispensar do trabalho.

— Te dispensar? — Tony franziu a testa. — Por que eu faria isso?

Fiquei encarando-o, confuso.

— Porque eu me apaixonei pela sua filha sendo que você me proibiu disso.

— Parece que temos um mal-entendido aqui, rapaz — Tony disse com um suspiro pesado, enquanto caminhava na minha direção e colocava a mão no meu ombro. — Eu falei pra você ficar longe da minha filha porque não queria perder um bom funcionário se as coisas não dessem certo, e só por isso.

Franzi a testa.

— Mas eu pensei...

— Você é um bom rapaz, Joey — Tony disse, apertando meu ombro. — Um cara que me deixaria feliz cuidando da minha Aoife.

— Não. — Balancei a cabeça com as sobrancelhas franzidas de confusão. — Não sou, não, Tony.

— Você está se esquecendo que te conheço desde que você tinha doze anos — ele falou, nos conduzindo de volta para a porta. — Lembro de olhar pra aquele garotinho azarado na minha oficina carregando o peso do mundo nos ombros... Aquele garotinho me pediu uma chance — ele falou com a voz embargada. — E eu dei uma chance pra ele, e que bom, porque o homem que aquele menino se tornou é alguém de quem tenho um baita orgulho.

22 de agosto de 2004

Conhecendo a mãe e fazendo planos

AOIFE

Meus pais estavam longe de serem perfeitos, mas ali na mesa de jantar observando-os acolherem Joey, fiquei feliz por eles serem meus pais.

O único esquisito era Kev, que parecia muito desconfiado e nervoso perto do meu namorado. Mas eu não o culpava por isso. Afinal, as mesmas mãos que faziam eu me sentir tão bem quase o estrangularam.

De alguma forma, entre um assunto e outro, acabamos falando sobre o que aconteceria com nós três depois que terminássemos a escola secundária no ano seguinte.

— Maravilha — minha mãe disse após o jantar, quando estávamos todos sentados na sala segurando nossas cumbucas de sorvete Vienetta. Sim, minha mãe tinha servido o sorvete chique. — E você vai ficar satisfeito com a qualificação que vai receber nesse curso? Vai conseguir trabalho depois?

— Com certeza. Eles têm um campus fantástico, e o currículo parece bem bom, o que é totalmente contraditório, levando em consideração o que eles mostram nos panfletos e no site — meu irmão continuou tagarelando, quase me levando às lágrimas de tédio, enquanto eu o ouvia sentada entre ele e Joey no sofá.

Joey parecia incrivelmente inseguro, olhando para um e para o outro sem parar. Estiquei a perna e lhe dei um chute discreto. Seus olhos verdes e selvagens se voltaram para mim e eu abri um sorriso reconfortante.

— E você, Joey, meu bem? — minha mãe perguntou quando Kev finalmente parou de se vangloriar. — Kev está querendo entrar na Universidade de Cork. Aoife está querendo ser cabeleireira. E você, o que está planejando fazer depois do sexto ano?

— Como assim *o que está planejando fazer*? — meu pai a interrompeu, segurando a colher de sorvete no ar. — Ele vai terminar o estágio e trabalhar comigo em tempo integral.

— Quer parar com isso, Tony? — minha mãe o censurou, dando um tapa na perna dele. — Eu estava perguntando pro Joey o que *ele* quer fazer depois que terminar a escola, não o que *você* quer que ele faça.

— Eu, ah... — Joey limpou a garganta sem jeito, colocou a tigela no chão ao seu lado e se virou para a minha mãe. — Bem, ah, eu estava torcendo pra que Tony me aceitasse como funcionário da oficina.

— Está vendo, Trish? — Meu pai abriu um sorriso radiante, todo orgulhoso e contente. — Não precisa torcer, filho — ele acrescentou, dessa vez falando com Joey. — Não passei os últimos cinco anos te treinando pra deixar um carinha qualquer te roubar assim sem mais nem menos.

— Puta merda. — A tensão nos ombros de Joey derreteu enquanto ele olhava para o meu pai como se o velho tivesse acabado de lhe dizer que ele tinha ganhado na loteria. — Está falando sério?

— Claro — meu pai respondeu. — Termina o último ano da escola da melhor forma que puder, mantém a cabeça baixa e não arranja encrenca que depois a gente conversa.

— Nossa. — Joey soltou um suspiro trêmulo, baixou a cabeça e colocou as mãos atrás da nuca. — Obrigado, Tony.

— E vê se não vai assustar o garoto, hein? — meu pai falou para mim. — Não posso perder meu funcionário se vocês decidirem terminar.

— Você não vai me perder — Joey o tranquilizou. — Não vou estragar essa oportunidade.

— Isso mesmo — meu pai disse. — Mas eu estava falando com a mocinha do seu lado.

— *Comigo*? — Dei risada. — E por que eu seria responsável por esse término hipotético?

— Provavelmente porque você é um pé no saco — Kev sugeriu. — E o pai está tendo dificuldade pra entender por que alguém *voluntariamente* concordaria em se estabelecer com uma princesa assim.

— Que engraçado, hein? — devolvi, cutucando as costelas dos meus companheiros de sofá quando eles explodiram de rir. — Você são *hilários* mesmo.

— Não se preocupe, Aoife, meu bem — minha mãe disse. — Seu pai não teve que pagar muito pro Joey concordar em sair com você.

Mais gargalhadas.

— Ah, não liga pra eles, querida — meu pai falou em meio às risadas. — Só tive que desembolsar cinco euros.

— Odeio todos vocês — anunciei dramaticamente, mostrando o dedo do meio para Joey. — Principalmente você, seu traíra.

SEXTO ANO

31 de agosto de 2004

Em casa

JOEY

— Você precisa fazer alguma coisa — Shannon implorou assim que entrei em casa na terça à noite, depois de um treino superlongo com o time júnior na cidade. — Por favor, Joe! Por favor, você tem que fazer alguma coisa! — Com os olhos cheios de lágrimas, ela se agarrou ao meu braço como se fosse um colete salva-vidas. — Tem muito sangue.

— Meu Deus, calma — falei, colocando o hurley e a mala no chão. — O que está acontecendo? — perguntei, nervoso, olhando em volta. — Quem está sangrando?

Shannon soltou um soluço, em prantos, e me arrastou escada acima, tropeçando nas próprias pernas, até que estávamos no corredor.

— Ali dentro — ela falou, apontando para o banheiro. — Ali, Joe.

— A mãe... — soltei ofegante, abrindo a porta do banheiro para entrar. — Mãe!

— Não é a mãe — Shannon declarou. — É...

— Está tudo bem — uma vozinha disse, e minhas pernas cederam.

— Não.

— Está tudo bem, Joe.

Não, não, não.

— Sério, estou bem.

Por favor, Deus, não.

Caí de joelhos no chão todo manchado de sangue e fiquei encarando, impotente, a criancinha inclinada sobre o vaso sanitário, cujo nariz estava vertendo sangue. Fiquei completamente perturbado e zonzo conforme lembranças de outra vida me bombardeavam.

— Está tudo bem, Dar — falei, me escorando pesadamente sobre o vaso sanitário, enquanto uma mistura de vômito e sangue escorria pela minha barriga cheia de hematomas pretos e azuis. — Estou bem.

— Joey... — Darren disse, se ajoelhando ao meu lado e colocando a mão nas minhas costas. — Me desculpa por não estar aqui. Eu tinha treino.

— Não importa — falei, sendo consumido pela dor de ter o nariz quebrado aos sete anos de idade. — Não ligo — fiquei repetindo sem parar.

Quem sabe se eu dissesse várias vezes aquilo se tornasse verdade.

— Não está tão ruim quanto parece — Tadhg tentou me acalmar, cuspindo um punhado de sangue coagulado no vaso. Ele segurava um monte de lenços no nariz quebrado e seus olhos já estavam assumindo um tom marrom-amarelado. — Sério, Joe, nem está doendo.

— Ele foi embora — Shannon falou depressa. — Acho que ele saiu porque sabia que você ia chegar logo.

— Eu ia chegar logo — murmurei, balançando a cabeça.

— É — ela disse baixinho. — Você costuma chegar mais ou menos a essa hora.

— Me desculpa por não estar aqui pra te proteger — sussurrei, entorpecido, vendo-o se contorcer de dor. — Eu tinha... treino.

— Não importa — Tadhg respondeu, e senti o gosto terrível do *déjà-vu*. — Não ligo.

— O que aconteceu? — perguntei, sentindo o coração bater forte no peito. — Que porra *aconteceu* aqui, Tadhg?

— O pai bateu na Shannon — Tadhg contou. — Então eu bati nele. — Ele cuspiu mais um tanto de sangue. — Só que ele é mais forte.

— Meu Deus — falei. Fiquei de pé ao sentir uma onda de pânico me dominando. — E Ollie e Sean?

— Estão no seu quarto ouvindo música — Shannon falou depressa. — Espero que não tenha problema. É o único lugar onde eles se sentem seguros.

Claro que a gente tinha um problema.

Um problema bem sério.

Eu tinha levado mais um nocaute e estava perdendo as forças para me levantar.

— Você vai dormir em casa hoje? — Shannon perguntou. — Ou tem planos com a Aoife?

— Não — respondi, pegando o celular do bolso e destravando a tela às pressas. — Não tenho planos.

Joey: Mudança de planos. Não vou poder te ver hoje. Te vejo na escola amanhã.

Molloy: Isso é absolutamente inaceitável, Joseph. Estou indignada.

Molloy: Brincadeira. Espero que esteja tudo bem aí.

Joey: Tudo bem. Te vejo de manhã.

Molloy: Beleza.

Joey: Não te amo, bjs.

Molloy: Eu também não. <3

Enfiei o celular no bolso, tirei Molloy da cabeça e me concentrei na tarefa de limpar a bagunça dos meus pais.

1º de setembro de 2004

Melhor amigo exclusivo

AOIFE

— Olha, Neasa, é a puta que rouba o namorado dos outros.

Contive a vontade de dar risada na cara delas e fingi ignorar as garotas da minha turma passando por mim no caminho do lado de fora da escola na segunda-feira.

— É uma puta mesmo.

— *Muito* puta.

Sorri sozinha e continuei chupando meu pirulito, achando graça da evidente antipatia de Rebecca por mim.

Eu não tinha dúvidas de que o rótulo de *mulher promíscua* que elas me atribuíram no quinto ano me seguiria pelos meses seguintes, mas era difícil me importar. Principalmente porque a tal mulher promíscua podia beijar caras gostosos como Joey Lynch.

Sim, a gente estava se gostando em regime de exclusividade fazia nove meses, e apesar de ele entrar em pânico toda vez que eu rotulava nossa relação, eu me considerava sua namorada. Quer ele gostasse ou não.

A gente vivia discutindo, claro. Ele me irritava de um jeito bizarro e me deixava maluca de vez em quando, mas, por outro lado, eu nunca tinha me sentido tão viva e, bem, tão *eu* quanto quando estava com ele.

A verdade era que nada era fácil com ele, mas me parecia incrivelmente *certo*. Como se eu estivesse exatamente *onde* deveria estar, *com quem* eu deveria estar.

Uma empolgação tomou conta de mim no minuto em que meus olhos pousaram nele, caminhando pela rua em direção à escola com sua irmã a tiracolo.

Sentindo-me ridiculamente animada para o primeiro dia do último ano, joguei o pirulito na lixeira mais próxima e fui cumprimentá-los.

— Bela camiseta.

— Belas pernas.

Joey colocou o braço em torno da minha cintura, me puxou para o seu peito e me beijou com força.

— É... — ele falou contra os meus lábios. — Hoje vai ser um bom dia.

— Espero que você esteja se referindo a alguma safadeza — brinquei, dando um passo atrás para olhar para ele. Mas, quando meus olhos pousaram no seu rosto, meu estômago deu uma cambalhota, e *não* foi de um jeito bom. — Não.

Uma onda de tristeza ameaçou me afogar enquanto eu observava os novos hematomas.

Às vezes, era doloroso olhar para ele.

Ver as marcas e as feridas na sua pele.

Eu ficava extremamente deprimida ao pensar na vida que ele levava quando não estava comigo.

Eu detestava o fato de ele ter sido forçado a desempenhar o papel tanto de mãe quando de pai com os irmãos, porque seus pais de merda não faziam seu trabalho.

Era uma bosta.

Eu ficava puta porque eles dependiam de Joey para tudo.

Especialmente a mãe dele.

Ela era a pior de todos eles.

Às vezes, eu tinha vontade de me colocar na frente dele e gritar para a sua família: *Deixem ele em paz! Ele tem a própria vida!*

Porque eu sabia, no fundo do meu coração, que ele nunca deixaria Ballylaggin para passar um ano viajando.

Não com as crianças naquela casa.

Não, porque ele precisava trabalhar para pagar pelos erros dos pais.

Eu sabia que era extremamente egoísta por querer que a família dele, incluindo as crianças, dessem um tempo. Tipo, eram só crianças, pelo amor de Deus. Elas *dependiam* dele.

Mesmo assim, isso não me impedia de querer roubá-lo para mantê-lo seguro, de querer lhe oferecer um lugar para se deitar, ficar, descansar e se recuperar.

Claro, Joey continuava tão fechado quanto sempre no que dizia respeito à vida doméstica.

Ele nunca queria falar sobre o assunto e, sempre que eu insistia, a gente acabava brigando e ele ia embora com aqueles escrotos do conjunto habitacional. E *isso* me assustava quase tanto quanto quando ele estava em casa.

Eu não sabia o que fazer para ajudá-lo ou como existir no seu mundo complicado.

Seus pais faziam eu me sentir uma homicida.

Seus irmãos faziam eu me sentir impotente.

Seus amigos da escola faziam eu me sentir desconfortável.

E seus amigos do conjunto habitacional faziam eu me sentir totalmente indesejável.

Principalmente aquele imbecil do Shane Holland.

Mas eu gostava tanto dele que *queria* ficar ao seu lado.

— Estou bem — ele falou depressa, afastando minha mão do seu rosto. — Estou *bem*, Molloy — ele repetiu, me dando outro beijo.

— Eca, gente — Shannon grunhiu. — Arrumem um quarto.

— Oi, Shan — falei, reprimindo um calafrio de prazer quando seu irmão passou o braço pelo meu ombro enquanto caminhávamos para a entrada da escola. — Como foi o fim de semana?

— Oi, Aoife — ela respondeu com um sorrisinho. — Foi bom.

Melhor que o do seu irmão, espero, falei mentalmente, observando sua pele sem marcas.

Coloquei a mão no bolso traseiro da calça cinza do uniforme dele, dei um leve apertão na sua bunda e me inclinei para ele, segurando a vontade de arrastá-lo para o mato para mantê-lo seguro — e pelado.

— Continua apertando minha bunda, Molloy, que eu vou me vingar — ele falou com uma voz rouca, esfregando os lábios na minha orelha. — Tenho problemas de comportamento, caso você não tenha ouvido.

— Hum, acho que já ouvi isso algumas vezes.

— Segundo a minha ficha, não consigo me controlar quando me envolvo em alguma discussão.

— Ah, é?

— É. — Ele me puxou para si e foi subindo a mão pela minha coxa até que seus dedos contornaram a minha calcinha.

— Ah, meu Deus! Você não fez isso! — Shannon berrou, cobrindo os olhos com a mão.

— Ah, merda — Joey disse, soltando um suspiro dramático e colocando a minha calcinha de volta no lugar. — Você está menstruada.

Joguei a cabeça para trás e dei risada da sua expressão desolada.

— Como é que você sabe?

— Ah, meu Deus, você não... Quer saber? Deixa pra lá. Vejo vocês depois — Shannon grunhiu, segurando as alças da mochila e saindo apressada.

— Fala sério, Molloy — ele falou com um sorrisinho torto. — Você usa calcinha de vovó cinco dias por mês todo mês desde que somos amigos *especiais*. — Sua voz era baixa e ridiculamente sexy, e seus olhos ardiam. — Eu sei, porque esses são os únicos dias do mês que você não me deixa botar...

— Beleza, já entendi. Você já sacou meu ciclo menstrual — falei, rindo e cobrindo sua boca com a mão. — Mas acho que você acabou de deixar sua irmã traumatizada pra sempre.

— Ela vai se recuperar — ele disse, dando um tapa na minha bunda. — Mas eu não.

— Só por cinco dias. — Revirei os olhos. — Controle-se, homem.

— Eu prefiro quando você me controla. — Ele me apertou com mais força. — De novo.

— Tudo bem, você oficialmente me deixou sem palavras. — Minhas bochechas ficaram vermelhas feito um pimentão. — Você ganhou essa rodada.

— Valeu. — Ele sorriu, pegou minha mão e nos conduziu para o prédio principal. — Mal posso esperar pela sua vingança, Molloy.

— Ah, pode apostar que ela vai chegar, Joe — falei, entrelaçando os dedos nos dele.

Estávamos atravessando o estacionamento dos professores quando um familiar honda civic acendeu os faróis.

Senti Joey enrijecer ao meu lado, e meu coração disparou.

Não.

Não.

Não.

— Joey, não vai. — Eu o segurei firme. — Só ignora ele.

— Ele veio pra me ver.

— E daí? — Eu o segurei com ainda mais força. — Só continua andando.

— Molloy.

— Por favor, não vai.

O som de uma buzina explodiu no ar.

— É melhor eu ver o que ele quer — Joey murmurou, olhando para Shane Holland gesticulando para que ele se aproximasse. — Te vejo na aula.

Não.

Não.

— Joey.

— Só vou lá falar com ele — ele me garantiu. — Só isso, Molloy.

Fiquei olhando para o seu rosto, absorvendo seus olhos límpidos e focados, e fiz um voto silencioso para Deus de que eu faria da vida daquele babaca do Shane um inferno se meu namorado voltasse em qualquer outra condição que não aquela.

— Promete — implorei. — Promete, Joe.

— Está tudo *bem* — ele insistiu, se inclinando para dar um beijo suave e demorado nos meus lábios. — Para de se preocupar. — Ele me beijou de novo. — Te vejo na aula — ele acrescentou, segurando meu queixo de um jeito brincalhão antes de se virar e sair correndo pelo estacionamento.

Me sentindo enjoada, segurei as alças da mochila e segui para a entrada da escola. Fui ficando cada vez mais agitada a cada passo que eu dava para longe dele.

— Era Shane Holland? — Shannon me perguntou baixinho, parada debaixo de uma árvore próxima à entrada, com uma expressão de preocupação que imitava a minha. — Pensei que ele tivesse se mandado.

— Pois é — sussurrei. — Eu também.

— Escrota.

Shannon soltou um suspiro de susto e chegou mais perto.

— É isso mesmo, escrota!

Eu *detestava* aquela palavra.

Havia poucas palavras que eu evitava, mas aquela em particular não estava inclusa no meu vocabulário.

Me virei e me deparei com ninguém menos que Ciara Maloney e Hannah Daly.

As duas vadias cruéis do quinto ano que precisavam aprender qual era o lugar delas.

— Então... — Me posicionei firmemente na frente da irmã do meu namorado, coloquei as mãos nos quadris e arqueei a sobrancelha. — Quem de vocês quer fazer o último pedido?

— A gente não estava falando com você — Ciara respondeu, tentando bancar a durona, mas perdendo o rebolado agora que estava diante de alguém mais velha, mais alta e mais forte. — A gente estava falando com ela.

— Ela? — Olhei em volta. — Quem?

— Eu — Shannon sussurrou, tremendo atrás de mim. — Sou eu.

— Se está se referindo à irmã do meu namorado, vou te dar cinco segundos de vantagem pra dar o fora daqui antes que eu corte seu rabo de cavalo e te estrangule com ele.

— Fica fora disso, Aoife — Hannah tentou intervir, olhando em volta, nervosa. — Isso não tem nada a ver com você.

— Se vocês querem brigar com ela, podem brigar comigo — avisei, sem dar a mínima para as baboseiras delas e sem querer recuar. — E aí? Querem sair no tapa ou querem guardar o cabelo pra outro dia? Por mim, tanto faz.

Elas se entreolharam e depois encararam Shannon antes de balançarem a cabeça e saírem na direção do prédio principal.

Quando estavam fora de vista, Shannon soltou um enorme suspiro e segurou a manga do meu suéter.

— Você não precisava fazer isso.

— Eu sei.

— Elas podem ir atrás de você.

Revirei os olhos.

— Quero ver tentarem. E, se chegarem perto de você de novo, tudo o que você precisa fazer é me procurar. Não importa se eu estiver em aula. Só me procura que eu vou te ajudar, está bem?

Ela olhou para mim com os maiores olhos azuis que eu já tinha visto, cheios de tristeza e incerteza, e sussurrou:

— Por quê?

— Porque eu amo o seu irmão, e seu irmão te ama. A sua segurança é importante pra ele, então é importante pra mim também. — Abri um sorriso, passei o braço pelos seus ombros magrinhos e a acompanhei até a escola. — E quer saber? Talvez um dia você saia dessa sua linda concha e a gente possa ser amigas.

— Você quer ser minha amiga?

— Se estiver tudo bem pra você...

— Sim. — Ela assentiu, hesitante. — Por favor.

Meu coração se partiu um pouquinho.

Ela era tão pequena.

Tão vulnerável.

Tão quebrada.

— Então é oficial. — Ainda com o braço em torno dela, eu a acompanhei pelo corredor até sua sala de aula, certificando-me de que todas as piranhas maldosas da escola dessem uma boa olhada na gente. — Somos amigas.

1º de setembro de 2004

Velhos hábitos nunca mudam

JOEY

Eu não precisava que ninguém me dissesse que eu era um bosta, já que minha consciência estava mais do que disposta a fazer isso, gritando *mentiroso* a cada passo que eu dava em direção àquele carro. Ela já tinha gritado comigo na noite anterior, quando mandei aquela mensagem.

Naquele momento, enquanto eu me acomodava no banco do passageiro ao lado dele, senti um nível de autodesprezo que nunca tinha sentido antes.

— Lynchy — Shane disse assim que entrei no carro. — Você está péssimo.

Não me diga, *Sherlock*.

— Pois é. — Com os joelhos balançando sem parar, soltei um suspiro trêmulo. — Me sinto péssimo.

Eu tinha chegado bem perto de ter um colapso na noite anterior, e fazia muito tempo que isso não acontecia. Depois que consegui acalmar as crianças e convencê-las a ir para a cama, peguei uns Valliuns da minha mãe para tentar dormir.

Só que o problema foi que meu velho decidiu aparecer no meio da noite e eu estava chapado demais para me defender quando ele começou a distribuir socos.

Acordei de manhã com o corpo cheio de hematomas e a mente perto do limite.

Eu não aguentava mais.

Não aguentava.

Eu tinha *tentado*.

Tinha mesmo.

Tentei ser uma boa pessoa, mas não importava, porque *nada* ia mudar para mim.

Eu nunca conseguiria sair daquela casa, pelo menos não enquanto as crianças ainda estivessem lá, o que significava que, para sobreviver a mais um dia no inferno, eu teria que quebrar promessas e voltar para os meus velhos hábitos.

— Fiquei surpreso quando recebi sua mensagem ontem, garoto — ele falou. — Fazia um tempinho que eu não tinha notícias suas.

Você tinha que enfiar o dedo na ferida, né?

— Pensei que você tinha arranjado outro fornecedor ou algo assim.

Não, quero manter as minhas pernas.

— Escuta, cara, eu te falei ontem, só preciso de uns benzos. O mesmo de sempre. Só uma coisinha pra relaxar meu cérebro. — Enfiei a mão no bolso, peguei um maço de dinheiro e o deixei no colo dele. — Está tudo aí.

Ele pegou e contou as notas antes de acenar a cabeça.

Vergonhosamente, avancei para o porta-luvas para pegar meu veneno apenas para franzir a testa quando meus olhos pousaram em uma porcaria.

— Maconha, Shane? — Furioso, atirei o saco de volta no porta-luvas e passei a mão pelo cabelo, frustrado. — O que é que eu vou fazer com isso, porra?

— Tive uma situação com meu fornecedor — ele falou calmamente. — Um atraso temporário na entrega.

— Tudo bem — eu disse, nervoso por não conseguir o que eu queria. O que eu tanto precisava. — Tem oxi? Ou hidro? Uns benzos? Vamos lá, Shane, não me deixa na mão assim.

— Como eu disse, tive um probleminha com meu fornecedor. — Ele acendeu um cigarro, deu uma longa tragada e jogou o maço e o dinheiro no meu colo. — O que significa que vou demorar um pouquinho pra conseguir o que você esperava.

— Quanto tempo? — perguntei, acendendo um cigarro e guardando o dinheiro de volta no bolso. — Uns dias? Uma semana? Porque estou mal, cara. Não posso esperar.

— Calma, Lynchy — ele falou com uma voz sedutora. — Sei que você está mal.

— Pois é — eu disse, respirando com dificuldade. — Estou.

Não adiantava nada negar.

Shane me conhecia desde que eu era pequeno.

Sabia me ler feito um livro.

Ele assentiu e colocou a mão no bolso.

— Então essa fica por minha conta — ele acrescentou, deslizando um papelzinho dobrado para mim. — Sem compromisso.

Abri o papel e fiquei olhando para o pó branco nas minhas mãos.

— Não é coca, né?

Ele balançou a cabeça e soltou uma nuvem de fumaça.

Minha pulsação disparou.

— Shane.

Mantendo os olhos fixos no para-brisa à sua frente, ele disse:

— Te garanto que isso vai te dar o efeito desejado.

— Não. — Sacudi a cabeça. — Já te falei que não quero heroína!

— Eu sei, eu sei — ele disse, erguendo as mãos. — Mas é que isso vai te levar pra um outro nível. E é mais barato.

— Quão barato?

— O que você costuma pagar por uma dose vai te dar uma semana de heroína.

— Não, de jeito nenhum. Não vou me furar — declarei, passando a mão pelo cabelo de novo. — Não sou um drogado.

— Você não precisa ser — ele falou depressa. — Você está vendo TV demais. Isso daí é tipo açúcar mascavo. Purinho. Coisa boa. Você pode fumar ou cheirar. Como preferir, cara. Vai fazer tudo parecer um docinho. Acredita em mim.

— Não posso — eu disse, olhando para a tentação nas minhas mãos. — É arriscado demais.

— Não se você usar com segurança — ele me encorajou. — Vamos, cara. Você acha que eu quero te ferrar? Somos do mesmo bairro. Te conheço desde que você usava fraldas.

— Escuta, Shane, eu só preciso de algo pra me ajudar — argumentei, sem saber se estava tentando convencê-lo ou me convencer do que estava dizendo. — Sou completamente *cagado* da cabeça. Não preciso de algo que só vai piorar a minha vida.

— Saquei — ele disse, acenando a cabeça compreensivamente. — Os treinadores da AAG estão no seu pescoço, os professores estão em cima de você e a sua gata está te mantendo em rédea curta. Você está sob pressão, garoto, e precisa de um alívio. Entendo. Eles podem não te entender, mas eu entendo. Não se sinta mal por precisar de algo que te ajude a aguentar as merdas que você aguenta do seu pai. — Olhei feio para ele, e ele ergueu as mãos. — Seu velho é um canalha, garoto. Todo mundo sabe. Não estou te julgando por precisar de uma trégua de um escroto como aquele.

Esse era o problema. Eu *precisava* mesmo de uma trégua.

Eu precisava tanto que me ouvi cedendo:

— Está bem, mas só até o seu fornecedor me arranjar o de sempre.

— Claro — ele concordou, entusiasmado. — Pode ficar, cara.

— Merda. — Balancei a cabeça, fiquei encarando o papelzinho e murmurei: — Você disse que eu posso cheirar, né?

— Aqui. — Ele esticou o braço, pegou o papel e fez uma carreira com o pó. — Isso é o suficiente pra te chapar — ele explicou, me entregando uma caixinha de CD com uma pequena quantidade de pó. — Cheira como se fosse uma carreira de coca e relaxa.

— Que porra estou fazendo? — grunhi, olhando para o estacionamento vazio antes de pegar a nota de cinco dólares que ele tinha enrolado e me inclinar para a frente. Indignado comigo mesmo pela minha fraqueza, pressionei o canudo improvisado no nariz e cheirei profundamente.

1º de setembro de 2004

Chapado

AOIFE

Joey não foi para a aula.

Na verdade, ele só apareceu na última aula antes do almoço.

— Que porra é essa, cuzão? — sussurrei quando ele afundou na cadeira ao meu lado na aula de administração. — Onde você estava?

— Tive que ir pra casa — ele falou baixinho, pegando o livro e o estojo na mochila. — Eu, hum...

— Você o quê? — perguntei. Fiquei esperando a resposta.

Ele balançou a cabeça e colocou a mão no rosto.

— Devo estar sem crédito.

Estreitei os olhos, desconfiada.

— Você está chapado?

— Não.

— Joey.

— Não.

— Não mente.

— Não estou.

— Então o que houve?

— Nada.

— Por que parece que você estava chorando? — sussurrei, sentindo a preocupação me dominar rapidamente.

Seu nariz estava vermelho, e seus olhos estavam inchados e úmidos.

— Eu não choro. — Joey soltou um suspiro trêmulo e pegou um pacote de lenço no bolso. — Eu só... — Ele ficou completamente ausente por vários minutos e depois acrescentou: — Apareceu uma coisa.

— Ah, meu Deus, Joe, você está sangrando — falei quando vi o lenço que ele tinha usado para assoar o nariz ficar vermelho. — Seu nariz está sangrando.

— Está? — Ele ficou olhando para o lenço sujo quase como se estivesse em transe. O sangue escorria pelo seu rosto, mas ele nem se mexeu. — Ah, merda.

— Joey — falei, pegando o lenço da sua mão e levando-o ao seu nariz. — O que você fez?

— Nada.

— Nada? — Levei uma mão à sua nuca e pressionei o lenço no seu rosto com a outra. — Para com isso. O que foi que ele te deu?

— Nada — ele sussurrou, me observando observá-lo com os braços moles. — Está tudo bem, Molloy.

— Não mente pra mim — avisei. — Você está completamente chapado.

— Não estou mentindo. — Meu coração parou e quase saiu pela boca quando ele chutou o balde e acrescentou: — Eu juro.

— Você é um puta *mentiroso*.

Furiosa, o coloquei de pé e dei uma desculpa para o professor antes de levá-lo para fora, ignorando os olhares e cochichos dos nossos colegas.

— Joey está bem, Aoife? — o sr. Brolly perguntou da porta da sala.

— Sim, sim, senhor. Está ótimo. O nariz dele só está sangrando um pouco. Pode pedir pra Casey pegar nossas mochilas? — pedi.

Segurei Joey firmemente ao meu lado enquanto o conduzia para fora da escola, para o estacionamento onde eu tinha deixado o carro.

— Não me odeia, Molloy — ele murmurou, se jogando no banco do passageiro no instante em que eu o soltei para abrir a porta. — Você é o único motivo que eu tenho pra acordar de manhã.

1º de setembro de 2004

De castigo de novo

JOEY

Eu estava de castigo de novo.

Foi assim que me vi quando acordei: esparramado no chão do quarto dela completamente nu, com um travesseiro branco e fofo sob a cabeça e um cobertor rosa jogado sobre mim.

— Então ele está vivo — uma voz familiar falou em um tom sarcástico.

Tremendo muito, me sentei devagar e me deparei com um par de olhos verdes me fuzilando.

De costas para a porta, ela me olhou feio e perguntou:

— O que foi que ele te deu?

Abri a boca para mentir, mas ela falou primeiro:

— Nem pense em mentir — avisou, atirando o pano de prato que estava no ombro na minha cabeça. — Se você visse o que saiu do seu corpo, o que eu tive que limpar, você saberia que não adianta mentir.

Revoltado comigo mesmo, olhei para o quarto bagunçado, para a cama desfeita, e contive um grunhido.

— Eu...

— Destruiu meu quarto enquanto destruía o seu cérebro? — ela sibilou depressa. — Sim.

— Me desculpa. — Dei um suspiro. — Vou arrumar tudo...

— Já está feito — ela me interrompeu. — E, antes que você pense em fugir sem me dar nenhuma explicação, saiba que todas as suas roupas estão na secadora lá embaixo. Então, não, Joe, não quero sua ajuda pra arrumar essa zona. Só quero respostas.

— O que você quer saber?

— Começa me contando o que você tomou hoje de manhã, e depois seguimos daí.

— Merda. — Coloquei as mãos na nuca e suspirei antes de admitir: — Cometi um deslize.

— Um deslize.

Não fazia sentido mentir para ela, apesar das mentiras serem minha primeira língua, algo que herdei da minha família.

Só que eu não podia mentir para ela. Seus olhos me diziam que eu tinha apenas uma chance de consertar as coisas.

— Não vou inventar desculpas — falei. — Não tem desculpa.

— Não. — A voz dela estava carregada de emoção. — Não tem.

— Ao contrário de hoje, eu realmente estava tentando — acrescentei, passando a mão pelo cabelo. — Mais do que você imagina.

— Então *por quê*? — sua voz falhou, e vi uma lágrima escorrer pelo seu rosto. — Por que você fez *isso*? Você estava indo tão bem. Eu *sei* que você estava tentando. Sei que você não é perfeito. Sei que fuma maconha. Sei que tem seus demônios e segredos, mas você estava *tentando*. Você não estava chapando desse jeito!

— Ele quebrou o nariz do Tadhg ontem — confessei. — E eu não estava lá pra impedir.

— Seu pai? — Ela soltou um suspiro de susto. — Seu pai quebrou o nariz do Tadhg?

— É, quebrou — repeti sem emoção, me detestando cada fibra do meu ser por lhe contar coisas que ela não precisava saber.

Por arrastá-la ainda mais para o meu mundo de bosta.

— Mas ele é uma criança — ela choramingou, cobrindo a bòca com a mão. — Ele é só uma criança.

— Não importa — falei. — Alcóolatras abusivos não ligam pra idade nem pra gênero. Eles só enxergam um saco de pancadas pra descontar a raiva quando dá na telha.

— Joey.

— Não me vem com a sua *pena* — falei com a voz trêmula, erguendo a mão. — Não é o que eu quero de você. Nunca vou querer.

— Não é isso — ela sussurrou. — Não vou te oferecer minha pena.

— Enfim, eu não consegui lidar com o que aconteceu ontem — admiti. *Ainda não conseguia.* — Então fiz o que geralmente faço quando as coisas ficam pesadas em casa. — Dei de ombros. — Liguei pro Shane.

Lágrimas escorriam pelas suas bochechas enquanto ela me encarava.

— E?

— E... — Soltei um suspiro pesado e confessei: — Peguei o que eu precisava pra me ajudar a lidar com as coisas.

— O quê?

— Algo que eu nunca tinha experimentado antes.

— Algo ruim?

Amargurado de arrependimento, fiz que sim, e Molloy sufocou um soluço enorme e angustiante.

— Você não pode mais fazer isso. — Ela ficou de quatro e rastejou até onde eu estava sentado e, depois, jogou os braços em mim. — Você não pode, Joe. Não pode. — Molloy chorou com força, agarrada em mim feito uma macaquinha, me segurando como se eu fosse algo muito importante para ela. — Preciso de você. Preciso de você, Joe. Você não pode fazer isso com você.

— Está tudo bem. — Abalado com a forma como sua dor me afetava, eu a abracei de volta. — Shhh. Está tudo bem.

— A gente podia dar o fora daqui — ela falou contra o meu pescoço. — Você e eu. A gente podia fazer as malas e deixar essa cidade de merda pra trás. Eu iria embora com você, Joe. Iria mesmo. Eu te amo — ela falou entre lágrimas, dando beijos no meu pescoço. — Eu te amo. Eu te amo. Eu te amo tanto que quero morrer.

Eu acreditei nela, o que me deixou mais ainda mais assustado do que a ideia de ficar. Porque eu sabia que ela estava disposta a fazer qualquer coisa para me ajudar e, no final, não seria suficiente, porque eu estava ferrado da cabeça.

Ela era boa demais para mim, boa demais para o mundo. No fundo, eu sabia que precisava deixá-la ir para que ela tivesse um futuro.

Só que eu não *conseguia*.

— Não posso abandonar eles, Molloy — sussurrei, abraçando-a mais forte quando seu corpo foi tomado por soluços. *Eu não era meu irmão.* — Preciso ficar.

1º de setembro de 2004

Resignada ao sofrimento

AOIFE

Eu nunca mais queria vivenciar um dia como aquele de novo. Eu não tinha palavras para descrever a impotência que senti quando vi Joey disparar e, logo depois, dar com a cara no muro.

Eu não era burra. Via as bandeiras vermelhas espalhadas por todos os lados.

O problema era que eu estava apaixonada demais para prestar atenção. Porque eu sabia que, por baixo de todo aquele sofrimento e aquelas baboseiras, havia alguém que valia a pena.

Ele era apenas uma boa pessoa que tomava péssimas decisões. Não estava tentando magoar ninguém.

Só estava tentando sobreviver do jeito que sabia: se “automedicando”.

Enquanto o observava dormindo na minha cama, eu via a dor que ele representava para mim estampada em cada centímetro da sua pele.

Ele ia acabar com meu coração, eu tinha certeza. Dava para ver a quilômetros de distância, e mesmo assim eu não era capaz de acionar meus instintos de autopreservação e me proteger do inevitável.

Joey nunca tinha sido tão honesto antes ao falar comigo sobre o pai.

Sentada no meio do quarto, senti que meu mundo tinha sofrido um terremoto. Foi um avanço monumental.

Ele podia ter omitido alguns detalhes e certamente estava escondendo muitas outras coisas, mas para o garoto deitado ao meu lado aquele era um passo do tamanho do Grand Canyon — um passo que o trazia para mais perto de mim.

Eu não conseguiria ir embora nem se eu quisesse.

— Você é o único motivo que eu tenho pra acordar de manhã.

Essa pequena confissão me dilacerou.

Deitada de lado, fazendo carinho no seu cabelo e o observando dormir, fiz um voto silencioso de não o deixar se perder no abismo em que ele estava prestes a pular.

Não importava o que fosse acontecer, eu estaria ao lado dele, pronta para trazê-lo de volta à segurança.

Mesmo se isso fizesse eu me perder.

18 de setembro de 2004

Comemorações de aniversário

AOIFE

— Bem, você chegou aos dezoito — Casey gritou por cima da música enquanto a gente dançava loucamente na pista do The Dinniman. — Com a sua virgindade intacta. — Ela deu risada e acrescentou: — Não sei o que me deixa mais surpresa.

— Engraçadinha — falei, um pouco bêbada, ajeitando minha faixa de *Feliz aniversário* no peito e saltitando ao som de "Mr. Brightside", do The Killers.

Minha mãe tinha organizado uma festa com a ajuda de Casey para comemorar meu aniversário e o de Kev, e o lugar estava abarrotado de amigos, familiares e colegas da escola.

Balões e faixas enfeitavam o bar, e eu estava feliz de saber que *todas* aquelas pessoas estavam lá por nós.

Eu, finalmente, era maior de idade e poderia pedir e servir o que eu quisesse no bar e estava aproveitando a novidade ao máximo.

Casey colocou as mãos em volta da boca e perguntou:

— Onde está o Joey?

— Onde você acha? — falei, apontando para o bar, onde ele e meu pai conversavam animadamente.

Meu pai estava bebendo um *pint* de Guinness, enquanto meu namorado segurava um copo enorme de vodca com energético, sua bebida da vez.

Joey estava incrivelmente gostoso de jeans e camisa branca justa, com as mangas dobradas até os cotovelos, revelando um braço poderoso, digno de filme pornô. Ele tinha cortado o cabelo especialmente para a ocasião. A parte de trás e as laterais tinham sido raspadas, deixando uma adorável mecha de cachos loiros e ondulados no topo.

Claro que ele estava ostentando um belo olho roxo, mas eu estava determinada a *não* lhe perguntar nada. Se eu perguntasse, as chances de acabarmos brigando eram altas, e essa era a *última* coisa que eu queria.

Joey podia ter se aberto comigo algumas semanas atrás, mas logo depois voltou a se fechar de novo.

Por mais estranho que pareça, e apesar de eu ainda estar bem brava com aquela história, toda aquela chapação e vômito nas paredes do meu quarto acabou sem querer nos aproximando.

Ele estava se comportando muito bem desde a ocasião, reativando o "modo tentativa", agora com o número de Shane apagado dos seus contatos — cortesia minha, claro.

Era como se um dos obstáculos que ele usava para me manter longe tivesse sido derrubado. Eu estava um passo mais perto de ultrapassar os famosos muros que ele tinha construído para se proteger.

Olhando por cima do ombro do meu pai, observei meu namorado recostar o quadril no bar e abaixar a cabeça para ouvir o que o chefe dizia, acenando a cabeça de vez em quando.

— Acho legal que seu namorado e seu pai sejam amigos — Casey comentou, dando risada. — Eles têm tipo um *bromance*. É fofo.

— Verdade — concordei, enlaçando o braço na minha melhor amiga enquanto voltávamos para a mesa. — Só que, quando está com o meu *pai*, significa que não está *comigo*.

— E aí? Você acha que hoje pode ser a noite?

— Talvez.

— Ah, meu Deus — Casey deu um gritinho. — As expectativas estão altas.

— Como você está, Aoife, meu bem? — minha mãe perguntou quando me sentei ao seu lado. — E você, Casey, querida?

— Oi, Trish — minha amiga falou alegremente, se acomodando ao meu lado e apoiando a cabeça no meu ombro. — Estou um pouquinho bêbada, Trish.

— Está? — minha mãe disse em um tom divertido. — E você, Aoife?

— Totalmente sombria, mãe.

— Você quis dizer sóbria, né? — Ela me olhou com uma expressão que só as mães sabem fazer. — Sei.

— Te amo, mamãe. — Dei um abraço nela e um beijo na sua bochecha. — Obrigada pela festa.

— Também te amo, minha doidinha. — Ela mordeu os lábios, olhou para a bainha do meu vestido branco, justo, tomara que caia, e disse: — Mas não amo esse vestido. Dava pra ver a sua bunda quando você estava dançando.

— Não dava, não — retruquei, abanando a mão no ar, secando o que restava da minha smirnoff ice. — Porque, se você tivesse mesmo visto a minha bunda, teria me arrastado pra fora da pista.

— O que tem na sua bunda?

Bati o dedo no nariz.

— *Nada.*

— Meu Deus do céu — minha mãe grunhiu, balançando a cabeça. — Estou te avisando agora, mocinha, que não importa que você tenha dezoito. Você não está velha demais pra apanhar, viu?

— Você nunca me bateu. — Sorri para ela. — Você é uma manteiga derretida, né, mãe?

— Ela está parecendo uma modelo, né, Trish? — Casey interveio, ajeitando a parte de cima do meu vestido. — Você e Tony mandaram bem quando fizeram essa aqui. — Com lágrimas nos olhos, Casey segurou meus ombros e me encarou. — Você é minha melhor amiga nessa Ballylaggin todinha, Aoife Molloy.

— E você é a minha, Casey Lordan — falei, jogando os braços à sua volta. — Você é a mais gata da escola.

— Não, *você* que é.

— Não, não, é você.

— Está bem, então nós somos.

— Isso!

— Vocês estão apaixonadas por vocês mesmas, isso sim! — Minha mãe ergueu o dedo e disse: — Agora, escuta aqui, não vai se perder nessa novidade de poder comprar suas próprias bebidas, entendeu?

— Entendi, mãe.

— Estou falando sério. Vocês são garotas lindas — ela continuou, se direcionando a nós duas. — E é por isso que vocês precisam manter a cabeça no lugar. E não beber até cair. Não é seguro. Nunca se sabe quem está de olho em vocês. — Ela franziu a testa e acrescentou: — E não larguem as bebidas por aí, hein? Eu estava aqui olhando, mas e se não estivesse? O bar está abarrotado de jovens. Alguém pode colocar alguma coisa na bebida de vocês.

— Relaxa, mãe — falei, abanando a mão. — Todo mundo aqui é nosso amigo.

— Exatamente — Casey concordou, sorrindo. — Estamos seguras, Trish, relaxa.

— Famosas últimas palavras — ela murmurou, desconfiada.

— Ah, meu Deus! — gritei e comecei a pular quando "Maniac 2000" explodiu nas caixas de som. — É a nossa música, Case. — Peguei a sua mão e a arrastei comigo. — Bora.

— Só tomem cuidado, está bem? — minha mãe insistiu. — Por favor, meninas.

— Está bem! — respondemos juntas, cambaleando para a pista de dança. — Pode deixar.

18 de setembro de 2004

Feliz aniversário, Molloy

JOEY

Molloy tinha muitos fãs.

Toda a parte dos fundos do The Dinniman estava repleta de gente para celebrar os seus dezoito anos.

Eu me sentia um pouco mal pelo seu irmão, Kev, sentado no canto com seu seleto grupo de quatro amigos, enquanto a gêmea atraía metade da escola feito abelhas atrás de mel.

E Molloy tinha mesmo mel.

Tanto que, se eu visse mais algum cara do nosso ano beijando a bochecha dela ou se atrevendo a tocar na sua cintura, eu ia perder a cabeça.

Eu não tinha problema nenhum com sua personalidade extrovertida; ela era quem era. Era parte do motivo de eu ter me interessado por ela desde o começo. Eu tinha é problema com as mãozinhas atrevidas dos amigos dela.

— Parece que ela te dá trabalho, né, filho? — Tony interveio, inclinando a cabeça para a filha, cercada por um grupo de caras do nosso ano, dançando e pulando ao som de "Turn Me On", do Kevin Lyttle.

— Pois é, Tony — respondi, esfregando o maxilar. — Parece que sim.

— Ah, não precisa se preocupar, rapaz. Ela sempre foi assim. A nossa Aoife sempre teve um monte de admiradores — Tony falou com um tom divertido. — Tem alguma coisa contagiante na personalidade dela, sabe? Ela atrai as pessoas. — Ele deu risada e terminou a cerveja antes de acrescentar: — O que deixa a pobre mãe dela apavorada.

Fiquei observando-a de longe até ver Eoin Caddigan enrolar uma longa mecha loira de Molloy no dedo enquanto dançava atrás dela.

— Vou nessa, Tony — anunciei, virando o resto da bebida. — Está na hora de deixar alguém apavorado.

— Ah, o primeiro amor... — Ele deu risada e me dispensou. — Controle-se, rapaz.

— Não conta com isso — murmurei baixinho, abrindo caminho entre a multidão até estar na pista, com o braço em torno da cintura dela.

— Joe! — Molloy sorriu para mim e abraçou meu pescoço. — Pensei que você não dançasse. — Ela ficou na ponta dos saltos e pressionou os lábios vermelhos no canto da minha boca.

— Abri uma exceção. — Olhei feio para o babaca da escola, que se afastou da minha garota cautelosamente, e a puxei. — Feliz aniversário, Molloy.

Ela abriu um sorriso radiante e levou as mãos ao meu peito, esfregando os quadris em mim e rebolando no ritmo da música.

Puta merda. Eu precisava de muito mais que vodca com energético para lidar com aquela garota.

— Eu não te amo nem um pouco, Joey Lynch — ela disse, segurando minha camisa e trazendo meu rosto para si. — E vai ser assim pra sempre.

19 de setembro de 2004

Voando alto e caindo com tudo

AOIFE

— Você está bem? — perguntei para Joey várias horas depois, quando chegamos em casa após a festa de aniversário mais épica de todas.

— Sim, Molloy, estou — ele respondeu, colocando os meus saltos e uma pilha de cartões na cama. — Tudo bem.

Apoiando-me pesadamente na porta do meu quarto, observei meu namorado sacudir as mãos e ir até a janela. A tensão que ele emanava me dizia que ele não estava *nada* bem.

— Tem certeza, Joe?

— Tenho — ele falou por cima do ombro, se recostando no parapeito e olhando para o vidro. — Tudo bem.

Claramente não estava, e eu não estava bêbada o suficiente para acreditar.

Fui até o rádio e coloquei um CD aleatório para tocar enquanto quebrava a cabeça para descobrir o que eu poderia ter feito para deixá-lo tão estranho.

"Everytime", da Britney, ressoou no ar e eu disse:

— Se você estiver meio assim de passar essa noite aqui, não precisa. Meus pais sabem e não ligam. — Me aproximei, abracei sua cintura e dei um beijo nas suas costas. — Eu não te amo.

Ele soltou um suspiro pesado, cobriu minhas mãos com as suas e sussurrou:

— Eu também não.

— Me conta qual é o problema. — Obriguei-o a se virar para me olhar, ergui o braço e segurei seu rosto entre as mãos. — Por que você está tão triste? — Eu estava bêbada, mas não o suficiente para não notar a tristeza em seu olhar. — *Conversa* comigo.

— Não estou triste, Molloy — ele disse, com as mãos na minha cintura. — Eu só...

— O quê?

— Estou preocupado.

Arqueei as sobrancelhas.

— Com o quê?

— Minha irmã — ele confessou baixinho, soltando um suspiro sofrido. — Meus irmãos.

Meu coração ficou estraçalhado.

— Ah.

— Não gosto de deixar eles sozinhos de noite.

Deprimida com o rumo da conversa, me ouvi perguntando:

— Você quer voltar pra sua casa?

— Não — ele respondeu, me surpreendendo. — Esse é o problema, Molloy. — Ele sacudiu a cabeça com uma expressão cheia de culpa e disse: — Sair desse quarto é a *última* coisa que eu quero fazer.

— Então *fica* — sussurrei, puxando-o para mim e encostando a testa na dele. — Fica aqui comigo. — Rocei o nariz no seu, abracei-o mais forte e beijei seus lábios. — Eu também preciso de você, Joe.

Preciso de você são e salvo, e a única forma de garantir que isso aconteça é se você ficar aqui comigo.

Os olhos dele arderam de emoções conflitantes.

— Molloy.

— É sério. Eu também preciso de você — falei, me agarrando nele como se minha vida dependesse disso. — Preciso que você fique bem aqui comigo, porque, se você me deixar, não vou conseguir respirar até poder te ver de novo.

O fato de ele ter bebido pelo menos uma dúzia de doses comigo aquela noite me dava uma pequena vantagem contra sua bússola moral inflexível quando se tratava de seus irmãos.

Se eu estivesse lidando com o Joey sóbrio, ele iria para casa de qualquer jeito, independentemente do quanto eu implorasse. Mas eu estava lidando com o Joey bêbado, e o Joey bêbado era mais vulnerável.

— Fica, por favor — sussurrei, segurando a correntinha de prata que ele sempre usava e recuando devagar, puxando-o comigo. — Isso pode ser meu presente de aniversário. — Até que acertei a cama e caí para trás junto com ele. — Por favor. — Ofegando contra a sua boca, dei um beijo ardente em seus lábios inchados. — Quero que esse rosto seja a primeira coisa que eu verei quando abrir os olhos de manhã.

— Está bem — ele murmurou na minha boca. — Vou ficar com você, Molloy.

Radiante por ele ter concordado tão facilmente, me entreguei ao momento, sentindo seu corpo no meu, sua dureza contra a minha suavidade, enquanto nos tocávamos de maneiras que deveriam ser ilegais.

Mais tarde naquela noite, deitados na cama de frente um para o outro, ele quebrou o silêncio e disse:

— Eu comprei, sabe?

— Comprou o quê?

— Um presente pra você.

Um sorriso se espalhou pelo meu rosto.

— Ah, é?

Ele assentiu, se desvencilhou das cobertas e pegou a calça jeans.

— Não é nada extravagante como as coisas que você costumava ganhar do Ricey — ele avisou, voltando para a cama e colocando uma caixinha preta no colchão entre nós, junto com um chocolate meio derretido.

Meu coração disparou.

— Um chocolate inteirinho só pra mim?

Ele deu uma piscadela.

— Eu te falei que ia fazer isso. E se você não gostar da outra coisa vai ser péssimo, porque a Shannon lavou a nota junto com as minhas roupas.

Animada, peguei a caixinha e a abri.

Dentro da caixa forrada de veludo, havia um colar com um pequeno pingente e a data 30/8/1999 gravada na frente.

— A data... — Soltei um suspiro trêmulo. — É...

— O primeiro dia de aula do primeiro ano — ele explicou baixinho. — A primeira vez que te vi, e a primeira vez que entendi o que significava ter o coração batendo por alguém que não fosse da minha família.

Meu coração se apertou tanto dentro do peito que ficou difícil respirar.

— Joe...

— Quando digo que não te amo — ele continuou, aninhando o rosto no meu pescoço — é que essa é a coisa mais distante da verdade que eu poderia dizer.

Amor.

Ele estava falando que *me amava.*

— Não tem problema, Joe — sussurrei, colocando o colar no pescoço. — Estou acostumada com você negando as coisas. Sei como você se sente.

— Pode ser, mas você não devia se acostumar com isso, Molloy. Eu te ouço dizendo as palavras e sei que é recíproco. Mesmo. Só que eu... — Ele balançou a cabeça de frustração. — Não sei como *não* fazer isso...

— Isso o quê, Joe?

— Rejeitar o afeto de um ser humano.

Meu coração.

Meu pobre, pobre coraçãozinho.

É culpa dos seus pais de merda.

Porque eles te tratam como um cachorro, e não como um filho.

— Está tudo bem — falei, me aproximando até estar aconchegada no seu peito. — Podemos lidar com as palavras do mesmo jeito que lidamos com sexo. — Dei um beijo no seu peito e sussurrei: — Só que ao contrário: *você* dita o ritmo e eu entro na onda.

— É um bom plano — ele concordou rapidamente.

— É. — Fechei os olhos e suspirei de contentamento. — É, sim.

3 de outubro de 2004

Café com Marie

AOIFE

— Não acho uma boa ideia, Molloy. Na verdade, é uma péssima ideia. Meu Deus, como pude deixar você me convencer a sequer cogitar isso?

Parado na garagem da casa dele, segurando minha mão firmemente, Joey ficou olhando para os tijolos da casa como se estivesse encarando um inimigo mortal.

— Meus instintos estão exigindo que eu te leve o mais longe possível desse chiqueiro.

Meu coração se partiu.

Aquilo não era nada fácil para ele.

Na verdade, fazia um tempo que eu não o via tão nervoso.

Era bem perturbador, então apertei sua mão para tranquilizá-lo.

— Vai ficar tudo bem.

— Não vai, não. — Ele balançou a cabeça tristemente. — Você não sabe no que está se metendo com esse povo.

Fiquei encarando-o.

— Esse povo?

Ele fez uma expressão sombria e acenou a cabeça.

— Meus pais não são que nem os seus, Molloy. Eles não vão te receber com um abraço e um rosbife. — Vi seu enorme corpo ser tomado por um tremor, então ele virou as costas para a casa e fez de tudo para me arrastar consigo. — Foda-se. Esquece essa história. Vamos voltar pra sua casa.

— Eu vou fazer isso, Joey — avisei, pisando firme no chão. — Já são quase nove meses. Vou conhecer eles, quer você entre comigo ou não.

— Puta merda! — Ele bufou. — Por que é que você faz tanta questão?

Não recuei nem hesitei e respondi:

— Porque quero olhar nos olhos daquele canalha e mostrar pra ele que você está com alguém pronto e disposto a travar uma guerra *com* você e *por* você.

— Nossa. — Ele passou a mão pelo cabelo e murmurou: — Agora é que você não vai entrar nessa casa mesmo.

— Você não me conta o que acontece aí dentro e eu nunca insisto — declarei calmamente. — Eu *nunca* insisto, Joe, mesmo quando vejo os hematomas, mesmo quando você me deixa totalmente no escuro, e mesmo quando cada célula em mim grita pra que eu faça algo pra te proteger.

Seus olhos cintilaram de medo.

— Você prometeu...

— Eu sei, e não vou denunciar — falei depressa, me lembrando da discussão fenomenal que tivemos da última vez que ele apareceu na escola com a boca rachada, e cometi o erro de perguntar se a gente devia ligar pra Gardaí. — Já te falei que não vou, então acredita em mim.

Ele soltou um suspiro trêmulo e sussurrou:

— Está bem.

— Mas *vou* ficar do seu lado — continuei, envolvendo meus braços no seu pescoço. — Eu vou, Joey, e não tem nada que você possa fazer pra me impedir.

Ele ficou me encarando por um longo tempo antes de soltar um grunhido frustrado.

— Não importa o que eles digam ou como reajam — acrescentei, me esticando para dar um beijo no seu queixo. — Eu não vou fugir.

— Ele pode estar em casa — ele avisou com uma voz grave. — Ele pode...

— Eu *não* vou fugir — prometi, beijando-o. — Não vou te deixar, e não tem nada que ele possa dizer ou fazer pra mudar isso.

— Não me obriga a fazer isso, Aoife — ele implorou.

Sua súplica doeu mais porque ele me chamou pelo meu nome, o que mostrava que estava mesmo falando sério.

— Isso ia acontecer mais cedo ou mais tarde — falei, roçando o nariz no dele, desesperada para confortá-lo. — É melhor que seja hoje.

Depois de um longo momento, a súplica em seus olhos verdes se transformou em uma aceitação relutante.

— Fica comigo — ele disse, segurando minha mão com todas as forças. — Vou te manter segura.

O medo me dominou.

Meu Deus, como era a vida dele naquela casa?

Respirei fundo e segui Joey para dentro; passamos pela velha sala de estar, pelo pequeno e decadente corredor, e só paramos quando chegamos na cozinha.

— Ele está em casa? — foram as primeiras palavras que ele disse para a mãe.

Sonhando acordada na cozinha, ela ergueu a cabeça de repente e ficou encarando-o com os olhos arregalados por um momento antes de amenizar a expressão.

— Quem?

— O pai — Joey falou sem emoção.

— Não — ela respondeu suavemente. — Ele ainda não voltou.

Eu não sabia se o tremor que notei percorrendo o corpo de Joey era de alívio ou de ansiedade, medo, mas não tive muito tempo para pensar, porque ele logo me empurrou para a frente.

— Mãe, essa é a Aoife Molloy — ele disse, segurando firme minha mão. — Aoife, essa é a minha mãe, Marie Lynch.

— Hum, oi? — Acenei brevemente. — É bom te ver de novo, sra. Lynch.

— Eu lembro de você. — Vi o reconhecimento nos seus olhos azuis. — Você é a garota que trouxe a mochila do Joey aquele dia.

— Isso. — Assenti e sorri.

Joey limpou a garganta antes de acrescentar:

— Aoife é minha namorada.

— Sua namorada — a mãe repetiu, balançando a cabeça de leve. — Eu não sabia que você tinha namorada.

— Pois é. — Joey deu de ombros, assumindo uma postura defensiva. — Bem, agora você sabe.

— Agora eu sei — ela disse, me olhando com cautela. — Essa é a sua namorada.

— Ele está pagando os pecados dele — brinquei, mas ela não deu risada.

Ah, merda.

Fiz uma cara séria e acrescentei:

— É um prazer te ver de novo, sra. Lynch. Joey fala muito bem de você. — Meu Deus, como eu era mentirosa.

— Eu gostaria de poder dizer o mesmo — ela disse. Depois, acrescentou baixinho: — Mas Joey nunca me falou de você.

— Mãe — Joey a censurou.

Um pequeno tremor percorreu seu corpo e eu apertei de leve sua mão, desesperada para confortá-lo.

Para lhe comunicar que estava tudo bem.

Que eu poderia habitar os dois mundos dele.

Que eu não ia fugir.

Meu gesto foi recompensado com um sorriso. Seus olhos verdes se fixaram nos meus, buscando no meu rosto algo que ele nunca encontraria.

Ele estava esperando apreensão.

Mas ela não estava lá.

— Quando vocês se conheceram? — ela perguntou, chamando minha atenção de volta para si.

— No primeiro ano — respondi. — A gente sempre estudou na mesma turma.

Ela arregalou os olhos.

— Então quer dizer que esse... namoro... tem tempo?

— Bem, a gente é amigo... — comecei a dizer, mas Joey rapidamente me interrompeu e disse:

— Mais ou menos.

— E é sério? — Ela olhou para o filho.

— É — foi tudo o que ele respondeu, fazendo meu coração acelerar de pura *felicidade*.

Ele não estava negando o que sentia.

Não se escondeu nem enfiou os sentimentos debaixo do tapete.

Considerando sua personalidade, aquilo era praticamente uma declaração de amor.

— Mãe! — alguém gritou de cima. — Esse otário entupiu a privada de novo.

A sra. Lynch tomou um susto e deu um salto antes de tremer um pouco.

— Tadhg, olha a boca, hein! — ela falou antes de se sentar em uma cadeira na mesa. — Temos visita.

— Como se eu ligasse — ele retrucou. — O idiota do seu filho chamado Oliver não entende que não precisa enfiar um rolo inteiro de papel higiênico no vaso pra limpar a bunda.

— Tadhg! — ela berrou, mas sua bronca soou mais como um suspiro de derrota. Ela pegou um cigarro. — Já te mandei olhar a boca.

— Ollie entupiu a privada — Tadhg gritou de novo. — E eu preciso ca...

— Eu gosto de me limpar direitinho — o outro menino disse. — Sou muito higi-gênio.

— É *higiênico*, não higi-gênico! — Tadhg falou, irritado. — E você não vai ficar nada *higi-gênio* quando eu cagar na sua...

— Meu Deus, vou dar um jeito neles — Joey berrou. Ele soltou minha mão, balançou a cabeça e seguiu para o corredor. — Vou fazer o que for preciso pra fazer vocês calarem a boca.

— Boa, Joe — Tadhg falou.

— Está vendo? — Ollie comemorou. — Te falei que Joey ia dar um jeito.

— Já volto — ele falou por cima do ombro, subindo as escadas. — Dois minutinhos.

— Você vai precisar de muito mais que dois minutinhos — Tadhg falou. — Ollie pode ser pequeno, mas cagou um toroço enorme. Entupiu tudo.

— Puta merda — ouvi Joey resmungando enquanto desaparecia na escada.

— Não tem pressa. Eu espero — falei, dando risada.

Quando ele saiu, fiquei parada perto da geladeira, me sentindo um pouco insegura e nada bem-vinda. Joey podia ser fechado, mas aquilo não era nada comparado à mulher na minha frente.

— Ele não faz muito isso, sabe? — a sra. Lynch falou, batendo o cigarro no cinzeiro já lotado diante dela. — Pelo menos não ultimamente.

— Isso o quê? — perguntei, sem saber como lidar com aquela mulher tão quebrada.

Eu queria odiá-la por permitir que Joey sofresse tanto. Em vez disso, tudo o que eu senti foi pena.

— Sorrir — ela disse. — Ele não sorri muito.

— Ele está mais sorridente — contei. — Mais que antes, pelo menos.

Ela me ofereceu um sorrisinho e suspirou baixinho.

— Meu filho deve gostar muito de você.

— Tomara.

— Acho que sim. — A sra. Lynch encolheu os ombros de leve e deu uma longa tragada no cigarro. — Ele nunca trouxe nenhuma garota pra casa antes, sabe?

Eu deveria me alegrar ao saber que era a única garota que Joey levava para casa, mas, para ser sincera, por que ele ia querer levar alguém para lá? Ele com certeza não queria apresentar ninguém para os pais.

— Ah, bem, eu também gosto muito dele — falei.

Ela arqueou a sobrancelha.

— Muito?

— Bastante — confirmei, sem medo de assumir o que sentia. — Estou apaixonada pelo seu filho, sra. Lynch.

— Imaginei. — Algo que lembrava tristeza reluziu em seus olhos azuis. — Deu pra ver na sua cara quando você entrou na sala com ele. — Ela soltou um suspiro trêmulo antes de perguntar: — Você está se protegendo?

Fiquei encarando-a sem saber o que dizer.

— Ele está te protegendo? — ela insistiu.

— Eu tomo pílula — confessei. — Mas a gente não está dormindo junto.

Ela não pareceu acreditar em mim.

— Se protejam — ela disse. — Se protejam mesmo se ele não quiser.

— Ele sempre me protege, sra. Lynch — falei, querendo que ela soubesse que o filho era incrível. — Seu filho é uma pessoa maravilhosa.

— Meu filho é uma bomba-relógio — ela me corrigiu com tristeza. — Que nem o pai dele nessa idade.

— Isso não é verdade — retruquei, nervosa. — Seu filho não é *nada* parecido com o seu marido.

Ela ficou surpresa.

— Isso mesmo — insisti, encarando-a. — Eu tenho olhos, sabe? Sei o que acontece nessa casa.

— Você não sabe de nada — ela sussurrou.

— Sei mais do que você acha — devolvi. — Então não ouse comparar Joey com *ele*.

— Entendo que você sinta que precisa defender ele — ela sussurrou, desanimada. — Entendo a tentação. Já tive a sua idade. Entendo tudo sobre a tentação de amar um garoto como meu filho. Ele é lindo e talentoso, teimoso e protetor, selvagem e imprudente. Mas não se esqueça que um homem protetor pode virar possessivo em um piscar de olhos. A teimosia pode virar autoritarismo e, bem, a imprudência pode acabar em mais que vício. — Ela deu uma tragada no cigarro antes de exalar uma nuvem de fumaça e perguntar: — Você sabe disso, né?

— Disso o quê?

Ela pareceu muito triste ao dizer:

— Que meu filho está lutando contra o vício.

Meu coração disparou.

— Isso ficou no passado — eu a corrigi, pensando como Joey estava bem desde o deslize de setembro. — Ele está ótimo agora.

— Você não acredita nisso de verdade — ela falou suavemente. — Alguém como o meu filho, que tem esse hábito há tantos anos, não vai conseguir se livrar disso da noite pro dia. E, por mais poderoso que o primeiro amor possa parecer, nunca vai ser forte o suficiente pra que ele supere os próprios demônios. Ele sempre vai preferir a próxima dose a você, Aoife. É a triste verdade da vida do meu filho.

Enrijeci no mesmo instante.

— Você está errada.

— Queria estar, de todo o coração. Mas sei que não estou. Ele vai virar a chave a qualquer momento. E, se eu pudesse te dar um conselho, seria pra buscar abrigo antes que meu filho exploda que nem o pai e você seja engolida pela correnteza.

Fiquei olhando para a mulher na minha frente, perplexa, e apenas sacudi a cabeça.

Como ela podia pensar isso do filho?

Como ela podia ter tão pouca fé nele?

— Sabe de uma coisa? Estou me esforçando bastante pra pensar em algo diplomático pra te dizer, mas não estou conseguindo pensar em nada. — Balancei a cabeça, sem conseguir disfarçar minha indignação. — Como você pode dizer isso do seu próprio filho, sangue do seu sangue? Você é a mãe dele.

— Eu *sou* — ela concordou de um jeito cansado — É por isso que eu sei que ele vai te machucar. — Um tremor percorreu sua figura esguia. — Ele vai destruir seu coração, vai dilacerar ele e rasgar pedacinho por pedacinho, até que não reste mais nada. Até que você não seja nada. Ele vai te quebrar, porque só conhece isso. Ele só conheceu isso a vida toda.

— Ele te *ama* — falei, com os olhos ardendo de lágrimas de tristeza pelo garoto que me fazia companhia à noite. — Ele te ama *tanto* e você fala dele desse jeito...

— Eu amo meu filho, Aoife, de verdade. — Ela soltou outra nuvem de fumaça e deu uma tragada no cigarro. — Tenho seis filhos, e não se engane quando te digo que amo cada um deles da mesma forma. Mas só um desses meninos me assusta: o que é a própria reencarnação do pai.

Balancei a cabeça, horrorizada.

— Por que está me falando isso?

Ela me olhou bem nos olhos e disse:

— Porque ninguém me falou.

— Consegui desentupir a privada — Joey anunciou, se juntando a nós. — Mas você vai ter que chamar alguém pra dar uma olhada na cisterna e na tubulação atrás do vaso, mãe — ele continuou, indo até a pia para lavar as mãos. — O vazamento está pior que nunca e as tábuas do assoalho estão começando a apodrecer.

Ele pegou um detergente genérico do parapeito da janela sobre a pia e ensaboou as mãos, alheio às advertências da mãe.

— Se a gente não der um jeito nisso, é só uma questão de tempo pro piso ceder. — Ele sacudiu as mãos e pegou um pano de prato. — Eu poderia tentar substituir a tubulação, mas seria só uma gambiarra.

— Obrigada, Joey. Vou pedir pro seu pai dar uma olhada lá mais tarde — a mãe dele disse.

— Por quê? — Joey perguntou, na defensiva. — Ele não entende porra nenhuma disso. Já te falei qual é o problema. Quando eu receber na sexta, posso comprar as coisas.

— E eu já te falei que agradeço a ajuda, mas seu pai vai resolver quando chegar em casa.

— Quando chegar em casa? — Joey falou com desdém, abaixando o pano. — Você quer dizer quando ele estiver puto da vida e trocando as pernas, procurando um corpo quente pra foder ou brigar?

Me coloquei ao lado dele e lhe dei a mão, querendo demonstrar apoio.

— Chega, Joey — a sra. Lynch disse. — Não quero...

— Ouvir a verdade? — Ele hesitou. — Bem, pois vai ter que ouvir.

— Brigar — a mãe o corrigiu. — Não quero brigar.

— O que está acontecendo? — uma vozinha perguntou da porta, e me virei para ver Shannon. — Está tudo bem, Joey?

— Tudo ótimo, Shan — ele respondeu depressa. — Eu só...

— Ele ia me mostrar o quarto — eu o interrompi, incapaz de passar mais um segundo com a mãe dele, e com menos vontade ainda de fugir, como prometi que não faria.

Joey voltou o olhar surpreso para mim.

— Eu ia?

Sua mãe ficou observando-o me encarar, e senti o ressentimento por ela crescendo.

— Ia.

Assenti, apertei sua mão e sorri para que ela soubesse que suas palavras tinham entrado por um ouvido e saído pelo outro. Eu só abandonaria aquele garoto se fosse arrancada dele aos gritos e aos chutes.

Fiz questão de ignorar o reboco deteriorado nas paredes e o estado de abandono da casa enquanto seguia Joey escada acima, direto para o seu quarto. No instante em que fechamos a porta, eu o vi girando a chave na fechadura.

— Nem me pergunte — foi tudo o que ele murmurou, arrastando uma cômoda pelo quarto e a colocando na frente da porta.

— Não vou perguntar — sussurrei. Ele se manteve de costas para mim, com a cabeça baixa, e apoiou as mãos no móvel. — Eu não devia ter te trazido aqui.

— Fiquei feliz por ter vindo.

— Fala sério, Molloy — ele sibilou, bufando. — Minha vida é uma zona.

Era mesmo.

Não dava para negar.

Tudo naquela casa e naquelas pessoas comunicava *caos*. Ainda assim, escolhi permanecer bem ali, brincando com fogo e querendo me queimar.

— Fala comigo — pedi calmamente. — Me diz o que está pensando.

— Estou bravo — ele admitiu, mantendo as costas para mim. — Estou puto, Molloy.

— Comigo?

— Sim.

— Por ter te pedido pra me trazer aqui?

— Sim.

— Quer conversar?

— Não.

— Porque você está com medo de explodir?

— Sim.

— Tudo bem. Então pode ficar bravo pelo tempo que precisar.

Porque eu não vou a lugar algum.

Fiquei observando o ambiente em silêncio, absorvendo o quarto meticulosamente limpo, que continha um guarda-roupa, uma mesinha de cabeceira, uma cômoda e um beliche de metal com uma cama de casal na parte inferior e uma de solteiro na parte superior.

Me obriguei a ignorar várias camas improvisadas espalhadas pelo chão, pousei os olhos no enorme aparelho de som no canto do quarto e me concentrei nele.

Fiquei mexendo nos CDs enquanto esperava Joey se sentir pronto para conversar. O que aconteceu depois de cinco minutos.

— Odeio o fato de você ter vindo aqui — ele enfim disse, quebrando o silêncio.

— Por quê?

— Porque não quero que você tenha pena de mim.

Então já era.

— Que bom, porque eu não tenho.

— O que você está fazendo?

— Estou colocando uma música.

Botei o CD escolhido para tocar, o álbum *O*, de Damien Rice, e procurei a faixa que eu queria na lista da parte de trás da caixinha: "Delicate". Então apertei o *play* e depois o *repeat*, sabendo que essa era exatamente a música que eu queria ouvir quando fizesse o próximo movimento.

— Música? Sério? — Ele se virou para mim. — Que tipo de joguinho você está jogando aqui, Molloy? Está bem óbvio que eu não moro numa casa onde a gente pode ficar se curtindo e ouvindo música!

— Eu sei. — Respirando com dificuldade e com as mãos tremendo, segurei a barra da minha camiseta e a tirei por cima da cabeça. — Não estou jogando nenhum joguinho, Joe. — Depois, levei as mãos às costas e soltei o sutiã. — Juro.

— Então o que... — Ele sacudiu a cabeça e notei uma espécie de confusão atormentada tomar seus olhos. — O que você está fazendo?

— Está tudo bem. — Abri a calça jeans, a empurrei para baixo e a tirei junto com All Star falso.

Seus olhos arderam e suas narinas se dilataram.

— Molloy...

— Está tudo bem — repeti, tirando a calcinha e a deixando no chão junto com o resto das roupas. — Eu quero.

Joey ficou ali parado feito uma estátua, me observando ir até a sua cama e me sentar.

— O que você quer?

— Você — falei, com o coração martelando de nervosismo e expectativa, enquanto eu me deitava nua na sua cama.

— Não. — Balançou a cabeça depressa, recusando minha oferta. — Você não quer isso. Confia em mim... especialmente não aqui.

— Eu quero, Joey — insisti. — E tem que ser aqui.

Ele ficou totalmente confuso e perguntou:

— Por quê?

— Porque quero botar uma lembrança boa dessa casa na sua cabeça.

— Molloy. — Uma emoção intensa cintilou em seus olhos. — Você não precisa fazer isso.

— Eu quero que você tire minha virgindade, Joey — falei, com o peito subindo e descendo rapidamente. — Aqui, nessa cama, nessa casa. Só nós dois.

— Eu já te falei... — ele disse com uma voz rouca, passando a mão pelo cabelo. — Que a próxima vez...

— A próxima vez que eu implorasse pra você me comer, você não diria não. — Soltei um suspiro trêmulo. — Sim, eu te ouvi, e aqui estou. — Dei um tapinha no colchão. — E aí, vai cumprir sua promessa ou vou ter que implorar?

— Caralho.

— Vem, Joe. Me come.

Fiquei olhando-o me observar enquanto seus olhos percorriam meu corpo. Quando ele fixou os olhos nos meus, juro que vi algo mudando dentro dele.

Seus lábios se curvaram para cima e seus olhos se voltaram para os meus, me fazendo um milhão de perguntas silenciosas.

Respondi todas com um pequeno aceno.

— Meu Deus, Molloy.

Ele levou a mão para trás e tirou a camiseta, revelando seu abdômen bronzeado e sarado e aquele v lindo e marcado em seus quadris, e uma trilha gloriosa de pelos castanho-dourados desaparecendo sob a sua cintura. Seus braços estavam marcados com tinta preta, deixando as tatuagens visíveis a olho nu, ao contrário da marca perpétua que ele havia deixado dentro de mim.

Soltei um suspiro quando suas mãos se moveram até o botão da sua calça jeans e fiquei observando com os olhos semicerrados enquanto ele a deslizava pelas pernas e a tirava.

Ele ficou parado na minha frente, com os olhos verdes cravados nos meus, só de boxer cinza, que não escondia sua ereção protuberante.

— Isso não é uma daquelas suas séries de TV — ele falou em um tom sério e acalorado, se aproximando. — Isso é a vida real, Molloy. — Senti o colchão afundando e ele se posicionou no meio das minhas pernas. — E, na vida real, vai doer.

— Que bom. — Lambi os lábios e me apoiei sobre os cotovelos para beijar seu pescoço. — Quero sentir essa dor.

Ele ficou de joelhos, colocou as mãos nos meus quadris e balançou a cabeça.

— Eu posso esperar.

— Você não disse que não ia tentar me convencer do contrário mais?

— Bem, talvez eu goste demais de você e queira te dar uma segunda chance — ele falou. — Mas é verdade, eu *posso* esperar. Não tenho problema nenhum com isso.

— Eu sei — eu disse, me sentando de modo que nossos corpos se tocaram. — Mas não quero mais te fazer esperar.

— Tem certeza?

— Tenho. — Soltei um suspiro trêmulo e assenti. — Quero você.

Seus lábios cobriram os meus, se movendo com tanta certeza, que só fiquei ali deitada debaixo dele, com o corpo aceso e tremendo, porque eu não era ingênua o suficiente para acreditar que tê-lo dentro de mim não iria doer.

Mas eu queria aquilo.

Eu *o* queria.

Sua boca estava por toda parte: pelo meu pescoço, meus seios, meu umbigo, entre as minhas pernas.

Sentindo aquele familiar desejo que só experimentei com ele, eu lhe entreguei meu corpo, confiando a ele a única coisa que ainda era minha, porque Deus sabia que meu coração era dele.

— Eu não tenho nada — ele falou pouco tempo depois, ajoelhado entre as minhas coxas trêmulas, vasculhando a carteira. — Puta merda! — ele soltou um grunhido sofrido e atirou a carteira pelo quarto, xingando tudo. — Puta que me pariu, isso não está acontecendo. — Completamente devastado, ele recuou e ficou olhando para o próprio pau como se estivesse pessoalmente ofendido. — Merda.

— Está tudo bem, Joe, eu tomo pílula — falei, esticando os braços para trazer seu rosto de volta para o meu, desesperada para sentir sua pele na minha de novo. — Está tudo certo, estou me protegendo.

— Molloy... — Ele me olhou, inseguro. — Sei lá. — Depois, soltou um suspiro trêmulo e confessou: — Eu *sempre* uso camisinha.

— Que bom.

Sem pensar, envolvi os braços no seu pescoço e o puxei enquanto minhas costas acertavam o colchão.

— Então essa também vai ser sua primeira vez.

Ele me beijou com mais força e levou a mão até a minha coxa, prendendo minha perna na sua cintura e se acomodando melhor. Senti seu pau duro sondando minhas partes molhadas enquanto ele continuava a me foder com a língua. Então sua mão deslizou entre nós, guiando sua ereção para a entrada da minha buceta.

— Só relaxa, está bem? — ele sussurrou nos meus lábios.

Depois, ele se empurrou para dentro do meu corpo com uma estocada dos quadris.

E a dor que veio desse movimento...

Oh, meu doce e misericordioso menino Jesus, a dor foi horrenda. Gemi contra os seus lábios, lágrimas arderam em meus olhos e meu corpo inteiro se contraiu.

— Está tudo bem — ele disse, tomando minha boca de novo, perfeitamente imóvel dentro de mim. — Estou com você — ele sussurrou, fazendo carinho com tanta ternura que pensei que fosse me afogar nele. — Estou com você, baby.

Ele roçou o nariz no meu, se inclinou e deu um beijo na minha bochecha, bem onde uma lágrima escorria.

Respirei fundo, envolvi os braços no pescoço dele e me agarrei em seu enorme corpo com todas as minhas forças. Lentamente, a dor começou a diminuir, e a pressão foi se dissipando, de modo que ele conseguiu se mover novamente.

Com as pernas abertas, ele meteu tudo dentro de mim, e a dor horrenda de momentos antes se transformou em uma pulsação que ficava mais forte e viciante a cada estocada.

Meus lamentos viraram gemidos, e minhas mãos dispararam selvagemente, tocando cada centímetro da sua pele conforme ele acendia a mais fantástica onda de calor dentro do meu ser.

— Me come — eu disse, incitando-o a perseguir aquela sensação incrível que só aumentava a cada investida de seu pau.

Toda vez que ele parava, a chama diminuía, o que me deixava à beira da loucura.

Rebolei sem parar, agarrei seus quadris e tentei puxá-lo para mais perto.

— Por favor, Joe.

— Não implora — ele falou. — Você é tão apertadinha e te sinto tão melhor sem camisinha... Estou me esforçando pra não gozar, Molloy. Por favor, não implora.

Sem conseguir pensar direito, segurei sua nuca e puxei seu rosto para o meu.

— Não ouse gozar ainda. — Mordi seu lábio e sibilei: — Me come, Joe. Mais rápido e mais forte.

— Puta que pariu — ele soltou, enfiando a língua na minha boca e metendo até doer.

Se o hurling não desse certo, Joey Lynch daria um ótimo astro pornô. Porque aquele cara sabia foder feito um profissional.

Deleitando-me com as sensações que ele evocava em meu corpo, vibrei e me contorci embaixo dele, sentindo minhas pernas tremerem incontrolavelmente quando aquela familiar onda de prazer ameaçou me dominar.

— Estou gozando — falei, tremendo com força conforme todo o meu corpo entrava em êxtase e ele me levava ao limite com a estocada mais fantástica.

Fechei os olhos e fiquei tremendo embaixo dele, então ele acelerou o ritmo e me fodeu com tanta vontade que a cabeceira da cama ficou batendo contra a parede do quarto.

— Vou gozar — ele gemeu, se movendo de um jeito quase maníaco. — Me avisa se quiser que eu tire.

— Nem pensar — grunhi, segurando sua bunda e o puxando mais fundo. — Fica aí dentro.

— Tem certeza? Ah... porra!

Um calor me inundou quando ele soltou o gemido mais sexy e gutural que eu já tinha ouvido na vida.

Percebi que ele estava gozando dentro de mim, produzindo pequenos choques de prazer.

— Cacete — Joey falou, ofegante, olhando para os nossos corpos ainda unidos. — Você está bem? — Sem fôlego, ele se apoiou no braço e afastou o cabelo do meu rosto. — Você está bem, Molloy?

— Acho que sim. — Assenti fracamente, pois meu corpo não parava de tremer. — E você?

— Estou. — Ele fez que sim e me beijou. — Estou ótimo.

Senti que ele estava ficando duro de novo dentro de mim e fiquei tensa.

— Nem pense nisso.

— Não estou pensando — ele disse, dando risada ainda um pouco ofegante, se afastando devagar. — Acontece. Não consigo evitar.

— Que ótimo — falei. Soltei um lamento quando vi o sangue espalhado pelas minhas coxas e no seu pau e nos pelos. — Hum, isso não é nem um pouco constrangedor.

— Hum. — Ele sorriu para mim. — Eu nunca tinha tirado a virgindade de ninguém.

— E nunca mais vai — avisei. — Essa foi a sua oportunidade, Lynch. Sua primeira, última e única virgem. Você acabou de assinar seu pau em um juramento de sangue, cara.

— Você é tão estranha. — Ele jogou a cabeça para trás e gargalhou. — Eu amo.

— Você quis dizer que me ama — brinquei, sorrindo para ele.

— Sim, Molloy. — Seus olhos arderam de sinceridade quando ele disse: — Foi exatamente o que eu quis dizer.

Finalmente!

3 de outubro de 2004

O que te fizer feliz

JOEY

Não soltei a mão dela durante toda a caminhada do meu conjunto habitacional até o dela. Era o mínimo que eu podia fazer, considerando o sacrifício monumental que ela devia ter feito ao abaixar a guarda o suficiente para me receber no seu corpo.

Ela disfarçava, mas as atividades extraconjugais de Tony tinham ferrado sua cabeça quando se tratava de confiar em homens.

Às vezes, eu gostava do fato de ela ser tão ferrada quanto eu.

Me sentia menos estragado.

Foram as safadezas do pai dela que a impediram de se deitar com Ricey durante um relacionamento de quase quatro anos.

Quanto a nós, estávamos juntos por menos de um ano.

Nossa, como é que o tempo passou tão rápido?

— Mais devagar — ela grunhiu, puxando minha mão enquanto atravessávamos a ponte sobre o rio que separava o seu bairro do meu. — É culpa sua se estou andando que nem um caubói.

Dei risada, porque, sinceramente, o que mais eu podia fazer?

— Não tem graça.

— Quer que eu te carregue?

— E se eu ficar te esperando enquanto você vai lá em casa buscar o carro pra me pegar? — ela sugeriu.

— Molloy, a gente está quase chegando.

— Aff, está bem — ela bufou, me soltando só para envolver minha cintura e enfiar a mão no bolso da minha calça. — E aí, qual o plano pro seu aniversário? É daqui uns meses, Joe. Pode parecer que a gente tem bastante tempo, mas com todos os trabalhos e simulados até as férias de Natal, precisamos começar a agilizar.

— Precisamos nada. Não vou fazer festa nem nada, então pode tirar seu cavalinho da chuva.

— Beleza, você não quer festa, mas e se a gente sair com os nossos amigos na véspera de Natal?

— Preciso estar em casa nesse dia.

— Por quê? Pra receber o Papai Noel?

Dei um sorrisinho.

— Engraçadinha.

— Só me escuta — ela pediu, tagarelando sobre um plano extravagante cheio de detalhes: — E, depois do pub, a gente pode ficar em casa e passar o dia de boa. De noite, a gente dorme na sua casa pra eu garantir que você esteja na cama bonitinho pra chegada do Papai Noel. Daí, quando você acordar pro seu aniversário, a gente comemora com uma transa delícia e nada virginal, que tal?

— Parece tentador.

— Então ceda à tentação — ela me encorajou, se acomodando debaixo do meu braço até estar encostada em mim. — Diz que sim. — Ela piscou seus longos cílios e sorriu docemente. — *Por favor.*

— Está bem — concordei. — O que te fizer feliz, Molloy.

Ela segurou meu rosto e me beijou, não me dando outra escolha que não desfrutar da sua presença e beijá-la de volta.

— Está vendo? — Ela recuou, piscou e deu um tapinha no meu peito. — Sabia que você ia pegar o jeito dessa coisa de namorado.

— Hum.

— Ei, Joe?

— Hã?

— Que bom que eu esperei! — ela sussurrou, passando o braço no meu pescoço. — Foi bem mais significativo com você.

O que é que eu poderia responder?

Nós dois sabíamos que eu não podia dizer o mesmo.

Soltei um suspiro e fiquei com a verdade:

— Nunca significou nada pra mim antes de você.

— Oun. Você é um safado tão fofo...

Sorri.

— Valeu.

18 de outubro de 2004

Sei exatamente com quem estou falando

AOIFE

Joey não apareceu na escola hoje.

Eu sabia disso porque passei um tempão parada na chuva do lado de fora da escola esperando ele chegar.

Todas as minhas ligações caíram direto na caixa postal, e eu não tinha vergonha de admitir que estava mais que preocupada.

Shannon também não apareceu, o que me deixou em alerta vermelho.

Eu sabia que a irmã dele estava tendo mais problemas que o habitual com algumas garotas da escola. Apesar de eu ter assustado um grupo de vadias que estava mexendo com ela no banheiro, havia uma guerra rolando.

Quando as aulas acabaram, entrei no carro e segui direto para o Elk's Terrace com o peito apertado e um nó no estômago.

— De novo! — seu pai disse ao abrir a porta e pousar os ameaçadores olhos castanhos em mim. — Você vem tanto aqui que devia começar a pagar aluguel.

Filho da puta.

Eu tinha estado ali um total de três vezes, e só trombei com ele em uma dessas ocasiões.

— Que engraçado. Eu poderia dizer o mesmo de você.

Ele estreitou os olhos.

— O que foi que você disse?

Minhas mãos formigaram de vontade de vingar meu namorado.

Mas apenas o encarei friamente.

— Só que você vem tanto aqui que devia contribuir com alguma coisa, em vez de fazer seu filho adolescente carregar seu peso morto.

— Sua putinha atrevida! — ele rosnou, segurando a porta com mais força. — Com quem você acha que está falando, porra?

— Ah, eu sei exatamente com quem estou falando — eu disse sem hesitar. Cruzei os braços e deixei claro que ele não tinha nenhum poder sobre mim. — Joey está em casa ou não?

O que quer que ele viu no meu rosto naquela hora o fez recuar.

— Não, ele está na delegacia com aquela garota.

— Delegacia? — Meu coração disparou. — Com quem? Shannon?

Ele acenou a cabeça rapidamente.

— Ele está perdendo um treino importante por conta dela.

— Por quê? — Meus olhos se arregalaram. — O que aconteceu com ela?

— Umas meninas deram uma surra nela a caminho da escola. — Não havia emoção alguma na sua voz, nenhum afeto nem preocupação. Ele realmente não ligava a mínima para a filha. *Para nenhum dos filhos, aliás*. — Aquela garota nunca deu nada além de dor de cabeça pra mãe.

Não, esse é você, canalha.

Sem sequer me despedir, me virei e voltei para o carro.

— Sabe de uma coisa? — ele falou atrás de mim. — Se um dia você se cansar de dar pro meu garoto, você pode deixar o velho dele te mostrar como é que se faz.

— Não, obrigada — respondi por cima do ombro, reprimindo um tremor para não mostrar fraqueza. — Seu *garoto* é mais do que capaz de me satisfazer.

— Putinha — ele murmurou.

Revirei os olhos.

— Nojento!

18 de outubro de 2004

Você acha que elas vão me deixar em paz agora?

JOEY

— Como está se sentindo, Shan? — perguntei, sentado na frente da minha irmã na lanchonete, vendo-a brincar com a mesma batatinha fazia dez minutos. — Melhor?

— Estou bem, Joe — ela respondeu em um tom que mais parecia um sussurro. Seus olhos estavam vidrados, e ela claramente estava viajando.

Shan não estava comendo de novo, e eu estava morrendo de medo de que as coisas chegassem a um ponto sem volta. Eu sabia bem como era atingir o limite e não queria isso para a minha irmã.

— Come só mais cinco batatinhas — insisti, empurrando a bandeja para ela. — Não vou te pedir mais que isso.

— Não sou anoréxica, Joe — ela falou baixinho, enfiando o cabelo atrás da orelha. — Eu só... eu só... — Ela soltou um suspiro trêmulo antes de sussurrar: — Não estou bem.

Sim, eu conhecia essa sensação.

Quando eu não estava bem, eu me "automedicava". Quando minha irmã não estava bem, ela parava de comer. Sua reação ao estresse era tão real quanto a minha. O que não tornava mais fácil ficar ali só observando, especialmente quando tudo dentro de mim exigia que eu consertasse essa situação.

Que eu a consertasse.

Eu não podia culpá-la por se sentir daquele jeito.

No caminho da escola, Shan tinha sido atacada por Ciara Maloney e Hannah Daly. Eu não estava com ela porque estava fumando com um dos caras da minha rua. Nunca me senti tão impotente do que quando a vi sendo atacada daquele jeito.

Elas a acusaram de ficar com o namorado da Ciara.

Shannon.

A mesma Shannon que jamais tinha olhado nem de relance para alguém do sexo oposto. Quem dirá roubar o namorado de alguém. Aquilo era um absurdo, e eu não podia nem encostar nelas.

Não podia fazer nada porque, por mais que eu quisesse me vingar descontando minha fúria em seus namorados e irmãos, eles não estavam por ali, e eu preferiria cortar os pulsos a botar as mãos em uma mulher.

Aquelas vadias sabiam disso, então tudo o que fiz foi arrastar Shannon para longe e proteger seu corpo com o meu.

— Você acha que elas vão me deixar em paz agora? — minha irmã me perguntou, felizmente dando uma mordida na batatinha. — Você acha que vai parar, agora que dei o depoimento pra Gardaí?

Não, eu não achava que ia parar, mas definitivamente não ia falar isso para a minha pobre irmãzinha.

— Acho que sim, Shan. — Dei um sorriso tranquilizador e mordi seu hambúrguer intocado. — Os policiais vão pra casa da Ciara ter uma boa conversinha com ela. — *E não ia adiantar nada, como da última vez.* — Vai melhorar, prometo.

No instante em que a palavra "prometo" saiu da minha boca, Shannon sorriu, e eu sabia que estava alimentando o demônio da insegurança que vivia dentro dela apenas o suficiente para mantê-lo longe por um tempinho.

— Vamos falar de outra coisa — ela pediu, comendo outra batatinha. — Algo que não seja tão deprimente.

Nosso mundo todo é deprimente, mana.

— Tipo o que, Shan?

— A sua namorada — ela falou, abrindo um sorriso travesso. — Aoife.

— Aoife — repeti, engolindo mais um pedaço do hambúrguer. — O que você quer saber?

— Ela é muito linda, Joe.

— Eu sei, Shan.

— Tipo, ela é realmente linda. Os caras do terceiro ano estão sempre falando dela.

— Os caras do terceiro ano parecem ter bom gosto.

— Há quanto tempo vocês estão juntos?

— Uns meses.

— É sério?

— Defina sério.

— Vocês são exclusivos?

— Somos.

— Então não você não fica com outras garotas?

— Não. — Balancei a cabeça. — Nada de outras garotas.

— Nossa, Joe. — Ela agitou as sobrancelhas. — Está parecendo que você está *apaixonado*... — Shannon cantarolou.

— Estou mesmo.

— Ah, meu Deus! — Ela arregalou os olhos. — Eu meio que estava esperando que você fosse negar.

— Não adianta. — Dei de ombros. — Eu amo essa garota. É isso.

— E como é?

— O que, Shan?

— Estar apaixonado — falou, suspirando e apoiando o queixo na mãozinha, totalmente interessada na conversa. — Como é?

Ergui a sobrancelha.

— De todas as coisas que a gente podia falar, você quer conversar sobre sentimentos?

— Por favor — ela implorou. — Me entretenha.

— Certo. — Me mexi desconfortavelmente e dei um gole na minha coca enquanto pensava no que ia dizer. — É doloroso.

Seus olhos se arregalaram.

— Doloroso?

— Pois é. — Assenti. — Mas é uma dor que *vale a pena*, sabe?

Ela soltou um suspiro.

— Sério?

— É como se você soubesse que vai se ferrar ao se abrir pra essa pessoa, que está à beira de algo que pode te quebrar e te destruir, mas é tão emocionante, tão viciante, que você se sente disposto a correr o risco e fazer qualquer coisa só pra ficar com ela.

— Uau — ela falou com um tom sonhador. — Parece incrível, Joe.

— Na verdade, é meio terrível. Você deveria evitar como se fosse uma praga.

Shannon deu risada e depois perguntou:

— Então Aoife é o motivo... — Ela limpou a garganta e continuou com uma voz mais baixa: — De você ter decidido, bem... você sabe... — Ela colocou as mãos em torno da boca e sussurrou: — Não andar mais com o Shane Holland e aqueles caras?

Ela definitivamente era o motivo de eu ter ficado bom em esconder que eu andava com aqueles caras.

— É, Shan — respondi, me sentindo um merda. — É, sim.

31 de outubro de 2004

Fica comigo

AOIFE

Era noite de Halloween, e depois de fazer companhia para Joe, que levou os irmãozinhos para as travessuras e gostosuras, passamos o resto da noite no Biddies bebendo e nos divertindo com nossos amigos.

A fantasia era opcional, mas eu não tinha dúvidas de que minha roupa de enfermeira safada influenciou bastante nosso status. Embriagada de álcool, de amor e do fantástico gosto da sua língua na minha boca, eu o beijei com vontade, enquanto nossos corpos colidiam na sua cama.

E era isso o que acontecia quando a gente colidia. A gente terminava brigando ou transando.

E eu toparia qualquer uma das opções.

Gemendo alto, arrancamos as roupas um do outro até estarmos pelados, com ele totalmente enterrado dentro de mim.

— Porra, Molloy, eu te quero tanto que não consigo nem enxergar direito.

No caso, era a vodca que estava atrapalhando sua capacidade de enxergar, mas eu entendia o sentimento, apesar de estar bêbada demais para dizer.

— Vem — sibilei, mordendo seu lábio com força, querendo fazer sexo selvagem aquela noite. — Me come forte.

Os dias de toques gentis e papai e mamãe, comigo deitada embaixo dele rezando para que seu pau enorme não me arrombasse, tinham ficado no passado.

Porque meu namorado já tinha estado dentro de mim tantas vezes que eu sabia *exatamente* o que queria, e ele sempre estava mais que cem por cento disposto a atender meus desejos.

Joey colocou uma das minhas pernas sobre o ombro, agarrou meu quadril com a mão livre e deu uma estocada tão rápida e furiosa que o familiar som da minha cabeça batendo na cabeceira da cama e, consequentemente, da cabeceira batendo na parede, encheu o quarto.

Louca de desejo pelo garoto entre as minhas pernas, estiquei o braço e agarrei o lençol, buscando algo para me aterrar enquanto meu corpo era inundado de calor.

— Quero essa puta fora aqui!

Soltei um suspiro de susto quando ouvi aquela voz gritando do outro lado da porta.

— Quero essa puta fora da minha casa.

Toc, toc, toc.

— Está me ouvindo, garoto?

Toc!

— Tira essa puta da minha casa agora!

De repente, todos os músculos do corpo de Joey se tensionaram e ele se afastou.

Ele ficou de joelhos, com as mãos nas minhas coxas. Seu peito estava pesado e seu rosto ainda estava inchado e machucado da última briga com o pai.

— Ignora ele — implorei, pensando mais nele que em mim. — Por favor, Joe.

— Não consigo — ele sussurrou, balançando a cabeça. — Não aguento. — Sua voz falhou e ele respirou fundo algumas vezes. — Vou acabar matando esse velho.

— Não. — Ofegante, me sentei e coloquei as mãos na sua nuca. — Está tudo bem. — Puxei seu corpo definido de volta, segurei seu rosto entre as mãos e o obriguei a me olhar. — Só se concentra na gente.

— Molloy... — Tremendo, ele sacudiu a cabeça e se apoiou sobre o cotovelo. — Não posso deixar ele falar assim de *você*.

— Eu não ligo — falei depressa. — Ele que se foda. Não ligo a mínima pro que ele pensa de mim.

— Mas eu...

— Só fica aqui, Joe — implorei, envolvendo as pernas com força nele, desesperada para que ficasse comigo.

Eu sabia o que aconteceria se ele saísse do quarto, e meu coração não aguentaria. Deslizei a mão entre nós para estimulá-lo lentamente antes de guiá-lo de volta para dentro de mim.

— Está tudo bem. — Arqueei os quadris para cima e usei o corpo para mantê-lo seguro. — Só fica aqui comigo.

Ele colocou a mão na minha cintura, pressionando minha pele contra si.

Ele era tão quente.

Tão cheiroso.

— Tira essa puta da minha casa, seu desgraçado!

Soltando um suspiro sofrido, Joey fechou os olhos e enterrou o rosto no meu pescoço.

— Aoife...

— Eu te amo, Joey Lynch — sussurrei, aninhando seu rosto enquanto ele metia, se movendo freneticamente. — Te amo tanto.

Meu coração se partiu quando senti a primeira lágrima caindo no meu colo, seguida por outra e depois mais outra.

Ele continuou se mexendo dentro de mim, tomando para si o que precisava, mas estava quebrado.

E eu estava morrendo de medo de não conseguir consertá-lo.

30 de novembro de 2004

Perguntinhas indiscretas

JOEY

— Mãe.

Parado na porta do quarto dela, segurei a vontade de ir até lá e virar o colchão para obrigá-la a sair daquela porra de cama. Por uma pequena graça de Deus, o velho tinha abandonado nossa mãe três noites atrás, dizendo que a gente poderia queimar e morrer que ele não daria a mínima, porque tinha encontrado uma mulher de verdade.

Se eu pudesse fazer as malas e acompanhá-lo até a porta, teria feito isso. Mas estava ocupado demais levantando minha mãe do chão da cozinha. Ela foi para a cama logo depois e não saiu mais de lá desde a ocasião.

— Você tem que sair daí — falei. — Mandei os meninos pra escola, mas Sean está lá embaixo. A vovó está em Beara com a tia Alice, então não vai poder ficar com ele, e não posso faltar na escola de novo. — Eu já tinha faltado no dia anterior. — Por favor, mãe.

Nada.

— Tenho que fazer o projeto pra aula de marcenaria.

Ela nem se mexeu.

— Vale cinquenta por cento da pontuação do leaving cert.

Silêncio.

— Mãe! — falei mais alto, torcendo por algum milagre que a fizesse me ouvir, fosse lá onde ela estivesse naquela cabecinha dela. — Você vai ficar melhor sem ele. Entendeu? Você vai ficar melhor. Deixa ele lá com aquela bartender da cidade. Ele é problema dela agora.

Soltando um grunhido frustrado ao ver que ela não tinha mexido um músculo, entrei no quarto que eu mais odiava naquela casa e obriguei minhas pernas a se aproximarem da cama.

— Mãe?

Me agachei no chão na frente dela e dei um tapinha na sua mão inerte.

Nada.

Seus olhos azuis estavam vazios e distantes.

Eu sabia que ela estava viva.

Dava para ver seu peito subindo e descendo, mas essa era a única indicação.

De resto, era uma completa zumbi.

— Mãe, por favor — falei com uma voz mais suave, colocando seu cabelo atrás da orelha. — Você tem que se levantar.

Uma lágrima solitária escorreu pelo seu rosto.

Foi a única resposta que ela me deu para me comunicar que estava me ouvindo.

— Está bem, mãe. — Suspirando pesadamente, puxei as cobertas sobre os seus ombros frágeis para mantê-la aquecida e segui para a porta. — Vou ficar em casa cuidando do Sean.

— Como ela está? — foi a primeira coisa que Shannon perguntou ao chegar depois da escola. — Ela se levantou?

— Ouvi a descarga duas vezes, e só — falei por cima do ombro, tentando evitar que a carne moída queimasse na panela, tendo cometido o raro erro de esquecer o fogão ligado. — Porra, que merda.

— Belo linguajar — Tadhg comentou da mesa da cozinha. — Será que eu não devia aprender a soletrar essas palavras também, Joe?

— Se concentra mais na lição e menos na ironia — retruquei, olhando para a minha irmã para que ela me salvasse.

Shannon sorriu, se aproximou do fogão e me empurrou para o lado.

— Quer uma ajudinha, Joe?

— Por favor. — Joguei o pano de prato sujo de espaguete sobre o ombro dela, peguei o bebê que certamente estava prestes a fazer cocô nas calças e corri para o banheiro. — Será que o Seanzinho tem cocô pro Joe?

— Cocô não, o-ee.

Mentiroso.

— Dá uma olhadinha pra mim — pedi, colocando-o no penico da lavanderia. — Bom menino.

— Ei, Joe? O que é clique-íris? — Ollie perguntou do outro lado da mesa da cozinha.

— Hã? — Boquiaberto, fui até ele, que estava com um livro aberto. — Onde foi que você viu essa palavra, Ollie?

— Eu não vi — ele falou inocentemente, sorrindo para mim. — Eu ouvi.

Meu Deus.

— E onde foi que você ouviu, Ols?

— Na palestra de educação sexual da escola.

Mas que porra é essa?

Olhei para Shannon, de novo buscando ajuda, mas ela estava mais vermelha que o molho da panela.

Perdido, me virei para Tadhg.

— Que história é essa de educação sexual?

Tadhg deu de ombros.

— Sei lá, Joe. Eu estava fora com o time de hurling. — Ele abriu um sorriso orgulhoso. — A gente ganhou e eu fiz dois gols.

— Boa. — Demos um high-five e depois voltei a atenção para o rebento número cinco. — Você está no quarto ano, Ollie. Da escola primária. Você não precisa de aula de educação sexual.

— É compu-ilusória.

— Compulsória, seu burro — Tadhg grunhiu. — Meu Deus.

Jesus amado, essa criança precisava urgentemente de aulas de dicção.

— Vou ter que ligar pra escola — falei para eles. — Vocês são novos demais pra aprender esse tipo de coisa.

— Mas o que é, Joe?

— O quê?

— Um clique-íris.

Shannon se engasgou com a própria saliva atrás de mim.

— Bem, hum... como o nome diz, é algo que você clica — murmurei, sem fazer ideia de como agir ou lidar com as perguntas que as crianças ficavam atirando em mim sem parar.

— Que nem um botão?

Fiz que sim.

— Isso.

— Onde?

— Onde o quê?

— Onde fica o clique-íris, besta — Ollie disse, franzindo a testa. — A professora disse que só as garotas têm um clique-íris, mas isso não é justo, né, Joe? Por que é que elas têm um botão secreto e a gente não?

— O-ee, cocô! — Sean gritou da lavanderia, e nunca fiquei tão aliviado por ter que limpar a bunda de um neném como naquele momento.

— Estou indo, Seanzinho — falei, depois acrescentando: — Ols, a gente pode voltar a ter essa conversa quando você for adolescente.

10 de dezembro de 2004

Visitas domiciliares e violência doméstica

AOIFE

Estar apaixonada por alguém determinado a se autodestruir era bastante solitário. Eu me sentia incrivelmente impotente vendo meu namorado enterrar seus segredos com inúmeras mentiras.

Eu *queria* salvá-lo.

Era como se eu estivesse observando-o se afogar. Eu tentava desesperadamente lhe dar a mão, mas o orgulho dele era tão grande que ele parecia preferir submergir do que me deixar trazê-lo para um lugar seguro.

Eu sabia que ele não estava limpo. Pelo menos desde o dia seguinte ao Halloween, quando cometi o erro fatal de contar para ele que seu pai tinha dado em cima de mim de novo.

Vi o brilho nos seus olhos sumir aquele dia, e nada do que fiz ou disse depois disso foi capaz de trazer o brilho de volta.

Dava para ver na cara dele todos os dias.

Aos poucos, ele foi voltando aos velhos hábitos, e eu tinha medo de confrontá-lo, temendo piorar as coisas.

Medo de *ele* piorar.

Eu tinha tanto medo de ele acabar morto em um buraco qualquer que acabei passando pano quando Joey voltou do almoço com os olhos vermelhos e distantes.

Mas eu tinha certeza absoluta sobre duas coisas em relação ao Joey. Primeira: não era incomum que ele perdesse um ou dois dias de aula. Segunda: ele era o completo oposto com o trabalho na oficina.

Quando se tratava do trabalho, a ficha criminal dele era praticamente inexistente. E foi por isso que fiquei extremamente preocupada quando ele perdeu quase duas semanas de aula *e* trabalho. Para ser justa, continuou respondendo a todas as minhas mensagens e me ligando de noite. Ele me enrolava dizendo que o motivo da sua ausência eram *assuntos de família* e que eu *não precisava me preocupar.*

Claro que eu estava preocupada.

Tudo o que eu fazia ultimamente era me preocupar com ele. O fato de ele se recusar a me encontrar ou me deixar ir até lá me deixou tão perturbada que entrei em pânico.

Assim, quando ele não apareceu na escola pela segunda sexta seguida, dirigi direto para a sua casa depois do trabalho. Eu precisava ver com meus próprios olhos o que ele me garantia todas as noites ao telefone — que não tinha cometido o mesmo deslize de setembro.

Só que eu não esperava encontrar uma viatura da Gardaí ao chegar lá.

O pânico me dominou rapidamente enquanto eu estacionava e descia do carro.

— O que está acontecendo? — perguntei para um grupo de mulheres encostadas na parede de roupão, fumando.

— Parece que é violência doméstica — uma delas respondeu.

— Nenhuma novidade naquela casa.

— Pobres crianças.

— O rapaz de Marie perdeu a linha de novo — a primeira disse. — É uma pena. Ele seria um bom garoto se conseguisse se controlar.

— Quem? — Arregalei os olhos de horror. — Joey?

Bem nessa hora, os policiais saíram da casa com o meu namorado algemado.

— Ah, que tristeza — uma das mulheres disse, suspirando pesadamente. — Pobrezinho.

— Joe! — Perdi o fôlego e saí correndo até ele. — Você está bem?

Ele definitivamente não estava *nada* bem.

Seu rosto estava todo inchado, parecendo um balão, e escorria sangue do seu nariz quebrado. Seus dedos estavam rasgados e vertendo ainda mais sangue.

— Molloy... — ele disse ao me ver. — O que você está fazendo aqui?

— Joe! — Me esquivei de um policial e desviei de outro e só parei até estar contra o seu peito, com os braços firmes em volta do seu pescoço. — Ah, meu Deus, Joe.

— Está tudo bem — ele falou depressa. — Está tudo bem, baby.

— Se afasta — uma policial disse, me arrancando dele.

— Não se preocupe, Molloy — Joey falou por cima do ombro. Depois, foi conduzido para o banco de trás de uma viatura. — Te ligo mais tarde.

Nervosa e impotente, fiquei vendo a polícia levá-lo algemado pela segunda vez.

— O que diabos aconteceu? — gritei, furiosa com os policiais que continuavam me ignorando, saindo pelo jardim. — Hein?

Com o canto do olho, vi um rosto familiar e meu coração despencou.

— Ora, ora, se não é a jovem Aoife — Jerry Rice disse, se aproximando. — Fazia um tempinho que eu não te via. — Ele gesticulou em volta antes de acrescentar: — Então é assim que você tem passado seu tempo ultimamente.

Eu sabia que era um cutucão.

Também sabia que, se eu abrisse a boca para responder, só acabaria prejudicando Joey.

— Esse rapaz com quem você tem andado é um sujeito ruim — ele continuou. — Ele atacou o pai, foi isso. Deixou o pobre homem em um péssimo estado. — Deu um suspiro pesado. — Você faria bem em cortar relações com esse pé-rapado.

Mantendo absurdamente o autocontrole, sorri educadamente para o pai do meu ex-namorado, que calhava de ser um policial de alta patente, e me virei, indo direto para a porta da casa de Joey.

Não bati.

O que era muito imprudente da minha parte, mas fui entrando sem ser convidada.

Apesar de não saber o que esperava encontrar ali, foi perturbador ver uma enorme poça de sangue no chão.

— Aoife? — Shannon se levantou às pressas do sofá e cambaleou até mim, fungando.

— Oi — falei quando ela me envolveu com suas mãozinhas. — Você está bem? O que *aconteceu*?

— Ele foi embora — ela disse, chorando. — Ele f-ficou fora por q-quase duas s-semanas. Daí ele voltou. E e-eles t-tiveram uma b-briga f-feia...

— Seu pai e Joey?

Ela fechou os olhos e fez que sim.

— Foi h-horrível. A p-pior b-briga que j-já vi entre os dois.

Olhei para a sala, notando a mesinha de centro quebrada e o vidro estilhaçado. Havia uma árvore de Natal tombada na televisão, e os enfeites estavam espalhados por todo o lugar.

— Os vizinhos d-devem ter o-ouvido e chamado a Gardaí, porque vieram prender m-meu irmão.

— Por quê? — perguntei. — Por que eles levaram Joey?

— Porque ele g-ganhou — Shannon choramingou, me abraçando como se eu pudesse consertar as coisas. — Ele g-ganhou do meu p-pai pela primeira vez.

— E onde o seu pai está agora?

— No h-hospital.

— E os meninos e a sua mãe?

— Os m-meninos estão na vizinha, Fran. E minha mãe... foi com meu p-pai.

— O quê? — Arqueei as sobrancelhas, surpresa. — E Joey?

Shannon deu de ombros e chorou mais.

— N-não quero que ele vá p-pra c-cadeia, Aoife.

— Ele não vai pra cadeia — falei depressa. — Eu vou pra delegacia agora mesmo resolver essa bagunça.

— Você não p-pode! — ela gritou, me agarrando. — Você n-não pode c-contar.

— Não vou deixar Joey se ferrar por algo que seu pai fez.

— Não, não, não, por favor, por favor! — ela praticamente berrou, se afastando e levando as mãos ao cabelo. — Você não pode contar!

— Está bem, está bem — tentei acalmá-la. — Não vou falar nada até conversar com o seu irmão.

— Ajude ele, Aoife — pediu, agarrando a garganta. — Ele está s-sozinho no mundo.

— Não está, não — eu lhe garanti com a voz trêmula, seguindo para a porta com apenas um destino em mente. — Ele tem a mim.

11 de dezembro de 2004

Acabaram suas chances, Lynch

JOEY

Só fui liberado da delegacia depois das nove da manhã do dia seguinte, ou seja, a noite passada foi uma das minhas mais longas passagens na prisão — uma prévia do que aconteceria quando eu fizesse dezoito anos no fim do mês.

Acabaram suas chances, Lynch.

Este foi seu último aviso.

Exausto, alonguei os membros rígidos e saí da delegacia só para congelar no topo dos degraus de pedra ao me deparar com uma familiar garota loira toda encolhida debaixo de um casaco, dormindo.

— Molloy? — A preocupação me dominou. — Você passou a noite aqui?

Ela piscou e olhou em volta, sonolenta, antes de pousar os olhos no meu rosto.

— Joe. — Ela foi tomada pelo alívio enquanto se levantava e disparava na minha direção. — Ah, graças a Deus! — Ela jogou os braços ao meu redor e me apertou com força. Depois, recuou para bater no meu peito. — Você tem explicações pra me dar.

— Você também — grunhi, segurando seus ombros para poder dar uma boa olhada nela. — O que diabos você estava pensando pra passar a noite toda aqui, Molloy? No meio do inverno?

— Não queriam me deixar falar com você — ela disse. — E eu não ia a lugar algum antes de falar com você. — Ela soltou um suspiro trêmulo e me puxou para outro abraço. — O que aconteceu? O que disseram? Você foi acusado de alguma coisa?

— Está tudo bem. — Passei o braço em seus ombros e a conduzi para longe da delegacia, querendo colocar distância entre ela e os meus erros. — Para de se preocupar.

— *Para de se preocupar*? Estava mais que preocupada, Joe. Meu Deus, parece que só agora voltei a respirar. — Com o braço na minha cintura, ela enfiou a mão no bolso traseiro do meu jeans e se recostou em mim. — *O que aconteceu*?

Pensei em falar as mesmas asneiras que eu tinha falado para os guardas, mas eu respeitava demais aquela garota e tinha sentimentos demais por ela para lhe dizer qualquer outra coisa que não a verdade.

— Ele foi embora umas semanas atrás pra ficar com uma bartender da cidade. Minha mãe pegou eles no flagra — contei, um pouco incomodado com como era fácil ser honesto com ela.

Isso não acontecia com frequência.

Merda, isso *nunca* acontecia.

Pelo menos, não com ninguém.

Só com ela.

Apenas com ela.

— Minha mãe ficou um caco quando ele foi embora e não saiu mais da cama. — Fiz uma careta ao lembrar das tentativas de lhe dar sopa instantânea na boca. — Essa era a merda familiar que comentei com você. — Dei de ombros e acrescentei: — Eu não podia deixar Sean sozinho com ela porque não sabia se ela ia dar comida pra ele. Então tirei uns dias pra segurar as pontas em casa enquanto minha mãe processava o que quer que precisasse processar.

— E o que aconteceu ontem?

— Ele decidiu que estava de saco cheio da bartender e voltou pra casa, se achando o dono da razão e fedendo a uísque. — Enrijeci ao pensar naquele velho entrando pela porta da frente como se fosse um presente de Deus. — Daí as coisas ficaram feias.

— Quão feias?

Feias a ponto da minha mãe, que tinha acabado de se levantar da cama e se recompor minimamente, cometer o erro fatal de pedir para ele dar meia-volta e sair.

— Ele bateu nela — falei. — Então bati nele.

— Ele *bateu* na sua mãe?

— Bateu. — Acenei a cabeça rigidamente. — E o canalha sempre foi esperto o suficiente pra deixar marcas onde ninguém podia ver.

— Meu Deus, Joe...

— Eu nem sabia que ele tinha voltado. Estava lá em cima no quarto e então ouvi minha mãe gritando meu nome, daí desci correndo. Estava no meio da escada quando vi ele batendo na cara da minha irmã, porque ela estava tentando tirar ele de cima da nossa mãe. Você viu como ela é pequena. Shan caiu feito um saco de batatas. Daí perdi a cabeça e avancei nele. — Ele deu de ombros e acrescentou: — E aqui estamos.

— Aqui estamos — ela repetiu com tristeza. — Seu rosto...

— Eu não levei a pior — falei depressa.

Era a única parte naquela bagunça que me manteve aquecido durante a noite. Eu *finalmente* tinha saído por cima, depois de quase dezoito anos aguentando aquela merda. *Ele* teve que ser afastado de *mim*.

Ele teve sorte porque os vizinhos chamaram a Gardaí por conta da comoção. Se os guardas não tivessem chegado e me arrastado para longe, eu estaria sendo acusado de assassinato.

Molloy deu um suspiro.

— E o que os guardas disseram?

— O mesmo de sempre. Chamaram uma assistente social e o oficial do conselho tutelar. Você sabe: aquela baboseira de sempre.

— Como assim? — Seu rosto foi tomado de preocupação. — Eles... você vai ser preso?

— Não, não, está tudo bem. Estou acostumado com essas assistentes sociais. Vou dar um jeito.

— Bem, espero que você tenha contado tudo pra elas, Joe — ela grunhiu. — Porque isso não pode acontecer de novo.

Não falei nada, porque não podia lhe dar a resposta que ela queria, então ela surtou.

— Ah, meu Deus! — ela gritou, empurrando meu peito e se afastando. — Por que você não contou a verdade pra eles?

Porque não posso!

— Não é da sua conta, Molloy.

— Você é da minha conta!

— Está tudo bem — tentei acalmá-la. — Vai ficar tudo bem. Vão escrever os relatórios deles, mandar aquele povo pra dar uma olhada em casa e minha mãe vai dizer as mesmas baboseiras de sempre. Daí, em algumas semanas, tudo vai ser varrido pra debaixo do tapete.

— *Como assim?*

Fiquei olhando para ela, confuso, e perguntei:

— Como assim o quê?

— Como é que isso pode ser varrido pra debaixo do tapete? — Seus olhos verdes ardiam de fúria. — Ele *bateu* em você, Joey. Ele é seu pai e quebrou o seu nariz! Ele bateu na sua mãe. Bateu na sua irmã. E no Tadhg, não faz muito tempo! — Ela conteve um soluço. — Isso não é normal, sabia? Ao contrário das merdas que os seus pais te falam, isso *não* acontece nas outras famílias. Então *como* é que vai ficar tudo bem?

— Só vai ficar! — explodi, sentindo meus muros se erguendo à minha volta. — Que merda.

— Isso é loucura! — ela gritou, se virando para a delegacia. — Você está sendo usado como bode expiatório pros crimes dos seus pais. A sua mãe te atirou pros lobos pra salvar a pele do marido abusivo. Ela devia estar com você aqui ontem, resolvendo esse caos e dizendo pros policiais que eles prenderam a pessoa errada. Em vez disso, ela está lá com ele, inventando uma história absurda pra contar pro mundo que o filho tem problemas pra controlar a raiva, sendo que isso está bem longe da verdade.

Você não é o responsável por nada disso, ele que é, e eu não vou ficar sentada sem fazer nada, vendo você levar a culpa.

— Aoife. — Gesticulei para que ela parasse, sentindo que tinha levado um golpe tanto no peito *quanto* nas costas. — Se você disser uma palavra pra Gardaí, juro por Deus que eu *nunca* mais vou falar com você de novo.

Ela ficou de queixo caído.

— Estou tentando te proteger!

— Você jurou que não ia fazer isso. — Foi o motivo de eu ter me aberto com ela. — Você me prometeu, porra!

— Bem, tenho que fazer alguma coisa, Joey — ela disse. — Não posso ficar vendo isso acontecer com você e não fazer nada. Eu te amo!

— Não é pra você fazer nada! — rugi. — Se me amar significa trair minha confiança, nem se dê ao trabalho! Não me ame e não se envolva então. Posso cuidar das minhas próprias merdas.

— Joey.

— Eu não devia ter te contado nada — falei, tremendo. — Puta merda!

— Joey, espera!

— Não, não, não. — Sacudindo a cabeça, dei as costas para ela e saí andando, precisando tomar distância antes de perder a cabeça e dizer algo que fizesse eu me arrepender depois. — É sério, Molloy — falei por cima do ombro. — Se você falar com eles, já era.

17 de dezembro de 2004

Suspensões e gelos

AOIFE

Joey e eu estávamos brigados.

Ele estava me dando um gelo desde a discussão na delegacia no último fim de semana. Durante toda a semana, ele passou reto por mim no corredor, como se eu nem estivesse ali, e não cedeu nem nas aulas em que tínhamos que nos sentar juntos.

Claro que eu também não cedi e fiquei provocando-o, esperando uma reação.

Não consegui nada.

Nem quando sentei no colo dele no almoço.

Nem quando o cutuquei com um lápis na aula de inglês.

Nem quando mostrei uma teta para ele na educação física.

Nada.

Ficou bem claro que minha ameaça de falar com a polícia foi um fenomenal tiro no meu próprio pé.

Joey estava furioso comigo, e na rara ocasião em que o peguei me olhando, a expressão de traição dirigida a mim fez eu me arrepender de ter falado alguma coisa.

Como é que eu poderia explicar que só estava tentando protegê-lo, e não traí-lo, se ele não falava comigo?

Era frustrante.

Como se quisesse me punir, minha mente masoquista ficou lembrando da última vez que ficamos juntos antes que a merda atingisse o ventilador na casa dele.

Completamente bêbado, Joey me abraçou, murmurando "Don't Let me Down", dos Beatles, enquanto nos balançávamos juntos na pista do salão dos fundos do Biddies.

— Meu avô Murphy era fã deles.

— Dos Beatles?

— É, e dessa música também. — Ele me puxou para mais perto, deu um beijo no meu queixo e disse: — Quando eu era pequeno, eu sempre perguntava pra ele o significado da letra. E ele sempre dizia que, um dia, quando eu estivesse apaixonado por uma garota, não teria que perguntar, porque eu saberia. — Ele me abraçou mais forte. — Descobri que ele tinha razão.

— Credo, parece até que alguém roubou seu último chocolate — Casey falou, se sentando na cadeira ao meu lado durante o intervalo da sexta. — Ele ainda está te dando um gelo?

— Está. — Assenti de maneira melancólica e enfiei a colher no iogurte, totalmente sem apetite.

— Nossa, o que foi que você fez pra deixar ele tão puto assim? — Ela deu um suspiro. — Nunca vi ele te ignorando desse jeito nos seis anos que estudamos juntos. Das outras vezes que vocês brigaram, foi porque você estava puta, e não o contrário.

Bufei, cansada.

— Ele acha que traí a confiança dele.

— Você fez isso?

— Não — falei depressa, na defensiva. — Pensei em fazer uma coisa que ele acha que é traição, mas ele surtou, então não fiz.

— Então não tem por que estar assim, né? — Casey franziu a testa. — Por que ele ainda está bravo?

— Porque na cabeça dele, só de eu ter pensado nisso, já é uma traição.

— Aff, esse garoto é complicado, hein?

— Você não faz ideia, Case.

— Hum, falando em complicação... — Ela me deu uma cotovelada e inclinou a cabeça para a janela. Joey e os amigos estavam sendo agressivos com Mike, Paul e uns outros caras do nosso ano no pátio.

— Ah, pelo amor de Deus — grunhi, observando-o cerrar os punhos. — É melhor ele não começar...

— Tarde demais. Parece que a coisa já desandou — Casey comentou, enquanto Joey e Mike Maloney rolavam no chão. — É melhor você ir lá acalmar o seu macho — ela acrescentou. — Antes que ele seja expulso e eu perca meu colírio pros olhos pelo resto do ano.

— Joey! — gritei, abrindo caminho entre os espectadores que formavam um grande círculo ao redor deles. — Para com isso! Quer parar, Joey? *Para!*

Ele não parou.

Em vez disso, atacou nosso colega com tanta sede de sangue e crueldade que parecia até uma briga de cães — Mike sendo o labrador inocente e Joey, o pit bull com os dentes à mostra.

Com o canto do olho, vi Podge demonstrando lealdade e dando socos em Paul, em uma tentativa de proteger o melhor amigo de ser atacado por dois.

O que não teria feito diferença.

Nenhum dos garotos do nosso ano lutava como Joey. Ao contrário deles, que só se metiam em briguinhas triviais, quando meu namorado partia para cima de alguém, era questão de vida e morte.

Porque, quando alguém o ameaçava, ele era mandado de volta para aquela casa, onde ele sempre teve que lutar para valer com um homem que lhe causara tanto estresse pós-traumático que nem uma vida inteira de terapia daria conta de tudo.

Eu duvidava que Joey estivesse vendo o rosto de Mike enquanto o socava.

Ele só conseguia ver o pai.

— Pare! — gritei, sem medo de ficar cara a cara com ele quando ninguém mais ousaria.

Porque, com a mesma certeza que eu tinha de que o sol nasceria de manhã, eu sabia que ele não tocaria em um fio de cabelo meu.

— Joey, para! — Me ajoelhei no chão ao lado de Mike, que já estava sangrando, e segurei o rosto de Joey entre as mãos para obrigá-lo a olhar para mim. — Eu falei pra você parar!

Olhos escuros, selvagens e irreconhecíveis me encararam.

Que ótimo, ele não só tinha se perdido no que eu só poderia descrever como um violento ataque de TEPT, como também estava chapado.

— Para — ordenei, segurando seu rosto com firmeza e sustentando seu olhar. — Você não está lá, você está na escola. Comigo.

Ele levou um bom tempo para reconhecer o meu rosto, mas quando entendeu, vi a tensão se dissipar do seu corpo de uma vez e ele ficou mole.

Joey deixou as mãos penderem e apoiou a cabeça no meu ombro.

— Machucaram ela — ele falou. — Machucaram a minha irmã.

— Quem machucou a Shannon, Joe? A irmã do Mike? Ciara?

Ele assentiu a cabeça no meu ombro.

— Está tudo bem — sussurrei, envolvendo o braço nas suas costas e aninhando sua cabeça com o outro. — Está tudo bem.

A comoção à nossa volta era bastante familiar, e eu sabia o que viria a seguir.

— Joseph Lynch — o sr. Nyhan disse, abrindo caminho entre a multidão. — Na minha sala. Agora! A Gardaí está a caminho.

17 de dezembro de 2004

Batendo na porta do céu

JOEY

Deitado de costas, fiquei encarando o teto do meu quarto, ignorando a gritaria lá embaixo. Eu não tinha a menor energia para descer e me colocar na linha de frente naquela guerra, como sempre.

Em vez de prestar atenção nos gritos dela, me concentrei na voz do Bob Dylan cantando "Knockin' on Heaven's Door" ressoando no meu rádio.

Eu estava tão morto por dentro que, se alguém me abrisse, minhas entranhas estariam pretas.

Era como eu me sentia: totalmente podre.

Totalmente quebrado.

Virei a cabeça de lado e fiquei olhando para o papel-alumínio, o isqueiro e o tubo de caneta no colchão, enquanto minha mente entrava e saía de foco, ora consciente, ora inconsciente.

Mais uma suspensão. Você quer destruir a sua vida?

— Joey, me ajuda, por favor!

Você está fora do time de hurling. Nem pense em botar os pés no campo até a sua suspensão acabar.

Toc. Toc. Toc.

— Onde está o seu precioso filhinho agora, sua puta?

Você é uma decepção...

— O que você tomou?

Por que você é assim?

— Ah, meu Deus, Teddy! É heroína!

Você nunca pensa em ninguém além de si mesmo?

— Joey, meu bem, está me ouvindo?

Está tudo bem, Joe. Está tudo bem. Estou aqui.

— Ele está totalmente chapado, Marie. Não adianta falar com ele nesse estado. Espera ele voltar e eu vou ter uma boa conversa com esse imbecil.

Queria que você nunca tivesse nascido.

Te amo, Joey Lynch...

Não me deixa, Darren.

— Fecha a porta. Não quero que as crianças vejam ele assim.

Não, papai. Estou com medo.

Passos se afastando.

Quero morrer, Joe.

Porta se fechando.

Fica comigo, Joey. Fica bem aqui comigo.

Sozinho no escuro, eu não sabia a diferença entre o que era real e o que não era.

Sombras dançavam nas paredes do meu quarto.

Eu não sentia nada.

Não poderia me ferir.

Chega de sofrimento.

Chega.

19 de dezembro de 2004

Teimosos demais e apaixonados demais

AOIFE

Joey foi escoltado para fora da escola pela Gardaí na sexta-feira, e a partir daí houve um silêncio total. Seu celular estava sempre desligado e ninguém da família dele abria a porta quando eu batia.

E tentei várias vezes.

Muitas vezes mesmo.

Pelo que fiquei sabendo através das fofocas que se espalhavam pela escola, Marie Lynch tinha tirado Shannon da ECB e a matriculado no Colégio Tommen, e ela estudaria lá a partir do recesso de Natal.

O júri ainda estava indeciso sobre o futuro de Joey. Seu último episódio foi levado ao conselho, que, pelo que ouvi, deveria se reunir em algum momento na semana seguinte para discutir sua possível expulsão da escola.

Por isso, quando recebi uma mensagem aleatória dele às oito e meia da noite de domingo perguntando se eu queria encontrá-lo no Biddies para beber algo e conversar, quase dei um mau jeito no pescoço na pressa de me arrumar.

Me atrasei porque demorei para secar e alisar o cabelo e cheguei ao Biddies logo depois das nove.

Não consegui impedir meus joelhos de tremerem quando entrei no salão dos fundos. Mas, assim que meus olhos pousaram nele, sentado sozinho no canto, não foram só meus joelhos que tremeram. Cada centímetro do meu corpo tremeu.

Joey estava sentado no lugar de sempre, com a clássica vodca com energético na frente dele e uma garrafa de smirnoff ice com um canudinho do outro lado da mesa.

No minuto em que seus olhos pousaram em mim, senti uma onda de calor inundar minha barriga e rapidamente se espalhar por toda a minha pele.

— Oi — falei, me sentando e tirando o cachecol do pescoço.

— Oi.

— Obrigada pela bebida — falei, colocando o casaco na cadeira ao meu lado.

— Obrigado por vir — ele disse, me olhando cautelosamente. — Você está linda.

Eu sei.

— E aí, como você está?

— Não ando muito bem, não, Molloy — ele admitiu baixinho. — E você?

— Também não muito bem, Joe.

Ele ficou me olhando por um longo tempo e me deleitei com a sensação de ter seus olhos em mim.

— Levei outra suspensão — ele disse, finalmente quebrando a tensão.

— Fiquei sabendo. — Peguei a garrafa, coloquei a boca no canudinho e bebi. — Você sabe se vão te expulsar?

Ele balançou a cabeça, deu um gole e depois abaixou o copo.

— Mas Shannon vai mudar pro Tommen depois do Natal, então tem pelo menos uma coisa boa nessa história. Ela não vai mais ter que lidar com aquelas garotas.

Eu já sei.

— Ah, é?

Ele fez que sim devagar.

— Minha mãe pegou um empréstimo com a cooperativa de crédito pra pagar a escola. Ela e a Shannon foram lá pra conhecer o diretor e dar uma olhada no lugar e ela parece animada. — Ele deu de ombros. — Isso pode mudar a vida dela.

— Vamos torcer pra que sim.

— Vamos.

— Então... — Dei outro gole na bebida e me obriguei a ser direta. — O que está rolando aqui, Joe? Sei que você está bravo comigo porque eu queria falar com as autoridades, mas tem mais coisa, né? Estou sentindo uma distância entre a gente que não existia um mês atrás.

— É — ele concordou baixinho. — Acho que é verdade.

Ah, merda.

É isso.

É agora que ele vai partir o seu coração.

Empurrei o canudinho para o lado, envolvi os lábios no gargalo da garrafa e bebi tudo de uma vez, até todo o álcool estar na minha barriga.

Para me acalmar.

— Então... — Limpei a garganta e sustentei seu olhar de cabeça erguida. — O que está tentando me dizer?

— Acho que estou tentando te dizer que não estou me distanciando de você de propósito, Molloy. — Com os joelhos balançando sem parar, ele pegou o copo e também bebeu de uma vez. — Vou pedir mais.

Ele foi até o bar e voltou um momento depois com novas bebidas.

— Onde a gente estava mesmo?

— Você estava falando que não estava se distanciando de propósito, e daí você fugiu pro bar — falei secamente.

Joey não deu risada.

Em vez disso, soltou um suspiro frustrado e disse:

— Não sou bom nisso, Molloy.

— Nisso o que, Joe?

— Em conversar — ele admitiu, sem jeito. — Resolver as coisas com palavras.

"Fairytale of New York", do The Pogues, começou a ressoar das caixas de som sobre o bar quando o DJ deu play.

— Lembra do ano passado? — Seus lábios se contorceram. — Você me disse que essa era a nossa música.

— Lembro. E ela com certeza combina mais com a gente agora.

— Justo. — Ele suspirou. — Ainda não consigo entender como você aguentou um ano inteiro sem fugir pras montanhas.

— Eu não sou de fugir, lembra? — falei, oferecendo minha mão para ele. — E você também não.

Joey ficou encarando minha mão por um tempo antes de entrelaçar nossos dedos.

— Acho que nós dois somos teimosos demais pra fugir, né, Molloy?

— Ou apaixonados demais.

— É — ele concordou com a voz rouca, beijando o dorso da minha mão. — Ou isso.

23 de dezembro de 2004

Dizimando sonhos e esperança

JOEY

Eu sabia que estava indo ladeira abaixo sem nenhuma chance de parar e sem esperança de conseguir pisar no freio e, mesmo assim, eu era egoísta demais para fazer a coisa certa com a minha namorada.

Naquela noite, tive a oportunidade perfeita para libertá-la das minhas merdas e amarelei.

Não consegui.

Não consegui apertar o gatilho.

Era como se eu a tivesse inalado tão profundamente para dentro de mim que minha cabeça e meu coração se recusavam a funcionar. Eu não era capaz de exalar o ar em meus pulmões em chamas sem ter a certeza absoluta de que veria seu rosto novamente.

Quer eu merecesse ou não.

Sentado na frente dela no Biddies aquela noite, realmente entendi como ela era linda — e não estava me referindo só ao exterior.

Aoife Molloy tinha um coração de ouro e estava determinada a entregá-lo a um merda como eu. Ela era minha fuga momentânea de toda a escuridão.

Ela era a única luz que eu tinha na vida, e me assustava pensar no quão pouco eu tinha.

Sem ela, eu não tinha nada.

Sem ela, eu não *era* nada.

Enfraquecido e desmoralizado, me agarrei à tábua de salvação que ela me ofereceu, porque isso significava que eu poderia ficar com ela por um pouco mais de tempo.

Eu não tinha um plano B ou uma rede de segurança para me amparar quando tudo desse errado, e eu *sabia* que tudo ia dar errado.

Sempre dava.

Pessoas como eu não tinham segundas chances.

Quando ela enfim caísse em si e se mandasse, o que eu tinha certeza que ela faria um dia, eu ficaria completamente sozinho.

Porra.

Minha mente ficava voltando para a cara que ela fez na noite em que me levou para casa com ela.

— O que você está fazendo? — ela sussurrou, parada na porta do banheiro enquanto eu permanecia de costas com uma nota de dez euros enfiada no nariz. — Joe?

Cheirei o pó de D2, *segurei o vaso e soltei um suspiro pesado, me preparando para a briga que estava prestes a explodir entre a gente.*

Sem falar nada, ela se aproximou por trás e envolveu os braços na minha cintura.

— Vem pra cama.

Fui tomado pela confusão.

— Mas você acabou de me ver...

— Eu sei o que vi — ela sussurrou, beijando minhas costas de novo. — Só vem pra cama.

Totalmente chapado, me deitei no seu colchão e fiquei olhando-a subir em cima de mim.

Seu rosto estava gravado na minha mente. Eu estava chapado, sofrendo e perto do limite, mas o rosto dela...

Meu Deus, o rosto dela era a única coisa que eu conseguia enxergar.

Seu cheiro estava por toda parte e seu cabelo cobriu meu rosto quando ela se inclinou sobre os meus lábios, me beijando e fazendo todo o trabalho.

Ela estava brilhando.

Brilhando pra caralho.

A lua a iluminava.

Poderosa.

Ela era tão poderosa.

— Você está brava comigo? — perguntei, me sentindo fraco e desorientado pela sua calma.

— Estou.

— Então por que não está brigando comigo? — Balancei a cabeça, confuso. — Parei de tentar, Molloy. Não consigo mais. Por que você não está me botando pra fora?

— Porque você pode não se amar, mas eu te amo. Eu te amo o suficiente por nós dois — ela sussurrou, segurando meu pau. — E, se você estiver aqui comigo, significa que não está na rua correndo perigo, então é aqui que eu vou te manter.

E, quando ela se abaixou sobre mim, a gravidade do que eu tinha feito com aquela garota me atingiu com tudo.

Eu era péssimo.

Quase tanto quanto o babaca que vi na minha frente quando desci as escadas na terça-feira, cheiroso e pronto para encontrar Molloy para comemorar o meu aniversário.

Nah, pensei comigo mesmo, vendo-o colocar a mãozorra no braço da minha mãe e a pressionar contra a geladeira. *Eu nunca vou ser tão péssimo quanto ele.*

Eu podia vê-los discutindo da porta da cozinha, mas, ao contrário de todas as outras vezes que o vi maltratá-la, eu simplesmente não tinha mais energia para enfrentá-lo.

Ou eu só não tinha forças, pensei com desânimo, me obrigando a me esforçar e cumprir meu dever. Eu tinha que proteger a mulher que me deu à luz do homem que era responsável por cinquenta por cento da minha constituição genética.

— Solta ela — ordenei, me colocando entre eles e fazendo com que ele liberasse o braço dela.

Minha mãe saiu correndo para o outro lado da cozinha, mas mais surpreendente que isso foi o meu pai não ter me socado.

— A gente só estava conversando — ele disse, me oferecendo uma rara explicação para o seu comportamento de merda.

Ele está receoso, percebi de repente.

— Não ligo — falei sem emoção, num tom tão vazio quanto eu me sentia, forçando-o a dar um passo para o lado quando abri a geladeira. — Controla as suas mãos e vamos ficar bem.

Peguei uma latinha de coca na prateleira de cima e a bebi depressa, pois estava com a boca seca e agitado.

— Vou sair hoje à noite — acrescentei entre goladas. — Não sei a que horas volto.

— Faz como quiser — ele respondeu, dando de ombros e se dirigindo para a chaleira.

Então ele estava sóbrio de novo, pensei comigo mesmo, observando-o preparar uma xícara de chá. *Dou uma semana.*

— Vou fazer — falei, secando a latinha e pegando outra logo em seguida, sentindo uma sede insaciável.

— Com quem você vai sair? — minha mãe perguntou, se sentando no lugar de sempre na mesa. — Vai sair agora? Porque seu pai e eu queríamos conversar com você sobre umas coisas.

— Com meus amigos, e sim, estou de saída — falei.

— Senta com a gente um pouquinho — ela pediu, empurrando uma cadeira com o pé. — Por favor, Joey.

Fiquei duro, mas cedi e fui até a mesa.

— O que foi?

— Senta.

— Beleza, estou me sentando. O que foi?

Ela olhou para o meu pai, que se aproximou e sentou na ponta da mesa, de frente para ela.

— Sua mãe está preocupada com você.

Dei de ombros.

— Tudo bem.

Ele ficou mexendo no chá e continuou:

— Você precisa de uns conselhos ou algo assim.

Minha mãe deu um suspiro pesado.

— Teddy.

— O quê? — Ele abaixou a colherinha e deu um gole no chá. — Você sabe como me sinto sobre essas coisas, Marie. É tudo baboseira. Seu garoto está ótimo. Ele só está abrindo as asas um pouco.

— Com *heroína*! — minha mãe gritou, se virando para mim. — Sei o que você está tomando. Eu *sei* e quero que você pare agora mesmo. Está me entendendo, Joey? Quero que você para com isso!

— Certo.

Ela ficou me encarando.

— Certo?

— Certo. — Minhas mãos estavam tremendo. Eu estava tão dolorido que mal conseguia respirar. Precisava sair daquela casa. Precisava de uma saída do mundo em que eu tinha sido jogado. — Está bem, mãe.

Ela não se importava.

Não ligava a mínima para mim.

Eu só servia para segurar as pontas em casa.

Para carregar o fardo.

Para tirar o peso dos ombros dela.

Ela não ligava, o que me fazia ter vontade de arrancar a pele.

Porque minha própria mãe não dava a mínima para mim.

Porra, *eu* não dava a mínima para mim.

Mas eu me importava com aquelas crianças que tinham passado a maior parte da vida se escondendo debaixo da cama.

Eu me importava *muito* com elas.

Os laços que nos uniam, que conectavam o meu coração com os meus irmãos, eram tão fortes que me mantinham preso àquela casa.

Eu era um prisioneiro.

— Está vendo, Marie? — Meu pai assentiu em aprovação. — O garoto está ótimo.

— Ele não está ótimo, Teddy — minha mãe disse em um tom de súplica. — É só olhar pra cara dele pra ver que ele nem está aqui com a gente agora!

— Ele está sentado aí, não está?

— Você sabe que não é isso o que eu quis dizer.

— Posso ir agora? — perguntei, olhando para os dois.

— Não quero que você saia — minha mãe disse, mordendo os lábios. — Não acho que é uma boa ideia.

— Pelo amor de Deus, Marie — meu pai falou. — Ele vai sair pra comemorar o aniversário. Não seja um pé no saco.

— Mas eu não acho...

— Então para de achar — ele a interrompeu. — Não combina com você.

— Espera! — minha mãe berrou quando me levantei e segui para a porta. — Tem mais uma coisa que eu queria te contar.

Enrijeci, fiquei de costas para os meus pais e esperei para ouvir o que estava prestes a sair da sua boca.

Sempre havia um motivo para a sobriedade do meu pai, o que geralmente resultava no discurso "Temos algo pra te contar".

Fechei os olhos e fiquei aguardando o terremoto.

— A gente vai ter outro bebê — ela anunciou.

Ali estava. A última gota de esperança que restava no meu coração foi completamente aniquilada com aquela notícia.

— Parabéns — falei, entorpecido, indo para a porta.

Eu sabia que, apesar de estar saindo de casa naquele momento, o bebê só me acorrentaria ainda mais àquela casa.

Eu estava desmoronando completamente e não podia evitar.

Era *isso*.

Eu enfim tinha chegado ao meu limite.

Eu não tinha mais *nada*.

Eu não tinha nada para oferecer para aquelas pessoas.

Estava farto.

Ausente.

Morto por dentro.

23 de dezembro de 2004

Surtos de aniversário

AOIFE

Eu estava apaixonada por um viciado.

Era tão humilhante quanto triste, de estraçalhar o coração.

A necessidade incessante de Joey de cheirar só Deus sabia o que tinha superado sua necessidade de mim. Era como se eu fosse a outra em um perverso triângulo amoroso entre ele, meu coração e a droga da vez.

Fiquei observando-o na outra noite.

Ele nem tentou esconder.

E, em vez de fazer o que era certo para *mim*, fiz a coisa segura para *ele*.

Levei Joey para a cama e para dentro do meu corpo.

Porque eu o amava.

Porque eu não conseguia deixar de lutar pelo garoto que eu sabia que ainda estava ali.

Mesmo agora, enquanto me arrumava para encontrá-lo na cidade para comemorar o seu aniversário, não conseguia silenciar a vozinha que me mandava ter um pouco mais de respeito comigo mesma.

Sempre me considerei uma garota forte, mas naquele momento em que tentava me olhar no espelho com a cabeça erguida, nunca me senti tão impostora.

Tão fraca.

Tão pequena.

Tão insegura.

Sair aquela noite foi um erro.

Eu soube no instante em que vi os olhos escurecidos de Joey.

O que quer que ele tenha tomado no banheiro com aqueles babacas o transformou em um coelhinho da Duracell zumbi.

Só faltava sair escalando as paredes.

— O que foi que ele tomou? — Casey perguntou, enlaçando o braço no meu. Estávamos sentadas no salão dos fundos do Biddies, vendo meu namorado saltitando pelo lugar, sem conseguir ficar parado por mais que trinta segundos por vez. — Meu Deus, Aoife, ele está fritadaço!

— Eu sei — admiti, observando-o conversar com os caras do time de hurling, bebendo sem parar e rindo feito um maníaco. Agitando os braços animadamente, ele tinha se transformado no oposto da sua versão normal, se é que essa versão ainda existia.

— Você quer ir embora? — minha melhor amiga me perguntou, apoiando a cabeça no meu ombro. — Podemos dar o fora, deixar o Tigrão e o resto dos amiguinhos do Bosque dos Cem Acres do Ursinho Pooh aqui e curtir uma noite de garotas na minha casa.

— Não posso — respondi, nervosa, esperando-o ter um troço.

— Você não pode controlar ele, Aoife — ela falou com delicadeza. — Ele é dono de si. E vai fazer o que quiser, independentemente das consequências.

— Não quero controlar ele, Case — sussurrei. — Só quero impedir que se destrua.

— Só que apenas ele pode fazer isso, amiga. Não adianta você querer: ele tem que querer também.

— Joey!

Tudo estava indo relativamente bem até que Joey, junto com um grupo de garotos do seu bairro, surtou e pulou o muro da área externa para fumantes.

Bêbada e com os olhos embaçados, saí cambaleando pela porta dos fundos do Biddies, empurrando a multidão e tirando os saltos na pressa de correr atrás dele.

— Aoife, desencana! — Casey gritou atrás de mim.

Mas eu não conseguia fazer isso.

Eu não *conseguia.*

Disparei pelo beco, atravessei rapidamente a rua onde o vi pela última vez e continuei correndo, então virei uma esquina e meus pés pararam abruptamente.

— Joey! — gritei, boquiaberta. — Que porra você está fazendo?

Meu namorado estava rindo feito um maluco em cima do capô de uma mercedes benz estacionada do lado de fora de um pub que *nós dois* sabíamos que seu pai frequentava. Ele deu um soco no para-brisa.

— Joey! — berrei de novo, observando horrorizada as feridas dos seus dedos reabrirem e começarem a sangrar.

Vários caras do conjunto habitacional encorajavam aquela loucura, maravilhados com o surto. Todos gargalhavam, como se Joey fosse uma espécie de piada ao estragar a própria vida.

Babacas.

— Joey, para com isso! — insisti, afastando o cabelo dos olhos e correndo pela rua. — Você vai acabar sendo preso!

Ele só riu, claramente fora de si, chapado do que quer que tivesse tomado, e continuou esmurrando o carro de luxo com os dedos ensanguentados.

Então o som de sirenes ao longe fez meu coração disparar no peito.

— Ah, deixa ele em paz, garota — um dos caras gritou para mim. — Dá um tempo.

— Vai se foder — retruquei, subindo no capô do carro sabendo muito bem que minha bunda estava totalmente exposta para os seus supostos *amigos*, que só ficaram ali testemunhando a cena sem fazer nada. — Para com isso! — ordenei, segurando seus punhos antes que ele causasse mais estragos. — Joey! — O sangue escorreu pelas minhas mãos quando o contive, forçando-o a parar. — Chega.

Ele estava ofegante, rindo loucamente, e lágrimas escorriam pelo seu rosto.

— Para com isso — ele me imitou. Depois, riu mais. — Para. Para. Para, porra! — Sua voz falhou e sua expressão cedeu. — Para — ele sussurrou, tremendo, passando as mãos ensanguentadas pelo cabelo molhado. — Faz *parar*.

Meu coração se rasgou quando ouvi essas palavras.

— Merda, gente... a Gardaí! — Um dos idiotas gritou enquanto se dispersavam. — Corram!

Em pânico, fiz a única coisa que eu podia fazer naquele momento: desci do capô, peguei a mão de Joey e o puxei para o chão comigo.

— Molloy... — Ele me olhou como se estivesse me vendo pela primeira vez. — O que você está...

— Vamos, Joe — falei, tentando desesperadamente ser ouvida, segurando sua mão com firmeza. — Vem comigo.

Assim, de mãos dadas, eu o conduzi para longe da cena, me incriminando ainda mais naquele mundo do qual não fazia parte.

Tremendo com a adrenalina que corria pelas minhas veias, mantive a mão atada à de Joey durante todo o caminho de volta para casa. Estava morrendo de medo de soltá-la, pois não sabia o que ele poderia fazer.

— Ele deixou um buraco dentro de você — falei, arrastando-o comigo. — O nome disso é trauma, Joey. — Soltei um grunhido quando chegamos na minha rua e tentei racionalizar algo irracional. — Você está traumatizado e precisa de ajuda profissional.

— Estou bem.

— Joey, você está muito longe de estar bem.

— Me deixa em paz, Molloy — ele murmurou. — Não quero brigar com você.

— E não quero que você morra! — gritei, em prantos, deixando que a emoção me dominasse. Havia algo trágico naquele garoto, algo que eu queria preservar. — Você não se importa consigo mesmo? Nem um pouquinho?

— Não importa. — Joey balançou a cabeça. — Nada disso *importa*.

— Claro que importa, porra! — gritei.

— Molloy.

— *Você* importa! — berrei, olhando para as minhas mãos cheias de sangue. — Porque eu te *amo*!

— Me desculpa por ter estragado a sua noite — ele decidiu mudar de assunto. — Vou te recompensar depois.

— Não quero que você me recompense, Joey. Quero que você *converse* comigo — implorei. — Se abre comigo, Joe. Se me contar o que está se passando na sua cabeça, talvez eu possa ajudar. — Enxuguei uma lágrima do rosto e chorei mais. — Talvez a gente possa dar um jeito nisso.

— Não estou bem! — ele gritou, arrancando a mão da minha. — É isso que você quer que eu admita? É isso que você quer ouvir, Molloy? Que não estou bem?

— Sim — falei, sentindo tanto alívio quanto desolação. — É isso que eu quero que você admita. Quero ouvir as palavras, Joey. Quero todas as suas *palavras*!

— Dói — ele rugiu na minha cara com os olhos brilhando de raiva, enquanto sua sombra dançava com seus demônios. — Por fora. Por dentro. Por todo lugar. A dor é tão forte que estou me afogando! — Ele passou as mãos sujas de sangue pelo cabelo, tingindo as mechas loiras de vermelho-claro. — É assim que me sinto. É *tudo* o que eu sinto. O tempo todo!

Meu coração se dilacerou.

— Joe...

— Quer saber quantas vezes eu mijei de medo na cama até ele me espancar literalmente, até arrancar todo o xixi, o sangue e o ranho de mim? — ele berrou, conforme as lágrimas escorriam pelo seu rosto. — Porque foi isso que aconteceu, Molloy. Eu era fraco. Eu chorava. Implorava. Me escondia. Fugia. E, quando tudo isso não funcionou, revidei. Me levantei e revidei. No começo, também não funcionou. Ele continuava me esmurrando, mas pelo menos senti que estava fazendo *alguma coisa*! — Ele passou as mãos pelo cabelo de novo, ofegante. — E agora não sinto *nada*. Não sinto *nada*, e por mim *tudo bem*!

— Você tem o direito de se sentir assim! — gritei de volta. — Seu pai fez você viver no inferno. Nada do que acontece naquela casa é culpa sua. Nada. Você cresceu no meio de uma guerra. E fez um trabalho fenomenal...

— Para! — Ele ergueu a mão. — Minhas cores verdadeiras são feias, Molloy. Para de procurar coisas boas em mim, porque não tem nada aqui. Juro. Sei que te amo, mas sinceramente, se eu pudesse te esquecer, te esqueceria.

As palavras foram um balde de água fria na minha cara.

Soltei um suspiro de choque.

— Você não está falando sério.

— Eu costumava pensar que não era como ele... que eu era diferente... mas não podemos mudar o nosso DNA. — Ele conteve um soluço e enxugou as lágrimas. — Olha pra mim, Molloy. Olha bem pra mim. Olha só o que fiz com você! Sou *igualzinho a ele.*

— *Não.* — Balancei a cabeça, me aproximei e segurei seu rosto entre as mãos, refutando com força e sinceridade seu medo mais profundo. — Você não tem *nada* a ver com ele.

— Tenho, sim — ele disse, se afastando de mim. — E, se você não ficar longe, vai acabar igual à minha mãe.

24 de dezembro de 2004

É véspera de Natal, baby

AOIFE

Joey desapareceu depois disso e não consegui mais falar com ele.

Na noite da véspera de Natal, fiquei maluca de preocupação e o procurei em todos os lugares que ele frequentava, inclusive sua casa. Então me vi parada diante da porta que fazia todos os pelos da minha nuca se arrepiarem.

Depois de várias batidas incessantes, alguém finalmente atendeu e fui recebida pelo homem que eu odiava quase tanto quanto Teddy Lynch.

Talvez até mais.

— Ele está aí? — perguntei com a voz trêmula. A adrenalina se espalhava pelo meu sangue rapidamente, me fazendo vibrar, mas me obriguei a me controlar. Eu me recusava a me deixar intimidar por aquele merda. — O que estou dizendo? Claro que ele está *aí*. É o único lugar que faltava.

Shane abriu um sorriso cruel e disse:

— Quem?

Filho da puta.

— Você sabe muito bem quem — sibilei com os dentes cerrados, olhando feio para os seus olhos vermelhos. — Quero falar com ele.

Ele abriu um sorrisinho.

Teve a audácia de dar um sorrisinho para mim.

— Vai pra casa, princesa. — Shane pegou o cigarro que estava pendurado nos lábios, apagou-o com os dedos e colocou a bituca atrás da orelha. — Não tem nada aqui pra você.

Uma ova.

Ele tentou fechar a porta na minha cara, mas coloquei o pé para bloqueá-la.

— Tem algo aí que me pertence — insisti, arfando. — E não vou a lugar algum até pegar ele de volta, seu canalha prepotente!

— Mas que gatinha mais nervosinha! — ele brincou, me avaliando com atenção. — Estou vendo. Por isso que Joey te deixa fazer ele de capacho. Você deve ser um estouro na cama.

— Escuta aqui, seu babaca, você vai trazer meu namorado aqui ou eu vou entrar pra pegar ele. — Estreitei os olhos e empurrei a porta com o máximo de força que consegui, fazendo-o a dar vários passos para trás. — Não importa. Mas não vou sair daqui sem ele.

Shane se movimentou mais rápido do que previ, e seus dedos se fecharam na minha garganta.

— O que você falou?

— Solta... o... meu... pescoço... e... eu... posso... repetir... pra... você... babaca... — falei, enfiando as unhas na sua mão carnuda.

— Você tem alguma ideia de com quem está falando? — perguntou, e vi uma mistura de malícia e calor dançar em seus olhos. — Hein? — Ele me apertou mais; não o suficiente para me estrangular, apenas para me assustar.

Sem querer ceder, encarei-o de volta, desafiando-o a fazer o que quisesse, porque eu não ia embora.

Depois de um momento tenso, ele deu uma gargalhada e me soltou.

— Você é uma putinha maluca, hein? — falou, rindo, abrindo a porta e gesticulando para que eu entrasse. — Enfim, fica à vontade.

— Joey? — Furiosa, passei reto por ele e atravessei o corredor decadente, tropeçando em latas de cerveja vazias e bitucas de cigarro, abrindo portas aleatoriamente, me sentindo mais desesperada a cada passo. — Joey?

— Ele não vai te ouvir, princesa. — Shane deu uma risada atrás de mim. — Ele não está aqui agora.

— Vai se foder — falei, entrando e saindo de todos os quartos do andar de baixo antes de disparar escadas acima e começar o mesmo processo ali.

Na última porta, quando já tinha perdido as esperanças, dei de cara com meu pior pesadelo.

Vi um colchão sujo no chão. Ao lado do colchão, havia uma colher de metal com algo escuro que lembrava xarope, um isqueiro e um saquinho plástico com um pó amarronzado dentro. Esparramado em cima do colchão imundo, estava meu namorado, com os olhos revirados e uma agulha pendendo no braço.

Meu coração, o mesmo coração que eu achava que não poderia se partir mais do que já estava partido, rachou em um zilhão de pedaços.

— Joe... — Cobri a boca com a mão enquanto lutava contra a imagem que minha mente me garantia não ser um pesadelo, mas a realidade. — Joey!

Nada.

— Era pra gente passar o dia juntos hoje — choraminguei, cambaleando até ele.

O cheiro da sua tristeza estava por toda parte e cheguei mesmo a pensar que ia morrer do coração. Era como se eu estivesse tendo uma hemorragia interna.

Chutei aquelas merdas para longe, como se isso de alguma forma pudesse melhorar a situação. Me ajoelhei ao seu lado e desfiz o nó que estava cortando a circulação do seu braço.

— Joe, consegue me ouvir?

Nada.

Engolindo um soluço, estendi a mão com cuidado e puxei a seringa do braço dele antes de atirá-la para o outro lado do quarto.

— Joe?

Minha única resposta foi um grunhido suave.

— Levanta — implorei, sacudindo-o pelos ombros em uma tentativa patética de fazê-lo voltar a si.

— Molloy...

— Sou eu — falei. As lágrimas caíam depressa enquanto eu o fazia se sentar. — Estou aqui, Joe.

— Aoife...

— Você tem que vir comigo, está bem? — Fungando e soluçando, consegui colocá-lo de pé. — Vou te levar pra um lugar seguro, está bem?

— Molloy...

— Estou aqui. — Passei um braço nas suas costas, ajeitei o braço dele no meu ombro e o arrastei desajeitadamente até a porta. — Está tudo bem, Joe. Se apoia em mim. Estou aqui.

Como consegui descer as escadas com Joey estava além da minha compreensão. De qualquer forma, não tive tempo para pensar a respeito, porque Shane e seus capangas estavam nos esperando no corredor, o que me deixou mais nervosa ainda.

— Sabe, você devia deixar ele descansar — Shane falou, dando um sorrisinho. — O pobre não pode nem chapar sem que a patroa venha encher o saco.

— Puta que pariu, Holland, não seja babaca. Não está vendo que a garota está mal por causa do cara? — um homem muito maior disse, muito mais velho, barbudo, com sotaque de Belfast. Então se aproximou de mim, tentando segurar um Joey quase em coma, e o botou de pé. — Onde está seu carro, querida? — perguntou. — Vou levar ele até lá.

Por mais que eu quisesse mandá-lo se foder, precisava de ajuda.

— Lá fora — falei, seguindo para a porta e parando para olhar para trás para garantir que ele estava trazendo Joey.

Felizmente, estava.

Caminhei depressa até o carro, destravei a porta do passageiro e a abri logo.

— E-ele v-vai f-ficar bem? — perguntei, me sentindo superpequena e frágil. — D-devo l-levar ele pro h-hospital?

Ali estava eu, na véspera de Natal, chorando feito um bebê na beira da estrada enquanto um gângster musculoso colocava meu namorado no meu carro.

Meu Deus...

— Não, meu bem, ele vai ficar ótimo — o grandalhão me garantiu, colocando Joey no banco. Até prendeu o cinto. — Leva ele pra algum lugar seguro e deixa ele descansar.

— Aquilo era... — Balancei a cabeça, soltei um suspiro trêmulo e falei: — Heroína?

O homem não respondeu.

— O que faço? — Um soluço me escapou. — Como posso a-ajudar ele?

— Ele vai ficar bem — respondeu. — Ele não foi tão longe pra não poder ser resgatado. E, com uma moça como você, vai se recuperar. Não se preocupe.

Fiquei encarando-o, sentindo uma onda de raiva, curiosidade e gratidão me dominar.

— Por que você está me ajudando?

— Porque já fui esse cara e queria que alguém tivesse ajudado minha esposa antes de eu me tornar quem eu sou e ela se tornar minha ex.

Depois, ele se virou e voltou para a casa, me deixando sozinha com Joey.

Chorando, dei a volta no carro e me sentei no banco do motorista. Tremendo feito vara verde, coloquei o cinto devagar e enfiei a chave na ignição.

— Ela está grávida — Joey sussurrou ao meu lado, contorcendo os lábios desajeitadamente.

— Quem?

— Minha mãe.

Meu Deus.

Fiquei tão chocada que não soube o que dizer.

Grunhindo de dor, ele acrescentou:

— Eu... me desculpa, Molloy. Sinto muito... mesmo...

— Eu sei — funguei e dei a partida. — Eu sei, Joe.

— Eu... amo... — Senti meus músculos se tensionando quando ele tentou esticar o braço e tocar minha coxa. — Você... Molloy.

— Repete isso quando você estiver sóbrio — falei, apertando sua mão de leve. — Hoje não conta.

— Por que não, Molloy?

— Porque você não vai se lembrar — sussurrei com tristeza.

25 de dezembro de 2004

Realidade e consciência

JOEY

Quando abri os olhos, me deparei com um quarto inundado pelo sol da manhã e uma montanha de cabelo no meu rosto. Pelado como no dia em que nasci, eu estava com o braço sobre uma loira igualmente pelada, de costas para mim.

Uma dor absurdamente pura e tóxica inundou meu peito na mesma hora, infiltrando-se por cada veia e artéria do meu corpo até que eu não conseguisse sentir nada além de angústia.

A escuridão me envolveu.

Inspirei fundo quando aquela fome já familiar arranhou minha garganta e cerrei os punhos, contraindo os músculos.

Minha fome não era por comida.

Era por heroína.

Enjoado comigo mesmo, pensei em como eu estava no fundo do poço.

Como eu tinha me permitido virar meu pai.

Eu estava envenenado por dentro, assim como ele.

Não conseguia superar.

Aquela fraqueza hereditária, passada a mim pela pessoa que eu mais odiava no mundo, me comeria vivo, de dentro para fora.

O vício tinha se instalado profundamente em mim feito uma sanguessuga se prendendo a uma carcaça.

Paralisado e com o estômago embrulhado, tentei desesperadamente desanuviar meus pensamentos confusos, até que o cheiro familiar do xampu dela inundou meus sentidos.

Molloy...

Soltei um enorme suspiro de alívio, me aproximei daquele corpo quente e dei um beijo no seu ombro.

Ela fungou em resposta.

Congelei.

Ela fungou de novo.

Ah, merda!

Ela reprimiu um soluço.

Então os eventos dos últimos dias foram voltando aos poucos, e meu sangue gelou conforme a vergonha me envolvia em seu conhecido abraço.

Não.

Não.

Puta merda...

— Molloy. — Minha voz estava esganiçada e rachada. — Baby, eu sinto muito...

— Você não é *bom* pra mim — sussurrou, apertando a mão que eu tinha colocado em volta dela. — Agora entendo. — Seus dedos pressionaram meu braço. — Mas isso não faz meu coração parar de te amar nem minha cabeça de te querer.

Dava para sentir o seu sofrimento. Ele estava vazando do seu peito e se derramando direto no meu.

Ela era a única pessoa que eu amava e não tinha saído do meio das pernas da minha mãe. O que era uma imagem terrível, mas verdade. Eu me importava muito pouco com qualquer coisa ou pessoa além das crianças que compartilhavam o meu sangue, porque aquelas pobres criaturas indefesas compartilhavam também o meu infortúnio.

Mas eu me importava com a garota que estava nos meus braços. Eu me importava muito com ela.

— Você pode ser o viciado desse relacionamento, mas eu também tenho um hábito que preciso largar — ela disse com o peito arfando, se virando nos meus braços para me encarar. — Porque é como se eu estivesse morrendo quando estou com você, e como se estivesse morta quando não estou.

Suas lágrimas se derramaram no meu ombro.

Senti cada uma delas.

Fiquei completamente devastado.

Eu queria compensá-la, mostrar minha melhor versão, mas estava tão cansado...

Eu estava exausto por dentro e por fora.

Os olhos dela estavam vermelhos e inchados.

Aquilo não estava certo.

Ninguém precisava me amar se isso significava tanto sofrimento.

— Aoife. — O que restava do meu coração se rasgou no meu peito. — Me mata saber que fiz isso com você.

— E não posso nem ir embora, porque sei que ainda tem uma partezinha de você aí — ela falou. Depois, colocou a mão no meu peito, no lugar que continha o seu nome, fungou de novo e sussurrou: — Eu vou continuar te amando, Joey Lynch. Então é melhor você começar a pensar em parar de partir o meu coração.

Ela se aninhou em mim, enterrou o rosto no meu peito e ficou chorando. Seus longos cabelos loiros estavam espalhados por toda parte, seus ombros estavam completamente caídos, e me forcei a dar uma boa olhada na destruição que eu havia causado.

É por isso que você não tem coisas boas, minha consciência sibilou. Meus pulmões se contraíam tanto que eu não conseguia respirar. *Porque você destrói tudo*!

Eu a vi desmoronar ali nos meus braços enquanto tentava abrir caminho através da névoa de drogas e sentimentos e lutava contra o demônio maligno dentro da minha cabeça — aquele que se recusava a me deixar fazer o que era certo para ela.

Quando mais eu me esforçava para controlar essa pessoa de merda que eu tinha me transformado, mais forte o demônio ficava.

— Sinto muito — foi tudo o que consegui dizer, abraçando-a. — Me desculpa.

Molloy chorou mais, e meus pulmões se comprimiram mais ainda. Logo ela estava gritando no meu peito e eu estava morrendo por dentro.

Só então tive a coragem de fazer o que precisava ser feito.

Só então tive coragem de salvá-la.

Salvá-la de mim.

25 de dezembro de 2004

Manhã de Natal

AOIFE

Era manhã de Natal.

Também era o aniversário de dezoito anos de Joey.

Mas, em vez de comemorar, me vi colada no seu peito, agarrada ao seu corpo com todas as minhas forças, pois eu tinha a terrível sensação de que, quando ele saísse daquela cama, não voltaria mais.

O abuso físico ao qual Joey foi submetido, a negligência emocional, as cicatrizes psicológicas e a constante pressão que ele suportou durante uma vida inteira tendo que ser uma fortaleza e criar filhos que não lhe pertenciam finalmente quebraram algo fundamental em sua mente.

Ele tinha desistido de si, eu vi nos seus olhos na noite passada. Me encarou com esses mesmos olhos de manhã e fiquei morrendo de medo.

Ele estava doente, muito doente, e eu estava completamente perdida, tentando ajudá-lo a superar algo que eu não entendia.

Eu queria resgatá-lo, defendê-lo dos horrores que ele enfrentava desde que nasceu. Eu queria ser a armadura que ele usaria quando não podia lutar.

Eu queria entrar na batalha por ele, proteger sua linda alma. Estava tão determinada a salvá-lo que não percebi que tinha me perdido no processo.

Nosso amor era tóxico.

— Isso é tóxico — Joey falou, verbalizando meus pensamentos enquanto me abraçava, me apertando com tanta força quanto eu o agarrava. — Sou *tóxico* pra você.

— Não ligo — choraminguei, delirando de amor e dor. — Ainda quero você.

— Esse é o problema — ele disse com a voz falhando, se afastando com delicadeza e descendo da cama. — Sou *tóxico* pra caralho pra você.

— O que você está fazendo? — perguntei, trêmula, vendo-o pegar as roupas amassadas jogadas no chão junto com as minhas. — Joey? O que você está fazendo?

— Por favor, não dificulta as coisas. Nós dois sabemos que eu preciso ir. — Ele soltou um suspiro trêmulo, se recusando a me olhar enquanto se vestia, com movimentos atrapalhados por conta do severo tremor que o dominava. — Isso precisa acabar e você precisa me deixar fazer isso por você, está bem?

— O quê? Não! — O pânico me tomou. — Não, isso não precisa acabar. Eu não acredito nisso, e você também não!

— Molloy... — Seus olhos verdes e vazios, ostentando olheiras tão escuras que poderiam ser confundidas com hematomas, se fixaram nos meus. Que inferno! Conhecendo meu namorado como eu o conhecia, provavelmente *eram* hematomas. — *Tenho* que ir — ele disse. — Toda essa dor, todas essas merdas que eu fiz você passar... — Sua voz falhou e ele respirou fundo, claramente sofrendo tanto quanto eu. — Eu devia ter terminado com você há muito tempo.

— Não! — Me levantei do colchão e me aproximei, querendo que ele ficasse ali comigo. — Não fale assim. — Eu o abracei e enterrei o rosto no seu pescoço, me segurando nele com todas as minhas forças. — Está tudo bem, está tudo bem. Estou bem. A gente está bem! Não fala assim, pelo amor de Deus!

Joey me abraçou na mesma hora, e me senti tão segura que até doía. Eu não entendia como ele podia fazer isso comigo: quando eu estava em seus braços, era como se nada pudesse me machucar, sendo que a realidade era muito diferente.

O silêncio caiu sobre nós e ficamos ali abraçados, sentindo as palavras não ditas dançando na ponta das nossas línguas.

Senti tudo naquele momento... Cada palavra ferina que ecoou ao longo do nosso relacionamento. Cada beijo, cada toque, cada briga, cada grito, cada loucura no meio da madrugada que nos levou àquele momento.

— Escuta, quero que você saiba de uma coisa — ele falou baixinho, segurando meus quadris. — Quero que você saiba que você foi a melhor parte do meu dia *todos os dias* desde que eu tinha doze anos.

— Não faz isso, Joe. — Meu coração batia com violência e as lágrimas escorriam pelas minhas bochechas. — Não quero ouvir.

Porque eu sabia muito bem aonde ele estava querendo chegar.

— É verdade. — Ele ergueu meu queixo com a mão e me obrigou a olhar para ele. — A minha vida tem sido um caos desde o dia zero, Molloy, e a cidade toda sabe disso. Eu nunca tinha sentido paz. Mas você? — Seus olhos cheios de lágrimas imploravam para que eu o *escutasse*. — Você foi como um oásis. Um lugar pra onde eu podia fugir. Um lugar seguro. Alguém que me ancorou, se é que isso faz sentido. E tirei vantagem disso, sendo que eu não tinha direito. Fui egoísta e te arrastei pro meu mundo. Agora, preciso te colocar em primeiro lugar.

Uma lágrima escorreu pela sua bochecha. Suas palavras apenas diziam o que eu já sabia: eu jamais superaria aquele garoto.

— Então me coloca em primeiro lugar e *não* faz isso, porque eu *não* quero terminar, Joey. Não quero me despedir.

— Você pode não querer, mas precisa. — Então ele me golpeou mais fundo que uma guilhotina e disse: — Eu ia acabar estragando tudo de qualquer jeito, Molloy. — Com uma expressão resignada, ele foi me soltando e recuando. — Sinto muito por não ter te colocado em primeiro lugar antes.

— Ah, meu Deus! — gritei, erguendo as mãos de frustração e desespero, vendo-o se afastar. — Você adora me deixar na mão, né? — Como ele não respondeu, berrei: — Beleza. Vai embora mesmo!

Ele balançou a cabeça de leve e foi até a janela.

— Vai. — Tentando desesperadamente sair por cima, quando na verdade eu me despedaçava por dentro, sibilei: — Vaza daqui.

Meu coração batia acelerado enquanto eu resistia à vontade de impedi-lo de sair pela janela do meu quarto.

— Vai logo — berrei, chorando feito um neném, vendo-o ir embora. — Vira as costas pra gente no primeiro sinal de problema.

— Eu não sou bom pra você! — Joey rugiu, subindo de volta e se aproximando de mim. — Porra, Molloy, você não entende? Não sou bom pra você, caralho! Ontem à noite, foi só uma amostra de como vai ser, porque não consigo mudar, está bem?

Sem pensar, agarrei seu pescoço e puxei seu rosto para o meu, beijando-o com força, brutalidade e fúria. Ele me beijou de volta com igual paixão e fome, agarrando meu cabelo e apertando meu rosto entre as mãos.

— Não faz isso — chorei em seus lábios, conforme minhas lágrimas se misturavam às dele. — Por favor.

Ele deu um último beijo em cima dos meus olhos antes de recuar.

— Se eu não for embora agora, nunca mais vou conseguir.

Então ele desapareceu pela janela e pulou no telhado do galpão.

— Joey... — falei, me inclinando sobre o parapeito. — Não faz isso.

Ele olhou para trás, ergueu o capuz e desceu no chão.

— Te vejo depois, Molloy — falou por cima do ombro.

E, então, se foi.

25 de dezembro de 2004

Farinha do mesmo saco

JOEY

Abalado até os ossos, voltei para casa no piloto automático, mal conseguindo colocar um pé na frente do outro, enquanto uma guerra acontecia dentro de mim.

Meu coração exigia que eu desse meia-volta e fosse direto para ela e implorasse perdão por algo que meu cérebro sabia que eu faria de novo.

Porque era isso o que *ia* acontecer.

Eu não conseguiria sair dessa.

Não conseguiria me libertar.

E arrastá-la para o fundo do poço comigo estava fora de cogitação.

Me sentindo mais péssimo que nunca, ignorei vários grupos de crianças e famílias brincando na rua com suas bicicletas e patinetes novos enquanto atravessava o conjunto habitacional em que ela morava e seguia para a ponte.

Não faz isso.

Não a abandone.

Ela é a única coisa boa que você tem.

É a única pessoa que se importa com você.

Com o capuz me cobrindo, ignorei todos os meus pensamentos egoístas, minhas vontades e meus instintos, pois eu precisava colocá-la em primeiro lugar dessa vez.

E colocá-la em primeiro lugar significava ficar longe.

Faz isso por ela.

Dá a ela uma chance de ser normal.

Não a arraste para baixo com você.

Ela é boa demais para você.

— Tudo bem aí, Lynchy? — Jason O'Driscoll, mais conhecido como Dricko, um dos caras do meu conjunto habitacional, perguntou quando passei por ele. Senti o familiar cheiro de maconha emanando do baseado que ele segurava entre os dedos. — Feliz Natal.

— Tudo certo, Dricko — respondi, parando para cumprimentá-lo. Ele estava no meu ano na ECB, mas desistiu da escola depois do junior cert no terceiro ano. Jogamos hurling juntos até o nível dos juniores e então a vida o levou. — Como vai o seu pequeno? Papai Noel veio?

— Luke? Ah, ele está ótimo — ele disse, recostado na lateral da velha casa da mãe do seu bebê com um roupão rosa com babados. — Ele só tem um ano e meio, então não tem noção do que está acontecendo. — Exalando uma nuvem de fumaça, ele me ofereceu o baseado.

— Não, valeu. — Balancei a cabeça e mantive as mãos firmes enfiadas no bolso da frente do moletom. — Como vai a Sam? — perguntei, lembrando da nossa colega de turma. — Você está morando com ela agora? — acrescentei, apontando para a moradia popular para onde ela se mudou logo depois de ter o bebê.

— Até parece — ele disse, sufocando uma risada. — Tenho minha própria vida pra cuidar. Sam cuida do bebê.

Levantei a sobrancelha.

— Tenho quase certeza que ela também tinha, cara, antes de você engravidar ela com dezesseis anos.

— Ah, você entendeu o que eu quis dizer — Dricko falou depressa, tendo a graça de se mostrar constrangido. — Não me entenda mal. Ela é uma ótima mãe. Luke tem sorte de ter ela, porque eu com certeza não tenho ideia do que fazer com ele. Só que a garota acha que é minha dona só porque teve um filho meu.

Apenas o encarei sem expressão.

— Sério, é um pesadelo. Não posso mexer um músculo sem que ela fique no meu pescoço, Joe — ele murmurou com amargura, estreitando os olhos para a porta. — Estou até surpreso por ela me deixar sair pra fumar sem ficar no meu pé.

Dei de ombros.

— Quem sabe, se você aparecesse mais, ela não tivesse que ficar no seu pé?

— Falar é fácil, né? — ele retrucou, rindo. — Você tem aquela gatinha do Rosewood Estate. Você teve sorte por ela estar lá na noite do seu aniversário pra segurar a sua onda depois que você surtou com aquele carro. — Ele me ofereceu o meu próprio veneno quando acrescentou: — A polícia vasculhou o bairro todo procurando o culpado.

Não falei nada.

Eu não conseguia.

Porque o rosto de Molloy estava em primeiro plano na minha mente, e minha culpa me sufocava.

— E eu, tenho o quê? — ele continuou. — Fraldas sujas de merda, boletos atrasados, mi-mi-mi constante e um bebê que não para de chorar. — Ele balançou a cabeça. — Aff, cara, se você passasse uma semana no meu lugar, desceria desse pedestal. — A porta da frente se abriu, e Dricko soltou um grunhido sofrido. — Está vendo?

— Ele quer o *pai* — Sam disse, com o rosto vermelho e os olhos marejados, parada na porta segurando um bebezinho de cabelo escuro.

— Bem, o pai dele está ocupado — Dricko falou por cima do ombro. — Diz que ele vai ter que se contentar com a mãe.

— Ele também é seu filho, Jason. É manhã de Natal. Você podia pelo menos fingir que está interessado nele por mais que trinta segundos — Sam disse e, depois, pousou o olhar em mim. — Ah, oi, Joey.

— Oi, Sam. — Acenei a cabeça e me obriguei a olhar para ela.

Olha bem para a garota, cuzão. É assim que você sabe que fez a coisa certa, meu cérebro sibilou. Eu me sentia validado ao olhar para aquela garota com quem cresci, que tinha se tornado mãe antes da hora. Eu não era muito diferente de Dricko. Compartilhávamos o azar de ter mães jovens e pais babacas. Éramos farinha do mesmo saco, só que eu garantiria que Molloy teria um futuro diferente do que teve Samantha McGuinness.

— Feliz Natal.

— Valeu, pra você também, Joe — ela respondeu, me lançando um olhar triste antes de voltar a atenção para o companheiro. — E aí? Vai entrar ou não?

— Quando eu quiser.

— Jason.

— Continua me enchendo o saco e você vai ter que jantar sozinha com o bebê — ele avisou, soltando outra nuvem de fumaça. — Estou te fazendo um favor aqui, Sam. Eu disse que apareceria ontem à noite pra ver o menino abrir os presentes, mas não sou seu maldito funcionário.

— Você fez mais que aparecer — ela vociferou com a voz trêmula. — Você passou a noite aqui.

— Tudo bem, então estou indo — murmurei, me afastando antes que eu fosse arrastado para a briga.

Eu não tinha a menor disposição para lidar com o drama de ninguém. Minha cabeça estava cheia e meus ombros estavam pesados com o peso das minhas próprias merdas.

Meu celular vibrou no meu bolso, mas não atendi.

Eu não podia atender.

Porque, se eu olhasse o nome dela na tela, não seria forte o suficiente para recusar a ligação.

— Joey! — Ollie estava parado na porta quando entrei no jardim de casa alguns minutos depois. — O Papai Noel veio, Joe! Ele veio! Ele veio!

— É mesmo? — falei, dando um jeito de demonstrar o entusiasmo que ele esperava naquele momento. — É porque você lavou as orelhas direitinho.

— Uhum! — Ele assentiu, contente, e depois pegou minha mão e me puxou para dentro. — Você estava certo, Joe. Você disse que ele viria se eu me lavasse direitinho e ele *veio*!

— Bom dia — minha mãe disse do corredor, usando o velho roupão de sempre: o que Darren lhe deu no Natal antes de ir embora. Não importava que ela tivesse ganhado um novo depois. Ela continuava apegada ao passado e ao primogênito com aquele roupão puído. — Feliz aniversário.

— Ah, caramba, esqueci! — Ollie gritou, batendo na testa. — Feliz aniversário, Joey.

— Valeu — respondi. Depois, perguntei para a minha mãe: — Onde ele está?

— Na cama.

— Que bom. — Contive um tremor de repulsa ao colocar os olhos na barriga dela e me concentrei nos braços esticados do bebezinho no seu colo. — Como vai o meu Seanzinho? — perguntei, pegando-o. — O Papai Noel veio visitar o meu Seanzinho?

— O-ee — Sean balbuciou, colocando a mãozinha suja de baba na minha bochecha. — O-ee.

Dei a volta na minha mãe e fui até a sala. Tadhg estava sentado debaixo da árvore parecendo extremamente deprimido em comparação com os irmãos.

— Você não veio pra casa — ele disparou, sem nem erguer os olhos do trenzinho que tinha nas mãos.

— Eu sei.

— Onde você estava?

— Eu saí.

— Pra onde?

— Não é da sua conta. — Franzi a testa. — Você ganhou um trenzinho?

Tadhg assentiu com vigor.

— Pois é.

— Mas você já tem quase doze anos.

— Eu sei.

— Você não brinca com trenzinhos desde os sete.

— Eu sei.

— Deve ser do Sean ou do Ollie — falei, abaixando Sean e dando uma olhada no embrulho. — Mãe... O Papal Noel deve ter confundido os presentes.

— Não confundiu — Tadhg falou baixinho, me mostrando a etiqueta. — É meu mesmo.

Menino de 7-11 anos, a etiqueta informava. Fiquei enjoado, de repente sabendo exatamente de onde vinham os escassos presentes debaixo da árvore. Da doação de brinquedos de Natal da comunidade de Ballylaggin. Porque, naquela cidade, nossa família dependia de caridade.

— O que você ganhou? — me obriguei a perguntar para Ollie, me esforçando ao máximo para manter um tom alegre.

— Ah, eu "ganhou" um jogo superlegal — ele disse, pegando uma caixa de LIG 4 tamanho viagem.

— Ganhei — Tadhg o corrigiu com uma voz cansada. — É eu ganhei, não ganhou.

— Ganhei — Ollie repetiu. — E Sean "ganhei" uma minhoca brilhante.

— *Ganhou!*

— Uhum, ganhou — Ollie disse, sorrindo para mim. — Quer jogar, Joe?

Não, quero morrer.

— Talvez mais tarde — respondi. — Mas você devia dar uma olhadinha no meu quarto. Quem sabe o Papai Noel não deixou algo pra você lá?

Três pares de olhos arregalados se cravaram em mim.

— De novo?

Dei de ombros.

— Nunca se sabe.

— Você é uma lenda! — Tadhg berrou, disparando para a escada.

— Vem, Sean — Ollie falou, arrastando o caçula da família pela escada decrépita. — Aposto que o Papal Noel escondeu os presentes bons no quarto do Joey de novo esse ano!

— Sim! — Tadhg comemorou no andar de cima. — Aposto que sim!

Balançando a cabeça, ignorei a vibração no meu bolso e fui até a cozinha, onde minha mãe estava descascando batatas.

— Você não podia ter se esforçado pra comprar alguma coisa que eles queriam? — perguntei com a voz abafada. — Nem a porra de uma bola?

— Não sobrou dinheiro depois que fiz as compras — ela respondeu, corando.

— E não dava pra ter guardado uns dez contos? — insisti, erguendo as mãos. — Tadhg estava arrasado. Ele não é mais um bebê, mãe. Sabe de onde vieram esses presentes e é humilhante pra ele. Conheço bem essa sensação. Já estive na pele dele. Já fui a criança que recebia as merdas que as outras famílias não queriam mais. É horrível.

Minha mãe fungou.

— Ainda bem que o que você comprou pra ele vai salvar o dia então — ela falou em um tom cortante, e fiquei irritado.

Estreitei os olhos.

— Você está puta comigo porque salvei a sua pele? De novo?

— Não, não estou puta com você. Estou *envergonhada*. Eu já estou me sentindo mal por isso, Joey, de verdade — ela murmurou, mantendo o queixo para baixo enquanto descascava as batatas de qualquer jeito. — Então, por favor, me poupe desse interrogatório.

— Você não consegue nem sustentar as crianças que já tem e decidiu que seria a hora perfeita de botar mais uma na conta? — continuei, sem conseguir evitar atirar a verdade na cara dela. — O que vai acontecer com esse bebê se você não consegue cuidar de ninguém? Porque eu não vou fazer isso de novo, está me entendendo? Não vou cuidar de mais um recém-nascido.

Ela estremeceu como se eu a tivesse golpeado.

— Não tem nada que você possa dizer que me faça sentir pior do que já estou.

Apoiei o quadril no balcão e fiquei encarando-a.

— E aquele dinheiro que eu te dei? Você não podia ter comprado alguma coisa com aquilo?

Ela não falou nada.

— Mãe?

Nada.

— O que você fez com aquela grana?

— Seu pai estava com dívidas — enfim admitiu com uma vozinha baixa, quase um sussurro. — Não dava pra esperar.

— Puta que pariu! Eram duzentos euros! — Bufei com força e passei a mão pelo cabelo de frustração. — Aquilo era pra você e pras crianças, não pras dívidas de jogo e contas de bar dele! Você tem alguma ideia do tempo que demorei pra juntar aquilo? — Fiquei olhando para ela perplexo. — Mãe, aquela grana me custou uma semana de trabalho. Não vou receber mais nada até o Ano-novo, e você também não.

— Eu sei — ela disse, fungando. — Me desculpa.

— E se cortarem a nossa energia? — perguntei, desesperado. — Ou se a gente ficar sem carvão pro aquecedor? O que vamos fazer?

— Joey...

— Como é que você vai impedir que eles congelem, mãe? — falei, com o coração na boca. — Como vamos manter as crianças aquecidas?

— Vou receber o salário-família na semana que vem — ela disse. — Até lá a gente dá um jeito.

— Salário-família? — Fiquei olhando para ela sem acreditar. — Você está contando com a grana que ele *sempre* torrou em bebida?

— Seu pai parou de beber — ela falou depressa. — Ele prometeu que não ia mais beber.

— Para com isso. — Ergui a mão, dei as costas para ela e saí da cozinha antes de perder a cabeça. — Não aguento ouvir mais uma palavra sua.

— Joey, espera!

— Por quanto tempo mais a gente vai continuar vivendo assim, mãe? — perguntei por cima do ombro. — Porque estou bem cansado.

— O que está dizendo?

— Que talvez as crianças ficassem *melhores* em um abrigo.

Segui para a escada, ignorando as súplicas dela implorando para que ele voltasse para conversar, e fui direto para o quarto.

— Ele não deixou nada debaixo da árvore. Aquele bobão guardou nossos presentes no seu armário, Joe — Ollie disse, segurando a criatura estranha que lembrava o Gizmo que ele pediu para o Papai Noel. Molloy e eu ficamos horas em uma fila sob uma chuva torrencial para conseguir o brinquedo. — Está vendo? — Ele ergueu o boneco bizarro para quem todos vissem. — O Papai Noel é o melhor.

— Cuida bem dele — avisei. *Esse filho da puta me custou meia semana de trabalho.*

— Pois é. — Tadhg colocou o novo hurley na minha cama e se aproximou de mim, parado na porta. Ele envolveu os braços na minha cintura e me abraçou com força. — Ele é mesmo o melhor.

— O-ee, o-ee! — Sean chamou minha atenção puxando o meu jeans. — O-ee? — Ele pegou seu Elmo do Vila Sésamo e o mostrou para mim. — E-mo.

— Bom trabalho — falei, me abaixando para ficar na sua altura. — Está vendo esse carinha aqui? — Segurei o ursinho vermelho. — Ele está aprendendo a usar o penico igual ao Seanzinho.

— Feliz aniversário, Joe — Shannon disse atrás de mim. Me virei bem na hora em que ela tirava um bolo caseiro das costas. — Sei que você fez dezoito anos, mas só achei quatro velas — acrescentou com as bochechas coradas.

— Faz um desejo Joe — Ollie falou alegremente. — E não conta pra gente o que é, senão não vai acontecer.

— Você fez um bolo pra mim?

Ela ficou mais rosada ainda e fez que sim.

Levantei a sobrancelha.

— Um bolo comestível?

— É tão difícil assim de acreditar? — ela perguntou, dando risada. — Faz anos que faço o jantar pra você e ainda não te envenenei, né?

— Ainda não. — Fiquei de pé e baguncei o cabelo dela. — Valeu, Shan. Você viu o CD que o Papai Noel deixou do lado da sua cama?

— Sim. — Ela abriu um sorriso radiante. — Ele é tão generoso...

— Vamos, Joe — Ollie nos interrompeu. — Faz um desejo e "sopro" as velas. A gente quer bolo!

Tadhg suspirou.

— Não é sopro, é assopra.

— Foi o que eu disse.

— Não foi, não.

— Foi, sim.

— Meu Deus, não comecem. — Me inclinei e assoprei as velas. Depois, olhei para a minha irmã e disse: — Você não precisava fazer isso.

— Eu faria muito mais se pudesse — ela declarou, me dando um meio abraço enquanto enxugava as lágrimas com suas mãozinhas para que não caíssem no bolo. — Te amo, Joe.

— O-ee — Sean comemorou, agarrando minha perna. — O-ee.

— A gente te ama — Tadhg concordou com relutância.

— Uhum — Ollie acrescentou. — Um montão.

Soltei um suspiro sofrido e fiquei olhando para aqueles serezinhos à minha volta.

— Eu também.

Eu tinha oficialmente dezoito anos.

Podia sair pela porta e ninguém poderia me impedir.

Eu podia ir embora.

Podia me *libertar.*

Mas aqueles quatro rostinhos que me encaravam cheios de expectativa eram tão indefesos, tão dependentes de mim, que no fundo eu sabia que jamais deixaria aquela casa se não pudesse levá-los comigo.

Não importava se era amor ou dever o que me mantinha acorrentado — as fronteiras entre esses dois eram tênues demais para que eu pudesse diferenciar —, mas de uma coisa eu tinha certeza: nunca faria com eles o que Darren tinha feito comigo.

Eu nunca os abandonaria.

Se eu não pudesse fazer mais nada, pelo menos os pouparia *dessa* dor.

27 de dezembro de 2004

Depois

AOIFE

A música estava explodindo na cozinha lá embaixo, me atormentando com "Only a Woman's Heart", de Mary Black, enquanto sua voz subia as escadas. A letra melancólica envolveu meu coração partido.

Entorpecida, fiquei toda encolhida na cama, com os joelhos contra o peito, lutando para acalmar a histeria que me afogava. A dor tomava cada centímetro do meu corpo, tanto interna quanto externamente.

Era como se eu estivesse sangrando lágrimas.

Não paravam de cair.

Eu jamais saberia como consegui sobreviver à ceia de Natal com a minha família sem desmoronar em cima da mesa. Acho que teve algo a ver com o choque e a adrenalina que corriam em minhas veias naquela hora e que já tinham me abandonado.

Eu sabia que meus pais estavam preocupados comigo. Só saí de casa para trabalhar de manhã e, depois, passei quarenta e oito horas enfurnada no quarto, o que era um grande sinal vermelho. Principalmente porque a noite anterior era a mais esperada do ano para mim — eu nunca perdia as comemorações do feriado de St. Stephen, celebrado dia 26 de dezembro.

Caramba, até o Kev veio bater na porta do meu quarto. Só que eu não podia abrir o jogo com ele. Se eu verbalizasse as coisas, o problema se tornaria real. E eu estava desesperada, me agarrando à esperança de que de uma hora eu acordaria do pesadelo e tudo voltaria a ser como antes.

Minha respiração estava curta e dolorida, arranhando minha garganta, porque meu coração não queria que eu respirasse. Meu coração queria que eu caísse no sono mais profundo da minha vida e acordasse quando tudo tivesse passado.

Pensar nisso só me fazia chorar mais.

Porque estava tudo *acabado*.

E eu não estava pronta para isso.

Eu não estava pronta para que ele me abandonasse.

Mas era o que Joey tinha feito.

Ele não atendeu nenhuma ligação, e não consegui mandar nenhuma mensagem porque minhas mãos não paravam de tremer para que eu digitasse alguma coisa que prestasse.

Terminar comigo foi como uma facada nas costas, e me ignorar daquele jeito foi como retorcer a lâmina nas minhas entranhas.

Eu tinha passado quatro anos em um relacionamento com Paul, e em nenhum momento durante todo esse tempo ele provocou tanto conflito e turbulência no meu coração quanto Joey.

Aquilo não tinha fim.

Não queria nem pensar no que Joey estaria fazendo agora que não estávamos mais juntos.

Eu torcia para que ele estivesse tão infeliz quanto eu, mas não ia colocar minhas fichas nisso. Joey foi rápido para sair correndo e cagar o nosso relacionamento, então nada me garantia que ele não afogaria as mágoas dentro de outra garota.

Que besteira!, uma vozinha sibilou na minha cabeça. *É só a sua mágoa falando, e você sabe muito bem disso.*

Sim, eu sabia.

Sabia que ele me amava.

Não havia outra pessoa.

A única pessoa entre nós era o próprio *Joey*.

A depressão cravou as garras profundamente dentro de mim.

Minha garganta parecia coberta de serragem, e meu coração parecia ter sido esmagado. Ele estava se desintegrando no meu peito, e eu não conseguia lidar com aquela sensação nem mais um segundo.

Levanta!, meu orgulho ordenou. *Você não vai ficar aí jogada desse jeito.*

Me obriguei a destravar os músculos rígidos, desci da cama devagar e fiquei de pé sobre pernas trêmulas. Fiquei até surpresa por meu corpo ser capaz de se equilibrar depois do nocaute que levei.

Pois meu coração certamente parecia ter sido nocauteado. Minhas pálpebras estavam pesadas de tanto chorar, e levei alguns minutos para que minha visão turva clareasse.

É isso, a vozinha disse. *Agora continua de pé.*

Respirando com dificuldade, fui me movendo no piloto automático. Saí do quarto e entrei no banheiro. Tranquei a porta, cambaleei feito um potro recém-nascido até a pia e agarrei a bacia com força, fechando os olhos e me obrigando a abafar o grito que tentava escapar.

— Argh! — soltei e me encolhi, agarrando a bacia de porcelana com tanta força que os nós dos meus dedos ficaram brancos.

Você não vai desmoronar.

Prendi o fôlego para conter o choro.

Você não vai sucumbir.

Tremendo, peguei a escova de dentes e a molhei na água gelada antes de colocar um pouco de pasta e enfiá-la na boca. Escovei os dentes com violência, quase fazendo minhas gengivas sangrarem.

Eu não ligava. Só precisava limpar aquilo tudo. Apagar aquilo tudo. O problema era que nada poderia fazer isso por mim.

Não parava de pensar que, se tivesse lidado com minhas emoções de outro jeito aquela manhã, talvez eu pudesse ter evitado aquilo.

Se tivesse esperado Joey ficar estável o suficiente para ter uma conversa coerente, talvez ele não tivesse terminado comigo daquele jeito.

Balancei a cabeça para afastar os pensamentos e me concentrei em pequenas tarefas, como enxaguar a escova de dentes, fechar a pasta, desligar a torneira, colocar a escova de volta no suporte.

Com aquilo, eu podia lidar.

Quando recuperei algo parecido com autocontrole, liguei o chuveiro e me despi, tirando cada peça de roupa antes de pisar debaixo do jato de água escaldante. Só que eu estava congelada por dentro, tremendo da cabeça aos pés, com os dentes batendo violentamente.

Eu me sentia violada.

Eu me sentia totalmente exposta.

— Quero que você saiba que você foi a melhor parte do meu dia todos os dias desde que eu tinha doze anos.

Suas palavras ficavam voltando à minha mente sem parar, até que tive vontade de entrar no carro, dirigir até a sua casa e estrangulá-lo.

Daí a imagem dele esparramado naquele colchão com uma agulha pendurada no braço, e os olhos revirados para trás se infiltraram nos meus pensamentos, e fiquei com vontade de segurá-lo no meu peito e nunca mais soltar.

Não, esquece. Eu queria morrer, porque aquilo tudo era muito injusto.

— E aí, você tem um nome, garoto-que-pensa-por-si-mesmo?

— Você quer mesmo saber? Nós dois sabemos que, até o final do dia, você vai estar me chamando de gato.

Entorpecida, peguei o pote de xampu na prateleira e o espalhei no cabelo. Peguei uma toalha de rosto limpa, a molhei e a pressionei no rosto. Fiquei respirando o vapor quente.

— Eu não estou bem! É isso que você quer que eu admita? É isso que você quer ouvir, Molloy? Que eu não estou bem?

Arranquei a toalha do rosto e lavei com força qualquer resíduo de maquiagem. Fiquei olhando para o pano branco todo sujo com uma mistura de rímel, base e batom.

— Ele sempre vai preferir a próxima dose a você, Aoife. É a triste verdade da vida do meu filho.

Arrasada, desliguei o chuveiro e saí, me embrulhando na maior e mais fofa toalha que consegui encontrar antes de voltar para o quarto.

A música continuava tocando no andar de baixo, e o som de risadas me informou que meus pais estavam bebendo com os amigos.

Faziam isso todo Natal, e eu geralmente ficava com eles, bebendo prosecco barato e flertando de leve com os filhos dos amigos deles. Só que eu não tinha a menor energia para sorrir, muito menos para manter uma conversa.

Eu me sentia *vazia*.

Soltei um suspiro trêmulo e voltei para a cama. Peguei o celular e liguei para o mesmo número de novo.

— Aqui é o Joey. Você sabe o que fazer.

Bip.

— Eu não te amo — sussurrei com a voz embargada. Uma lágrima escorreu pelo meu rosto e fechei os olhos. — Eu *realmente* não te amo, seu cuzão.

NOVO COMEÇO

28 de dezembro de 2004

Tentando de novo

JOEY

Meu pai voltou a beber antes que minha mãe terminasse de cortar o peru, e acabei passando o resto do Natal interrompendo discussões e protegendo meus irmãos de seus punhos violentos.

Durante um dos seus surtos alcoólicos, me peguei fazendo um balanço da minha vida — um balanço *de verdade*.

Eu era uma desgraça e não queria mais ser essa pessoa. Estava indignado por ter me deixado cair no fundo do poço daquele jeito.

Acima de tudo, no topo das minhas prioridades, estava Molloy.

A desolação que vi em seus olhos, tão parecida com a dor que minha mãe carregava diariamente, ficou gravada na minha mente, e não diluía nem se apagava, não importava quanto tempo passasse.

Sua expressão arrasada quando saí pela sua janela, o sofrimento na sua voz, as palavras furiosas que ela falou no calor do momento... eu tinha lhe provocado tudo aqui.

Eu era o responsável pela tristeza no seu olhar e pelas palavras na sua boca.

Direcionadas para mim.

Não para o meu pai.

Nem para a minha mãe.

Só para mim.

O caminho que eu estava trilhando me assustava pra caralho, e a perspectiva de um futuro como o dos meus pais foi o alerta que eu precisava. Foi o chamado que me levou a passar uma quantidade bizarra de tempo desde aquela noite com a cabeça enfiada no vaso sanitário.

Uma horrível e familiar gota de suor frio e doentio escorreu pela minha nuca, molhando minha testa, minha boca e cada centímetro da minha pele enquanto eu lutava contra o demônio invencível dentro da minha cabeça que exigia que eu parasse de lutar e apenas o *alimentasse*.

Tremendo bastante, mantive os membros travados, os músculos rígidos, e lutei aquela batalha que me parecia impossível.

Mais uma hora, me desafiei mentalmente. *Aguenta firme por mais uma hora, e se ainda estiver tão ruim quanto agora, você pode ligar para ele.*

E foi assim que fui sobrevivendo nas últimas setenta e duas horas.

A ideia de me sentir assim para sempre era terrível e desmoralizante demais, então me concentrei em um tempo em que eu *pudesse* tolerar.

Uma hora de cada vez.

Com aquilo, eu *podia* lidar.

— Você *ainda* está doente? — Tadhg perguntou, me arrancando dos meus devaneios, parado na porta do banheiro e me vendo abraçado no vaso. — Nossa, cara, você está vomitando sem parar desde o Natal.

— Ele ainda está doente? — Shannon perguntou do corredor, preocupada. — Meu Deus, Joe, será que não é melhor chamar um médico?

— Não, não, não. — Segurando firmemente o vaso, fiquei tremendo e me contorcendo. — Eu... — Com os dentes batendo, me obriguei a engolir a ânsia e disse: — Vou ficar bem.

— O que você tem? — Tadhg falou, ansioso e frustrado. — Foi algum vírus? — Me encarou, desconfiado. — A gente pode pegar?

— Não, não é contagioso. — Parei de falar, arfei e me debati enquanto outra torrente de líquido claro se ejetava do meu corpo. — Será que algum de vocês pode me fazer um favor?

— Claro — os dois responderam ao mesmo tempo.

Enfiei a mão no bolso do moletom, peguei o celular e o ofereci para eles.

— Escondam isso.

— Hã?

— Você quer que a gente esconda o seu telefone? — Tadhg perguntou, incrédulo. — Por quê?

— Só guardem ele pra mim — pedi com os dentes cerrados, sentindo outra onda de ânsia. — Escondam em algum lugar, quebrem essa coisa, só... não me devolvam.

— Mas e se você ficar bravo com a gente? — Shannon perguntou, insegura.

— Não vou ficar.

— Mas e se você ficar? — Tadhg insistiu.

— Não vou ficar — eu disse. — Puta merda!

— Você está bravo agora — ele observou.

— Por favor — sussurrei. — Por favor, façam isso por mim. Nunca mais vou pedir nada pra vocês.

— Posso ficar com ele?

Shannon deu um suspiro pesado.

— Não, Tadhg, você não pode ficar com o celular dele.

— Mas disse que a gente podia quebrar o treco. O que significa que ele não quer...

— Ele *quer* o celular — Shannon o interrompeu.

— Mas ele...

— Só não quer agora. Ele vai pegar de volta na hora certa.

— Então por que você não fica com ele?

— Porque sou fraca e vou devolver no instante em que ele me pedir.

— E daí?

— E daí que não é disso que ele precisa.

— Tudo bem, nada disso está fazendo sentido.

— Tadhg! — falei. — Porra!

— Está bem, está bem. — Meu irmão entrou no banheiro, pegou meu celular e o enfiou no bolso rapidamente. — Pronto. Mas não venha reclamar comigo quando estiver sem crédito e não conseguir ligar pra sua *namorada*. Pretendo aproveitar ao máximo esse bebezinho aqui. Como é que se bloqueia um número quando estamos passando um trote? É #31#, né?

— Tadhg!

— Eita, deixa pra lá. Não vou passar trote em ninguém com o seu celular — grunhiu, saindo do banheiro. — Bom romance com o vaso, Joe.

— Tem certeza que não é melhor chamar um médico? — Shannon perguntou quando Tadhg foi embora com o meu telefone. — E a Aoife? Posso ligar pra ela.

— Não, não liga pra Aoife — falei, balançando a cabeça. — Não liga pra ninguém.

Não contei para Shannon que tinha terminado com Molloy. Não contei para uma alma sequer.

Assustar minha irmã com meus problemas quando ela já estava sobrecarregada de ansiedade era algo que eu não tinha a menor intenção de fazer. Ela não precisava ser exposta a algo do qual eu não consegui proteger minha própria namorada.

A repugnância me dominava em um ritmo rápido, e vomitei ruidosamente, expelindo outro jato de bile. Além disso, eu estava morrendo de vergonha de mim mesmo e estava sensível demais para verbalizar as palavras necessárias para explicar a merda que tinha feito.

Eu podia ter sido o responsável pelo término, mas não estava pronto para admitir em voz alta, muito menos para falar sobre aquilo.

Tinha dedicado um ano da minha vida àquela garota, e ainda havia uma pequena parte de mim que carregava uma centelhazinha de esperança no peito. Ela me permitia acreditar que, se eu desse um jeito naquela bagunça, se superasse aquele vício horroroso, talvez com o tempo pudesse reconquistá-la.

Talvez pudesse me tornar alguém merecedor de estar com ela, porque essa versão certamente não merecia.

E, se não pudesse vencer essa coisa que tinha cravado as garras em mim, pelo menos eu não a arrastaria para baixo comigo. Porque eu amava Aoife Molloy o suficiente para forçá-la a sair dessa, mesmo que isso quase me matasse.

Eu *não* ia transformá-la em mais uma Sam.

Ou pior, na minha mãe.

Preferia cortar as minhas próprias bolas e virar padre a deixar que isso acontecesse.

— Tem certeza que não quer que eu ligue pra Aoife? — Minha irmã entrou no banheiro de maneira hesitante e se agachou no chão à minha frente, apoiando as costas na banheira. Seus olhos azuis estavam cheios de preocupação quando ela disse: — Se eu tivesse namorado, eu ia querer saber se ele estivesse doente. — Ela deu de ombros e acrescentou: — Eu ia querer ajudar.

— Ela não pode me ajudar — declarei, me erguendo devagar e me recostando na parede. — Ninguém pode me ajudar.

A tristeza tomou suas feições.

— Joe...

Eu sabia que Shannon entendia o que estava acontecendo, e que eu sabia que ela sabia. Ainda assim, nenhum de nós disse uma palavra sobre o elefante branco na sala, e fiquei grato.

Ela não me deu nenhum sermão. Não me xingou nem me lembrou que eu tinha me tornado uma péssima pessoa.

Só ficou *ali*.

— Tudo bem. — Respirando com dificuldade, me obriguei a olhar em seus olhos. — Vai ficar tudo bem.

Ela soltou um suspiro trêmulo.

— Promete?

— Prometo. — Acenei a cabeça rigidamente.

31 de dezembro de 2004

Já se passaram dezessete horas e seis dias inteiros

AOIFE

Com o meu mundo completamente destroçado e o coração destroçado, consegui me arrastar durante a semana me comprometendo com três métodos/modos para sobreviver ao impossível.

1. Modo "trabalho".

Me coloquei à disposição do meu chefe, disponibilizando todas as minhas horas livres para o The Dinniman. Aceitei a distração desesperadamente e fiquei aliviada com o anonimato de servir mesas, até rastejar de volta para a cama à noite e chorar até dormir.

2. Modo "revisão para o leaving cert".

Como não era estudiosa como Kev, rapidamente descobri que esse método, por mais otimista e produtivo que parecesse quando resolvi lançar mão dele, era um fracasso total. Eu teria que engolir os livros se quisesse ter qualquer esperança de passar. Kev só precisava ouvir os professores explicarem as coisas uma vez, e as informações ficavam gravadas naquele cabeção dele para sempre. Já eu... Os professores quase tinham que colocar fita adesiva em cada orifício da minha cabeça para impedir que a informação escapulisse. Eu era péssima em estudar desse jeito. Infelizmente, não existia prova para avaliar as nossas habilidades de socialização, porque, ao contrário de Kev, eu me destacava nessa área. Assim, logo passei para o terceiro método.

3. Modo "leve uma garrafa de vodca para a banheira".

Sim, quando elaborei meu guia de sobrevivência em três passos, eu não estava pensando direito, porque, assim como ocorreu com o método número dois, essa me pareceu uma ideia fantástica. Então lembrei que minha mãe tinha trocado nossa banheira por um maldito chuveiro elétrico.

Está vendo? Nada estava dando certo.

Independentemente dos meus métodos, me vi seguindo adiante.

No domingo, estava entorpecida.

Na segunda, estava vazia.

Na terça, estava histérica e otimista, achando que tudo ia funcionar milagrosamente.

Na quarta, fui tomada por uma obsessão maluca que me fez lotar a caixa postal dele com mensagens carentes e depois furiosas, declarando que eu o odiava mais ainda, e me detestei por isso.

Na quinta, estava de volta à tristeza.

Na sexta, tinha me resignado ao fato de que nunca mais comemoraria o Ano-novo por livre e espontânea vontade outra vez.

Ano passado, já tinha sido horrível, pois tive que ficar sentada sabendo que Joey estava no andar de cima comendo a Danielle, mas aquele ano, sozinha em casa, tinha sido mil vezes pior.

Claro, tecnicamente eu estava com Paul no ano passado, e Joey estava todo alegre passando o rodo em metade da escola, mas a gente ainda podia contar um com o outro.

Porque, por mais confuso e bagunçado que fosse o precipício de cinco anos da nossa relação, pelo menos ele era meu *amigo*. Já esse ano eu estava completamente sozinha.

Meus pais estavam no pub, e até o Kev, que raramente saía, foi com eles.

Saí do banho e fiquei parada na frente do espelho do meu quarto, dando uma boa olhada no meu reflexo. Meus olhos estavam inchados e vermelhos; meus lábios, intumescidos; e minhas bochechas, cobertas de lágrimas.

Eu me sentia a mosca do cocô do cavalo do bandido.

Ou pior.

Fungando, estiquei os braços e prendi o cabelo molhado em um coque meia-boca no alto da cabeça. Coloquei uma legging preta, sapatilhas e um enorme suéter rosa e enxuguei com o dorso da mão as lágrimas que escorriam pelo meu rosto.

Meu cabelo estava bagunçado e encharcado, e não passei maquiagem, mas não liguei.

Eu não tinha planos para aquela noite mesmo.

Para ser justa, não é que eu não tivesse propostas. Eu tinha recebido inúmeras mensagens dos meus colegas, sem contar as dúzias de recados animados da Casey. Ela estava implorando para que eu fosse em uma festa do Tommen, pois a Katie tinha arranjado convites para a gente, cortesia do seu namorado jogador de rúgbi.

Segundo a Casey, os caras eram *gatos*, a bebida era grátis e ela pretendia descolar um jogador de rúgbi bonitão, chiquetoso e bombadão, aluno de escola particular, para passar a noite.

Que bom para ela!

Ela poderia pegar qualquer garoto obcecado por rúgbi que quisesse, porque o único cara com quem eu queria passar a noite vinha com um hurley, um uniforme da ECB e um caminhão de traumas.

Cobri as mãos com as mangas do suéter e tremi de frio, vasculhando o chão do quarto com os olhos à procura do familiar chaveiro.

Não faça isso, meu orgulho me falou. *Não haja como uma desesperada.*

Ah, Meu Deus, faz logo!, meu coração me encorajou. *Você sabe que ele ainda ama a gente.*

Enfim encontrei a chave do carro, peguei-a às pressas e disparei para fora do quarto.

Eba, você vai fazer!, meu coração comemorou.

Você pode me deixar na porta, meu orgulho disse, desistindo de mim. *Isso é patético.*

Eu sabia que estava assumindo um risco enorme ao fazer o que estava prestes a fazer, e havia uma boa chance de partir mais ainda meu coração, mas eu nunca me perdoaria se não colocasse para fora as palavras que me queimavam por dentro.

Ele precisava de *ajuda* e eu precisava ser *ouvida*.

E, mesmo que ele se recusasse a me deixar ajudá-lo, pelo menos ia ter que me ouvir.

31 de dezembro de 2004
Cuidando dos irmãos e boicotando velhos hábitos

JOEY

— Vão pra cama, porra! — gritei escada acima. — Juro por Deus, gente, se eu tiver que subir aí, vocês vão se arrepender.

— Até parece — Tadhg retrucou, dando risada, respondão como sempre, inclinando sobre o corrimão. — O que você vai fazer? *Olhar feio* pra gente?

— Pode crer — o valentão besta com um Furby roxo enfiado debaixo do braço interveio. — Ele sabe que você não vai encostar na gente, Joe.

— Não seja abusado comigo, seu bocó — avisei, apontando o dedo para o número cinco. — Tem uma primeira vez pra tudo.

— Sei — Ollie zombou, sem ligar a mínima para a minha ameaça vazia.

— É sério — falei. — E, se vocês estiverem pensando em acordar aquele bebê, eu é que não vou passar mais duas horas tentando fazer ele dormir.

— Ah, por favor — Ollie disse. — Sean não acorda por nada.

— Que bom pra ele, já que ele mora com um bando de vuvuzelas ambulantes.

— Por que é que a gente não pode descer? — Tadhg choramingou. — É Ano-novo. Shannon pode ficar acordada, e não diga que é porque ela é mais velha, porque isso não é desculpa.

— Porque, se eu deixar você descer, vou ter que deixar Ollie descer, e se eu deixar Ollie descer, vou ter que deixar Sean descer — falei pela sétima vez. — E eu é que não vou carregar todos aí pra cima quando vocês desmaiarem no sofá.

— Mas o pai vai passar a noite fora — Tadhg continuou insistindo. — E a mãe foi com ele. Isso só acontece uma vez por ano, Joe. Só uma vez por ano!

— *Exatamente* — eu disse. — Então vai pra cama como um bom garoto e me deixe curtir um pouco de paz e tranquilidade pela primeira vez na vida.

— Que merda! — Tadhg resmungou. — São só dez e meia.

— A gente "odeio" quando você dá uma de babá — Ollie bufou, se atrapalhando com as palavras. — Você fica malvado. E chato.

Revirei os olhos.

— Pois é, dar uma de babá com vocês três é um evento emocionante pra mim também.

— Joey, por favor...

— Pra cama — ordenei, erguendo a mão. — Se continuarem insistindo, nenhum de vocês vai pisar no campo da AAG por uma semana.

— Você não pode fazer isso — Tadhg protestou. — Você não pode nos colocar de castigo. Você não é nosso pai.

— É — Ollie acrescentou, se colocando ao lado do irmão. — Você não "mando" na gente.

— Ah, não? — Levantei a sobrancelha. — Continuem nessa e vou acrescentar mais uma semana.

— Mas...

— Já são três semanas.

— Que merda — Tadhg bufou antes de desaparecer de vista. — Eu gostava mais de quando você estava vomitando!

— É — Ollie grunhiu, saindo atrás de Tadhg. — A gente te "odeio".

— Já sei, já sei. Bons sonhos, seus putinhos — falei, esperando ouvir a porta dclcs sc fcchando para voltar para a sala.

— Nossa, que bom que você está aqui pra botar ordem nesse chiqueiro — Shannon comentou, rindo, quando me sentei ao lado dela no sofá. — Eles nunca fazem o que eu mando.

— Você não pode demonstrar fraqueza — expliquei, oferecendo-lhe uma barra de chocolate que saquei do bolso. — Garotos juntos desse jeito são como uma matilha de cães raivosos. São capazes de sentir cheiro de medo a quilômetros de distância e, no minuto em que você mostra o pescoço, vão direto pra jugular.

— Caramba — ela falou, abrindo o chocolate. — Que jeito interessante de educar crianças!

— Não coma desse jeito, sua doida! — Horrorizado com a forma como minha irmã atacava uma barra de KitKat, peguei a almofada nas minhas costas e joguei nela. — Você é uma serial killer?

— O que foi? — Shannon gargalhou da ponta do sofá e deu outra mordida bem no meio da barra, sem quebrá-la ao meio primeiro. — É só chocolate.

Sacudi a cabeça, revoltado. Dei um gole no chá que Shannon tinha feito e murmurei:

— No fundo, você é uma psicopatinha, né?

— Você está muito melhor que ontem — falou em um tom de aprovação. — Estou orgulhosa de você, Joe.

— Pelo que exatamente?

— Por melhorar, ué! — Com as bochechas coradas, ela se mexeu desconfortavelmente. — Por ficar em casa hoje sendo que este é o último lugar onde você queria estar.

Disso eu não tinha dúvidas.

Eu estava longe de estar *melhor*, mas ainda estava tentando, ainda aguentando firme, ainda limpo.

O pior da crise de abstinência tinha passado, mas eu sabia que ainda estava na corda bamba e não podia correr riscos, por isso resolvi não sair.

Eu não tinha estado no inferno a semana toda para jogar tudo fora desse jeito. Se eu saísse, acabaria fazendo *exatamente* isso.

Ao contrário do meu pai, o álcool nunca foi um problema para mim, mas era o comparsa traiçoeiro do meu principal inimigo. Porque o álcool me dava uma falsa sensação de liberdade e me tirava a lógica e a consciência. Eu ficava imprudente e mergulhava de cabeça em um caminho sem volta.

Quando eu bebia, ficava relaxado e, quando ficava relaxado, eu chapava. Era assim desde que eu tinha a idade do Tadhg. Caralho, talvez até do Ollie.

Passei quase metade da vida dançando com o diabo, brincando com fogo, e ele enfim tinha me pegado.

Pior: ele tinha me dominado.

Muitos não voltavam da fronteira que ultrapassei.

A cara desolada de Molloy ainda estava tão nítida na minha mente quanto na semana anterior. Ela era a força motriz por trás da minha decisão de estacionar a bunda no sofá e me manter longe de problemas aquela noite.

Eu não podia fazer merda de novo.

Não podia me dar a esse luxo.

No fundo, eu sabia que, se me deixasse entrar naquele buraco de novo, nunca mais sairia de lá.

— Sabe de uma coisa? — Shannon falou, me trazendo de volta ao presente enquanto terminava a barra de chocolate. — Não me lembro do último Ano-novo que passamos juntos.

Eu me lembrava.

— Eu estava na sexta série e você na terceira — eu disse, recordando aquela noite como se tivesse acontecido ontem. — Darren estava no sexto do secundário e tinha saído do armário no Natal, e o velho estava surtado.

— Ah, é. — O brilho nos seus olhos diminuiu. — Lembrei.

— Ele destruiu a casa toda, deserdou o Darren e quebrou o braço da mãe por tentar defender o Darren. Depois, quebrou o meu nariz por defender a mãe, fez as malas e passou um mês fora de casa.

— É — ela sussurrou, mordendo os lábios. — Foi o último Natal de Darren com a gente.

— Isso — falei baixinho. — E foi a última vez que passei o Ano-novo em casa.

Também foi a última vez que passei o Ano-novo sóbrio.

— Ele foi embora no outono — ela acrescentou, claramente se lembrando de um tempo em que as coisas não eram tão complicadas na nossa vida. — Depois que recebeu o resultado do leaving cert.

— Ele só tirou A porque, vamos ser sinceros, ele era meio que um gênio — admiti com relutância. — O filho da puta deve estar trabalhando em algum escritório por aí, sentado em uma mesona com um computador chique, fazendo uma fortuna com aquele cabeção dele.

— Tomara que sim — Shannon falou em um tom melancólico. — Realmente torço pra que ele esteja bem, Joe.

— Ele está ótimo — eu disse, sentindo meu humor azedar. — Deu o fora daqui, né?

— Pois é. — Seus olhos se encheram de ansiedade. — Você odeia ele?

Acenei a cabeça rigidamente.

Ela arregalou os olhos.

— Sério?

— Sério. Eu odeio de verdade aquele cara.

Por me deixar sozinho.

Por depositar todo o peso da responsabilidade nos meus ombros, quando a gente deveria dividir o fardo.

Por roubar o meu futuro no instante em que ele saiu pela porta.

— Eu não. — Olhou para mim, nervosa. — Não odeio ele. Ainda estou chateada por ele ter ido embora e nunca mais voltado...

— Ele não fez só isso — eu a interrompi, ficando cada vez mais puto. — Também nunca atendeu ao telefone. Nem uma vez em meia década.

— Mesmo assim, não odeio ele. Eu jamais poderia odiar nenhum dos meus irmãos. — Ela cutucou meu joelho com o pé antes de acrescentar: — Especialmente meu irmão favorito.

Revirei os olhos.

— Puxa-saco.

— Mas aquele foi um bom mês, né? — ela falou com um sorrisinho. — Quando o pai foi embora naquele Natal. Tipo, tirando o braço da mãe e o seu nariz quebrado, claro.

— Pode crer — concordei. — Foi o primeiro Natal com a mãe que eu lembro de ela estar presente *de verdade.*

— Pois é. Ela estava tão viva aquele Natal... — Seus olhos se iluminaram com as recordações. — Lembra como a gente se divertiu quando saímos de casa cantando "The Wren" no feriado de St. Stephen? — Shannon deu risada e acrescentou: — Ela nos levou de porta em porta, de pub em pub, cantando a plenos pulmões. A gente ganhou um dinheirão, lembra, Joe?

— Lembro. Mas só porque eu a convenci a engolir o orgulho e nos deixar fazer isso.

— Ah, é?

— É — respondi sem emoção. — O pai tinha vazado com toda a nossa grana, ela só receberia o pagamento em quinze dias, e o precioso Darren estava ocupado demais estudando pras provas pra arranjar um emprego. — Dei de ombros e continuei: — A gente precisava dar um jeito. Ollie precisava de fraldas, e a despensa estava vazia quando o pai foi embora.

— Sério? — Shannon perguntou. — Então foi por isso que você foi trabalhar com o Tony Molloy naquele Natal? Porque a gente estava sem grana?

Encolhi os ombros de novo.

— Basicamente, sim.

— Nossa... — Ela soltou um suspiro. — Eu não sabia disso.

— Tem muita coisa que você não sabe, Shan — murmurei, dando outro gole no chá. — Agradeça.

— Agradeço — ela falou depressa. — Fico aliviada e grata, Joe. Darren pode ser o filho estudioso, mas você é o sobrevivente. — Ela esticou o braço e apertou meu ombro com a mãozinha. — E é por isso que eu *sei* que você vai ficar bem. — Ela me lançou um olhar intenso e sussurrou: — Prometo.

Então alguém bateu de leve na porta e me levantei depressa, feliz por poder interromper aquela conversa. Estava ficando profunda demais, e eu não conseguiria lidar com nada profundo naquele momento.

— Quem é? — Shannon perguntou quando eu ainda estava no corredor.

— Quem sabe se você me deixar atender eu possa te contar — falei secamente, virando a chave na fechadura e abrindo a porta.

No instante em que meus olhos pousaram no seu rosto, foi como se o ar tivesse sido arrancado dos meus pulmões.

Puta merda.

Molloy estava parada na porta com os braços em torno de si em uma postura defensiva, mais arrasada e mais linda que nunca.

— Oi — ela sussurrou.

— Oi. — Ignorei minha irmã me chamando da sala, consegui juntar palavras suficientes e perguntei: — Você está bem?

As olheiras profundas debaixo dos seus olhos inchados me garantiam que ela não estava nada bem.

Ela começou a assentir antes de parar de repente e balançar a cabeça, batendo os dentes.

— Podemos conversar?

Puta merda.

Com o coração martelando o peito, saí de casa e fechei a porta, sabendo que o que quer que ela tivesse para me dizer iria doer, mas concordando sem hesitar porque eu merecia tudo o que ela quisesse atirar na minha cara, e muito mais.

31 de dezembro de 2004

Não estou bem

AOIFE

Quando bati na casa dos Lynch na noite de Ano-novo, a última pessoa que eu esperava que fosse atender era Joey. Mas, no instante em que a porta se abriu, foi exatamente com ele que me deparei me encarando de volta.

Eu tinha ido lá para vê-lo, claro, mas no fundo sinceramente pensei que seria viagem perdida.

Assim que o vi, a dor que andava sentindo no peito se amplificou tanto que tive que colocar a mão no coração para acalmá-lo.

Soltei um suspiro de surpresa.

— Oi.

— Oi. — Ele segurou a porta com mais força. — Você está bem?

Não.

— Podemos conversar?

Ele fez que sim e respirei fundo quando saiu e fechou a porta em silêncio.

A calça de moletom cinza que ele usava estava baixa em seus quadris estreitos, mostrando um pouco da boxer preta que estava por baixo. A camiseta branca revelava seus braços tatuados e era tão justa que eu podia ver a tinta preta em seu peito.

Doeu.

Fiquei completamente mexida.

Incapaz de me conter, bebi a sua imagem enquanto meu corpo esquentava e meu coração se partia com o enorme esforço que precisei fazer para ficar ali parada encarando-o.

— Eu, ah... — Parei de falar, observei seu rosto e fui ficando mais confusa a cada segundo que passava. — Você está aqui. — *Você está sóbrio.*

— Pois é. — Joey acenou a cabeça devagar, estalando a mandíbula. — Estou.

— Por quê? — perguntei com uma voz rouca e embargada. — Por que você está *aqui*?

— Por que eu não deveria estar?

— É Ano-novo.

— Estou sabendo.

— Me responde.

Ele soltou um suspiro sofrido e disse:

— Eu meio que estou tentando virar a página.

Fiquei encarando-o incrédula.

— Por quê?

Ele me olhou feio.

— Por que você acha?

— Por quê? — insisti. — Por que, Joe?

— Porque fiz merda!

— E daí? — As lágrimas se acumularam nos meus olhos e os mantive bem abertos, sem ousar piscar. Porque, se eu fizesse isso, a barragem ia estourar. Piscar para não chorar nunca funcionou para mim. Eu tinha que fazer secá-las. — Você fez merda antes, e isso nunca te impediu de fazer de novo. — *E de novo e de novo...*

— Bem, talvez dessa vez eu tenha pagado mais do que estava disposto a perder.

— Como assim?

— Você sabe do que estou falando — ele disse, passando a mão pelo cabelo.

— Diga — pedi a uns sessenta centímetros de distância, com ele me olhando por cima do ombro. — Quero ouvir as palavras.

Seus olhos verdes cintilaram de calor quando ele falou de uma vez:

— Perdi você.

— Eu?

— Você.

— Não. — Fiquei perplexa e sacudi a cabeça. — Não fala assim.

— Você que pediu.

— Mas você... — Balancei a cabeça e olhei para ele, me sentindo esperançosa e desesperada ao mesmo tempo. — *Você* que fez isso, Joey.

— Eu sei.

— Não, não, não. — Ergui a mão trêmula, mentalmente afastando a esperança patética que crescia dentro de mim. — *Você* terminou *comigo*.

— Eu sei, Molloy. — Seus olhos cintilaram de novo, e ele grunhiu: — Eu *sei*.

— Então não me vem com essa — sibilei, incapaz de controlar as emoções. — Você estava mais que disposto a me perder quando me deu as costas. — As lágrimas arderam nos meus olhos enquanto eu o encarava. — Eu estava lá, lembra? Fiquei vendo você *ir embora*.

— Eu estava tentando fazer a coisa certa — ele rosnou, perdendo a calma. — Puta merda!

— Pra quem? — gritei, erguendo as mãos.

— Pra você! — rugiu, ofegante, me imitando e também erguendo as mãos, agitado. — Pra você, Molloy. Pra você, porra. Sempre você! — Frustrado, ele cerrou os punhos ao lado do corpo e continuou: — Fui embora porque sabia que era a melhor coisa que eu podia fazer *por* você, e não porque não te amo!

— Você me *ama*? — falei, exasperada, segurando uma risada de quem não estava achando a menor graça. — *Agora* você me diz isso? Quando não estamos mais juntos? — Balancei a cabeça sem conseguir acreditar, tomada pela desolação. — Isso foi impagável.

Ele estreitou os olhos.

— Só estou te falando a verdade.

— Você sabe como é o relacionamento dos meus pais — eu disse, delirando de tristeza, desesperada para que ele me ouvisse. Para que soubesse o quanto a facada que ele me deu nas costas tinha me ferido. Ela se cravou nos meus ossos e eu estava morrendo lentamente por dentro. — Você sabe que tenho problemas pra confiar nos homens.

Ele teve a decência de ficar de bico fechado e assentir.

— Nunca confiei no Paul nos quatro anos em que ficamos juntos, e também *nunca* me permiti amá-lo, porque sabia o que aconteceria se eu me permitisse — falei, arfando. — Eu sabia que, no final, se eu lhe desse esse poder, ele me decepcionaria e partiria meu coração. Então não deixei isso acontecer e mantive o poder e o meu coração comigo. — Fungando, sacudi a cabeça e me obriguei a olhar para ele. — Mas nunca tive chance com você, né?

Ele ficou me encarando por um longo tempo antes de soltar um suspiro sofrido.

— Aoife, eu estava tentando te proteger.

— Bem, pois não funcionou — eu disse, chorando. Meu corpo foi ficando mole conforme a adrenalina que corria pelas minhas veias rapidamente se dissipava. — Porque não estou bem.

Ele estremeceu.

— Eu sei.

— Não estou bem — repeti, precisando que ele me escutasse, me visse, me ajudasse. — Você me perguntou se eu estava bem e estou te dizendo que *não* estou.

— Nunca quis... — Sua voz falhou, e ele esfregou o rosto com as mãos antes de dizer: — Eu *sei*, está bem? Eu sei. Eu também não estou.

— Você fez eu me apaixonar — eu disse, enquanto meu corpo todo tremia. — Você fez eu me apaixonar por você, acreditar em você, e depois você me tomou tudo.

A dor tomou suas feições.

— Eu sei.

— Estou apaixonada por você. — Eu não ligava se parecia fraca ou patética. Apenas continuei derramando a verdade, sangrando na frente dele. — E estou preocupada com você e completamente ferrada da cabeça por sua causa. — Minha garganta se fechou e soltei um soluço quebrado antes de acrescentar: — E me sinto assim com você desde que tinha doze anos.

— Aoife...

— Fechei os olhos pras coisas obscuras que você faz mais vezes do que eu gostaria de admitir. Desfiz amizades pra estar com você. Entrei em bocas de fumo por você. Te protegi, menti por você e te ofereci o meu corpo.

— Aoife — ele grunhiu como se estivesse com dor. — Eu...

— Eu não poderia te amar mais nem se eu tentasse, Joey Lynch — choraminguei, desistindo de lutar contra as lágrimas que escorriam pelo meu rosto.

Era como se eu fosse uma cobra morrendo, enfraquecida, mas excepcionalmente perigosa e venenosa. Eu não conseguia entender como meu coração estava tão disposto a ser ferido. A deixar que esse garoto pisasse nele sem pensar ou se importar com as consequências. Sem pensar no meu futuro, que não existia sem ele.

— Mas nunca vai ser o suficiente pra você! — Perdendo a batalha contra as emoções, segurei a cabeça entre as mãos e soltei um grito de agonia. — Nunca vou ser o suficiente pra você, porque meu amor não vem na forma de um pó que você pode inalar pelo nariz ou injetar nas suas veias...

— *Não* é assim — Joey me interrompeu com a voz embargada. — *Não* é assim que eu me sinto. — Ele soltou um suspiro trêmulo, se aproximou e me puxou para os seus braços. — *Eu* sou o problema aqui, Molloy. *Eu* que não vou ser o suficiente pra você, não o contrário.

— Você é o suficiente!

— Não sou. Não sou, baby.

— Isso é demais pra mim, Joe. — As lágrimas escorriam tão rápido que era difícil enxergar direito, e meus braços se mexiam por conta própria, agarrando-se à pessoa que provocou toda essa dor em mim. — Tudo isso é demais — falei, enterrando o rosto no seu peito. — *Sinto* coisas demais por você.

— Eu sei — ele disse. — É *exatamente* por isso que fiz o que fiz. — Ele beijou meu cabelo molhado e me abraçou mais forte. — Você precisa entender que estou tentando vencer essa montanha desde antes de a gente se conhecer. Este demônio é *meu*. — Ele soltou um grunhido e se agarrou em mim. — *Nada* disso é culpa sua.

31 de dezembro de 2004

Estou tentando me consertar

JOEY

Eu costumava pensar que as *minhas* palavras eram armas, mas estava errado. Nada que eu pudesse conjurar em minha mente poderia infligir tanta dor quanto as palavras que ela me disse. Suas palavras destruíram minha alma, me estilhaçaram e me penetraram até os ossos.

— Por que é que você não pode me amar mais? — perguntou, chorando e me segurando com força. — Por que não sou suficiente pra você?

— Eu te amo *mais* — confessei, sentindo minha alma se partindo ao meio, angustiado ao me dar conta do tamanho do sofrimento que eu tinha lhe causado. — Você *é* suficiente pra mim.

— Não sou.

— É, sim. — Soltei um suspiro sofrido e disse: — Não quero *ser* assim. Não amo as merdas que eu faço. Tenho nojo de mim.

— Então por que você faz? — ela perguntou, tremendo nos meus braços. — *Por quê?*

Ela estava me perguntando algo que eu não podia explicar.

Como é que se explica o vício para alguém que nunca teve que lidar com isso?

Como é que eu poderia fazê-la entender que passei a maior parte da minha vida desesperado para fugir? Que o único consolo que encontrei foi na tragada relaxante de um baseado, ou numa carreira de cocaína para alterar a minha mente, ou no efeito entorpecente dos benzos, ou no zumbido emocionante dos estimulantes? Como eu poderia esquecer a euforia da heroína?

Molloy não sabia como era acordar todas as manhãs sentindo uma forte inclinação para cometer suicídio. Ela não sabia como era ser uma criança indefesa, faminta e carente, em um lar em que não era desejada. Ela não sabia como era ser um garoto sem esperança que *enfim* tinha encontrado algo que o ajudava a superar o sofrimento e a miséria que era sua vida. E ela não fazia ideia da velocidade como as coisas mudaram para aquele garoto e como isso o tinha pegado de surpresa.

Nunca conseguiria entender o autodesprezo excruciante de perceber que a *única* coisa que ajudava aquele garoto a enfrentar o dia havia silenciosamente se transformado em algo sem o qual ele não conseguiria passar um dia sequer.

Nunca entenderia o que significava controlar sua vida com algo que antes era prazeroso e, agora, ser controlado pela mesma coisa, que você passou a desprezar.

Não falei nada disso.

Porque eu não conseguia.

Porque eu não era bom o suficiente.

— Sei lá — foi tudo o que eu disse. — Não sei por que eu faço, Molloy.

Ela fungou, olhou para mim e sussurrou:

— Isso não é bom o suficiente.

Eu sei.

— É tudo o que eu tenho. — Segurei seu rosto entre as mãos, me inclinei e encostei a sobrancelha na dela. — Me desculpa.

Tremendo, ela fechou os olhos e se entregou ao meu toque.

— Não quero ficar com mais ninguém.

— Eu também não — falei com a voz rouca e quase morri ao acrescentar: — Mas também não quero mais te machucar, o que significa que preciso ficar longe de você, e você tem que me deixar fazer isso.

— Não. — Com lágrimas escorrendo pelas bochechas, ela balançou a cabeça e abraçou a minha cintura com mais força. — Não consigo.

— Você precisa — eu disse, sentindo cada grama da sua dor, porque eu a compartilhava com ela. — Tenho que clarear minha mente antes de poder voltar a confiar em mim mesmo pra estar perto de você.

— Mas você está bem agora — ela choramingou, se agarrando a mim. — Você não saiu hoje. Você está aqui. Você está aqui, Joe! Não está chapado nem bêbado.

— Nós dois sabemos que eu não estou bem, baby.

— Mas...

— Me escuta.

— Não. Você não está me dizendo o que eu queria ouvir.

— Você quer que eu diga as palavras? — Limpei a garganta e respirei fundo. — Está bem. Eu te amo, Aoife Molloy.

— Não faz isso.

— Eu te *amo* — repeti com os olhos fixos nos dela, enxugando uma lágrima do seu rosto. — Eu te amo mais do que jamais amei alguém na vida. E não estou exagerando. É a mais completa verdade.

— Joe...

— E é exatamente *por isso* que não posso te colocar na mesma posição que te coloquei no Natal. — Contive as emoções, balancei a cabeça e soltei um suspiro antes de acrescentar: — É *porque* eu te amo que *nunca* mais vou permitir que isso aconteça com você de novo.

— Você não pode dizer que me ama *depois* que a gente terminou — ela falou, enterrando o rosto no meu pescoço. — Você devia ter falado quando a gente estava junto.

— Antes, durante ou depois. — Dei de ombros, impotente. — É verdade.

— Eu não quero isso, Joey. Não quero te perder. Você é meu melhor amigo.

— E você é minha melhor amiga — admiti, arrasado. — Nada do que sinto por você mudou, Molloy.

— Então eu preciso de mais do que palavras — ela exigiu. — Se você espera que eu vá embora, preciso que me dê algum tipo de garantia.

— Como assim?

— Diz que não é pra sempre — ela sussurrou, me encarando com os seus olhos verdes. — Que isso é temporário, e assim que você processar o que quer que você precise processar, a gente vai voltar.

— E se eu não conseguir?

Ela balançou a cabeça.

— Isso não é uma opção.

— Molloy. — Dei um suspiro. — Não quero te prometer uma coisa que não vou conseguir cumprir.

— Então prometa e *cumpra* a promessa — ela ordenou, entrelaçando os dedos nos meus. — Simples assim.

Aquilo não era nada simples, e nós dois sabíamos.

— Eu vou cuidar das minhas coisas por um tempo, ficar limpo e me recuperar. Que tal?

— Sem mim — ela sussurrou, apática.

Por você.

— E você vai cuidar das suas coisas com a Casey e as meninas e vai se divertir pra caralho — continuei. — E você não vai ficar pensando no que estou fazendo e com quem estou, porque você já vai saber que meu coração está com você.

Ela fungou e me olhou cheia de expectativa.

— E o seu pau.

Não era uma pergunta, mas um aviso. Respondi mesmo assim.

— E o meu pau.

Ela fez que sim e eu continuei:

— E a gente vai se ver na escola e não vai ser nada estranho porque a gente sabe que, antes de sermos nós, a gente era...

— Nós — ela completou baixinho.

— Exatamente. Eu não vou te *substituir*, Molloy. — *Eu não poderia.* — Estou tentando *me* consertar.

Por você.

Muito obrigada por ler este livro!

Continue lendo o **capítulo bônus** exclusivo de *Saving 6*. Descubra o que aconteceu antes do capítulo **Amor de verão: fiz uma tatuagem.**

10 de julho de 2004

Capítulo bônus

JOEY

A tal da rave fenomenal que Molloy estava determinada a ir comigo consistia em milhares de pessoas seminuas amontoadas em um campo de feno, enquanto vários DJs famosos tocavam em cima de um caminhão.

Ficar de pé, debaixo de uma chuva torrencial, espremido entre corpos suados e encharcados jamais seria minha primeira escolha de rolê, mas Molloy estava se divertindo.

Tempestades em julho não eram nada incomuns para o clima irlandês, mas até eu tive que admitir que os relâmpagos cortando o céu ficaram fabulosos misturados às luzes estroboscópicas piscando ao nosso redor.

A chuva estava caindo forte, e eu mal conseguia sentir meu rosto — graças ao que quer que eu tivesse inalado antes —, mas nada daquilo importava.

Porque ela estava ali e eu estava livre.

Pelo menos por um fim de semana.

Somado a isso, havia excesso de sexo, álcool e drogas, o que me transformava em um ser muito dócil.

Como um pequeno vaga-lume sexy na chuva da meia-noite, fiquei olhando minha namorada se sacudindo ao som da música.

Ela estava de short jeans, biquíni branco com babados e galochas amarelas, e uma tinta neon escorria da sua pele molhada. Molloy jogava as mãos para o alto e dançava como se ninguém estivesse olhando.

Meu Deus, galochas amarelas nunca foram tão sexy!

Me entreguei à empolgação do momento e me mantive perto da minha garota, oferecendo-lhe o espaço que ela precisava para se divertir, mas próximo o suficiente para intervir se algum dos inúmeros tarados que a observavam tentasse alguma gracinha.

Quando "L'Amour Toujours", de Gigi D'Agostino, ressoou do palco principal, todos em um raio de três quilômetros entraram em um frenesi enlouquecido.

Enquanto isso, eu me balançava para a frente e para trás entre os corpos que se acotovelavam e dei outra tragada no meu baseado, ignorando a loira que tinha passado as quatro últimas músicas tentando dançar comigo.

Com a camiseta enfiada no short e coberta com a tinta neon que minha namorada tinha usado em mim para combinar com a pintura nela, tentei me manter alerta.

— Você tem um corpo lindo.

Puta merda.

Quando mãos desconhecidas envolveram meu corpo, tocando minha barriga, senti meu humor azedar.

— Adorei suas tatuagens.

Chapada ou não, aquela garota estava ficando um pouco atrevida demais e corria o risco de perder o cabelo se não se afastasse — cortesia do meu vaga-lume sexy de galochas amarelas.

— Estou com ela — gritei por cima da música, recuando antes que Molloy percebesse e desse uma de Sarah Connor para cima dela. Me virei para a loira atrevida, apontei para a minha namorada dançando e acrescentei no tom mais frio que consegui: — Só com ela, então é melhor você ir embora.

— Ah, vamos lá, gato. Por que você não vive um pouco? O que os olhos não veem o coração não sente — ela ronronou, sem querer ceder. Ela continuou invadindo meu espaço e chegou até a envolver meu pescoço com os braços. — Você está com cara do melhor erro que vou cometer essa noite. — Ela se aproximou. — Tenho uma barraca do outro lado do...

— Qual o seu último desejo, vadia? — uma voz familiar a interrompeu, me fazendo grunhir por dentro. — Porque você está assinando a sua própria certidão de óbito.

Ah, a coisa ia ficar feia.

Puta que pariu.

— Calma, mana, a gente só estava conversando — a loira falou com um tom sarcástico, mas teve o bom senso de tirar as mãos do meu pescoço e dar um passo para trás. — Você não é dona dele.

— Ah, é aí que você se engana, *maninha* — Molloy retrucou, se colocando na minha frente. — Eu sou a dona dele, sim.

Eita.

— Ei, bonitão? — Molloy se virou para mim e me encarou com uma expressão que me fez ficar sóbrio e temer pela minha segurança. — Quem é a sua dona?

Ergui as sobrancelhas de surpresa.

— Minha dona?

— *Isso.* — Ela me deu outro olhar penetrante, fazendo minhas bolas se encolherem. — A sua dona.

— Você, minha rainha — respondi, mesmo que fosse contra a minha natureza me curvar a qualquer um.

Qualquer um, não, meu coração me lembrou. *Só a ela.*

— Nossa — a loira zombou. — Você botou mesmo um cabresto nele, né? E depois? Vai marcar o coitado com o seu nome?

— Ótima ideia — Molloy retorquiu, avançando para ela. — Agora, vaza daqui antes que arranque essa sua extensão horrorosa.

— Puta psicopata — a loira berrou antes de desaparecer na multidão.

— Barbie oxigenada — Molloy gritou para ela.

— Calma, Molloy — falei, colocando o braço na sua cintura antes que ela saísse correndo atrás da mais nova arqui-inimiga. — Não foi nada.

— Nada? — Ela se virou para mim e enfiou o dedo no meu peito. — Ela estava te atacando, Joe.

— Ela sabia que eu não estava interessado. Eu falei.

— *Claro* que falou.

— Sim, Molloy, estava tudo sob controle.

— Sério? Pois pareceu que ela estava *te* controlando.

— Bem, acho que você é que está fazendo isso — eu disse. — Que história é essa de ser minha dona? — Olhei feio para ela. — Não tenho dona, não, Molloy.

— Ah, para com isso. É recíproco. — Ela revirou os olhos para mim. — Você também é meu dono.

— Eu sou seu *dono*? — perguntei, sentindo uma mistura bizarra de possessividade e desejo. — Isso é bem tóxico, baby.

— Você não quer ser meu dono, Joe? — ela ronronou, se encostando em mim. — Hein? — Ela passou os braços pelo meu pescoço, arrancou o boné da minha cabeça e o colocou na sua, virado para trás, como eu estava usando. — Porque eu quero que você seja meu dono.

Puta.

Que.

Me.

Pariu.

"The Way", do Divine Inspiration, começou a tocar assim que os céus se abriram e nos encharcaram em uma chuva torrencial.

Eu deveria estar sentindo frio, mas meu corpo estava ardendo, impelido pelo meu coração trovejando depressa no peito pela garota em meus braços.

— Você é uma demoniazinha — enfim cedi, me inclinando para roçar os lábios em sua boca. — Um pé no saco.

— Talvez. Mas você me ama.

— Molloy.

— Você está apaixonado por mim.

— Para com isso.

— Você está louco por mim — ela continuou me provocando. — Não foi isso o que você disse, Joe? Anos atrás? Que é assim que se sabe quando é paixão?

— Aoife.

— Você me ama loucamente.

— Você dá trabalho, sabia?

— Você me ama tanto que fica maluquinho.

— Meu Deus.

— Um dia, você vai fazer uma tatuagem com o meu nome, né?

— Até parece.

— Em cima do seu coração — ela disse, abrindo um sorriso vitorioso para mim. Eu estava nas mãos dela. Aquela rodada era dela. — Porque esse é o meu lugar.

— Nem vem — grunhi, abraçando sua cintura com mais força e sentindo crescer uma vontade de me enterrar dentro dela. Eu queria mergulhar nela e nunca mais subir para respirar.

— Você adora o chão em que eu piso.

Bem, eu tinha a impressão de que ela poderia estar certa, mas jamais admitiria aquilo. Então comuniquei com ações o que não podia dizer com palavras.

Dei um suspiro pesado, segurei seu rosto entre as mãos e apoiei a cabeça na dela.

— Tudo bem se ainda não puder dizer, Joe — ela sussurrou, roçando os lábios nos meus. — Não preciso ouvir — acrescentou, colocando a mão no meu peito. — Porque consigo sentir.

Agradecimentos

Quando meu filho morreu no ano passado, pensei que nunca mais recuperaria a motivação, o entusiasmo e a resiliência necessárias para sobreviver e navegar no mundo dos livros, meu segundo lar por uma década.

Prazos, capas, autógrafos, turnês, publicidade, mídias sociais, listas de best-sellers... Nada disso parecia importar mais, porque, na minha cabeça, eu havia perdido a quinta parte do meu coração.

As outras quatro partes ainda estavam respirando, sorrindo e precisando da mãe presente. Eu podia fazer isso por elas — pelos meus filhos, pelo meu coração e também pelo meu marido, minha espinha dorsal metafórica, já que eu mesma parecia só uma criança.

Com muita terapia para lidar com o luto, descobri que conseguia controlar a dor e viver minha vida mesmo tendo uma criança enterrada em um cemitério. Mas o que eu não podia fazer, percebi logo, era me dar ao luxo de me colocar de novo sob o escrutínio público. Meu estado mental estava frágil demais para aguentar outro golpe. Com o passar do tempo, os e-mails começaram a se acumular e as perguntas continuaram surgindo. Quando eu lançaria outro livro? A resposta por muito tempo foi nunca. Eu não tinha planos de nada e, por mais irônico que isso possa parecer, ainda não tenho.

Editoras entraram em contato, fãs e leitores leais me enviaram mensagens de amor e apoio e, então, com um empurrãozinho persuasivo da minha dupla dinâmica, que me lembrou dos meus compromissos, e apoiada e encorajada pelo meu marido, me vi de volta ao trabalho.

Não sei se minha escrita continua sendo o que era antes da morte dele, não sei se algum dia voltará a ser, mas tentei. Derramei minha dor em um personagem cujas dor e angústia mental fizeram eu me conectar e deixei minha tristeza e minha raiva transbordarem nas páginas. Como os outros livros da série, este é uma obra volumosa, e é por isso que tive que transformá-lo em dois. Se você é um fã obstinado dos Garotos de Tommen e sente que não alcancei o nível dos dois primeiros livros da série, sinto muito por decepcioná-lo. Se você está lendo isso e te toquei de alguma forma, te conectei com algo dentro desses personagens, saiba que estou com você e carrego sua dor diariamente.

Quero agradecer primeiro à minha família. Ao meu marido, que carrega a mesma dor que eu todos os dias, e com tanto coração, humildade e empatia. Ao meu pai e à minha madrasta, que aliviaram minha carga de responsabilidades durante o processo de escrita. Aos meus amigos, meu editor, meus leitores. Agradeço muito a cada um de vocês.

Por fim, do fundo do meu coração, quero agradecer a vocês pelo apoio, pela gentileza, pela paciência e, claro, por lerem esta história.

Com amor,
Chloe.

1ª EDIÇÃO [2025] 3 reimpressões

ESTA OBRA FOI COMPOSTA EM ADRIANE TEXT POR BR75 E IMPRESSA
EM OFSETE PELA GRÁFICA BARTIRA SOBRE PAPEL PÓLEN DA
SUZANO S.A. PARA A EDITORA SCHWARCZ EM DEZEMBRO DE 2025